Aus Freude am Lesen

W0391411

Kuba Dernicki ist ein glücklicher Mensch. Er hat Arbeit und Familie und lebt seit vielen Jahren im Paradies: in Deutschland. Doch eines Tages treibt ihn die Sehnsucht nach einer alten Liebe zurück nach Polen, in die Heimat, an die Stätten seiner Kindheit, an den Dadajsee. Kuba verliebt sich in die Hoteldirektorin Justyna Star, die Marta, seiner Liebe von früher, aufs Haar gleicht. Und von nun an spielt ein ganzes Dorf verrückt, der Bürgermeister Król wie der alte Pfarrer Kazimierz, die einäugige Tante Ala wie Wojtek, ihr Galan. Und in deren Mitte taumelt Kuba, begleitet von einem sprechenden Messer, von Augenblick zu Augenblick, hinein ins Herz der Erinnerung.
Wodka und Messer ist ein Heimatroman, ein Liebesroman, ein Buch, über dem der polnische Himmel leuchtet, »sternhagelvoll wie die Männer von Bartoszyce, wie die Fische im Dadajsee.«

Artur Becker, geboren 1968 als Sohn polnisch-deutscher Eltern in Bartoszyce (Masuren), lebt seit 1985 in Deutschland, heute in Verden an der Aller. Romancier, Lyriker und Essayist. Seine letzten Veröffentlichungen: »Die Zeit der Stinte« (2006), »Das Herz von Chopin« (2006), »Ein Kiosk mit elf Millionen Nächten« (2009) und »Der Lippenstift meiner Mutter« (2010). Zahlreiche Auszeichnungen, u.a. den Adelbert-von-Chamisso-Preis 2009.

Artur Becker

Wodka und Messer

Lied vom Ertrinken

Roman

btb

Mix
Produktgruppe aus vorbildlich bewirtschafteten
Wäldern und anderen kontrollierten Herkünften
www.fsc.org Zert.-Nr. GFA-COC-001223
© 1996 Forest Stewardship Council

Verlagsgruppe Random House FSC-DEU-0100
Das für dieses Buch verwendete FSC-zertifizierte Papier
Munken Pocket liefert Arctic Paper Munkedals AB, Schweden.

1. Auflage
Genehmigte Taschenbuchausgabe Juni 2010,
btb Verlag in der Verlagsgruppe Random House GmbH, München.

Umschlaggestaltung: semper smile, München
Umschlagfoto: plainpicture / Arcangel
Druck und Einband: CPI – Clausen & Bosse, Leck
MM · Herstellung: SK
Printed in Germany
ISBN 978-3-442-74053-6

www.btb-verlag.de

Für Magdalena

Die Arbeit des Autors am vorliegenden
Text wurde durch den Deutschen
Literaturfonds e.V. gefördert.

Ähnlichkeiten mit lebenden oder verstorbenen Personen sind nicht ausgeschlossen, jedoch vom Autor dieses Buches nicht beabsichtigt, und historische Gestalten dienen lediglich der hier erzählten Geschichte, die der Einbildungskraft des Autors entsprungen ist.

Ein Glossar polnischer und anderer Namen und Begriffe befindet sich auf den letzten Seiten des Buches.

»Lebe wohl, meine arme Geliebte.
Ich werde Dich nie vergessen und nie ersetzen.«
Vladimir Nabokov
Das wahre Leben des Sebastian Knight

Prolog

Das Mohnblumenfeld und die Vogelscheuche

Du unser stacheliger See, der du immer Sommer und Winter heißt … So einfach ist das, wenn man in dir ertrinkt – mein junges verängstigtes Herz ist durstiger und stärker, als ich es je vermutet habe, dachte Marta und spürte, wie sich ihre Lunge und dann ihr Bauch mit dem Wasser füllten, mitten in der Nacht, mitten im Winter, an ihrem letzten Silvester. Jetzt weißt du es, dachte sie noch, das Fegefeuer ist in Wirklichkeit kalt, denn du hattest nur Durst, gewaltigen heißen Sommerdurst, und nun ist alles gut und vorbei … Du wirst nie wieder das Wasser des Fegefeuers trinken müssen, dein Durst ist gelöscht … Öffne noch einmal die Augen – dein Liebster kann dich nicht mehr sehen … Es gibt sieben Todsünden, aber keine einzige ist tödlich und keine einzige hast du begangen, und trotzdem musst du jetzt sterben, obwohl du noch so viel zu sagen hättest – du wolltest deinem Liebsten noch so viel sagen, ihm deinen letzten Traum, ihm noch eine Nacht schenken, und er kann dich nicht mehr hören, aber sprich weiter, erzähl ihm ein letztes Mal eine Geschichte: Gestern träumte ich wieder, mein Liebster, ich sei eine Vogelscheuche, stünde inmitten von Mohnblumen im roten Schwimmbecken bis zu den Hüften ... Den Himmel sah ich kaum unter meinem Filzhut ... Löcher in der Hose hatte ich keine, was für ein Wunder! Keine Löcher im Sakko und in meinem Hemd! Ich stand so viele Nächte und Tage, die kein Ende nahmen ... Mit schwerem Kopf wachte ich auf, mutlos, entmündigt, durch was und wen? Mit schweren Augen setzte ich mich an den Tisch, dann auf die Fensterbank und träumte weiter, wovon? Keiner sagt, wovon, vielleicht von einem alten Haus am Waldrand – von einer Hütte, wie sie in den Bergen zu finden ist ... Dann sah ich dich, mein Liebster, vor diesem Haus, der Schornstein rauchte nicht ... Und da wusste ich, wie gut es eine Vogelscheuche hat ... Sie lebt nicht, greift nicht an, schaut aber sehr genau, wer vorbeigeht, wer sie ohne Abschiedsworte stehen lässt in Mohnblumen auf einem alten Feld ... Die abendlichen Spaziergänger sagen nicht zu ihr: »Wir sind gekommen, um dich auf den Tod vorzubereiten.« Die abendlichen Spaziergänger schweigen, und die Vogelscheuche muss sich Tag für Tag selbst die Frage stellen: »Ist es schon so weit? Und welchen Tod meint ihr?«

Erster Teil
Martas Augen

1 Der Bauchredner und sein Brüderchen Kopernik

Niemand wusste, warum der Dadajsee in Warmia unersättlich war und immerfort neue Opfer forderte. Auch nicht Kuba Dernicki, der Mann mit zwei Bauchnabeln, der Mitte vierzig war. Die Menschen ertranken einfach, und ihre Seelen klopften des Nachts an die Fenster und Türen der Häuser und Kuhställe von Wilimy, weil sie den Weg ins Jenseits nicht finden konnten. Ihre Seelen irrten im Dorf umher, bliesen auf dem Kamm lustige Lieder, und die Männer erschraken und wurden wach und wollten tanzen und Wodka trinken gehen, um die bösen Träume von Messerstechern und aufgeschlitzten jungen Frauen abzuwehren. Hunde verließen ihre dunklen Hütten und Buden, sprinteten auf die im nächtlichen Herbsttau flackernden Wiesen und winselten. Sie heulten den Vollmond an, als wären sie von ihren Herrchen vom Hof verjagt worden. Und waren die Winter hartnäckig, das Eis auf dem See hart wie Stein und die Temperaturen auf minus siebenundzwanzig Grad gesunken, bissen die Hundemütter ihre Nachkommen tot, um zu überleben und um einer neuen Brut eine Chance zu geben. Die Frauen der Fischer drehten sich im Bett auf die andere Seite und schluchzten im Schlaf vor sich hin: »Schon wieder ein Ertrunkener! *Kurwa*, was für eine Welt! Was für eine Welt!«

Im ganzen Dorf hatte es sich blitzartig herumgesprochen, dass am Donnerstag Kuba Dernicki zu Besuch kommen würde, Tante Alas alter Neffe. Wilimy lag am nordwestlichen Ufer des Dadajsees: Hier wurde Kuba 1960 gezeugt und geboren und hier hatte er bis zum Abitur gelebt. Tante Ala, die Schwester seiner Mutter, war jetzt sechsundsechzig und in dieser Gegend selbst der letzten Gans bekannt. Und dreihundert Dorfbewohner sprachen von nichts anderem mehr als von dem Besuch ihres Neffen. Fischer und Arbeitslose, Säufer und Taugenichtse, Kinder und Bauern, welche die Gänse fütterten und die Touristen mit frisch gelegten Eiern und kaltem Bier versorgten, wurden von dieser Nachricht in höchste Aufregung versetzt. Aber nur wenige wussten zu sagen, wer Kuba Dernicki war. Tante Alas Liebhaber, der Hilfsarbeiter Wojtek, der greise Pfarrer Kazimierz und vielleicht das eine oder andere alte Weib, Großmütter, die den ganzen Tag auf der Bank im Vorgarten saßen, beteten, schwatzten und klagten, wussten natürlich, um wen es sich bei dem hohen Besuch aus dem Ausland handelte; einige kannten Kuba seit seiner Kindheit. Vielleicht wussten noch die Augustäpfel und die Aale und der Dadajhimmel, wer Kuba Dernicki war. Vielleicht, vielleicht. »Was für eine Welt!«, schrien die alten Weiber und Männer, die zum Frühstück den Wildblütenhonig von der letzten Frühlingsernte auf ihre Brote schmierten. Ihre Zungen klebten süß am Gaumen, ihre verbliebenen Zähne, die mit Drähten zusammengehalten wurden, taten ihnen seit Jahren weh, aber sie sprachen nur noch von einem: »Kuba Dernicki kommt nach Wilimy, morgen Abend! Oder am Freitag, wenn in unserem Hotel *Justyna Star* die Hochzeit der Tochter des sechzigjährigen Bürgermeisters von Biskupiec gefeiert wird, spätestens zu dieser prächtigen Feier dürfen wir ihn erwarten!«

Gerade vor zwei Wochen hatte es in Wilimy schon etwas Unfassbares gegeben. Folgendes war geschehen: Die Direktorin des Hotels *Justyna Star* hatte die Dorfbewohner zu einem öffentlichen Begräbnis eingeladen. Viele, wohl von ihrer Neugier getrieben, folgten dieser unerwarteten, von Pfarrer Kazimierz auf einer seiner Sonntagsmessen im Garten ausgesprochenen Einladung. Doch niemand wusste, wen ihre *Pani* Justyna da so pompös, mit vier Trauerkränzen, groß wie Rettungsringe, auf dem kleinen, noch von den Ostpreußen angelegten Friedhof zu beerdigen beabsichtigte. Kazimierz hielt eine lange Rede über eine verlorene, der verehrten Direktorin teure Seele. Ob sie männlich oder weiblich war, jung oder alt, konnte niemand so recht aus dieser Lobeshymne und ihr darauf folgenden Gebeten heraushören. Nicht einmal auf der Totenfeier im Hotel *Justyna Star*, zu der einige ausgewählte Gäste kamen – die Prominenz von Wilimy, der Dorfvorsteher, die Küchen- und Putzkräfte des Hotels, die Fischer und der Pfarrer Kazimierz –, erhielt man von der Direktorin irgendwelche Auskünfte über den unbekannten Toten. Man fragte sich, warum nicht wenigstens die engste Verwandtschaft und die engsten Freunde von *Pani* Justyna Star angereist waren – aus fernen Städten und Ländern. Fremde aus benachbarten Dörfern pilgerten nun seit Tagen zu dem Grab des unbekannten Toten, weil sie sich selbst davon überzeugen wollten, dass, wie ihnen berichtet wurde, in seinen Grabstein nur ein Kreuz gemeißelt sei. Sie schlugen die Hände über dem Kopf zusammen und murmelten: »Das ist Gotteslästerung! Was diese Neureichen sich heutzutage alles erlauben dürfen! *To woła o pomstę do nieba!* Lasst uns den Himmel um Rache anflehen!«

Im Moment aber schien der Besuch aus dem Ausland wichtiger zu werden als die Beerdigung und das Grab des unbekannten Toten. Man fragte sich: Wer ist dieser Ausländer, der sogar einmal unter uns gelebt haben soll?

Als Kuba Dernicki ein Kind war, hörte er immer wieder, in den Gewässern des Dadajsees würden Jahr für Jahr mehr Menschen ertrinken als in allen anderen Seen der Woiwodschaft Warmia und Masuren. Die Opfer waren vor allem Kinder und Jugendliche, aber auch betrunkene Soldaten und Hochzeitsgäste, Touristen, Tramper und Obdachlose, die es an diesen Ort verschlagen hatte. Doch selbst die hiesigen Fischer oder Wilderer mussten sich in Acht nehmen, denn es war schon vorgekommen, dass ein Fischerboot zusammen mit fünf Mann auf Nimmerwiedersehen verschwand, und niemand konnte erklären, wohin: Von den Männern und ihrem Boot hatte jede Spur gefehlt. Der Hunger, der Durst, die Gier nach Blut, nach frisch gemolkener Kuhmilch, nach Wodka und Tanz, die Gier der Frauen und Männer nach Sex, all die Gier des Dadajsees und seiner Ufer und Inseln kochten in den Bäuchen der Einheimischen und Touristen, die sich Sommer für Sommer trafen und an einem Tisch zusammen speisten, tranken und zankten.

1967, als Kuba sieben Jahre alt wurde, verlor Tante Ala auf ihrer eigenen Hochzeit in Wilimy das linke Auge. Es war im Spätsommer gewesen, kurz vor der Heidekrauternte. Kubas Vater Adelbert Dernicki arbeitete, wie alle ehemaligen Ostpreußen, die es nach dem Zweiten Weltkrieg nicht geschafft oder für nötig gehalten hatten, nach Deutschland auszuwandern, in der Fischerei von Najdymowo, einem Dorf am gegenüberliegenden Ufer des Dadajsees. Er hatte im Wodkarausch nicht nur seine Frau, sondern auch den Bräutigam erstochen, weil er dachte, dass die beiden sich seit langem heimlich getroffen und auf der Hochzeit - obendrein - in einer dunklen Kammer gevögelt hätten. Ala hatte sich anschließend mit einer Gabel in der Hand auf ihren Schwager gestürzt, aus Wut, Hilflosigkeit und Verzweiflung, und hatte versucht, ihm die Gabel in den Nacken zu rammen. Kubas Vater wehrte sich und verletzte Ala mit dem Messer am linken Auge. Sie hätten einander bestimmt umgebracht, wenn Adelberts Cousins nicht dazwischengegangen wären. Sie befreiten Tante Ala und schubsten sie in die Arme ihrer Ehefrauen, überwältigten den besoffenen Messerstecher und sperrten ihn im Keller ein, wo er die Nacht verbringen musste. Tante Ala fiel erst einmal in Ohnmacht, und nachdem sie notdürftig verarztet worden und wieder zu sich gekommen war, brachte sie kein Wort mehr heraus. Stumm und mit bandagiertem Kopf und Auge saß sie draußen auf einem Stuhl und starrte einen verfaulten Augustapfel an, der im Gras direkt zu ihren Füßen lag und an dem sich Schmetterlingsraupen satt fraßen. Sie klagte nicht einmal über ihre Verletzung und ihre Schmerzen. Die Leichen der Erstochenen brachte man im Kühlhaus unter, wo normalerweise der Fisch lagerte. Der Pfarrer Kazimierz versuchte noch am selben Abend, Adelbert Dernicki die Beichte abzunehmen, gab aber nach einer Stunde verdrossen seine Bemühungen auf, weil sein Schäflein, wie er Kubas Vater nannte, ihn gänzlich ignorierte. Kazimierz setzte sich in seinen *Warszawa* und rief aus dem heruntergekurbelten Fenster den Eltern der Braut zu, er würde für die Seelen der beiden Erstochenen eine großartige Totenmesse halten, wie sie die Welt noch nie gesehen hätte. In Jesus Christus lebe jeder ewig! Auch ein Verbrecher und seine Opfer!

Die Miliz auf dem Lande war faul und von der Dringlichkeit eines Notfalls immer wieder schwer zu überzeugen, weil es meistens um belanglose Schlägereien zwischen Säufern ging, die zudem bestens bekannt waren – so auch in diesem Fall, und deshalb holten sie Adelbert Dernicki erst am frühen Morgen, als er schon ausgenüchtert war, und sie waren verwundert, dass er seine eigene Frau und einen jungen, unschuldigen Mann umgebracht haben sollte, ausgerechnet seinen alten Schulfreund Bogdan. Die ganze Nacht hatte Adelbert gebrüllt, und seine Stimme glich mehr der eines tödlich verwundeten Tieres als der eines Menschen: »Was habe ich bloß getan? O Gott! Was habe ich bloß getan? O Gott!«, wimmerte er, während er in Handschellen abgeführt wurde.

Adelbert kam ins Gefängnis im nahe gelegenen Barczewo, wo er eine lebenslange Strafe absitzen sollte und wo auch der Gauleiter Ostpreußens, Erich Koch – ursprünglich zum Tode verurteilt, dann schwer erkrankt –, seine lebenslange Strafe verbüßte. Koch spuckten die Häftlinge aus ihren Zellenfenstern auf seinen mit einer Wollmütze bedeckten Kopf, wenn er den täglichen halbstündigen Spaziergang in einem kleinen Innenhof absolvierte – wer von den Häftlingen dies nicht tat, wurde als Nazi beschimpft und musste mit einem gebrochenen Finger oder ausgeschlagenen Zahn rechnen; im schlimmsten Fall wurde er zur Fellatio gezwungen.

Kubas Erziehung übernahmen Renia und Kostek Podlichowie, die ermländischen Großeltern mütterlicherseits. Er blieb in Wilimy bei den Katholiken, den polnischen Fischern, und da Kubas Vater wie alle Dernickis aus Najdymowo stammte, wo vor allem Protestanten wohnten und fischten, entbrannte zwischen den beiden Familien der alte Krieg, den diese Clans seit Generationen führten. Sie zerstörten mutwillig einander ihre Stell- und Treibnetze und die Motorboote, die Männer prügelten sich in der Kneipe oder auf Festen, die Frauen bespuckten sich.

In Najdymowo, da lebten die Teufel, die bösen Deutschen, erzählte ihm einmal seine Oma, Kuba solle sich hüten, mit ihnen zu sprechen, warnte sie ihn, denn sie gingen ja nicht zur Beichte, außerdem hätten sie seine Mutter hingerichtet, und überhaupt seien sie genauso hinterhältig wie die Ukrainer und Juden, und es habe mit ihnen am Dadajsee schon immer großen Ärger gegeben. Die Nachbarn aus Najdymowo wüssten immer alles besser, sie behaupteten andauernd, sie hätten die leistungsfähigeren Traktoren, die größeren Häuser, die klügeren Schüler und die schöneren Dirnen und so weiter.

Als Kuba gerade mal zwölf Jahre alt war, brachten ihn seine

Großeltern zum Arzt in Olsztyn. Er hatte einen dicken Bauch, der für seinen schmalwüchsigen Körperbau völlig untypisch war, quasi eine Beleidigung. Man wollte endlich erfahren, was diese merkwürdige Missbildung zu bedeuten hatte. War es etwa ein riesiges Geschwür? Kuba sah aus, als wäre er im sechsten Monat schwanger. Er trug unter seinem Herzen eine Kugel, die groß war wie eine Wassermelone. Aber da er nie über irgendwelche Schmerzen klagte, ließ man ihn zu Hause und in der Schule in Ruhe. Er hatte sich an seinen dicken Bauch gewöhnt und war durch diese Missbildung besonders darauf erpicht, im Sportunterricht der Beste zu sein, was ihm auch bei einigen Wettkämpfen gelang: Im 60-Meter-Sprint konnte ihn keiner schlagen, und im Weitsprung erzielte er ebenfalls herausragende Ergebnisse. Seine Spielkameraden neckten ihn andauernd, er sei in Wirklichkeit ein Mädchen oder gar ein Zwitter und habe sich vom Förster Romanowski, der Selbstmord begangen hätte und im Wald herumspuken würde, schwängern lassen. »Warum zeigst du uns nie deinen Pimmel?«, warfen ihm seine Freunde vor. Die Mädchen hingegen mieden Kuba gänzlich.

Der Arzt in Olsztyn machte ein Röntgenbild und war so erschrocken und verwundert, dass er die Röntgenaufnahme wiederholte. Erst als er Kubas Großeltern die Negative präsentierte, verstanden sie, warum der Arzt in arge Erklärungsnot geriet. Er sagte, von solch einem Fall wie diesem habe er nicht einmal gehört!, und es grenze an ein Wunder, dass der Junge bis jetzt gesund gewesen sei und über keine Beschwerden geklagt habe. In Kubas Bauch steckte sein Zwillingsbruder, ein ausgewachsener, toter Fötus, konserviert wie eine Mumie. Dem Fötus waren lange Haare und Nägel gewachsen, die Haare rankten sich um seinen Kopf, und die Augen, weit aufgerissen, glichen zwei weißen Schneebeeren. Nach der Operation, die – abgesehen vom Andrang der Presse – ohne Schwierigkeiten verlaufen war, bekam Kuba in der Schule einen Spitznamen: *Dwupępek*, Zweibauchnabel, denn an der Stelle, wo man ihm seinen Bruder herausgenommen hatte, entstand eine Narbe, die einem Bauchnabel ähnelte – der Chirurg sei ein Metzger und solle lieber Socken stopfen, als unschuldige Bengel zu operieren, empörten sich damals die Großeltern; nichtsdestoweniger verdiente Kuba mit diesem neuen Bauch sogar Geld. Seine Kumpels durften seinen nackten Bauch nur gegen ein kleines Honorar begutachten. Später konnte er auch bei Mädchen mit seiner unglaublichen Geschichte brillieren, vor allem am Gymnasium und auch an der Universität.

Vor der Beerdigung des Fötus kam es zu einem Streit mit den Behörden: Man wollte Kubas Bruder in Formalin einlegen und zu Studienzwecken in einem Kuriositätenkabinett einer bekannten Universität ausstellen. Aber nach dem behördlichen und kirchlichen Einsatz des engagierten Pfarrers Kazimierz durfte Kuba seinen Bruder auf den Namen *Kopernik* taufen – wie es ihm Opa Kostek vorgeschlagen hatte. »Unser großer Landsmann! Und was haben wir ihm zu verdanken?«, fragte er seinen Enkel oft. »Gott hab ihn selig, den ersten Astronomen, der dem Himmel endlich ein Stück Wahrheit entrissen hat!«

1979 ging Kuba als frischgebackener Abiturient nach Gdańsk, um Informatik zu studieren. Gleich im ersten Semester verliebte er sich in die Medizinstudentin Marta. Eineinhalb Jahre später, während der Streiks an den Hochschulen, wurde er ihre rechte Hand. Sie entschied in einem Studentenkomitee zusammen mit anderen Kommilitonen, wann die Streiks zu Ende waren oder neu zu beginnen hatten – die Boten von Wałęsa, die sie »Sklaven der Revolution« nannte und denen es aufgetragen war, den Beginn oder das Ende eines Streiks zu verkünden, konnten sich bei ihrem Studentenkomitee nie durchsetzen. Martas Spitzname, »*Wolna Europa* – Freies Europa«, wurde ihr von ihren Freunden verpasst, weil sie viele Stunden am Radio verbrachte, um den gleichnamigen Propagandasender aus München zu hören, der die Streikenden mit haarsträubenden Entlarvungen der Lügen des Sowjetstaates fütterte. Sie verpassten ihr diesen Spitznamen, weil sie die neue Gewerkschaft und Protestbewegung liebte und für jene sogar ihr eigenes Leben opfern wollte, wenn es nur der Sache diente. Und wie hatte Marta ausgesehen? Ihre Nase bevölkerten Sommersprossen, und auf dem Rücken hatte sie eine Narbe, die von einer Operation an der Hüfte herrührte und die sich immer einsam fühlte und auf Kubas Küsse geduldig wartete. War sie schön? Er sagte zu ihr oft: »... Du bist meine Karausche, und diese Fische sind Überlebenskünstler.« Im Sommer trug sie weiße Sandalen aus Plastik mit bunten Perlenschnüren – dieses unbequeme Schuhwerk, hergestellt in Polen, nicht in China, galt damals als schick, und jedes hübsche Mädchen in Martas Alter musste es haben. Martas Füße litten, sobald sie diese weißen Plastiksandalen mehr als eine halbe Stunde getragen hatte, aber ihre roten Schwielen waren schön. Sie kannte »Das Kapital« von Marx, und nicht nur ein paar berühmte Zitate daraus. Marta hatte Hunderte von Seiten gelesen und liebte den Bibliotheksgeruch der dicken Bände, des vergilbten Papiers. Sie hatte sogar Jacek Kuroń interviewt, bei ihm zu Hause. Und sie war in Rom auf einem Konzert von Peter Gabriel gewesen. Sie schenkte Kuba Polaroidfotos vom Forum Romanum, und sie wusste, wie die sieben Hügel hießen, auf denen die ewige Stadt gebaut war. Eigentlich wollte sie ihr Medizinstudium in Rom beenden, sie jobbte als Arzthelferin und hatte keine allzu großen Geldsorgen; sie musste nicht – wie viele Polen – an der Piazza Venezia die Windschutzscheiben der Pkws putzen und um Lire betteln. Doch nachdem sie aus Fernsehen und Radio erfahren hatte, dass die Werftarbeiter in Gdańsk in einen Streik getreten waren, packte sie ihren Koffer Hals über Kopf und nahm das nächstbeste Flugzeug nach Warschau. Sie dachte tatsächlich, ihre Eltern, die in Olsztyn hohe Tiere der Partei waren, würden es befürworten, die Streikführer der aufgebrachten Arbeiter an die Wand stellen und erschießen zu lassen, um die bevorstehende Revolution schon im Keim zu ersticken. Kuba nahm mit Marta an den Streiks bis zum bitteren Ende teil, sie entführte ihn sogar einmal nach Łódź, in die wichtigste Bastion des Widerstandes und der studentischen Unabhängigkeitsbewegung. Als das Kriegsrecht in der Nacht des 13. Dezember 1981 verhängt und Kuba von der Miliz gesucht wurde, gelang es ihm, sich im Keller des Studentenheimes zu verstecken und später nach Wilimy durchzuschlagen: Marta krümmten sie kein Haar – wegen ihrer Eltern. Ein Landsmann, der Schuster Kronek aus Biskupiec, der mit den Einkäufen für seine Werkstatt nach Hause fuhr, erspähte Kuba auf der Straße und nahm ihn in seinem Pkw mit zurück nach Wilimy. Allerdings hatte Kuba auf Geheiß von Herrn Kronek einen Geisteskranken mimen müssen: »Du bist mein Neffe und befindest dich bei mir in der Ausbildung!«, sagte sein Erretter – so durften sie die zahlreichen Ausweiskontrollen der Armee unverdächtig passieren, obwohl Herr Kronek nur einen Passierschein vorweisen konnte. Einen Geisteskranken zu mimen, war Kuba nicht schwer gefallen – schließlich hauste in seinem Bauch immer noch die verirrte Seele seines Bruders, und wenn Kuba sie sprechen ließ, was er äußerst selten tat, hörte man entweder die heisere, stotternde Stimme eines im Sterben liegenden Greises oder die eines kleinen aufgeweckten

Jungen. Als Bauchredner hätte er im Fernsehen oder in einem Varieté-Theater auftreten können.

Kurz vor Weihnachten kam nach Wilimy auch Marta, die eigentlich von ihren Eltern in Olsztyn erwartet wurde. Sie benachrichtigten die Miliz, ihre Tochter sei mit einem gefährlichen Gewerkschaftler durchgebrannt, sie sei mit ihm in einem Dorf des Groß-Ramsauer Forstes, des Dadajwaldes, untergetaucht – ein guter Tipp, mitten im Kriegsrecht! Die Miliz reagierte postwendend. In der Silvesternacht 1981 schickten die Verantwortlichen eine Streife, eine erprobte Spezialeinheit an den Dadajsee. Oma Renia öffnete zwei Offizieren der Staatssicherheit und zwei bellenden und Zähne fletschenden Schäferhunden die Tür: »Im Namen des Vaters und des Sohnes und des Heiligen Geistes! Kinder! Lauft weg! Die wollen euch einbuchten!«, schrie sie über das ganze Haus. »*W imię Ojca i Syna i Ducha Świętego!*« Marta und ihr Gewerkschaftler schnappten sich ihre Jacken und Schuhe und rannten durch die Hintertür in den Obst- und Gemüsegarten. Die beiden Studenten wollten sich nach Najdymowo durchschlagen, um in der dortigen Fischerei den firmeneigenen Geländewagen *Tarpan* zu stehlen. Es war ihnen sonnenklar, dass ihre Flucht einer Verzweiflungstat glich. Wohin denn hätten sie mit dem Geländewagen fahren sollen? Einen Ort, an dem sie sicher gewesen wären, gab es in ihrem Land damals nicht. Aber Marta ertrank, als sie in jener Silvesternacht mit Kuba über den zugefrorenen Dadajsee floh. Wer würde es ihm glauben, dass diese Geschichte nichts als die Wahrheit war?

Die beiden Offiziere der Staatssicherheit gaben die Verfolgungsjagd auf und nahmen Kuba erst am nächsten Morgen gefangen. Sie taten so, als hätte der Unfall auf dem Eis nicht stattgefunden und als wären sie nicht dabei gewesen.

Martas Eltern hatten durch ihre Denunziation das Todesurteil für ihre Tochter unterschrieben – ohne es zu wissen. Dass sie im dritten Monat schwanger war, erfuhr Kuba erst nach der Autopsie. Martas Eltern unterstellten ihm, er habe ihre Tochter ermordet, und obwohl jeder wusste, was der jungen Frau zugestoßen war, gelang es ihnen, die Autopsie zu erzwingen. Für eine Anklage wegen Mordes konnten sie jedoch die Staatsanwaltschaft nicht erwärmen. Ihre Bemühungen scheiterten, und es war Kuba damals sofort klar geworden, dass sie durch diese abstruse Anschuldigung nur ihr Gewissen hatten reinwaschen wollen.

Nach Martas Tod hatte Kuba eine sechsmonatige Strafe im Internierungslager in Iława absitzen müssen. Im Sommer 1982 entließ man ihn in die Freiheit, und die Regierung riet dem widerspenstigen Studenten, er möge fliehen, sein Land für immer verlassen. Als ehemaliger Dissident hätte er in jedem westlichen Staat um Asyl bitten können, doch er entschied sich für den einfachsten Weg und ließ sich zunächst in Westberlin nieder, wo er sein unterbrochenes Informatikstudium fortsetzte. Schließlich war sein ostpreußischer Vater immer noch ein Bürger des Dritten Reiches, und seinem Sohn konnte ohne Probleme der grüne Aussiedlerausweis ausgestellt werden.

2 Kubas »Stairway to Heaven«

Am Donnerstag, dem 13. Juli 2006, war es dann so weit mit dem Besuch aus dem Ausland: Kuba Dernicki, der seit fünf Uhr morgens am Steuer seines C5 saß, hatte sich von seinem Wohnort W. bis zum Grenzübergang in Frankfurt an der Oder gelangweilt. Erst als er in Słubice über die Grenze nach Polen fuhr, begann die Schlacht mit den LKWs, die man auf den überfüllten Bundesstraßen mühsam überholen musste. Schwarze Punkte informierten auf gigantischen Warnschildern die Fahrer über die Unfallopfer. Hier zehn, dort zwei Tote. Da ein Engel, ein zehnjähriger Bub, hier eine junge hübsche Postangestellte oder ein Greis, der an seinem Fahrrad kein Licht hatte und von einem LKW erwischt wurde. Tante Ala, die Kuba in Wilimy erwartete, rief ihn unterwegs mehrmals an und warnte ihren Neffen: »Bei uns herrscht auf den Straßen gnadenloser Krieg! Pass auf dich auf!«

Es ging schon auf Mitternacht zu. Im Autoradio spielten sie jetzt einen seiner Lieblingssongs: »Stairway to Heaven« von Led Zeppelin. Das Lied ließ ihn wieder neue Kraft schöpfen – wenigstens für ein paar Minuten. Schließlich dauerte die Autofahrt schon ewig lang, und er hatte über eintausend Kilometer zurückgelegt und mehr als genug Zeit für die Erinnerungen an seine Kindheit und Jugend gehabt. Von Wilimy trennten ihn jetzt noch etwa dreißig Kilometer. Seine Augen juckten und brannten – er musste sich zwingen, wach zu bleiben. Er hatte vier Stunden in Staus eingebüßt, da man überall in seinem Land Straßen ausbesserte oder neu baute. Er dachte nur, in dieser heißen Julinacht: Wenn ich ankomme, trinke ich auf der Bank vor Tante Alas Haus ein kaltes Bier, den Dadajsee im Tal zu meinen Füßen, und rede mit Ala über alte Zeiten. In der Dunkelheit würde der Scheinwerfer eines Fischerbootes leuchten und der Dieselmotor dröhnen, und er könnte vielleicht alles, was gewesen war, für einen Augenblick vergessen, zusammen mit Tante Ala, als hätte er Wilimy nie verlassen.

Draußen war es schwül, er schaltete die Klimaanlage abwechselnd ein und aus, rauchte Zigaretten und trank Limonade – er nahm wieder einen Schluck aus einer 0,33-Flasche, aus der fast die ganze Kohlensäure entschwunden war. Er fühlte auf der Zunge den Geschmack der Limonade, die er als Jugendlicher am Badestrandkiosk gekauft und die *Fru-Cola* geheißen hatte. Man sagte aber meistens nicht *Fru*, sondern spottend *Trup*: Leichen-Cola auf Deutsch. Ein seltsamer Name – die polnischen Kommunisten hatten scheinbar nicht gewusst, was sie da taten, als sie ihren Erfrischungsgetränken gutgemeinte Produktnamen gaben: Florida, Polo-Cocta *et cetera*.

Er stellte das Autoradio lauter. Auf einem regionalen Sender aus Olsztyn hörte er einen kurzen Bericht, dass der Dadajsee schon wieder neue Opfer gefordert hätte.

Der Junge, der heute Mittag ertrunken war, war erst siebzehn. Er kam aus Warschau und segelte seit einer Woche mit seinen Freunden auf einer *Omega*, der klassischen, sehr beliebten Schwertyacht mit zwei Segeln. Er sprang ins Wasser und tauchte nicht mehr auf – die Sonne stand im Zenit, der Himmel war wolkenlos, der Wind viel zu schwach, als dass die elegante *Omega* ihre gewöhnlich hohe Geschwindigkeit hätte erreichen können. Der Warschauer habe keinen Alkohol getrunken, berichtete der Radioreporter. Der Junge sei mit seinen Freunden von Insel zu Insel gesegelt, und an einer tiefen Stelle, wo es eine starke, kalte Unterwasserströmung gebe, sei er ohne Ankündigung in den See gesprungen. Sein Herz habe versagt, sagte der Radioreporter. Die Leiche wurde in zwanzig Meter Tiefe gefunden. Sie trieb direkt über dem Seegrund, dort, wo sich die Aale am wohlsten fühlten. Das frische Menschenfleisch hatten sie noch nicht angerührt, die Aasfresser, die die Seen von Unrat und Kadavern reinigten.

Zwei Tage zuvor sei ein neunzehnjähriger Exgymnasiast aus Olsztyn ertrunken, der gerade im Mai das Abitur bestanden habe, hieß es in dem Bericht weiter. Er hatte mit seinen ehemaligen Klassenkameraden in Wilimy gezeltet. An jenem Abend, an dem das Unglück geschah, saß er mit ihnen am Lagerfeuer, spielte Gitarre, sang englische Rocksongs und kippte eine 0,5-Dose *Warka* nach der anderen hinunter. Als der Neunzehnjährige zu seinem Zelt ging, um sich einen Pullover zu holen, sah er, dass sein Mädchen in den Armen eines Freundes lag. Er schwieg, zog sich aus und ging baden, weil sein Kopf ganz heiß geworden war. Und auch sein Herz. Er wollte sich nur abkühlen. Er kam nicht mehr zurück.

Ein sechsjähriges Mädchen würde Kuba nie vergessen – sein blaues Gesicht, das zu lächeln schien, die gläsernen Augen, den Fliegenschwarm über dem Kopf, den dunkelblauen Badeanzug, das weiße Badehandtuch, mit dem der Rettungsschwimmer die Leiche zugedeckt hatte. Das Mädchen lag am Strand, und vor ihm knieten die Eltern, allen Verstandes beraubt: »Dadaj! Gib uns unser Baby zurück!« Kuba war damals ein kleiner Junge gewesen. Dadaj – ein merkwürdiger Name, fanden alle, die ihn zum ersten Mal hörten.

Die Endung *daj* bedeutete im Polnischen, rückwärts gelesen, »Gift« – *jad*. Die eingedeutschte Schreibweise »Daddey« kannte Kuba von seinem Opa Kostek wie auch die Übersetzung dieses Namens aus dem Altpreußischen: Dadaj hieß bei den Westbalten »Milch«. Und der See sei angeblich eine von Göttern gezeugte, unglücklich verliebte Prinzessin. Mit ihrer Verwandlung sollte nicht sie, sondern ihr über ein Dorfvolk grausam herrschender Geliebter bestraft werden. Diese Legende über die fremde Göttin stammte aus der heidnischen Zeit der Pruzzenstämme, die von Kreuzrittern und Polen vernichtet wurden. Was blieb, war ein Märchen, das auch Kuba in der Grundschule zu hören bekam. Die Tatsache, dass die hiesigen Ureinwohner ihren See »Milch« nannten, hatte Kubas Opa darin bestärkt, in Olsztyn ein Teleskop zum Beobachten der Sterne zu kaufen. Kostek Podlich wurde von seinen Kumpels ausgelacht – war er doch bisher immer nur ein einfacher Fischer und Bauer gewesen. Er sagte Kuba einmal: »Jetzt verstehe ich endlich, warum Kopernikus bei uns in Warmia gelebt hat – wegen unseres Sees, unserer kleinen Milchstraße in Wilimy!« Der Hobbyastronom Kostek Podlich starb hochbetagt an einer Wodkavergiftung – friedlich war er am Weihnachtstisch eingeschlafen und nicht mehr aufgewacht. Seine Frau Renia hielt der Einsamkeit nach mehr als vierzig Jahren Ehe nicht stand und folgte ihm nur wenige Monate später ins Totenreich. All das geschah 1982, kurz nach Kubas Ausreise.

Jetzt verließ er mit seinem C5 Olsztyn und fuhr auf der B16 in Richtung Augustów und Litauen weiter. Er überlegte, welche Strecke er wählen sollte: die kürzere durch den Wald oder die längere über das Städtchen Biskupiec, über die Dörfer Czerwonka und Droszewo, über die Wiesen und Weizenfelder und Hügel, Alleen und Haine. Beide Strecken hatten ihre ganz eigene Verlockung, beide hätte er am liebsten in ein und demselben Moment zurückgelegt, der Erinnerungen wegen.

Die Route über das Städtchen Biskupiec war mindestens zehn Kilometer länger als die durch den Wald. Er wäre etwa eine Dreiviertelstunde später in Wilimy angekommen, dafür aber hätte er Czerwonka wiedergesehen, den alten Bahnhof und die Bushaltestelle, an der er sich jeden Winter zusammen mit anderen Schülern die Füße und Ohren abgefroren hatte. Der Dadajsee lag in einer gewaltigen Moränensenke, und er würde sie dann einmal umkreist haben.

Die Abkürzung durch den Wald, an die er sich nur mit Mühe erinnerte, war nachts nicht ungefährlich, denn der Sandweg war voller Schlaglöcher, Pfützen und Steine – für manch altes Fahrwerk oder eine Ölwanne so gut wie tödlich –, und jederzeit konnte einem ein Rehbock, ein Hirsch, ein schwergewichtiger Keiler oder ein besoffener Wilderer vors Auto laufen, und es passierte nicht selten, dass verschreckte Fahrer die Leichen der überfahrenen Trunkenbolde in einem entlegenen

Hain vergruben. Außerdem kannte er sich in seinem Groß-Ramsauer Kindheitswald nicht mehr so gut aus, es war damit vorstellbar, dass er sich verfahren würde.

Nach gut zwanzig Kilometern erblickte er am Straßenrand eine Werbetafel mit der Aufschrift »Drei-Sterne-Hotel *Justyna Star* am Dadajsee in Wilimy«. Das war die Stelle. Hier musste er nach links abbiegen, um auf dem kürzesten Wege nach Wilimy zu gelangen; er tat es auch und sagte sich laut: »Czerwonka, verzeih mir! Wir sehen uns erst morgen, du mein alter Winterbahnhof!« Im nächsten Augenblick dachte er, wer baut schon hier, in dieser gottverlassenen Gegend, ein Drei-Sterne-Hotel? Und wer hat sich diesen grässlichen Namen ausgedacht? Jedes zweite Motel oder Café in diesem Land heißt *Justyna*.

Zu seiner Zeit, im allmählich zerbröckelnden Sozialismus der frühen Achtziger, als es in den Läden nur Milch, Essig und Brot zu kaufen gab, waren solche bunten Schilder eine Seltenheit. Aber jetzt war die Landschaft fest in der Hand von Zockern, Dieben, Betrügern und Spekulanten, die die Gunst der Stunde zu schätzen wussten. Goldgräberstimmung schlug einem an jeder Ecke entgegen. In jedem Dorf, jeder Stadt. Billige Attrappen ahmten Amerikas Straßenwerbung nach, und die Supermärkte trugen ausländische Namen: Tesco, Auchan, HIT, Lidl. Was hatten sie hier zu suchen? Von den Jahren, als er, noch Informatikstudent in Gdańsk, für menschlichere Fleisch- und Kaffeerationen und eine unabhängige Gewerkschaft gekämpft hatte, war nichts geblieben: Sein Land hatte eine neue Haut bekommen, ein neues Sternenzelt aufgeschlagen – eine Anfertigung aus Brüssel; es verliebte sich in das Plastikgeld, in die Macht seiner Ziffern und Buchstaben, die nur für Scanner und Computer einen Sinn ergaben.

Er fuhr mit hoher Geschwindigkeit und musste vor jeder

Kurve scharf bremsen. Hundertjährige Linden und Erlen säumten die Straße, und die Sicht war schlecht, weil von den Feldern her träge dichter Nebel geschwommen kam.

In dem Dorf Ramsowo, das unter der Herrschaft der Ostpreußen Groß-Ramsau geheißen hatte und dessen Wortklang Kuba jedes Mal an die berühmten ägyptischen Pharaonen erinnerte, hielt er vor dem Sägewerk, wo sein Vater so manchen Tag verbracht hatte, wenn er Bretter brauchte. Kuba schaltete in den Leerlauf und zog die Handbremse, stieg aber nicht aus. Die Scheinwerfer seines C5 beleuchteten das Betriebsgebäude, das leer stand. Die Fensterscheiben waren eingeschlagen, die ostpreußische, von den Polen bewunderte Dampfmaschine, welche die zahlreichen mechanischen Sägen angetrieben und parallel elektrischen Strom erzeugt hatte, gab es nicht mehr. War sie verschrottet worden? Von Dieben auseinandergebaut und als Alteisen verkauft?

Er fuhr wieder los. Er traute dem Schild »Drei-Sterne-Hotel *Justyna Star* am Dadajsee in Wilimy« und seiner Wegbeschreibung nicht, verließ Ramsowo, das Dorf der arbeitslosen Holzfäller und Sägewerksarbeiter, und kam auf einem Sandweg in den Wald. Die Erde hier war saftig und fruchtbar, der Sand schmutziggrau und feinkörnig. Moosteppiche und Farnmeere bedeckten den Lärchenwaldboden. Es war stockfinster in diesem feuchten Labyrinth. Hinter jedem Baum spukte es, hinter jedem Baum lauerte ein Zuhälter, ein Wilderer, ein Autodieb, eine Hure, ein Mörder oder eine frische Leiche. Kuba musste jetzt seinem sechsten Sinn folgen. An einer Kreuzung standen weitere Schilder, eines wies die Richtung zum Försterhaus, ein anderes zum Hotel *Justyna Star*.

In seinen Gedanken war Kuba schon vor einem halben Jahr nach Wilimy zurückgekehrt, denn in manchen Nächten, sofort nach dem Einschlafen, suchte ihn Marta auf. Sie umarmte ihn und küsste ihn so lange auf den Mund, bis er nach Atem rang. Im Frühling, als diese Träume unerträglich wurden, fasste er den Mut, nach Martas Spuren in Olsztyn, ihrer Geburtsstadt, und in Wilimy zu suchen. Aber es gab noch andere Gründe, nach Wilimy zu reisen.

Er besaß immer noch das Messer, mit dem seine Mutter erstochen wurde. Kuba hatte es in der Hochzeitsnacht, als alles vorbei war und Adelbert sich im Keller die Lunge aus dem Leibe schrie, unter einem der üppig gedeckten Tische gefunden. Er konnte sich daran gut erinnern: Er war wieder der kleine Junge, der mit dem Hemdsärmel das Blut von der Klinge wischte und das Messer vor seinen Großeltern und der Miliz unter seinem Bett versteckte. Kuba hatte es nach seiner Ausreise nie benutzt. Es stammte aus der Armeezeit des Vaters, und die Klinge, gut zwanzig Zentimeter lang, war angeblich nicht aus polnischem oder russischem Stahl gefertigt, sondern aus japanischem, dem besten der Welt. Vergessen und verdreckt lag dieses Prachtexemplar in einem verrosteten Werkzeugkasten im Keller, und als Kuba es wenige Tage vor der Polenreise zufällig wieder entdeckte und sorgfältig reinigte, beschloss er, das Messer nach Wilimy mitzunehmen, um es im Dadajsee zu versenken.

Außerdem konnte Kuba seit einem Monat nicht mehr durchschlafen: Ein sich ständig wiederholender Albtraum plagte ihn fast jede Nacht. Er träumte davon, wie er an einem kalten Winterabend im Dadajsee ertrank. Er deutete den Albtraum als einen Weckruf und sagte sich, er müsse endlich seinen Vater und Tante Ala wiedersehen, mit ihnen sprechen: Beide hatte er seit 1982, fast einem Vierteljahrhundert, nicht mehr gesehen und gesprochen – eine unüberbrückbare Zeit, in der er die Westberlinerin Franka geheiratet hatte und Vater der Zwillinge Jasmin und Sebastian geworden war.

Es war das erste Mal, dass Kuba den Sommerurlaub ohne seine Familie verbrachte. Doch jetzt, da er mit seinem C5 durch den Wald der sozialistischen Kindheit und Jugend gondelte, schien es ihm nicht mehr von Bedeutung zu sein, ob er in W. glücklich war. Er dachte zwar an seine Zwillinge, auch an seine Frau, er verspürte sogar Sehnsucht nach ihnen, aber er genoss es, allein zu reisen und auf niemanden Rücksicht nehmen zu müssen. Er wollte so schnell wie möglich Tante Ala in die Arme schließen und auf die Wangen küssen, wie der kleine Junge, der er einmal gewesen war, nicht wie einer dieser Männer, die auch Mitte vierzig waren und sich nach zwanzigjährigen Schönheiten umsahen, ihnen in der Kneipe oder im ICE-Speisewagen zweifelhafte Angebote machten, in Gedanken ihre jungen Körper verschlangen und sich schließlich als Opfer der Midlife-Crisis stilisierten. Kuba war wieder auf der Flucht, wie 1981, als er sich mit Marta in Wilimy versteckt hatte, vor den Soldaten Jaruzelskis. Ein Provisorium war dieses lausige Versteck gewesen, ein Provisorium wie der Garten Eden.

Er entschloss sich auch deshalb, nach Wilimy zu fahren, weil er seine Nerven nicht mehr im Griff hatte: Ich will meiner Familie nicht mehr den Atem nehmen, so wie sie mir in all den Jahren unseres Zusammenseins oft den Atem genommen hat, dachte er, bevor er den Entschluss seiner Frau mitteilte. Er musste mit seiner Familie Frieden schließen – er wurde wegen jeder Kleinigkeit wütend und schrie. Jasmin und Sebastian, die dreizehnjährigen Zwillinge, heulten, und Franka drohte ihm mit schlimmen Konsequenzen. »Wenn es dir irgendwie helfen sollte«, sagte sie, »fahr hin, besuche deinen See und lass dir dort mit allem Zeit, hoffentlich wird's dir danach besser gehen, wenn du wieder zu uns zurückkommst.« Konnte er diesem Friedensangebot trauen? Er hatte Franka so vieles verheimlicht. Sie wusste nicht einmal, wer Marta war; als er Franka kennen lernte, erklärte er ihr feierlich und später jedem Neugierigen, seine ominöse Bauchnarbe stamme von einem Unfall auf dem Truppenübungsplatz von Bartoszyce, aus der Zeit, als er in der Volksarmee seinen Wehrdienst geleistet habe. Kuba liebte seine Frau einst sehr, vielleicht sogar noch mehr als die Kinder, doch mit dem Land, das ihn als einen Aussiedler des untergegangenen Dritten Reiches friedlich aufgenommen hatte, führte er eine Zweckehe, lange Zeit sehr erfolgreich, bis die Träume von den erstickenden Küssen Martas und vom Ertrinken auftauchten – und das Messer von seinem Vater.

Außerdem brauchte er dringend ein bisschen Erholung von seinem Job. Er hatte in W. eine gute Stelle, er arbeitete in einem Rechenzentrum, in dem die Herkunftsdaten sämtlicher Zuchttiere Deutschlands gespeichert wurden – Namen, Ohrmarkennummern, Milch- und Fleischeigenschaften, aktueller Standort *et cetera.* Abgang bedeutete »verendet«, Zugang »Neugeburt«. Das Rechenzentrum war eine Art virtuelles Schlachthaus. Er, der Diplominformatiker, verdiente genug, und trotzdem passierte es ihm zwei-, dreimal im Jahr, dass er im Supermarkt eine Pulle Wodka mopste (den teuersten, Finlandia oder Absolut). Er konnte sich nicht erklären, warum er das tat, und fand es albern anzunehmen, es sei ein alter Reflex, weil er als Sechstklässler in regelmäßigen Abständen Süßigkeiten oder ein Fläschchen *Trup-Cola* in dem einzigen Lebensmittelladen Wilimys gestohlen hatte. Vielleicht versuchte Kopernik, der in seinem Bauch so viele Jahre gewohnt hatte, mit ihm Kontakt aufzunehmen, indem er ihn aufforderte, den Wodka zu stehlen. Flüsterte er Kuba nicht zu, ich bin durstig, Brüderchen, sehr durstig? Hörte Kuba nicht gelegentlich Koperniks Stimme? Oder wer sprach da in seinem Bauch?

Im Büro begann er, Kollegen aus seiner Abteilung, deren Leiter er war, zu beschimpfen, wenn sie Fehler begingen – Fehler, für die er Verantwortung übernehmen musste. Er glaubte, ihre Dummheit erkannt zu haben, die auch jahrelang seine eigene gewesen war. Er sah plötzlich, dass es ihnen nichts ausmachte, in einem virtuellen Schlachthaus zu arbeiten. Jedes Tier aus der Massenzucht bekam eine Art Code, eine Fahrgestellnummer wie ein Auto, und war damit nichts weiter als ein industrielles Produkt, mit dem man einen Gewinn erzielen wollte.

Manchmal dachte er: Wenn du begreifst, dass du dich eines Tages für immer von der Sonne verabschieden musst, wenn du also weißt, dass du dich allmählich an deinen eigenen Tod gewöhnen musst und an den deiner Frau, und wenn du vor allem weißt, dass sich alles ständig wiederholt, dass es alles schon so viele Male gegeben hat – vom ersten Feuer, von Menschenhand angezündet, bis zu den Apollo-Raketen –, fängst du an, aus vollem Hals über dich selbst zu lachen, und wenn du ein pflichtbewusster und zu jedem freundlicher Atheist bist, möchtest du wieder in den Bauch deiner Mutter zurückkriechen und deine eigene Geburt möglichst lange hinauszögern, und wenn du gläubig bist, verdammst du die Weltlichkeit und wartest auf himmlische Wunder und Zeichen, auf das Erscheinen deines Erlösers, der dir deine Sünden vergibt, doch du willst nicht mehr betrogen werden, weder von irgendeinem Gott noch von irgendeiner Gewerkschaft oder Partei, du hast nämlich erkannt, dass nichts wichtig ist und dass nicht einmal die Bücher, die du auf Empfehlung deines besten Freundes so gern nach Feierabend in deinem virtuellen Schlachthaus gelesen hast, dir helfen und dich und deine Familie retten können; dann hast du endlich begriffen, wie dünn deine Bergluft geworden ist, und dann betrinkst du dich und schreibst plötzlich deinem besten Freund eine E-Mail, und es ist dir auf einmal egal, ob er dich versteht oder nicht: »Hier oben, wo ich leben muss, ist die Luft dünn, und es gibt hier nur Feinde und Opfer. Selten kommt ein Gast vorbei, der dich liebt, der mit dir das Brot und den Wodka teilen will. Du bist im Himmel und denkst: Es ist die Hölle.«

Aber nun freute er sich auf die Begegnung mit Tante Ala. Vielleicht besaß sie die Medizin, die er brauchte. Schließlich war sie die Schwester seiner Mutter, und Ala hatte Kuba in einem Brief geschrieben, er solle sie besuchen, zumal sie ihrem Schwager, Kubas Vater, die Mordtat längst verziehen habe.

3 Wojteks Lied

Ala hatte ihm am Telefon versprochen, einen Voraustrupp zu schicken, der ihn kurz vor Wilimy aufspüren würde. Es sollten zwei Männer sein, etwa so alt wie sie selbst, Mitte sechzig, sie würden Tarnjacken der Volksarmee und Gummistiefel tragen und Baseballmützen.

Er hatte Glück und kam zu der kleinen *kapliczka*, der Kapelle mit der Skulptur der Gesegneten Jungfrau Maria, und erblickte tatsächlich am Wegesrand zwei ältere, altmodisch gekleidete Typen, die mit den Armen in der Luft herumfuchtelten. Ihre Laune war nicht die beste, als sie seinen C5 in der Dunkelheit anhielten: Sie leuchteten mit einer Taschenlampe Kuba ins Gesicht, nachdem er zuvor das elektrische Fenster heruntergelassen hatte, und fragten: »Kuba Dernicki! Bist du es?«

Er stieg aus, und als er den Männern die Hand zur Begrüßung gab, spürte er das Zittern ihrer Finger. Es war ein gutes Gefühl, diese Wodkafinger, die ihm so vertraut waren, für wenige Sekunden zu berühren. Kuba sagte: »Ja, ich bin der Sohn von Adelbert... Ihr wisst schon... Und der Wald ist gar nicht so groß, wie ich ihn mir immer vorgestellt habe...«

»Herzlich willkommen!«, sagte einer der Männer. »Geschlagene drei Stunden haben wir hier auf dich gewartet! Unsere Belohnung wird groß sein! Oder?«

Kuba nickte und drückte ihm vierzig *złoty* in die Hand; war das ein anständiges Trinkgeld? Er kannte sich mit den neuen Preisen nicht aus, aber er wollte sich großzügig zeigen, denn er kannte seine Landsleute – machte man sie sich einmal zu Feinden, wurden sie später zu unerbittlichen und erbarmungslosen Gegnern.

Er fuhr mit seinem zeremoniell schweigenden Begrüßungskomitee ins Tal, in die Moränensenke, wo durch die Kirsch- und Apfelbäume und Kiefern schon die ersten Lichter von Wilimy zu sehen waren.

Im Wald hatte er die ganze Zeit an die Kapelle gedacht, die zu Ehren der Gesegneten Jungfrau Maria von polnischen Fischern erbaut worden war. Er erinnerte sich plötzlich, wo sie stand, und unterwegs im Groß-Ramsauer Forst musste er sogar darüber lachen, dass er ein Gebet, das ihn ermunterte, seiner Intuition zu folgen, laut sprach: »*Maryjo Królowo Korony Polskiej, módl się za nami!* – Maria, Du Königin Polnischer Krone, bete für uns!« Er staunte über sein Gedächtnis. Er war in Deutschland kein einziges Mal in der Kirche gewesen und hatte nicht einmal in B. ein Konzert von Jan Garbarek besucht, obwohl er seine Musik und die von Pat Metheny mochte. Und Jasmin und Sebastian wurden auch nicht getauft, Franka wollte es nicht, er hatte sich widerstandslos ihrer Entscheidung angeschlossen, denn es blieb ihm unvergesslich, wie er im Religionsunterricht in Biskupiec Gebete auswendig lernen musste. Und unvergesslich blieb ihm, wie eine Nonne zum

Schlagen der Schüler, die die Rosenkranzgebete nicht auswendig gelernt hatten, kein Lineal benutzt, sondern das Kreuz von der Wand genommen hatte – was ihm als Kind durchaus als konsequente Maßnahme vorgekommen war.

Von der Kapelle aus war es nur noch ein Katzensprung ins Moränental – ein Wurf mit dem Béret, sagten seine Polen.

Er hatte Angst, Ala zu begegnen. Woran würde sie sich erinnern?, fragte er sich. An das blutbeschmierte Messer seines Vaters? An ihre Schwester, die drei Tage nach der Hochzeit in Wilimy begraben wurde? Und was würde sie ihm über seinen Vater sagen? Hatte sie Adelbert wirklich verziehen? Angeblich lebte er in Najdymowo, in seinem alten Elternhaus. Adelbert war begnadigt worden und wieder auf freiem Fuß, und das schon seit etlichen Jahren. Er lebte wohl allein und als Wilderer und Eisenschrottdieb in bitterer Armut. Ala hatte in ihrem Brief geschrieben, er würde auch Eisenbahnschienen stehlen und sie gleich am Tatort, in Czerwonka, in Korsze oder an anderen benachbarten Orten und Bahnhöfen, für den Verkauf zersägen. Und würde Tante Ala ihrem Neffen vorwerfen, dass er ausgewandert war und sich bei ihr in all den Jahren nie gemeldet hatte?

Dumpfes Hundegebell begrüßte ihn von weitem. Seine Vorahnung verhieß ihm nichts Gutes, aber als er den C5 auf Tante Alas Hof parkte, der im gelben Lichtkegel schwach beleuchtet war, zerrte ihn Ala förmlich aus dem Auto und gab ihm drei Wangenküsse, die er gut von früher kannte – sie drückten pure Freude aus. Er fühlte ihren Speichel auf der Haut kleben: »Mein Sohn! Du bist endlich wieder bei uns!« Er küsste sie auf die Stirn und dann auf das linke Auge, das so aussah, als würde es ewig schlafen. Das zarte Lid verdeckte es für alle Zeiten und war mit der Gesichtshaut verwachsen. Die Narbe von dem Messerstich, fast nicht mehr erkennbar, glich einer ganz gewöhnlichen, altersbedingten Runzel, die sich von der Mitte der Augenbraue bis zum Wangenknochen zog. Jeder konnte sehen, dass Ala einmal eine Dorfschönheit gewesen sein musste.

»Mein guter Junge«, sagte sie, als sie Kuba fest umarmte und schluchzte. »Du bist der Alte geblieben …«

»Nein, ich habe graues Haar und Falten im Gesicht bekommen, wie du«, antwortete er und lachte.

Im Zwinger tobte und kläffte ein ausgewachsener Rüde, der sich immer wieder mit großem Elan gegen das Drahtgeflecht seiner Behausung warf.

»Wiktor! Wirst du still sein?!«, brüllten die alten Männer den Hund an. »Kuba ist einer von uns!«

Er erkannte den Geruch des Dadajsees wieder, der genauso intensiv war wie der Duft der Lärchen und Fichten im Wald. Es roch überall nach blühendem Tang und totem Fisch und frisch gewaschener Bettwäsche. Die Milchstraße war als eine graue Gardine am hiesigen Himmel deutlich zu sehen, und schaute man die Sterne an, hatte man den Eindruck, als würde sich um einen herum die Welt im Schritttempo drehen.

Das einstöckige Haus seiner Großeltern war am Anfang des 20. Jahrhunderts von polnischen Fischern gebaut worden, wobei eine ostpreußische Ziegelei den Baustoff geliefert hatte. Die Zimmerdecken waren niedrig, über der Eingangstür hingen eine geschmiedete Außenlampe und ein Holzkreuz mit der geschnitzten Figur Jesu Christi, und man musste den Kopf einziehen, wenn man das Haus betreten wollte. Im Vorgarten dominierten Sonnenblumen und Malven, die die Fenster im Erdgeschoss bis zur Hälfte verdeckten, Korn- und Mohnblumen mussten sich das Sonnenlicht hart erkämpfen, und am Zaun wuchs Rhabarber, auswuchernd und chaotisch. Ans Ufer führte über die Wiesen ein schmaler, gut zweihundert

Meter langer Weg, den Ala zweimal täglich zurücklegen musste, wenn sie zum Melken ging.

Tante Ala schickte die Männer in den Kuhstall, wo die Schnapsbrennerei aufgebaut war, und trug ihnen auf, einen halben Liter abzuzapfen. Dann sagte sie: »Bei uns hat sich nichts verändert. Die Schweine wurden schon gefüttert. Keine Sorge! Diese beiden Nichtsnutze sollen bloß den Schnaps holen, den wir ja nach wie vor selbst brennen!«

»Weißt du, Kuba«, fuhr sie fort, als sie in das Haus traten, in dem ihn Oma Renia und Opa Kostek großgezogen hatten, »wir sind bankrott, und unsere Soldaten kämpfen in fremden Ländern und kommen ohne Arme und Beine nach Hause zurück, im besten Fall in einem Sarg, denn als Krüppel fallen sie ihren Familien nur zur Last. Und wir haben eure Verträge, die ihr uns untergejubelt habt, unterschrieben. Aber wir sind pleite. Unsere Leute haben keine Arbeit mehr, weil der Staat seine landwirtschaftlichen Betriebe geschlossen hat. Glücklich ist derjenige, der zu Hause ein Schwein oder eine Kuh hat und die Tiere füttern kann. Doch ich will mich nicht beklagen. Sieh doch, es gibt noch Hoffnung. Die Dame aus Gdańsk – sie hat alles richtig gemacht. *Pani* Justyna gehört das Luxushotel. Sie hat ausländische Gäste. Vor allem Deutsche und Russen.«

Kuba nickte die ganze Zeit. Er schickte seiner Frau eine SMS, er sei gut angekommen und wohlauf, obwohl er hasste, SMS zu schreiben – sie fielen immer zu kurz aus. Und als er dann mit Tante Ala und ihren Hilfsarbeitern in der Küche am Tisch saß, trinkend, essend, sich die Klagen Alas anhörend, die keine sein sollten, vergaß er seine Müdigkeit – in der Küche, in der er als Kind am liebsten gespielt hatte, weil es dort Kohlebrocken und Holzscheite gab. Er sagte: »Ich habe es so satt gehabt, mich vor euch zu verstecken und damit auch vor meiner eigenen Vergangenheit. Glaub mir, Ala! Ich bin froh, dass ich zu euch gekommen bin!«

Das dritte Schnapsglas hatte ihn betrunken gemacht, er war Hochprozentiges nicht mehr gewohnt. Das kellergekühlte Flaschenbier, von dem er auf den letzten Kilometern geträumt hatte, schmeckte ihm aber ausgezeichnet. Einer der Männer, der die meiste Zeit geschwiegen hatte, stand auf, wünschte Kuba alles Gute und ging schlafen. Er war Tante Alas Nachbar, ein hilfsbereiter und bescheidener Mensch. Niemand wusste, ob er Ukrainer, Jude oder Deutscher war. Sein Vorname war polnisch, Ździsiek, doch das hatte in dieser Gegend nichts zu bedeuten. Seine Frau war letzten Sommer unerwartet gestorben, eines natürlichen Todes – diesen gab es am Dadajsee offensichtlich auch. Der andere, der blieb, hieß Wojtek und gab Kuba Rätsel auf. Kannte er den Mann von früher? War er mehr als nur ein Hilfsarbeiter Alas? Schlief er mit ihr? Hatte Wojtek sein ehemaliges Zimmer bezogen?

»Ich weiß alles über dich. Du bist in Wilimy berühmt!« Wojtek sprach diese Worte in seiner Schnapslaune, aber Kuba glaubte ihm und sagte: »Du weißt also, was dieser See einem antun kann?«

»Ja, ich bin sogar Martas Eltern schon einmal begegnet. Und deinen Vater kenne ich auch gut. Er ist klug genug, um mir aus dem Weg zu gehen.«

Wojtek spuckte auf den Dielenboden und wischte den fetten Speichelklumpen mit der Schuhsohle weg.

Kuba wollte über Marta und Adelbert noch nicht reden, nicht gleich an seinem ersten Abend in Wilimy, und versuchte, Wojtek mit einer Frage abzulenken: »Und gibt es im See genügend Fische, ausreichend für alle Familien? Könnt ihr von der Fischerei leben?«

»Dummes Zeug!«, antwortete Wojtek. »Man merkt sofort,

dass du keine Ahnung hast, wie es bei uns zugeht! Wir schlagen uns jeden Tag durch – jeder wie er kann …«

»Die Herren in Warschau haben uns … vergessen«, sagte Tante Ala. »Verdammt: Obwohl ich in die Kirche gehe – ich könnte sie mit eigenen Händen erwürgen und hätte kein schlechtes Gewissen dabei. Doch erzähl mal von deiner Frau und deinen Kindern! Warum hast du sie nicht mitgebracht?«

»Nächstes Mal, Ala.«

Kuba beschrieb ihr kurz, wie er in W. lebte. Er dachte aber wieder an Marta und an die Hochzeit, auf der Ala ihr Auge verlor. Er hatte nur noch eine Zigarette in seiner Schachtel, am nächsten Morgen würde er sich auf dem Basar in Biskupiec eine russische Stange Monte Carlo kaufen, auch eine Flasche Wodka und geräucherte Wurst mit Kümmel und Knoblauch, und er wusste, dass seine Tante beleidigt sein würde, wenn er mit einer prall gefüllten Tüte nach Hause käme, mit seinen Euroscheinen und den Schätzen von Tesco und dem Metzger aus Biskupiec.

Kuba schnitt sich noch ein Stück Schinkenwurst ab, dann erhob er sein Glas und prostete Wojtek zu: »*Na zdrowie!*«

»Dein Vater hat Ala das Leben und ihr wunderhübsches Gesicht ruiniert!«, sagte Wojtek nach dem Trinkspruch. »Wenn ich bloß kein Feigling wäre … Doch weiß er überhaupt, dass ich als Jäger einen Waffenschein besitze?« Und wandte sich an Ala: »Du hast einen anderen Mann verdient und nicht so einen Schuft, der ich leider geworden bin!«

Kuba schwieg.

»Halt's Maul, du Säufer!«, empörte sich seine Tante. »Kuba war damals ein kleiner ahnungsloser Bengel. Ich hab's Adelbert außerdem längst verziehen, und was er mir angetan hat, hat er auch sich selbst angetan!«

Wojtek begann, leise ein altes Lied zu singen:

»Wodka und Messer,
Warmia und Masuren,
Würmer und Menschen!
Mein Hornissenland!
Wälder und Moränen,
Wasser und Monde!
Mein stacheliger See,
der du immer Sommer
und Winter heißt!«

Während Wojtek weitersang, kreisten Kubas Gedanken unaufhörlich um Marta, und der Schnaps zeigte allmählich seine verheerendste Wirkung, Kuba wurde melancholisch-anhänglich: Du mein Mädchen – ich bin wieder da, bei dir! Und du wirst nie mehr wieder allein sein! Das verspreche ich dir! Ich bin zurückgekommen, zu deinen Lenden und Augenbrauen und Wimpern zurückgekommen! Vergessen konnte ich dich nie! Wie denn auch?

Wojteks Lied nahm kein Ende:

»Wodka und Messer.
Weiber und Männer.
Wasser und Moränen.
Wälder und Menschen.
Warmia und Masuren.
Weiden und Monde.
Unsere stacheligen Mädels!
Winter und Monate.
Da-daj, da-daj!«

Wie verschwindet man aus unserer Welt, fragte sich Kuba nach dem letzten Glas Schnaps, und wie behält man dabei seinen Körper, damit man weiterleben kann? Und wohin soll man flüchten? Er konnte nach Wilimy fahren, klar, in sein Heimatdorf in Warmia und im Dadajsee schwimmen gehen und ersaufen und über dem Grund des Sees treiben, mit einem hungrigen Aal im Bauch. Aber was würden andere an seiner Stelle tun? Sein bester Freund Toni oder Franka zum Beispiel?

»Ich, der ahnungslose Bengel, kann mich an jenen Abend, an dem meine Mutter getötet wurde, bestens erinnern, aber ich möchte heute darüber nicht sprechen – ein anderes Mal«, sagte Kuba fahrig. »Jetzt hole ich aus dem Auto meinen Koffer und die Überraschung – ich hab sie vor lauter Aufregung völlig vergessen! Verzeiht mir!«

Welche Ruhe, welche Stille, empfand er, als er draußen war und sich die allerletzte Zigarette anzündete. Er blieb vor seinem Wagen lange stehen, schaute sich mehrmals um, weil er sich beobachtet fühlte, aber da war niemand in der Nacht, außer Katzen und Igeln, die auf leichte Beute lauerten. Seine Blase drückte, er pinkelte in einen Fliederbusch am Kuhstall und sagte sich, alles wird gut! Er wusste, dass diese Nacht für ihn kurz werden würde. Und für einen Augenblick vergaß er, dass er sich auf altem, vertrautem Terrain befand. Jetzt ging es nur noch um eines: die Nacht schlagen, jedwede Erinnerung unterdrücken, das Grillenzirpen auf den Wiesen ausschalten, das Brummen des Transformators an der Straße, das Grunzen der Schweine, den Kampf gegen die Nacht und ihre Ruhelosigkeit gewinnen, vorwärtskommen – und endlich ausschlafen. Sein erster Tag in Wilimy durfte nicht ein Ende vom Anfang werden.

»*Dobranoc* Marta«, murmelte er vor sich hin, »so blau war ich schon lange nicht mehr.« Er wunderte sich, dass er im Polnischen keine Fehler machte, sonst hätten ihn Ala und Wojtek korrigiert, schüchtern oder unaufmerksam waren sie ja nicht, er hatte also nichts vergessen, obwohl seine Muttersprache so lange Zeit mehr oder weniger kaltgestellt war. Ab und zu dolmetschte er in der Firma bei schwierigen Verhandlungsgesprächen mit seinen Landsleuten, wenn sie aus taktischen Gründen die Unterhaltung auf Englisch vermeiden wollten – ja, okay, er war mit einem Polen aus Schlesien, einem Arbeitskollegen, befreundet, mit dem er sich zweimal im Monat in einer Kneipe traf, außerdem las Kuba täglich im Internet polnische Webseiten, vor allem die der Nachrichtenmagazine und Zeitungen, aber andere Möglichkeiten, zu seiner Muttersprache zurückzukehren, gab es nicht, nicht einmal im Bett mit Franka, weil er ihr nichts beigebracht hatte, nicht ein polnisches Intermezzo, und seine kleinen Zwillinge sprachen nur Deutsch. Ihnen brachte er auch nichts bei, nicht einmal ein paar witzige, für ihre Zunge unaussprechliche Wörter: die Socken – *skarpety*, der Mond – *księżyc*. Tote Sprache – seine tote Zunge.

Er schleppte den Koffer ins Haus. Demonstrativ stellte er ihn in der Küche vor Ala ab und packte die Geschenke aus: ein blaues Sommerkleid und eine Douglas-Papiertüte mit verschiedenen Kosmetika.

»Oh! Das Kleid kann ich für ein Fest gut gebrauchen«, freute sich seine Tante, als sie sich die Geschenke ansah. »Woher wusstest du meine Größe?«

»Du hast geschrieben, du hättest abgenommen, seitdem du in diesem Hotel arbeitest.«

Ala zog sich vor den Augen der Männer um – zu Wojteks Freude, der laut Bravo rief und in die Hände klatschte. Sie war schlank und hellhäutig und hatte an den Waden netzförmige Krampfadern. Die Unterwäsche, die sie trug, eignete sich hervorragend für eine Dessouswerbung im Stile der Fünfziger des vorigen Jahrhunderts. Umgezogen schritt sie barfuß in der Küche auf und ab wie bei einer Modenschau und schwor, sie würde sich gleich morgen in der Stadt passende Schuhe kaufen. In dieser guten Stimmung begleitete sie ihren Neffen zu seinem Schlafplatz. Zum Glück bekam er nicht sein altes Zimmer, in dem er bis zum Abitur gewohnt hatte und in das er erst am nächsten Tag einen Blick werfen wollte – oder vielleicht erst am Ende seines dreiwöchigen Urlaubs. Es mochte aber auch sein, dass er nicht einmal das Grab seiner Mutter und seines Bruders Kopernik besuchen würde. Vielleicht würde sein Urlaub in Wilimy nach drei Tagen beendet sein. Er wollte auf jeden Fall in Olsztyn zum Friedhof gehen, für Marta eine Kerze anzünden und einen Rosenstrauß aufs Grab legen. Er hasste die Topfblumen, die Chrysanthemen und Stiefmütterchen, die immerzu weinten und jammerten, zumindest auf den katholischen Friedhöfen.

Er schlief im rechten Flügel des Erdgeschosses; aus dem Fenster blickte man in den Obst- und Gemüsegarten. In diesem Raum hatte ursprünglich sein Opa Kostek residiert. Kuba bestaunte die Einrichtung, die seit seinem Verschwinden niemand zu verändern gewagt hatte: die rustikalen Möbel, Kosteks Bücherregale, das Teleskop, mit dem sie den Nachthimmel beobachtet hatten, die Landschaftsfotos aus einem uralten Kalender, die Heiligenbilder und die verstaubten Hirsch- und Rehgeweihe an der Wand und die weiße, an manchen Stellen gestopfte Bettwäsche, die so frisch schien, als hätte hier Oma Renia vor fünf Minuten herumgewirtschaftet.

Er verabschiedete sich von Tante Ala mit einer Umarmung, und als er allein war, schaltete er das Licht aus und ließ sich schwer auf das Bett fallen. Es dauerte lange, bis er die Umrisse des verhängten Fensters sehen konnte. Hatte er Wilimy jemals verlassen? Nein. Seine Ausreise in die BRD hatte nie stattgefunden. Er war nur mit Oma Renia in den Garten gegangen, um Kirschen und Birnen für die Konfitüre und das Kompott zu pflücken. Vielleicht war er gerade mit Opa Kostek vom Fischen zurückgekommen, der ihn des Öfteren nachts zum Auswerfen oder Einholen des Treibnetzes gebraucht hatte, selbst noch in den Semesterferien, als Kuba Student war.

Vielleicht bin ich sogar der Mörder meines Bruders?, fragte er sich. Bin ich für ihn zwölf Jahre lang ein lebendiger Sarg gewesen? Kuba schlief mit der Hoffnung ein, dass nichts von dem, was er in Deutschland erlebt hatte, wahr gewesen war. Das Land existierte für ihn plötzlich nur in einem Atlas und wurde gelegentlich in einer Zeitung oder in Fernsehbeiträgen erwähnt. Er sprach kein Deutsch, er besuchte die erste Klasse des Lyzeums in Biskupiec und musste jeden Tag von Wilimy nach Czerwonka zum Linienbus trampen oder zu Fuß gehen. Er war wieder sechzehn. In den USA wurde gegen die Neutronenbombe protestiert, ein anderer Junge in seinem Alter verkaufte an der Copacabana süße Mangos, und die Dadajsonne merkte nicht einmal, dass wieder ein Staat untergegangen war, eingeschläfert wie ein Tier, dessen ganze Hoffnung nur noch seiner Reinkarnation galt.

4 Perkunis, Potrimpos und Patollos

Kuba wachte gleich nach dem Sonnenaufgang auf. Er konnte nicht mehr schlafen, obwohl er immer noch müde war und Kopfschmerzen vom Schnaps hatte. Er öffnete das Fenster und sah durch die Kronen der Kirschbäume die pomadigen Kühe auf den Wiesen grasen. Sie schleppten sich ans Ufer und stellten ihre Vorderbeine ins Wasser, um zu trinken, anschließend pissten sie in den See. Er wusch sich das Gesicht und wechselte seine Kleidung, in der er die ganze Nacht geschlafen hatte; danach brach er zu einem langen Spaziergang zum Touristenbadestrand auf, der um diese frühe Zeit menschenleer war. Er wollte ungestört sein und sich die Gegend in Ruhe angucken.

Das Dorf war fast das alte geblieben. Ein paar neue Häuser waren gebaut worden, einige Fassaden angestrichen, die Straße, die von dem Czerwonka-Bahnhof und Droszewo, der heruntergekommenen PGR-Siedlung, quer durch Wilimy zum See führte, hatte man asphaltiert. *Morena*, das Erholungszentrum, das ursprünglich von dem Wirkwarenbetrieb aus Bartoszyce verwaltet wurde, war privatisiert worden. Die Holzhütten für Touristen erhielten einen neuen Anstrich, im Speisesaal war jeder willkommen, das Restaurant hatte für alle geöffnet, und ein Minisupermarkt versorgte die Urlauber mit dem Notwendigsten.

Am Rande von Wilimy, wo der Wald begann, stieß er auf das neue Hotel – es war ein dreistöckiges Gebäude, zu dem noch ein Restaurant gehörte, und es gab sogar ein Hallenbad: Und was soll das?, drängte sich jedem die Frage auf, da man doch im See baden konnte. Eine Mauer umgab das Hotelgelände, und schwarz gekleidete Security-Männchen bewachten das

Einfahrtstor, den Eingang in eine bessere Welt. Auf dem Parkplatz standen zwei Reisebusse und gut zwanzig Autos, die meisten mit deutschen oder russischen Kennzeichen; Franzosen und Holländer waren aber auch dabei: Frauenjäger oder Algarve-Überdrüssige auf der Suche nach neuen Natur- und Hippieparadiesen.

Angekommen am Touristenbadestrand traf er auf Angler, die auf dem Steg ihre Ruten ausgeworfen hatten. Beim Anblick der drei Eichen, die direkt am Ufer wuchsen, ging Kuba das Herz auf, denn in ihrem Schatten hatte er mit Marta, wenn die Sonne unerträglich heiß war, oft gelegen.

Er hatte eine Wolldecke mitgenommen, breitete sie in der Nähe der Eichen aus und setzte sich auf den Hintern. Die Angler schauten ihn eine Weile argwöhnisch an, bevor sie sich wieder auf die im Wasser tänzelnden Posen konzentrierten. Ihm fiel auf, wie schäbig sie gekleidet waren. Es konnte sich auf keinen Fall um Touristen handeln, sondern um arme Familienväter, die von der Hand in den Mund lebten.

Am Strandkiosk, einer aus großflächigen Metallplatten zusammengeschweißten Bude, hing ein Schild, das über die Verleihzeiten und -preise für Segel- und Ruderboote und Kajaks informierte. Die angeketteten Schwimmgeräte für Touristen lagen halb im Wasser, halb am Ufer, aber das tonnenschwere und träge Motorboot der Miliz war offensichtlich stillgelegt worden, denn es war nirgendwo zu sehen. Von diesem Badestrand, der sich eines honigfarbenen Sandes wie am Baltischen Meer rühmen durfte, konnte man zu den fünfzehn Inseln des Dadajsees fahren oder rudern. Und hier ließen sich im Winter die Schreie der Angler oder Wilderer, die bis zur Brust in einem Eisloch feststeckten und sich mit letzter Kraft ihrer Arme abstützten, am lautesten hören.

Der See gab keinerlei Geräusche von sich. Die Wellen waren ruhig, und die Sonne stieg mit großer Geschwindigkeit immer höher, bald strahlte sie direkt über den Inseln; die spärlichen Wolken trieben langsam am Himmel, es würde ein glühendheißer Sommertag werden, wie gestern. Kormorane, Kraniche und Möwen flogen zu den Inseln und planschten in ihren Uferwassern. Im Schilf wälzten sich Hechte und Barsche, die im richtigen Moment dem Kleinfisch nachstellten.

Kuba musste sich ohne Zigaretten der Kontemplation hingeben, was nicht so einfach war. Immerhin ließ er sich nicht von der Illusion verführen, dass er sich mit Tante Ala und ihrem Freund gut verstehen würde. Er hatte den Eindruck, in ihr Leben wie aus dem Nichts hineingeplatzt zu sein, trotz des Briefes von Ala und ihrer Einladung nach Wilimy. Er war sich auch gar nicht sicher, dass sie ihn akzeptieren und drei Wochen lang fürstlich beherbergen und umhegen würden, nur weil sie alle drei durch familiäre Bande zum Zusammenhalt verpflichtet waren. Und nun saß er da und sah hinüber zum anderen Ufer, wo dort in Najdymowo der alte Mann Adelbert Dernicki lebte.

Mein Vater ist ein Idiot, flüsterte er vor sich hin und griente dabei, dieser See produziert Idioten am laufenden Band, und demzufolge muss auch ich einer sein. Meine ermordete Mutter war Polin. Meine Eltern kenne ich kaum: Ich weiß mehr über die Geschichte meines Landes, ja, mehr über die Entstehung und den Aufbau des Weltalls als über meine Eltern – *Perkunis* (Schöpfer der Sterne), *Potrimpos* (Schicksalsverwalter) und *Patollos* (Todesfürst), die Götter der Pruzzenstämme, der Barten und Natanger, haben es mir nicht vergönnt, mit meinen Eltern eine nähere Bekanntschaft zu schließen, geschweige denn ihre Liebe oder ihren Hass zu begreifen. Dadaj ist also meine wirkliche Mutter und zugleich mein wirklicher Vater. Und es wäre so einfach, hier zu bleiben, in Alas Haus zu wohnen, mit Wojtek jede dritte Nacht loszufahren und die Stell- und Treibnetze einzuholen; man fängt in diesem See vor allem Kleine Maränen, Schleien, Aale und Brassen, und die Kleine Maräne und der Aal schmecken am besten geräuchert. Es gibt nur noch eine Fischerei, die in Najdymowo – unsere in Wilimy ist Pleite gegangen. Aber ich kann nicht, ich will nicht, ich werde nicht schon wieder flüchten und ein neues Leben anfangen, das in Wilimy das alte sein würde. Franka und meine Firmenkollegen würden mich auslachen: Kuba Dernicki ist jetzt Fischer in *Masuren*. Irgendwann würde ich dann heiraten, weil ich eine Dirne aus dem Dorf geschwängert hätte, naturgemäß im Suff. Aus deren Augen würde mich die derbste Dummheit, die unter hiesigen Menschen weit verbreitet ist, anschauen, gegen die der Blick der Gänse oder der Kühe ein Blick der Weisen dieser Welt wäre: Die klugen Mädchen sind längst abgehauen, in eine Großstadt oder ins Ausland. Und ich müsste dann nur so viel Geld verdienen, um mir den Wodka leisten zu können. Und nichts würde mir wichtig erscheinen, nichts, gar nichts mehr erschiene mir wichtig, nicht einmal die Angst vor dem Tod, denn ich wohnte dann in der totalen Langeweile, in der es nur noch Fisch, Wodka, Wasser, Wald und brutalen Sex geben würde. Eines Tages müsste ich natürlich das Hotel *Justyna Star* in Brand stecken, um den schleichenden Einzug der Zivilisation in mein Dorf zu stoppen. Die Gesegnete Jungfrau Maria würde mir jede Missetat verzeihen, die Heilige Rita die unmöglichsten Wünsche erfüllen, der Heilige Quirin mein Vieh vor Krankheiten bewahren. Ich stürbe an Langeweile – Freunde? Liebe? Franka und die Kinder? Vergessen, vergessen, schnell vergessen. Und keiner in Wilimy wollte dann so leben, wie ich es mir hier und jetzt ausmale. Irgendwann verstießen mich selbst die hartnäckigsten Säufer, steinigten mich, jeder Straßenköter wäre ihnen angenehmer als ich, jede verflixte, in den Dörfern wild umherstreunende Katze, und meine neue Frau würde nur eines herbeisehnen: meinen baldigen Tod.

Kuba überlegte, ob er ins Wasser springen und ein paar Meter im Becken für Erwachsene schwimmen sollte. Er war kein Tourist, der nicht wissen konnte, dass der Dadajsee gefährlich ist. Einfach so ins Wasser gehen, durfte er also nicht. Es musste ein passender Augenblick kommen. Zur richtigen Zeit und an richtiger Stelle würde er endlich im Dadajsee schwimmen. Er war jedes Mal, wenn er Sommerfrischlern beim Baden zuschaute, über ihren Leichtsinn entsetzt. Die meisten, vor allem Teenager und junge Männer, wollten zeigen, dass sie gute Schwimmer waren, und sie sprangen, ohne sich vorher abzukühlen, sofort in die kalten Fluten. Für sie war das Baden kein heiliges Ritual.

Er stand auf, rollte die Wolldecke zusammen und ging zurück nach Hause, wo er sich wieder für eine Stunde hinlegte.

*

Später, als er Ala auf dem Hof begegnete, die ihre Frühstückspause im Hotel zum Melken der Kühe nutzte, ließ sie ihm von der verehrten Direktorin ausrichten, dass im *Justyna Star* am Abend eine Hochzeit gefeiert werde, zu der er herzlich eingeladen sei. Kuba antwortete, er habe keine Lust, er würde lieber mit Wojtek oder mit irgendjemand anderem aus dem Dorf plaudern, egal, über was für ein Thema, doch ein Hochzeitsfest in diesem grässlichen Hotel, das von Neureichen aus Kaliningrad, Rentnern aus Rostock und Jungfamilien aus Warschau bestürmt werde, möge sie ihm bitte ersparen.

»Du musst diese Einladung annehmen«, sagte Ala, »du wirst

mir noch dafür danken, dass ich sie dir überhaupt besorgt habe!«

»Ich mag keine Geheimnistuerei, aber ich tu's – ich werde dich begleiten.«

Als seine Tante mit dem Melken fertig war und sich für die Arbeit in der Hotelküche umzog, bat sie Kuba um einen Gefallen. Sie wolle sich für das Hochzeitsfest neue Schuhe kaufen und müsse deshalb nach Biskupiec, sagte sie, ob er, Kuba, sie in die Stadt fahren könne? Wojtek würde sicherlich mitkommen wollen, er habe schon vor Wochen den Fernseher zur Reparatur gegeben, das Gerät müsse endlich abgeholt werden.

»Ohne Fernseher ist man hier völlig aufgeschmissen, du weißt nicht, was du abends mit dir anfangen sollst«, sagte Ala.

»Gut. Ich komme mittags ins Hotel, dann esse ich dort, und danach können wir sofort aufbrechen.«

Wojtek sei zwar nicht da, er habe in der Fischerei von Najdymowo zu tun, erklärte Ala, bevor sie ging, doch man könne seinen Chef Marek auf dem Handy anrufen.

Der Zaungast mit der Alukrücke

Bis zum Mittag blieb noch viel Zeit. Am Badestrandkiosk besorgte sich Kuba Zigaretten und ein paar Illustrierte und Zeitungen, darunter die *Gazeta Wyborcza*. Den Herausgeber kannte er persönlich. Er hatte mit ihm dank Martas Vermittlung mehrmals ein paar Worte gewechselt. Jetzt war Adam reich und mächtig wie die Marionetten der Regierenden von damals, gegen die er sich mit Seinesgleichen erfolgreich aufgelehnt hatte. Seine jüdische Herkunft war vielen in diesem Land ein Dorn im Auge, wie auch seine peitschende, resolute, stets das Gewissen der Nation ermahnende Stimme. Seine Worte konnten töten und heilen, aber er war kein Partisan mehr, denn er hatte eine Zeitung gegründet, die dem neuen Staatssystem gute Dienste leistete. Er hatte die Seiten gewechselt. Irgendwann wechselte jeder die Seiten, um überleben zu können: Partisanen werden zu Zeitungsherausgebern, Henker zu Verfolgten, Schiedsrichter zu Spielern, Huren zu Nonnen, Debile zu Genies, Regenwürmer zu Kleinen Maränen, Heavy-Metal-Fans zu Mönchen des Kartäuserordens – und umgekehrt.

Er bereitete sich in der Küche das Frühstück zu. Dann setzte er sich mit einem voll beladenen Tablett in den Obst- und Gemüsegarten. Dort, im Schatten eines Kirschbaums, war eine stille Ecke eingerichtet worden: zwei Bänke und ein Tisch aus Eichenholz. Kuba blätterte in der *Gazeta Wyborcza*, aß ein Brötchen mit selbst gemachter Erdbeermarmelade und trank ein Glas Milch – herrliche Gaben von seiner Tante Ala.

Er war immer noch in die Zeitungslektüre vertieft, da schrie ein Zaungast mit heiserer Stimme: »Junge! Auf ein Wort! Junge! Auf ein Wort!«

Kuba schaute zu dem Fremden hinüber. Wer war dieser Greis, der in der Luft mit einer Krücke aus Aluminium fuchtelte und ihn herbeiwinkte? Der Pfarrer Kazimierz etwa? War er noch nicht tot? Nein! Ihn hatte der Dadajsee scheinbar übersehen. »Mein Gott, Kazimierz!«, schrie er zu dem Greis und lief los. »Sie sind es! Verdammt! Sie sind es tatsächlich!«

Dem alten Mann, der die Alukrücke auf die Erde fallen ließ und Kuba, eng an den Zaun gedrückt, in seinen rechten Arm schloss, tränten die rot geschwollenen Augen. Weinte er – oder freute er sich nur?

»Halt mich fest, Kuba, da ich sonst umkippe!«, stotterte er. »Ein Bauer hat mich mit seinem Panjewagen mitgenommen und kurz vor Alas Hof abgesetzt!« Sein linker Arm baumelte leblos. »Ich hab vor fünf Jahren einen Schlaganfall erlitten. Der Wodka und die Kirche haben ihren Tribut gefordert, sehr spät, das gebe ich zu! Der Heilige Quirin ist jetzt mein Patron!«, sagte er weinerlich; er sprach langsam und nachdenklich, als ob jedes seiner Worte einen gewichtigen Urteilsspruch in einem Gerichtssaal bedeutete.

Sie konnten sich beide vom Zaun nicht trennen. Durch diese überraschende Begegnung begriff Kuba plötzlich, warum er den Weg nach Wilimy auf sich genommen hatte, ohne Franka und die Kinder: Er wollte jemanden treffen, den er schon längst tot zu wissen glaubte.

Kraniche überflogen den Hof von Tante Ala. Kazimierz schaute ihrem Flug nach und sagte nach einer Weile: »Kuba, mein Junge, ich habe auf dich gewartet. Ich kann mit Toten sprechen. Sie besuchen mich, wenn ich bete. Und eine mir unbekannte junge Frau hat mir gesagt, dass du bald zu uns kommen würdest. Deshalb bin ich hier.«

»Vater«, sagte Kuba, »bleiben Sie stehen, halten Sie sich fest, ich will Ihre Alukrücke holen.«

»Nenn mich nicht ›Vater‹! Nenn mich Onkel oder ganz einfach Kazimierz, ich hab dich doch zusammen mit Kostek und Renia großgezogen. Außerdem bin ich in meiner Jugend weit gereist, quer durch Italien und Frankreich, und verstehe was vom Savoir-vivre. Ich habe mit Kaszpirowski, diesem russischen Betrüger, Hypnotiseur und Quacksalber, nichts gemein.«

Die nächsten zwei Stunden unterhielten sie sich unter dem Kirschbaum über Marta und Adelbert, die Gefräßigkeit des Dadajsees, das neue Hotel, unheilbar Kranke und die Kommunikation mit Verstorbenen. Kuba musste seinem Zaungast aufmerksam zuhören, weil Kazimierz, der in Biskupiec bis zu seinem Schlaganfall Gemeindepfarrer gewesen war, die Worte verschluckte. Während er seine Monologe sprach, lispelnd und singend, fragte sich Kuba, ob dieser vollkommen verlebte Mensch abgrundtief verzweifelt oder der für ein hohes Alter typischen Redseligkeit erlegen war.

»Mein Sohn, fahr mich bitte nach Hause, ich bin müde«, sagte Kazimierz zum Schluss. Kuba, der ihm an diesem Vormittag vollends sein Gehör geschenkt hatte, konnte sich eine wichtige Frage nicht verkneifen, die ihn wurmte und ihn hoffen ließ, er würde schon bald mit der von Kazimierz erwähnten jungen Frau in Kontakt treten. Wer war sie nur?

»Ich will sie sprechen. Wird das möglich sein?«

»Vielleicht. Das hängt nicht nur von mir ab.«

Im Auto, als sie vor Kazimierz' Haus parkten, fragte Kuba den Pfarrer, ob er jemals irgendwelche bewusstseinserweiternde Drogen ausprobiert hätte. Nein, war die Antwort.

»Ich kann mir nicht vorstellen, Kazimierz, dass Sie ein Schwindler sind …«

Kazimierz wurde zornig: »Du bist ja ein ganz ausgekochter Bursche! Du sprichst wie dein Papa, dem ich an jenem verhängnisvollen Hochzeitstag im Namen Jesu Christi die Himmelstore geöffnet habe! Er hat aber das Wunder des Verzeihens nicht als Vergebung verstanden, sondern als klerikales Sakrament, quasi als eine offizielle Amtshandlung, die ich als Priester bei jedem Sterblichen, der beichten will, vollziehen muss.«

Kazimierz, der schon dreiundneunzig war, hatte sich nach Wilimy zurückgezogen, wo er voller Demut dem Sterben nachsehnte. Aber das Sterben wollte sich bei ihm nicht einstellen, und so wurde er zum Kurpfuscher und Schamanen, weil er unheilbar Kranken zur Besserung ihrer Leiden verhalf, durchs Beten für ihre Seelen und durch sanfte Berührungen der schmerzenden Körperstellen. Offensichtlich war er während seiner ekstatischen Gebete, wenn er in eine Art Trance fiel und im Jenseits den Toten Besuche abstattete, sehr erfolgreich – die Menschen kamen zu ihm in Scharen, seine Heilkünste wurden in Warmia berühmt. Kuba hielt nichts von solcher Zauberei, obgleich ihm unkonventionelle Heilungsmethoden bekannt waren, vor allem durch die Arbeit seines Freundes Toni, der gerne experimentierte.

5 Der Bahnhof von Czerwonka (Rothfließ)

Um drei Uhr, nach dem Mittagessen im von Reisegruppen überfüllten und im Westernstil eingerichteten Hotelrestaurant, fuhr er mit Tante Ala und Wojtek nach Biskupiec. Am Bahnhof von Czerwonka machten sie einen Zwischenstopp. Kuba wollte sich ein bisschen umsehen und Ansichtspostkarten kaufen.

Das einstöckige Bahnhofsgebäude, das direkt an der Strecke von Wilimy nach Biskupiec lag, ähnelte einem Pfarrhaus, und obwohl die Bahnlinie am Rande des Dorfes verlief, markierte es das Zentrum, weil die Post hier ihren Sitz hatte und weil es eine Bushaltestelle gab, die Endstation. Die Fassade des Bahnhofsgebäudes war vor Jahren ockerfarben angestrichen worden. Die Wände der Bahnhofshalle waren braun gekachelt, eine überdimensionale, per Hand bemalte und beschriftete Tafel informierte über Abfahrts- und Ankunftszeiten, die sich selten änderten. Und wer hinter dem Fenster des Fahrkartenschalters arbeitete – der sich in einem gesonderten Raum befand –, führte eine lange Tradition vereinsamter Fahrkartenverkäufer fort, die sich vor einem Fernseher langweilten; man konnte bei ihnen übrigens auch Briefmarken und Postkarten und Briefumschläge bekommen, ein Telegramm oder ein Fax schicken. Zum Staunen waren die großzügig angelegten Bahnsteige und die vielen Gleise. Ein Wasserturm, von allen Himmelsrichtungen gut sichtbar, prangte in der Nähe des Schrankenwärterhauses, über dessen Fenstern auf einem weißen Schild in schwarzen Großbuchstaben zu lesen war: Czerwonka.

Ein Scheinwerfer beleuchtete jede Nacht den Bahnübergang. Beim Schließen der Schranke läutete es monoton, im Klang und Rhythmus Ministrantenglocken zum Verwechseln ähnlich, und im Winter blieb der Übergang oft die ganze Nacht geschlossen, sodass die Autofahrer den Schrankenwärter aus dem Schlaf hupen mussten. Hier, an diesem Bahnübergang, verlief die Grenze zwischen dem Dadaj- und seinem Schwestersee Lutry. Von hier gelangte man nach Bartoszyce an der russischen Grenze, dann weiter nach Kaliningrad, und hier begann die Moränensenke, und die Züge fuhren an einem Viadukt vorbei und über einen Damm, von dem aus der Hof von Tante Ala gut zu sehen war.

Verließ man das Bahnhofsgebäude als Reisender, fiel der Blick als erstes auf einen breiten, asphaltierten Vorplatz, der voller Schlaglöcher und nichts weiter als eine bloße Erweiterung der Straße war. Regnete es stark, bildeten sich sofort knöcheltiefe Pfützen, und es kam zur Überflutung, weil es keine Abflüsse gab. In der Mitte des Bahnhofsvorplatzes, damit auch mitten auf der Straße, stand eine Laterne, und kein Autofahrer wusste, ob er an ihr links oder rechts vorbeifahren sollte, denn normalerweise hätte jedes Fahrzeug mit der Laterne ganz einfach kollidieren müssen. Dieser seltsame Bahnhofsvorplatz ruhte im Schatten eines mit Erlen und Eichen dicht bewachsenen Hügels, in den ein Eingang gesprengt worden war. Verschlossen mit einer Metalltür erweckte der Hügeleingang bei jedem auswärtigen Besucher Neugier: War es eine alte Militäranlage? Ein Bunker? Ein ehemaliges Waffendepot der Wehrmacht?

Die Bewohner der angrenzenden Häuser arbeiteten in ihren buntscheckigen Vorgärten. Man parkte sein Auto am Straßenrand, direkt neben den Gleisen, legte sich ein Stück geräucherter Wurst ins aufgeschnittene Brötchen, öffnete ein Bier, warf den Kronkorken aus dem Autofenster ins Gras, nahm den bescheidenen Imbiss zu sich und schaute die blühenden Vorgärten an. Rot, Blau, Violett und Gelb stachen von weitem ins Auge, Rittersporn, Kapuzinerkresse und immer wieder Mohn und Malven und Astern. Mit diesen regenbogenfarbenen Vorgärten endete das Dorf, und hier verfiel eine leer geräumte Lagerhalle aus rotem Ziegelstein, in der einst Baustoffe und Lebensmittel zwischengelagert wurden. Auf einer Wand, für die ankommenden Züge nicht zu übersehen, las man wieder: Czerwonka, unter Abermillionen anderen Bahnhöfen der Milchstraße.

*

Tante Ala fand in Biskupiec keine Schuhe, die ihr gefielen – weder auf dem Basar noch in einem Schuhladen. Sie sagte, sie müsse es wieder einmal in Olsztyn versuchen, wo die Auswahl viel größer sei. Wojtek beschimpfte die TV- und Radiowerkstatt, die ihm nämlich riet, ein neues Fernsehgerät zu kaufen, denn eine Reparatur des alten lohne überhaupt nicht. Seine Rente und das Schwarzgeld aus der Fischerei und dem Handel mit selbst gebranntem Schnaps hatte er aber für diesen Monat schon verbraucht.

»Meine Ala soll endlich erfahren, was in der Welt los ist!«, erklärte Wojtek und bat Kuba, ihm ein wenig Bargeld zu leihen – eintausend *złoty*, da er gesehen hatte, wie Kuba eine größere Summe am Bankomat abgehoben hatte.

Kuba besorgte sich auf dem Basar russische Zigaretten, russischen Wodka, geräucherte Wurst mit Kümmel und Knoblauch, eine chinesische Spinnrute und einen Blinkersatz des Typus *Alga*. »Mit diesen Blinkern haben schon eure Väter geangelt!«, warb eine Aufschrift auf der Verpackung: *Alga*, ein klassischer Löffelblinker aus Metall, der im Wasser die Bewegung eines Kleinfischs tänzelnd imitierte, besaß nur ein Auge, das auf der gewölbten Seite eingraviert war.

»Und nun kaufen wir noch für Ala eine Glotze – sie soll nicht dumm sterben«, sagte Wojtek freudig.

6 Die Hochzeit und davon, wie Justyna Star aussah

Kuba konnte dem Abend trotz seiner anfänglichen Zweifel einige positive Seiten abgewinnen. Erstens: Er bewegte sich auf dem Hochzeitsfest unerkannt und frei, weil ihn seine Tante und ihr Freund schnell aus den Augen verloren und niemandem mehr vorstellten – zumindest bis zweiundzwanzig Uhr –, kein Wunder, wenn man bedenkt, dass der Bürgermeister von Biskupiec mehr als zweihundert Gäste ins *Justyna Star* eingeladen hatte, die mit eigens dafür gecharterten Reisebussen ankamen. In diesem Ameisenhaufen musste man sich zwangsweise verlieren. Zweitens: Er konnte nicht mehr ins Kreuzfeuer der ermüdenden Fragen von Pfarrer Kazimierz geraten (»Mein Sohn, warum glaubst du nicht an Jesus Christus? Bist du Jude, ein Agnostiker oder ein Anhänger der Apostasie? Warum verzeihst du deinem Vater nicht? Warum willst du nicht zum Grab deiner Mutter und deines Bruders pilgern?«). Der Pfarrer wurde bereits nach einer Stunde von einem freundlichen Chauffeur abgeholt. Drittens: Man war hier in Wilimy auf dem Lande, und die Gäste wollten nur eines – sich so schnell wie möglich betrinken, die Gunst des Bürgermeisters von Biskupiec gewinnen, lästige, zu scheitern drohende Geschäfte endlich zum Abschluss bringen, das Brautpaar und das Land im Namen des vor kurzem verstorbenen Papstes in den heiligsten Himmel hoch loben: durch Trinksprüche, Lieder und Reden.

Da es warm und schwül war, hatte man das Hochzeitsfest in die in einen Festsaal umgebaute Scheune verlegt. Es gab dort eine riesige Grillstation, und die reichlich gedeckten Tische luden zum Essen ein: Die Schüsseln und Teller waren bis zum Rand gefüllt mit Pirogen, Kartoffelpuffern, Hähnchen, Frikadellen, gebratenen Hechten, geräucherten Aalen, pikanten Gemüsesalaten und sauren Gurken, Kohlrouladen und schlesischen Wurstwaren, Wildbraten und Entenkeulen – alles in allem deftige Hausmannskost, die in Warmia und Masuren sehr beliebt war. Auf der Bühne swingte eine sechsköpfige Band, der Dielenboden des Festsaals knarrte und quietschte hörbar unter den Schuhabsätzen der tanzenden Hochzeitsmeute. Die Braut und der Bräutigam wurden reichlich beschenkt, vor allem mit Briefumschlägen, und es sah nicht danach aus, als würde diese Feier blutig enden, wobei Kuba und Ala wahrscheinlich die einzigen waren, die sich mit entsprechenden Gedanken herumplagten. Kuba hatte das Gefühl, dass hier die reichsten und gebildetsten Töchter und Söhne des Provinzstädtchens feierten, doch selbst sie waren gegen eine wahnhafte Eifersucht gewiss nicht gefeit. Die Unterhaltung mit Wojtek dauerte keine Viertelstunde, er zog mit einem leeren Gläschen Wodka von Tisch zu Tisch, versuchte, jeden zweiten Refrain der von der Band gespielten Lieder mitzusingen und die älteren Leute mit derben Witzen zum Lachen zu bringen. Kuba hatte eine Eilmeldung für seinen Freund Toni; er würde ihm morgen in dem einzigen Internetcafé von Biskupiec, das er dort heute bei seinem ersten Besuch entdeckt hatte, eine E-Mail schreiben, folgenden Inhalts: »Wo sind die Feinde dieses Landes, die Untergeher, und wo ihre Gegner? Die Aufmüpfigen, die ihren unbegreiflichen Mut an den Kriegsfronten des letzten Jahrhunderts oder in den Betrieben des sozialistischen Molochs mehr als einmal bewiesen haben? Wo sind die jungfräulichen Marien dieses Landes? Welcher Mann würde zugeben, dass er am liebsten mit der Gesegneten Jungfrau Maria schlafen würde? Und warum bleiben dieser Hochzeit lesbische Pärchen, gescheiterte Firmengründer und Hungerleider fern? Wo sind die Eltern der Ertrunkenen? Und wer hat keine Angst vor der Schlaflosigkeit der Friedhöfe, dieser katholischen Wachsfigurenkabinette? Und warum wollen sie, die heute feiern und morgen schon von den nachgeborenen Generationen vergessen sein werden, nicht anerkennen, dass ihr Gott ein toter Gott ist, weil er von ihnen selbst erfunden, zum Firmenchef ernannt und an einen Schreibtisch gesetzt wurde?«

Als ihn Tante Ala bei einem erneuten Trinkspruch auf die Gesundheit des Brautpaares darauf aufmerksam machte, dass die Hoteldirektorin den Festsaal betreten hatte, drehte er sich um und warf einen Blick auf den späten Gast. Die Frau, die sich unter die tanzenden Paare mischte, schien nach irgendjemandem Ausschau zu halten. Plötzlich kam der Bürgermeister auf sie zu und küsste ihr die Hand. In dem Moment sprang Kuba auf und sank sogleich wieder auf den Stuhl zurück. Er sagte zu Ala: »Sie sieht aus wie Marta – bloß ein bisschen älter! Ein bisschen? Zwanzig Jahre älter – wenn nicht mehr!«

»Ich wollt's dir nicht sagen, wem Frau Justyna ähnelt: Du hättest es mir sowieso nicht geglaubt«, meinte Ala. »Man sagt, der Bürgermeister sei in Frau Justyna verliebt. Eine gute Partie! Sie ist ja ledig und hat sich keine Bälger von irgendwelchen Typen andrehen lassen.«

»Ich werde sie beim nächsten Stück zum Tanz auffordern!«, sagte Kuba und kippte ein Gläschen Wodka mit einem einzigen Ruck hinunter.

»Warte! Vorher muss ich euch miteinander bekannt machen, damit du nicht sofort einen Korb kassierst!«

Marta, deine braunen Augen, die im dezemberkalten See ertrunken sind, leben in mir weiter, dachte er, als er von Tante Ala der Hoteldirektorin vorgestellt wurde, ich sehe sie, wie sie mich unter der dünnen Eisschicht anstarren! Du hast nicht einmal geschrien! Lautlos, aber mit offenem Mund verschwandest du in jener Silvesternacht in unserem Dadajsee.

Zweiter Teil
Justynas Augen

7 Schwarze Schuhe und Strümpfe

Jemand aus dem Dorf wusste einmal zu erzählen, dass der Dadajsee auf einem Auge blind sei. Wer es gewesen sein mochte, hatte Kuba längst vergessen; vielleicht war es sogar sein Vater, der ihn, seinen einzigen Sohn, angeblich sehr geliebt hatte. Es hieß jedenfalls, ein Auge des Dadajsees sei vollkommen weiß, und dadurch sähe er mit dem anderen, dem gesunden, nicht die ganze Wahrheit über die Menschen, die an seine Ufer kämen oder in seiner Nähe lebten. Er sähe sie als Krüppel, als Missgebildete, jedem Körper fehle ein Glied, ein Bein, eine Hand, manchmal gar der Kopf, oder die Gesichter seien aufs Ungeheuerste verstümmelt. Die Vorstellung, dass dieser See nur aus einem Paar menschlicher Augen bestünde, das in der Moränensenke ruhte und die Welt um sich herum halben Blickes beobachtete, selbst nachts, kam Kuba, als er klein war, nicht einmal unheimlich vor: Tante Ala war doch auch einäugig, und daran fand er damals nichts Ungewöhnliches. Erst später, nachdem er schwimmen gelernt hatte, fürchtete er sich ein bisschen vor diesen riesigen Augen seines Sees, in dessen Wassern er zusammen mit anderen Kindern badete und spielte.

Und jetzt, auf der Tanzfläche, da er der Hoteldirektorin Justyna Star die rechte Hand küsste, die ganz kalt war, ertappte er sich dabei, dass seine Erinnerungen in Sekundenschnelle wieder zu Marta eilten. Fast wäre ihm dieser Name über seine Lippen gerutscht, er hatte schon zur Begrüßung sagen wollen: »Guten Abend, Marta!« Doch irgendjemand in ihm, der scheinbar mächtiger und schneller war als sein Wille, zwang ihn, seine Zunge im Zaum zu halten. Und so sagte er in die Runde hinein einige freundliche Worte, der Bürgermeister von Biskupiec und Tante Ala fingen an zu tanzen, und die Hoteldirektorin fragte: »Und Sie, Kuba, bitten Sie mich nicht?« – »Warum nicht?«, erwiderte er vor sich hin flüsternd. Frau Justyna hatte sein Flüstern in diesem fröhlichen Lärm nicht verstanden, sie las ihm das »Ja« von seinen Lippen ab.

Bei näherem Betrachten des Gesichts von Justyna fiel ihm sofort auf, dass ihr linkes Auge dunkler war als das rechte. Die eine Iris sagte, mein Braun ist tiefer, und die andere wehrte sich und sagte, ich leuchte aber wie eine Haselnuss. Und das war der einzige, sehr feine Unterschied, der zwischen ihr und Marta bei dieser ersten Begegnung ausgemacht werden konnte. Das rotbraune, gerade Haar war nur kürzer geschnitten, sein Mädchen hatte es auf Schulterlänge getragen. Justynas Hüften, ihre Arme und selbst ihr Körpergeruch – alles an ihr war von Marta: für Kuba ein unglaubliches Geschenk, von dem die Hoteldirektorin keinen blassen Schimmer hatte. Er genoss bei jedem Schritt, jeder Bewegung, dass sie vermutlich nichts von seinem ertrunkenen Mädchen wusste, überhaupt gar nichts, er hoffte natürlich, dass Tante Ala nicht allzu viel ausgeplaudert hatte, bevor er nach Wilimy gekommen war. Und falls doch, schien ihm das jetzt, in diesem Augenblick der Wiederbegegnung mit seiner Marta, belanglos zu sein und nicht der Rede wert. Er verschwendete daran keinen einzigen Gedanken mehr und umschloss Justynas Taille fester, und sie, immer wieder den Bürgermeister verstohlen würdigend, blieb plötzlich stehen und lachte los: »Sie sind ein ausgezeichneter Tanzpartner und …« Sie beendete den Satz nicht – er spürte, dass sie sich ein wenig für ihn schämte.

»Verzeihen Sie mir«, sagte Kuba. »Ich bin noch von der langen Autofahrt kaputt, und gegen meinen Kater von gestern ist der heutige Schnaps machtlos.«

»Da hilft nur eines: frische Luft!«

Er nahm ihren Ratschlag als eine Einladung an und sagte: »Dann sollten wir ein bisschen rausgehen.«

Er folgte ihr durch den Tanzsaal, Justyna drehte sich neugierig einmal um und hielt nach ihrem Bürgermeister Ausschau, aber er war verschwunden. Ihr Lächeln tarnte ihre Verunsicherung, und Kuba, der sich nicht mehr beherrschen konnte, sagte: »Keine Angst, er wird Sie wiederfinden.«

»Wer denn?«, fragte sie und wartete die Antwort nicht ab: »Er ist nicht mein Liebhaber, sondern ein charmanter Verehrer. Hat Ihnen Ihre Tante zu viel verraten? In einem Dorf wie diesem gibt's keine Geheimnisse. Sie sind für mich auch keines mehr. Dafür haben schon Ala und ihr Wojtek und andere gesorgt.«

Sie traten auf die Terrasse des Festsaals, die in fahles Licht getaucht war und auf der nagelneue weiße Plastikstühle und -tische standen – eine internationale Plage, dieses hässliche Gartenmobiliar, urteilte Kuba. Und sie waren nicht allein, ein paar junge Männer saßen an einem der Tische, grölten und bejubelten ihre eigenen schmutzigen Witze über die Mächtigen dieser Welt und ihre ominösen Sexpraktiken.

Kuba und die Hoteldirektorin gingen ans etwa dreißig Meter entfernte Ufer, zum Steg, wo die Nacht noch dunkler war und wo die Lautstärke der Hochzeitsgäste und -musik nicht störte. Hier befand sich der Bootshafen, in einer kleinen Bucht, in der gut zehn Yachten an Bojen lagen. Der Himmel war wolkenlos, man konnte meinen – glasklar, die Schwüle immer noch erdrückend, die Luft von der Tageshitze unerträglich warm, selbst hier, so nah am Wasser, das einen kühlen Windhauch hätte spenden müssen.

»Bevor ich's vergesse: Ich soll Sie herzlich von Leszek grüßen«, sagte Justyna, als sie am Steg angekommen waren. Ihre Blicke wurden von den grellen Neonfarben der Kajaks und

Tretboote angezogen, und sie lauschten den Wellen, die gegen ihre Wände plätscherten.

»Ich kenne keinen Leszek. Wer ist das?«

»Er betreibt in Wilimy eine Baumschule und handelt mit Laub- und Nadelbäumen. Er hat meinen Hotelpark gestaltet und mit Lärchen und Fichten bepflanzt. Er kennt Sie aus der Schulzeit. Mehr kann ich dazu nicht sagen.«

Erst in der Stille der Bucht und des kleinen Hafens gewann der Klang von Justynas Stimme an Überzeugungskraft, die ihm so gut von Marta bekannt war. Seltsam, selbst diese eigenartige Frauenstimme ist mir nicht fremd: Wo bin ich? Und wer spricht da?

Die Hotellichter blendeten sie, ihre Strahlen drangen spärlich zwischen den von Leszek gepflanzten Nadelbäumen fast bis ans Ufer, und pechschwarze Schatten trieben Keile in diese gelben Rinnsale des Lichts. Kuba und die Hoteldirektorin sahen ihre eigenen Gesichter auftauchen und dann wieder verschwinden. Aber auf dem Holzsteg erfasste sie eine grüne Dunkelheit, erzeugt von der Wasseroberfläche, in der nichts unsichtbar blieb, weder die Silhouetten der Yachten noch Justynas glitzernde Augen. Wenn sie schwiegen, hörten sie ihren eigenen Schritten zu. Nach zwei Metern blieben sie wieder stehen und sahen sich an. Dann lehnten sie sich an das Steggeländer und redeten miteinander, bevor sie weiter auf und ab schritten.

»Ob Sie es mir glauben oder nicht – ich wollte Ihre Einladung zu dieser Hochzeit gar nicht annehmen«, sagte Kuba. »Ich tat es nur für Tante Ala, die meinte, ich würde es nicht bereuen.«

»Und, bereuen Sie es wirklich nicht?«

»Nein, natürlich nicht. Sie sind für mich auch kein Geheimnis, zumal Sie mich an jemanden erinnern, den ich einmal gut kannte …«

»Machen Sie sich nicht allzu viel Mühe«, unterbrach ihn Justyna. »Eine billige Anmache ist nicht Ihr Stil – Sie gehören nicht zu diesen Männern. Ich vermute nur, dass Sie Hochzeitsfeiern nicht unbedingt mögen dürften. Ich kenne Ihre Geschichte.«

»Ach ja? Diesen kleinen Jungen, der ich damals gewesen bin, gibt's nicht mehr. Ich hätte eigentlich meinen Vor- und Nachnamen mindestens dreimal ändern sollen.«

»Müssten wir das nicht alle ab und zu tun?«, fragte Justyna. »Ich, eine Gdańskerin, lebe am Dadajsee seit 1995, in dem Jahr haben wir das Hotel gebaut – ich und mein Onkel, ein Unternehmer aus Gdańsk, er hat mir einen schönen Batzen Geld geliehen. Davor war ich lange Zeit in London. Diese junge Frau aus den Londoner Tagen kenne ich auch nicht mehr. Ich bin in England eine andere gewesen. Sie sagen mir nichts Neues. Und jetzt sollten wir zurückgehen. Man sucht uns bestimmt schon.«

Im Festsaal erreichte die Feier ihren Höhepunkt: Der Bürgermeister goss Champagner in die weißen Pumps seiner Tochter – aus diesen mussten dann der Schwiegervater und der Bräutigam einen Schluck nehmen. Erst jetzt, im Girlandenlicht, realisierte Kuba endlich, dass Justyna von Kopf bis Fuß schwarz gekleidet war: schwarze Schuhe und Strümpfe, ein schwarzes Kleid und Strickjäckchen, ja, selbst die Perlenkette am Hals und der Ring an linker Hand, dezenter Amethystschmuck, ergänzten schwermütig die Kleidung der Hoteldirektorin.

»Sie tragen Trauer«, bemerkte er beim Abschied. »Oder ist das Ihre Lieblingsfarbe? Schwarz steht Ihnen nämlich ausgezeichnet.«

»Und Sie können es einfach nicht lassen – ich weiß, wie die Männer mich sehen und was mir gut steht.« Sie wurde plötzlich still, als hätte er ihr das Reden verboten; nach einer Weile fuhr sie fort: »Vor knapp drei Wochen ist jemand verstorben, den ich sehr geliebt habe.«

»Geliebt« hatte sie mit Nachdruck gesagt, sodass Kuba nicht wagte, weitere Fragen zu stellen. Wenn ich sie auf die Wange küsse, wird sie mich nie wieder sehen wollen, dachte er. Doch er konnte sich nicht mehr bremsen, zog sie ganz eng an sich heran und gab ihr den Kuss, von dem er träumte: »Auf Wiedersehen, *Pani* Direktor«, sagte er noch.

Sie blieb einige lange Sekunden in seinen Armen hängen, und Kuba wusste, dass ihr das gefiel.

»Sie werden vergessen, dass Sie aus dem Ausland kommen und warum Sie in Wilimy sind. Das verspreche ich Ihnen«, sagte Justyna, bevor sie sich aus seiner Umarmung löste und in der trunkenen Hochzeitsmeute verschwand.

8 Die Wolfsschanze und davon, wer im Dadajsee wohnte

Warum hatte er beschlossen, zum Friedhof zu gehen? Wollte er wirklich das Grab seiner Mutter und seines Bruders sehen? Wäre es nicht besser gewesen, er hätte noch wenigstens ein halbes Stündchen auf der Hochzeit verbracht, zusammen mit Ala und Wojtek, und ein bisschen über die Begegnung mit Marta und Justyna nachgedacht? Warum musste er sich mit diesem unangenehmen Gefühl herumplagen, mit dieser uralten Krankheit und Mähre, er sei schon wieder auf der Flucht? Und warum hatte er die Hoteldirektorin angelogen, er würde Leszek nicht kennen? Natürlich kannte er ihn, sogar seit der ersten Grundschulklasse. Im Sommer hatten sie im Dadajwald die Wolfsschanze nachgebaut, Adolf Hitlers Bunkeranlage, die man in Gierłoż bei Kętrzyn besichtigen konnte. Sie waren so viele Male vom Förster Romanowski ermahnt worden, keine jungen Fichten und Kiefern mehr zu fällen, dass Opa Kostek zig Liter Schnaps und einmal sogar ein halbes Schwein dem Förster hatte schenken müssen. Mit dieser Bestechung hatte sich eine saftige Geldstrafe vermeiden lassen. Erst als bekannt wurde, dass Romanowski staatliche Gelder veruntreut und mehrere hundert Kubikmeter Holz privat verkauft hatte, gab Kostek dem Förster nicht einmal mehr einen Feierabendschnaps aus: »Wer ist hier der Dieb? Du oder mein Enkel?«, hatte ihn Kubas Opa nach einer erneuten Ermahnung gefragt. »Lass die Jungs endlich in Ruhe! Sie spielen Krieg und Frieden, wie du und ich!« Plötzlich gehörte der Wald allen Bewohnern von Wilimy, die Wilderer stellten ihre den Rehen, Hirschen und Keilern todbringenden Fallen ganz offiziell auf, und die Waldarbeiter fraßen sich zu Hause voll und blieben bis zum Mittag in ihren Betten liegen. Abends veranstalteten sie Feiern, soffen *bimber* und sinnierten darüber, ob man Romanowski im Dadajsee ertränken oder im Wald aufhängen sollte. Diese Anarchie dauerte aber nicht lange. Nach dem Selbstmord von Romanowski kam ein junger Förster nach Wilimy, der sogar studiert hatte. Er sorgte wieder für Ordnung in dem Groß-Ramsauer Forst und kämpfte mit allen ihm zur Verfügung stehenden Mitteln gegen die Wilderer und gegen solche Schädlinge wie die naseweisen und aufgeweckten Schlingel Leszek und Kuba. Sie mussten ihre Wolfsschanze tief in den Wald hinein verlegen, damit niemand sie finden konnte, doch aus Angst vor einer Geldstrafe gaben sie ihre Baustelle schließlich ganz auf. Und um nicht aus der Übung zu kommen, als große Baumeister, Ingenieure und Naturwissenschaftler, legten sie auf den Dadajwiesen Minilaboratorien an, die sie Konzentrationslager nannten und in denen sie die Anatomie der Insekten studierten. Sie experimentierten mit Schmetterlingen, Feldgrillen, Mist-, Kartoffel- und Maikäfern, schnitten ihnen bei lebendigem Leib mit einer Rasierklinge die Beine, Flügel oder Fühler ab, öffneten ihre Bäuche oder konservierten ihre zarten Körper in mit Sonnenblumenöl oder Spiritus gefüllten Weckgläsern. Sie beschimpften ihre gefangenen Insekten als Polacken und Zigeunerschweine. Als Leszek und Kuba größer wurden, freundeten sie sich mit Maciek an, einem Straßenkind, das in Wilimy für eine kurze Zeit bei jeder Familie Zuflucht fand und so gut wie überall zu Hause war. Gemeinsam bildeten sie das Heilige Dreieck – so nannten sie ihren Freundschaftsbund. Und das Heilige Dreieck entwickelte besondere Aktivitäten. Die drei Jungen stahlen ab und zu aus dem Kühlhaus der Fischerei von Wilimy zwanzig bis dreißig Aale. Sie räucherten den Fisch und boten ihn auf dem Wochenmarkt in Biskupiec feil. Für das verdiente Geld kauften sie sich Süßigkeiten, Kinokarten und Ersatzteile für ihre Fahrräder. Sie fuhren nach Olsztyn und besuchten das Kopernikus-Planetarium oder, als sie etwas älter wurden, billige Kneipen und Gaststätten, in denen es von Säufern nur so wimmelte, weil dort das winterliche Bier, warm und mit Zucker versüßt, ausgeschenkt wurde und diese Mischung stärker war als jeder Wodka. Im Sommer, wenn die Touristen in Wilimy einfielen, machten sie mit den gestohlenen Aalen die besten Geschäfte. Als sie letztendlich erwischt wurden – ausgerechnet von Kostek Podlich –, entschloss man sich, sie hart zu bestrafen. Kubas Opa sagte: »Im Alten Testament steht, dass man euch Dieben die Hände abhacken müsste. Wir sind zwar Christen, aber das Alte Testament hat Recht. Wir werden euch die Hände abhacken.«

Leszek, Kuba und Maciek, die zu der Zeit dreizehn waren, schauten einander siegesgewiss an: Sie taten so, als hätten sie

Angst und nähmen die Drohungen ernst, zur Freude von Opa Kostek, und warfen sich demonstrativ auf die Erde und flehten um Gnade. Die Fischer ließen sich davon nicht beeindrucken. Sie stellten am Touristenbadestrand einen Hauklotz auf, und Opa Kostek holte seine Axt aus dem Stall. Kuba war der erste Dieb, der seine beiden Hände auf den Hauklotz legen musste. Sein Gesicht war starr und so blass wie der morgendliche Tau auf den Wiesen: Hatte er auf einmal Angst? Aber Opa Kostek griff nicht zur Axt, sondern zu seinem Hosengürtel: »Jetzt werde ich dir den Arsch versohlen!«, brüllte er. »Hose runter!« Nach wenigen Hieben zeigten sich auf Kubas Hintern rote Striemen, und auf Opa Kosteks Stirn Schweißtropfen. Er keuchte schwer bei jedem Gürtelhieb, und nach dem fünften und gleichzeitig letzten Schlag, dem krönenden, zauberte er aus einem Kartoffelsack einen fetten Aal hervor, gut einen Meter lang, der so muskulös war wie seine Unterarme: »Nun! Nimm meine Axt und trenn ihm jetzt den Kopf ab! Und das wiederholst du so dreißigmal – der Sack ist voller frisch gefangener Aale!« Er hielt seinem Enkel den Fisch, der noch am Leben war und ein wenig zappelte, direkt vors Gesicht. »Ich will nicht!«, antwortete Kuba. »Im Übrigen solltest du mir lieber wirklich die Hände abhacken, anstatt mich öffentlich krankenhausreif zu prügeln!«

Sein Opa lachte kurz und hackte stattdessen, nachdem sich Kuba wieder aufgerichtet hatte, dem glitschigen Aal den Kopf ab: »Unsere Arbeit ist schwer!«, sagte er nach dieser Vorstellung. Er sprach laut und deutlich und schaute seine Kollegen und die drei Diebe voller Ernst an: »Die Aale sind heilige Fische! Wer sie stiehlt, beraubt die Toten ihrer Seele. Nur Fischer dürfen sie fangen und verkaufen, weil sie gottesfürchtig sind und dem See Opfer bringen! Wie viele von uns sind vom Fischfang nicht zurückgekehrt! Wie viele haben mit ihrem

Leben dafür bezahlt, dass sie ihre Familien ernähren mussten!«

Dann kamen Oma Renia und Tante Ala und andere Mütter und Tanten angelaufen: die Rettungsgarde sozusagen. Sie beendeten das denkwürdige Schauspiel, indem sie wutentbrannt und mit übelsten Beschimpfungen über die Fischer, vor allem über Opa Kostek, herfielen: »Schämt euch, ihr Säufer! Ihr Hunde! Wer seine Hand gegen Kinder erhebt, wird in der Hölle schmoren! Pfui! Ihr Hurensöhne! Das Blut des Teufels fließt in euren kalten Herzen!«

Noch am selben Abend kniete Opa Kostek vor dem Bett seines Enkels und weinte reumütig. »Du hast keinen Vater, keine Mutter, und ich, der blöde Hund, schlage und foltere dich!«

Kuba musste mit ansehen, wie sein Opa sich selbst zwei harte Faustschläge verpasste, sodass seine Nase sofort anschwoll und ein Tropfen Blut aus einer der Nüstern hervortrat und die sonst immer blasse Oberlippe rot färbte.

»Hör damit auf! Erzähl mir lieber, wie viele Steine es auf dem Grund des Dadajsees gibt?« Diese Frage stellte er schon seit seinem dritten Lebensjahr, vor allem vor dem Einschlafen, wenn er keine Lust hatte, ein Buch zu lesen.

Kostek beruhigte sich wieder und sagte: »So viele wie Sterne am Himmel.«

»Und die Fische? Wer sind sie?«

Die Fragen und Antworten waren stets die gleichen.

»In Wahrheit sind sie Engel – gute und böse. Und sie wohnen im Dadajsee, weil sie in unserer Welt nicht überleben würden.«

»Und warum essen wir sie?«

»Weil wir unsterblich sein wollen.«

»Und der Mensch? Weiß er nicht, dass er unsterblich ist? So dumm wie ein Fisch wird er wohl nicht sein, oder?«

»Nein, er ist nicht dumm, sondern böse, weil er weiß, was er tut. Engel wissen nicht, dass sie im Dadajsee leben – gefangen in seinem Bauch wie einst dein Bruder Kopernik in deinem. Deshalb sind die Engel unsterblich.«

»Und der Himmel?«

»Der Himmel ist blind – und auf ewig glücklich. Alle Sterne sind böse, alle Planeten samt ihren Bewohnern. Sie haben Angst vor ihren eigenen blinden Augen. Und wie du weißt, Zweibauchnabel, können Augen töten.«

»Und wo wohnen die Seelen der Ertrunkenen?«

»Dreißig Jahre im Jenseits dauern genauso kurz wie drei Minuten auf Erden oder genauso lang wie drei Monate. Und genau in der Zeit wohnen sie: bei den Aalen und Hechten, bei den Engeln – den Unwissenden.«

Seltsamerweise konnte sich Kuba an ein weiteres Thema dieses Gesprächs, das er mit seinem Opa schon so oft geführt hatte, nicht mehr erinnern. Ging es etwa um die Mutter und um den Bruder? Oder um den Vater? Hatten sie jemals über sie so gesprochen wie über die Steine am Grund des Dadajsees? Oder ging es eher um seine Zukunft? »Opa, was wird aus mir, wenn ihr, du und Oma, eines Tages sterbt?« Oder redeten sie über die Arbeit in der Fischerei? Es gab, das wusste Kuba, noch einen ganz anderen Gesprächsstoff, der sich ständig wiederholt hatte, aber genau dieser war seinem Gedächtnis entschwunden.

Das erste Gespräch mit dem Unsichtbaren

Kuba näherte sich dem Friedhof, der in der Nachbarschaft des Seeufers von Wilimy auf einem Hügel lag – vom Hotel *Justyna Star* aus gesehen, am genau entgegengesetzten Ende des Dorfes; nach Czerwonka waren es von hier nur noch wenige Kilometer.

»Zweibauchnabel!«, rief jemand in der Nacht. »Bist du es?«

»Wer spricht da?«, fragte Kuba und blieb stehen.

»Ich!«

Die Stimme kam ihm bekannt vor. Sie drang zu ihm aus dem schwarzen Schatten einer Eiche, die direkt am Friedhofseingang wuchs.

»Wer bist du?«, fragte Kuba. »Warum versteckst du dich im Dunklen?«

»Möchtest du nicht zehn frische Eier kaufen? Oder vielleicht eine Flasche Bier?«, fragte der Unsichtbare.

Kuba vernahm ein leises Kichern. Er drehte sich mehrmals um die eigene Achse, um sich die Gegend genauer anzugucken. Zwei kalte Schweißtropfen rollten seinen Nacken hinunter. Das Ufer des Sees waberte im Dunkelgrünen, am Himmel hing der Vollmond und spendete Helligkeit, gerade so viel, dass der Friedhofseingang zu erkennen war. Kuba fragte: »Wer bist du? Warum zeigst du dich mir nicht? Hast du Angst vor mir?«

»Nein. Du hast Angst vor mir. Sag mal, kannst du immer noch mit deinem Bauch sprechen?«

Kuba zog sich eine Zigarette aus der Monte-Carlo-Schachtel heraus, zündete sie aber nicht an. Er ließ sie zwischen den Fingern hin und her gleiten und fragte: »Kenne ich dich von früher?«

»Für eine Schachtel Camel gebe ich dir zehn Eier«, antwortete der Unsichtbare. »Ich hatte mal einen Freund«, begann Kuba zu erzählen. »Er hieß Maciek. Er redete so wie du: ›Eh! Mann! Für hundert Mark besorge ich dir von den Zigeunern eine Traumfrau!‹ Er war nicht unbedingt ein schlauer Bursche. Aber er hatte verrückte Ideen.«

»Du Armleuchter!«, sagte der Unsichtbare. »He?! Du meinst, du kannst nach über zwanzig Jahren in Wilimy aufkreuzen und anfangen, in unserem Leben und auf unseren Friedhöfen herumzuschnüffeln? Was?!«

»Bist du der verrückte Maciek? Oder willst du mich nur ausrauben?«

»Zweibauchnabel! Du denkst, du hast es in deiner neuen Heimat zu etwas gebracht! Eine große Karriere gemacht! Doch du täuschst dich! Wilimy hat auf dich gewartet. Deine alte Zeit ist bis zu deiner Rückkehr angehalten worden, und nun tickt deine hiesige Uhr wieder weiter. Ich bin immer noch der kleine Junge, mit dem du im Groß-Ramsauer Wald Adolf Hitlers Bunker nachgebaut hast.«

»Beweis es mir, dass du der Maciek bist, den ich einmal gekannt habe!«

Das Licht einer Taschenlampe leuchtete Kuba plötzlich direkt ins Gesicht, der Schatten der Eiche löste sich auf. Aus der Dunkelheit trat ein Mann hervor, der den dünnen Strahl der Taschenlampe auf den Boden richtete und in der linken Hand eine voll gestopfte Plastiktüte trug. Er hatte lange Haare und war so angezogen wie ein Penner in der Großstadt: weiße Turnschuhe, eine hellblaue Jeans, die ihm zu groß war, ein schwarzes T-Shirt, bunt beschriftet, eine rote Ski-Jacke und eine Baseballmütze. All diese Kleider hatten seit Monaten keine Waschmaschine mehr gesehen. Der Unsichtbare stank unselig nach Schwefel, Pisse und Schweiß.

»Maciek, du bist viel zu warm angezogen«, sagte Kuba.

»Wen kümmert das?! Du Armleuchter! Und du hast richtig geraten, jawohl! Ich bin der Maciek, den du von früher kennst.«

Sie fielen einander nicht in die Arme, sie standen einfach nur da, in einem Abstand von etwa drei Metern, und versuchten, den direkten Blickkontakt zu meiden.

»Das, was du suchst, wirst du hier am Friedhof nicht finden«, sagte Maciek. »Scher dich zum Teufel! Du Armleuchter! Aber vorher solltest du mir was abkaufen.« Er schaltete die Taschenlampe aus und hob die Plastiktüte auf Brusthöhe. »Schau! Die Eier sind frisch! Und ich habe noch ein Sixpack dabei: *Tyskie!* Das beste Bier der Welt! Lediglich mit Präservativen kann ich nicht mehr dienen. Die sind mir schon ausgegangen! Der beliebteste Artikel bei den Touristen! Aber du kannst meine Schwester haben – für hundert Euro!«

Kuba zündete sich endlich die Zigarette an und fragte: »Willst du auch eine?« Er machte zwei, drei Schritte nach vorn und gab Maciek die Schachtel.

»Russische Kippen? Was Besseres kannst du mir nicht anbieten?« Maciek fischte sich eine Zigarette aus der Schachtel und sagte: »Ich wusste, dass du früher oder später zum Friedhof kommen würdest, und deshalb habe ich mir vorgenommen, jeden Abend bei der Eiche auf dich zu lauern.«

»Scheinbar können alle in Wilimy in die Zukunft schauen. Jeder kennt meinen nächsten Schritt.«

»Gefällt dir das Leben in Amerika?«

»Nicht in Amerika, sondern in Deutschland, Maciek.«

»Ist doch ein und dasselbe für uns arme Schlucker ...«

»Ich bin unter anderem deinetwegen nach Wilimy zurückgekommen. Warmia ist ein verfluchtes Land – ihr sauft euch alle zu Tode, und so hab ich mich gefragt, ob du noch lebst.«

»Du Armleuchter! Siehst du doch, dass ich lebe, obwohl ich eigentlich tot sein sollte! Bin ja vor langer Zeit umgekommen! Hihi! Mein Grab kannste dir anschauen! Es ist echt! Ihr Diesseitigen seid arrogante Schweine! Ihr seid die toten Geister, nicht wir!« Der Unsichtbare steckte sich die Zigarette an. »Keine Camel, keine Marlboro, du Armleuchter, warum kaufst du dir so'nen billigen Scheiß aus Russland?«

»Quäle mich nicht! Es gibt Wichtigeres, zum Beispiel: Warum trägt die Hoteldirektorin Trauer? Wen hat sie vor kurzem beerdigt?«

»Du Armleuchter! Du glaubst doch nicht, dass ich dir das einfach so sage! Nach fünf Minuten, die wir erst miteinander verbracht haben! Dein Problem ist, dass du nicht weißt, wer Kazimierz ist, und niemand ahnt, dass er uns betrügt! Hihi! Lass die Hoteldirektorin aus dem Spiel. Sie gefällt dir, was? Du Armleuchter, sie wird dich ruinieren. Die Eichel meines spitzen Schwanzes sagt mir, dass du bereits in *Pani* Justyna verknallt bist!«

»Das lass mal meine Sorge sein, in wen ich verliebt bin oder nicht. Mich interessiert viel mehr, was für ein Typ der Wojtek ist! Hat er es auf den Hof meiner Tante abgesehen?« Kuba ging in die Hocke. Sein alter Freund machte es ihm nach. Sie kauerten jetzt direkt vor dem Friedhofseingang und sahen aus wie zwei große weiße Vögel. Der rote Vollmond hatte sich hinter einer Wolke versteckt, und der Himmel war schwarz und mager mit Sternen besät. Die Milchstraße ließ noch eine Weile auf sich warten.

»Wojtek hat mir gesagt, dass der Dadajsee sprechen kann, du Armleuchter«, meinte Maciek und saugte an seiner Zigarette.

»Tante Alas Lebensgefährte ist ein Säufer und Penner wie du«, sagte Kuba und bereute sogleich seine Worte.

»Du weißt nicht, was du da redest. Ich lüge nicht: Der Dadajsee kann sprechen – ich hasse ihn noch mehr als den Wald.«

»Und du kennst die Sun-Bear-Pianokonzerte aus Kyoto und Osaka nicht. Und trotzdem will ich dir vertrauen: Der Dadajsee ist also nicht stumm, und Wojtek versteht seine Sprache?«

Maciek richtete sich auf. »Komm, ich zeig dir was!«

Kuba schnäuzte sich einmal, drückte hockend die Zigarette mit dem Schuh aus, sprang auf und ging hinter seinem alten Jugendfreund her. Maciek führte ihn zur Friedhofspforte, öffnete sie und sagte: »Sei bitte ganz leise – unseren Toten zuliebe! Hihi!« Er schaltete die Taschenlampe wieder ein und führte Kuba nun zu dem Grab seiner Mutter und seines Bruders Kopernik – beide lagen nebeneinander. Er leuchtete auf ihre Grabsteine, auf denen die Buchstaben kaum noch lesbar waren. Aber auf der Grabplatte von Kopernik lagen frische Blumen, gepflückt auf einer Waldwiese, orchideenartige Sträuße. »Du Armleuchter! Ich hab mich all die Jahre um sein Grab gekümmert. Weißt du, was so ein Dienst üblicherweise kostet?«

Kuba griff zu seinem Portemonnaie, das in der Gesäßtasche seiner Jeans steckte. »Hier, eintausend *złoty*, reicht das?«, fragte er und schob das Geld Maciek in die linke Tasche seiner Ski-Jacke.

»Du Armleuchter, ich will dieses Geld nicht! Kauf mir lieber die zehn Eier von meiner Mutter ab, und das Sixpack von *Tyskie*.«

»Du hast keine Mutter.«

»Jeder hat eine Mutter«, sagte Maciek.

»Und du sollst mir keinen Stuss erzählen, von wegen: Wojtek könne die Sprache des Dadajsees verstehen und so weiter.

Ich will schlicht und einfach wissen, wen die Hoteldirektorin vor kurzem unter die Erde gebracht hat.«

»Kuba! Was bist du bloß für ein Mensch geworden?«, fragte Maciek und gab ihm den Tausender zurück. »*Jezu!* Du kannst wirklich nicht mehr mit dem Bauch sprechen!«

Kuba ging wieder in die Hocke und ließ den Kopf hängen. Dann schnäuzte er sich noch einmal, sprang auf und sagte, wobei sein Mund völlig reglos blieb: »Wen hat die Hoteldirektorin beerdigt? Und wo ist das Grab? Zeig es mir!« Kubas Stimme war deutlich zu hören, aber sie kam nicht aus seinem Mund. Sie war leise. Sie hatte den Klang einer Kinderstimme.

Maciek antwortete: »Ich bin neben Kazimierz der Einzige in Wilimy, der weiß, wen die Hoteldirektorin beerdigt hat: Unser verrückter Pfarrer hat auf ihre Bitte hin die Totenfeier abgehalten – und mir auch verraten, wer in dem Sarg liegt. Gib mir den Tausender wieder, dann sag ich dir, um wen es sich bei der Leiche handelt!« Maciek hatte sich wegen Kubas Stimme gar nicht erschrocken. Er grinste nur und drückte die Zigarette endlich aus, die er bis zum Filter geraucht hatte. »Du kannst doch mit dem Bauch sprechen«, sagte er – und dann fügte er hinzu: »Wir sollten jetzt besser gehen. Heute Nacht lass ich dich auf diesem verfluchten Gottesacker noch nicht graben, damit du dich selbst davon überzeugst, dass der Sarg des unbekannten Toten leer ist. Das machen wir dann ein anderes Mal …«

»Der Sarg ist leer?«, wiederholte Kuba etwas enttäuscht. Er sprach wieder mit seinem Mund.

»Gib mir den Tausender, und ich erzähle niemandem, dass du ein Bauchredner bist«, sagte Maciek. »Asche zu Asche …«

»Treib's nicht zu weit mit deinem Possenspiel! Aber warum ist der Sarg leer?«

»Du Armleuchter! Sie hat sich selbst beerdigt. *Pani* Justyna ist reich, hat aber bis heute keine Liebe gefunden. Alle Männer, mit denen sie zusammen war, sind tragisch umgekommen. Und wenn du nicht aufpasst, wird sie auch dich unter die Erde bringen.«

Nachdem sie beide das frische Grab kurz besichtigt hatten, verließen sie zügig den Friedhof und gingen zurück ins Dorf. Maciek sagte, er würde bei seiner Schwester übernachten, die gleichzeitig seine Frau sei. »Du schläfst mit deiner Schwester?«, staunte Kuba. »Du hast doch nie eine gehabt!«

»Meine Schwester ist meine Frau, du Armleuchter. Sie war mal ein Straßenkind wie ich«, antwortete sein alter Jugendfreund zum Abschied. »Wir haben uns im siebten Himmel kennen gelernt ...«

»Wo kann ich dich finden, wenn mal was ist? Wo wohnst du?«

»Überall und nirgendwo. Mach's gut, du ... Armleuchter!«

Vier Löffel Zucker und ein süßer Junge

Kuba war endlich nüchtern, sein Kater und die Kopfschmerzen waren völlig verschwunden, und sein Kopf fühlte sich so leicht an, wie er das aus Deutschland gewohnt war. Er ging zurück zu Tante Ala. Die Luft hatte sich ein bisschen abgekühlt, sie war aber immer noch schwer und stickig. Vor wem muss man mehr Angst haben, fragte sich Kuba, vor dem Wald oder vor dem See oder vor Maciek? Er blickte zum Wald hin, der eine schwarze Wand bildete und die Sicht auf den Himmel versperrte. Dann schaute er auf die Ufer des Dadajsees.

Kuba drehte sich mehrmals um, als wollte er prüfen, ob der Dadajsee hinter ihm herliefe. Eine leichte Brise wehte über die

Wiesen und Felder, und sein weißes, kurzärmliges Hemd, das gänzlich verschwitzt war, trocknete innerhalb weniger Minuten.

Als Kuba bei Ala eintraf, deren Hof ganz in Stille versunken war, vermisste er sofort Wojtek. Tante Ala saß allein am Küchentisch und zählte Geldscheine. Sie paffte an einer filterlosen Zigarette, die in einem Glasröhrchen steckte, und sagte: »Ich hab diesen Monat gut verdient. Und würde Wojtek sein ganzes Gehalt und Schwarzgeld nicht versaufen oder andauernd seinen Enkelkindern und ihren Vätern schenken, würden wir wie die Maden im Speck wüten.«

»Wojtek hat Enkelkinder?«, wunderte sich Kuba.

»Ja, von zwei erwachsenen Söhnen. Zur Erntezeit kommen seine beiden Sprösslinge nach Wilimy und helfen uns«, antwortete Tante Ala. »Aber diesen Sommer haben sie Wichtigeres zu tun. Sie sind Berufssoldaten und kämpfen im Irak. Frag mich bloß nicht, für wen. Bestimmt nicht für uns. Die Irakis haben uns nicht überfallen und unsere Kinder und Alten nicht getötet und junge Frauen und Männer nicht verschleppt. Das haben Nazis und Sowjets mit uns gemacht. Wojteks Sprösslinge, diese Ärsche, bauen ein Eigenheim und gieren nach jedem Groschen, der ihnen zufallen könnte. Sie sind Mörder. Für Devisen bringen sie jeden um.«

Kuba setzte sich zu Ala. Seine Tante goss ihm ein Glas schwarzen Tee voll. »Nimmst du vier Löffel Zucker wie Wojtek? Bist du auch so ein süßer Junge?«

»Nein. Wer ist dieser Mann an deiner Seite?«

»Nachdem du uns verlassen hast, kam er nach Wilimy und bettelte um Arbeit. Als Ukrainer hat man es oft nicht leicht – du weißt doch, wie unsere Leute sind. In Biskupiec hat Wojtek nirgendwo eine Stelle gekriegt. Ich habe mich seiner armen Seele erbarmt.«

»Und wo ist er jetzt? Immer noch auf der Hochzeit?«

»Nein. Er liegt im Kühlhaus. Jedes Mal, wenn er sterben will, geht er in das alte Kühlhaus und legt sich dort hin. Er singt seine schmutzigen Lieder, da er meistens einen sitzen hat, und schläft nach diesen Gesängen ein, anstatt zu sterben.«

Kuba nahm einen Schluck Tee. »Ich werde ihn nach Hause zurückholen. Ein alter Mann wie er wird sich in dieser Bruchbude noch die Nieren erkälten.«

»Er ist ein Idiot, Kuba, und du bist ein kluger Mann. Bleib bei mir. Lass ihn doch sterben, wenn er will.«

Kuba stand schweigend auf. Das Gesicht seiner Tante, ein Feld voller Runzeln, leuchtete böse: »Sei doch kein Dummkopf, bleib bei mir«, schluchzte die Tante; sie küsste die rechte Hand ihres Neffen und legte sie auf ihren Busen. »Ich bin doch auch eine Frau, wie die Hoteldirektorin …« Kuba sagte nichts, drehte sich auf der Ferse herum und ging in die Nacht zurück.

»Du, der du dem einfachen Mann von der Straße wehgetan hast …«

Er kannte das alte Kühlhaus. Es waren nur wenige hundert Meter bis dahin.

Als sein Vater noch in der Fischerei von Najdymowo gearbeitet hatte, kam er manchmal mit dem Motorboot nach Wilimy, um seinen Schwiegereltern Diesel abzukaufen. Kubas Opa Kostek hatte mit Diesel gedealt und einen guten Draht zu dem PGR-Direktor aus Droszewo gehabt: Kostek Podlich erklärte dem PGR-Direktor bei einem Gläschen Wodka zu *świeżynka*, zum Spirkel, den Aufbau der Milchstraße und des Sonnensystems, und dafür bekam er Diesel – Tausende von Litern so gut wie umsonst. Für Opa Kosteks Fischer war dieser Deal ein Segen: Es mangelte ihnen nie an Kraftstoff. Sie konnten jederzeit zum Fischen rausfahren und mehr Aale und Kleine Maränen fangen als die Konkurrenz aus Najdymowo. Eigentlich gehörten die beiden Dörfer ja zu ein und derselben Genossenschaft, aber da die Familien an zwei verschiedenen Orten wohnten und zwei verschiedenen Göttern dienten, die Bewohner von Wilimy der Gesegneten Jungfrau Maria und die von Najdymowo dem Übersetzer Martin Luther, gelang es den beiden Clans selten, den staatlichen Fischereibetrieb gemeinsam als eine große Firma zu leiten.

Lucyna, Kubas Mutter, die in Biskupiec Krankenschwester gewesen war, kam zu jedem Dieselkauf mit: Sie sah ihre Eltern meist nur zu Weihnachten oder zu Ostern. Und Kuba erinnerte sich, dass sich Lucyna immer wieder über eines beklagte: »Mein Gott! Wir leben an ein und demselben See, aber ich darf meine Eltern so selten sehen!« – »Du willst nur deine alten Liebhaber besuchen«, ärgerte sich damals Kubas Vater. »Du Schlampe! Ich drehe dir eines Tages noch den Hals um!« Darauf antwortete Lucyna nie. Sie hätte ihn umbringen müssen, anstatt sich in stoischer Geduld zu üben, hatte Kuba im Stillen seiner Mutter nach jedem Streit mit Adelbert vorgeworfen. Und wenn sein Vater Lucyna wieder einmal beschimpft hatte, fühlte er sich genauso betroffen wie seine Mutter. »Ich bin keine Hure! Ich bin keine Hure!«, brüllte er manchmal los, nachdem er in den Groß-Ramsauer Wald zum Ausheulen geflohen war.

Mit dieser alten Erinnerung im Herzen ging Kuba zu Wojtek. Das Kühlhaus war ein ostpreußischer Pferdestall, der in den Sechzigern umgebaut worden war; das Gebäude besaß keine Fenster, und das Mauerwerk, mit mehr als hundert Jahren auf dem Buckel, schien unverwüstlich zu sein. Kuba, Leszek und Maciek hatten in dieser Scheune immer gerne gespielt, weil es dort Ratten gab und zum Kühlen der mit Fischen beladenen Kisten riesige Eisbrocken, die sie eigentlich nur aus den amerikanischen Kinofilmen kannten.

Kuba wusste, dass er heute Nacht Maciek großes Unrecht angetan, ihn wie ein Stück Dreck behandelt hatte. Er wollte diesen Fehler wieder reparieren, doch wie? Vielleicht war der Entschluss, Wojtek nach Hause zurückzuholen, der erste Schritt in die richtige Richtung.

Das Kühlhaus stand direkt am Seeufer, mitten in dem stillgelegten Fischereihafen, in der Nähe des Friedhofs. Es gab dort keine Bäume, keine Obst- und Gemüsegärten, und die Sicht auf den Dadajsee, das Moränental und den Wald war gewaltig. Man konnte kilometerweit gucken, sogar bis nach Czerwonka, nach Rothfließ, wie die Ostpreußen sagten.

Kuba öffnete das Tor des Kühlhauses: Eine Lampe an der Decke warf gelbes Licht auf die Lagerfläche. Wojtek schlief nicht. Er ruhte vielmehr auf einem Holztisch und lachte laut. Es roch immer noch stark nach Fisch, und überall klebten Schuppen, Zigtausende von Schuppen der Kleinen Maräne, Schleie, Plötze und des Brassens.

»Endlich!«, schrie er. »Endlich will jemand dabei sein, wenn ich mich anschicke, Petrus aufzusuchen!«

Kuba sagte: »Ala macht sich Sorgen.«

»Lüg nicht! Sie weiß nicht einmal, dass ich sie liebe.«

»Wojtek, steh auf«, sagte Kuba. »Du bist nicht von hier – du wirst den Ort, an dem du lebst, nie verstehen. Und deine Söhne, was ich ihnen nicht wünsche, können diesen Sommer im Irak fallen. Das sollte deine Sorge sein. Aber zerbrich mir nicht das Herz meiner Tante. Wir haben die Schnauze voll von euch Männern, die ihr in einem Kühlhaus schlaft und aus Eifersucht Frauen umbringt. Ihr kennt nicht einmal die Sun-Bear-Pianokonzerte aus Kyoto und Osaka.«

»Schlag mich tot, aber ich bleibe auf diesem Tisch liegen. Nur als Leiche, du Grünhorn, wirst du mich hier rausholen!«

Kuba hockte sich auf den Boden, zog den Kopf ein, und sein Bauch sagte, doch diesmal mit der Stimme eines alten Mannes: »Du behauptest, du kannst die Sprache des Dadajsees verstehen?«

Wojtek regte sich nicht einmal. In sein erstarrtes Gesicht stieg Blut, seine Wangen färbten sich rot. »Was weißt du schon davon, was der Dadajsee mir erzählt. Mein Sohn, geh lieber zurück nach Deutschland. Bei uns hast du nichts verloren.«

Kuba richtete sich wieder auf. Für eine Weile wusste er nicht, wo er war. Bunte Bilder schossen mit irrer Geschwindigkeit durch seinen Kopf, und in jedem dieser Kurzfilme war er der Hauptakteur. In einer Sequenz spielte er am Badestrand an der Costa Brava mit seinen Zwillingen Jasmin und Sebastian. Sie bauten eine Sandburg, und Franka brachte ihnen eine Strandschaufel, kniete im Sand und schaute Kuba an. Ihre blauen Augen mit dem Silberblick waren ihm jetzt so fremd, dass er sich fragen musste, ob er überhaupt behaupten konnte, Franka sei seine Ehefrau. Nein. Sie war es nicht. Er lebte in Deutschland das Leben eines ihm unbekannten Kuba Dernicki. Weit weg von Wilimy.

»Steh auf, Wojtek. Ala wartet auf uns.«

»Der Dadajsee sagte mir«, meinte Wojtek, »dass du bald sterben wirst, noch vor mir, und ich will nicht, dass du vor mir stirbst. Deshalb bin ich heute Nacht in dieses Kühlhaus gekommen, damit es mich endlich umbringt, aber du hast alles vermasselt. Ich will doch nur, dass du weiterlebst.«

»Steh auf, wir müssen gehen. Ala wartet.«

Wojtek wälzte sich vom Tisch. Schweren Schrittes kam er

auf Kuba zu und sagte: »Ich versprech's dir hiermit, dass ich vor dir sterben werde. Merk dir das!«

»Du musst mir nichts versprechen. Du bist betrunken, und du kennst nicht einmal die Sun-Bear-Pianokonzerte aus Kyoto und Osaka. Das ist alles.«

Sie gingen zusammen zurück nach Hause. Das Kühlhaus wurde immer kleiner, je schneller sie sich dem Hof von Ala näherten; die schwarze Wand des Waldes erschien dafür mit jedem Schritt umso größer, und der Himmel hing schief über dem Kühlhaus und über dem Wald und konnte sich nicht entscheiden, welche Schieflage ihm lieber war: die über dem Dadajsee oder die über dem Groß-Ramsauer Forst.

Über den Damm rollte der Nachtzug aus Paris nach St.-Petersburg. Kuba musste in diesem Moment an Justyna denken. Er wusste auf einmal, dass er sie morgen wiedersehen würde. Er wusste, dass sie mit ihm sprechen wollte. Es gab so vieles zu klären. Marta war wirklich tot. Die neue Marta wartete auf ihn im Hotel *Justyna Star* und hatte bestimmt nur eines im Sinn: Brannte sie nicht darauf, sich mit ihm die Sun-Bear-Pianokonzerte aus Kyoto und Osaka anzuhören? Und sie wollte von ihm sicherlich erfahren, wie seine Zwillinge hießen und ob Franka eine gute Frau sei. Gewiss war sie eine gute Frau. In jedem heiligen Buch wurde Franka erwähnt, mochte dieses Buch auch Baghavadgita, Altes Testament, Koran oder Gilgamesch heißen. In jedem heiligen Buch war Franka eine gute Frau, wie die von Lot, die vor den Toren Sodoms zur Salzsäule wurde. Über all das musste er mit Justyna sprechen, weil sie ihm auf der Hochzeit der Bürgermeistertochter gesagt hatte, er würde bald vergessen, dass er aus dem Ausland komme und warum er in Wilimy sei, und das war die einzige Wahrheit, die jetzt zählte.

»Du kannst also mit dem Dadajsee sprechen?«, fragte er Wojtek unterwegs noch einmal.

»Mir ist kalt. Ich fühle meine Füße nicht mehr. Meine Zehen sind zu Eiszapfen geworden.«

Nach einer Weile, kurz vor dem Hof von Tante Ala, blieb Wojtek stehen und fasste Kuba an den Schultern, schüttelte ihn einmal kräftig und sagte: »Ich geb dir das Geld, das du mir für die neue Glotze geliehen hast, nächste Woche zurück. Ich hab da ein heißes Geschäft laufen, das bestimmt nicht platzen wird.«

»Lass mich los«, protestierte Kuba. »Sag mir endlich, was dir der Dadajsee erzählt. Sag es, oder ich schlage dich tot!«

Kuba erschrak nicht über seine eigenen Worte und die Drohung, die er gegen Wojtek ausgesprochen hatte. Der ließ ihn für eine Sekunde los, dann umarmte er ihn ganz fest und biss ihm in das linke Ohr, sodass dieses zu bluten anfing. Als er sich von Kuba wieder löste, der einen Schrei ausstieß und sich sofort ans Ohr fasste, sagte Wojtek: »Mein Sohn, du wirst einst selbst hören, was der See von uns will.«

Kuba wurde so wütend, dass er sich nicht mehr im Griff hatte, und verpasste Wojtek einen Kinnhaken. Der alte Mann fiel sofort zu Boden, lachend, spuckend und röchelnd.

»Du wirst schon eines Tages hören, was er zu sagen hat«, lachte Wojtek; er wischte sich einmal über die Nase, hustete und versuchte aufzustehen. »Ich liebe deine Tante«, meinte er. »Sie gibt mir Brot und einen Schlafplatz. Aber der Dadajsee sagt, du willst dich rächen: an den Eltern von Marta. Und diese Rache wird dich dein Leben kosten.«

Kuba verdeckte mit beiden Händen sein Gesicht. Er war fassungslos. Hatte er all die langen Jahre in dem virtuellen Schlachthaus in W. deshalb gearbeitet, all die langen Jahre des Wartens auf die Wiederbegegnung mit seinem Heimatort deshalb in Kauf genommen, um nun mit diesem alten Mann auf dem Sandweg vor Tante Alas Hof einen Boxkampf auszufechten? Wer von uns beiden ist verrückter und stärker als die Westbalten, die Pruzzen, dachte er jetzt, die einst die Sonne und den Mond und die Kiefern im Natanger- und Bartenland angebetet haben? Warum hatte er sich auf diesen Boxkampf mit Wojtek überhaupt eingelassen? Er hatte doch zu Hause die Sun-Bear-Pianokonzerte aus Kyoto und Osaka auf sechs CDs, und, wenn es richtig hart auf hart kommen würde, die Bücher von Adam, dem Herausgeber der *Gazeta Wyborcza*, der ihm erklärt hatte, worum es in den Gedichten von Czesław Miłosz, dem kalifornischen Emigranten, gehe: einzig und allein um die Güte, die – unter Menschenfressern dieser Erde – immerzu leiden müsse. Wirklich, Adam?, hinterfragte Kuba diesen Gedanken. Czesław Miłosz war doch der größte polnische, stalinistische, katholische Verräter des 20. Jahrhunderts, weil alle Poesie, die für den Menschen eintrat, Verrat an Staat und Gott war. Und das verräterischste Gedicht von ihm, fand Kuba, schmückte die Gedenktafel des Schiffsankerdenkmals in Gdańsk, für das sich der Dichter im Alter angeblich geschämt haben solle, weil es so etwas wie ein Volksschlager geworden war:

»Du, der du dem einfachen Mann von der Straße
wehgetan hast ...«

Wie geht das Gedicht weiter, Herr Miłosz, fragte sich Kuba, der du als vergifteter Manichäer mit dem einfachen Menschen von der Straße, mit all den unbekannten Wojteks und Ździsieks, nie etwas zu tun haben wolltest?

»… der du über sein Leid gelacht,
zusammen mit einer Horde von Narren,
die du um dich geschart,
um das Gute und Böse miteinander zu paaren …«

Kuba konnte sich plötzlich bestens an diese Verse erinnern, doch warum ausgerechnet jetzt? Warum hatte er sich das Ohr nicht abbeißen lassen? Für Marta und all diejenigen, mit denen er in Łódź, Poznań und Gdańsk gestreikt hatte? Wollte er sich wirklich an Martas Eltern rächen? War er nur deshalb nach Wilimy gekommen? Und wo war die Musik jener Jahre – die Musik, die sein Atem gewesen war, sein täglicher Atem? Es waren doch nicht die Pianokonzerte, die ihm damals die Kraft zum Leben gegeben hatten: Es waren die Rockkonzerte von Maanam, Bajm, Perfect, Republika und Lombard am Anfang der Achtzigerjahre gewesen, die berauschenden Gigs, die in den Kulturhäusern der Kleinstädte von Warmia und Masuren veranstaltet wurden. Sie gaben ihm bis heute die Kraft, die er im Kampf gegen den Tod von Marta und auch gegen seinen eigenen brauchte.

Er half Wojtek wieder auf die Beine. »Komm, mein Alter, wir gehen jetzt zu Ala und tun so, als sei nichts gewesen.«

»Übrigens, lieber Sportsfreund«, sagte Wojtek, »wir haben am Montag eine Verabredung mit dem Bürgermeister von Biskupiec – in seinem Parteibüro.«

9

Beim Frühstück am folgenden Morgen – Kuba hatte trotz der kurzen Nacht ausgeschlafen – erfuhr er von Ala, dass sein Kumpel Maciek vor sechs Jahren bei einem Unfall im Wald umgekommen sei; ein Baum mit der roten »Bestimmtzum-Fällen«-Markierung habe ihn erschlagen, erklärte die Tante.

»Das kann nie und nimmer wahr sein – ich habe ihn gestern Nacht getroffen«, sagte Kuba, der von seiner Tante nach diesem Bekenntnis sofort ausgelacht wurde. Sie kriegte sich vor Lachen kaum ein und sagte, nachdem sie sich wieder ein wenig beruhigt hatte: »Überzeug dich doch selbst davon, dass Maciek tot ist! Geh zum Friedhof und schau dir an, wo und wann dein Freund beerdigt wurde. Ein Holzkreuz mit einem Metallschild und seinem Namen und Sterbedatum darauf wirst du entdecken: mehr nicht!«

»Na gut«, sagte Kuba. »Dann habe ich wohl mit einem Betrüger gesprochen, der sich für Maciek ausgegeben hat, und zwar mehr als gekonnt. Ich werde trotzdem Kazimierz aufsuchen: Er kommuniziert angeblich mit Verstorbenen, vielleicht kann er mir eine Erklärung für meine seltsame Begegnung liefern. Oder muss ich denn wieder anfangen, an euren Gott aus *Święta Lipka* zu glauben?«

»Mit Gott hat diese Sache nichts zu tun«, antwortete Tante Ala. »Das ist nur der Dadajsee, der mit uns Blindekuh spielt. Kazimierz ist übrigens bei seiner Tochter, wie jeden Samstag. Er lässt sich bei ihr den Rücken massieren, er plagt sich schon seit Monaten mit fürchterlichen Rückenschmerzen herum: sich selbst kann er nicht helfen, aber du kannst ihn ruhig besuchen, er wird dir bestimmt keinen Schaden zufügen, der Gute.«

»Er hat eine Tochter«, staunte Kuba, »die einen Masseurladen besitzt?«

»Die verehrte Hoteldirektorin ist seine Tochter – meine Chefin. Jedes Wochenende kommt eine Krankengymnastin und Masseuse aus Olsztyn und verwöhnt die Hotelgäste. Kazimierz ist ihr Stammpatient.«

»Und *Pani* Justyna weiß natürlich nicht, wer ihr wahrer Vater ist?«, grinste Kuba.

»Keine Ahnung, mein Sohn. Ich habe sie nie danach gefragt. Bin ich denn lebensmüde? Ich kann es mir nicht leisten, dass sie mich feuert!«

Wojtek war sehr früh aufgestanden und mit seinem Motorboot nach Najdymowo gefahren – in die Fischerei. Er konnte mauern und alte Häuser und Wohnungen renovieren. Er baute zusammen mit seinen Arbeitskollegen, da sie in der Fischerei wenig zu tun hatten, ein neues Haus für die Tochter des Bürgermeisters. Der Staat kümmerte sich nur halbherzig um die Befischung der Seen. Und so mussten die hiesigen Bauern und Fischer und Jäger nach 1989 zu Umweltschützern mutieren, obwohl sie mit dem Umweltschutz nie etwas am Hut gehabt hatten. Sie beauftragten einen Rechtsanwalt für die Verteidigung ihrer Interessen, denn die Großstädte wie Gdańsk oder Warschau suchten ständig nach neuen Müllhalden. In Warmia und Masuren gab es genug Platz für den Müll, den die Großstädter fleißig produzierten. Bis jetzt hatte Wojtek mit seinen Kompagnons jeden Kampf vor Gericht gewonnen, doch bereits der nächste könnte ihre Niederlage bedeuten.

Diese ganzen Neuigkeiten reichten Kuba vorerst. Sie reichten für den Rest des Tages, und er hatte viel Zeit, um sich mit ihnen zu befassen.

Opa Kosteks Prophezeiung über die launische Sonne

Bevor sich Kuba auf den Weg ins Hotel *Justyna Star* machte, rasierte er sich gründlich – so gründlich, als wollte er sich von all seinen bisherigen Sünden reinigen, selbstverständlich auch von allen Einflüssen, die die Geister und Toten auf ihn auszuüben trachteten. Niemand sollte ihm ansehen können, dass er gestern Nacht womöglich auf einem fremden Planeten zu Besuch war, auf einem Planeten, den nur Untote und Betrüger bewohnten. Eine perfekte Rasur sei die halbe Miete bei vielen Geschäften und Problemen, die ein Mann lösen müsse, pflegte Opa Kostek zu sagen.

Kuba betrachtete sein Gesicht nach der Rasur im Spiegel und glättete die Haut mit einer milden Aftershave-Creme. Er massierte seine Haut und fragte den Spiegel: »Maciek, wie gefällt dir das? Du Armleuchter! Ich werde aus dir, wenn ich dich das nächste Mal treffe, die Wahrheit herausprügeln! Ich will erfahren, wer du in Wirklichkeit bist!«

Er hatte keine Lust, zu Fuß ins Hotel *Justyna Star* zu gehen; er fühlte sich, als hätte er in den vergangenen zwei Nächten und Tagen bei einem Fußmarsch viele ermüdende Kilometer zurückgelegt. Seine Beine schmerzten. Vielleicht sollte er sich auch einmal massieren lassen? Und da er bei der Hoteldirektorin, die er unbedingt sehen musste, einen guten Eindruck hinterlassen wollte, zog er ein weißes Hemd und ein Sommersakko an, obwohl die Sonne unbarmherzig brannte. Der Sommer war verrückt, die Sonne war verrückt, sie wollte ihre Ländereien in eine Wüste verwandeln. Sie war diejenige, die den Klimawandel am wirkungsvollsten beschleunigte. Unsere Sonne sei altersschwach und krank, fielen Kuba die Worte von seinem Opa Kostek ein, deshalb würden wir Menschen bald den Kürzeren ziehen müssen. Sie würde in gar nicht so ferner Zukunft solche Zerstörungen auf der Erde herbeiführen, die wir Heutigen uns nicht einmal in unseren kühnsten Träumen vorstellen könnten.

Als Hobbyastronom war Kostek kein Klimaexperte, doch auch nicht auf den Kopf gefallen. Er hatte den Dadajsee Jahr für Jahr genau beobachtet, die Veränderungen miterlebt. Das Wasser blühte öfters als sonst, den Fischen mangelte es mehr und mehr an Sauerstoff, und die Winter kamen mit immer weniger Schnee aus. Am Dadajsee, so Opa Kostek, sollten irgendwann Orangen gedeihen. Und was Kostek vorhergesagt hatte, schien allmählich einzutreten – samt den wunderlichen Aktivitäten und starken Explosionen an der Oberfläche der Sonne, Aktivitäten, die den Forschern seit einiger Zeit großes Kopfzerbrechen bereiteten. Das Ganze hatte den Anschein, als würde die Sonne in einen Krieg ziehen wollen. Doch vielleicht durchlebte die Sonne keine Krise, sondern kehrte zu einem alten Zyklus zurück, in dem sie besonders aktiv war. Vielleicht hatte sie nur ihre Tage bekommen, und die irdischen Beobachter wunderten sich darüber, dass die Sonne menstruierte.

Kuba holte das Messer seines Vaters aus dem Koffer heraus und verpackte es in eine alte Zeitung, die er in einem der Bücherregale von Opa Kostek fand. Irgendeine Stimme in ihm sagte, Kuba, nimm das Messer mit! Doch wozu?, antwortete eine andere Stimme, die er ebenfalls nicht kannte. Adelbert hatte das Messer die meiste Zeit bei sich getragen, wie eine Waffe mehr oder weniger, dabei brauchte er es vor allem auf der Arbeit. Seine Drohungen, er beabsichtige, jedem, der seiner Frau Lucyna verdächtig nahe treten würde, den Bauch aufzuschlitzen, hatte niemand jemals ernst genommen. Hunde, die bellen, beißen nicht, lachten die Männer aus Wilimy und Najdymowo über Adelberts Narrheit.

Kuba musterte noch einmal mit einem neugierigen Blick die Bücherregale von Opa Kostek. Er entdeckte eine Bibel, dann die Epopöen von Sienkiewicz, dessen Bücher es so gut wie in jedem Supermarkt zu kaufen gab, und alte Zeitschriften, deutsche und polnische, verstaubte Schallplatten von Boney M. oder Krzysztof Krawczyk, gesammelt allerdings von Kubas Tante Ala, und einen zerfledderten Weltatlas. Unglaublich, dachte Kuba, Kostek und sein Schwiegersohn Adelbert haben nicht einmal Mozart gekannt, geschweige denn irgendeinen berühmten Dichter oder Physiker. Kostek und Adelbert hatten einer gigantischen Armee von Männern angehört, deren Geist in einer Flasche Wodka gehalten wurde; und auf dem Etikett dieser Flasche stand geschrieben: Sozialismus. Diese Armee war unbesiegbar, obwohl sie schwierigste Gegner und Feinde, die man sich nur vorstellen konnte, gehabt hatte, nämlich ihre eigenen Familien: Mütter, Ehefrauen, Töchter und Söhne. Der sozialistische Geist in der Flasche überlebte die Zeit der Wirren und sang weiter: »Feiert, tanzt und trinkt! Alles, was ihr braucht, ist ein Schnitzel und meine Wenigkeit! Und wenn euch die Lust an eurem Leben vergeht, hängt ihr euch im Keller auf!« Dieser Gesang bestimmte den Alltag der Provinz bis heute, und wenn Opa Kostek in der sozialistischen Langeweile die Astronomie für sich entdeckt hatte, dann war dies nur deshalb so geschehen, weil er am Dadajsee geboren wurde und in ihm gefischt hatte. Hätte er an einem anderen Ort gelebt, gäbe es nicht einmal ein Paar Schuhe, von denen man später würde behaupten können, diese Schuhe habe einmal Kostek Podlich getragen, der berühmte Fischer und Hobbyastronom aus Wilimy, und jedwede Erinnerung an diesen Mann wäre längst vergangen und von der Erde vertilgt worden.

Der im Wellness-Center von Justyna Star gestrandete Greis und die merkwürdigen Allüren des Messers von Adelbert

Kuba fuhr mit seinem C5 ins Hotel. Auf die Motorhaube hatten Tante Alas Hühner gekackt – meine Leasingbank wird sich freuen, dachte er. Im Dorf herrschte ein lethargisches Treiben, zumindest auf den ersten Blick. Den Einkaufsladen belagerten Urlauber, Gänse überquerten schläfrig die Straße, alte Weiber boten direkt vor den Zäunen ihrer Häuser Kartoffeln und Äpfel feil, Kinder reparierten am Straßenrand ihre Fahrräder, und die Männer, die keine Arbeit hatten, saßen im Schatten der Kirsch- und Apfelbäume und spielten Karten und tranken Bier aus der Flasche.

In der Rezeption fragte er nach Kazimierz, und ein Mädchen in blauer Uniform führte ihn in den Wellness-Bereich. Kazimierz lag bäuchlings auf einer Liege, sein Hintern war mit einem weißen Handtuch zugedeckt, und eine junge Dame im cremefarbenen Kittel, unter dem sich ihre Unterwäsche abzeichnete, knetete mit den Knöcheln den Rücken des alten und dickleibigen Mannes. Wie ein gestrandeter Wal lag er da und stöhnte leise.

»Für einen pensionierten Pfarrer lassen Sie es sich besonders gut gehen«, sagte Kuba, als Kazimierz seine Augen aufsperrte.

Die junge Masseuse schwieg, aber über ihr kantiges Gesicht zog ein freundliches Lächeln.

»Du weißt doch – selbst wir, Gottesvertreter auf Erden, haben unsere Bedürfnisse«, sagte Kazimierz, wobei ihm jedes Wort große Kraft abverlangte, zumal in dieser schwierigen Gesprächsposition auf dem Bauch – er sprach noch langsamer, als es Kuba seit ihrer Zaunbegegnung gewohnt war. »Unser größter Peiniger ist aber momentan die neue Regierung, die du nicht kennst, und sei froh, dass es so ist! Ich sei unter den Kommunisten auch ein Agent gewesen, sagen diese gefallenen Engel. Ich stimme ihnen sogar zu. Na und? Wenn ich das Gegenteil behaupten würde, nein, ich sei ein Heiliger, hätte mich jeder Hundsfott aus ihren Reihen an den Pranger stellen wollen. Also muss ich lügen, damit sie in ihrem Wunschdenken zufriedengestellt werden! Aber was führt dich zu mir? Welche Sorgen?«

»Ich habe gestern Nacht Maciek getroffen, den Straßenjungen, an den Sie sich bestimmt erinnern. Ist er wirklich tot?«

»Mausetot. Du bist der erste Mensch, der mich danach fragt. Denn ich habe ihn auch schon mehrmals gesehen und sogar gesprochen, aber niemand will mir glauben.«

Kuba steckte sich eine Zigarette an, die er nach dem ersten Zug in der leeren Zigarettenschachtel wieder ausdrückte. Die junge Frau schien das nicht einmal bemerkt zu haben.

»Wir müssen reden«, sagte Kuba.

»Es gibt einen Mann, der deinem Maciek sehr ähnelt. Er treibt sich seit kurzem in unserer Gegend herum. Aber ich könnte beim Namen unserer Gesegneten Jungfrau Maria schwören, dass ich deinem alten Jugendfreund mindestens dreimal begegnet bin. Dabei war ich derjenige, der Maciek auf seinem letzten Weg begleitet hat: Ich habe ihn beerdigt.«

Kuba dachte plötzlich an die Hoteldirektorin und daran, dass sie die Tochter von Kazimierz sein solle.

»Kazimierz, Sie haben Kinder?«, fragte er.

»Pfui! Solche Worte aus deinem Munde! Gottesdiener dürfen keine Kinder haben. Das weißt du doch.«

Die junge Frau lächelte unaufhörlich, aber Kuba gefiel ihr Lächeln aus irgendeinem Grund nicht. Weil es falsch war? Oder sogar dumm?

»Ich weiß nicht, wie jemand diese schlimmen Dinge über mich verbreiten kann«, sagte Kazimierz. »Du musst mich heute Abend bei mir zu Hause besuchen. Ich werde dir eine Geschichte erzählen, die dir von großem Nutzen sein kann. Und ich muss dich ausdrücklich vor dem Bürgermeister von Biskupicc warnen. Er ist ein böser Mann. Halt dich von ihm fern.«

»Ich werd's mir überlegen, Vater, ob ich abends bei Ihnen vorbeikomme, und danke für den guten Ratschlag.«

Kazimierz schloss seine Augen und begann leise vor sich hin zu schnarchen. Soll ich bei Justyna Star im Büro vorbeischauen, da ich schon mal hier bin?, fragte sich Kuba. Bin ich nicht in erster Linie ihretwegen hierher gekommen? Die junge Masseuse erklärte ihm den Weg ins Büro der Hoteldirektorin. Er ging aber erst einmal zu seinem Auto zurück – er hatte das in Zeitungspapier gewickelte Messer auf dem Beifahrersitz liegen lassen. Er vermisste es und ärgerte sich, dass er das Messer nicht bei sich hatte. Doch wozu brauchte er eigentlich das Messer? Es begann, ihm Befehle zu erteilen, und er gehorchte diesen Befehlen: Vergiss mich nicht! Hör auf mich – lass es nicht so weit kommen, dass ich deinetwegen weinen müsste! Trage mich stets bei dir! – Warum? Was geschah mit ihm?

*

»Im Erdgeschoss nach links, dann der erste Flur rechts bis zum Ende und wieder links«, und so irrte er in diesem Labyrinth herum, und dann war er mir nichts, dir nichts am Ziel angelangt. Er starrte eine schwarze Tür mit dem Glasschild *Direktion* an, aber zog seine zur Faust geballte Hand wieder weg, nein, er würde nicht anklopfen. Er drückte auf die Klinke und öffnete die Tür zur Hälfte: »Finden Sie nicht, dass Sie ein wenig übertreiben? Sie sollten Ihr Kostüm gegen einen Bikini tauschen und mit mir baden gehen«, sagte er auf der Türschwelle des Büros. Das in Zeitungspapier verpackte Messer hielt er in der linken Hand.

»Herr Kuba!« Die Hoteldirektorin stand von ihrem Schreibtisch auf und kam auf ihn zu. »Herr Kuba, Sie haben mich vielleicht erschreckt!« Bring sie um, flüsterte ihm das Messer ins Ohr. Bring sie um, sie heißt nicht Marta, sondern Justyna, sie ist ein Phantom, sie ist nicht die Marta, die du einmal geliebt hast, und Kuba stellte sich sogar vor, wie er es tun würde: Seine Brust erbebte plötzlich unter einem kalten Stoß, den er der Frau verpassen würde. »Fühlen Sie sich nicht gut? Sie sehen auf einmal so blass aus«, sagte Justyna Star. »Wollen Sie etwas trinken? Bitte, ich hole Ihnen ein Glas Wasser!«

Er trat in den Raum und ließ sich in den nächsten Sessel fallen. In der Tat: Er spürte eine Art Lähmung im Nacken und einen schweren Druck, den eine unsichtbare Kraft auf seinen Kopf ausübte. Er legte das Zeitungsbündel mit dem Messer auf einen Tisch neben dem Sessel. »Ich muss Ihnen etwas gestehen«, sagte er, als ihm die Hoteldirektorin das Glas reichte. Er trank das Wasser in einem Zug aus und fuhr fort: »Ich weiß nicht, was Sie im Schilde führen, aber ich musste Sie wiedersehen.«

»Und Sie mögen mir meinen gestrigen Auftritt verzeihen, vor allem was ich über Ihre Reise nach Wilimy gesagt habe. Es waren unüberlegte Worte einer verbitterten Exemigrantin. Jedes Mal wenn der Bürgermeister zu mir kommt, bin ich ganz durcheinander. Er weiß doch, dass ich von ihm nichts will.« Dann pflichtete Justyna Kubas Vorschlag, schwimmen zu gehen, zu seiner großen Freude bei, ja, sie wolle sich den ganzen Nachmittag frei nehmen, um in der Sonne und am

Wasser zu entspannen, sie müsse nur noch ein Telefonat erledigen, sich danach umziehen und in den kleinen Bootshafen des Hotels kommen, wo er auf sie warten solle. Ausgezeichnet, Kuba, du hast es geschafft, dachte er sich. Die Lähmung im Nacken ließ langsam nach und auch der Druck unter seinem Schädel.

»Sie sind ein Segler? Gehen Sie zu einem Mann namens Mirek und lassen Sie sich von ihm die Segel meiner weißen Yacht geben – der weißen *Omega*. Er weiß Bescheid.«

»Kann Mirek auch Wind bestellen?«, gab Kuba zu bedenken, als er sich wieder aufrichtete und zum Ausgang begab.

»Hier in der Bucht ist es immer windstill, aber nicht mitten auf dem See. Nun, bis später!«

Er nickte, und Justyna Star gab ihm einen Kuss auf die Wange. »Bis später«, sagte er und ging. Und zum Teufel! Natürlich konnte er segeln, nur der Punkt war, dass er das letzte Mal vor mehr als zwanzig Jahren an der Pinne einer Yacht gesessen hatte – und das ausgerechnet auf einer Tour mit Marta. Sie segelten meistens zu einem wilden Strand, der im Nordosten des Dadajsees lag, in einer Bucht, die nicht allzu groß war und von oben wie ein Bumerang aussah. Die Ufer dort waren mit Schilf und Erlen dicht bewachsen, es gab dort vom Binnenland her keinen Zugang zum Wasser, sodass man dort allein war. In diese Bucht führte durch das Schilfdickicht eine schmale Passage, man musste hier die Segel einziehen und paddeln. Aber an einer Uferstelle, die von den Erlen geschützt war, gab es Sand und Steine. Dieser Abschnitt eignete sich bestens zum Sonnen und Baden. Doch ob es dort immer noch so aussah, wie er es erinnerte, konnte er nicht wissen.

Diese Badestelle hatte ihm einst seine Mutter gezeigt. Er würde ihre dienstfreien Wochenenden im Krankenhaus nie vergessen. Jedes Mal, wenn im Sommer das Wetter schön war, fuhren sie beide mit einem Motorboot zu der versteckten Bucht und blieben dort bis zum Abend. Kuba spielte stundenlang im Wasser und am Strand, und von Zeit zu Zeit warf er seiner Mutter, die auf der Decke lag und sich sonnte, einen glücklichen Blick zu. Ihre eingecremte Haut glänzte bräunlich, auf ihrer Nase klebte ein Erlenblatt zum Schutz gegen die Sonne; in seiner Gegenwart schämte sie sich ihrer Nacktheit nicht, Lucyna sonnte sich immer ohne den BH, und Kuba wusste, dass er dieses Geheimnis seinem Vater niemals verraten durfte. Er hätte ihn verprügelt. Es kam auch vor, jedoch äußerst selten, dass ein fremder Mann ihre Ruhe in der versteckten Bucht störte. Dann unterhielt sich das Paar lange Stunden, aber Kuba hatte sich von diesen Gesprächen nichts gemerkt, kein einziges Wort.

Schönfließ

Mirek war im Bootshafen leicht zu finden. Er war allerhöchstens einundzwanzig, trug ein weißes Unterhemd, eine Jeans und Sandalen. Seine Oberarme waren tätowiert, und er sagte in jedem zweiten Satz »no!«, was so viel bedeutete wie: »Jo, kein Problem!« Mirek unterbrach seine Arbeit – er war gerade damit beschäftigt, ein altes Holzboot zu streichen. Kuba half ihm beim Tragen der Segel und Schoten, die sie aus einem Magazin holen mussten. »Kennen Sie sich mit der Betakelung aus? Ich helfe Ihnen beim Hissen der Segel, wenn Sie wollen.«

»Danke! Ich kann auf deine Hilfe verzichten.«

Die weiße *Omega* lag im tieferen Wasser am Ende des Stegs. Am Bug der Schwertyacht erstrahlten rote Buchstaben, sie war auf den Namen *Strumyk* getauft worden: *Schönfließ* – so hatte auch ursprünglich das ostpreußische Gut geheißen, auf dessen Grundstück Justynas Hotel gebaut worden war. Interessant, dachte Kuba, sie hat sich wohl alte Karten, Fotos und Ortsnamen von dieser Gegend vorgeknöpft, sie genau studiert und ihre eigenen Schlüsse daraus gezogen.

»Du hast in meinem Büro etwas vergessen«, sagte Justyna, als sie in den Bootshafen kam; das »Du« irritierte Kuba, er hätte Marta zunächst um Erlaubnis zum Duzen für ihre schöne Doppelgängerin bitten wollen, fand er, das war er seinem ertrunkenen Mädchen schuldig. Die Hoteldirektorin hatte ein Kleid angezogen und eine Sonnenbrille aufgesetzt. In einem Korb mit ihren Badesachen steckte Kubas Zeitungsbündel mit dem Messer.

»Und du hast nicht reingeschaut? Du weißt nicht, was es ist?«

»Nein. Eine Überraschung?«

»Ja, eine Überraschung. Du könntest mir übrigens einen großen Gefallen erweisen, indem du etwas für mich tust. Ich erkläre dir später, was. Komm, wir fahren los.«

Er änderte seinen ursprünglichen Plan, den er aus Deutschland mitgebracht hatte: Er wollte, dass sie das Messer für ihn im See versenkte, genau an der Stelle, wo Marta ertrunken war. Warum, wusste er eigentlich nicht – vielleicht deshalb, weil Justyna mit der ganzen Sache nichts zu tun hatte: An ihren Händen klebte kein Blut.

»Ist dir eigentlich bewusst, dass du wie Irène Jacob aussiehst?«, fragte Kuba.

»Kieślowskis Filme mit ihr in der Hauptrolle kenne ich. Aber die Jacob ist hübscher …«, kicherte Justyna. »Du spinnst.«

Den kleinen Bootshafen zu verlassen, stellte sich nicht gerade als einfache Aufgabe dar, obwohl Kuba das Vor- und Großsegel gehisst hatte. Im Schneckentempo fuhren sie aus der Bucht heraus.

Auf dem offenen See, als sie die zahlreichen Inseln hinter sich gelassen hatten, nahm die *Omega* endlich an Geschwindigkeit zu, wie es Justyna vorausgesagt hatte, und das Segeln ging Kuba leicht von der Hand – er hatte die Griffe nicht vergessen. Sie segelten jetzt in Richtung Najdymowo. An einer der tiefsten Stellen, in der Mitte des Sees, wendete Kuba, der von Anfang an die Yacht steuerte. Die Sonne im Rücken glitten sie nach Norden, dorthin, wo sich die Bumerangbucht mit Kubas wildem Strand befand.

Der Dadajsee war ein riesiger Soldatenfriedhof. In all den vergangenen Jahrhunderten waren über sein Eis Soldaten mit Pferden, Kanonen und Fahrzeugen gezogen, um Russland zu besiegen. Bei jedem Rückzug mussten die Soldaten wieder die Hunderte von Seen umgehen oder über ihr Eis marschieren, und viele ertranken bei diesen Wintermärschen. Marta war auch ein Soldat gewesen, weil sie für die Pressefreiheit und die neue Gewerkschaft gekämpft hatte. Warum hat der Dadajsee ihm sein Mädchen genommen? Er hasste ihn dafür. So wie er einmal diesen See über alles geliebt hatte, so hasste er ihn seit dem tragischen Unfall an Silvester '81. Seinem Vater, dem Mörder und Messerstecher, konnte Kuba letzten Endes verzeihen; vor seiner Abreise hatte er mit Adelbert im Gefängnis in Barczewo ein letztes Mal gesprochen. Aber dem Dadajsee konnte er nicht, nein, durfte er nicht verzeihen.

»Du bist manchmal so abwesend, als wärest du …«, sagte Justyna, »… als wärest du gar nicht Herr deiner Sinne. Deine Augen sind lebendig, aber sie schauen abwesend drein und vermissen ihren Besitzer. Das ist mir gestern schon aufgefallen.«

Justyna saß auf dem Rand der Rumpfwand, stemmte sich mit den Fußsohlen gegen den Schwertkasten, hielt mit beiden Händen die gespannte Schot vom Großsegel fest und schwitzte in der beißenden Sonne. Sie sah jetzt wunderbar jung aus, in dieser Position, in ihrem weißen Bikini, mit der Sonnenbrille auf der Nase. Sie kannte mit Bestimmtheit die Sun-Bear-Pianokonzerte. Was will ich denn?, fragte sich Kuba, ich hab sie doch wiedergefunden: Marta ist nicht tot, sie lebt!

Da Kuba nichts sagte, fragte ihn Justyna, ob es stimmen würde, dass er verheiratet und Vater sei. Ja, das stimme. Und du? Nein, ich nicht. Und auch in Zukunft nicht, sie würde niemals heiraten. »Es ist mir schnuppe, mit wem du zusammenlebst und ob du Kinder hast.«

Als sie diesen Satz gesagt hatte, wusste er, dass er ihr niemals von Marta und davon, was ihr zugestoßen war, erzählen würde.

»Kannst du singen oder Klavier spielen?«, fragte sie nach einer Weile.

»Nein.«

»Was kannst du dann? Außer Segeln? Ich hörte, du arbeitest in einem Rechenzentrum. Was bist du, Kuba, ein Programmierer? Zahlen sind meine Stärke. Ich kann mir jede Telefon- und Kontonummer merken.«

»Ich zähle Rinder. Ich drucke ihre Sterbe- und Geburtsurkunden aus. Das ist mein Job. Ich zähle Rinder wie in einem Schlachthaus.«

»Ich verabscheue Männer, die mir die Wahrheit ins Gesicht sagen. Wie mein Bürgermeister. Ich will belogen werden. Damit lebt's sich leichter. Es wäre mir lieber gewesen, du hättest mir gesagt, dass du Klavier spielst.«

»Justyna, ich wurde fürs Lügen mit Gefängnis bestraft – vor allem deshalb, weil ich mich selbst belogen habe. Ich dachte damals, wir würden unserem Land endlich die Wahrheit bringen. Aber ich möchte dich etwas fragen: Was verbindet dich mit dem Bürgermeister?«

»Ich schulde Janusz Geld. Das ist alles. Ich möchte darüber nicht reden.«

Sie lügt, dachte er. Ich kann es förmlich riechen, dass sie mit ihm gevögelt hat.

»Und in London, wie war es dort?«, fragte Kuba.

»Ich habe mich unglücklich verliebt. Sonst wäre ich in England geblieben.«

»Wenn du so gerne belogen werden willst, sollten wir für die Zeit meines Urlaubs einen neuen Staat gründen, den wir gemeinsam regieren – gleichzeitig wären wir unsere eigenen Sklaven und Untertanen.«

»Dann lass dir was einfallen. Das Spiel gefällt mir.«

»Ich mach dir einen Vorschlag: Du ziehst für die nächsten drei Wochen bei Tante Ala ein und vergisst, wer du bist und woher du kommst.«

Justyna lachte und nickte, ihr Gesichtsausdruck sagte ihm, sie habe verstanden, worauf er anspiele.

»Ich kann mein Hotel nicht für so'ne lange Zeit verlassen. Wer soll mich vertreten? Und was soll ich bei deiner Tante machen? Kühe melken? Ihren Freund Wojtek kann ich nicht ausstehen. Er erinnert mich zu sehr an meinen Vater.«

Sie hat wohl keine Ahnung, dachte Kuba, wer ihr wahrer Vater ist, sofern es sich bei der Geschichte von Ala um kein Lügenmärchen handelte: Ala hat sie sich mit Bestimmtheit nicht aus den Fingern gesogen.

»Nein, du könntest dich im Nichtstun üben, und es reichte, dass ich bei dir sein würde.«

Sie schaute ihn verdutzt an. »Du spinnst«, sagte sie. »Aber das Spiel gefällt mir immer besser. Ich werd's mir überlegen.«

Die Einfahrt in die bumerangförmige Bucht war zugewachsen. Sie zogen die Segel ein, ankerten dicht am Schilf und sprangen von der *Omega* ins Wasser. Er hatte hier keine Angst, im Dadajsee zu schwimmen. Die Sonne und Marta waren bei ihm, der blaue Himmel und die Kleinen Maränen. Er konnte zwar von dem Gedanken, dass er das Messer seines Vaters besaß, nicht loskommen, aber es erteilte ihm keine Befehle mehr. Das Messer war verstummt, wenigstens für den Nachmittag.

Nachdem er – wieder an Deck der *Omega* – von Justyna das Handtuch bekommen und sich die Haare getrocknet hatte, spürte er plötzlich an seiner Brust Hände, die ganz kalt waren. Sie hatte sich vor ihn hingestellt und umschlang seinen Hals nun mit ihrer ganzen Kraft.

»Wenn du mich küssen willst, tu's bitte jetzt, denn später wirst du dazu nie wieder eine Gelegenheit kriegen.«

Hatte Justyna das Messer von Adelbert zum Schweigen gebracht?, musste er sich fragen. Jetzt war sie diejenige, die ihm Befehle erteilen wollte: »Küss mich«, wiederholte sie.

Er drückte seine Lippen auf ihren nassen Mund, der genauso kalt war wie ihre Hände. Marta, du blasser, ertrunkener Dezemberhimmel, dachte er.

»Komisch«, sagte Justyna nach dem Kuss. »Ich hab geahnt, dass du eines Sommers nach Wilimy kommen würdest. Ich kannte deinen Namen, und ich wusste, dass du mir von deiner Tante geschickt wirst.«

»Ich konnte dich doch nicht vergessen. Ich machte mich auf den Weg, um dich am Dadajsee wiederzufinden.«

»Wie lange kennst du mich schon?«

»Länger, als du denkst. Dein Name ist mir nie fremd gewesen.«

»Wir müssen nicht einmal miteinander schlafen. Wir kennen uns.«

Ja, Marta, ich habe dich wiedergefunden, antwortete er der Hoteldirektorin in Gedanken.

Kuba kannte jeden Zentimeter ihrer Haut, jede Falte und Unebenheit, jedes Muttermal. Er kannte ihren Geruch, ihre Stimme, ihr Haar schon seit seiner Kindheit, denn als kleiner Junge hatte er sich sie in seiner Vorstellung genauso erträumt, wie sie ihm später als junge Studentin in Gdańsk begegnet war. Alles an ihr war ihm daher so vertraut, als wäre sie seine Schwester. Aber Marta war ihm nichts mehr schuldig und zu gar nichts mehr verpflichtet: Der Dadajsee hatte sie in der Silvesternacht '81 erlöst – vor allem von der Liebe, die sie für ihn empfunden hatte.

Justyna berührte seine Narbe.

»Was ist das? Ein zweiter Bauchnabel?«, fragte sie, bückte sich und küsste die Narbe.

»Ich hatte mal einen Bruder. Er hieß Kopernik.«

»Ich habe sein Grab gesehen. Hat er dich, als ihr klein wart, am Bauch verletzt?«

»Besser könnte ich es nicht ausdrücken.«

Sie hissten wieder die Segel. Kuba steuerte die *Omega* nach Najdymowo, wo in der Nähe des östlichen Ufers Marta ertrunken war. Er wollte das Messer endlich loswerden. Ein Glück, dass ich dich habe, Justyna, dachte er. Er würde sie bitten, das Messer ins Wasser zu werfen. Aber das Messer wehrte sich und sagte, Justyna wird es nicht tun: Sobald sie mich angefasst und den Glanz meiner Klinge in der Sonne gesehen hat, wird sie es nicht tun, weil ich schön bin – schön und wehrlos, und das wird ihr gefallen. Schweig, murmelte Kuba.

Er musste mehrmals das Wendemanöver durchführen, weil er die Unglücksstelle nicht finden konnte. Er wusste nicht mehr, ob es auf der Höhe der Fischerei von Najdymowo passiert war oder auf der Höhe des Waldes, der an das Dorf grenzte.

»Was wollen wir hier?«, fragte Justyna. »Warum segeln wir nicht zurück?«

»Hab Geduld.«

Er entschied sich für die Stelle nahe der Fischerei. Seine Erinnerungen an den Unfall wurden wieder lebendig. In jener unglückseligen Nacht waren die Fischer, die vom Hundegebell alarmiert worden waren, schreiend und schnaufend, vom Silvesterwodka noch ganz benommen, zu ihnen gelaufen gekommen. Also musste es hier passiert sein. Die Fischer waren mit Heugabeln und Harpunen bewaffnet gewesen, aber sie hatten Kuba nicht mehr helfen können. Sie tauchten ihre Harpunen ins Wasser, erwischten mit den Haken Martas Wintermantel und holten dann ihren Leichnam aufs Eis. Dort, wo das Eis unter Martas Füßen eingebrochen war, war das Wasser nicht mehr als drei Meter tief, aber die minus fünfzehn Grad hatten ihr junges, verängstigtes Herz zum Stillstand gebracht. Zum Ufer waren es nur noch fünfzig Meter gewesen, Kuba und Marta hatten es fast geschafft, zumal sie ihre Verfolger abgehängt hatten. Im Winter, bei sternenklaren Nächten, wirkte der See wie ein riesiger Spiegel, der jedes Licht, mochte es auch ganz schwach sein, einfing und zurückstrahlte. Die beiden Offiziere der Staatssicherheit beobachteten von weitem, wie Marta im Eis plötzlich einbrach, und sie verzogen sich schnellstens: Die Tochter eines Parteibonzen zu Tode gejagt zu haben, war selbst für sie eine Nummer zu groß.

Sie mussten die Segel reffen, damit die *Omega* langsamer wurde, und, bei diesem schwachen Wind, fast zum Stehen kam.

»Pack bitte das Zeitungsbündel aus«, sagte Kuba. »Du wirst darin ein Messer vorfinden und es in den See werfen.«

Justyna nahm seine Bitte nicht ernst. »Du spinnst«, sagte sie, nachdem sie das Zeitungsbündel aufgerissen und seinen Inhalt hervorgeholt hatte. »Ich möchte das Messer behalten. Es ist wunderschön.«

»Du machst meine Überraschung kaputt, Justyna«, sagte Kuba.

»Ich weiß. Du kannst dich, obwohl du kein junger Mann mehr bist, immer noch nicht entscheiden, ob du lieber die Rolle eines unerfahrenen rebellischen Grünhorns oder die eines alternden privilegierten Rudelführers spielen sollst. Dabei ist es so einfach, Mister Dernicki – beide Haltungen und Rollen dürften dir nicht unbekannt sein, beide sind dir wie auf den Leib geschnitten, dir und all den anderen Kubas, Leszeks und Andrzejs …«

»Du irrst dich. Es geht mir nur um die Vergangenheit, die man nicht aufhalten kann: Sie wälzt dich so und so nieder.«

Justyna steckte das Messer in ihren Korb mit den Badesachen zurück.

»Du sollst diesem See keine Opfer bringen. Er wird von dir immer wieder neue Geschenke fordern.«

»Dummes Gerede. Ich bin hier geboren. Du *sollst* mir nichts erklären.«

Er war enttäuscht, aber er durfte ihr seine Enttäuschung nicht zeigen, denn wie sollte er ihr klarmachen, dass sein Vater ein Mörder war? Dass das Blut, das sein Vater vergossen hatte, auch in seinen Adern floss?

Sie segelten zurück in die Hotelbucht. Nachdem sie an Land gegangen waren, fragte Kuba die Hoteldirektorin, ob er sie zum Essen einladen dürfe. »Danke. Ich bin heute Abend bei Kazimierz. Er lässt von seinem Haushaltsgehilfen Ździsiek frischen Aal räuchern. Nächstes Mal nehme ich deine Einladung gerne an.« Er kommentierte diesen Satz nicht. Er wollte sich nicht in die Karten schauen lassen. Sie verabschiedeten sich voneinander mit einem flüchtigen Lippenkuss, als wären sie Geschwister. Aber nachdem sich Kuba wieder umgezogen hatte, ging er ins Büro von Justyna zurück, um ihr noch eine Frage zu stellen. Er sagte, er habe sich zufällig mit seinem alten Jugendfreund Maciek unterhalten, der ihm wiederum von dem Begräbnis des unbekannten Toten berichtet habe: »Stimmt es, dass der Sarg leer ist?«

»Nein«, antwortete Justyna. »Du wirst es schon zeitig erfahren – früher, als es dir überhaupt lieb ist –, wen ich beerdigt habe.«

Er gab sich mit ihrer Antwort zwar nicht zufrieden, aber er sah von weiteren Fragen ab. Justyna mit aufdringlichen Sätzen zu quälen, lag ihm fern, und er sagte lediglich, sie möge ihm bitte das Messer bei der nächsten Gelegenheit aushändigen – als handelte es sich dabei um ein lebenswichtiges Dokument.

»Vielleicht kriegst du es wieder. Ich habe neue Spielzeuge gerne. Auf Wiedersehen, Kuba.«

*

Als er bei Tante Ala eintraf, kam Wind auf, und am Himmel erschienen dicke Wolken. Die heiße Erde brauchte dringend Abkühlung. Kuba konnte dem Wind nicht verzeihen, dass er erst jetzt mit einem Gewitter heraufgezogen kam. Die Sonne ging unter, weiß wie ein Bettlaken. Solche Sonnenuntergänge gab es nur am Dadajsee, der sich dann in einen roten Stein verwandelte, und wenn es im Sommer regnete, glich der Himmel einer rosa leuchtenden Fahne.

Wojtek fütterte gerade die Hühner, als Kuba seinen C5 auf dem Hof parkte. Ala hatte ihr blaues Sommerkleid, das ihr Kuba geschenkt hatte, angezogen. Sie begrüßte ihn freudig: »Dein Handy war ausgeschaltet. Wir entführen dich gleich zu

Kazimierz, wenn du nichts dagegen hast. Seine Bitte, den frisch gefangenen Aal zu probieren, konnte ich ihm nicht ausschlagen.«

Von Wojtek war nichts anderes zu erwarten, als dass er wieder etwas zu bemäkeln hätte: »Mich hat er nicht eingeladen!«

»Du hast auch nichts zu melden. Trotzdem darfst du mitkommen.«

Kuba nahm eine Dusche, putzte sich die Zähne und schlüpfte in seine Jeans. Dann packte Ala einen Korb mit verschiedenen Leckereien: Weckgläser mit Salzgurken und mit in Essig eingemachten Äpfeln und Steinpilzen. Sie legte auch ein kleines Päckchen dazu, das für Kazimierz bestimmt war – dann gingen sie zu Fuß los.

Eine Bitte oder ein Auftrag?

Der Pfarrer bewohnte ein heruntergewirtschaftetes Bauernhaus, in das er vor kurzem gezogen sein musste, weil an jeder Ecke Renovierungsarbeiten begonnen worden waren. Woher hatte Kazimierz das ganze Geld? Von seinen Gläubigen etwa? Der Garten war mindestens hundert Jahre alt, und irgendein Idiot hatte Apfel- und Kirschbäume gepflanzt: Ihre Stämme waren noch mit Etiketten bestückt, als wären die Bäumchen im Supermarkt gekauft worden. Kazimierz' Domizil stand auf einem Hügel am Waldrand, und von dort aus waren alle Häuser von Wilimy bestens zu sehen, ja, man überblickte von hier fast das ganze Tal zum See hin.

»Ich freue mich, Kuba, dass du gekommen bist«, sagte Kazimierz, der im Garten auf einer Bank saß und eine Pfeife paffte. »Ździsiek kennst du bereits. Er ist Jude, aber das ist kein Problem, zumal er mir bei der täglichen Körperpflege hilft. Wojtek, der Ukrainer, ist in meinem Haus auch stets willkommen. Seine ukrainischen Verwandten machen mir schöne Geschenke.«

Ździsiek schwieg. Er räucherte die Aale, und Wojtek bereitete den Platz für das Lagerfeuer vor. Die beiden bildeten ein unzertrennliches Paar. Wie sie miteinander kommunizierten, war schwer zu sagen, denn man merkte sich nur ihre Schimpfworte: *kurwa* und *chuj*. Für einen Juden und einen Ukrainer, für zwei Aussätzige aus Biskupiec, wo sie angeblich in jeder Firma von den Polen schikaniert wurden, hatten sie sich wenig zu sagen. Der Argwohn, den ihre polnischen Landsleute gegen sie hegten, vergiftete einerseits ihre Seelen, andererseits verstärkte er ihre Schroffheit gegenüber der Welt: Im barschen Schweigen und Dumme-Fratzen-Schneiden waren sie große Meister, und es war erstaunlich, dass Wojtek über sich selbst sagte, er sei nicht ein-, sondern nullsilbig, was allerdings nicht so ganz stimmte: Für Kubas Geschmack war er sogar ein Schwätzer.

Tante Ala, die Kazimierz auf die Hand küsste, wie es sich ihrer Meinung nach zur Begrüßung eines Geistlichen gehörte, betonte, dass sie sein Päckchen nicht vergessen hätte: »Gott segne dich, du gute Schwester – ich danke dir«, meinte Kazimierz. Dann, als Ala in die Küche verschwunden war, wandte er sich an Kuba: »Wir müssen uns unterhalten«, sagte Kazimierz. »Ich möchte dich nicht enttäuschen, aber du hast mit deiner schrecklichen Vermutung, Justyna sei meine Tochter, Recht. Sie weiß jedoch nicht, dass sie – ohne Umschweife gesagt – ein Kuckuckskind ist. Ich bin auch ihretwegen nach Wilimy gezogen, und ihre Mutter lebt in Gdańsk: Es ist unser großes Geheimnis. Dir kann ich es anvertrauen. Und noch etwas sollst du erfahren: Janusz Król, der Bürgermeister von

Biskupiec, will dir ein Angebot machen. Er wird dir ein Geschäft anbieten, zu dem ich noch nichts sagen will. Du musst es ablehnen. Meine Tochter schuldet ihm etwas Geld. Er braucht aber das Geld nicht. Er ist Witwer und hofft, dass Justyna ihn heiratet. Meine Tochter ist ein kluges Mädchen, nur, sie hat ein schwaches Herz. Sie kann niemandem wehtun, und irgendwann wird sie den Heiratsanträgen des Bürgermeisters nachgeben und ihn ehelichen.« Kazimierz hielt an dieser Stelle inne und blickte Kuba einige Sekunden lang an. Kuba staunte: Justyna habe ich in unserem Gespräch heute Morgen mit keinem Wort erwähnt! »Und?«, fragte er neugierig.

»Ich möchte dich bitten, dass du Janusz Król umbringst.«

Kuba, der sich in aller Ruhe Kazimierz' Ausführungen angehört hatte, steckte sich eine Zigarette an. Seine Augenbrauen sprangen in die Höhe, dann lachte er los. Er zog an der Zigarette und lachte weiter.

»Du wirst ihn im See ertränken«, fuhr Kazimierz fort. »Und da im Dadajsee ständig Menschen ertrinken, wird die Polizei nicht misstrauisch.«

»Zu welchem Gott fühlen Sie sich hingezogen, Vater?«, fragte er. »Zu dem Papst in Rom oder zu unserem See Dadaj?«

»Versuch mir bloß nicht einzureden, ich sei ein Zweifler oder gar Häretiker. Ich habe die Hostie tausendmal geschluckt – und mir ist kein einziges Mal schlecht geworden.«

»Aber das erste und vor allen Dingen das fünfte Gebot dürfte Ihnen ja bekannt sein, Vater?«

Kazimierz leerte seine Pfeife und stopfte sie schweigend neu.

»Es gibt für mich keinen Grund, diesen Mann zu töten«, fügte Kuba hinzu.

»Da irrst du dich.«

»Ja? Sind Sie sich sicher?«

»Janusz Król ist einer der beiden Staatssicherheitsoffiziere gewesen, die in der Silvesternacht nach Wilimy kamen, um dich und Marta festzunehmen.«

Kuba sperrte seine Augen weit auf. »Können Sie das beweisen?«, fragte er.

»Nein. Król hat seine Akte 1989 vernichten und sich einen unbefleckten Lebenslauf zusammenschustern lassen. Meine Akte wurde auch vernichtet – wie von allen Geistlichen meines Kalibers, die Römische Kurie beschützt uns. Mein Sohn! Und für den Gottesglauben sind Beweise, wie wir sie in unseren Laboratorien handhaben, unerheblich.«

»Aber warum soll *ich* Ihnen *glauben*?«

»Mein Sohn! Immerhin habe ich dich eigenhändig getauft!«

»Sie fordern von mir, dass ich einen Menschen töte. Ist Ihnen das klar? Offensichtlich nicht. Na ja, ich hab's vergessen, dass Mord eure Spezialität ist. Die Römische Kurie muss sich diesbezüglich keine Vorwürfe machen!«

»Solche Argumente lassen mich kalt. Wir haben jeden Rebellen rehabilitiert.«

»Es geht nicht um Denkmäler.«

»Mein Sohn, ich habe nichts mehr zu verlieren. Das Einzige, was ich mir wünsche, wäre, dass meine Tochter glücklich wird. Und ich habe Janusz Król längst vergeben, aber seine wohlverdiente Strafe muss von Menschenhand ausgeführt werden, denn Gott ist zu barmherzig, als dass er jemand töten könnte. Böses Blut ist ihm unbekannt, er hat keine Waffen gegen das Böse. Deshalb hat er uns das Strafen überlassen, wir sind seine Soldaten: Mit Liebe zu uns Menschen hat seine Schöpfung nichts am Hut, mein Sohn. Wir sind bloß seine Diener, und diejenigen, die ihm nicht dienen wollen, werden nicht einmal die Pforte zum Fegefeuer erblicken! Und auf diese Abtrünnigen lauert er, der sich aus Neid und Eifersucht seinen eigenen Staat gebaut hat. Also, du weißt nun, was zu tun ist!«

»Ich werde nicht in die Fußstapfen meines Vaters treten, auch nicht in Gottes Namen. Das schminken Sie sich ab, Kazimierz.«

Sie konnten ihr Gespräch nicht zu Ende führen. Justyna Star kam mit ihrer Limousine angefahren, einem nagelneuen Škoda Octavia. Sie parkte direkt vor dem Gartenzaun, stieg aus und öffnete den Kofferraum: Sie hatte einen Blumenstrauß mitgebracht. Sie trug eine Jeans und ein blaues T-Shirt. Als sie mit dem Blumenstrauß in den Garten kam, erblickte sie Kuba, und ihre Miene verfinsterte sich: »Spionierst du mir nach?«, fragte sie.

»Womöglich«, antwortete er.

»Er ist mein Gast«, verteidigte ihn Kazimierz. »Seien Sie ihm gnädig, Justyna.«

Sie legte den Blumenstrauß, gut zehn Astern, auf den Tisch und setzte sich neben Kuba. »Die sind für Sie, Vater.« Dann sagte sie zu Kuba: »Gib mir eine Zigarette. Ich kann es nicht leiden, wenn Männer mir nachspionieren. Ich will dich nie wieder sehen.«

»Das wird dir nicht gelingen, fürchte ich«, sagte er. »Aber ich verstehe dich: Manchmal hab ich auch damit Schwierigkeiten, mich selbst zu ertragen und meine eigene Visage zu betrachten.«

Ihr Zornesausbruch gefiel Kuba. Marta war auch so unberechenbar in ihren Reaktionen gewesen, sie konnte einem die Augen auskratzen, wenn sie in Rage geriet. Während der Streiks in Łódź hatte sie einmal einen Boten von Wałęsa bespuckt. Des Boten Nachricht an die ein Universitätsgebäude okkupierenden Studenten war gewesen: »Ihr könnt eure Schlafsäcke wieder zu euren Müttern bringen.« In den nächsten Tagen sollten Verträge zwischen der Regierung und den Studenten unterschrieben werden.

Ździsiek, der den halben Tag mit dem Räuchern der Aale beschäftigt gewesen war, machte sich daran, die besten Stücke auszusortieren. Er probierte einen Aal nach dem anderen und war vom Ergebnis seiner Arbeit begeistert. Wojtek nörgelte zwar, das Fleisch sei noch nicht weich genug, gab sich aber nach kurzer Unterredung mit seinem Kompagnon zufrieden. Sie servierten den Gästen die Aale, und Tante Ala brachte aus der Küche Pellkartoffeln und selbst gebrannten Schnaps von Wojtek. Das Päckchen, das so groß war wie ein Schuhkarton, legte sie Kazimierz auf den Schoß. »Ich werde es nach dem Essen öffnen. Hoffentlich haben Wojteks Verwandte das Richtige geschickt«, sagte er.

Justyna drehte sich halb zu Kuba um und schaute ihm direkt in die Augen. Sie sagte: »Das Messer liegt im Auto. Du kannst es dir holen.« Sie überreichte ihm die Autoschlüssel. »Das Messer kann meine Gedanken lesen, so wie du. Ich hasse dich«, fügte sie leise hinzu. Kuba reichte ihr die Autoschlüssel zurück: »Du machst es dir ein bisschen einfach …«

Kazimierz schien die letzten Worte gehört zu haben. In seinem Blick irrlichterte der Wahnsinn, den Kuba von seinem Vater gut kannte. Deshalb war ihm dieser Wahnsinn nicht unangenehm fremdartig. Er sagte sich: Ja, ich will Janusz Król umbringen, ich werde es tun. Ich kann es Ihnen versprechen, Kazimierz. Und wenn ich diesen Auftrag nicht erledige, wird er von einem anderen Mann erledigt. Seien Sie geduldig. Wir werden sie alle töten, einen nach dem anderen. Irgendwann, wenn die Zeit dafür reif ist.

Nach dem Essen kümmerte sich Ździsiek um das Lagerfeuer. Justyna ging zu ihrem Auto und stellte das Radio an, die Fahrertür ließ sie offen stehen. Sie hatte eine CD eingelegt, und es waren die Sun-Bear-Pianokonzerte. Kubas Traum, sie auf Originaltonträgern zu besitzen, war im Sommer 1980 in Erfüllung gegangen. In jenem Sommer hatte Marta die Sun-Bear-Pianokonzerte auf LPs aus Rom mitgebracht. Es handelte sich damals um zehn oder elf Schallplatten, die in Japan aufgenommen und gepresst worden waren. Die Japaner waren, da sie den Zweiten Weltkrieg verloren hatten, seit ihrer kläglichen Niederlage darauf versessen, schien es Kuba, die Deutschen, Franzosen, Polen und Amerikaner in sämtlichen Bereichen der Kunst, Musik und Literatur zu übertreffen. Unter anderem deshalb hatten die Japaner die Sun-Bear-Pianokonzerte aufgenommen. Sie wollten ihrem verbrannten Fleisch aus Hiroshima und Nagasaki eine Wiedergeburt ermöglichen. Den Deutschen blieb diese Wiedergeburt des verbrannten Fleisches nach dem Zweiten Weltkrieg verwehrt: Sie steckten ja im Auge des Orkans – schon seit eh und je. Aus diesem Grunde war eine Wiederholung der Geschichte in Deutschland unmöglich, da war sich Kuba sicher; das bedeutete jedoch nicht, dass dieses Land keine Fehler mehr begehen würde: Irgendwo, in einem noch unbekannten Uterus des Bösen, lauerte eine Neugeburt.

»Ich weiß, dass du die Musik nicht magst«, sagte Justyna.

»Kazimierz mag sie, das reicht doch.«

Und tatsächlich, der Pfarrer schien das Gespräch über den Bürgermeister von Biskupiec vergessen zu haben, er wirkte entspannt und glücklich, und Wojtek sagte: »Was für ein Katzengeheul! Als käme es vom Dadajsee, wenn er mit mir spricht!«

Erst als Tante Ala den Pfarrer darum bat, das Päckchen zu öffnen, erwachte Kuba aus seiner Versenkung. Ihm wurde auch klar, dass er tatsächlich die Sun-Bear-Pianokonzerte hörte: Wo bin ich?, fragte er sich. In welchem Jahr? In welchem Land? Er legte seinen Arm um Justynas Rücken, die sich nicht rührte. Sie wies ihn nicht ab, ihre linke Hand schlich unter seinem Hemd zu der Bauchnarbe, und dort blieb sie hängen. Kubas Bauch wurde kalt. Die Kälte ihrer Hand wanderte bis zu seiner Zungenspitze.

Kazimierz riss das Päckchen auf – unter den neugierigen Blicken seiner Gäste. Er packte ein Bild aus: »Ich sammle Schwarze Madonnen. Diese hier ist zwar nichts Besonderes, aber sie kommt aus Lwów«, sagte er und zeigte Justyna das Bild. »Das kleine Ölgemälde ist mindestens hundert Jahre alt. Es stammt von einem unbekannten Künstler. Wojtek hat mir das Bild besorgt.« Der Pfarrer bekreuzigte sich. »Ich danke dir, mein Sohn.«

Wojtek bekreuzigte sich auch und griff nach seinem Glas, das leer war. Ala schenkte ihm einen Schluck ein.

»Kuba, ich habe dir eine Geschichte versprochen«, sagte Kazimierz, »die aber euch allen gefallen kann. Ich habe sie von meinem Freund Eugeniusz gehört, der nicht mehr lebt. Er war Abt in *Święta Lipka*, dem euch allen bekannten Kloster bei Reszel. Wir haben uns Anfang der Sechziger kennen gelernt.«

Der schwarze Bus

»Eugeniusz war Jude wie unser Ździsiek, der seinen Glauben und seine Herkunft leider verleugnen musste – um zu überleben. Deshalb sei ihm diese seine Sünde vergeben! Ähnliches, wenn auch in anderer Form, stieß auch Eugeniusz zu, meinem ehrwürdigen Freund, der jedoch viel klüger gewesen ist als Ździsiek, und zwar aufgrund seiner Bildung. Mein Freund wuchs in Wilno auf, seine Eltern waren fromme polnische Juden. Er hatte keine Geschwister, und seine Mutter wünschte sich nur eines: dass ihr Sohn im erwachsenen Alter ein echter Rabbi werden möge. Eugeniusz, der in Wirklichkeit Aaron Gersztlejn hieß, erfüllte den Wunsch seiner Mutter und wurde tatsächlich ein Rabbi. Aber da er jedem dahergelaufenen Mädchen nachstellte, dazu noch als verheirateter Mann, musste er auf Geheiß ihm höher gestellter Meister Wilno den Rücken kehren und aufs Land ziehen, um dort seinen Pflichten als Gottesdiener in Demut nachgehen zu können. Auf dem Land waren die Mädchen jedoch noch hübscher als in der Stadt, und Eugeniusz wurde, da er eine Sechzehnjährige schwängerte, seines Amtes enthoben. Seine Eltern und die Rabbis aus Wilno verbannten ihn nach Warschau, wo er nun, in dieser Teufelsstadt, das Leben eines gewöhnlichen Sterblichen führen sollte. Da er aber im Grunde genommen ein frommer Mann war und in seinem Herzen nur Gott dienen wollte, ließ er sich von Kriminellen polnische Papiere ausstellen und begann ein Studium an einer Jesuitenschule. In Warschau zeugte er noch ein Kind und bestand alle Prüfungen und wurde zum Priester geweiht. Mitte der Fünfziger entsandte man ihn nach Warmia und Masuren, wo, in den ehemaligen deutschen Gebieten, ein Mangel an katholischen Seelsorgern herrschte. Nach langem Dienst in Biskupiec wurde er in das Kloster in *Święta Lipka* beordert, in dem er wieder ein Dorfmädchen schwängerte. Die katholischen Kindszeugungen wogen jedoch nicht so schwer wie die jüdischen, obwohl die Rabbis an das Zölibat nicht gebunden sind – Eugeniusz konnte seine Kinder nicht nur finanziell unterstützen, sondern auch von Zeit zu Zeit sehen und sogar ihre Mütter im Gottesglauben bestärken. Dieser Dienst kostete eine ganze Stange Geld, das Eugeniusz aber immer leicht zufiel. Er beherrschte mehrere Fremdsprachen und bereiste regelmäßig das Ausland, wie ich. Einst hielt vor seinem Kloster ein schwarzer Bus. Eugeniusz erwartete wieder einmal Gäste aus dem Ausland und klopfte an die Fahrertür – jene ging aber nicht auf, obwohl er den Busfahrer, der sich nichts anmerken ließ, sehen konnte. Eugeniusz lief einmal um den schwarzen Bus herum, und als ihm schließlich der Busfahrer die Tür für die Fahrgäste öffnete, stieg Eugeniusz ein. Und dann passierte Folgendes: Der Bus fuhr auf einmal von alleine los, und der Busfahrer sagte: ›Ich bringe dich jetzt zu deinen Eltern. Sie sind nicht tot. Wenn du denkst, dass sie tot sind, musst du sofort aussteigen. Nur, das Dumme ist, dass ich nicht mehr halten darf. Ich muss nach Wilno fahren – ich habe deinen Eltern versprochen, dass ich dich zu ihnen bringe, damit du mit ihnen zusammen das Passahfest feiern kannst.‹ Eugeniusz versuchte in seiner Verzweiflung, die zwei Türen für die Fahrgäste zu öffnen und rauszuspringen, aber sie waren verschlossen, und er musste sich die Reise nach Wilno gefallen lassen. In seiner Geburtsstadt wurde er von seinen Eltern empfangen. Sie feierten zusammen das Passahfest und brachten ihren Sohn nach einer Woche zurück zu dem schwarzen Bus. Eugeniusz' Mutter sagte: ›Du bist ein Priester geworden. Das freut uns. Aber warum himmelst du die Gesegnete Jungfrau Maria, die Gebenedeite Mutter der Christen und Muslime, an? Vergiss nicht, dass dein Gott Jahwe heißt und dass er keine anderen Götter neben sich duldet!‹ Der schwarze Bus fuhr Eugeniusz wieder nach Hause. Er stieg vor seinem Kloster aus und stellte verwundert fest, dass in *Święta Lipka* die Zeit stehen geblieben war, als wenn er gar nicht verreist gewesen wäre. Später hörte er von den Gläubigen aus seiner Gemeinde, dass ein schwarzer Bus in ihrer Gegend herumfahren und Menschen entführen würde. Jeder, der in diesen Bus gestiegen wäre, hätte seinen Eltern einen Besuch abgestattet, obwohl die Eltern längst tot gewesen seien. Und manche Fahrgäste seien zu ihren Familien nicht mehr zurückgekommen, und man vermisse sie bis heute. Ich weiß, dass dies eine unglaubliche Geschichte ist, doch ich könnte für meinen Freund, der leider vor einigen Jahren verstorben ist, die Hand ins Feuer legen, dass sie wahr ist – denn ich selbst bin auch einmal mit solch einem schwarzen Bus gefahren, aber diese Geschichte erzähle ich ein andermal …«

Da niemand etwas sagte, fing Justyna zu klatschen an: »Bravo! Aber ich hoffe, dass mir etwas Ähnliches nicht zustößt. Allerdings muss ich gestehen, dass ich mit so einem Bus auch schon mal gefahren bin – von London zurück nach Gdańsk, und es war meine letzte Fahrt auf dieser Strecke, da ich 1995 den Entschluss gefasst hatte, England endgültig zu verlassen.«

»Kazimierz, und was hat Ihre Erzählung mit mir zu tun?«, fragte Kuba.

»Ich meine, dass auch du in diesen schwarzen Bus gestiegen bist. Du hast es bloß noch nicht gemerkt«, erklärte er.

Tante Ala sagte: »Ich wäre froh, wenn mich jemand auf so eine Reise mitgenommen hätte. Ich wäre von meinen Eltern bestimmt nicht mehr weggegangen.«

»Ich konnte aus dieser Story nur eines heraushören: dass mein Kumpel Ździsiek ein Trottel ist«, ärgerte sich Wojtek.

Ździsiek sagte nichts. Dass man aber über ihn sprach und sein Name gleich zu Anfang der Erzählung von Kazimierz erwähnt wurde, musste ihm gefallen haben – seine Nase lief rot an, und ein schüchternes Lächeln schlich sich auf seine fleischigen Lippen.

»Ich habe lediglich gesagt, dass er kein Mann von Bildung ist, oder kennst du, Wojtek, Platon und Augustinus?«

Ździsiek brach sein Schweigen und sagte: »Es gibt in Wilimy niemanden, der mir unbekannt wäre, aber diese beiden Herren, Kazimierz, die Sie genannt haben, sind mir in Wilimy oder Czerwonka noch nie unter die Augen getreten.«

Das Gewitter vertrieb die Gäste aus dem Garten. Es begann tropfenweise zu regnen, und der Wind wurde stürmisch. Sie räumten alle in Eile den Tisch auf, und Kazimierz legte sich ins Bett. Er war nach seiner Erzählung so erschöpft, dass er nicht einmal Kubas letzte Frage zum Abschied verstanden hatte: »Warum verwehren Sie Justyna die Wahrheit?« – »Gute Nacht, gute Nacht …«

10 Wenn man einmal mit dem Töten anfing …

Justyna wollte Kuba auf einen Drink in die Hotelbar einladen, aber er lehnte dankend ab. Er sagte: »Verzeih mir …«, und bereute sofort seine Antwort.

»Wie du willst.« Sie konnte ihre Enttäuschung nicht verbergen, ihre Mundwinkel zitterten einige Male, bevor sie in ihr Auto stieg. Sie nahm Wojtek und Ala mit, um sie nach Hause zu bringen: Sie sollten ja nicht nass werden und sich schon gar nicht eine Grippe einfangen.

Kuba wäre liebend gerne mit Justyna in die Hotelbar gegangen, doch er hatte das Bedürfnis, allein zu sein. Er musste über das, was er von Kazimierz gehört hatte, nachdenken. Und obwohl es regnete und das Gewitter so stark war, dass niemand draußen herumlungerte, ging er über Tante Alas Wiesen zum See. Am Ufer stellte sich Kuba, von Kopf bis Fuß durchnässt, unter einen Baum und beobachtete den Regen und die Wellen auf dem See. Von Zeit zu Zeit erleuchtete ein Blitz den Himmel, für den Bruchteil einer Sekunde wurde es so hell wie am Tage, und wenig später folgte ein Donner. Die aufgewirbelte Luft füllte wohltuend seine Lunge und reinigte sie bei jedem

Atemzug. Es war ihm erst einmal nicht kalt, und da ihn der Dadajsee ansah, sprach er zu ihm: Wenn ich Janusz Król umbringe, komme ich ins Gefängnis. Dann werde ich meinen schwarzen Bus nie mehr verlassen können. Meine Fahrt wird kein Ende nehmen, und ich werde womöglich in demselben Gefängnis meine Strafe verbüßen müssen, in dem auch Erich Koch und mein Vater gesessen sind. Ich würde in ihren Betten schlafen und aus ihren Schüsseln essen. Aber ich hätte mich gerächt, und Martas Tod wäre nicht umsonst gewesen, weil einer ihrer Mörder im Bauch eines Welses aus dem Dadajsee wohnen und nie wieder die Sonne erblicken würde. Und wenn ich Janusz Król am Leben lasse, wird mich Kazimierz als Feigling abstempeln, und Dadaj wird mich als einen Angsthasen ansehen. Doch unabhängig davon, wie ich mich entscheide, weiß ich nicht, was ich nach meiner Rückkehr aus Wilimy Franka und den Kindern zu Hause sagen soll. Jeder Tag auf der Arbeit wird zur Hölle, und meine Gedanken werden um Selbstmord kreisen. Außerdem hat Justyna Recht, denn ich beginne zu vergessen, woher ich komme und warum es mich nach Wilimy verschlagen hat. Ich beginne zu vergessen, wer ich einmal gewesen bin … Es ist ausgeschlossen, dass mich Kazimierz, ein ehrenwerter Mann, belügt. Nur wenn ich einmal mit dem Töten anfange, müsste ich noch ein paar andere Menschen umbringen. Martas Eltern und meinen Vater. Maciek und vielleicht sogar Tante Ala, damit sie endlich zu ihren Eltern und ihrer Schwester gehen kann. Und Wojtek auch, ihn müsste ich auch töten, weil ihn die Sprache des Dadajsees, dieses Katzengeheul, in den Wahnsinn treibt. Ich müsste also viel zu viele Menschen erstechen, und es wäre sehr wahrscheinlich, dass sich jemand sogar freiwillig anstellen und mich um einen Gefallen bitten würde.

Als Kuba losgehen wollte, erblickte er im strömenden Regen

eine Gestalt, und sie sah Maciek nicht unähnlich und schaute ihn aus einer Entfernung von etwa zwanzig Metern gebannt an. Kuba dachte noch daran, dem Fremden irgendein Zeichen zu geben, einen Wink, aber er war so durchnässt und durchgefroren, dass er sich kaum bewegen konnte. Er schaute den Fremden ebenfalls gebannt an, dessen Profil im Regen immer undeutlicher wurde, bis er irgendwann gänzlich verschwand, als hätte er sich in Luft aufgelöst. Dann lief Kuba zurück zu Tante Alas Hof. Er war nüchtern, er hatte bei Kazimierz nichts getrunken, und seine Nüchternheit empfand er als einen Segen; er wollte hier am Dadajsee nichts mehr trinken, keinen Tropfen Alkohol mehr, was ihm natürlich misslingen würde. Er war erst seit zwei Tagen in seinem Geburtsort unterwegs, aber es kam ihm vor, als wären schon Monate verstrichen. Er hatte immer noch nicht sein altes Zimmer besichtigt, und er wusste nicht, ob er tatsächlich zu seinem Vater gehen wollte. Adelbert Dernicki lebte noch, und genau das machte Kuba Sorgen, denn bis jetzt fühlte er sich in Wilimy so, als wäre er nur Toten begegnet.

*

Als er bei Ala ankam, brannte in der Küche Licht. Wojtek schmierte sich ein Schmalzbrot und sagte: »Es geht mich nichts an, dass du in deinem Zimmer Besuch hast, aber du bist verheiratet – ihr denkt nur mit euren Pimmeln, ihr geilen Nachtigallen! Und noch eines: Hör nicht auf Kazimierz. Er hat nach seinem Schlaganfall den Verstand verloren.«

Kuba sagte: »Was ich jetzt brauche, ist ein Handtuch und keine gut gemeinten Ratschläge. Schlaf gut, Wojtek.«

»Wo bist du so lange gewesen?«, fragte Justyna, als er die Tür zu seinem Schlafplatz öffnete und Licht machte. Justyna lag in seinem Bett. Auf dem Tisch erblickte er das Zeitungsbündel mit dem Messer.

Er entledigte sich nicht einmal seiner nassen Kleidung, die man mit den Händen hätte auswringen können, und legte sich zu Justyna. Ihre einzige Sorge war aber, dass das Licht brannte; die kalte Nässe seiner Kleidung schien ihr nichts auszumachen. Sie zerrte Kuba mit ihrer ganzen Kraft an sich heran, sodass seine Nase ihre Wangen berührte; sie umarmte ihn und sagte: »Wann endet endlich dieser Tag?« Kuba warf seinen linken Schuh gegen den Lichtschalter. Er hatte gut gezielt, es wurde dunkel, und er fing an sich auszuziehen. Justyna war nackt, und ihm wurde jetzt so kalt, dass seine Muskeln zitterten. Justyna deckte ihn bis zu den Ohren zu. Die Bettdecke, die seine Oma Renia vor einer Ewigkeit mit Gänsefedern gefüllt hatte, roch nach Justynas Haut und nach Regen. Die Hoteldirektorin küsste Kuba am Kinn, an der Nase und an der Stirn. Sie küsste seine Lippen und seine Augenlider.

»Wenn du mit mir schlafen willst, musst du es jetzt tun, denn später wirst du dazu keine Gelegenheit mehr bekommen«, meinte sie.

»Du wiederholst dauernd solche endgültigen Sätze. Das mag ich an dir sehr. Aber ich werde mit dir nur dann schlafen, wenn du mir verrätst, wen du in dem leeren Sarg beerdigt hast.«

»Mein vier Monate altes Baby. Ich habe eine Fehlgeburt erlitten. Ich bin wohl zu alt zum Kinderkriegen, Kuba.«

»War es von ihm?«, fragte er. »Von deinem Bürgermeister?«

»Ja. Und die Wunden sind längst verheilt. Du kannst mich überall berühren.«

»Ich will dich überall berühren«, sagte er. »Du hast nicht dein Baby beerdigt, sondern dich selbst«, zitierte er Maciek.

»Mag sein, Kuba. Küss mich.«

Er musste sich zwingen, Martas Gesicht aus seinem Gedächtnis zu verdrängen, und an Marta nicht zu denken, war so gut wie unmöglich. Er hatte sie unter diesem Dach so viele Male geliebt und vielleicht sogar geschwängert. Der Dadajsee war wohl ihr Zeuge gewesen.

»Du bist nicht bei der Sache: An wen denkst du jetzt, wie heißt sie?«, fragte Justyna, als er sanft in sie eindrang und dann mit jeder Bewegung etwas schneller wurde. Sie strich ihm immer wieder durchs Haar, kämmte mit ihren gespreizten Fingern sein Haar und gab von sich einen unheimlichen Ton, wie ihn Kuba noch nie gehört hatte – als würde Justyna ein Lied anstimmen wollen oder nach einer beliebten Melodie suchen. Er legte den Zeigefinger auf ihre Lippen, weil er wollte, dass Justyna still würde, doch sie drehte ihren Kopf zur Seite und sagte: »Du schläfst nicht mit mir, sondern mit einer Frau, die du liebst. Kuba, du wirst es nicht schaffen, sie vor mir zu verbergen …«

Er war ihr Antworten schuldig, aber jede Antwort, die ihm in den Sinn kam, machte ihn stumm. Er konnte ihr doch nicht sagen, dass er in den Armen einer Ertrunkenen lag und sich von ihr um keinen Preis dieser Welt mehr trennen wollte. Er küsste Justyna auf den Mund und bewegte seinen Hintern langsamer, wobei er den gemeinsamen Rhythmus nicht zu bestimmen vermochte: Justyna schwamm gegen seine Erwartungen in ihrem eigenen Fluss, der ihm noch ein bisschen fremd war, obwohl so vieles an ihr von Marta abgekupfert zu sein schien. »Ficken kannst du jede, aber nicht mich«, sagten ihm Justynas feuchte Augen und Wimpern. Kuba dachte plötzlich an einen Traum, der ihn vor ein paar Monaten am frühen Morgen aufgesucht hatte, ein absurder Traum. Es war Sommer in Norwegen, und er entdeckte mit Marta, mit der er über die Wälder und Bergtäler Norwegens wanderte, auf einer Pferdekoppel einen Eingang in die Erde. Es handelte sich um einen Tunnel, der wiederum zu einer Höhle führte. Und dort in dieser Höhle erstrahlte die Sonne in ihrer ganzen Größe und Erhabenheit, und es gab dort sogar Bäume, Wiesen und Pferde. Warum ihm gerade jetzt der Traum von Norwegen eingefallen war, wusste er nicht. Doch erst nach dieser Erinnerung spürte er allmählich, dass Justyna anfing, zu ihm Vertrauen zu fassen: »Es ist wie beim Segeln mit meiner *Omega*«, hörte er Justyna, »mit meinem *Strumyk – Szejnflis.*« Danach breitete sich im ganzen Raum ihr schelmisches Kichern aus, das ihm nicht unbedingt angenehm war. Dann vergingen noch einige Sekunden, und Justyna schwieg plötzlich, und Kubas Gedanken schweiften nicht mehr ab. Justyna wünschte sich nur, dass diese Nacht möglichst lange dauern möge.

Der Sturm mit Blitz und Donner über dem See hatte aufgehört, doch es regnete weiterhin, und von draußen gelangte ein fürchterliches Rauschen zu ihnen, als liefe im Zimmer ein Fernseher auf leerem Kanal. Kuba kannte den Geschmack seines Spermas nicht, aber nachdem Justyna gekommen war, leckte er sie zwischen den Beinen. Justyna schmeckte zu Anfang bitter, und sie war so nass, dass er ihre Schamlippen mit dem Bettlaken trocken wischte – wenn das seine Großmutter Renia gesehen hätte! In ihrem Bett eine solche Liebe! Und eine solche Sünde von ihrem eigenen Enkel, der verheiratet war, zwei Kinder hatte und ein vor mehr als zwanzig Jahren ertrunkenes Mädchen liebte! Justyna schmeckte auf einmal ganz anders, und Kuba musste sich erst an Justynas Geruch gewöhnen, an diese kalte Süße und Frische, die er als wohltuend empfand, so wie sie zu verstehen versuchte, was für ein Mann er im Bett war.

Sie schliefen beide hundemüde ein, sie schliefen schlapp und ohne ein Quäntchen Kraft in den Muskeln. Beim Morgengrauen wurden sie wach und küssten sich wieder. Irgendjemand hatte sie in die zweite Runde geschickt, so jedenfalls fühlten sie sich, und da der Regen vorbei war und mit ihm auch das ohrenbetäubende Rauschen, konnten sie sich besser aufeinander konzentrieren in dieser morgendlichen Stille, in der ab und an ein heftiges Tropfen von der Dachrinne draußen zu hören war.

»Er ist ja ganz schwarz«, staunte Justyna, die seinen Schwanz gepackt hatte. »Ich liebe deinen schwarzen Schwanz!«

»Und er liebt dich«, antwortete Kuba.

Mit Martas Liebe war seinerzeit der Sozialismus vernichtet und beerdigt worden. Was aber würde mit Justyna zu Ende gehen? Welche Epoche? Welche Lebenszeit? Seine Arbeit in dem virtuellen Schlachthaus etwa? Oder seine Ehe mit Franka? Er empfand kein schlechtes Gewissen, sie war mehrere Male mit seinem besten Freund Toni ins Bett gestiegen, und er hatte ihnen keine Vorwürfe gemacht und auch keine Scheidung gefordert. Er verzieh, weil er selbst fremdgegangen war. Kuba verabscheute es außerdem, über andere irgendwelche Urteile zu sprechen. Kein Mensch besaß die Lizenz zum Fällen von Urteilen über die Taten seiner irdischen Leidensgenossen, und Kuba fand sogar, dass auf diesem Planeten alles erlaubt war und dass vielleicht erst nach dem Tod einem die Tragweite des eigenen Tuns klar werden konnte – dort, wo es angeblich keinen Raum und keine Zeit gab, sondern nur eine Kopie der irdischen Welt im namenlosen Rachen allen Gebärens und Sterbens. Vielleicht durfte wirklich nur der Dadajsee Urteile über Menschen fällen, und aufgrund seiner harten Entscheidungen mochte er einem böse oder gar ungerecht vorkommen, weil er keine Ausnahmen zuließ und jeden gleichbehandelte, jeden Ertrunkenen. Dafür aber, in diesem unbefangenen Bösen, war auf ihn Verlass, und er war gleichzeitig der größte Computer, den es jemals gegeben hatte: Irgendwo sollte alles, was jemals gewesen war und einst sein würde, gespeichert werden, jedes noch so kleine Detail und Ereignis – nichts durfte verloren gehen, der morgendliche Regen, das dumme Graskauen der Kühe von Tante Ala, Wojteks Flüche, Martas Tod, am Nilufer spielende Fischerkinder im Reich der Pharaonen, Hitlers Geburt und das Bellen eines Straßenköters …

Der Schlaf, der im Morgengrauen folgte, war noch tiefer als der nächtliche im Regenrauschen. Kuba hätte gerne Justynas Träume empfangen wie einen Radiosender, ihre Gedanken gelesen und mit ihr den Wald von Wilimy, den Groß-Ramsauer Forst, erforscht, wo sich wohl die Seelen der Schlafenden aufhielten: So hatte es ihm Opa Kostek beigebracht, in den Wäldern würden die Träume aller Erdbewohner hausen, auch am Tage, wenn sie ein Mittagsschläfchen hielten.

Martas Zwillingsschwester

Justyna wachte spät auf – er war schon seit einer Stunde auf den Beinen. Er hatte sie beim Schlafen lange beobachtet, wie ein Tier, das in der Mittagshitze schlummerte – ein Gecko in der prallen Sonne auf einer Mauer. Als sie sich gähnend ihre Augen rieb und Kuba endlich wachen Blickes ansah – wobei die eine Iris, die dunklere, so eine verführerische Wirkung auf den Betrachter ausübte, dass man sich ihr kaum entziehen konnte –, küsste er Justyna. Er hatte Kaffee gekocht und das Tablett mit den Tassen und der heißen Kaffeekanne auf den Tisch gestellt, auf dem das Zeitungsbündel mit dem Messer lag, still und wunschlos glücklich.

»Warum hast du mich nicht geweckt?«, fragte ihn Justyna. »Ich muss ins Büro, zu einem Termin.«

»Am Sonntag?«, wunderte sich Kuba. »Ala hat mich gebeten, sie nach Biskupiec zu fahren – zur Kirchenmesse. Kommst du mit?«

»Nein, Amigo. Warum geht sie nicht zu Kazimierz? Er empfängt heute seine Patienten und hält für sie am Nachmittag die Heilige Messe.«

»Meine Tante ist sehr misstrauisch, was die Zauberkünste von Kazimierz angeht, obwohl sie ihn mag und als Pfarrer und Wunderdoktor respektiert.«

Als Justyna sich anzog, merkte er zum wiederholten Mal, dass sie die Zwillingsschwester von Marta hätte sein können. Sie schlich sich ungewaschen durch den Hinterausgang aus dem Haus – sie schämte sich ein wenig und hatte keine Lust auf Nerven raubende Gespräche mit einer ihrer Angestellten oder mit dem arbeitslosen Fischer Wojtek. Sie sagte im Garten zum Abschied: »Sie würden mich so anschauen, wie man eine Hure anschaut – und das will ich nicht.«

Was sich Kuba wünschte

Im Auto auf dem Weg nach Biskupiec hielt Tante Ala ihm eine Moralpredigt. Er sei verheiratet, unter ihrem Dach verbiete sie ihm jegliche Abenteuer. Sie beruhigte sich erst, als er vor der Kirche in Biskupiec parkte. Sie sagte, sie könne ihm nichts vorschreiben, er sei ein erwachsener Mann – aber sie sprach mit ihm, als wäre er ein achtzehnjähriger Bursche. Aus den Außenlautsprechern der Kirche hallte die monotone Stimme eines Pfarrers, die Heilige Messe hatte gerade angefangen, und vor dem Eingang standen Menschen jeden Alters, festlich gekleidet.

Er nutzte die Zeit und las im Internetcafé seine Post. Außerdem schrieb er Toni, der sich über sein langes Schweigen und die fehlenden Grüße aus Wilimy beschwert hatte, ein paar Zeilen: »Herr Doktor! Was würden Sie an meiner Stelle tun? Lieber Toni! Ich habe mit einer Frau eine wunderbare Nacht verbracht! Ich habe Dir doch, mein Doktorchen, so viele Male von Marta erzählt – bei der einen oder anderen Flasche Wein. Ist es überhaupt möglich, dass man einen Toten auferwecken kann? Mir ist hier am Dadajsee nichts anderes passiert: Marta lebt! Sie besitzt ein Hotel in Wilimy, und ich habe mit ihr letzte Nacht geschlafen. Aber was würdest Du von folgendem Auftrag halten: Ich soll einen Mann umbringen, der angeblich der Mörder von Marta ist. Ich frage Dich noch einmal: Was würden Sie, Herr Doktor, an meiner Stelle tun?«

Er schickte Toni seine eigene Antwort darauf und war verärgert darüber, dass er sie vor dem Versenden nicht noch einmal gelesen hatte. An seiner Botschaft ließ sich nichts mehr ändern, und Toni würde den Ernst seiner Lage nicht richtig einschätzen und denken, Kuba bemühe sich krampfhaft darum, seinen Aufenthalt in Wilimy möglichst bunt und spektakulär zu schildern.

Er muss meine E-Mail sofort löschen, dachte Kuba. Sie ist ein Beweis dafür, dass ich der Mörder von Janusz Król bin. Er grinste und sagte sich: Du Dummkopf, du hast ihn ja gar nicht umgebracht – noch nicht.

Kuba hatte seine Zeit im Internetcafé überzogen – die katholische Messe war längst zu Ende, als er mit seinem C5 vor der Kirche hielt. Er hatte noch eine E-Mail von Franka beantworten müssen, dass es ihm gut ginge und dass er sie bald anrufen würde. Ein Arbeitskollege hatte ihm außerdem geschrieben, seine Stelle, die des Abteilungsleiters, sei gefährdet, aber Kuba nahm diese Warnung nicht ernst. Solche Warnungen wiederholten sich andauernd. Er wusste, dass er gute Arbeit leistete und dass ihn deshalb niemand feuern konnte.

Tante Ala kaufte beim Bäcker frisches Gebäck und Kuchen für den Nachmittag. Dann fuhren sie zurück nach Wilimy.

»Ich bin dir tatsächlich dafür dankbar«, sagte Kuba, »dass du mich mit der Hoteldirektorin bekannt gemacht hast.«

»Kuba, sie ist keine Lösung für dich. Sie wird deine Marta nicht ersetzen. Du kannst sie nicht auferstehen lassen.«

»Für die drei Wochen, die ich hier am See bin, sollen die Gesetze des Jüngsten Gerichts in Kraft treten. Ich will alles noch einmal erleben!«

»Ich hab's befürchtet, dass du so was Kindisches sagen würdest.«

»Ohne dich hätte ich doch Justyna niemals kennen gelernt. Und du hast es so gewollt – gib zu, dass du es gewollt hast, dass Justyna und ich uns näher kommen!«

»Du bist für mich wie ein Sohn! Ich hab dich bei meinen Eltern großgezogen – wenn du leidest, leide ich mit dir mit!«

Den Rest des Weges verharrten sie schweigend. Wojtek, der der Kirche und ihrem ideologischen Propagandaterror nichts abgewinnen konnte, war schon im Morgengrauen zum Angeln rausgefahren, mit Proviant und Spinnruten. Kuba beschloss, die *Omega* von Justyna zu leihen und Wojtek einen Überraschungsbesuch abzustatten, er wollte außerdem die *Alga*-Blinker und die chinesische Spinnrute ausprobieren.

»Wenn du ihn finden willst, musst du zur ›Insel der Vögel‹ segeln.«

Als sie in Wilimy ankamen, ließ er Ala mit dem Kuchen vor der Dorfschule aussteigen, in der sie von einer Freundin erwartet wurde: »Um drei gibt's Mittagessen, spätestens dann will ich euch am Küchentisch schmatzen hören!«, sagte sie freudig.

Maciek der Hecht

Kuba legte die chinesische Spinnrute und die *Alga*-Blinker in den Kofferraum. Bevor er mit seinem C5 zu *Justyna Star* weiterfuhr, steckte er sich eine Zigarette an, die erste an diesem Tag, und schob eine CD von J. J. Cale in den Player. Musik war in Kubas Hausapotheke eines der wichtigsten Medikamente, sie half gegen jede Missstimmung und Depression, und sie war so cool wie der erste Johnnie Walker in einer Großstadtbar. Die Songs von J. J. Cale sorgten bei Kuba jedes Mal für einen klaren Kopf, und den brauchte er jetzt, da er sich überlegt hatte, vor der Stippvisite im Hotel nach Macieks Grab auf dem kleinen Friedhof von Wilimy zu suchen.

»Wo bist du, Maciek?«, fragte er sich laut, als er aus seinem Wagen stieg und den Friedhof betrat. Und tatsächlich, er fand sein Grab: Maciej Szczupak (im Ausland hieße er Matthäus Hecht), geb. 1960, gest. 2000. »Er ist im Frieden zu seinen Eltern im Himmel hinaufgefahren«, stand auf dem ovalen, weißen Metallschild in schwarzen Buchstaben. Es handelte sich unverkennbar um Pfarrer Kazimierz' Handschrift, solche Gräber mit solchen Inschriften gab es nur in Wilimy. Kubas polnische Großeltern ruhten auf dem Friedhof in Olsztyn, auf demselben, auf dem man auch Marta bestattet hatte. Die Menschen, die er wirklich liebte, wurden in Olsztyn begraben. Opa

Kostek hatte sich zu seinen Lebzeiten immer gewünscht, in der Nähe von Kopernikus zu sein, der auf dem Schloss in der ermländischen Hauptstadt an seinen heiklen Theorien gearbeitet hatte. Als Kuba 1982 das Telegramm von Tante Ala erhielt, das ihn über den Tod von Opa Kostek informierte, hatte er die Botschaft in Köln um eine Einreiseerlaubnis nach Polen gebeten. Die Antwort im Auftrag des Botschafters war unmissverständlich: »Sobald Sie die Grenze überschritten haben, werden wir Sie verhaften.«

Maciek, mein Junge, du bist also tot – wenn ich dich zu fassen kriege, dachte Kuba, schlage ich dir sämtliche Zähne aus. Ich lass mich doch von dir nicht verarschen. Aber Macieks Grab war keine Fata Morgana. Wem bloß bin ich in dieser Nacht begegnet?, fragte sich Kuba immer wieder, als er vor dem Hotel *Justyna Star* parkte.

Ein Schwätzer und ein Moralist?

Diesmal klopfte er an die Bürotür der Hoteldirektorin. Ein Mann, der etwa in seinem Alter war, öffnete ihm: »Kuba?«, fragte er. »Herrjemine! Du bist es! Kuba!« Der Typ mit feistem Gesicht musste Leszek sein, er schloss Kuba in seine Arme und drückte ihn kräftig an sich.

»Leszek«, sagte Justyna. »Erwürg ihn nicht!«

Kuba fragte, als er endlich frei atmen konnte, seinen alten Jugendfreund: »Bist du tot oder lebendig?«

»So lebendig wie bei meiner Geburt.«

Kuba schlug zweimal mit seinen Handflächen auf die Brust von Leszek: »Alter! Du bist es wirklich.«

Justyna schenkte ihnen zwei Cognac ein und ließ aus dem Restaurant einen Vorspeisenteller mit schlesischer Wurst und

Salzgurken servieren. Leszek begann sofort einen legeren Vortrag darüber, wie es ihm in den letzten zwanzig Jahren ergangen war – sein Monolog war kaum zu bremsen. Kuba kam sich bei dem Feuerwerk an moralischen Geschichten, Erlebnissen und Selbstbekenntnissen, die Leszek zu bieten hatte und die ihm aus alten Zeiten teilweise bestens bekannt waren, ziemlich verloren vor.

Sein Freund hatte nach dem Abitur in Biskupiec ein großer polnischer Dichter werden wollen. Er schaffte es mit seinen Gedichten sogar in die wichtigsten Blätter und Hefte der damaligen *Poetry*-Szene: *Radar* und *Poezja*. Er gewann einige Wettbewerbe für junge Talente, aber im Grunde genommen hatte er sich bloß mit der in Polen weit verbreiteten Krankheit, dass jeder junge Intellektuelle Gedichte schreiben müsse, angesteckt, und als er 1979 mit Kuba zum Informatikstudium nach Gdańsk zog, begeisterte er sich für die Programmiersprachen so sehr, dass er eine universitäre Karriere anstrebte. Er wurde Semester für Semester Jahrgangsbester und entdeckte die bis dato verbotene und kaum bekannte Dichtung von Czesław Miłosz und begriff schnell, dass er niemals so gut werden würde wie der quadroschizophrene, zwischen Ost und West, Süd und Nord pendelnde Emigrant aus Kalifornien. Leszek hörte auf, Gedichte zu schreiben. Er ließ sich von Marta anwerben und engagierte sich bei den Studentenstreiks in ihrem Studentenkomitee. Er war auch der Kuppler gewesen, der Marta mit Kuba bekannt gemacht hatte. Nach dem Verbot der neuen Gewerkschaft ging Leszek wieder neue Wege. Da er schon in seiner Kindheit ein Waffenfetischist im großen Stil gewesen war (niemand in der Schule kannte sich so gut aus mit den Panzer-, Raketen- und Maschinengewehrtypen wie Leszek), brach er das Informatikstudium ab, ließ sich an einer Hochschule zum Marineoffizier ausbilden und landete auf einem Schiff der polnischen Volksarmee, zur Verwunderung seiner Kommilitonen, mit denen er die Studentenstreiks organisiert hatte. Seine *Solidarność*-Vergangenheit hatte er vollkommen verleugnet und vor seinen Marinekameraden geschickt im Verborgenen gehalten. Auf dem Schiff wurde es ihm aber auch langweilig, und nach einem missglückten Geschäft mit einem schwedischen Kollegen wechselte er seinen Beruf erneut, auch mehr oder weniger zwangsweise, weil ihn die Marine buchstäblich gefeuert hatte. Er verfügte über exzellente Kontakte und besorgte sich in Warschau einen neuen Job. Er reiste quer durch Europa und baute in den polnischen Botschaften und Konsulaten Sicherheitsanlagen ein – hochsensitive Überwachungskameras und digital codierbare Schlösser. Dessen wurde er aber auch schnell überdrüssig, und im Zuge der vielen Umstrukturierungen in der postkommunistischen Wirtschaft wechselte er zum Handel mit Bäumen, den seine Eltern seit den Siebzigern betrieben. Sie waren wohlhabend und wohnten inzwischen in einer Villa in Biskupiec. Mit Bäumen für Gärten, Park- und Grünanlagen der Städte zu handeln, meinte Leszek etwas Gutes für die Umwelt zu tun, und voller Eifer und Begeisterung behauptete er, er würde seinen Geschäftsradius sogar so weit in Europa erweitern – in naher Zukunft schon –, dass selbst seine Kleinkonkurrenz aus Schweden in arge Bedrängnis geraten müsse. Er beschäftigte in seiner Baumschule ab und an Ździsiek und Wojtek und auch ein paar Arbeitslose und Säufer aus dem Dorf – die Bäume wuchsen ja von allein, nur beim Ausgraben brauchte Leszek Hilfe, und die meisten Kunden waren Selbstabholer. Er war verheiratet; er betonte, seine Ehe sei eine klassische Vorzeigeehe – ein glückliches Pärchen mit zwei Kindern, was jedoch nicht ganz stimme, denn seine liebe Gdańskerin Małgosia hasse das Landleben und wolle nach

Wilimy partout nicht ziehen, betonte er mit fast schon cholerisch anmutender Vehemenz in seinem Monolog. Im Frühling und Sommer lebten sie so gut wie getrennt, er sei die meiste Zeit in Wilimy. Nach fünfundzwanzig Jahren habe er Gdańsk den Rücken gekehrt. Und bei dir, was ist mit dir?, war seine Frage, als Leszek merkte, dass Kuba seine Augenbrauen zusammenzog und keine Geduld mehr für lange Lobeshymnen auf ein einigermaßen gelungenes Leben aufbringen konnte.

»Du bist verrückt geblieben – das freut mich«, sagte Kuba. »Und ich bin in Deutschland ein Metzger geworden: Ein virtueller Metzger allerdings.«

»Ich weiß – Justyna hat mich auf unsere Begegnung vorbereitet«, antwortete er und küsste Justyna auf die linke Backe. Es war ein Kuss, der darauf schließen ließ, dass Leszek Justynas Liebhaber war.

»Wenn du so reich bist, wie du es dargestellt hast, besitzt du bestimmt sämtliche CDs von Pat Metheny, Jan Garbarek und Keith Jarrett«, sagte Kuba.

Leszek starrte ihn entgeistert an und sagte: »Und wann soll ich die hören? Mein Job frisst mich gänzlich auf!«

Während ihres Informatikstudiums in Gdańsk hatten sie Radioaufnahmen auf MCs angefertigt, nach denen sich damals jeder Rock- und Jazzfan die Finger leckte. In ihren mit Plakaten der Stars beklebten Zimmern im Studentenheim herrschte Clubatmosphäre – sie wohnten in London, New York und Paris. Aber Kuba konnte Leszek keinen Vorwurf daraus machen, dass sein Freund keine Zeit mehr zum Musikhören hatte, denn ihre gemeinsame Leidenschaft für Rock und Jazz gehörte vollständig der Vergangenheit an, wie auch ihre Freundschaft.

Leszeks Eltern waren genauso korrupt und verlogen gewesen wie die Eltern von Marta. Sie hatten jedoch schon immer einen ausgeprägten Sinn fürs Geschäftliche bewiesen, und so konnte Leszek getrost ihre Firma übernehmen. Er war plötzlich zum Umweltschützer avanciert, und es gab für eine Baumschule keinen besseren Platz auf Erden als den hier am Dadajsee.

Kuba musste sich die Eifersucht, die ihn gepackt hatte, eingestehen. Als Leszek auf die Toilette verschwunden war, sagte Justyna: »Sei kein dummer Bursche. Er bedeutet mir nichts.«

»Ja, er bedeutet dir genauso wenig wie der Bürgermeister, wolltest du sagen«, empörte sich Kuba.

»Du wirst wohl nie verstehen, warum ich einsam bin.«

In diesem Moment, als er diesen kruden Satz der Hoteldirektorin hörte, meldete sich das Messer seines Vaters wieder zu Wort: Bring sie endlich um, sagte das Messer. Bring sie und Leszek um!

»Warum hast du mich angelogen, du würdest Leszek nicht kennen?«, hakte Justyna nach.

»Ich musste dir vermitteln, dass das ganze Wissen, das du über mich gesammelt hast, nutzlos ist.«

*

Das Wetter war prächtig, der Wind hatte nach dem gestrigen Sturm den See nicht verlassen, und sie segelten zu dritt mit der *Omega* zu Wojtek, der bei der »Insel der Vögel« seine Angeln ausgeworfen hatte. Jede Insel auf dem Dadajsee besaß einen Namen: Insel der Liebe, der Vögel, der Schafe, der Milchstraße, der Kühe, der Regenwürmer, der Segler, der Fischer, der Russen, der Deutschen, des Windes und der Pferde. An die anderen Namen konnte sich Kuba nicht mehr erinnern. Aber eine Insel hieß so wie der See, Dadaj, sie war die größte. Auf der Dadaj gab es Holzhütten für Urlauber, zu denen in erster Linie deutsche Touristen oder Exilpolen mit ostpreußischer Herkunft zählten, Devisenbringer. Den neuen Eigentümer und Verwalter der Dadaj kannte Kuba nicht.

Wojtek war seltsamerweise sehr freundlich, als sie mit der *Omega* zu ihm kamen. Sie ankerten in der Nähe seines Motorbootes, und es störte ihn nicht, dass Justyna und Leszek ins Wasser sprangen und beim Plantschen so laut waren, dass er seine Angeln mehr oder weniger einziehen musste. Er sagte nur zu Kuba, der sich nach dem Schwimmen zu ihm gesellte: »Vergiss nicht, dass wir morgen einen Termin bei unserem Bürgermeister haben.« Dann fügte er noch leise hinzu: »Die Hoteldirektorin ist dein Tod. Du begreifst es bloß noch nicht.« Auf die Frage, warum er nicht mit Ala zur Kirchenmesse gefahren sei, antwortete er lapidar: »Wie viele Götter soll ich denn noch haben: Ala, Kazimierz, Jesus und Maria? Lasst mich in Ruhe mit euren Göttern, denn die letzten, die mich verarscht haben, waren die Kommunisten.«

»Schade, dass du meinen Opa Kostek nicht gekannt hast«, antwortete Kuba, der die chinesische Spinnrute, die er vorher mit einem der in Biskupiec gekauften *Alga*-Blinker bestückt hatte, auf Hechte auswarf. »Kostek war ein Hobbyastronom, seine Götter kamen von den Sternen.«

»Es reicht mir, dass ich deinen Vater kenne«, antwortete er Kuba.

»Und Janusz Król – ist er kein neuer Gott?«, gab Kuba zu bedenken.

»Ihr seid alle des Teufels Brut. Król wird endlich die Gerechtigkeit walten lassen. Unser Pfarrer Kazimierz muss sich demnächst warm anziehen.«

Die »Insel der Vögel«

Kuba ließ sich auf weitere Gespräche mit Wojtek nicht mehr ein; Wojtek war ein Starrkopf: Hatte sich einmal eine Meinung in seinem Hirn eingenistet, gab es keine Kraft, die sie hätte beeinflussen geschweige denn ändern können. Welcher Pakt ihn mit dem Bürgermeister verband, musste Kuba noch herausfinden. Zumindest wurde ihm bei diesem kurzen Gespräch klar, dass im Umgang mit Janusz Król tatsächlich äußerste Vorsicht geboten war, und Kazimierz' warnende Worte diesbezüglich durfte Kuba auf keinen Fall ignorieren. Er warf noch einige Male die Spinnrute aus, aber da die Mittagshitze den Hecht aus seinen Jagdrevieren vertrieben hatte und Wojtek sich auf den Rückweg machen wollte, sprang Kuba ins Wasser und schwamm zu der *Omega* zurück. Seine chinesische Spinnrute mit den *Alga*-Blinkern hatte er bedenkenlos Wojtek überlassen, sie war bei ihm in guten Händen; er sollte sie mitnehmen und in Opa Kosteks Zimmer abstellen.

Justyna und Leszek lagen in der brennenden Sonne auf dem Deck, ihre nassen Bäuche erbebten bei jedem Atemzug vor physischer Erschöpfung, ihre verschrumpelte Haut trocknete in Sekundenschnelle, und Kuba schlug vor, um sie zu provozieren, eine Expedition zu der »Insel der Vögel« zu starten. Justyna drehte sich auf die Seite, küsste Leszek auf die Stirn und wandte sich an Kuba: »Siehst du nicht, wie erledigt wir sind? Ich schwimme keine zwei Meter mehr!«

Leszek griente: »Als wir noch in der Grundschule waren, Kuba und ich, sind wir oft zu der ›Insel der Vögel‹ gerudert, um Eier zu stehlen: Eier der Lachmöwen schmecken scheußlich!«

Kuba sagte nichts. Er bereute es auf einmal, mit der Hoteldirektorin geschlafen zu haben. Nach seinem Eindruck war er bloß ein neues Spielzeug. Das Messer seines Vaters befriedigte ihre Sammellust scheinbar nicht.

Die »Insel der Vögel«, *Ptasia Wyspa*, die kleinste unter den fünfzehn Inseln, hatte seichte Uferwasser, für eine Schwertyacht vollkommen unzugänglich, und der Seegrund ihrer Ufer war mit riesigen Steinen übersät. Die meisten Bäume, deren Wurzeln unter dem Kot der Möwen und Kormorane schwer zu leiden hatten, siechten seit Jahren dahin. Der Anblick der schwarzweißen, ausgedorrten Stämme und Zweige mutete mehr als befremdlich an, als hätte es in gar nicht so ferner Vergangenheit einen Napalmangriff auf dieses Stück Erde gegeben: Auf der »Insel der Vögel« herrschte der ewige Winter. Die Möwen sorgten für einen Höllenlärm, ihre Nester bedeckten großflächig den Boden, und es machte insbesondere Kindern riesigen Spaß, die Nester mit Stöcken oder Steinen zu bewerfen und damit die Möwen zu verscheuchen. Dann stiegen gewaltige Schwärme kreischender Vögel in die Luft, die ihre Insel mehrmals umflogen, bevor sie sich wieder niederließen, um ihre Sprösslinge zu beschützen. Manchmal zeigte sich am Himmel auch ein Adler oder ein Bussard, und in einem klaren Augenblick der Unachtsamkeit griff der böse Räuber im Sturzflug eines der Nester an.

Leszek, der genauso wie Kuba in Wilimy aufgewachsen war, hatte nicht die großen Brände auf der »Insel der Vögel« vergessen, die in den Siebzigern mit erstaunlicher Regelmäßigkeit wüteten. Die Miliz machte zu guter Letzt den Brandstifter ausfindig. Sie nahmen eines Sommerabends einen Fischer aus Najdymowo fest, der sich an den Möwen rächen wollte. Die dreisten Möwen hatten nämlich seinem einjährigen Baby ein Auge ausgestochen, und zwar in einem besonders schweren Winter, als der See über mehrere Monate zugefroren war und die Vögel auf der Suche nach Nahrung anfingen, menschliche Siedlungen zu belagern.

Sie segelten zum vor Urlaubern aus allen Nähten platzenden Touristenbadestrand in Wilimy. Dort legten sie am Steg an und bestellten am Kiosk kalte Getränke. Als Justyna losging, um sich eine Zeitschrift zu besorgen, stellte Kuba seinem Jugendfreund die Frage, die ihn schon seit Stunden wurmte: »Liebst du sie?«

»Wir sind befreundet.«

»Eine komische Freundschaft. Hast du mit ihr Sex?«

»Und du?«, fragte Leszek.

»Ich bin erst seit Donnerstag hier.«

»Justyna zu widerstehen ist keine einfache Aufgabe. Und du und ich sollten voreinander nichts verbergen.«

»Wir sind keine kleinen Jungs mehr, die die Eier der Lachmöwen stehlen oder die Aale aus dem Kühlhaus der Fischerei.«

»Was für'ne dolle Erkenntnis!«, spottete Leszek; er war ein gescheiter Typ, der seine Begabungen vor allem für andere einsetzte, was ihm viele Konflikte einbrachte. Einen Alleskönner, der zum Mitleid fähig war, brauchte die Welt selten. Kuba begriff nicht, warum Leszek keine große Karriere gemacht hatte. Er hätte ein hervorragender Dichter, Marineoffizier oder Experte für Sicherheitsanlagen werden können. Er war auch während der Streiks in der Werft Berater der Arbeiter gewesen, zumal er damals den Gdańsker Liberalen Lewandowski und Tusk aus der Hand gefressen hatte – für kurze Zeit waren sie zu seinen Idolen avanciert. Als Czesław Miłosz' Bücher in Polen endlich wieder erscheinen durften, hatte Leszek die eloquenten, nach 1980 wie Pilze aus dem Boden sprießenden Leseanweisungen zu den Gedichten des Emigranten um eigene Gedanken bereichert und sogar getoppt, fand Kuba.

Leszek sagte einmal über ein Buch von Miłosz: »Wir sind *alle* Bewohner des Landes *Ulro* und müssten uns eigentlich umbringen, und das Einzige, was uns davon abhält, ist, dass *Ulro* ein künstliches Produkt unseres Verstandes ist. Willst du etwa für das Nichts sterben, für die Leere der austauschbaren Ziffern aus *Ulro*?«

Kuba nahm einen Schluck von der Limonade und steckte sich eine Zigarette an.

»Anscheinend war ich nicht talentiert genug, oder mir hat das gefehlt, was man im Allgemeinen Glück nennt«, sagte Leszek. »Ich bin mit meinem Baumhandel mehr als zufrieden, weil ich nicht in der Politik arbeiten muss und weil ich keine Dinge produziere, die der Umwelt schaden.«

Bevor Justyna zu ihnen zurückkam, sprachen sie noch kurz über Maciek. »Auf seiner Beerdigung bin ich gewesen«, sagte sein Jugendfreund. »Und wenn du ihn gesehen hast, muss ich es dir einfach glauben: Ich wohne zwar immer noch im Lande *Ulro*, im Totenreich der austauschbaren Ziffern, aber in Wahrheit bin ich in *Ulro* nur noch Gast. Man kann mich nicht mehr versklaven, weil ich weiß, dass ich ein Sklave bin.«

»Du meinst, wir benehmen uns wie der Fischer aus Najdymowo, der eigentlich *Ulro* in Brand gesteckt hat, das Reich der Lachmöwen, die sein Kind beinah zu Tode gepickt hatten?«

»Meinen beiden Töchtern wird es auch nicht gelingen, die Lachmöwen zu vertreiben – ich würde mich für sie freuen, wenn sie jedoch wie der Fischer aus Najdymowo die ›Insel der Vögel‹ immer wieder anzünden würden.«

*

Justyna unterbrach ihr Gespräch, sie setzte sich zu Kuba, schlug ihre Illustrierte auf und fragte ihn wie aus heiterem Himmel: »Willst du eigentlich deinen Vater wiedersehen und mit ihm sprechen?«

Kuba überspielte seine Überraschung, indem er auf ihre Frage sofort eine Antwort gab: »Nächste Woche bin ich mit ihm verabredet.« Er log, denn er hatte noch keine Entscheidung getroffen, was das Wiedersehen mit Adelbert anging. Er wollte eine Diskussion mit Justyna über seinen Vater vermeiden, weil ihm die ganze Geschichte ein großes Unbehagen bereitete. Er hegte Adelbert gegenüber keinerlei Gefühle mehr; seine Mutter lebte in der Bumerangbucht – dort für alle Ewigkeit eingeschlossen, ein Erlenblatt im Bernstein.

Selbst Tante Ala hatte Kuba die Frage, ob er Adelbert wiedersehen wolle, noch nicht gestellt. Was denkt sie sich, diese Hoteldirektorin?, staunte Kuba. Wer bin ich für sie? Ein Unterhalter? Und Komiker? Und warum ist sie so gut informiert, was meine Eltern angeht? Wem hat sie das zu verdanken? Leszek etwa? Leszek merkte sofort, dass dieses leidige Thema bei Kuba nicht unbedingt auf Gegenliebe stieß. Deshalb versuchte er, die ganze Situation zu entschärfen, und sagte: »Zweibauchnabel! Höchste Zeit, dass ich dir mein ›Latifundium‹ zeige«, lachte er. »Meine bescheidene Baumschule.«

Justyna war irritiert. Kubas Spitznamen hatte sie wohl zum ersten Mal gehört: Ihr fehlte eine Schublade, in die sie ihn hätte stecken können. Justynas Irritation erregte Kuba: Seine Nase erinnerte sich blitzartig an den nächtlichen Geruch des Regens, der Bettwäsche und der Haut von Justyna.

*

Sie verabredeten sich für den späten Nachmittag, und Kuba ging zu Fuß zu Tante Alas Hof, seinen C5 würde er am Abend oder vielleicht erst morgen vom Parkplatz des Hotels holen. Justyna hatte ihm versichert, dass sie problemlos die *Omega* in den Hotelhafen zurückbringen würde, ohne Leszeks Hilfe, den sie in seinem »Latifundium« abzusetzen beabsichtigte.

Das Messer seines Vaters war jetzt still. Seltsamerweise. Es musste doch protestieren und Kuba wieder auffordern, der Hoteldirektorin die Kehle durchzuschneiden. Adelberts Messer aber schwieg beharrlich, und vielleicht war die Kommunikation mit ihm auch deshalb unterbrochen, weil Kuba mit anderen Dingen beschäftigt war, die ihm letzte Nacht in den Sinn kamen. Er dachte immer wieder an den Jesuitenfreund von Kazimierz und daran, dass *Święta Lipka* nur eine Dreiviertelstunde vom Dadajsee entfernt war. Eine Vorahnung sagte ihm, dass er im Kloster von *Święta Lipka* prüfen sollte, ob Kazimierz' Jesuitenfreund den Brüdern bekannt war. Kuba hatte den Verdacht, dass Kazimierz in Wahrheit seine eigene Geschichte erzählt hatte: Er war der Rabbi, der zum Jesuiten wurde. Und weiter fragte sich Kuba, ob er sich so tiefgreifend wie Leszek der Tatsache bewusst war, dass er auch in *Ulro* wohnte. Er hatte das Wissen um *Ulro* für lange Zeit ausgeblendet. Als die Streiks in Gdańsk anfingen, tauchten die ersten Zweifel auf, obwohl er sich für die neue Gewerkschaft so begeisterte wie Marta oder Leszek. Doch die Zweifel wurden immer stärker, vor allem ab dem Zeitpunkt, als die neue Gewerkschaft von der Regierung anerkannt wurde. Eine salonfähige Protestbewegung war keine Protestbewegung mehr, sondern eine Farce. Eine Ratte, die keinen Hunger mehr hatte, ließ sich problemlos für krank erklären, denn Ratten kannten nur den Hunger.

Wojtek hat keinen blassen Schimmer, was eigentlich gespielt wird, dachte Kuba. Er hat sich auf die falsche Seite geschlagen. Sein Bürgermeister hat ihm bestimmt das Blaue vom Himmel versprochen, dabei ist er womöglich ein Mörder. Einer, der es versteht, in jeder Lage zu überleben. Er ist eine Lachmöwe.

Unterwegs zu Tante Alas Hof begegnete er lauter unbekannten Gesichtern. Die Touristen waren ihm schnurzpiepegal, sie konnten nicht wissen, dass er Kuba Dernicki hieß und aus Wilimy stammte. Aber als er in das Dorf kam, durchbohrten ihn die penetranten Blicke der Menschen, vor allem der alten Frauen und Männer. Im Grunde genommen zeigten sie auf ihn mit dem Finger und sagten: »Da, schaut, da kommt dieser Verräter, der mit der Hoteldirektorin zu der ›Insel der Liebe‹ segelt, um sie zu ficken.« Das Wort *ficken* würde ihnen nie über die Lippen gleiten, aber sie meinten genau dieses Wort. Eine der alten Frauen sprach ihn kurz an und wünschte ihm alles Gute. Er bedankte sich freundlich bei ihr, obwohl sie sagte, Tante Ala hätte mit Wojtek kein leichtes Leben. So weit stimmte ihre Behauptung, nur hatte die alte Frau gleichzeitig andeuten wollen, dass Kuba genauso ein Arschloch sei wie Wojtek, wie alle Männer, die in Wilimy lebten. Säufer, Mörder, Träumer und Nichtsnutze. Er ärgerte sich nach dieser zufälligen Begegnung über seine eigene Dummheit: Er hatte der alten Frau ein gerupftes Suppenhuhn abgekauft. Tante Ala würde ihn mitsamt dem Suppenhuhn zum Teufel jagen. Sie würde sagen: »Was fällt dir ein! Kriegst du von mir nicht genug zu essen?«

*

Kuba schenkte das Suppenhuhn Wojtek und sagte: »Pack es bitte ins Gefrierfach – möglichst unauffällig.« Nach dem Mittagessen konnte er Ala und Wojtek dazu überreden, Leszeks »Latifundium« zu besichtigen. Sie hatten sich zwar mit Händen und Füßen dagegen gewehrt, sie seien nicht ausdrücklich eingeladen, doch Kuba schaffte es, ihren Stolz zu befriedigen, indem er sagte: »Leszek ist ein reicher Mann, das stimmt.«

Dabei merkte man ihnen an, dass sie für ein wenig Abwechslung dankbar waren.

Wojtek sagte: »Junge! Das war kein Angeln bei der ›Insel der Vögel‹. Morgen früh nehme ich dich mit zu einem besseren Platz, wo die Hechte immer beißen. Da fangen wir was. Und wir werden auch bald auf die Jagd gehen. Keiler darf man nur im März nicht erlegen.«

Das »Latifundium« und die Eucharistie sowie das Versprechen bzw. die Prophezeiung von Kazimierz

Kuba rief Leszek auf dem Handy an und bat ihn, er möge sie mit seinem Wagen abholen und zu seinem gelobten »Latifundium« kutschieren.

Zu Kubas Überraschung war auch Kazimierz anwesend, als sie in Leszeks Baumschule eintrafen: »Heute wird die Sonntagsmesse gefeiert«, sagte der Pfarrer. »*In nomine Patris et Filii et Spiritus Sancti!*«

Das »Latifundium« erstreckte sich über mehrere hundert Hektar. Es war vor allem mit Nadelbäumen bewachsen und lag versteckt in einer Senke in nördlichen Gebieten der Dadajseeufer, und zwar dort, wo es nicht mehr allzu weit war zu der Bumerangbucht und der »Insel der Vögel«. Von Czerwonka aus war diese Senke kaum zu sehen. Immerhin maß der See in der Länge fast neun Kilometer, und manch ein Besucher oder gar selbst ein Einheimischer verschätzte sich bei der Bestimmung der Entfernungen für die lokalen Orte und Plätze.

Kazimierz' Kirchenmesse, die er für seine Patienten in einer renovierten Scheune zelebrierte und der Leszek wohlgesinnt zu sein schien, fiel sehr kurz aus. Der Pfarrer schwang das Weihrauchfass, sang ein einziges Lobeslied auf die Gesegnete Jungfrau Maria, »O Du Morgenstern ...«, dann das »*Gloria in excelsis Deo*«, wobei es sich dabei mehr um ein zweistimmiges Gebrumme mit seinem Messdiener Ździsiek handelte als um kirchliches Chorsingen, und er hielt eine kurze Predigt über die Macht der Todesfurcht: »Wer sich fürchtet, fürchtet auch Jesus«, sagte er zum Schluss. Für die Eucharistie war er bestens vorbereitet. Er zeigte allen die Hostie und trank sogar aus einem silbernen Kelch aus Plastik, den ihm Ździsiek reichte, einen Schluck Messwein. Beim *Hosanna* musste er sich aber setzen, da er sichtlich erschöpft war. Aus dem Evangelium wurde nicht vorgelesen. Das Kassieren der Honorare für die Behandlung der kranken Seelen und Körper zog sich anschließend in die Länge. In der Zeit schaffte es Leszek, einen Grill aufzustellen und die Grillkohle anzuzünden. Kazimierz' Patienten küssten ihrem Wunderdoktor die Hände und fuhren davon, und Leszek sagte: »Ich habe dem Pfarrer viel zu verdanken. Er hat meine Frau geheilt. Sie litt einmal unter schlimmen Schlafstörungen.«

»Und wie hat er es angestellt? Hat er ihre erogenen Zonen studiert?«, fragte Kuba und grinste.

»Sei kein Arsch!«

»Entschuldige. Wissen die Prälaten von diesen illegalen Sonntagsmessen in Wilimy?«

»Der Bürgermeister von Biskupiec hält seine schützende

Hand darüber – was soll er auch tun? Es sind seine Wähler, die nach Wilimy kommen und nach Heilung lechzen.«

»Was ist das für ein Typ, dieser Król?«

»Er ist an der Macht. Das sagt schon alles. Aber du kannst es nicht begreifen, was sie vorhaben. Dafür warst du zu viele Jahre im Ausland.«

»Und was ist ihr Credo?«

»›Wir sind unfehlbar!‹, würde ich sagen. Doch im Ernst: Sie wollen nicht einfach die Bälle und Karten neu mischen oder ein für allemal mit irgendjemand abrechnen. Nein. Das ist ihnen zu wenig. Und obwohl sie behaupten, sie seien auf der Seite derjenigen, die ständig in den Arsch getreten werden, klauben sie nur die besten Beeren aus der Schüssel, die ihnen schmecken. Die anderen Beeren sollen für immer aus dem Menschengeschlecht verbannt werden.«

»Das Prinzip des Klaubens und Sortierens ist mir nicht unbekannt … Dann stehst du also auf ihrer Seite, du als alter, zu jedem lustigen Abenteuer bereiter Partisan?«

»Bist du verrückt? Nach alldem, was wir in Gdańsk, du und ich und andere, durchgemacht haben? Sie sind doch nicht besser als die Lachmöwen von der ›Insel der Vögel‹. Und sie werden, wenn man sie nicht stoppt, irgendwann morden müssen, zunächst unauffällig natürlich, denn wenn ihre Brutzeit wieder einmal zu einer mickrigen Episode in der Geschichte verblassen wird, werden neue Lachmöwen geboren und ihr Werk fortsetzen. Da gibt es einen historischen Automatismus, der ganz erstaunlich ist.«

»Und das sagt ein ehemaliger Marineoffizier!«, meinte Kuba.

»Ich wurde unehrenhaft entlassen – nach meinen Geschäften mit den Schweden. Und der Bürgermeister und ich sind uns immer schön aus dem Weg gegangen. Für Król bin ich ein

Aasgeier – ein Kapitalistenschwein, ein *biznesmen*, weil ich in meine eigene Tasche wirtschaften würde und nicht in den Futtertrog des Volkes.«

Die Hoteldirektorin ließ lange auf sich warten, obwohl sie Leszek versprochen hatte, sie würde pünktlich sein.

»Leszek, wo willst du heute Nacht schlafen? Bei ihr?«

»Nein. Sie ist doch in dich vernarrt. Merkst du das nicht?«

»Und Marta – weiß sie, wer Marta war?«

»Justyna zu belügen, ist so gut wie unmöglich, Maestro, und du bist der Einzige, der immer noch von Marta redet: Ich hab den Namen seit einer Ewigkeit nicht mehr gehört.«

Leszek musste den brennenden Grill wieder löschen, da noch keiner seiner Gäste Hunger hatte, und er ließ es sich nicht nehmen, sein »Latifundium« in den Himmel zu loben. Er machte eine Führung und zeigte Kuba, Tante Ala und Wojtek die Baumsorten, mit denen er das meiste Geld verdient hätte: »Das ist eine Weißtanne und das ist eine Douglasie und das ist eine Roterle …« Eigentlich schien bei dieser Aufzählung jeder Baum Gold wert zu sein, jeder Name ein Zauberwort und jeder Setzling unbezahlbar. Man sah Leszek an, dass die Baumzucht seine private Religion geworden war. Er hatte sich damit eine Republik aufgebaut, die niemand erobern konnte. Zum Schluss sagte er, er würde am liebsten hier inmitten seiner Tannen und Erlen zusammen mit seiner Familie wohnen, eine bescheidene Villa könne er sich locker leisten, aber Kuba spürte, dass dieser sein Wunsch nie in Erfüllung gehen würde. »Verdammt, wen hast du eigentlich geheiratet?«, fragte ihn Kuba verärgert. »Dieses Stück Land oder deine Gdańskerin Małgosia?« – »Das musst du gerade sagen! Bin ich ins Ausland geflüchtet, oder du?! Ich habe Wilimy, wo wir beide geboren wurden, nie richtig verlassen können. Endgültigkeiten sind nicht unbedingt mein Metier.«

Justynas Handy war mucksmäuschenstill, Leszek konnte die Hoteldirektorin nicht erreichen, und Kuba, der plötzlich wütend auf Leszek wurde, fing an, an einer Verschwörungstheorie zu spinnen; danach sei die Hoteldirektorin nach Biskupiec zu ihrem Bürgermeister gefahren, um ihn über die neuesten Entwicklungen in Wilimy zu informieren, aber nicht bei einer Tasse Kaffee, sondern im Bett. Kuba war sauer, weil ihm so viele Fragen auf der Zunge brannten, die er Justyna noch nicht gestellt hatte. Er fühlte sich von ihr veralbert. Wojtek hatte ja zwischen den Zeilen angedeutet, sie sei sein Untergang, und Maciek, der auf keinen Fall tot sein konnte, war mit seinen Äußerungen über Justynas Männer und Liebschaften auch nicht gerade zimperlich gewesen. Maciek sagte doch, sie habe alle ihre Männer unter die Erde gebracht. Meinte er das wirklich so?

Vielleicht bin ich Justynas nächstes Opfer?, dachte Kuba. Vielleicht muss ich für den Tod von Marta büßen? Vielleicht habe *ich* Marta getötet, so wie mein Vater Lucyna getötet hat? Hätte ich Marta nicht zur Flucht überredet, würde sie noch leben!

*

Kazimierz hielt ein kurzes Mittagsschläfchen, war aber putzmunter, als er aufwachte. Er hatte in Leszeks Bett geschlafen – in der Scheune, die bestens ausgestattet war. Es gab in dieser Scheune Strom, es gab einen Kühlschrank und sogar eine Campingtoilette. Der Kühlschrank war mit Grillfleisch und Bier gefüllt. Ein steinaltes Radiogerät spielte Musik, man wurde zudem von Nachrichten aus aller Welt nicht verschont, wobei es dem Zuhörer in diesem künstlichen Paradies schien, dass Naturkatastrophen, Revolutionen und Kriege Leszeks »Latifundium« niemals heimsuchen würden.

Kazimierz machte es sich auf einer Liege draußen gemütlich, stopfte sich mit Kartoffelchips voll und beaufsichtigte mit scharfen Blicken Ździsiek, der die Scheune nach der Heiligen Messe aufräumte: Die verschiedenen Devotionalien, Kazimierz' violetter Schal mit den silbernen Kreuzen und die weiße Sutane, das goldene Eucharistiekreuz und der Kelch aus Plastik, die Flasche mit dem Messwein, das Weihrauchfass und ein Bild mit der Schwarzen Madonna, wanderten allesamt in einen Koffer. »Und die Klappstühle, die Klappstühle?! Räum sie weg!«, schrie ihm Kazimierz mit krächzender Stimme zu. Wojtek half seinem Kompagnon, dessen böses Zähneknirschen nicht zu überhören war, bei den Aufräumarbeiten.

Kuba öffnete eine Flasche Bier, und schon beim ersten Schluck ärgerte er sich über sich selbst: Er wollte doch hier am Dadajsee nichts mehr trinken. Das Bier floss aber kalt und köstlich in seinen Magen, und das kalte Getränk tat seinem aufgewühlten Gemüt gut und bändigte seine Wut: Kuba hatte plötzlich Sehnsucht nach Justyna. Er erbettelte von Leszek ihre Handynummer und schickte der Hoteldirektorin eine SMS: »Die Sun-Bear-Pianokonzerte höre ich seit über zwanzig Jahren. Herzlich, K. D.« Sie soll sich bloß nicht einbilden, sie würde mich bestens kennen und durchschaut haben, sagte er sich. Er schnappte sich einen Klappstuhl und gesellte sich zu Kazimierz.

»Vater, warum sagen Sie Justyna nicht die Wahrheit?«, fragte er, nachdem er sich hingesetzt hatte.

Leszek und Tante Ala zündeten den Grill wieder an und kümmerten sich um die Fleisch- und Salatzubereitung. Dabei telefonierte Leszek mit jemandem und gab schließlich Kuba ein Zeichen, das bedeutete, dass sich Justyna gemeldet hatte.

Kazimierz sagte: »Mein Sohn, Justyna soll nicht so leiden wie du und ich.«

»Sie machen sich etwas vor – sie ist aus anderem Holz geschnitzt. Sie kann jede Wahrheit verkraften.«

Kuba musste sich über sich selbst wundern: Warum verteidige ich bloß diese unwiderstehliche Primadonna aus Wilimy?

»Sagen Sie mal, Vater, haben Sie heute mit ihren Toten gesprochen? Ich meine die Gebete während der Heiligen Messe.«

»Mein Sohn, du machst dich lustig über mich.«

»Keinesfalls.«

»Ich habe heute viel zu viele Stimmen gehört. Keine einzige war mir bekannt. Manche Seelen verirren sich an den Dadajsee, weil sie nach einem neuen Zuhause suchen, und sie wollen sich mit mir aussprechen, aber ich muss sie wieder wegschicken, weil ich sie zu ihren Lebzeiten auf Erden nicht gekannt habe. Sie haben schlicht und einfach ihren eigenen Tod verpasst und wundern sich, warum wir sie nicht sehen.«

»Und Marta, konnten Sie sich mit Marta unterhalten?«

»Meine Patienten glauben an die Heilung durch meine Hände – du nicht. Du glaubst nur an das, was du mit Worten beschreiben kannst. Was würde sich für dich persönlich ändern, wenn ich sagen würde: ›Ja, ich habe mit Marta gesprochen!‹«

»Geben Sie mir eine Chance. Heute Abend zum Beispiel – warum beten Sie nicht für Marta, dass sie zu uns kommen mag?«

Kazimierz griff mit der Hand tief in die Tüte mit den Kartoffelchips. »Ich kann von dir kein Geld verlangen. Und du stellst mich auf eine meines Amtes unwürdige Probe.«

Kuba lächelte. Er sagte nach kurzem Nachdenken: »Geben Sie mir eine Chance, dann werde ich es mir mit Janusz Król überlegen: Vielleicht töte ich ihn wirklich. Wenn Sie mich einmal mit Marta sprechen lassen, töte ich Janusz Król für Sie.«

Kazimierz schaute ihn lange an. Sein Blick war ernst, seine Augäpfel standen still. Die geschwollenen Wangen und Tränensäcke erblassten. »Ich nehme dich beim Wort! Du wirst sie treffen, schon bald, erwarte sie jede Nacht, und jetzt lass uns Leszeks Grillkunst genießen – ich habe Hunger!«

»Kazimierz! Sie scherzen!«

»Sieh dich vor! Sieh dich vor, mein Sohn!«, antwortete der Pfarrer.

»Und was ist das für ein Geschäft, das mir der Bürgermeister anbieten will?«

»Er möchte eine Firma gründen und braucht einen Fachmann aus deiner Branche. Soweit ich informiert bin, geht es um die Rinderzucht.«

»Ich kann mir schon denken, was er von mir will ... Ich habe morgen bei ihm einen Termin, zumindest laut Wojteks Aussage.«

»Wojtek hat sich vom Bürgermeister und vom Programm seiner Partei verblenden lassen. Sie haben dem Pöbel goldene Berge versprochen und die Schuldigen für die ganzen Miseren in der Vergangenheit schnell ausgemacht. Sie handeln nach der Methode: ›So gebt dem Kaiser, was des Kaisers ist, und Gott, was Gottes ist!‹ Mit solchen Parolen lassen sich beim Volk immer große Erfolge feiern. Wojtek weiß nicht, dass er dem Bürgermeister nur als Köder dient. Król hat ihn bestimmt ordentlich geschmiert.«

Kuba ahnte schon, dass der Bürgermeister an dem deutschen Herdbuch interessiert sein musste. Wenn er es schaffte, ein Rechenzentrum aufzubauen und ein reibungslos funktionierendes Herdbuch für sein Land zu entwickeln, konnte er daraus großes Kapital schlagen; dann würde er auf diesem Gebiet der Datenverarbeitung König werden, ein Monopolist sozusagen – und Kuba würde Janusz Król sein Know-how verraten oder den Kontakt zu seiner Firma herstellen müssen, wobei der zweite Weg mit einem größeren finanziellen Aufwand verbunden wäre. Ein schlaues Bürschchen, dieser Bürgermeister, dachte sich Kuba – wenn er wüsste, dass ich ihn umbringen soll … Dass ihm der Pfarrer Kazimierz ein Bein stellen will … Dass er ihn schon längst ins Jenseits befördert hat, zumindest in seinen Gedanken!

»Kazimierz! Eines müssen Sie mir noch beantworten«, sagte Kuba. »Wen hat die Hoteldirektorin so feierlich vor ein paar Wochen begraben? Wer ist der unbekannte Tote? Und Sie, Sie haben auf dem Friedhof die Trauerfeier abgehalten?«

»Jawohl! Ich habe sogar meiner Tochter versprochen, dass ich ihr Geheimnis niemandem verraten würde. Sagen wir es ganz einfach: Der Sarg des unbekannten Toten ist leer …«

*

Justyna kam mit ihrem Škoda erst gegen Abend, als sie schon gegessen hatten. Der Himmel überzog sich hier und da mit schweren Wolken und wurde dunkelblau, als sollte es wieder regnen – dabei hatte den ganzen Tag die Sonne geschienen, ihre Glut spürte man auf der Haut immer noch, und Kuba konnte sich von seiner Sonnenbrille nicht trennen, die hereinbrechende Abenddämmerung tat seinen Augen weh. Leszeks »Latifundium« erstrahlte unter dem Dunkelblau des Himmels in herbstlichen Farben, die in den Baumkronen mäanderten.

Justyna brachte ein paar CDs und eine angebrochene Flasche

Cognac aus dem Büro mit; sie war gut gelaunt: »Hallo Jungs!«, sagte sie. »Und danke für deine SMS, Kuba!«, fügte sie leise hinzu.

Sie saßen alle am Lagerfeuer, das Leszek angezündet hatte, und zwar sicherheitshalber in der Nähe eines künstlichen Teiches, einer Brutstätte für Mücken. Leszek züchtete in dem Teich Weihnachtskarpfen, die er von Wojtek verkaufen ließ.

Ździsiek, der angeblich nicht einmal einen Mofaführerschein besaß, musste Kazimierz nach Hause fahren und ins Bett legen. Dass er sich ans Steuer des BMW-Geländewagens von Leszek setzen durfte, empfand er als große Anerkennung und Belohnung: Er verbarg seine Freude nicht. Tante Ala kreiste unterdessen mit einem Pappteller voller Grillfleisch um die Hoteldirektorin herum: »Bitte, essen Sie, essen Sie, so viel Sie mögen!« Ala war mit ihrem Latein am Ende, was selbst Leszek aufgefallen war. Wovor hat sie Angst?, fragte sich Kuba. Justyna kann dich nicht entlassen, du bist eine gute Köchin. Die Hoteldirektorin sagte: »Frau Podlichówna, machen Sie Ihren Neffen nicht nervös – sehen Sie doch, dass er völlig verzweifelt ist und nichts mehr sagt.« – »Er wird Ihnen niemals wehtun – das versichere ich Ihnen. Beim Namen meiner Mutter Renia!«, meinte Tante Ala. In diesem Moment startete am Touristenbadestrand von Wilimy eine Feier: Der Dadajsee musste sich mit den digitalen Bässen einer Technoparty anfreunden. Wahrscheinlich war er der geduldigste Zuhörer und Musikliebhaber überhaupt. So viel Geduld besaß kein Mensch. Der Dadajsee hatte im 20. Jahrhundert von den Touristen sämtliche Musikrichtungen kennen gelernt, und wie es aussah, war ihm kein Stück im Ohr hängen geblieben, denn er selbst war still und sang keine Lieder und spielte keine Musik, obwohl er beides bestimmt virtuos beherrschte, und vielleicht war es wahr, dass der Dadajsee eigentlich nie aufhörte, sein Sinfonieorchester zu dirigieren – nur, um seine Sinfonie hören zu können, musste man wahrscheinlich erst in seinem trüben Wasser ertrinken.

Der Cognac hatte auf Leszeks Magen eine Overkill-Wirkung, er musste sich einmal erbrechen. Er blieb aber bei seinen Gästen lange sitzen, legte Holzscheite ins Feuer und wünschte sich sogar die Sun-Bear-Pianokonzerte, die Justyna glücklicherweise im CD-Wechsler in ihrem Škoda dabei hatte. Die Hoteldirektorin parkte ihr Auto um und stellte es ganz nah an den Teich, damit sie die Sun-Bear-Pianokonzerte hören konnten.

Wojtek und Tante Ala machten sich Sorgen um Ździsiek, der nicht zurückkam. »Kazimierz kann jederzeit den Löffel abgeben«, sagte Wojtek trocken.

»Sei still! Du Säufer! Ich weiß, dass du ihm nichts sehnlichster wünschst als den Tod! Du und dein Bürgermeister – ihr werdet in der Hölle braten! Jesus Christus wird von seinem himmlischen Thron auf euch beide hinunterspucken!«

Kuba musste an das Versprechen und die Vorhersage von Pfarrer Kazimierz denken. Er fürchtete sich nicht vor der Nacht, in der er Marta wiedersehen sollte. Oder wurde ihm an ihrer Stelle Justyna geschickt, weil sie ein Empfehlungsschreiben eines mächtigen Wettermachers besaß, der jedes Wetter am Dadajsee mit Leichtigkeit meisterte?

Leszek war es wohl schnurzpiepegal, dass Ździsiek mit dem BMW noch nicht zurückgekehrt war, und also legte er sich nach Mitternacht ganz einfach schlafen. Er war betrunken, und Wojtek ging mit Ala nach Hause, den ganzen langen Weg, obwohl Justyna angeboten hatte, sie zu kutschieren. Sie hofften darauf, dass Ździsiek sie unterwegs aufsammeln würde. Kuba konnte Tante Alas Gedanken lesen: Wo bleibt er bloß? Hoffentlich hat er keinen Unfall gebaut! Hoffentlich ist Kazimierz nichts Schlimmes passiert! Ein erneuter Schlaganfall könnte für ihn tödlich sein! Aber Kuba dachte noch über etwas anderes nach: Dieses ganze Geld, das Leszek verdient, bedeutet nichts, gar nichts, genauso wenig wie sein »Latifundium« – ein schöner Zufluchtsort, doch mehr auch nicht: Gegen das Land *Ulro* ist jede Waffe unwirksam, das weißt du, Leszek …

Justynas Erinnerungen an den Kommunismus und das Problem mit Kubas linker Gesinnung

Die Technomusik, die vom Touristenbadestrand, von den Wellen des Sees getragen, zu ihnen gelangte, wurde immer lauter. Es hatte keinen Sinn mehr, den Sun-Bear-Pianokonzerten zu lauschen. Die Technobässe waren stärker als das Klavier aus Tokio und Osaka.

»Und was wollen wir jetzt machen?«, fragte Justyna, nachdem sie den CD-Player in ihrem Škoda ausgeschaltet hatte.

»Lass uns hier im Freien übernachten«, antwortete Kuba. »Leszek ist eine Pfadfinderseele: Er wird wohl irgendwann mal Luftmatratzen und Schlafsäcke gekauft haben, die finden wir schon irgendwo.«

Kazimierz hat sein Versprechen gehalten, dachte Kuba: Ich unterhalte mich in dieser Nacht mit Marta und lege meinen Kopf auf ihren Schoß – ich verstecke ihn in ihrem Sommerkleid. Ich habe keine Zigaretten mehr, und das Messer meines Vaters hat seine Stimme verloren. Es gibt in Wilimy keinen Zigarettenautomaten. Es gibt hier nur Weißtannen, Roterlen und rote Nächte der Aale, die sich im Herbst auf den Rückweg in ihre karibische Heimat begeben, um dort abzulaichen und zu sterben. Ich bin am Polarkreis nie gewesen, aber ich kenne die roten Polarkreisnächte.

»Du spionierst mir nicht nach, und du kennst seit über zwanzig Jahren die Sun-Bear-Pianokonzerte«, stellte Justyna zufrieden fest und streichelte ihm durchs Haar. Kuba erhob sich; vor der Hoteldirektorin kniend, beugte er sich etwas vor und küsste sie auf den Mund.

»Nein, ich bin kein böser Spion«, sagte er.

»In London habe ich einen Mann geliebt, der genauso war wie du: Er konnte sich auch nicht entscheiden, ob er bei mir bleiben wollte, oder nicht.«

»Ja? Bin ich wirklich so ein Typ?«

»Du lebst nicht mit der Frau zusammen, die du liebst.«

»Justyna, ich bin verheiratet.«

»Deine Ehefrau liebst du nicht.«

Kuba schwieg. Er fragte sich, ob Justyna Recht hatte. Und dass er sich das fragte, schien ihm nicht einmal verdächtig. Hatte er sich in seiner Liebe zu Franka getäuscht?

»Du musst mir nichts erzählen, wenn du es nicht willst. Dein Schweigen sagt mir alles.«

»Und du? Warum hast du keinen Mann an deiner Seite? So ein Hotel zu führen, ist bestimmt kein Spaziergang.«

»Ich habe es geschafft, mir die russische Mafia vom Hals zu halten, obwohl diese Jungs keine seltenen Gäste bei mir sind. Und ihre polnische Konkurrenz glaubt, ich würde von den Russen beschützt. Es ist nicht nötig zu erwähnen, dass die Polen vor ihren russischen Mitbewerbern Angst haben … Zu Recht! Die Russenmafia ist schlauer und brutaler!«

Justyna legte eine kurze Denkpause ein. Dann sagte sie: »Mit Männern habe ich leider Pech. Raymond hat mich in London wegen einer anderen Polin sitzen lassen. Sie war meine beste Freundin. Ich konnte London nicht mehr aushalten. Ich musste aus dieser Stadt so schnell wie möglich weggehen. Wir waren fast zehn Jahre zusammen gewesen. Er wollte Kinder, aber ich wurde nicht schwanger. Nachdem er mich verlassen hatte, kündigte ich meinen Job und rief meinen Onkel in Gdańsk an. Er war schon immer mein Mentor, und er schlug mir vor, etwas völlig Neues anzufangen. Die Idee mit dem Hotel geht auf seine Kappe. Raymond hätte mich sowieso nicht glücklich gemacht – er ist letzten Sommer bei einem Autounfall umgekommen.«

Als sie dann Kuba von ihrem Mathematikstudium und ihrer Anstellung als Lehrerin in Gdańsk erzählte, wurde er hellhörig und stutzte: »Wie? Haben wir etwa zur selben Zeit in derselben Stadt studiert? Hast du an den Hochschulstreiks nicht teilgenommen?«

Sie schüttelte verneinend den Kopf, nein, sie hätte nicht mitgestreikt.

»Die sonnenheiße Mole von Sopot, die Brandung und der FKK-Strand im Sommer, meine Kindheit in der Altstadt von Gdańsk, mein Studium und die erste Liebe und der erste Job an einem Lyzeum – das sind meine Erinnerungen an den Kommunismus. Die Politik hat mich noch nie sonderlich tangiert: vielleicht deshalb, weil es meiner Familie nie an Geld gemangelt hat. Und die besten Geschäfte haben mein Vater und mein Onkel zu Zeiten des Kriegsrechtes gemacht, als es in den Läden so gut wie nichts zu kaufen gab. In gewisser Hinsicht kann ich behaupten, dass meine Familie durch Jaruzelski reich geworden ist. Nach London bin ich nur wegen der englischen Sprache gegangen. Und aus reiner Neugier. Ich war keine politisch verfolgte Dissidentin und Emigrantin. Und ökonomische Gründe spielten bei mir auch keine Rolle.«

»Warum haben wir uns an der Uni nicht kennen gelernt? Ich war damals ein überzeugter Antikommunist. Erst im Westberliner Exil merkte ich, und diese Erkenntnis ließ mein ganzes Weltbild zusammenstürzen wie ein Kartenhaus, dass ich eigentlich doch ein Kommunist war: Ich hätte im Westen das Lager wechseln müssen, um weiterhin meiner linken Anschauung treu bleiben zu können. Nur weder die DKP noch irgendeine Faschisten- oder Terroristenbande kamen bei mir in Betracht. Ich habe Freunde aus der *Solidarność*-Zeit – die sind im Westen Faschisten geworden. Unglaublich, nicht wahr? Aber den Grund für so vollständige Hautwechsel kann ich gut verstehen: Als Systemkritiker hast du nur eines im Kopf – die dunkle Seite des Mondes; du willst wissen, wie es dort drüben aussehen mag. Mit Hilfe der von der Verfassung akzeptierten Parteien und Gewerkschaften wirst du nicht allzu weit kommen, wirst quasi als Danton-Fan kläglich scheitern.«

Justyna hatte ihm zugehört und setzte ihre eigene Erzählung fort: »Ich dachte, dass ich nach einer so langen Emigration wie in London hier in meiner Heimat nicht mehr zurechtkommen würde. Ich habe mich geirrt. Erstens wurde ich von allen freundlich empfangen, zumindest in meiner Verwandtschaft und meinem Freundeskreis, weniger bei den Behörden, und zweitens war der Sozialismus, in dem wir aufgewachsen und zur Schule gegangen sind, längst nur noch Geschichte und Schnee von gestern. Meine – zugegeben – nicht allzu kühne Meinung, dass es sich nicht lohnt, für irgendeine Ideologie zu kämpfen, hat sich plötzlich bestätigt.«

»Früher hätte ich dich für so eine Aussage geohrfeigt, obwohl du eine Frau bist.«

»Wie gut, dass wir uns früher nicht gekannt haben.«

»Verzeih mir. Wir sind eigentlich nie diejenigen, die wir sein wollen oder gar müssen«, sagte Kuba, dann wechselte er das Thema: »Eine Frage quält mich dennoch nach wie vor: Was läuft denn zwischen Leszek und dir?«

»Ich kann mich nur wiederholen: Gar nichts. Wir sind gute Kumpels. Oder was willst du hören?«

Kubas Misstrauen in dieser Angelegenheit blieb nach der erneuten Erklärung der Hoteldirektorin unerschüttert.

»Was möchtest du noch von mir wissen? Sprich, solange ich gut aufgelegt bin.«

»Stimmt es, dass all deine Typen, die du geliebt hast, tragisch umgekommen sind?«

»Das ist nur ein böses Geschwätz, und es waren ja außerdem nur zwei Männer! Bei Raymond könnte dies zutreffen, wenn du darauf Wert legst: Ja, ich habe ihm sogar den Tod gewünscht, weil ich ihm lange Zeit nicht verzeihen konnte, dass er mir den Laufpass gegeben hat. Und Jarek, mein erster Mann, war schwer krank. Er ist an einer seltenen Leberkrankheit gestorben, die man zu spät diagnostiziert hatte. Aber Raymond, die Nummer zwei, hat mich von der Liebe geheilt. Verstehst du?«

Sie durchsuchten die Scheune, in der Leszek seinen Cognac-Rausch schnarchend ausschlief, und fanden zwei Isomatten und Schlafsäcke. Die Nacht war nicht kühl, und solange das Lagerfeuer brannte, würde es keine allzu großen Probleme mit den Mücken geben. Justyna cremte sich trotzdem ein, um von den Mücken nicht gestochen zu werden. Die Salbe roch so intensiv wie die Kerzen aus Bienenwachs; Justynas sonnengebräunte Haut war öligfeucht, als Kuba die Hoteldirektorin umarmte. »Zeig mir, wie sehr du mich lieben würdest, wenn ich deine Geliebte wäre«, sagte sie, kurz bevor sie einschlief; Justyna hatte so gut wie nichts getrunken, nur zwei Bier, falls Kuba richtig mitgezählt hatte, aber sie war todmüde, und er antwortete der Hoteldirektorin im Halbschlaf, niemand ist einsam, Justyna, du bist nicht einsam – gute Nacht, Marta, waren seine letzten Worte, die selbst für ihn keinen logischen Zusammenhang mehr ergaben. Er öffnete noch einmal die

Augen und starrte den Himmel an, an dem zwischen den Wolken der Mond auftauchte; und dann schoben sich die Wolken träge vor ihn. Für wenige Augenblicke verschwand der Mond, um bald danach wieder zurückzukehren.

Die Technoparty am Touristenbadestrand ging endlich zu Ende, auf der »Insel der Vögel« kehrte ebenfalls Stille ein – Ordnung und Zucht der Nacht, wie es Opa Kostek sagen würde. Justyna und Kuba schliefen auf den Isomatten nur in ihrer Unterwäsche, eng umschlungen und zugedeckt mit den beiden Schlafsäcken, die Kuba durch Reißverschlüsse miteinander verbunden hatte.

Er träumte von dem *schwarzen Bus*.

Das erste Gespräch im weißen Niemandsland

Als Kuba aufwachte, wusste er für einen langen Moment nicht, wo er sich befand. Er erinnerte sich als erstes daran, dass er im Traum mit dem schwarzen Bus nach Wilimy gefahren war, weil er dort seine Eltern treffen sollte, was auch geklappt hatte: Sie fragten ihn, warum er von ihnen abgehauen sei, wozu dieser Groll in seinem Herzen gegen Vater und Mutter, und ob er nicht bei ihnen in Wilimy und Najdymowo für immer bleiben wolle – müsse er denn wirklich in dieses gottlose Land, in seine Wahlheimat, zurückkehren? Nur im Jenseits sei der Tod völlig machtlos, im Jenseits lebe jeder ewig, selbst ein Siebentodsündenverbrecher dürfe sich im Jenseits aller Ewigkeit erfreuen, auch wenn er der Verdammnis nicht entrinnen könne. Dann wurde Kuba mit einem Mal klar, dass er in Leszeks »Latifundium« übernachtet hatte und dass er allein auf der Isomatte lag und Justyna weggefahren war: Justynas Schlafplatz neben ihm war leer. Und da es immer noch dunkel und von der Morgenröte noch keine Spur zu sehen war, schaute er auf seine Armbanduhr und stellte konsterniert fest, dass er nur zwei Stunden geschlafen hatte. Halb drei, halb drei, wiederholte er resigniert vor sich hin, und wir haben uns nicht einmal geliebt! Justyna ist abgehauen, die Nacht hat ihre Arbeit noch nicht erledigt, es ist stockfinster. Kuba fühlte sich in Leszeks »Latifundium« ohne Justyna, hier draußen in der Nacht, vollkommen fehl am Platz. Er war wütend auf sich, dass er Tante Ala und Wojtek allein nach Hause hatte gehen lassen.

Er zog sich schleunigst an und wählte den kürzesten Weg zu Tante Alas Hof. Er marschierte über Wiesen und Felder, und als er zu dem Viadukt und der Straße kam, die von Wilimy nach Czerwonka entlang der Eisenbahnlinie führte, erblickte er die grellen Fernlichter eines Autos, das direkt auf ihn zusteuerte. Wer mag das sein? Justyna? Warum sollte sie mich suchen? Sie ist doch bestimmt in ihr Hotel zurückgefahren, aus welchem Grund auch immer. Das Fahrzeug näherte sich Kuba mit großer Geschwindigkeit und hielt vor ihm in einer Entfernung von etwa zehn Metern. Mehrere Personen saßen im Auto, und der Fahrer ließ den Motor laufen und das Fernlicht eingeschaltet. Freund oder Feind? Kuba hatte keine Angst, obwohl ihm sein Bauch – sein Bruder Kopernik – sagte, dass ihm Gefahr drohte. Zwei Männer stiegen aus dem Fahrzeug und gingen wortlos auf Kuba zu. Er kannte sie nicht. Der Fahrer hielt einen länglichen Gegenstand in der rechten Hand, wohl einen Schlagstock oder gar eine Eisenstange. Gegen zwei Typen hatte Kuba keine Chance: Sie würden ihn problemlos zusammenschlagen. Er entschied sich für die einfachste Lösung: wegrennen, weg aus dem Seetal – und er rannte die Straße hoch in Richtung Droszewo und Czerwonka, zu den nächstliegenden Ortschaften, doch seine Verfolger waren schneller und erwischten ihn nach wenigen Minuten. Sie versetzten ihm von hinten einen kräftigen Armstoß, sodass er umfiel, sich auf dem Asphalt wehtat und Schürfwunden zuzog. Mühevoll richtete er sich wieder auf; er hatte keine Kraft mehr, um ein neues Rennen zu beginnen. Sie verteilten ein paar Faustschläge, die Kuba an der Nase und an den Schläfen trafen. Ihre Gesichter, leicht geschwärzt mit Ruß, ihre Augen, ihre Stimmen, ihre Kleidung und ihre Sprache – nichts an ihnen kam Kuba bekannt vor.

»Lass die Finger von der Hoteldirektorin, wenn dir dein Leben lieb ist«, drohten sie ihm. »Haste kapiert?«

Er fiel unter der Wucht eines Schlags, der ihm von hinten versetzt wurde, erneut zu Boden. Vor seinen Augen breitete sich plötzlich eine weiße Wand aus. »Marta! Marta!«, hörte Kuba noch sich selbst brüllen, bevor sein Gehör ganz aussetzte. Der Schlag auf den Kopf war so wuchtig gewesen, dass er das Gefühl hatte, sein Schädel sei in zwei Hälften gespalten worden. Dann durchbrach er die weiße Wand und verlor das Bewusstsein.

Kuba wusste nicht, wie lange er in diesem Zustand der Bewusstlosigkeit auf der Straße gelegen hatte, doch als er wieder zu sich kam, dämmerte es bereits, und ihm war kalt. Die weiße Wand breitete sich vor ihm noch einmal aus, und er musste sie noch einmal durchbrechen, um auf die andere Seite zu gelangen. Er fasste sich mit der rechten Hand an den Kopf und betastete ihn an allen möglichen Stellen, aber er entdeckte nur eine Beule, die ihn schmerzte. An seinen Fingerkuppen klebte kein Blut. Erst als er sich aufzurichten versuchte, merkte er, dass er nicht allein war. Er stützte sich auf die Ellenbogen und sah, dass er von einer Frau beobachtet wurde. Sie hockte vor ihm auf den Fersen, mitten auf der Straße, war in einen Wintermantel gekleidet und hielt ein Baby auf ihrem Schoß. Die Frau sah aus wie Marta.

»Marta?«, fragte er erschrocken. »Bist du es?«

»Du brauchtest Hilfe. Du hast nach mir gerufen! Und ich habe deine Hilferufe gehört und bin zu dir geeilt.«

Kuba konnte nicht fassen, was mit ihm geschah, schloss kurz die Augen und sagte: »Marta! Du kannst es nicht sein! Du bist ertrunken! Du lebst nicht mehr!«

Doch er hörte sie wieder laut und deutlich sprechen: »Wenn ich nicht gekommen wäre, hätten sie dich umgebracht.«

»Nein, du bist nicht die Marta, die ich gekannt habe. Du wohnst in Droszewo oder Czerwonka. Und du hast um diese frühe Zeit hier auf der Straße nichts verloren! Geh nach Hause! Leg dich mit deinem Baby wieder hin und schlaf!«

Er erhob sich und sah der Frau direkt ins Gesicht und dann in ihre Augen. Es gab keinen Zweifel: Die fremde Frau war seine Marta. Sie ließ den Kopf hängen, streichelte dem in eine Decke gewickelten Baby über die Wangen und sagte leise: »Schau hin! Das ist dein Bruder Kopernik! Ich kümmere mich um ihn!«

Kuba streckte seine Arme nach dem Kind aus, doch er zog sie wieder zurück und sagte: »Das Baby ist tot …« Er machte ein paar Schritte im Krebsgang und wiederholte: »Das Baby ist tot, Marta …«

Kuba drehte sich abrupt um und lief, so schnell er konnte, von der Straße auf die Wiesen, in Richtung des nördlichen Dadajseeufers, und als er über einen Stein stolperte und der Länge nach hinfiel, hörte er das Bellen eines Hundes und das Gebrüll eines Mannes: »Kuba! Kuba! Wachen Sie auf! Um Gottes willen – wachen Sie auf!« Die weiße Wand, wo war die weiße Wand? Hatte er sie endlich durchstoßen?

*

Kuba drehte sich auf den Rücken und blickte in den Himmel, der voller Sternbilder war. Die Regenwolken hatten sich verzogen, und man konnte die Konturen der Milchstraße mit dem Finger in der Luft nachzeichnen, die Sicht auf den Sternenhimmel war so gut wie im Winter. Auf den Wiesen zirpten die Grillen, von weitem ließ sich das Geschnatter und Gegacker der Wildgänse vernehmen, die im Schilf mit ihren Flügeln schlugen.

»Herr Kuba! Ich bin's! Ździsiek!«

Ein Hund leckte Kuba das Gesicht. Ździsiek hielt den Hund an der Leine und klopfte ihm auf den Kopf. »Wiktor, du braves Tier, wie gut, dass ich daran gedacht hab, dich mitzunehmen! Wir bringen jetzt Herrn Kuba zu Ala. Sie wird ihm schwarzen Tee kochen und mit unserem Schnaps die Wunden reinigen!«

Kuba lag auf der Straße und hörte den Motor eines Autos laufen. Tiefe Dunkelheit war um ihn herum. Sein Kopf brannte wie Feuer: Solche Kopfschmerzen hatte er noch nie gehabt. Den Wodka kannte er nicht, der diese Qualen hätte verursachen können.

»Marta, hast du Marta gesehen?«, fragte er, als ihm Wojteks Freund beim Aufstehen half.

11

Einige Stunden danach fand er sich nach dem Aufwachen halbnackt in seinem Bett bei Tante Ala. Es musste schon sehr spät sein, denn Ala saß bei ihm im Zimmer mit einem Topf voller Kartoffeln, den sie zwischen ihre Beine geklemmt hatte. Sie schälte die Kartoffeln – ausgerechnet mit dem Messer seines Vaters – und sagte: »Ich habe mir heute frei genommen.

Ich dachte schon, ich würde einen Arzt holen müssen! Wojtek hat mich aber davon abgehalten – wegen der Polizei. Er meinte, der blöde Arzt würde später alles ausplappern.«

»Warum schälst du die Kartoffeln mit meinem Messer?«, unterbrach Kuba seine Tante. Was ihm nachts zugestoßen war, konnte er noch nicht logisch erklären, aber er wusste zumindest eines: dass er von zwei Männern zusammengeschlagen worden war. Ala schien seine Frage nicht verstanden zu haben, »... ein Messer ist ein Messer ...«, und sie fragte: »Kannst du dich an irgendetwas erinnern? Ździsiek hat dich auf der Straße nach Droszewo buchstäblich aufgesammelt. Er hätte dich mit Leszeks BMW beinahe überfahren. Ździsiek wurde gestern Nacht von unserem lieben Pfarrer, der bis drei Uhr morgens betete, lange aufgehalten, was äußerst selten eintritt. Und Ździsiek, der arme Wicht, musste warten, bis Kazimierz mit dem Beten fertig war, denn er schafft es nicht, sich alleine zu waschen und ins Bett zu kriechen, aber warum rede ich mir hier den Mund fusselig? Du hörst mir sowieso nicht zu! Du bist, nachdem dich Ździsiek in dein Zimmer geschleppt und wie einen Sack Kohle in die Koje geworfen hat, sofort eingenickt. Durch den Schlaf hast du ungereimtes Zeug geblubbert und mehrmals Martas Namen gerufen!«

Kuba stieß einen Seufzer aus, da er der Tante etwas Vernünftiges antworten musste. Er sagte, aber ohne Überzeugung: »Wir sollten die Polizei in Biskupiec benachrichtigen.« Tante Ala sprach sich vehement dagegen aus. »Die Bullen werden dir mehr schaden als helfen. Das sind doch alles junge Spunde, die nach kurzer Ausbildung schwarze Uniformen anziehen und umsonst einen südkoreanischen Geländewagen durch die Gegend kutschieren dürfen«, meinte sie. Dann fiel ihrem Neffen ein, dass die beiden nächtlichen Häscher eine klare Drohung ausgesprochen hatten: er solle Justyna nicht mehr behelligen. Wer hatte sie angeheuert und auf ihn angesetzt? Der Bürgermeister von Biskupiec etwa?

Zum Glück hatte Kuba gestern seinen Reisepass wie auch das Portemonnaie mit den Kreditkarten nicht in die Hintertasche seiner Levi's eingesteckt, als er sich für den festlichen Abend in Leszeks »Latifundium« fertiggemacht hatte. Das Bargeld, das er mitgenommen hatte, war auch nicht üppig gewesen: knapp fünfhundert *złoty*. Er bat Tante Ala, seine Hosentaschen zu überprüfen, aber sie fand keine zerknüllten Geldscheine, sondern nur ein paar Münzen: »Misch dich in die Angelegenheiten der Hoteldirektorin lieber nicht ein. Wer weiß, wem sie irgendwelche Schutzgelder zahlen muss oder gar schuldet. Sie wollte gegen Mittag, also bald, bei dir vorbeischauen«, erklärte Ala, nachdem sie sich zuvor Kubas Bericht zum Verlauf des Überfalls aufmerksam angehört hatte.

Kubas Termin beim Bürgermeister war erst um siebzehn Uhr – bis dahin musste er einigermaßen fit werden, um das Gespräch mit Janusz Król nicht zu verpatzen. Nach Biskupiec zu fahren, hielt Kuba sowieso für sinnvoll, da er sich im städtischen Krankenhaus durchchecken lassen wollte – im Krankenhaus seiner Mutter. Eine Gehirnerschütterung war schließlich nicht ausgeschlossen.

Wojtek war nicht da. Er arbeitete in der Fischerei – sein Chef Marek hatte ihn zu sich beordert. Es gab in der Fischerei endlich wieder etwas zu tun, und somit wurde auch die Arbeit auf der Baustelle der Bürgermeistertochter unterbrochen – zum x-ten Mal, wie ihm seine Tante berichtete. Ala ließ ihren Neffen allein, sie musste die Kartoffeln aufsetzen, die Schweineschnitzel klopfen, panieren und braten, Kuba sollte indes noch ein bisschen schlafen.

Hoffnung auf andere Tage mit der Hoteldirektorin

Er schlief bis kurz vor dem Mittagessen, und dieser Schlaf tat ihm sehr gut. Nasse Küsse weckten ihn nach einer knappen Stunde. Er öffnete die Augen und sah Justyna neben sich liegen, in seinem Bett: Ein merkwürdiger Anblick, als hätte es den nächtlichen Überfall gar nicht gegeben und als würden sie beide immer noch bei Leszek übernachten.

»Man kann dich nicht alleine lassen!«, sagte Justyna freudig. »Sofort treibt mein kleiner Junge wieder irgendwelchen Unfug.«

»Wo warst du gestern Nacht? Seltsam, dass ich nicht gemerkt habe, wie du weggefahren bist!«

»Du hast geschnarcht, und nicht einmal ein Kanonenschuss hätte dich geweckt. Ich hab dich mehrmals mit meinen Ellenbogen angestoßen. Und die Mücken haben mich dermaßen genervt, dass ich es bei diesem Teich nicht mehr aushalten konnte. Ich wurde an jeder denkbaren Stelle gestochen.«

Tatsächlich. Erst jetzt fielen Kuba Justynas Mückenstiche auf: an den Armen, den Beinen und selbst im Gesicht. Er sagte: »Ich bin resistent gegen diese kleinen Biester, in meinen Adern fließt wohl kein süßes Blut!«

»Dafür prügelst du dich lieber mit irgendwelchen dahergelaufenen Dieben und Verbrechern. Deine Tante hat mich heute persönlich um einen freien Tag gebeten – wenn ich sie nicht ausgequetscht hätte, was der Grund für ihre Bitte war, hätte sie mir kein Sterbenswörtchen von dem Überfall verlauten lassen. So sind sie, unsere Leute aus Wilimy.«

Kubas Kopfschmerzen ließen allmählich nach. Er hatte zwar ein paar Schürfwunden und blaue Flecken, die brannten, aber seine Nase war nicht gebrochen, und das blaue Auge sah letztendlich nicht schlimm aus, meinte Justyna. Die Beule am Hinterkopf jedoch brauchte noch viele Tage, um zu verschwinden, diagnostizierte sie. Kuba hatte in seiner Kindheit an vielen Schlägereien teilgenommen, und die Beulen, die er sich bei diesen Kämpfen gelegentlich zugezogen hatte, waren immer von alleine geheilt. Manchmal, wenn es zu Schlägereien auf dem Hof seiner Großeltern gekommen war, hatte ihm Oma Renia ein Küchenmesser mit der Blattseite auf die Stirn gedrückt, um eine Beule zu verhindern, und jedes Mal, wenn sie das tat, hatte er Angst, das kalte Messer würde ihr ausrutschen und ihn schneiden.

Für die Drohung, die sich Kuba von seinen Häschern anhören musste, hatte Justyna genauso wenig eine Erklärung parat wie Kuba. »Äußerst eigenartig«, sagte sie, »ich bin fassungslos, und es tut mir leid, was da passiert ist – ich wüsste nicht, wer aus meinem Bekannten- und Geschäftskreis so wahnsinnig sein könnte, dich zu bedrohen.«

»Verschweigst du mir nicht etwas, was ich unbedingt erfahren sollte?«

»Du scherzt wohl! Es liegt mir fern, dich in Gefahr zu bringen.«

»Dir ja, aber irgendjemand muss ein ernst zu nehmendes Interesse daran haben, dass ich einen großen Bogen um dich mache. Ich würde auf einen eifersüchtigen Liebhaber tippen, und da sehe ich nur einen Kandidaten als Auftraggeber für diesen Überfall: Janusz Król.«

»Völlig ausgeschlossen.«

Sie küsste ihn, und er legte seine Arme um sie. Justyna kratzte sich andauernd an den geröteten Stellen. »Ich muss bald wieder los«, flüsterte sie ihm ins Ohr. »Zurück in mein Büro ... Ich habe zwei Reisegruppen aus Deutschland zu betreuen und eine dämliche Rede vor Politikern aus Olsztyn zu halten ...«

»Ich lasse dich nicht gehen. Du bist meine Krankenschwester!« Kuba zog Justynas Rock bis zu ihrem Bauch hoch, und sie streifte ihr Höschen ab und setzte sich rittlings und mit leicht gespreizten Beinen auf Kubas Hüften. Sein Schwanz wurde sofort hart, er musste nicht seine oder Justynas Hand bemühen. Und dann, als sie sein Glied aufnahm und er die Augen schloss und sie ihren Hintern zu bewegen begann, zog er sie ganz eng an sich, sodass sich ihre Nasen berührten. »Verlass mich nicht!«, sagte er, da er sich plötzlich daran erinnerte, dass er gestern Nacht Marta gesehen und sogar mit ihr gesprochen hatte. »Was murmelst du da?«, fragte Justyna. »Wir müssen mit diesem Unsinn hier sofort aufhören! Deine Tante kann jederzeit hereinkommen und uns erwischen.« Sie sprach wie ein Teenager, aber Kuba achtete nicht auf ihre Warnung, und Justyna machte auch weiter, bewegte sich immer schneller, während Kuba versuchte, den Ort wiederzufinden, an dem er Marta und seinem toten Bruder begegnet war. Wo war das weiße Niemandsland? In welchem schrecklichen Universum? In welchem Raum existierte die Bewusstlosigkeit – das Nichts? Wo war die weiße Wand, die es durchzubrechen galt? Welche Morgen und Nächte hausten an diesem Ort? Kazimierz hatte sein Versprechen gehalten, und nun wusste Kuba, dass der Pfarrer kein Lügner war, kein Scharlatan, der sich perverse, quälende Ammenmärchen ausdachte.

Sie erreichten gemeinsam den Höhepunkt, und danach lagen sie völlig reglos da, atmeten leise und blickten einander an. Zwei Vermisste, die von zu Hause geflohen waren, die sich endlich von den Strapazen ihrer Flucht erholen konnten, die zu keinen Kompromissen mehr bereit waren. Sie genossen diese Ruhepause und wollten sich voneinander nicht mehr trennen. Schluss, aus, vorbei. Und Kuba kam die Überlegung in den Sinn, dass er vielleicht eben gerade diesen Ort der letzten Nacht, an dem Marta und sein toter Bruder lebten, zusammen mit Justyna wiedergefunden hatte, obwohl die Hoteldirektorin davon nichts ahnen konnte. Die Vorstellung, dass es so war und dass sie sich gemeinsam auf die Suche nach dem weißen Niemandsland in irgendein grauenhaftes Universum begeben konnten, erregte Kuba und machte ihm Hoffnung – Hoffnung auf andere Tage mit der Hoteldirektorin.

Sie zogen sich schweigend an: Teenager, die Mitte vierzig waren.

»Meine Verabredung mit deinem Bürgermeister, die mir Wojtek vermittelt hat, ist mir völlig schleierhaft. Was will dein charmanter Verehrer von mir?«

»Janusz wird dich schon nicht beißen. Und wer anderen übel nachredet, hat selber Dreck am Stecken«, sagte Justyna, bevor sie ging.

Adam K. –
ein deutscher Tourist

Beim Mittagessen rückte Tante Ala mit einer Frage heraus, die Kuba schon lange erwartet hatte: »Willst du deinem Vater in Najdymowo einen Besuch abstatten? Ein paar Groschen könnte er gut gebrauchen.«

»Wann hast du ihn das letzte Mal gesehen?«

»Kurz nach seiner Entlassung aus dem Gefängnis ist er zu mir gekommen und hat mich um Vergebung gebeten. Ich habe ihm sogar Geld geliehen. Nun, das ist schon lange her, es muss im Sommer 1992 gewesen sein, aber ich mag mich irren. Das Geld schuldet er mir bis heute. Und das letzte Mal habe ich ihn wenige Tage vor deiner Ankunft in Najdymowo gesprochen – nach vielen Jahren allerdings. Dass du nach Wilimy kommen würdest, habe ich ihm nicht verraten …«

»Warum soll ich denn überhaupt zu ihm …«

»… er ist dein Vater«, unterbrach ihn Tante Ala.

»Also gut, morgen werde ich ihn anrufen.«

»Er hat kein Telefon.«

»Ich weiß, wo das Haus meiner deutschen Großeltern in Najdymowo steht.«

Sie räumte nach dem Mittagessen auf, spülte das Geschirr und ging dann zu ihren Kühen, die gemolken werden mussten, denn am frühen Morgen hatte sie bei ihrem Neffen Wache gehalten und war selbst irgendwann im Sessel eingeschlafen.

Kuba setzte sich im Obst- und Gemüsegarten unter den Kirschbaum – mit einem Kaffee und mit alten Ausgaben der *Gazeta Olsztyńska*, die sich Wojtek gelegentlich kaufte.

Die lokalen Artikel waren langweilig, überall in der Welt wurden Menschen erstochen, vergewaltigt, zusammengeschlagen oder ausgeraubt wie er selbst gestern Nacht, und seine Geschichte, stünde sie in der Zeitung in der Rubrik mit lokalen Nachrichten, wäre genauso blass und beliebig. Er hieße dann Adam K., und ein Redakteur hätte geschrieben: »Wie die Polizei mitteilte, wurde Adam K., ein deutscher Tourist, von Unbekannten überfallen und ausgeraubt.« Kein einziger Leser würde vermuten, dass Adam K. ein ertrunkenes Mädchen liebte. Dass er in einem virtuellen Schlachthaus arbeitete. Dass sein Vater ein Mörder war und im Gefängnis von Barczewo dem ehemaligen Gauleiter Ostpreußens auf den Kopf gespuckt hatte, um nicht kastriert zu werden. So gut wie niemand würde wissen, wie die Eltern von Adam K. hießen und warum er gezeugt worden war.

Das Gespräch mit der Mutter

Kuba legte die Zeitung beiseite und dachte sich: Mutter, es wäre gut, wenn du mir bei meiner Entscheidung behilflich sein könntest. Soll ich deinen Mann besuchen? Was hältst du davon? Oder soll ich ihn töten?

Hörte er hinter seinem Rücken Schritte, leise Schritte im Gras? Nein. Er stellte sich bloß vor, wie sich seine Mutter unter den Kirschbaum ihm gegenüber setzen würde. In Wirklichkeit war es ganz einfach, sich dies vorzustellen.

»Guten Tag, Mama«, sagte er. »Du lebst… Das wundert mich nicht!«

Lucyna war sechsundzwanzig, als sie gestorben war. Aber nun saß sie am Holztisch unter dem Kirschbaum, und ihre Augen schauten Kuba quicklebendig an. Sie war jung, stolz und hübsch. Sie trug das Kleid, das Kuba von Alas vergilbten Hochzeitsfotos kannte, die seine Kindheit begleitet hatten.

Seine Mutter sagte: »Mein Kind! Du warst sieben, als ich dich verloren habe. Was soll ich dir raten? Du bist in einem Alter, das ich leider nicht erreichen durfte. Du bist ein großer Junge geworden. Ich wollte dich zu einem Menschen erziehen, der vor der Welt keine Angst haben würde, und in gewisser Hinsicht ist mir dies gelungen. Aber meine Enkel vermisse ich noch mehr als dich. Und du weißt hoffentlich, dass ich Jasmin und Sebastian sehr liebe. So wie ich auch deine Marta liebe. Schade, dass ich sie nie kennen lernen durfte!«

»Warum hast du dich umbringen lassen?«, fragte Kuba. »Warum bist du aus Warmia und Masuren nicht geflohen, so wie ich?«

»Adelbert ist kein schlechter Mann. Er hat mich angehimmelt. Ich konnte bloß seine Liebe nicht erwidern. Ich war sehr einsam. Der Dadajsee hat Adelbert vergiftet – mit der Eifersucht.«

»Und du bist deinem Ehemann wirklich immer treu gewesen?«

»Ich bin deine Mutter. Solche Fragen muss ich dir verbieten. Du bist für mich sieben Jahre alt – mein Kind!«

»Und wo wohnst du? In deiner Bumerangbucht? Oder in Wilimy? Oder in W., bei deinen Enkeln?«

»Es ist nicht wichtig, wo man wohnt. Jeder Ort ist gut und böse zugleich.«

»Was soll ich tun?«

»Geh zu deinem Vater. Er wird zwar behaupten, dass er sich an nichts mehr erinnern kann, doch lass dich davon nicht verunsichern. Er hat sich um Vergangenes nie gekümmert.«

»Ich bin glücklich, dass wir uns endlich wiedersehen. Du bist eine schöne Frau. Ich kann verstehen, dass die Männer verrückt nach dir waren.«

»Ja, ich bin schön, aber ich wurde mit Blindheit bestraft. Meine Schwester hat wenigstens ein Auge.«

»Du kannst mich nicht sehen?«

»Doch. Ich sehe dich und diesen Kirschbaum und unser Haus und den Wald und den Dadajsee – ich sehe die Welt, wie ihr sie seht: du und meine Schwester und all die anderen, die noch nicht tot sind.«

»Was oder wen kannst du dann nicht sehen?«

»Mich selbst, Kuba, mich selbst. Wenn ich in den Spiegel blicke und mir die Haare kämmen will, sehe ich mich nicht. Ich bin für mich selbst unsichtbar.«

»Aber warum bist du so hart bestraft worden?«

»Weil ich schön bin und weil ich viel zu oft nur an mich gedacht habe«, antwortete Lucyna und fragte: »Darf ich jetzt in meinen Wald, in dem ich wohne, zurückgehen?«

»Ja, Mama, ich habe keine Fragen mehr. Auf Wiedersehen!«

Sie verschwand. Kuba freute sich und war erleichtert darüber, dass er den Mut hatte aufbringen können, mit Lucyna zu reden. Die meisten, die solche Aussprachen mit ihren Verstorbenen und Nächsten nicht kannten oder sich davor fürchteten, hielten ihn sicher für verrückt. Aber nach dem gestrigen Albtraum, falls es überhaupt einer gewesen war, nach der Begegnung mit Marta und Kopernik, schien Kuba alles möglich und erlaubt zu sein. Macieks Betrug würde er bald aufdecken, das war kein Problem. Aber Marta durfte kommen und gehen, wie sie wollte: Kuba konnte sie nicht mehr aufhalten, und er würde nicht aufhören, Marta zu lieben und an sie zu denken, obwohl sie vom Dadajsee entführt worden war, für immer.

Auf Wiedersehen, Mama. Du bist für dich selbst unsichtbar, weil du wirklich tot bist. Wärest du bloß ertrunken, wie meine Marta!, sagte er sich.

Kuba war in das Gespräch mit Lucyna so vertieft gewesen, dass er um sich herum nichts mehr wahrgenommen hatte. Als er Tante Alas Rufe hörte, merkte er, dass er nicht allein war. Ala, die vom Melken zurückgekehrt war, stand am Gartenzaun und beobachtete offenbar seit einer Weile Kuba – sie rief ihm zu: »Zweibauchnabel! Redest du mit dir selbst? Für solche Plaudereien mit dem Herrn bist du noch viel zu jung! Es reicht, dass Wojtek sich zum Narren macht, wenn er in seinem Kühlhaus übernachtet, um mit dem Herrn zu quatschen!«

»Du hast ja so Recht, Ala, so Recht!«, rief er zurück.

Tante Ala machte sich wieder an ihre Arbeit. Sie schob einen Schubkarren, der mit zwei riesigen Zehn-Liter-Milchkannen beladen war. Kuba sprang auf und lief zu Ala, um ihr zu helfen.

»Also, mit wem hast du dich so angeregt unterhalten?«,

fragte seine Tante, als sie in der Scheune die Milchkannen abstellten und begannen, die Milch durch ein Gazetuch zu filtern, in dem sich rasch kleine Fliegen und Sandkörner sammelten.

»Mit deiner Schwester. Ist das verboten?«

»Nein. Manchmal ertappe ich mich auch dabei, dass ich mit ihr rede …«

Pani, Doktor im Minirock, das deutsche Herdbuch und ein Mann mit großem Herzen

Kuba nahm eine Dusche und schlüpfte in frische Kleidung für den Besuch im Krankenhaus. Gegen drei kam auch Wojtek von der Fischerei und sagte, dass er am späten Abend mit seinen Kollegen wieder in den See stechen würde, um die Stell- und Treibnetze einzuholen – bis dahin hätte er aber Zeit, der Bürgermeister hätte nur wegen zahlreicher Termine gebeten, pünktlich zu sein, und da Kubas Wagen immer noch auf dem Hotelparkplatz stand, musste sich Wojtek mit dem Essen beeilen. Er stopfte sich innerhalb weniger Minuten große Stücke Fleisch in den Mund, kippte in Rekordzeit ein Bier hinunter, rülpste und wischte sich über den Mund: »So, ich bin bereit!«, sagte er freudig.

»Pass auf dich auf, Kuba«, verabschiedete ihn Tante Ala, und dann fuhren ihre beiden Männer mit dem Motorboot zum kleinen Hafen von *Justyna Star*. Über den See sei der Weg zum Hotel viel kürzer, sagte Wojtek. Es stimmte dies nicht, aber Kuba hatte keine Lust, mit Alas Freund einen belanglosen Streit anzufangen.

Der Dadajsee war friedlich, am Himmel gab es keinerlei Anzeichen für einen nahenden Sturm.

Mirek, der tätowierte Zwanzigjährige, erteilte ihnen die Erlaubnis zum Anlegen: Er nahm sein Amt des Bootsverleihers und Lagerverwalters sehr ernst. Und ein Mann von zwerghaftem Wuchs, der den Parkplatz bewachte, forderte Kuba auf, ihm den Fahrzeugschein zu zeigen, was Kuba nur widerwillig tat. »Ich bin ein Freund der Direktorin.« – »Ja, ja, das kann jeder behaupten«, sagte der Zwerg.

»Ich lasse ungern mein Boot in diesem teuflischen Hafen zurück«, beklagte sich Wojtek. »Ich bin Fischer und kein Tourist.«

»Red keinen Stuss, Wojtek – es war dein Vorschlag. Wir hätten auch zu Fuß gehen können.«

»Heute Nacht, nach der Arbeit, werde ich mein Boot holen. Du verstehst nicht, dass es für mich heilig ist.«

»O doch!«, ärgerte sich Kuba. Er kannte diese Art von Holzbooten sehr gut. Er selbst, wie auch sein Opa Kostek, hatte auch einmal so eines besessen. Der Boden war mit Pech beschichtet. Die hohen Wände schützten vor stürmischen Wellen, und der Rumpf war so stabil wie bei keinem anderen Boot dieser Bauart. Der kräftige Bug, verstärkt mit Eichenbrettern, eignete sich im Winter zum Eisbrechen. Der einzige Haken war nur, dass man für diese Schaluppe einen starken Außenborder brauchte – oder einen Bullen, der im Rudern nicht zu schlagen war. Wojtek hatte einen gebrauchten Mercedes-Benz-Motor eingebaut.

*

In der Notaufnahme des Krankenhauses von Biskupiec wurde es Kuba unbehaglich. Es war eigentlich kein richtiges Krankenhaus, sondern vielmehr eine Zwischenstation für Patienten, die schwer krank waren – sie mussten in der Regel in

Olsztyn weiter behandelt werden. Der Flur der Notaufnahme war überfüllt mit Männern und Frauen, die sich aus eigener Tasche einen Arzt nicht leisten konnten. Einige Patienten waren zum Verbandswechsel da, und ein alter Mann schlenderte mit einer bandagierten Hand über den Flur auf und ab: Von seiner verletzten und bandagierten Hand tropfte schwarzes Blut auf den frisch gewischten, glänzenden Fußboden.

»Ich glaube, meine Gehirnerschütterung ist eine bloße Einbildung. Ich hab genug gesehen. Lass uns von hier abhauen!«

»Sei kein Spielverderber. Ich kümmere mich um dich«, sagte Wojtek.

In Nullkommanichts besorgte er Kuba einen Termin bei einer Ärztin, die Mitte Fünfzig war und Kuba wie einen Jüngling behandelte: »Zieh dich aus, leg dich hin, steh auf, stell dich mal dahin, und jetzt machen wir ein Röntgenbild von deinem Schädel, mein Junge, trinkst du ab und zu einen über den Durst?, prügelst du dich dann mit deinen Kumpels und Dämonen?, und der Typ da, ist das dein Onkel?« Wojtek hörte sich alle Kommandos und Fragen der Ärztin seelenruhig an und gab keinen Ton von sich. Kuba wiederum schien es, als würde es der Dame vor allem darum gehen, einen halbnackten Männerkörper zu betrachten. Die Ärztin trug einen Minirock, ihre übertrieben aufgetragene Schminke wirkte vulgär und billig, und der aufgeknöpfte Kittel unterstrich ihre bösen Absichten. Die Dame ließ sich mit den Untersuchungen Zeit. Sie unterzog Kuba einer Befragung, die ihm vorkam, als hätte er eine kriminelle Tat begangen: »Warum hast du schon wieder getrunken? Wie viele Schlägereien pro Monat? Wovon ernährst du dich?« Kubas Antworten interessierten sie nicht: Fragen zu stellen, war ihr eigentlicher Beruf. Erst als Kuba sagte, dass er für die Untersuchung bar bezahlen wolle und nicht von hier sei, wurde die Ärztin freundlicher; ach so, seufzte sie. Auf dem Röntgenbild könne sie nichts Beunruhigendes entdecken, lautete ihr abschließender Befund.

»Sie sind kerngesund«, sagte sie. »Sie sollten unbedingt mal wieder vorbeischauen! Im Groß-Ramsauer Wald wimmelt es von Zecken!«

Kuba bezahlte die Rechnung und sagte: »Und Sie sind eine attraktive Frau, nun, ich kann Ihnen nichts versprechen … Ich bin mit meiner Familie im Hotel *Justyna Star* einquartiert, verstehen Sie, es ist unser Jahresurlaub …«

Er küsste ihre Hand und verließ mit Wojtek das Sprechzimmer. Der alte Mann mit der bandagierten und blutenden Hand ging immer noch im Flur auf und ab. Wojteks Miene verriet Kuba nichts Gutes.

»Warum lachst du nicht?«

»Ich hab mir solche Mühe gegeben! Die arme *Pani* Doktor! Du hast sie verunsichert!«

»Bitte? Die Alte hatte nicht alle Tassen im Schrank. Und ich weiß nach wie vor nicht, ob ich eine Gehirnerschütterung habe, oder nicht.«

*

Bis zu ihrem Termin hatten sie noch eine Viertelstunde Zeit. Sie ließen den Wagen am Marktplatz stehen, wo sich auch das Parteigebäude befand, in dem Janusz Król residierte, wenn er im Rathaus seinen Geschäften als Bürgermeister nicht nachgehen musste. Sie setzten sich auf eine Bank und redeten miteinander.

»Hör mal, Wojtek, was fällt dir eigentlich zu dem Namen Maciek ein? Kennst du ihn?«

»Ich hab mich bis jetzt aus dieser Geschichte rausgehalten – klugerweise.«

»Was heißt das?«

»Maciek hat vor ein paar Jahren eine Bank überfallen, und zwar im Süden, irgendwo bei Rzeszów. Er konnte nicht gefasst und mit einer Gefängnisstrafe bestraft werden, weil er von einem Baum erschlagen wurde. Verstehst du?«

»So langsam wird mir alles viel klarer.«

»Ich wollt's dir nicht sagen. Aber dein Freund lebt. Und Kazimierz ist neben mir und Ździsiek der Einzige, der weiß, was eigentlich passiert ist.«

»Und sein Begräbnis? Und die Leiche? Woher hattet ihr die Leiche?«

»Macieks Leiche?«, fragte Wojtek zurück und brach in Gelächter aus. »Einen Toten zu besorgen, ist in unserer Gegend kein Problem …«

»Und Kazimierz hat bei diesem ganzen Zirkus mitgespielt?«

»Was denkst du denn?! Er kann doch seine eigenen Leute nicht im Stich lassen, nur weil ihn ein schlechtes Gewissen plagt. Er hat sogar die Leiche bezahlt. Und ich habe sie in seinem Auftrag gekauft – für einen Batzen echter Dollar.«

»Du besorgst dem Pfarrer Kazimierz Schwarze Madonnen und frische Leichname?«

»Ja, genau. Der Tote kam bloß nicht aus Lwów! Ich habe ihn auf dem Schwarzmarkt in Bartoszyce, wo die Russkies verkehren, bestellt. Er war ganz schön teuer gewesen. Ich musste das Gesicht des Verstorbenen – Gott möge mich von jeglicher Schuld erlösen – mit einem Schnitzelhammer bearbeiten.«

»Verdammte Scheiße, ich müsste euch alle anzeigen.«

Nein, töten! Töten!, hörte Kuba das Messer von Adelbert in seinem Bauch sprechen.

Wojtek meinte: »Hm! Du bist kein Held, Kuba Dernicki – so wie ich auch keiner bin.«

»Warum hat mich Kazimierz in dieses Geheimnis nicht eingeweiht?«

»Ich hab dich doch gewarnt, Kazimierz ist ein Schlitzohr. Er hat unter den Kommunisten viele Kämpfer aus seiner Gemeinde verpfiffen, verraten und verkauft – vielleicht sogar auch dich und deine Marta! Manch einer würde sagen: ein Jude halt! Ich als Ukrainer bin da aber vorsichtig mit solchen Urteilen ... Die Polen haben nämlich auch mich und meine Eltern ganz schön durch die Mangel gedreht ...«

»Und warum bist du zu Kazimierz so freundlich?«

»Na, das kann man sich doch leicht denken: wegen Ala. Ich liebe sie. Und weil ich als Ukrainer vorsichtig bin ...«

»Und der Bürgermeister? Er weiß nicht, dass Maciek lebt?«

»Nein. Er hat damit nichts zu tun. Leszek auch nicht ...«

»Wojtek! Eines sage ich dir: Wenn du mich angelogen haben solltest, werde ich dich in Stücke schneiden, und zwar mit dem Armeemesser meines Vaters!«

»Es gab schon ausreichend viele Opfer. Mehr Leichen wird der Dadajsee nicht verkraften.«

Sie gingen zu ihrem Termin.

*

Janusz Króls Sekretärin, die in einem Vorraum des Bürgermeisterbüros wie ein Schäferhund herumhuschte, blätterte in einem Terminkalender, wobei der Zeigefinger ihrer rechten Hand über die dicht beschriebenen Seiten sauste: »Herr Dernicki ... Jawohl! Augenblick bitte!« Die junge rothaarige Frau, für das Provinzstädtchen erstaunlich modebewusst und elegant gekleidet, rief bei ihrem Chef an, um ihm die Ankunft seiner Gäste zu melden.

Janusz Król empfing Kuba und Wojtek mit einem aufgesetzten Lächeln. »Oh! Was ist mit Ihrem Auge? Hatten Sie einen Unfall?« Er wartete die Antwort von Kuba nicht ab und sagte: »Mein bescheidenes Reich! Treten Sie bitte ein!«

Janusz Król gab Kuba und Wojtek die Hand zur Begrüßung. Sein Händedruck war weich, die Haut feucht. Kuba mochte solche feuchten Hände nicht. Und die Augen – der Bürgermeister hatte dunkelblaue Augen, die winzig klein waren, wie bei einem Frosch. Die fleischigen Lippen zitterten ein wenig, wenn er sprach. Kuba begriff nicht, warum sich Justyna von diesem Mann hatte schwängern lassen. Alles kann ich mir vorstellen, aber warum gerade er?, fragte er sich.

Janusz Król hatte einen Bart, und für seinen Anzug hatte er eine Menge Geld ausgegeben. Auf der Hochzeit war er aber Kuba viel schlanker vorgekommen, doch Kuba mochte sich täuschen. Er sah diesen Mann zum zweiten Mal in seinem Leben. Wirklich zum zweiten Mal? Er dachte daran, was ihm Kazimierz über Janusz Król erzählt hatte, dass der Bürgermeister einer der Staatssicherheitsoffiziere gewesen war, die Marta in den Tod gejagt hatten.

»Bitte, nehmen Sie Platz!«, sagte der Bürgermeister. »Es wird gleich für Ihre Getränkewünsche gesorgt.«

In seinem geräumigen Büro gab es eine Sitzecke wie in einem Wohnzimmer. Janusz Król sprach ein gepflegtes Polnisch, jedes Wort war wohlüberlegt, er beendete jeden Satz mit großer Sicherheit, kein Wort- oder Satzfetzen blieb Kuba im Ohr hängen. Janusz Król sprach vor allen Dingen wie ein Mann, der schon seit langem in der Politik tätig sein musste. Seine Sekretärin brachte ein Tablett mit Getränken: Cola, Wasser, Kaffee und Wodka. Sie stellte schweigend alles auf dem Couchtisch ab und setzte sich mit einem Notizblock auf einen Stuhl, als wollte sie das Geschehen am Couchtisch aus sicherer Entfernung betrachten. Kuba fühlte sich nicht wohl in seiner Haut. Der Notizblock machte ihn nervös.

»Wir müssen etwas unter vier Augen besprechen«, sagte der Bürgermeister in die Runde hinein, sah Wojtek und dann die Sekretärin kurz an. Wojtek hatte gerade einen Schluck Kaffee genommen. Er war verwundert über diese indirekte Aufforderung, verließ aber ohne Protest das Büro des Bürgermeisters. Seine Tasse Kaffee nahm er mit.

»Frau Frankowska, Sie auch, bitte.«

Die Sekretärin konnte ihre Enttäuschung nicht verbergen, ihr gekünsteltes Lächeln verriet sie, doch sie folgte Wojtek brav mit ihrem Notizblock unterm Arm.

Dann, als es im Büro von Janusz Król völlig still wurde, begann er einen Monolog, den sich Kuba lange Minuten anhören musste. Janusz Król sprach zunächst davon, wie er sich als Bergmannssohn in seiner Kindheit gefühlt habe: wie der letzte Dreck. »Schwarzmann, Schwarzmann, kauf dir ein Stück Seife!« Oder: »Franzeke, Franzeke, sei kein Frosch!« Mit solchen Sprüchen hätten ihn seine Mitschüler in der Schule gehänselt. Seine Eltern waren polnische Kommunisten gewesen, Bergmannsleute, die aus Frankreich hatten fliehen müssen. Ihre Flucht führte sie 1947 nach Gdańsk. Sie brachten ihm zu Hause Polnisch und Französisch bei. Von dieser Zweisprachigkeit profitiere er bis heute, sagte er. Dann erzählte er Kuba von seiner missglückten Karriere eines hochrangigen Diplomaten. Nach dem Studium der Ökonomie hatte er Abgeordneter im *sejm* werden wollen, um danach den Dienst im Auswärtigen Amt antreten zu können. Er stellte sich vor, er würde irgendwann bei den Vereinten Nationen sein Land repräsentieren. Das seien alles Jugendträume gewesen, sagte er, nicht realisierbar, denn er habe sich in Gdańsk in die falsche Frau und Partei verliebt. Nach vier Jahren des Vegetierens im städtischen Amt für Straßen- und Verkehrswesen habe er sich daher eines Besseren besonnen, sagte er, und 1980 sei es ihm nicht schwer gefallen, eine neue Aufgabe anzupacken. Man vertraute ihm in jenem heißen August die Leitung einer wichtigen Abteilung in einer Textilfabrik an, deren Belegschaft den alten Säcken kein Wort mehr glaubte. Aufgrund seiner solidarischen Zusammenarbeit mit der Belegschaft sei er aber nach Einführung des Kriegsrechts gefeuert worden, sagte er.

»Der Rauswurf und die Diffamierung konnten mich nicht brechen – ich gründete eine Baufirma, zusammen mit zwei Kollegen«, fügte er hinzu.

Doch erst nach der Revolution 1989 sei er aus dieser künstlich herbeigeführten Versenkung lebendiger denn je aufgetaucht, sagte er stolz, um in das Immobiliengeschäft einzusteigen, und zwar in der Provinz – der Ruf der Politik sei jedoch erneut stärker gewesen. Er habe sich nichts vorzuwerfen – er besitze eine blitzblanke Biographie.

»Sie verstehen, Herr Dernicki – meine Partei duldet keine Verräter. Sie haben mich genau durchleuchtet, als ich an der Tür ihres Klubs anklopfte. Hätten sie auf meiner Weste schmutzige Flecken gefunden – und *wir* sind detailverliebt, mikroskopisch genau –, säße ich hier nicht vor Ihnen. Aber wenn man so will, bin ich ja dennoch Paulus geworden. Nehmen Sie mir bitte diese ideologische Umschulung, die ich bei mir selbst 1980 vorgenommen habe, nicht übel – das dürfen Sie auch nicht: Ich habe so wie Sie an der vordersten Front gekämpft, als die gewaltige Streikwelle unser Land überrollte. Justyna und mein verehrter Freund Wojtek haben mir nämlich, und Sie mögen mir meine Neugierde verzeihen, so einiges ausgeplaudert, was Ihren Lebenslauf anbetrifft.«

Er goss sich und Kuba, der schwieg, einen Wodka ein und sagte: »Sie sind einer von uns. Sie haben eine weiße Weste – so wie wir. Wir können solche Leute gut gebrauchen. *Na zdrowie!*«

Kuba trank höflichkeitshalber einen Schluck mit, er ließ sich nicht provozieren. Er hätte Janusz Król antworten müssen, er wisse nicht, mit wem er da rede. Er aber blieb still und nickte verständnisvoll mit dem Kopf. Dann bestätigten sich seine Vermutungen, was diese Zusammenkunft anging, aufs Schwärzeste: Der Bürgermeister erklärte Kuba, warum das deutsche Herdbuch eines der besten in Europa sei. Er dozierte so eloquent, als wäre er der Fachmann auf diesem Gebiet der Datenverarbeitung – und nicht Kuba, sein Gegenüber.

»Ich könnte für Sie und Ihre Familie ein hübsches Haus suchen. Die Höhe ihres monatlichen Gehalts bestimmen Sie natürlich selbst. Sie würden uns eine enorme Hilfe sein. Ich habe nicht nur die Homepage Ihrer Firma studiert, ich verfüge über Kontakte, die bis zum Landwirtschaftsministerium reichen. Ein Rechenzentrum unter meiner Führung, jedoch von Ihnen persönlich aufgebaut und auf der Basis Ihres Wissens geleitet, würde unser Volk in Europa weiterbringen, ja, an die vordersten Plätze in der europäischen Landwirtschaft katapultieren.«

»Sagen Sie mal«, sagte Kuba, als der Monolog des Bürgermeisters zu Ende war, »sind Sie ein gläubiger Mensch?«

»Ja. Selbstverständlich. Ich bin Christ – vor allem wegen der moralischen Verantwortung, die wir unserem Land und unserer Natur in Warmia und Masuren gegenüber tragen müssen. Der Mensch steht dennoch bei mir an erster Stelle – wie im Mythos von Sisyphos, obwohl ich an Gott glaube. Sie verstehen …«

Sie sind ein Phrasendrescher, und den Mythos von Sisyphos benutzen Sie nur als einen Schutzschild, dachte sich Kuba. Sie wollen sich einem offenherzig zeigen – wäre ich ein Nationalist, würden Sie ganz andere Töne anschlagen, doch, Freundchen, erspar dir deine Bemühungen.

»Nun, ich muss darüber erst einmal nachdenken«, antwortete Kuba.

»Über den Mythos von Sisyphos oder über mein Angebot?«, griente der Bürgermeister.

»Über beides, Herr Król, über beides …«, antwortete Kuba; noch so ein toter Bewohner aus *Ulro*, resümierte er, seine Geschäftsidee wird neue Qualen gebären – Foltern für seine Seele und die der Zuchttiere.

»Ich hätte da noch eine Bitte, Herr Kuba«, sagte der Bürgermeister. »Mir scheint, als seien Sie – sicherlich unter anderem durch den Einfluss Ihrer Tante – ziemlich gut mit Frau Justyna befreundet. Wissen Sie, die Beziehung zwischen mir und der Hoteldirektorin … ist eine heikle Angelegenheit.«

»Allerdings fühle ich mich unbeteiligt …«, unterbrach ihn Kuba.

»… ich bin ein Mann mit großem Herzen, der eine Schwäche für das andere Geschlecht hat. Ich sag's Ihnen klipp und klar: Ich bin Witwer und liebe Frau Justyna. Ich bin mir sicher, dass sie mir gegenüber ein genauso starkes Gefühl der Liebe hegt. Ganz gewiss. Aber ich kann mir denken, dass sie bei ihrer Unentschlossenheit, mich zu heiraten, auf fremde Hilfe angewiesen ist. Vielleicht könnten Sie bei Frau Justyna ein gutes Wort für mich einlegen – ich wäre Ihnen dafür sehr dankbar. Ich würde mich dann auch erkenntlich zeigen. An Großzügigkeit hat es mir noch nie gemangelt, fragen Sie meine Wähler!«

»Sie verlangen sehr viel von mir. Sie sollten einmal mit Kazimierz sprechen. Er ist die gute Seele von Wilimy.«

»Ich weiß …«, antwortete Janusz Król.

Endlich war es Kuba gelungen, bei diesem Mann einen wunden Punkt zu treffen. Auf einmal wirkte der Bürgermeister unsicher. Er nippte an seinem Wodkaglas, und seine Wangen und Lippen liefen rot an. Das nervöse Zittern der Lippen verstärkte sich mit jedem Buchstaben.

Kuba horchte auf seinen Bruder, und Kopernik flüsterte ihm ins Ohr: Der Typ ist eine Schlange, eine Ringelnatter aus dem Dadajwald. Er lässt sich nichts gefallen, er duldet keine Niederlagen. Er kann jeden, der ihm im Wege steht, ausschalten. Und jetzt sind wir beide an der Reihe. Er will uns packen, besiegen und zum Kapitulieren zwingen. Es ist bloß eine stinknormale Wiederholung des alten Kampfes, Brüderchen! Du hast schon einmal gegen dieses Arschloch antreten müssen … Denk an Marta!

»Wissen Sie – ohne Justyna, wenn sie nicht da gewesen wäre, ich meine, wenn sie nicht in mein Leben getreten …«

Sein Polnisch wurde immer holpriger. Kuba fragte: »Pardon?!«

»… Kazimierz ist ein Greis, den man respektieren muss: Für seine Verdienste. Justyna toleriert ihn gewissermaßen, denn einige Patienten unseres Pfarrers buchen bei ihr ein Hotelzimmer, wenn sie sich in Wilimy von Kazimierz behandeln lassen. Und die Heilkunst seiner Hände und Gebete ist sicherlich etwas Ungewöhnliches und Einmaliges … Außerdem ist er ein Mann, der für die Freiheit unserer Heimat viel geleistet hat, vor allem im Zweiten Weltkrieg. Die Fehler, die er unter den Kommunisten begangen hat, sind ihm verziehen … Ich habe ihn vor meinen Parteifreunden stets in Schutz genommen. Verstehen Sie … Denn ich will Ihnen was sagen …«

Der Pfarrer sei während des Warschauer Aufstandes in einer speziellen Einheit für die Organisation des Sanitätsdienstes zuständig gewesen und habe mehr als gute Arbeit geleistet, erzählte der Bürgermeister, vor dem Ausbruch des Warschauer Aufstandes habe Kazimierz von den deutschen Soldaten Medikamente und Verbandszeug gekauft, schwarz natürlich, die Nazis seien nicht nur Verbrecher, sondern auch tüchtige Geschäftsleute gewesen. Dieses biographische Detail aus Kazimierz' Leben in Warschau war Kuba unbekannt.

»Sprechen Sie mal mit ihm darüber. Cyprian Sadowski ›Skiba‹, ein berühmter Offizier der AK-Armee und ehemaliger Chefarzt des Kurortes Ciechocinek, hat in den so genannten Ärztetagebüchern über unseren Pfarrer geschrieben. Natürlich, es gibt auch die blasphemische Vermutung, dass Kazimierz ein Jude sei, doch das sind Verleumdungen, wobei ich damit nicht sagen will, dass ich Antisemit bin. Um Gottes willen! Sie verstehen mich hoffentlich … Wir, unsere Partei, können es uns nicht leisten, mit Israel im Clinch zu liegen … Sie sind unsere Verbündeten, wie die USA …«

Der Bürgermeister bedankte sich für das Gespräch.

»Nächstes Mal lade ich Sie zu einem kleinen Fest auf meine Datsche am Dadajsee ein, und kommen Sie ruhig mal mit Ihrem alten Freund Leszek …«, sagte er. »Im Garten gibt es sogar ein Jacuzzi-Becken. Mögen Sie das? Ich bin ganz verrückt danach, im sprudelnden heißen Wasser zu baden, vor allem nachts, wenn es draußen richtig kalt wird. Sie liegen im warmen, von unten beleuchteten Becken und schauen sich die Sterne an – herrlich!«

*

Draußen am Marktplatz musste Kuba Alas Freund einen genauen Bericht erstatten.

»Ich habe einen guten Job und brauche kein Geld«, sagte Kuba, nachdem er seinen Bericht beendet hatte. »Und was mir Janusz Król vorschlägt, grenzt an Wirtschaftskriminalität. Er will bloß mein Wissen … Er kann doch ganz offiziell an meine Firma herantreten. Ich bin mir jedoch ziemlich sicher, dass es ihm nicht nur um ein Bombengeschäft geht. Seine Partei erhebt den Anspruch, ein heiliger Ritterorden zu sein. Sie wollen Seelen, die ihrer Meinung nach rein und unschuldig sind, die ein weißes Hemd tragen, kaufen und vollständig besitzen. Dabei haben sie selbst schmutzige Hände: Der Bürgermeister soll auch ein Mitarbeiter der SB gewesen sein, zumindest hat Kazimierz das behauptet.«

»Das ist gelogen. Genau das Gegenteil ist wahr: Kazimierz war ein Informant oder gar ein Mitarbeiter der SB. Der Bürgermeister kann nicht lügen. Seine Partei lügt nicht.«

»Mir ist noch etwas eingefallen. Weißt du, wo Maciek einen Schlafplatz hat, wo ich ihn antreffen könnte?«

»Ja. Im Wald. Er versteckt sich im Wald. Er lebt mit einer Nutte zusammen, die er als seine Schwester ausgibt. Wenn du willst, zeige ich dir sein Versteck im Wald. Nicht einmal der Förster kommt mit seinen Arbeitern dahin. So abgelegen ist das Versteck.«

Der Pelzmantel, die Ostfront und so weiter

Kuba setzte Wojtek in der Fischerei von Najdymowo ab. Er selbst mochte in Najdymowo nicht aussteigen, im Dorf der Ostpreußen und Lutheraner, in dem auch Ukrainer und Juden gelebt hatten. Wie es heute um sie bestellt war, konnte Kuba nicht beurteilen. Die Masuren gab es praktisch nicht mehr, und die große »Neue Synagoge« von Olsztyn, eine Replik der Wiener Tempelgasse, war nur noch auf bräunlichen Fotos zu betrachten, und diejenigen Ermländer, die wie sein Vater nie von einem besseren Leben in Westdeutschland geschwärmt hatten, waren keine Deutschen mehr, sondern Bewohner eines wiedergeborenen polnischen Staates auf dem heidnischen Pruzzengebiet der Natanger und Barten. Und trotzdem war ihre Heimat das weiße Niemandsland aus Kubas Albträumen. Buchten, Wälder und Seeufer, Städtchen und Nester der von der Weltgeschichte Angespuckten. So ein Angespuckter hatte Kuba nie sein wollen.

Das Haus seines Vaters war nicht weit entfernt von der Fischerei und dem Dorfzentrum. Kuba musste sich eingestehen, dass er neugierig war, wie sein Vater aussehen mochte. Und er fürchtete sich ein bisschen davor, ihm zu begegnen. Vielleicht war das auch der Grund, weshalb er morgen noch einmal nach Najdymowo fahren wollte, mehr oder weniger aus einem offiziellen Anlass. Eine zufällige Begegnung mit Adelbert wäre ihm unerträglich gewesen. Einmal, erinnerte er sich, und es war eine dieser wenigen Erinnerungen, die ihm aus der Kindheit bis heute präsent waren, einmal hatte sich der Vater auf dem Basar in Olsztyn einen Pelzmantel gekauft. Eines Abends, nachdem Adelbert wie gewöhnlich eine Flasche Wodka mit seinen Kollegen aus der Fischerei geleert hatte, zog er den neuen Pelzmantel an, knöpfte ihn zu, verschränkte die Arme, schlug sich selbst auf die Schultern, fing an zu weinen und sagte durch seine Tränen: »Es ist mir so kalt! So kalt!« Er heulte und beklagte sich darüber, dass ihm seine Eltern, als er ein schulpflichtiger Junge gewesen sei, nicht einmal eine Winterjacke gekauft hätten – im Winter habe er drei Pullover übereinander anziehen müssen, und so eingemummt sei er jeden Morgen in die Schule gegangen. Adelberts Mutter war 1957 in die DDR ausgereist, zu ihrer Schwester. Der Ausreiseantrag für ihren Sohn war abgelehnt worden. Sie hoffte, Adelbert würde irgendwann zu ihr stoßen, doch diese Hoffnung erfüllte sich nicht. Sie gründete in einem Dorf in Mecklenburg-Vorpommern eine neue Familie. Sie heiratete einen Schaffner. Adelberts Vater hatte sich dann in Najdymowo zu Tode gesoffen – seine Frau war vor ihm deshalb geflohen, weil er angeblich kein Mensch, sondern ein Ungeheuer gewesen sei und sie andauernd verprügelt habe. Die Ostfront sei daran schuld gewesen, die Ostfront, schimpfte Adelbert, wenn er mal auf seinen Vater zu sprechen kam, und es sei ein Wunder, dass dieser Mann, ein einfacher Soldat und ein alter Fischer, den Krieg überhaupt habe überleben können. Kuba kannte seine ostpreußischen Großeltern nicht einmal aus einem Fotoalbum. Von ihrer Existenz gab es keine schriftlichen Zeugnisse. Der Krieg hatte sie alle vernichtet. Im Haus seiner ostpreußischen Großeltern, in dem Kuba bis zum Mord an seiner Mutter gewohnt hatte, gab es Kaffee- und Zuckerdosen aus Metall, die deutsch beschriftet waren – die einzigen Beweise für eine verlorene Zeit.

Ein Messerschnitt zwischen Kinn und Adamsapfel

Auf Tante Alas Hof angekommen, beschloss Kuba, den Abend am Touristenbadestrand zu verbringen. Kazimierz, dem sicherlich das Ergebnis der Unterredung mit dem Bürgermeister nicht gleichgültig sein durfte, würde sich bis morgen oder gar zwei, drei Tage noch gedulden müssen – wie Kuba selbst auch, der zwar darauf brannte, dem Pfarrer von der Erfüllung der Prophezeiung zu beichten, der jedoch seine Kräfte erst einmal ein bisschen schonen wollte: Dem Organismus und Kopf nach dem Überfall maximale Erholung zu geben, war jetzt die oberste Devise.

Ala war nicht da, wahrscheinlich war sie von einer ihrer Freundinnen entführt worden – zum täglichen Rapport und Teetrinken. Er schnappte sich in der Küche eine Umhängetasche, packte ein Buch von Czesław Miłosz, ein Handtuch und eine kühlschrankgekühlte Flasche Bier ein. Er nahm auch eine Wolldecke mit. Für einen Abend am Wasser war er gut ausgerüstet: Zigaretten, etwas zu lesen und die Wolldecke.

Er hatte Glück, der Touristenbadestrand war völlig leer. Um diese frühe Abendzeit – es war kurz vor 19 Uhr – verzogen sich die Urlauber in ihre Campingwagen und Holzhütten, um fernzusehen, gegrilltes Fleisch zu essen und Bier zu trinken. Rentner, junge Liebespaare und Angler zählten dagegen zu den treuesten Liebhabern der Sonnenuntergänge, und sie ließen sich vereinzelt am Wasser blicken.

Kuba ging schwimmen, obwohl der Rettungsschwimmer die schwarze Flagge gehisst hatte: Baden verboten. Er wagte sich weit hinaus und schwamm ohne Unterbrechung in östlicher Richtung, bis ihm die »Insel der Liebe« die Sicht auf das gegenüberliegende Ufer versperrte. Das Wasser wurde immer kälter, und eine wilde Strömung versuchte, Kubas Muskeln, Beine und Arme zu lähmen, seinen Körper zu verschlucken und in die grüne Tiefe zu reißen. Aber er wehrte sich und schwamm weiter. Er hatte endlich keine Angst mehr vor dem Dadajsee. Er konnte jederzeit ertrinken und hatte keine Angst davor. Die Sonne ging unter, am Horizont glühte ein breites Band roter Irrlichter, die mit der heranziehenden Abenddämmerung allmählich schwächer wurden. Die Dunkelheit kam aber nicht vom Himmel, sondern vom See, zumindest hatte Kuba diesen Eindruck, denn das Wasser um ihn herum war schwarz. Mit einem Mal ergriff ihn eine Vorahnung, die seinen Bauch mit den zwei Nabeln elektrisierte: Mit einem Mal wusste Kuba, dass er seine Frau und Kinder in W. nie wieder sehen würde. Und er wusste auch, dass Janusz Król nur einen kleinen Schritt vom Tod entfernt war. Der Dadajsee hatte das Kuba gesagt – er hatte mit ihm so gesprochen, wie er wohl mit Wojtek zu sprechen pflegte: Seine Worte glichen einem Messerschnitt zwischen Kinn und Adamsapfel. Das war die Sprache des Dadajsees.

Kuba schwamm zurück und erblickte in der Ferne Justyna, die auf dem Steg auf und ab ging. Als er aus dem Wasser kam, eilte sie mit seinem Handtuch zu ihm und sagte verärgert: »Ich hab dich überall gesucht!«

Sie trocknete Kuba den Rücken: »Du bist ja ganz blass, und du zitterst!«

»Ist was Schlimmes passiert?«, fragte Kuba.

»Nein. Ich habe mir bis Freitag Urlaub genommen – das erste Mal seit zehn Jahren. Ich will bei dir sein. Wir könnten auf der ›Insel der Schafe‹ zelten. Sie ist die zweitgrößte und schönste von allen.«

»Ich möchte sagen, dass ich dich liebe«, meinte Kuba. »Doch ich darf das nicht sagen.«

»Nein, das darfst du nicht«, antwortete Justyna und küsste ihn. »Wenn ich diese Worte höre, sehe ich vor mir einen Brustkorb, der geöffnet ist. Ein Chirurg entfernt böse Fremdkörper, Würmer und kranke Eingeweide.«

Sie legten sich auf die Wolldecke, am Touristenbadestrand war außer ihnen kein anderer Mensch mehr, plötzlich hatten sie den ganzen See nur für sich allein. Justyna deckte Kubas Brust mit dem Handtuch zu und flüsterte: »Sag mir nie wieder, dass du mich liebst.«

Dritter Teil
Orangen und Schokolade oder Kronek der Schuster

12 Herz und Nieren

Kostek Podlich brauchte für gewöhnlich nur wenige Stunden Schlaf, um seine Batterien wieder aufzuladen. Doch an diesem Morgen, am 13. Dezember 1981, fiel es ihm nicht leicht aufzustehen. Anfälle von Sodbrennen und Stiche unterhalb der Rippen auf der linken Seite, wo er die Leber vermutete, hatten ihn um die Nachtruhe gebracht, und auch dieses mulmige katholische Gefühl, ein wenig gesündigt zu haben, war wohl schuld daran, dass er kaum geschlafen hatte. »Kleine Sünden, kleine Verbrechen« hieß ein Lied, dessen lustige Melodie er gerne pfiff, vor allem bei der Arbeit auf dem Hof oder in der Fischerei. Am gestrigen Abend hatte er nämlich mit dem Schuster Kronek aus Biskupiec ein Fläschchen Spiritus, verdünnt mit Kirschsaft, geleert, ein Weihnachtsschwein geschlachtet und den Heiligen der Kirche und den Parteisekretären ein paar einsame Sterne am nackten Dezemberhimmel zugewiesen, damit sie die Erde und die Menschen mit ihren Anbetungsforderungen nicht mehr peinigten. Er ärgerte sich auch ständig über seinen Freund Kronek, der keine eigene Meinung besaß und nicht imstande war, einem verbal Paroli zu bieten. Kronek spulte ständig seine Standardsätze ab, diese von Tausenden von Trinkern ausgelutschten Sprüche und Binsenwahrheiten, und Kostek Podlich hätte seinem Freund am liebsten auch so einen namenlosen Stern der Verdammnis als neue Heimat zugewiesen – zur Strafe für seine Dummheit. »Benutze zum Denken nicht nur deine Zunge, Kronek«, riet er ihm bei jeder Gelegenheit, »denn alles, was aus deinem Munde kommt, ist so einfältig wie die Predigten unseres Pfarrers Kazimierz. Der neigt ja wie du zu ewigen Wiederholungen, die man nach kurzer Zeit so satt hat, dass einem übel wird und die Eingeweide vor Hunger nach was Neuem, Unerhörtem einen

Trauermarsch spielen, und warum eigentlich soll es mich interessieren, was ein gewisser Herr Christus zu sagen hat? Sind wir denn nicht alle Söhne und Töchter Gottes?«

»Ein böser Morgen zum Nüchternwerden!«, sagte Kostek Podlich zu seiner Frau Renia, befreite sich schwerfällig von der Bettdecke und setzte seine kalten Füße, die blau angelaufen waren, auf den Dielenboden, aber irgendetwas anderes noch schien an diesem Morgen nicht in Ordnung zu sein, und Kostek Podlich fügte seufzend hinzu: »Renia, eigentlich ist jeder neue Tag für den Weltuntergang wie auserkoren, doch der heutige scheint mir ganz besonders für das Weltende geeignet zu sein! Meine ollen Knochen! Ich sterbe vor Schmerzen!« Renia drehte sich auf die andere Seite und stöhnte leise: »Nicht einmal am Sonntag kann der Mensch ausschlafen! *Bój się Boga!* Bis zur Heiligen Messe solltest du wieder nüchtern sein!« Aber Kostek gab nicht darauf Acht, was ihm seine Frau drohend gebot. Er hörte seine alten Knochen knacken, die jede Wetteränderung registrierten, jeden Gemütszustand, jeden Stimmungswechsel der Dorfbewohner, und seine Beine taten ihm bei jeder Bewegung weh, und sein immer noch trunkener Schädel vernahm ein leises, aber konstantes Vibrieren, das er sonst nur von den Zahnarztvisiten her kannte. »Renia«, sagte er, als er sich anzog, »es ist bereits Mitte Dezember, und draußen liegt immer noch kein Schnee. Meine Knochen lechzen nach Winter!«

Sein Freund Kronek schlief auf einer *wersalka*, einer uralten Schlafcouch, die schon mehrmals auseinandergefallen war und immer wieder zusammengenagelt werden musste. In diesem Zimmer, in dem der Schuster, in voller Montur und mit einem Pelzmantel zugedeckt, seinen Spiritus-Kirschsaft-Rausch ausschlief, hatte einmal Kuba gewohnt – auf seinen Enkel war Kostek Podlich stolz.

Aber dann, als Kostek Podlich, nachdem er draußen im Garten das Plumpsklo aufgesucht hatte, wieder die Küche betrat und das Radio einschaltete und im Lautsprecher die ihm wohlbekannte monotone Stimme des Generals von der großen Gefahr, die der Nation, seinen Landsleuten, den Genossinnen und Genossen drohte, sprechen hörte, dann erst wurde es Kostek Podlich so übel, dass er sich über dem Spülbecken übergeben musste; Angst packte ihn, und die Müdigkeit nach der schlaflosen Nacht und die Sorgen um Kuba und um sein eigenes Leben vermischten sich plötzlich zu einem absurden Gefühl von Ohnmacht.

»Jesus Maria! Krieg! Krieg!«, schrie er laut auf, und Kronek der Schuster, der als junger Soldat den 1. September 1939 überlebt hatte, stürzte in Panik von der *wersalka* auf den Fußboden und wimmerte vor Schmerzen: »Oj! Oj! Hast du mich aber erschreckt! Was für Krieg?!«

»*Wojna! Wojna!* Krieg! Es ist Krieg!«, schrie Kostek Podlich weiter, und er schrie so lange, bis ihn sein Freund in der Küche mit einem Schwall kalten Spülwassers aus einem Eimer übergoss, in dem das Herz und die Nieren des geschlachteten Schweines schwammen. Kronek wollte seinen Freund zur Besinnung bringen, damit sie beide sich in aller Ruhe anhören konnten, was der General seiner Nation mitzuteilen hatte. Wollte der General wirklich verkünden, dass Krieg ausgebrochen war? Und wer war eigentlich der Feind, der Aggressor?

»Pst!«, sagte Kronek der Schuster und legte den Zeigefinger bedeutungsvoll auf die Lippen und stellte den leeren Eimer auf den Dielenboden, auf dem sich eine riesige dunkelrote Pfütze gebildet hatte. Kostek zog sich sein nasses, nach abgestandenem Schweineblut stinkendes Hemd aus, und das Herz und die Nieren, die direkt vor seinen Füßen lagen, sahen so frisch und lebendig aus, als hätte man sie gerade eben entnommen, jedoch keinem Tier, sondern einem Menschen.

Und der General sprach von der großen Gefahr, die der Nation, seinen Landsleuten, den Genossinnen und Genossen in diesem historischen Augenblick drohen würde …

Renia, durch den Tumult und das Geschrei in der Küche wieder aufgewacht, kam im Nachthemd, barfuß und mit Angsttränen in den Augen herbeigerannt und faltete die Hände wie zum Gebet und sagte, was auch schon ihr Mann in Gedanken ausgesprochen hatte: »Jesus Maria! Wir müssen Kuba retten! Sie stecken ihn ins Gefängnis, werden ihn foltern und zum Schluss umbringen!«

»Sei still, Weib!«, mahnte Kostek. »Unser General spricht!«

Heulend und sich die Nase schnäuzend machte sie sich daran, die dunkelrote Pfütze wegzuwischen, sie wrang den Wischlappen über dem Eimer aus, hob mit zitternden Händen das Herz und die Nieren auf und wickelte die Organe in eine Zeitung.

Kostek stellte sich vorsichtig vor das Fenster, schob die Gardinen nur zwei Finger breit zur Seite und beobachtete die Straße, den Sandweg, der an ihrem Haus vorbeiführte. »Wo sind die Panzer und die Soldaten? Was ist das für ein Krieg ohne Panzer und Soldaten? Der General hat doch gesagt, dass die Armee für Ordnung sorgen wird! Dabei will er nur unseren Kuba einbuchten!«

Aber er wusste, dass noch viele Tage, wenn nicht gar Wochen, vergehen würden, bis die Panzer und Soldaten auch in ihr Dorf kommen würden, um für Ordnung zu sorgen. Die Sperrstunde, von der im Radio die Rede war, wer würde sie denn befolgen, wenn es keine Panzer und Soldaten auf der Straße gab? Keine Wachen und Ausweiskontrollen?

»Kronek«, sagte er, »dein Schwiegersohn ist in der Armee! Welchen Rang hat er? Ist er Offizier? Oder nur Fotograf?«

»Wieso, wieso, was soll er denn sein? Ein lausiger Koch etwa? Seine Kameraden hätten ihn dann gesteinigt! Er ist ein guter Soldat und wird die Befehle des Generals nicht verweigern! Nicht mein Władziu …«

Kostek Podlich setzte sich auf den Stuhl, senkte den Kopf und fixierte einen namenlosen Punkt auf dem Dielenboden. Die Rede des Generals war plötzlich vorbei, und das Radio spielte Trauermusik, die Kostek Podlich als einen Aufruf zum Gehorsam interpretierte. Er sagte in die Runde hinein: »Sie können uns alles nehmen, unser Herz und unsere Nieren, unsere Schweine und Kühe und Fische! Aber unseren Enkel werden sie nicht kriegen! Kronek, du hast in deinem Leben noch nie eine gute Tat vollbracht. Heute Morgen hat endlich deine Stunde geschlagen! Einmal im Jahr fährst du doch mit deinem Schwiegersohn nach Gdańsk, um neues Gummimaterial für Schuhsohlen zu besorgen – diese eine Fahrt wird dein wichtigster Auftrag werden, denn du wirst uns unseren Enkel zurückbringen. Hab Erbarmen mit uns armen Fischern aus Wilimy! Du als Städter kennst die Tücken der Welt besser als wir! Du kennst alle Bewohner von Biskupiec, weil du ihre Schuhe reparierst! Eigentlich bist du ein Arzt! Hilf uns!«, bat er verzweifelt und musste über sich selbst staunen, dass er imstande war, Kronek zu schmeicheln und mit Komplimenten zu überhäufen. Kronek der Schuster setzte sich jetzt hin, doch er konnte nichts sagen, sein Mund öffnete sich nur halb, um sich dann sogleich wieder zu schließen.

Renia kniete vor ihm nieder, den nassen Wischlappen in den Händen, mit dem sie die dunkelrote Pfütze weggewischt hatte. Sie legte den Wischlappen auf Kroneks Schoß, umarmte seine Beine und begann ihn anzuflehen: »Kronek! Du bist kein böser Mensch! Bring uns unseren Enkel zurück nach Hause!«

Angewidert von dem penetranten Geruch des Schweineblutes entfernte der Schuster erst einmal den feuchten stinkenden Haufen von seinem Schoß und besah sich die Flecken auf seiner Hose. Dann stand er auf, wischte sich mit dem Hemdsärmel über den Mund und half Renia auf die Beine. Und wandte sich an Kostek Podlich: »Wir haben gemeinsam so viele Weihnachtsschweine geschlachtet, dass ich sie nicht einmal zählen kann. Es waren wohl Hunderte gewesen. Und euer Kuba, hat er nicht eine Freundin? Wer soll sie retten? Mein Schwiegersohn wird mir schon einen Passierschein ausstellen – ich bin ja kein Verbrecher. Dumme Leute sind wir, wir Schuster, für den Staat völlig nutzlos und ungefährlich. Krank sind wir, krank in unserem Herzen und in unserer Seele. Wir können nur saufen, Schuhe reparieren und fluchen, *kurwa*! Kuba wird einen guten Gehilfen des Schusters Kronek abgeben – auf der Fahrt von Gdańsk nach Wilimy! Nur, was wird aus seinem Mädchen?«

Ja, was wird aus Marta?, fragte sich auch Kostek Podlich.

»Ich werde nie vergessen, wie Marta letzten Sommer nach Wilimy kam, um uns zusammen mit unserem Kuba bei der Getreideernte zu helfen. Sie hat einmal meinem Enkel Orangen und Schokolade geschenkt, echte Orangen, die sie aus Rom mitgebracht hat, aus der Gottesstadt. Wir haben sie auch probiert, Renia und ich: Ihre saftige Süße spüren wir noch bis heute auf unseren Zungen …«

Er schnäuzte sich, stand auf und umarmte seine Frau.

»Renia!«, sagte er leise. »Liebst du mich nicht mehr?«

»Du stinkst nach Schweineblut, du stinkst nach Schweineblut«, antwortete sie. »Es waren die besten Orangen, die ich je gegessen habe.«

»Renia – es waren deine ersten und letzten …«

Kronek der Schuster hustete verlegen. Er war Witwer. Den

Anblick eines Ehepaares in fester Umarmung und der Gedanke an saftige Orangen aus Rom, an dieses für ihn unvorstellbar teure und unerreichbare Obst, das er nur aus Fernsehfilmen kannte, schienen ihn erregt zu haben. Seine Wangen zitterten, seine Nasenlöcher zuckten nervös, und der Husten wollte nicht aufhören. Kostek Podlich ließ seine Frau los und klopfte Kronek auf den Rücken. Die Trauermusik wurde leiser, und dann, als sie geendet hatte, hörte man im Radio für wenige Sekunden ein Knistern und Rauschen: Und dann begann der General wieder zu sprechen.

»Wie schmecken Orangen?«, fragte Kronek der Schuster.

»Besser als geräucherter Aal«, antwortete Kostek Podlich. »Besser als jeder Fisch, den ich im Dadajsee gefangen habe. Und vor allen Dingen besser als Wodka. Aber du kannst ja Kuba selbst fragen, wie sie schmecken. Er isst sie jeden Tag … von seiner Geliebten – sie ist eine Frau Doktor …«

»Die müssen noch viel lernen …«, protestierte Renia. »Man wird nicht so einfach Doktor – die gehen noch zur Schule …«

»Wenn ich sage, sie ist Frau Doktor, dann wird das wohl stimmen …«, ärgerte sich Kostek Podlich; es lag ihm viel daran, Kronek begreiflich zu machen, dass Marta eine kluge junge Frau war. Und er erkannte im Gesicht seines Freundes die Freude eines kleinen Jungen, der in Wirklichkeit ein alter dummer Mann war, der aber hoffte, dass er vielleicht in Gdańsk eine Orange ergattern würde – von wem auch immer.

»… böse Schuhe, so böse wie manche Sterne …«

Und da an diesem Sonntag keine Linienbusse von Czerwonka nach Biskupiec fuhren, musste Kronek der Schuster noch eine Nacht in Wilimy verbringen, bei den Fischern, was ihm sehr gelegen kam. Er wollte noch mehr Details von Kubas Liebesgeschichte erfahren und konnte sich an ihr nicht satt hören, weil sein Verstand nicht begriff, dass es solche Mädchen wie Marta gab, die die Welt bereisten und einem geliebten Menschen unglaublich exotische Geschenke machten: Orangen und Schokolade aus Rom und Schallplatten mit Klaviermusik, aufgenommen in Japan. Er hatte noch nie eine Schallplatte in seinen Händen gehalten. Und eine Schallplatte, die in Japan aufgenommen und gepresst wurde, musste eine besondere Schallplatte sein. Teuer und berühmt.

»Kronek«, sagte Kostek Podlich am Abend, als sie das Schweinefleisch mit Messern in für Schinken und Filets brauchbare Stücke schnitten und mit Pökelsalz einrieben, »Kronek, du kennst doch alle Schuhe deiner Stadt. Jeder Mensch muss zum Schuster gehen, wie zum Arzt. Warum weißt du nichts Interessantes über die Besitzer dieser Schuhe zu berichten? Du hast mir noch nie eine Geschichte erzählt.«

Kronek atmete schwer, als müsste er eine Beichte ablegen. Und Renia, die darüber untröstlich war, dass der General die Sonntagsmesse in Biskupiec verboten hatte (sie prophezeite, dass diese schwere Sünde ihm nie verziehen werden würde), nahm den Schuster in Schutz und sagte zu ihrem Mann: »Aber was ist das für eine Arbeit? Würdest du denn gerne jeden Tag an den Schuhen fremder Leute riechen? Schau dir seine Hände an!«, sagte sie, während sie dabei mit einem Messer in der Luft herumfuchtelte und mal auf den Schuster, mal auf ihren Mann zeigte. »Diese Hände wühlen jeden Tag im fremden Leben herum. Sie sind schmutzig. Dreckig. Und der Schuhkleber ist eine Droge. Davon bekommt Kronek Kopfschmerzen, über die er ständig klagt.«

»Ich kenne den Geruch der Straße«, antwortete der Schuster, »den Geruch der Frauen und Männer, den Geruch der

Verbrecher und Betrüger, ich kenne den Geruch des Schweißes und des Schmerzes, wenn ein Schuh drückt – ich kenne selbst den Geruch der Füße von Pfarrer Kazimierz. Doch was nutzt mir dieses Wissen, wenn ich nicht weiß, wie Orangen riechen?«

Kostek Podlich sagte: »Wenn du einmal die Schuhe von Marta zu sehen bekommen würdest! Sie hat kleine Füße. Wenn sie im Sommer mit Kuba bei uns weilt, läuft sie meistens barfuß. Ihre Schuhe habe ich mir einmal genau angesehen. Italienische Sandaletten mit hohen Absätzen. Solches Leder kriegst du bei uns nirgendwo zu kaufen. Vollkommene Schuhe waren es. So vollkommen wie die Sterne.«

»*Bój się Boga!* Alter Narr!«, sagte Renia. »Mach ihm keine falsche Hoffnung! Er ist bloß ein dummer Schuster, er ist unser Mann in Biskupiec – unser Schutzengel!«

Kronek schnaufte tief: »Ich habe einmal solche Schuhe in meinem Laden zur Reparatur gehabt. Ich erinnere mich sogar an den Namen des Mädchens: Justyna. Diese Schuhe waren Sterne. Weiches, braunes Leder, und selbst die Sohlen waren aus Leder, und die Riemen so zart wie ein Mädchenschopf. Aber es gibt auch böse Schuhe. Schuhe, die ich bereue, jemals geklebt, zusammengenagelt und besohlt zu haben. Von bösen Menschen, wo du spürst, dass die Zehen und Fersen dieser Menschen böse sind …«

Er schien über seine scharfen Worte verwundert zu sein, denn plötzlich hielt er inne und begutachtete ein riesiges Lendenstück, das er für seinen Schwiegersohn ausgeschnitten hatte.

»Nichts als Knochen, nichts als Knochen«, sagte Renia. »So ein mageres Schwein hatten wir noch nie geschlachtet …«

Kostek Podlich kratzte sich mit der Hand, in der er das Messer hielt, am Hinterkopf. »Böse Schuhe«, wiederholte er, »so böse wie manche Sterne, die sich uns nie zeigen wollen. So böse wie der Wels, der sich uns nie zeigt.«

Er mochte kein Schweinefleisch, weil er am liebsten Fisch aß, den er selbst gefangen, und Wild, das er selbst erlegt hatte. Aber niemand musste ihm einreden, dass das Volk nur Koteletts brauchte, panierte Schnitzel und einen Wodka, aber keine Orangen und Schokolade. Deshalb traute er dem General nicht. Weil der General dem Volk nur Schweinefleisch geben wollte. Ja, nicht einmal Fisch durfte auf der Speisekarte stehen. Deshalb verstand Kostek sehr gut, warum Kuba und Marta zu den Feinden des Generals zählten. Im Dadajsee lebten Fische, die der General noch nie gegessen hatte, er und seinesgleichen, die besternten Uniformen, die es nicht einmal geschafft hatten, dass Panzer und Soldaten nach Wilimy gekommen waren. Und Kostek Podlich wusste auch, warum sie noch keine Panzer und Soldaten in diese entlegene Gegend entsandt hatten. Weil der General vor dem Dadajsee Angst hatte, vor dem Leichengrab für seine Panzer und Soldaten. Der General fürchtete sich vor Ukeleien und Schleien und Kleinen Maränen, vor Kopernik und der Milchstraße.

»Kronek«, sagte er, als sie ihre Arbeit beendet hatten und auf dem Küchentisch kein einziger Knochen mehr lag, »Kronek! Du wirst uns unseren Enkelsohn aus Gdańsk zurückbringen. Und um Marta mach dir keine Sorgen: Ihre Eltern sind hohe Tiere in der Partei!«

Der Schuster sagte seufzend: »Nicht einmal eure Tochter Ala will mich heiraten, obwohl sie nur ein Auge hat! Ich hätte sie auch völlig blind genommen! Jedes Mal, wenn ich bei euch weile, flieht sie vor mir! Weil ich ein dummer Schuster bin!«

Vierter Teil
Das Hotel
Justyna Star

13 Die »Insel der Schafe«

Kuba beugte sich über Justynas Gesicht und weckte sie mit einem Kuss. Es war Mittwoch, und seit zwei Tagen campierten sie auf der »Insel der Schafe«. Sie wuschen sich die Haare und putzten sich die Zähne im See. Kuba hatte sein Handy ausgeschaltet, um von Franka und seinen Firmenkollegen nicht gestört zu werden; schön und gut – nur, es fiel ihm immer schwerer zu verstehen, wie er all die langen Jahre in Deutschland ohne Marta hatte leben können. Ich soll verheiratet sein, zwei Kinder haben und in einem Rechenzentrum arbeiten?, staunte er. Dieser Kuba Dernicki wurde ihm zunehmend fremder, unbegreiflicher; er hatte den alten Kuba Dernicki in der Nacht, nachdem er Marta mit dem toten Baby auf dem Schoß begegnet war, ins Niemandsland verbannt, das sich hinter der weißen Wand der Bewusstlosigkeit befand. Dort musste jetzt dieser alte Kuba wohnen und dahinsiechen, wie ein Straßenköter.

Er war immer noch nicht bei seinem Vater Adelbert Dernicki gewesen und hatte immer noch nicht mit dem Pfarrer Kazimierz über seinen Besuch beim Bürgermeister und über die albtraumhafte Plänkelei mit Marta in der weißen Nacht zwischen Czerwonka und Wilimy gesprochen. Er beugte sich zum zweiten Mal über Justynas sonnengebräuntes Gesicht, um sie erneut zu küssen. Die *Omega*, mit der sie zu der »Insel der Schafe« gesegelt waren, schaukelte ruhig im Schilf, dort lag sie gut versteckt, geschützt vor allzu neugierigen Jugendlichen oder Urlaubern. Kuba und Justyna campierten aber auf einem Hügel, von dem aus der Mast der *Omega* hinter den Kronen der Pappeln und Erlen, die am Ufer wuchsen, kaum zu erkennen war.

Die *Omega* ist wie eine Frau, dachte Kuba, wie Marta – ein ertrunkenes Segel.

Justynas Bauch glänzte in der Sonne: Sie hatte sich mit Sonnenmilch eingecremt und war für wenige Minuten auf ihrem orangefarbenen Handtuch eingedöst. Sie und Kuba lagen direkt am Ufer, wo es eine Badestelle gab, gingen ab und zu schwimmen, lasen ihre Bücher (Graham Greene im Original und Miłosz) und tranken kalte Limonade, die sie am Touristenbadestrand von Wilimy kauften. Seit zwei Tagen faulenzten sie auf der »Insel der Schafe«, sie aßen dort in den Imbissbuden am Strand, genehmigten sich ein paar kalte Biere und segelten zu ihrer Insel zurück, auf der sie unter freiem Himmel schliefen, da es im Zelt so heiß war, dass man die Schwüle kaum ertragen konnte. Und sie liebten sich. Sie liebten sich und lachten darüber, dass um sie herum kein einziges Schaf graste. Sie fanden lediglich bei ihren Spaziergängen durch das Dickicht und die Wiesen der Insel verdorrte, daumengroße, schwarze Kokons, die die Schafe ausgeschieden hatten. Vor ein paar Wochen, hatte ihnen Wojtek erzählt, sei von dem Inselbesitzer ein Schaf tot vorgefunden worden – an Hals und Bauch aufgerissen und zerfetzt, als hätte ein Wolf das arme Tier angegriffen; nach diesem Unfall habe der Inselbesitzer die Schafe an einen geheimen Ort gebracht. Und so waren sie allein. Gelegentlich kam ein Kajak oder ein Tretboot angefahren, mit Touristen aus Wilimy; die Touristen badeten und machten einen unausstehlichen Lärm, aber sobald sie entdeckten, dass auf einem der Hügel ein Liebespaar campierte, zogen sie sich schüchtern oder mit sarkastischen Pfiffen und Gelächter zurück.

Wojtek und Leszek hatten sich für den Abend angekündigt, was Kuba etwas ärgerte und misslaunig stimmte, da er jede Minute, die er mit Justyna allein sein konnte, überschwänglich genoss, wie damals, als er sich in Marta verliebt hatte. Man hat mir ein Vierteljahrhundert gestohlen, aber jetzt bin ich wieder ein glücklicher Zwanzigjähriger, die schönen Zwanzigjährigen sind wir, dachte Kuba und rauchte die russischen Monte Carlo, eine nach der anderen, und blickte auf den See – er schämte sich ein wenig, dass er sich so fühlte, als wäre er wieder zwanzig Jahre alt und der Sommer 1980 stünde ihm noch bevor: die erste Begegnung mit Marta auf dem Gdańsker Campus, der süße Geschmack von Orangen und Schokolade, das von den Arbeitern belagerte Einfahrtstor der Werft, die Konserven mit Frühstücksfleisch oder argentinischem Cornedbeef aus holländischen und westdeutschen Hilfepaketen, darin die abgetragenen Jeanshosen und -jacken aus Amsterdam und Hamburg und, an der Uni, Martas vor Freude strahlende Augen: »Wir werden sie besiegen …«

»Hast du vor dem Vampir, der das Schaf getötet hat, keine Angst?«, fragte Justyna und legte sich auf den Bauch. Auf ihrem Rücken klebten Sandkörner und dünne, ausgetrocknete Grashalmspitzen. Kuba säuberte Justynas Rücken, streichelte ihn und musste grinsen. Er nahm ihre Frage nicht ernst, obgleich er sich nicht erklären konnte, wer das arme Schaf so übel zugerichtet hatte. Ein Perverser? Oder lebte auf der Insel wirklich noch ein anderes Tier? Ein herrenloser wilder Hund? Warum hatte er sich ihnen noch nicht gezeigt?

»Ich habe keine Angst«, sagte er. »Höchstens davor, dass wir diese Insel bald verlassen müssen.«

»Du kannst für ein paar Tage in mein Hotel ziehen. Ich gebe dir das schönste Zimmer und werde selbstverständlich von dir kein Geld verlangen.«

»Warum kann ich nicht bei dir wohnen?«

»Ich habe in meinem Hotel kein Zimmer für mich. Ich besitze in Olsztyn eine Wohnung, in der ich mich im Sommer selten aufhalte. Und neben den Magazinen des Anlegeplatzes für Boote steht ein Bungalow. Eine Holzhütte mit zwei Schlafräumen. Es ist mein Reich, und hier gewähre ich keinem anderen Menschen Zutritt.«

»Aber nachts kommt zu dir dein Bootsverleiher Mirek …«

»Sei nicht albern. Ich kann ihn jederzeit entlassen und einen anderen Jungen einstellen …«

»Eben – er ist ersetzbar.«

»Deine Eifersucht ist lächerlich. Was soll ich denn sagen? Du bist verheiratet.«

»Ich habe in Wilimy vergessen können, dass meine Familie auf mich wartet – wie du es vorhergesagt hast. Ich bin nicht einmal erstaunt, dass man so viel Vergessen vertragen kann.«

Er wusste, dass sie schon seit langem zusammen ein Zimmer im *Justyna Star* bewohnten, mehr oder weniger schon seit ihrem ersten Abend, an dem sie auf der Hochzeit einander begegnet waren. Er wusste bloß nicht, wie er der Hoteldirektorin erklären sollte, dass sie Bewohner eines Ortes geworden waren, der nur in ihnen existierte: *Justyna Star* oder *Marta Star* – wie müsste er heißen? Eigentlich hatte Kuba diesen Ort nie richtig verlassen können, nicht einmal in der Zeit, als er nach Martas Tod aus Polen geflohen war, um sich im Ausland zu verstecken, um zu vergessen, was einmal gewesen, was in Wilimy passiert war. Und all die Jahre im Ausland, waren sie Untote gewesen? Ertrunkene wie Marta? Er verstand diesen See nicht, der doch seine Mutter war, sein Vater. Kuba verstand nicht, warum ein See so mächtig und gnadenlos sein konnte, denn Böses, unbegreiflich Böses, kam normalerweise nur vom Menschen, aber nicht von einem See. Vielleicht hatte der Dadajsee auch das Schaf getötet, weil er in seiner Nähe keine anderen Lebewesen duldete. Und seine Inseln mussten ihm ein Dorn im Auge sein, die er wahrscheinlich am liebsten ausspucken würde wie Kirschkerne. Deshalb war es schön, in sich das Hotel *Justyna Star* zu tragen, dem Dadajsee trotzend zu sagen, an diesem Ort hast du, See, nichts verloren – dort sind wir vor dir in Sicherheit. Kuba konnte sein Unwohlsein bei all den Todes- und Liebesgedanken, die ihn so plötzlich ergriffen hatten, kaum verbergen. »Alles, was dich bedrückt, ist auch meine Sorge«, wollte er jetzt von Justyna zu hören bekommen, »auch wenn du mir nicht vertraust.« Aber die Hoteldirektorin sagte nichts. Sie legte nur ihren Kopf auf seinen Schoß und blickte ihn ruhig atmend an. Sie sah, dass ihn etwas Schlimmes quälte, doch sie sagte nichts, und es war ein Wunder, fand Kuba, dass ihm dieser ruhige Blick der Hoteldirektorin auf einmal so viel bedeutete. Bin ich in sie verliebt? Hat es Marta nie gegeben? Bin ich allein wegen Justyna nach Wilimy gekommen?

»Nimmst du mich eigentlich zu deinem Vater mit?«, fragte sie endlich. »Darf ich mitkommen?«

»Wenn du willst, segeln wir morgen nach Najdymowo.«

»Es tut mir leid, dass du deine Mutter so früh verloren hast. Leszek hat mich aufgeklärt … Ich weiß, was Adelbert getan hat.«

Kuba hatte das Messer seines Vaters in der *Omega* verstaut, in einem geheimen Fach des Steuermanns. Das Messer war so zum Herzstück der *Omega* geworden, wovon Justyna nichts ahnte. Sie fragte nämlich nicht mehr nach dem Messer. Und es war gut so, dass sie nicht mehr neugierig war. Er hatte sich damit abgefunden, dass er selbst das Messer seines Vaters entsorgen musste. »Du Hure, ich bringe dich um, ich schlitze dir den Bauch auf!«, hörte er seinen Vater wieder schreien, und manchmal hörte er ihn Nacht für Nacht so schreien und lamentieren und singen:

»Du Hure,
ich bringe dich um,
ich schlitz dir den Bauch auf!

Du Hure,
deine Tage sind gezählt,
ich werd dir dein Gesicht zerschneiden!«

Adelberts Lamento war ein Lied, das in Kubas Erinnerung lebte, und selbst die Kirchenlieder, die er vor der Erstkommunion lernen musste, waren längst seinem Gedächtnis entwichen, nicht aber des Vaters Lamento.

Für ein Liebespaar war die Insel groß genug, für eine Herde Schafe oder Kühe viel zu klein. In der Breite maß sie nicht einmal zweihundert Meter, in der Länge kaum vierhundert Schritte. Bäume, meist Erlen, Birken und Pappeln, umsäumten das Eiland und schützten es vor dem Wind des Sees. Es gab riesige Wiesen, die vor lauter Geschäftigkeit den ganzen Tag in der Hitze brummten. Feldgrillen, Bienen und Hummeln belagerten die Margeriten, den Bärenklau und die Schilfgräser, und wenn man barfuß durch ihr Sonnenreich zog, konnte man sich am Fuß gefährlich schneiden. Die Grashalme waren Skalpelle, die Disteln mit Hunderten von winzigen Nadeln bespickt, die einem Fuß besonders wehtun konnten und tagelang in der Haut steckenblieben. Und dennoch, Kuba missachtete Justynas Warnungen und erkundete die schwer zugänglichen Ecken ohne Sandalen. Bei jedem Schritt richtete er den Blick auf die Erde, als suchte er etwas, und pirschte sich vorsichtig von einem Grasbüschel zum nächsten, was Justyna zum Lachen brachte. So klein, so groß war dieses Hotel *Justyna Star*, ein Dorn im blinden Auge des Dadajsees, die Auferstehung eines Kindes namens Kuba Dernicki.

»Versprichst du mir«, sagte Justyna, als sie wieder einmal ins Wasser gegangen waren, »dass du bis zum Ende deines Aufenthaltes in Wilimy bei mir bleibst? Tag und Nacht!«

Er zog sie an ihren gespreizten Beinen an sich heran: Sie trug ihren weißen Bikini, der, sobald er nass wurde, ihre Nacktheit preisgab, und Justyna warf ihre Arme um Kuba und klammerte sich an ihm fest. Er erzitterte der Kälte ihres nassen Körpers wegen. Dann tauchten sie gemeinsam unter, sodass sie sich unter Wasser sehen konnten, sprangen dann gemeinsam hoch und tauchten erneut wieder unter, um sich so schneller an die Kälte zu gewöhnen.

»Ich werde dich nicht verlassen«, rief Kuba, als sie in Richtung des Touristenbadestrandes von Wilimy losgeschwommen waren, und musste daran denken, was ihm der Dadajsee vor wenigen Tagen gesagt hatte: dass er Franka und seine Kinder nie wieder sehen würde. Jetzt aber, in der Sonne, in der die Haare schnell trockneten, war der Dadajsee still. Dieser Stille vertraute Kuba nicht, und nach etwa dreißig Metern kraulte er zurück zur »Insel der Schafe«. Justyna vom Ufer aus zuzusehen, wie sie auf dem Rücken schwamm, erfüllte ihn mit großer Freude. Ihre Arme hatten keine Angst vor dem Dadajsee. Sie bewegten sich wie riesige Propeller, schnitten in regelmäßigen Abständen das Wasser, schwebten dann wieder in der Luft. So muss es sein, dachte Kuba, einfach losschwimmen, nichts mehr vermissen, scheiß drauf, was gewesen ist, was sich nicht erfüllen konnte. Er beneidete Justyna um ihre Stärke, denn eine Frau, die ein Hotel besaß und managte, musste stark und clever sein. Justyna tat das alles bestimmt nicht nur um des Geldes willen. Sie verbarg vor ihm noch einen anderen Grund dafür, warum sie in diesem Exil lebte, und er wollte sie nach diesem Grund nicht einmal fragen, zumindest vorerst nicht. Sie hatten sich hier in Wilimy getroffen, und um mehr ging es nicht. Vielleicht würde sie eines Tages ertrinken, genauso kläglich ertrinken wie Marta, aber das war es auch schon.

Sie verbrachten den Rest des Tages, wie schon an den beiden anderen Nachmittagen zuvor, mit Baden und Lesen. Eine Sorge plagte sie nicht mehr, denn am Abend würde der Besuch kommen und etwas zu essen mitbringen, hoffentlich etwas Frisches und kalte Getränke. Sie machten einen Abstecher in ihr Zelt, damit sie von niemandem beobachtet wurden. Dieser Abstecher dauerte dann lange, und die Wände des Zeltes waren so still und von der Sonne aufgeheizt, dass sie sich wundern mussten, wie unbestechlich das Verlangen nach Sex war.

Abends wurde es nicht kühler, obwohl sich auf dem See Wellen zeigten und der Wind aufkam und mit ihm ein paar unglückliche Segler, die den ganzen Tag auf kräftige Böen gewartet hatten. Irgendwann, als die Sonne unterging, hörte man von weitem den Dieselmotor von Wojteks Boot.

Wojtek und Leszek hatten an alles gedacht, sie brachten Wasser und Bier, geräucherten Aal, Tomaten und Gurken mit, und sogar Toilettenpapier und ein batteriebetriebenes Radio mit einem CD-Player und die Sun-Bear-Pianokonzerte, die sich Leszek von Justyna kopiert hatte. Und was wäre aus so einer Insel wie dieser ohne die Sun-Bear-Pianokonzerte geworden? Ohne die *Omega* und das Messer von Adelbert? Kuba musste auch noch an das getötete Schaf denken, dessen Bauch aufgerissen war, von wem auch immer. Und was wäre aus diesem Aufenthalt in Wilimy geworden, wenn Leszek hier in der alten Heimat keine Baumschule gehabt hätte und keine Lust, seinen alten Freund zu treffen, den lächerlichen Programmierer und Exdissidenten und -gewerkschaftler Kuba Dernicki?

Sie aßen am Lagerfeuer, tranken kaltes Bier und redeten miteinander: Wojtek und Justyna sprachen darüber, dass ein

Pole aus Chicago oder Hannover ein gewaltiges Grundstück am Dadajsee erworben hätte, um darauf einen Supermarkt zu bauen, was der Bürgermeister wiederum als notwendiges Übel bezeichnet hätte, und es schien, als würde der Abend friedlich enden; aber als Leszek mir nichts dir nichts sagte, dass Justyna und Król sich seit 1980 kennen würden, zog Kuba die Augenbrauen zusammen und stöhnte: »Ach so ...«. Justyna ließ sich nichts anmerken, stand jedoch plötzlich auf, um, wie sie sagte, für das Lagerfeuer Holz zu holen. »Justyna«, sagte Kuba, »du weißt nicht, wo du suchen musst, ich komme mit«, worauf Justyna schroff antwortete: »Bleib sitzen«, und mit der Taschenlampe losging... Und Leszek fragte: »Habe ich etwas Falsches gesagt?«

Kuba schwieg, und Wojtek, der bekanntlich nicht gerade ein sanftmütiger Bursche war, sagte: »Die Hoteldirektorin weiß ganz genau, wovon Leszek gesprochen hat: Die kennen sich schon sehr lange, sie und der Bürgermeister.«

»Entschuldige, Kuba«, sagte Leszek. »Ich hätte schweigen müssen. Ich weiß nicht, was in mich gefahren ist. Es geht mich nichts an, was ihr hier auf der Insel treibt. Tatsache ist, dass Janusz Król kein unbeschriebenes Blatt ist, zumindest nicht für Justyna. Er war ihr erster Liebhaber, sie hat während ihres Studiums in Gdańsk ein Verhältnis mit Król gehabt, und diese Geschichte wird wohl stimmen, denn ich habe sie aus ihrem eigenen Munde gehört.«

»Du weißt mehr über den Bürgermeister, als ich es dir bis jetzt zugetraut habe«, sagte Kuba.

Leszeks Entschuldigung klang nicht wirklich wohlwollend, er führte sich auf wie ein Nebenbuhler, der Kuba durch die Blume sagte: »... du hast mir meine Geliebte gestohlen, du fickst meine Geliebte aus Wilimy ...«, und Kuba ärgerte sich über sich selbst, dass er so naiv war zu glauben, Justyna hätte sich in ihn verliebt, alles gelogen, Marta war unersetzbar, und Justyna führte ihn an der Nase herum, sodass ein baldiges Ende dieser Sommerliebschaft absehbar war, und das Ende der Illusion, Marta wäre nie ertrunken und lebte in Olsztyn – als verheiratete Frau, Mutter von zwei Kindern. Kuba hätte so viel dafür gegeben, sie mit ihren Kindern in Olsztyn spazieren zu sehen, er hätte so viel dafür gegeben, ihre Luft atmen zu können, ihren Kindern zur Begrüßung etwas Süßes zu kaufen, Marta zu fragen, ob sie glücklich sei, mit ihrem Mann und ihrer Familie, aber diese seine Wünsche waren nichts weiter als eine Illusion, eine verwahrloste Wirklichkeit.

Justyna kam mit ein paar Holzscheiten von ihrem kurzen Spaziergang zurück; sie trug die Holzscheite in einem Karton, eine schwere Last, derer sie sich lange nicht entledigen wollte. Sie stand vor dem Lagerfeuer und sagte, bevor sie die Ladung abwarf: »Was wollt ihr mir ankreiden? Was geht euch mein Liebesleben an? Mit wem ich ins Bett gehe oder nicht? Und was wisst ihr schon darüber, was mich mit Janusz Król verbindet?«

Es gehörte viel dazu, dieser Frau eine vernünftige Antwort zu geben, aber keiner von den Männern war so tollkühn, um schnell und geschickt kontern zu können, nicht einmal Wojtek, der Spötter, fand zu seiner Form, da er sagte: »Ich bin im Nachgrübeln sehr gut, nur heute nicht. Ich spiele gerne Poker. Heute aber hätte ich jede Partie verloren. Dabei hat mich Ala gewarnt, fahr nicht zu der ›Insel der Schafe‹! Überlass die jungen Leute ihrer selbstverschuldeten Dummheit!, hat sie mich ermahnt.«

Justyna sagte darauf: »Wojtek, ich bin Anfang vierzig – also kein kleines Mädchen mehr! Und ihr, Schlappschwänze, kümmert euch lieber um euren eigenen Kram!«

Sie leerte vollständig den Karton und legte ein paar Holzscheite ins Feuer. Dann setzte sie sich zu Kuba und sagte: »In

Gdańsk, wo ich studiert habe, war Janusz mit meinem Vater befreundet. Janusz war verheiratet, und wir trafen uns einmal in der Woche in meiner Studentenwohnung in Sopot, die mir mein Vater gekauft hat. Aber Janusz wollte sich für mich nicht scheiden lassen, und nach einem Jahr habe ich unsere Beziehung beendet. Mehr gibt es dazu nicht zu sagen – außer vielleicht, dass wir uns für lange Jahre aus den Augen verloren haben. Und als ich nach Wilimy kam, um das Hotel zu bauen, erfuhr ich von Kazimierz, dass Janusz in Biskupiec wohnt und mit Immobilien handelt. Er hat mir auch beim Kauf des Baugrundstücks für mein Hotel geholfen. Seine Frau ist an Brustkrebs gestorben. Erst nach ihrem Tod fand er den Mut, mir einen Heiratsantrag zu machen. Doch ich liebe ihn nicht mehr. Eigentlich habe ich ihn nie geliebt. Bist du jetzt zufrieden?«

Leszek und Wojtek sahen einander argwöhnisch an, als wollten sie sagen, die Hoteldirektorin versuche mit ihrer Darstellung der Affäre zwischen ihr und Król Kuba zu beruhigen und für sich zu gewinnen.

»Deine Vergangenheit geht mich nichts an«, sagte Kuba. »Und du musst mir nichts erklären oder dich vor mir rechtfertigen.« Aber das war eine Lüge, denn er wollte möglichst viel über Justyna erfahren, vor allem deshalb, weil er Leszek nicht mehr traute, der sich wie ein eifersüchtiger Ehemann aufführte, der offenbar meinte, mit zwei Nebenbuhlern eine Schlacht schlagen zu müssen: mit dem Bürgermeister und dem alten Jugendfreund. Vielleicht hat Leszek, dachte Kuba, die beiden Schläger, die mich beinah zu Tode geprügelt haben, angeheuert?

Leszek schwieg angespannt und demonstrativ verzweifelt, als wollte er mit seiner Trübsinn ausstrahlenden Miene erzwingen, dass man mit ihm litte. Die Eifersucht zerfraß Leszeks Eingeweide. Kuba wollte ihm eigentlich sagen: Eifersucht ist eine Krebsgeschwulst und hat schon viele Männer getötet, auch meinen Vater, Leszek. Aber auch er schwieg.

»Es ist Zeit für mich, pennen zu gehen«, sagte Leszek. »Verzeiht mir.«

Er verließ das Lagerfeuer, in dem Moment, als die Nacht am Ufer von Wilimy stockfinster wurde und der Himmel über der Insel sich in Bewegung setzte – Stern für Stern immer heller und größer werdend.

»Ich hab nichts mit ihm, keine Bange«, sagte Justyna.

»Ich weiß nicht …«, antwortete Kuba.

Leszek legte sich ins Zelt, er hatte eine Isomatte und einen Schlafsack mitgebracht. Wojtek musste wieder einmal zum Netzeinholen rausfahren, und er war froh darüber, dass er in die Dunkelheit des Dadajsees aufbrechen konnte. Wahrscheinlich war ihm die verhasste Sprache des Dadajsees nach diesem langen Abend auf der »Insel der Schafe« wesentlich sympathischer als das Gezänk um die Hoteldirektorin.

»Kommst du mit?«, fragte er Kuba. »In drei Stunden fahre ich dich wieder zurück. Du würdest uns eine große Hilfe sein – wir sind heute Nacht nur zu dritt.«

Kuba fühlte auf einmal, wie sich der Schmerz im Bereich des Hinterkopfs wieder zurückmeldete, obwohl die Beule fast ganz verschwunden war. Er sah Justyna kurz an, die scheinbar nichts gegen Wojteks Bitte hatte, und sagte, ja, er würde mitkommen und bei der Arbeit auf dem See helfen, doch vorher wolle er noch eine kurze Geschichte loswerden, sagte er, sie dauere nicht lange, höchstens fünf Minuten. Wojtek nickte und meinte, so viel Zeit müsse man jedem schenken, falls einer etwas Wichtiges zu sagen habe, jedem Sterblichen müsse man sie dann schenken.

»Es fing damit an …«, begann Kuba zu erzählen.

Der violette Seidenrock

»... es fing damit an, dass ich im Sommer 1999 fast jeden Abend an einem Baggersee verbrachte und meine Familie vernachlässigte. Ich steckte, wie man so sagt, in der Krise und war dem Selbstmord nahe, da ich unentwegt nur noch an eines dachte: Junge, dein Vater sitzt im Gefängnis, an deine Mutter hast du nur vage oder falsche Erinnerungen, die Tante Ala geradebiegen müsste, und nie hättest du Wilimy verlassen dürfen, geschweige denn deine erste große Liebe ... Doch an diesem Baggersee lernte ich einen FKK-Fan kennen, einen Althippie, der alle Drogenexzesse der Sechziger überlebt hatte und seit einer Ewigkeit einer gewöhnlichen Arbeit nachging. Er litt an Schizophrenie und war, wie es sich für mich recht spät herausstellen sollte, sexuell gestört: Er hatte panische Angst vor Frauen. Ich wollte vor ihm das Wort »Frauenphobie« nicht benutzen, weil ich mich mit ihm für diesen einen Sommer mit Hilfe von Dope und Gras verbrüderte und weil ich gemerkt hatte, dass er seine perversen Träume von einer vollkommenen Sklavin nur in seiner Phantasie auslebte; in Wirklichkeit schien er mir bloß ein ganz gewöhnlicher verklemmter Spanner zu sein. Doch eigentlich will ich euch von etwas ganz anderem erzählen, was mit diesem paranoiden Althippie wenig zu tun hat. Er wiederholte immer wieder, wenn er high war, sein bester Freund sei der Maler Soundso – ich habe den Namen nicht gekannt. Jedenfalls ist dieser Maler verheiratet gewesen und hat eine Tochter gehabt. Zu Anfang seiner Karriere hat er seine Bilder in einer kleinen Galerie ausgestellt, irgendwo in Hamburg. Eines Tages wurde er von seinem Galeristen gekündigt, der ihm riet, sich eine große, berühmte Galerie zu suchen: Diese wurde glücklicherweise schnell gefunden, in Berlin, ja, in Berlin, und dort begegnete der Maler einer jungen erfolgreichen Künstlerin, an deren Namen ich mich immer erinnern werde: Böse – Eva Böse. Der unbekannte Maler verliebte sich in Eva Böse, schaffte es mit seinem Charme, sie zu verführen und für seine künstlerischen Projekte zu gewinnen. Bald wurden sie ein Liebespaar, obwohl der unbekannte Maler eine Familie hatte. In den Osterferien, anstatt mit seiner Ehefrau und Tochter zu verreisen, flog er mit Eva Böse nach Amsterdam, um sie in einem Hotel zu lieben, ganze Tage und Nächte lang, ohne die Nase nach draußen zu stecken, und in Amsterdam kaufte er der Künstlerin für sein erstes verkauftes Bild einen violetten Seidenrock, ein teures Designerstück. Ein halbes Jahr später, als der unbekannte Maler plötzlich ein Star und für einen längeren Aufenthalt nach Rom eingeladen wurde, geschah Folgendes: Seine Geliebte begann ihn unter Druck zu setzen und kam zu ihm nach Rom, um ihm das Versprechen abzuringen, sich nach seiner Rückkehr aus Rom für sie scheiden zu lassen. Doch dieses Versprechen konnte der Maler seiner Geliebten nicht geben. Bald danach bekam der Maler Besuch von seiner Ehefrau, und eines Morgens brachte ihm der Postbote ein Päckchen. Als er die Verpackung aufriss, kam der violette Seidenrock zum Vorschein, den er Eva Böse in Amsterdam geschenkt hatte. Er klebte hastig das Päckchen wieder zu, wobei seine Ehefrau dachte, ihr Mann habe eines seiner Bilder an eine falsche Adresse verschickt. Und der Maler, der seiner Frau verheimlichen wollte, dass es sich bei dem violetten Seidenrock um ein Geschenk für seine Geliebte handelte, schmiss das Päckchen in den Müllschlucker, obwohl der Seidenrock ein Vermögen gekostet hatte. Das ist alles. Ich weiß nicht, wie diese Liebesgeschichte ausging, denn der Althippie konnte sie mir nicht mehr weitererzählen: Er wurde nach jenem denkwürdigen Sommer in eine psychiatrische Anstalt eingeliefert, und ich hegte danach keine Selbstmordgedanken mehr.«

Die Kleine Maräne

Justyna war fast eingeschlafen, als Kuba zu Ende gesprochen hatte: »Ich will die Story morgen noch einmal hören«, sagte sie.

Kuba reagierte nicht auf ihre Bemerkung, er sah nur Wojtek in die Augen, und der sagte: »Komm Junge, wir müssen los!«

Kuba sagte: »Manche Stories darf man nur einmal zum Besten geben, Justyna.«

»Ich weiß. Und das mit deiner Mutter tut mir wirklich leid!«, bekannte sie noch einmal. »Außerdem hoffe ich, dass du mir nie einen violetten Seidenrock von Armani kaufen wirst. Gute Nacht!«

Sie küsste Kuba auf die Lippen und ging zu Leszek ins Zelt.

»Und macht mir bloß keine Dummheiten«, rief ihr Kuba nach.

Als Wojtek den Dieselmotor anwarf, der spuckend nur langsam in Gang kam, musste sich Kuba die Ohren mit den Handtellern zuhalten, so grässlich war der Lärm, den der Motor erzeugte und der über den ganzen See getragen wurde. Das Geräusch des arbeitenden Dieselmotors versetzte Kuba zurück in seine Kindheit, als würde er wieder zehnjährig in seinem alten Bett liegen, bei Oma Renia und Opa Kostek, und mitten in der Nacht aufgewacht sein. Der weit entfernte, mächtige Ton eines Dieselmotors hatte ihn so viele Male durch den Schlaf geführt, und als Kind hatte er sich in so vielen Nächten gefragt, wo sich das Boot der Fischer befinden mochte, in welcher unerreichbaren Ecke und Bucht des Dadajsees. Es war die Urnacht gewesen, die Mutter aller Nächte, die damals mit ihm gesprochen hatte, die Nacht der Fischer und ihrer lahmen schweren Holzboote.

Sie fuhren los, und etwa in der Mitte des Sees, wo in der Ferne nichts mehr zu erkennen war, senkte sich der Himmel herab, sodass man nicht mehr zwischen ihm und der Wasseroberfläche unterscheiden konnte. Der Himmel und der See bildeten eine Einheit, sie waren zu einem gewaltigen Spiegelbild verschmolzen. Und es war wohl kein Wunder, dass es hier, an der tiefsten Stelle, wenn ein heftiger Sturm tobte, zu unerklärlichen Unfällen kam, die Fischer ertranken und ihre Boote verschwanden, wohin auch immer.

Nach wenigen Minuten stießen sie zu Wojteks Kompagnons, deren Motorboot plötzlich aufgetaucht war. Lautlos schaukelte es in den Wellen, als läge es vor Anker, und am Bug blinkte eine mickrige Leuchte, ein verführerisches Licht der Ungewissheit.

Wojtek war ein geschickter Steuermann, er kam ganz nah an seine Freunde heran und stoppte den Motor – Seite an Seite lagen jetzt die beiden Schaluppen, deren Wände sich aneinander rieben und knarrten. Die Fischer aus Najdymowo fragten nicht danach, wer denn Wojteks Begleiter sei. Ihre Gesichter waren austauschbar, denn viele Typen, die hier am Dadajsee lebten, hatten kaputte Gesichter, zerstört vom Wodka und vom Sozialismus, zerstört von den neuen Zeiten, die für sie nichts Erfreuliches gebracht hatten – die Goldberge schossen in anderen Staaten aus der Erde empor. Sie unterhielten sich mit Wojtek und beachteten nicht seinen Gehilfen: »Die Kleine Maräne ist auch nicht mehr das, was sie einmal war. Die Fische werden immer jünger und kleiner. Wir haben den See leergefischt. Wir und die Wilderer«, debattierten sie. Kuba hörte den Männern bei ihrem Gespräch zu und rauchte eine

Zigarette, und dann fuhren sie wieder los, um ihren Job zu erledigen.

Das ausgelegte Treibnetz maß in der Länge etwa hundert Meter, und man musste den Anfang, der mit einer weißen Boje markiert war, finden, was nicht immer sofort klappte, denn das Treibnetz driftete meistens gut vierundzwanzig Stunden lang im See. Es war eine Plackerei und Knochenarbeit, weil man das Treibnetz mit bloßen Händen aus dem Wasser zerren musste, und die beiden Männer im anderen Boot fluchten, was das Zeug hielt, da die weiße Boje im gelben Scheinwerferlicht nirgendwo zu sehen war. Erst nach zehn Minuten gemächlichen Driftens tauchte sie auf.

Wojteks Männer, gereizt vom Tuckern der verölten Dieselmotoren und vom säuerlichen Gestank der verrosteten Batteriegehäuse, stiegen murrend und den Dadajsee verdammend zu ihm ins Boot, ihr eigenes nahmen sie in Schlepptau.

Die Kleinen Maränen, die im Scheinwerferlicht wie riesige Messer aussahen, zappelten und schlugen mit ihren Schwänzen gegen die Wände des Bootes von Wojtek, und manche der Kleinen Maränen waren schon seit Stunden tot, aber alle bluteten aus ihren zarten, teilweise zerfetzten Kiemen. Kuba musste die toten und die lebenden Fische aus ihrer Gefangenschaft im Treibnetz befreien – mit eigenen Händen und ohne Gummihandschuhe – und anschließend in die Holzkisten werfen. Wojtek und seine Kompagnons ackerten bis zur Erschöpfung; Meter für Meter zogen sie das Treibnetz aus dem schwarzen See ins Boot.

»Wie heißt du, Alter?«, fragte einer der Freunde von Wojtek.

»Kuba Dernicki.«

»Deinen Vater kenne ich«, sagte der andere Mann. »Du bist ein guter Sohn, du hilfst uns.«

Nein, dachte Kuba, das bin ich nicht. Ich werde euch noch heute verlassen und nie wieder sehen. Ihr wisst es bloß noch nicht. Und ihr wisst nicht, dass ich seit über zwanzig Jahren auf diesen Augenblick gewartet habe, und jetzt, da ich endlich mit euch zusammengekommen bin, mit euch Fischern aus Najdymowo, will ich wieder flüchten. Kuba hatte Angst, und die absurde Angst wütete in seinem Bauch, dass sich Martas Körper in dem Treibnetz verfangen haben könnte, Martas frischer Leichnam, als wäre sie in dieser Nacht ertrunken. Kuba war sich sogar sicher, dass Marta ihn und die Fischer mit ihren toten Augen beobachtete, wie eine erstickte Kleine Maräne.

Wojteks Kompagnons summten eine Kuba bekannte Melodie, doch wo hatte er sie schon einmal gehört? Hier in Wilimy etwa? Wojtek kannte den Text auswendig und fing an zu singen:

»Wodka und Messer,
Warmia und Masuren,
Würmer und Menschen!
Mein Hornissenland!
Wälder und Moränen,
Wasser und Monde!
Mein stacheliger See,
der du immer Sommer
und Winter heißt!

Wodka und Messer.
Weiber und Männer.
Wasser und Moränen.
Wälder und Menschen.
Warmia und Masuren.

Weiden und Monde.
Unsere stacheligen Mädels!
Winter und Monate.
Da-daj, da-daj!«

Und noch, als sie den Fang vollständig ins Boot geholt hatten, sang Wojtek weiter. Sein Gesang verebbte erst in der Nähe der für Yachten mörderischen Passage der »Insel der Vögel«, in der die Langleine mit hundert Haken schwamm, befestigt an Korken, die im ermländischen Volksmund seit eh und je *pupki* hießen. Alle Haken waren mit fetten Regenwürmern bestückt – ein besonderer Leckerbissen für den Aal.

14

Mit der Morgendämmerung an diesem Donnerstag – die »Insel der Schafe« war ganz von weißem Tau bedeckt, als würde sie schwitzen –, kroch Kuba ins Zelt zum Schlafen. Er stank nach Fisch, aber das war ihm egal. Er war todmüde und spürte seine Knochen und Muskeln nicht mehr. Schwere körperliche Arbeit war Kuba nicht mehr gewohnt. Justyna und Leszek pennten nebeneinander, sie hatten sich mit ihren Schlafsäcken zugedeckt, und ihr Schlaf war so fest, dass sie sich lediglich auf die andere Seite drehten und kurz aufschnauften, weil sie die kalte Brise, die zum offenen Zelteingang hereinwehte, zu spüren bekommen hatten. Endlich wurde es kühl, doch vielleicht irrte sich Kuba auch, denn er hatte beim Einziehen des Treibnetzes – trotz der physischen Anstrengung – gefroren.

Im Traum verlor er das Gleichgewicht, die Matratze unter seinem Rücken löste sich in nichts auf, und er fiel für einen Augenblick in einen tiefen Abgrund; die Angst davor, er würde nicht mehr aufwachen und in dem dunklen Abgrund sterben, wo ihn niemand mehr fände, war so real, dass er einen Schrei ausstieß. Dann öffnete er die Augen, glücklich, aus diesem schwerelosen Traum aufgewacht zu sein.

Leszek und Justyna waren schon aufgestanden – er hörte ihre Stimmen, aber er konnte nicht verstehen, worüber sie sich unterhielten. Ihr Gespräch geriet dauernd ins Stocken, und das Geräusch der Metallbecher, aus denen sie den Kaffee schlürften, erschwerte zusätzlich das Verstehen. Da fiel ihm plötzlich ein, dass Justyna ihn am frühen Morgen kurz geweckt und mit Küssen bedeckt hatte. War Leszek Zeuge ihres Liebesaktes geworden? Hatte er Justyna an der Hand gehalten, als Kuba in sie eingedrungen war und kurz danach die Ejakulation nicht hatte zurückhalten können? Und nach diesem spröden Geschlechtsverkehr musste wohl der Fall in den Abgrund erfolgt sein, dieser schwerelose Traum, der sich nur dann einstellte, wenn Kuba völlig erschöpft war und der Schlaf ihn sofort übermannte.

Seine Erinnerung an den Liebesakt kam ihm befremdlich vor, als hätte er mit Justyna gar nicht geschlafen. Und er war beschämt darüber, dass Leszek bei diesem schlaftrunkenen Quickie womöglich nicht nur Zeuge gewesen war, sondern auch Nutznießer – es sei denn, Justyna hatte beide Männer verführen wollen: Fragen über Fragen, auf die Kuba keine Antworten hatte.

Er schlich sich aus dem Zelt nach draußen, er trug nur Boxershorts, und es musste schon sehr spät sein, denn die Wiesen der Insel brummten wieder in der sengenden Hitze, der morgendliche Tau war verdunstet, am Touristenbadestrand von Wilimy schrien Kinder, das bewachte Schwimmbecken war überfüllt, und die paar Wolken am Himmel ließen nicht auf baldigen Regen schließen. Wenigstens blies der Wind von der Mitte des Sees her, sodass der Segeltour nach Najdymowo nichts im Wege stand. Jetzt fiel Kuba endlich ein, dass heute der Besuch beim Vater geplant war, jetzt, da er sich über die hohen Wellen an den tiefsten Stellen im Dadajsee und über den bescheidenen Wind freute.

Kuba kramte seine Sachen zusammen, die er für die morgendliche Toilette brauchte, und ging zu der Badestelle, von der aus das Ufer von Wilimy mit dem Touristenbadestrand gut zu sehen war.

Leszek und Justyna badeten nicht mehr, sie kamen gerade aus dem Wasser, als Kuba, mit dem Handtuch in der Luft wirbelnd, sie begrüßte. Er musste an die Nacht denken, an die Nacht bei den Fischern und Kleinen Maränen, an die toten Augen Martas; er dachte auch daran, dass Leszek und Justyna wahrscheinlich ein langjähriges Verhältnis miteinander hatten, das sie beide langweilte, sodass sie für jede Abwechslung dankbar sein mussten. Doch Kuba wollte nicht für etwas, was er als widerlich empfand, benutzt werden, und deshalb war er auf Leszek und Justyna wütend. Gleichzeitig meldeten sich bei ihm Zweifel, ob er sich bei all seinen Vermutungen nicht doch vergaloppiert hatte. Vielleicht war die ganze Chose viel harmloser, als er dachte, und letztendlich ging es doch nur um Marta, über die Justyna inzwischen bestimmt so einiges in Erfahrung gebracht hatte – Leszek war ihr dabei sicherlich behilflich gewesen und hatte wohl als Hauptquelle für gewünschte Informationen gedient. Kuba bewunderte Justyna, dass sie bis jetzt stillgehalten und keine Fragen gestellt hatte. Er wollte seine Liebe zu Marta nur für sich allein bewahren, niemand sollte von seinem ertrunkenen Mädchen etwas erfahren, nicht das Geringste – diese seine tote Liebe war unverkäuflich.

Justyna gab ihm einen Kuss und flüsterte ihm ins Ohr: »Guten Morgen! Ich habe dich so vermisst! Du wirst mich mehr lieben als jede andere, die du bis jetzt geliebt hast – du darfst es mir bloß nicht sagen! Bitte!«

Sie legte sich auf ihrem auf einem Abhang ausgebreiteten Handtuch auf den Rücken, sodass sich die Wassertropfen in Bewegung setzten und ihren Körper hinunterrollten.

»Und, wie war der Fang?«, fragte Leszek.

»Bestens, mein Freund! Bestens!«, antwortete Kuba und ging ins Wasser, um sich zu waschen. Als es in Wilimy noch keine Kanalisation gab, mussten sich die Kinder im Sommer im See waschen. Man pilgerte zum Seeufer, vertrieb die Kühe, die im seichten Uferbereich standen, tranken und in den See pissten, und ließ sich die eingeschäumten Haare von der Mutter oder Schwester waschen. Es war eine rituelle Reinigung wie im Ganges, nur dass die Kinder aus Wilimy vom Ganges noch nie etwas gehört hatten.

Als Kuba mit dem Waschen im See fertig war und sich im Wasser, das ihm bis zu den Fußknöcheln reichte, abtrocknete, kam Leszek zu ihm und fragte nach dem Programm für den verbliebenen Nachmittag. Kuba sagte, dass er mit Justyna nach Najdymowo fahren und seinen Vater besuchen wolle. Er hatte keine Lust, sich mit Leszek zu unterhalten. Ob Leszek sein Misstrauen spürte oder nicht, war Kuba nicht wichtig.

»Sie liebt dich«, sagte sein Jugendfreund. »Das erste Mal nach so vielen Jahren liebt sie einen Mann. Mach ihr das nicht kaputt. Mach's nicht kaputt. Und es ist wahr, ich wäre gerne der Glückspilz gewesen, der Auserwählte: Justynas Prinzchen!«

»Hast du heute Nacht mit ihr geschlafen?«, fragte Kuba.

Leszek zog die Unterlippe ein und kaute mit den Vorderzähnen auf ihr, bevor er sich entschloss, Kuba eine Antwort zu geben. »Vielleicht, doch das ist nicht wichtig. Sie liebt dich.«

»Klare Aussagen sind nicht unbedingt deine Domäne. Ich muss mich gar nicht wundern! Und Marta? Du wirst wohl mit der Hoteldirektorin über Marta geplaudert haben, oder?«

»Und selbst, wenn ich es getan hätte – was würde das ändern? Menschen ertrinken eben, egal, ob im Dadajsee oder woanders. Justyna weiß nicht, dass sie wie Marta aussieht, riecht und spricht – darüber solltest du dich freuen. Verschone sie mit deinen Geschichten über ertrunkene Mädchen!«

»Weißt du, einst haben wir uns einen Dreck darum geschert, dass es so etwas Endgültiges wie Lüge oder Wahrheit gibt: Wir haben einander nichts verheimlicht.«

»Einst – ja. Heute sind wir allzu sehr mit unserem Image beschäftigt. Es ist uns wichtig geworden, was andere von uns halten, wie sie über uns sprechen.«

Justyna schien der Diskussion der beiden nicht zuzuhören, sie wechselte ihre Position und legte sich auf den Bauch.

*

Erst als Kuba mit der Hoteldirektorin allein war, fragte sie ihn, ob es denn so etwas wie Gerechtigkeit geben würde – Gerechtigkeit in der Liebe. Sie hatten Leszek mit der *Omega* zu seinem »Latifundium« gebracht, wo er mit ein paar Gdańsker Großkunden Wodka trinken musste, und seit einer Weile segelten Kuba und Justyna ziellos durch die Gegend, aber stets in der Nähe des Ufers von Najdymowo.

»Nein. Gerechtigkeit gibt es sowieso nicht, und schon gar nicht in der Liebe.«

Justyna steuerte die *Omega*, Kuba hielt die Schot vom Großsegel und bemühte sich bei jedem Kurswechsel, unter dem

Mastbaum elegant auf die andere Seite zu kriechen, was Justyna zum Lachen brachte: »Du hast wirklich nichts vergessen und verlernt!«

»Und du, du hast Leszek nie geliebt?«

»Hör doch auf… Ich war in meine Männer vernarrt. Aber Leszek ist kein Mann: Wie jeder verheiratete Mann.«

»Warum?«

»Verheiratete Männer, insbesondere die polnischen, haben mich irgendwann nicht mehr interessiert. Vielleicht ist das der Grund gewesen, warum ich als junge Frau in England nach neuem Glück gesucht habe. Verheiratete Männer sind feige und ihren Frauen und Müttern unterlegen, in jeder Hinsicht. Sie lieben nicht uns, sondern ihre Fäuste, die sie gegen alles und jeden richten. Solche Männer kann man in der Pfeife rauchen.«

»Und ich, was ist mit mir? Bin ich kein verheirateter Typ?«

»Ja, aber du bist wie ich kein Häftling unserer Heimat, von Nation und Kirche. Ich könnte mir daher vorstellen, dich zu lieben.«

Das Bellen der Omega und der Atem des Eisenschrotts sowie das erste Gespräch mit dem Vater

Sie segelten nach Najdymowo. Sie machten in dem verfallenen Fischereihafen fest und zogen die Segel ein, damit die *Omega* ruhig im Wasser lag, und nicht bellte, wie es im Jargon der masurischen Segler hieß.

»Und weißt du«, sagte Justyna, als sie den Hafen verließen und ins Dorf kamen, »ich möchte deinem Vater eigentlich nicht begegnen, weil er genauso ein Feigling ist wie all die anderen Typen, die ich gekannt habe, aber ich muss es akzeptieren, dass es so ist, wie es ist. Ich muss euch Männer akzeptieren. Ihr Männer, ihr seid alle verkappte Messerstecher, wie dein Vater, und obendrein seid ihr noch Nationalisten, denn kein Land ist vor euch Stammeskriegern und perversen Schmetterlingsjägern sicher, ihr verkappten Messerstecher und Schmetterlingssammler. Nicht die Art, wie ihr vögelt, sondern wie ihr eure Geschäfte tätigt, sagt über euch Typen was aus – das habe ich als Hotelbesitzerin und -managerin schnell gelernt. Und ihr seid meistens miese Liebhaber und Geschäftsleute …«

Ein verkappter Schmetterlingssammler und Messerstecher hatte Kuba nie werden wollen. Justynas Beschimpfung schmerzte ihn sehr, aber er sagte sich: Jeder von uns hat gesoffen, Drogen genommen, Gedichte geschrieben und die Welt gerettet oder Schmetterlinge und LPs gesammelt, und manche Missionare und Entdecker wurden halt zu Mördern, obwohl sie das Morden nicht wollten – es lag nur ihnen so klar auf der Hand, zu Höherem berufen zu sein, von welcher Macht auch immer.

»Ich mag es, wenn du so gereizt bist. Du und deine *Omega* – ihr seid das schönste Paar, das ich je gesehen habe«, antwortete er.

»Willst du dich bei mir einschmeicheln? Kuba, ich hab's so satt, in eurer billigen, vom peinlichen Selbstmitleid zerfressenen Stammtischkneipe zu verkehren, seitdem ich dieses Hotel besitze und leite. Anbiederung – das ist die euch Männern liebste Onanie, egal, ob ihr für uns dichtet, wissenschaftliche Forschungen anstellt, Völker regiert oder eure Feinde abschlachtet!«

Kuba bemühte sich, eine Weile zu schweigen, doch es gelang ihm nicht, und er sagte: »Ich weiß nicht, was dir Leszek über meinen Vater erzählt hat, nur: Adelbert hat letztendlich niemanden umgebracht – nicht einmal meine Mutter oder mich und meine Kindheit. Es war ein Selbstmord. Er hat sich selbst vernichtet. Und der Selbstmord ist eine Spezialität von uns Männern aus Najdymowo und Wilimy, das ist wahr. Als beleidigte Samurai sind wir unbesiegbar!«

»Wie schön für euch«, sagte Justyna.

Sie erreichten zu Fuß das Dorfzentrum, wo es eine Kneipe gab, in der man auch speisen konnte. Aber die Kneipe wirkte nicht gerade einladend, die Tische waren schmutzig, und es sah danach aus, als würde sich selten ein Tourist in diese Gegend verirren.

Kuba kannte den Weg, der ihn zu seinem Elternhaus führte. Er hatte nichts vergessen. Jeder Stein, jeder Zaun kam ihm bekannt vor, jeder noch so kleine Grashalm.

Und so kamen sie schon bald zu Kubas Elternhaus, in dem seit eh und je deutsche Fischer gelebt hatten. Die Fassade brauchte dringend einen Anstrich, der Putz bröckelte hier und da von den Wänden, der Garten war verwildert und zu einem Hain voll abgestorbener Augustapfelbäume mutiert. Fenster und Türen waren von den Erbauern für Zwerge angelegt worden. Als Kind hatte Kuba seltsamerweise nie den Eindruck gehabt, er würde in einer Pygmäen-Hütte wohnen.

Ursprünglich war das Haus seiner Eltern nicht verputzt gewesen. Die roten Backsteine stammten wohl aus der Ziegelei der Familie Norgall, die in Neudims, denn so hatte das Dorf unter den Ostpreußen geheißen, die wohlhabendste Familie gewesen war und die die Fischer und die Einwohner der Kleinstadt Bischofsburg mit Ziegelsteinen versorgt hatte. Zwei Schlote ragten immer noch in den Dadajhimmel. Von den Häusern, Büros und Produktionshallen der Firma Norgall waren jedoch nur noch Ruinen erhalten – Ruinen, die Kuba nach wie vor faszinierten. In diesen Trümmern aus roten Ziegelsteinen hatte er mit Maciek und Leszek oft den Untergang von Pompeji gespielt, den sie sich in einem phantastischen Bilderbuch von Leszeks Vater viele Male angesehen hatten. Norgalls und Dernickis, Schuttkowskis und Willms, Kolodziejczyks und Burris, Dauters und Drogomirs, Jaguckis und Grinders, Loschs, Jeromins und andere Sippen, deren Vorfahren und Nachkommen, wohnten alle zusammen in diesem ostpreußischen Geisterdorf am Dadajsee: In Neudims lebten sie das ewige Leben, und vielleicht würde Leszek das Bilderbuch, das den Untergang von Pompeji im Comicstil dokumentierte, irgendwo in alten Kartons im Keller oder auf dem Dachboden finden. Vielleicht stand es sogar in Leszeks Bücherregal in Gdańsk, vergessen und verstaubt.

Es war damals, in der Volksrepublik Polen, nicht einfach, ein *Niemiec*, ein Deutscher, zu sein, ein Bewohner eines Ortes, an dem es spukte und an dem es verdächtige Ruinen und Schlote gab. Die Jäger von der Warthe nannten ihre Mitbewerber aus dem Westen die Stummen, *niemi* – und das vor tausend Jahren, so die Legenden –, weil sie die slawische Sprache nicht verstanden. Und so ein *Niemiec*, so ein Stummer, war auch Kubas Vater, der Neudims nach seiner Geburt nie richtig verlassen hatte. Seine größte Reise war wohl die nach Olsztyn, wo er sich den Pelzmantel gekauft hatte, und die nach Barczewo gewesen, wo er die Gefängnisstrafe absitzen musste. Und Adelbert wurde mehr oder weniger von Soldaten erzogen; sein Vater war Gefreiter bei der Wehrmacht gewesen, aber auch die schlitzäugigen Rotarmisten gehörten zu seinen Lehrmeistern: Sie vergewaltigten seine Mutter und schenkten ihm anschließend Brot, weil er Hunger hatte. Und Lucyna, die an warmen Sommerabenden auf der Bank im Garten gesessen und gestrickt hatte, durfte als Untote ihre Strickarbeiten in

Neudims fortsetzen, in einem Garten, einer Wüste aus roten Ziegelsteinen. Wie viele Geister und Soldaten und strickende, verängstigte Frauen, die auf ihre Männer warteten, hatte Kuba auf dem ehemaligen Firmengelände der Familie Norgall gesehen? Wie viele Geister, Gespenster, Untote und Ertrunkene, die ihn und seine beiden Kumpels Maciek und Leszek bei ihren kleinen, nachgespielten Kriegen und Naturkatastrophen begleitet hatten? Auf diese Frage gab es keine Antwort. Hunderte, Millionen – unendliche Kolonnen von marschierenden Flüchtlingen, die von Dorf zu Dorf zogen und um ein Stück Brot bettelten.

Justyna klopfte an die Eingangstür, die angelehnt war. Im Inneren des Hauses waren keine Geräusche zu hören, die Stille gefiel Kuba nicht. Er fühlte sich wie ein Einbrecher. Sie öffneten die Tür. Die Luft, die ihnen entgegenschlug, war stickig und schwer, der saure Geruch, der diesen alten, von Pilzen und Feuchtigkeit befallenen Mauern anhaftete, juckte in der Nase, und in der Luft schwebte noch ein anderer Geruch, nämlich der von nassem, verrostetem Alteisen, und so musste es auch auf der USCSS Nostromo gerochen haben, phantasierte Kuba, der den Alien-Film über das unglückselige Raumschiff Nostromo in guter Erinnerung behalten hatte, vor allem die Titelrolle von Sigourney Weaver, obgleich ihm das amerikanische Kino lachhaft vorkam im Vergleich mit den Regiewerken von Jean-Luc Godard, und Sigourney Weaver konnte außerdem den Pariser Mädchen Anna Karina oder Macha Méril nicht das Wasser reichen.

»Er hat keine Angst vor fremden Leuten«, sagte die Stimme eines alten Mannes. »Er wird seinen Gästen nichts antun … Er verspricht es …«

Woher kam sie, diese heisere Stimme? Aus welchem Zimmer? Sie traten in den Flur, dann in die Küche, in der ein etwa siebzigjähriger Mann, den Rücken zu ihnen gewandt, auf einem Holzherd Wasser aufsetzte. Er drehte sich um und sagte: »Adelbert wurde im Dorf gewarnt, dass ungebetene Gäste in sein Haus kommen werden. Er hat keine Angst.«

Er war einmal ein starker muskulöser junger Fischer gewesen, doch das Gefängnis hatte ihn gebrochen. Kuba sah sich seinen Vater genau an: Adelbert lebte in einer verlorenen Zeit, in einem verlorenen Raum, in dem er offenbar seine Mordtat immer wieder aufs Neue beging und sich immer wieder mit ihr konfrontieren musste, Bild für Bild. In seine blauen Augen hatte sich das Grauen verkrochen; seine Schultern, einst kräftig und breit, wirkten nun schwach und verängstigt. Und die Stimme, die aus diesem kaputten Häftlingskörper hervordrang, war die eines Automaten, als würde sie von einem Audiogerät abgespielt werden – da sprach jemand, der längst tot war.

»Guten Tag, Vater«, sagte Kuba und stellte ihm die Hoteldirektorin vor.

Adelbert reagierte nicht, er sank auf einen Stuhl und sagte: »Guten Tag. Niemand im Dorf sagt zu Adelbert ›Guten Tag‹!«

»Und niemand redet mit seinen Gästen so wie du, Vater«, bemerkte Kuba. »Wer bist du?«

»Adelbert hat im Gefängnis eine neue Sprache gelernt. Das Ich ist böse, weil es nur an sich selbst denkt, und er musste deshalb das Ich hart bestrafen ...«

Justyna sah sich in der Küche um, und erst durch ihre neugierigen Blicke wurde Kuba klar, dass nicht nur die Küche, sondern wohl das ganze Haus von oben bis unten mit Sperrmüll, vor allem aber mit Eisenschrott, vollgestopft war; die Auswahl an kuriosen Dingen war riesig, es gab Campingtische, verrostete Autoteile, unbrauchbare Stühle und Lampen, Wäscheständer oder ganze Blechplatten, die an den Wänden lehnten, in den Küchenschränken standen Metalldosen und Weckgläser mit Schrauben und Nägeln. Und der Dreck – in diesem Domizil putzte niemand – und der Müll waren gewaltig, und das Spülbecken, die über ihm hängenden Töpfe und Bratpfannen und dann der Herd verdarben dem Betrachter den Appetit. In Adelbert Dernickis deutschem Haus konnte einem der Hunger schnell vergehen. Doch nirgendwo war ein Messer zur Hand.

An einer Wand hing ein Foto, auf dem Kuba im Erstkommunionsanzug zu sehen war. Er erkannte sich wieder: Der siebenjährige Junge kniete, seine Hände waren zum Gebet gefaltet, in der Brusttasche seines Sakkos steckten Maiglöckchen, und das Gesicht des Siebenjährigen war weder angespannt noch unglücklich, im Gegenteil, ein schelmisches Grinsen hatte seine Miene fest im Griff. Warum das Foto hier hing, war Kuba schleierhaft. Nach der Erstkommunion war es ja zum blutigen Sommer des Messerstechers Adelbert Dernicki gekommen, und Kubas polnische Großeltern mussten den Haushalt in Najdymowo auflösen und alle Habseligkeiten und Dokumente, so auch die Familienfotos, nach Wilimy bringen. Das Haus wurde nicht verkauft, man sicherte einfach die Tür mit einem Vorhängeschloss und betrat nie wieder das Haus. Viel zu mächtig war der Fluch, der auf diesem deutschen Haus lag, als dass Kubas Großeltern der Versuchung, es gewinnbringend zu verkaufen, hätten erliegen können.

Kuba betrachtete das Foto aus dem Frühjahr 1967 – da hatte seine Mutter noch wenige Monate zu leben gehabt, und hätte damals jemand in die Zukunft geschaut und Lucyna gesagt, dass ihr eigener Mann sie erstechen würde, sehr bald schon, auf der Hochzeit ihrer Schwester Ala, wäre sie vielleicht nicht verwundert gewesen. »Er droht mir schon seit Jahren, mich eines Tages umzubringen«, hätte sie wohl geantwortet. »Aber vielleicht ist das mein Schicksal.«

»Wer ist das da auf dem Bild?«, fragte er seinen Vater und zeigte mit der Hand auf das Foto.

Der alte Mann rührte sich nicht von der Stelle. Er sagte: »Adelbert kennt den Jungen nicht, er hat keine Kinder.«

»Dann bin ich ja beruhigt«, sagte Kuba, »obwohl ich dein Sohn bin.«

»Sie haben nie einen Vater gehabt. Jetzt gehen Sie bitte. Adelbert will schwarzen Tee trinken und nachdenken. Und das Foto gehört den Vorbesitzern, die in diesem Haus einmal gewohnt haben. Das Foto ist Adelbert fremd.«

»Jeder hat einen Vater«, meinte Kuba und dachte daran, was ihm Maciek bei ihrer Begegnung auf dem Friedhof von Wilimy gesagt hatte: »Jeder hat eine Mutter – du Armleuchter!«

Die Erstkommunion

Oma Renia hatte schon immer darauf bestanden, dass Kuba bereits in der ersten Klasse der Grundschule Ministrant werden müsste: »Je früher du mit dem Kampf gegen die Versuchungen des Teufels anfängst, desto leichter wird es dir im erwachsenen Alter fallen, dein Gewissen rein zu halten.« Das Wichtigste für ein Kind war, nach der Erstkommunion das Geschenk der Eltern in Empfang zu nehmen: das Geschenk Jesu Christi, umgemünzt in Geld, und viele Kinder erhielten eine teure russische Armbanduhr oder ein Fahrrad. Aber Kubas Geschenk für die Teilnahme an der Erstkommunion war nicht etwa ein Briefumschlag von Pfarrer Kazimierz, ein Briefumschlag mit einer von ihm schriftlich verfassten Prophezeiung: »Kuba, dir wird bald eine Besuchsgenehmigung für das Gefängnis von Barczewo ausgestellt, damit du deinen Vater und den ehemaligen Gauleiter Ostpreußens persönlich sehen und sprechen kannst …« Nein, das nicht, so etwas Undenkbares und Fatales, dass jemand aus den eigenen Reihen ins Gefängnis kommen würde, war in der Familie Dernicki nie ein Thema gewesen. Und Adelbert und Lucyna hatten die Erstkommunion ihres Sohnes schlicht und einfach verschlafen. Sie waren zu jener Zeit viel zu sehr mit sich selbst beschäftigt. Kuba erinnerte sich an seine schlechten Noten im katechetischen Unterricht, die allerdings immer noch ausreichend gut waren, um als ausgebildeter Ministrant die Aufnahme in den Kreis der unschuldigen minderjährigen Engel nicht zu verpassen. Kuba erinnerte sich auch daran, dass Opa Kostek einen genialen Einfall gehabt hatte. Seine Großeltern hatten ihm keine russische Armbanduhr und kein Fahrrad geschenkt – sondern ein mächtiges Holzboot: »Einst wirst du Fischer, wie ich und dein Vater«, hatte ihm Opa Kostek stolz angekündigt. Kuba hatte das Boot lange Zeit nicht benutzt, vor allem deshalb, weil er zunächst zu klein und zu schwach war, um die schweren Ruder bedienen zu können, und er lag ja damals als skeptischer Erstkommunikant mit Jesus im Clinch: Christi Leib schien ihm ungenießbar zu sein, weil es sich um einen menschlichen Leib handelte, einen aus Fleisch und Blut, und nicht nur um einen Gottesleib, denn Gottes Töchter und Söhne durften doch keine Lebensmittel sein – so dachte er zumindest, als er zur Erstkommunion ging. Heute fiel Kubas Urteil über die erste echte Begegnung mit Gott ähnlich aus, und er lachte nur noch darüber: Die Hände des Priesters wissen nicht, dachte er oft, was sie da tun, wenn sie die kleine Hostie, dabei die Zauberformel »Corpus Christi« aussprechend, auf die Zunge eines Mädchens oder Jungen legen. Für Kuba war dieses so intime Sakrament eine Vergewaltigung, weil der Leib eines fremden Mannes in die zarten Mägen der Kinder eindrang, um die Mägen angeblich zu reinigen, die unbefleckten Seelen mit Liebe zu Gott zu entzünden. Doch wie sollten diese Kinder ihre Liebe mit dem Universum teilen, mit dem Dadajsee zum Beispiel, der nur das Böse kannte?, fragte sich Kuba beim Betrachten des Fotos an der Wand und erinnerte sich: Warum mussten wir deinen Leib essen? Deine DNA, deinen Samen schlucken? Du bist doch nicht… Und die Mädchen und Jungen in ihren festlichen Kleidern – will man sie denn vergiften oder verführen oder gar opfern?

*

»Adelbert hat keinen Sohn«, sagte sein Vater.

Kuba hatte das Zeitungsbündel mit dem Messer mitgenommen, es steckte in seinem Eastpak-Rucksack. Aber das Messer schwieg und stellte keinerlei Forderungen. Er wusste es sich nicht zu erklären, warum er das Messer aus dem Versteck in der *Omega* rausgeholt hatte, heimlich vor Justyna. Wollte er Adelbert den Hals durchschneiden? Oder sich vor den Augen seines Vaters und der Hoteldirektorin umbringen? Ich bin ein Feigling, wie bei der Erstkommunion, vor der ich nicht habe fliehen können – vor Jesu Christi Fleisch. Ich bin ein Feigling wie der unbekannte Maler, der den violetten Seidenrock seiner Geliebten in einen Müllschlucker geworfen hat.

Justyna, die sich nicht traute, etwas zu sagen, besah sich eine Vitrine, in der es eine beachtliche Sammlung von uralten Töpfen und Bratpfannen gab, und Kuba trat ganz nah an seinen Vater, nahm den Rucksack ab, ließ ihn auf den Fußboden gleiten, beugte sich etwas vor und küsste Adelbert auf die Stirn. Das Messer war still, wie Justyna.

»Du weißt, wo du mich findest«, sagte er. Ihm war, als würde Maciek in seinem Bauch sprechen. Maciek? Oder Kopernik?

Dann sah der Vater zu Kuba auf, er schaute ihm das erste Mal ins Gesicht. »Adelbert fährt nicht mehr nach Wilimy.«

Das war alles, was aus seinem Munde kam, und dennoch war dieser letzte Satz ein Hoffnungsschimmer für Kuba: Er weiß ganz genau, wer ich bin, dachte Kuba erschrocken. Er nahm die Hoteldirektorin an der Hand und führte sie nach draußen, ohne ein Abschiedswort. Im Vorgarten blieb Justyna stehen und küsste Kuba heftig, dann sagte sie: »Verzeih mir meinen Wutausbruch von vorhin.«

»Schwamm drüber, mein ›Schönfließ‹!«

Justyna gefiel ihr neuer Name, und es sei dies nicht ihre erste Taufe, sagte sie, andere Männer hätten ihr auch schon einen Beinamen verpasst – doch der Einfall mit »Schönfließ« sei unschlagbar.

»Schönfließ? – so heißt du doch in Wirklichkeit, Justyna«, sagte Kuba und musste sich fragen, ob er mit dieser Taufe einen Verrat begangen hatte: Für Marta erfand er einst einen ebenso ausgefallenen wie einfachen Spitznamen, er nannte sie oft »Dadaj« oder »mein Da-dej«.

Sie gingen zurück in den Fischereihafen. Die *Omega*, belagert von Kindern und greisen Männern aus dem Dorf, erweckte den Eindruck, eine noble, für Normalsterbliche unbezahlbare Yacht zu sein – eine dieser Yachten, die man üblicherweise nur an der Côte d'Azur bewundern konnte.

»... du wirst das Messer nicht mehr brauchen ...«

Als sie wieder in See stachen, merkten sie, dass der Wind stärker blies und in der Luft eine Wetteränderung lag, man roch förmlich den kommenden Regen. Der Himmel schickte eine wohltuende Abkühlung über das Dadajtal, und hier und da zeigten sich stürmische Wolken. Die *Omega* war bei diesem Wetter in ihrem Element. Sie liebte das dunkle stürmische Licht des Himmels und den kühlen Wind.

Kuba und die Hoteldirektorin mochten zu der »Insel der Schafe« gar nicht mehr zurücksegeln, sie fuhren kilometerlang im Zickzack, ohne ein bestimmtes Ziel anzupeilen. Und es war gut so, dass sie bis zum frühen Abend segelten, denn sie wollten über das, was sie in Adelberts Haus gesehen und erlebt hatten, noch nicht reden. Stattdessen gaben sie sich schließlich einem Streit hin, den Kuba entfacht hatte, und es ging wieder einmal um Leszek.

»Du bist seit genau einer Woche in Wilimy und kapierst immer noch nicht, dass ich allein lebe«, sagte Justyna. »Und ich liebe weder Leszek noch Janusz ...«

»... der dir die *Omega* geschenkt hat?«, unterbrach er Justyna.

»Du spinnst. Ich nehme von Männern keine Geschenke mehr an. Ihre Gaben haben mir nur Unglück gebracht. Denk gefälligst an den violetten Seidenrock aus Amsterdam ...«

Kuba steuerte die *Omega* zurück zu der »Insel der Schafe«, und als sie das Ufer betraten, fing es an zu regnen. Sie rannten zu ihrem Hügel, um sich im Zelt vor dem Regen zu verstecken. Sie fanden ihr Lager in einem schlimmen Zustand vor: Irgendwelche Idioten hatten sich einen großen Spaß daraus gemacht, ihre Sachen durchzuwühlen und um das Zelt herum zu verbreiten; aber es war, soweit sie es überblicken konnten, nichts gestohlen worden. Sie beeilten sich, ihre Habseligkeiten aufzusammeln, und wurden dabei klitschnass. Es hatte keinen Sinn mehr, auf der Insel zu übernachten, und so warteten sie in ihrem Zelt darauf, dass der Regen aufhörte. Er wurde aber von Minute zu Minute heftiger, und Kuba sagte: »Lass uns jetzt sofort abhauen. Wir segeln zu mir nach Hause, zu Tante Ala.«

»Das ist vernünftig. In meinem Bungalow hast du nichts verloren …«, kicherte Justyna und küsste ihn. Ihr Kuss schmeckte nach Regen. Es war für Kuba nicht leicht, Justyna zu widerstehen, ihre feuchten kalten Küsse abzuweisen, ihren vor Kälte violett angelaufenen Lippen zu trotzen. Er hatte schon ihren Rock ausgezogen und machte sich gerade daran, Justyna das Höschen abzustreifen, doch unterbrach er mittendrin seinen Vorstoß und sagte: »›Schönfließ‹, du Luder – wir wollen uns nicht erkälten, und da eine Segeltour im Regen selbst für absolute Profis keine Lappalie ist, sollten wir jetzt sofort aufbrechen …«

Justyna grinste: »Es gibt nichts Schöneres, als einer Insel ›Adieu‹ zu sagen … Das verspreche ich dir …« Ihr Grinsen und das »Adieu« deutete Kuba als böses Omen. Diese dumme Liebe würde bald zu Ende sein, ein dummer Flirt, mehr war es ja nicht …

Sie beeilten sich mit dem Packen, das Zelt musste am nächsten Morgen zum Trocknen wieder aufgestellt werden, aber dann, als die *Omega* startbereit war, samt der an Bord verladenen Campingausrüstung, samt den Reisetaschen, fiel Kuba auf, dass sein Rucksack, in dem er das Zeitungsbündel mit dem Messer verstaut hatte, weit und breit nicht zu sehen war: »Wo ist mein Rucksack?«, schrie er in den Regen.

»Du wirst das Messer nicht mehr brauchen«, antwortete Justyna.

»Was hast du damit angestellt?«

»Wieso ich? Du hast den Rucksack bei deinem Vater in der Küche liegen lassen. Ich dachte, du wüsstest, was du da tust!«, sagte sie und fügte noch hinzu: »Für wie blöd hältst du mich? Meinst du, ich merke nicht, was du so treibst? Gehört nicht das Messer deinem Vater? Na, was ist, hat es dir die Sprache verschlagen?«

»Nein, hat es nicht… Und ich halte dich gar nicht für blöd!«

Sie fuhren los, und Kuba schwieg. Er saß am Ruder und stellte sich nur eine Frage: Was habe ich bloß falsch gemacht? Justyna muss den Inhalt des Rucksacks geprüft haben. Sie hat das Geheimfach des Steuermannes entdeckt oder gekannt. Will sie mich behelligen? Ausspionieren? Nein, sie will bloß an meinem ganzen Schlamassel teilhaben, obwohl sie es nie begreifen wird, was es bedeutet, Nacht für Nacht auf den besoffenen Vater zu warten, auf seine Rückkehr von einem Trinkgelage in der Fischerei. Was es bedeutet, einen Vater zu haben, der einen schwarzen Gürtel in Karate zu besitzen vorgibt, der seine Frau abgöttisch fürchtet und sie deshalb am liebsten umbringen würde, weil er sich vor ihren Liebhabern fürchtet, vor ihren Schwänzen und Zungen, die seine Frau begehren. Dieser Vater ist brandgefährlich, weil er mit Prügeln und Flüchen erzogen wurde, und zwar von Eltern, die ihr ganzes seelisches Hab und Gut an die Nazis verloren haben, und die Kommunisten und katholischen Pfarrer haben es nicht geschafft, sie zu heilen, im Gegenteil, die Kommunisten und die katholischen Pfarrer stahlen ihnen das Einzige, was sie noch besaßen: die Muttersprache. Und dieser Vater kann dann nur noch schreien: »Was ist los, *kurwa*!? Ihr kennt mich nicht! Ihr kennt mich nicht! Ich bin ein Karatemeister! Ein Karatemeister!«

15

An der Brücke des Touristenbadestrandes von Wilimy gingen sie vor Anker und banden die *Omega* an der Reling des Stegs fest. Da es in Strömen goss, ließen sie die Segel nach dem Abschlagen auf dem Deck liegen, bis zum nächsten Morgen quasi – wer sollte sie schon stehlen, die Segel und die Schoten?, überlegte Kuba. Sie deckten alles mit einer Plane ab, dann schleppten sie ihre Campingausrüstung und die Reisetaschen mit der nassen Kleidung über die Wiesen, weil das der kürzeste Weg zum Hof von Tante Ala war. Die Sonne ging samt ihrem Regenbogen unter, und das ganze Seetal verdunkelte sich so rasch, dass sie über Maulwurfshügel stolperten und in vom Regen aufgeweichte Kuhfladen traten.

Tante Ala empfing Kuba und seine Geliebte mit offenen Armen. Sie habe sich so gelangweilt, vor allem abends, sagte sie, zumal Wojtek ständig hinter seinen kleinen Geschäften herlaufe: Entweder sei er in der Fischerei oder er versuche am Straßenrand, Touristen Honig aus eigener Produktion zu verkaufen, zwanzig *złoty* das Einweckglas, und wenn er nicht fische, sei er im Wald auf der Jagd, irgendwo in seinem Revier. Kuba wurde bei dieser heißen Begrüßung bewusst, dass er seine Tante während der Faulenzerei auf der »Insel der Schafe« ein wenig vermisst hatte. Denn eigentlich wollte er, zumindest hatte er sich dies vor seiner Abreise nach Wilimy vorgenommen, möglichst viele Tage seiner Urlaubszeit, wenn nicht gar alle drei Wochen, mit Ala verbringen. Er hatte jedoch nicht damit gerechnet, dass er sich am Dadajsee in eine Frau verlieben und dass er Marta tatsächlich wiederfinden würde; eine Wiederbegegnung mit Marta hatte er sich vor der Abreise nach Wilimy nicht einmal erträumen können. Und nun, da er über den Beweis für die Unsterblichkeit verfügte, wahrscheinlich als einziger Mensch auf Erden, wusste er nicht, was er damit anstellen sollte. Niemand würde ihm doch glauben, dass er für die Unsterblichkeit einen Beweis besaß, ihn am Dadajsee gefunden hatte. Niemand. Er musste aber daran glauben. Marta lebte weiter – wozu sonst hatte er die Hoteldirektorin getroffen?

Er und Justyna entledigten sich im Badezimmer ihrer durchnässten Klamotten. Kuba gab der Hoteldirektorin eine Hose und ein T-Shirt, und die Sachen passten ihr ausgezeichnet – nur mit einem Damenslip konnte er nicht dienen. Er schaute Justyna beim Haareföhnen zu. Er schaute sie an und sagte sich, ja, Marta, ich liebe dich!

Tante Ala bereitete ein bescheidenes Abendmahl vor, Bratkartoffeln, Spiegelei und Salzdillgurken, alles auf die Schnelle und mit einem grimmigen Stirnrunzeln: »Ich muss dich schon vor deiner Frau beschützen«, sagte sie, als er in der Küche mit ihr allein war. »Sie hat angerufen. Meine Freundin, eine Ostpreußin, die zufällig zum Kaffeetrinken da war, hat gedolmetscht. Und du schweigst? Willst du deine Ehe kaputtmachen – wegen dieses Flitt …«

»… behalt's lieber für dich, Ala«, fiel ihr Kuba mitten ins Wort. »Du hast mir dieses Ei gelegt. Übrigens – ich bin heute bei Adelbert gewesen.«

»Hat er dich wiedererkannt?«

»Ja und nein.«

»Er wird dich schon wiedererkennen – du musst geduldig sein, mein Sohn.«

Dann sagte sie, dass Wojtek ein dringendes Anliegen hätte. Er sei nach Biskupiec gefahren, sagte sie, angeblich zum Bürgermeister, aber spätestens morgen Mittag solle Kuba in Bereitschaft sein, bis dahin sei Wojtek auf jeden Fall wieder zurück. Doch er war nicht der Einzige mit einem dringenden

Anliegen – Tante Ala überreichte ihrem Neffen ein Kuvert von Kazimierz, offensichtlich mit einer wichtigen Nachricht darin: »Ździsiek hat den Postboten gespielt«, sagte sie.

*

Nach dem Essen verzog sich Kuba mit der Hoteldirektorin in das Zimmer von Opa Kostek. Das Segeln hatte sie viel Kraft gekostet, sie putzten sich nicht einmal die Zähne, zogen sich im Dunklen aus und fielen erschöpft ins Bett. Ihnen war, als würden sie immer noch segeln, als würde der Wind an den Wanten pfeifen, die *Omega* in den Wellen schaukeln – der Boden unter ihren Füßen wankte wie nach einer langen Zugfahrt.

»Bist du auf deinen Vater wütend?«, fragte Justyna.

»Nein. Aber du hast doch gesehen, dass er mehr oder weniger …«

»… verrückt ist?«, ergänzte sie den Satz, den Kuba nur gedacht hatte, aber nicht aussprechen wollte.

»Er hat nichts zu essen gehabt. Ich hätte ihm ein bisschen Geld da lassen sollen …«

Justynas Kopf ruhte auf seiner Brust, die Augenlider fielen ihr vor Müdigkeit fast zu, und sie war nackt. Kuba zog die Bettdecke über ihre Schultern, damit sie nicht fror. Ihr schwerer Atem sagte ihm, dass sie bald einnicken würde. Der Regen schwächte allmählich ab, das Prasseln draußen übte auf Justyna eine Wirkung aus wie ein Wiegenlied.

Die Post von Kazimierz ließ Kuba keine Ruhe, sodass er Justyna in den Schlaf nicht folgen mochte. Er stand auf, schaltete das Licht an, holte das Kuvert aus der Gesäßtasche seiner Jeans und öffnete es – auf einer Ansichtspostkarte, auf der das Kloster von *Święta Lipka* abgebildet war, las er folgende Zeilen von

Kazimierz, gekritzelt mit der gesunden Hand: »Mein Sohn! Denk an Dein Versprechen, das Du mir auf Leszeks Grillfest in seinem ›Latifundium‹ gegeben hast! Beeil Dich damit, es zu erfüllen. Meine Tage sind gezählt! Gott segne Dich, Dein K.«

Jemand etwas zu versprechen – das war eine Sache; eine ganz andere war es, dieses Versprechen zu erfüllen, vor allen Dingen wenn es sich dabei um die Ausführung eines Mordes handelte, einer Hinrichtung.

»Wenn Janusz Król etwas zustoßen würde …«, sagte Kuba, als er wieder ins Bett schlüpfte und Justyna in seine Arme nahm, »was würdest du dann tun?«

»Was soll ihm schon zustoßen? Was meinst du?«, wisperte Justyna gähnend; ihre Lippen zitterten, als er sie mit seinen Fingerkuppen leicht berührte.

»Ach nichts. Ich habe nur laut nachgedacht.«

Die fremden Hände und das zweite Gespräch mit dem Unsichtbaren

Es dauerte lange, bis Kuba endlich einschlief. Er wurde aber schnell wieder wach, und zwar mitten in der Nacht, als ihm jemand mehrere Male über die Wangen strich. Diese Hände kannte er nicht – ihre Haut war schroff, die Fingernägel lang und spitz; das schwere Schnaufen eines Fremden jagte Kuba Angst ein, und er fragte sich als erstes, ob es die Hände seines Vaters gewesen sein konnten, die da sein Gesicht für wenige Sekunden gestreichelt hatten. Und das asthmatische Schnaufen, ließ dieses nicht auch auf Adelbert schließen? Nein, nein, mein Vater war es nicht, dachte er, denn Adelbert traut sich ja gar nicht, nach Wilimy zu kommen.

Kuba rieb sich die Augen, sperrte sie weit auf und erblickte über sich das Gesicht von Maciek. »Was suchst du denn hier? Wie bist du in das Haus reingekommen?«, fragte er flüsternd seinen Jugendfreund, der leicht geduckt direkt am Bett stand.

Maciek trat einen Schritt zurück und antwortete mit genauso leiser Stimme: »Ich weiß nicht. Ich wollte dich einfach sehen und mit dir sprechen. Und du? Du kannst nicht pennen?«

»Geht dich nichts an.«

»Deine Hoteldirektorin – sie ist wirklich sehr hübsch, auch wenn sie schläft, ist sie schön. Sie ist sogar hübscher als …«

»Spar dir deine Eloquenz … Marta ist dir sowieso nicht heilig – wie alle Ertrunkenen, obwohl du selbst längst ein Toter bist. Ich möchte nicht wissen, was du verbrochen hast …«, murmelte Kuba, während sich Justyna schmatzend auf die andere Seite drehte.

Er richtete sich halb auf, blieb jedoch auf der Matratze sitzen, und in dem Moment, als er seine Füße auf den Dielenboden setzte, stürzte Maciek zur Tür hinaus. Kuba konnte ihn nicht mehr aufhalten, er war müde, zu einem Sprint nicht mehr fähig. Er legte sich wieder hin. Ein kalter Schauer ließ seinen Nacken für einen Augenblick steif werden. Schweißtropfen traten ihm auf die Schläfen. Solche Albträume gibt es nicht, darf es nicht geben, beruhigte er sich selbst. Und dann fing der Hund an zu bellen, aber nur für eine kurze Weile – wahrscheinlich wurde er von Maciek mit einem leckeren Knochen belohnt.

»Was ist los? Warum bellt er so?«, fragte ihn Justyna, als er sie mit seinem rechten Arm umschlang. »Ich habe Stimmen gehört!«

»Es ist alles gut. Ich war draußen und habe eine Zigarette geraucht«, log er. »Schlaf bitte weiter!«

Das zweite Gespräch im weißen Niemandsland

Bis zur Morgendämmerung musste er sich von der Schlaflosigkeit in einem bodenlosen See treiben lassen. Er wälzte sich im Bett, wechselte andauernd die Position und kam nicht zu seinem verdienten Schlaf. Erst als die Amseln ihr Konzert im Obst- und Gemüsegarten begannen, wurde Kuba so müde, dass ihn das Gezwitscher kaum störte. Dunkel war es um ihn herum geworden, und er schlief sogleich ein.

»Wo bin ich?«, sprach er mit sich selbst.

Azurblau? Breiter, kilometerlanger Strand? Tosendes Meer? Flimmernder Horizont? Ein heißer Sommertag? Postansichtskartenwetter.

»Wo bin ich?«

Kuba wiederholte diese Frage so lange, bis er in der Ferne eine Frauengestalt erblickte. Sie kam ihm entgegen, mühsam bewegte sie sich im ockergelben Sand, und er, von der Sonne geblendet, hielt die rechte Hand vor die Stirn, um besser sehen zu können. Kuba war sich auf einmal bombensicher, es gab keinen Zweifel: Die Frau, die sich ihm langsamen Schrittes näherte, musste Marta sein. Sie war sommerlich gekleidet, und sie hatte eine Beinprothese. Deshalb kam sie so schwer voran. Als sie dann beide voreinander standen, sodass sich ihre Nasen fast berührten, blinzelten Martas Augen freudig, und es schien nicht so, dass die Gehbehinderung ihr etwas ausmachte. Nein. Kuba war derjenige, der jetzt Qualen litt, weil ihm seine Geliebte erklärte, dass sie sich das rechte Bein selbst amputiert hatte.

»Du darfst nicht auf mich sauer sein. Es hat nicht einmal wehgetan.«

»Du hast dir das Bein … selbst abgesägt?«

»Ja. Aber es hat nicht wehgetan.«

»Warum nur? Was hast du dir dabei gedacht?«

Dann aber, als Marta die Lippen leicht öffnete, um Kuba eine Erklärung zu geben, löste sich der Horizont auf, und mit ihm der Himmel und das Meer, und blitzartig verschwand auch Marta. Er fand sich mit einem Mal in einem weißen Raum ohne Ecken und Kanten, starrte in die Leere und hörte ein lautes Schlagen, wie wenn jemand mit der Faust gegen eine Tür ballern würde. Er wurde sofort wach. Justyna betrat im selben Moment das Zimmer. Sie hatte eines ihrer schicken Kostüme an. Bedeutete das, dass sie ihre Arbeit im Hotel wiederaufgenommen hatte? Kuba warf einen Blick auf seine Armbanduhr: halb Zwölf. Der ganze Vormittag war hin, und er ärgerte sich darüber. Doch noch mehr war er über Marta verärgert: Wie konnte sie das bloß tun? Wozu? Warum hat sie sich das rechte Bein abgeschnitten?

*

»Sei mir nicht böse, ich musste dich wecken«, sagte Justyna. »Du hast eine Verabredung mit Wojtek, er hat mich angerufen. Und ich bin im Büro gewesen. Meine Vertreterin ist eine echte Schnattertante. Selbst der Bürgermeister weiß über unsere Inseltour Bescheid. Und es ist Freitag, mein Kurzurlaub damit vorbei!« Sie setzte sich aufs Bett und strich Kuba einmal durchs Haar und fing dann an, seine Brust zu massieren.

»Vielleicht solltest du doch einen guten Arzt aufsuchen. Hast du wirklich keine Kopfschmerzen mehr?«, fragte sie.

»Nein. Wir haben uns ein Versprechen gegeben, dass wir uns bis zu meiner Abreise nicht mehr trennen wollen. Und du hast gearbeitet und mich allein gelassen.«

»Ich habe meine Meinung nicht geändert. Ich werde bei

euch einziehen. Es ist schon alles mit deiner Tante geregelt. Aber ich muss ab und zu ins Büro. Das verstehst du, Kuba.«

Sie zeigte auf eine Reisetasche, die sie für die nächsten Tage bei Tante Ala gepackt hatte.

»›Schönfließ‹«, sagte er, »und was ist mit der *Omega*?«

»Die Yacht ist längst im Hotelhafen, Mirek hat sie zurückgefahren.«

Sie betrachtete ihn schweigend, während ihre Hand über Kubas Brust hin und her glitt. »Ich möchte, dass du bei mir in Wilimy bleibst, für ganz lange«, sagte sie. »Ich komme mir vor wie diese Künstlerin mit dem violetten Seidenrock.«

Er erinnerte sich an den nächtlichen Einbrecher, an Maciek. Es schien, als hätte die Hoteldirektorin keinen blassen Schimmer von seiner heimlichen Visite. Kuba wusste, dass er sie nicht verunsichern durfte. Er musste ihr den nächtlichen Überfall verschweigen. Sie sollte sich um seine Gesundheit keine Sorgen machen, sollte nicht denken, er würde von irgendwelchen Verbrechern verfolgt, die auch ihr gefährlich werden könnten. Das Beste wäre, er träfe Maciek so schnell wie möglich in seinem Versteck im Wald. In der Höhle des Löwen. Damit wäre Macieks Tarnung, die ihm Unsichtbarkeit garantierte, aufgehoben, weil er sonst in der Gegend um den Dadajsee herum frei operieren und Kuba jederzeit überraschen könnte. Und Kuba würde leichten Herzens sagen, schau, ich kenne den Ort, an dem du dich versteckst – du hast ausgespielt. Doch gleichzeitig kam ihm der Gedanke, dass er Maciek bei der Polizei niemals verpfeifen würde, auch wenn sein Jugendfreund etwas angestellt haben sollte, wofür er eine gerechte Strafe verdiente.

»Hör zu – ich werde heute in den Wald gehen. Da wohnt jemand, den ich unbedingt sprechen muss.«

»Ich werde dich begleiten. Ich will nicht allein sein. In meinem Büro fällt mir zwar die Decke nicht auf den Kopf, doch mein Schreibtisch ist kein Unmensch!«

»Nein. Der Typ aus dem Wald ist unberechenbar. Er darf dich nicht sehen. Er könnte dir was antun. Er ist auf der Flucht vor dem Gesetz.«

Sie stand auf und streifte ihren Rock ab. »Ich kenne den Förster Stachowiak. Er speist manchmal in unserem Hotelrestaurant. Im Wald leben keine Flüchtigen und Verbrecher. Er hätte mir das gesagt.«

»Du irrst dich.«

Die Hoteldirektorin ließ sich von Kuba im Bett bis auf das Höschen entblößen. Und sie wurde mit jedem Kuss aufmüpfiger und beteuerte, sie würde ihn auf seinem Ausflug in den Wald begleiten, ob er es wolle oder nicht – er könne ihr das nicht verbieten. »Du nimmst mich mit. Du darfst vor mir keine Geheimnisse haben. Ich hab dir auch alles erzählt. Selbst meine Liaison mit dem Bürgermeister. Und Leszek ist mir egal.«

Kuba sagte nichts mehr. Er konnte immer noch nicht fassen, was ihm heute Nacht widerfahren war und dass Justyna nichts gemerkt hatte. Er war auf Maciek wütend, er hatte riesigen Wodkadurst. Er würde sich am liebsten mit Wojtek betrinken, und nach dem letzten Glas würde er Macieks Versteck im Wald aufsuchen, um seinem Jugendfreund eine Lektion zu erteilen. Und in diesem Moment konnte Kuba wieder die bösen Nachrichten des Messers von Adelbert empfangen. Das Messer sprach wieder mit Kuba und sagte: Töte Maciek, töte ihn!

Die Hoteldirektorin bedeckte Kubas Brust mit Küssen. Dann rutschte sie tiefer und küsste die beiden Bauchnabel. Als sie seinen Schwanz packte und in den Mund nahm, verlor Kuba die Kontrolle über seine Stimme, und sein Bauch begann zu sprechen: »›Schönfließ‹! ›Schönfließ‹!«, piepste der Bauch wie ein kleiner Junge. Justyna legte an Geschwindigkeit zu und lauschte der hohen Stimme, die da versuchte, ihrer Schönheit zu schmeicheln. Kuba legte seine Hände auf Justynas Kopf und sah zu, wie sie sich abmühte. Sie schien nicht verschreckt darüber zu sein, dass er mit dem Bauch sprechen konnte, und vielleicht fasste sie sein hochstimmiges, jauchzendes Beschwören ihres Beinamens als einen Ausdruck der Erregung auf … Ausgerechnet jetzt, Brüderchen, musst du dazwischenfunken, dachte Kuba, verzieh dich gefälligst!

Justyna schluckte sein Sperma und wischte sich mit dem Zipfel der Bettdecke über den Mund. Er nahm sie in seine Arme und streichelte ihr den Rücken. »Und zur Belohnung soll ich dich auf meine gefährliche Mission in den Wald mitnehmen?«, lachte er.

»Mach jetzt nicht alles kaputt«, antwortete die Hoteldirektorin. »Pass auf, was du sagst.«

Sie sammelten ihre überall im Zimmer verstreuten Kleider auf und zogen sich an.

»Nach dem Frühstück breche ich mit Wojtek auf«, sagte Kuba. »Er kennt das Versteck meines Freundes.«

Er duschte und rasierte sich und aß mit der Hoteldirektorin im Garten unter dem Kirschbaum frisches Graubrot mit Butter und Wojteks Honig: Alas Freund hatte im Wald ein paar Bienenstöcke stehen, vom Dachverband der Imker selbstverständlich nicht registriert, wovon Wojtek bei jeder Gelegenheit stolz berichtete.

Tante Ala war außer Haus, sie schuftete in der Küche des Hotelrestaurants für das kleine Geld, das ihr Justyna monatlich bar auszahlte. Es war Schwarzarbeit – die gab es in diesem Lande auch. Das nasse Zelt trocknete auf einer Wiese inmitten von Kirschbäumen. Justyna und Kuba sinnierten eine Weile vor sich hin – und nun fehlte nur noch, dass Wojtek aus Biskupiec zurückkam, mit Neuigkeiten, die er dringend Kuba mitteilen wollte.

Der Dadajwald und die Schwester

Auf Wojtek konnte man sich verlassen. Er war von Czerwonka nach Wilimy getrampt. Ein Urlauber war so freundlich gewesen und hatte ihm bedenkenlos den kleinen Dienst erwiesen.

»Hast du dir das gut überlegt?«, fragte Wojtek, nachdem ihm Kuba zuvor die Lage erklärt hatte. »Deine *Pani* Star, die verehrte Frau Direktorin, darf eigentlich nicht erfahren, dass Maciek am Leben ist. Niemand darf es erfahren!«

»Ist mir egal. Du wirst uns zu ihm hinführen. Ich habe mit ihm ein Wörtchen zu reden«, sagte Kuba.

Sie nutzten die Zeit für ein Gespräch unter vier Augen, da Justyna auf die Toilette gegangen war.

»Was ist das für ein dringendes Anliegen, das du mir vortragen möchtest?«, fragte er Wojtek schließlich, dem es gar nicht gefiel, dass die Hoteldirektorin mit ihnen zusammen in den Wald fahren und Macieks Versteck kennen lernen würde.

»Ich wollte dir heute das Geld für die Glotze zurückgeben, aber mein Geschäft in Biskupiec ist geplatzt. Ich blöder Hund, ich bin ein Versager!«

»Solltest du irgendwann flüssig sein, kannst du die Kohle, die du mir schuldest, Ala schenken. Das wäre in meinem Sinne.«

»Danke!«, sagte Wojtek und schien erleichtert. »Doch das ist noch nicht alles. Der Bürgermeister wird am nächsten Wochenende auf seinem Datschengrundstück am See ein kleines

Fest geben. Du und die verehrte Hoteldirektorin sowie Leszek und selbst unser Pfarrer – ihr seid alle herzlich eingeladen. Janusz Król hat dir doch ein Geschäft vorgeschlagen. Er sagte mir, wenn ich es schaffen sollte, dich davon zu überreden, mit ihm zusammenzuarbeiten, kassierte ich für meine Vermittlung eine saftige Belohnung. Nur, ich Elender werde es natürlich nicht schaffen, dich zu überreden. Dafür bin ich zu dumm. Unser Bürgermeister – er ist nicht knauserig. Das solltest du wissen.«

»Und?«

»Mein eigentliches Anliegen ist schon eine heikle Angelegenheit. Du springst mir an den Hals, wenn ich dir sage, was ich will … Ich bin Wilderer – wie viele in unserer Gegend. Von irgendwas müssen wir ja leben. Heute oder morgen Nacht gehe ich in meinem Revier auf die Jagd, und ich brauche einen Partner. Ich schaff's nicht allein, wenn ich einen kapitalen Rehbock erlege, das Tier zum Ausweiden nach Wilimy zu transportieren. Ich kann das Gescheide nicht einfach so im Wald liegen lassen. Jeder Polizeihund würde mein Zuhause problemlos aufspüren. Und da du uns bald verlassen wirst, bist du für mich ein ausgezeichneter Partner. Du wirst dich im Dorf vor niemandem verplappern. Ein Geschäftsmann aus Gdańsk hat nämlich diese Bestellung aufgegeben: Er braucht das Wildfleisch für die Hochzeit seines Sohnes und bietet mir einen schönen Batzen Kohle.«

»Dafür können sie dich sogar für ein paar Jährchen einbuchten. Und ich denke, du und dein Bürgermeister, ihr wollt jedes Verbrechen bekämpfen und ausmerzen …«

»Der Bürgermeister sagt, dass seine Partei für die gerechte Verteilung aller Güter sorgt. Jeder kriegt das, was er verdient.«

»Du hast ihn falsch verstanden.«

»Aber ich muss wildern. Wie dein Vater. Sonst würden wir hier elend krepieren. Ich nehme nur das, was mir zusteht.«

»Deinen Bürgermeister kann ich nicht leiden. Und trotzdem helfe ich dir.«

Wojtek wurde nachdenklich und sagte: »Das ganze Geld, das ich verdiene, ist nicht für mich. Ala meint, ich würde es meinen Soldatensöhnen zustecken, sie füttern, obwohl sie im Irak echte Dollar scheffeln. Aber das ist nicht die Wahrheit. Ich sammle die Knete für eine Operation. Eines meiner Enkelkinder, ein Mädchen, hat eine missgebildete Hand: Drei Finger sind zusammengewachsen und schief – das Händchen ähnelt einem Froschfuß mit Schwimmhäuten! Eine Operation ist teuer und gefährlich, und meine beiden Soldaten sparen für den Bau eines Eigenheims. Wahrscheinlich müssen die Ärzte der kleinen Anetka zwei ihrer Fußzehen verpflanzen, um die missgebildeten Finger zu ersetzen. Das sind alles noch Spätfolgen von Tschernobyl, für die die Russkies früher oder später böse büßen werden! Uns, die Gerechten, kann man nicht bescheißen!«

Wojteks ideologisch angereicherte Phrasendrescherei, die er vom Bürgermeister übernommen hatte, war gewöhnungsbedürftig, doch der medizinische Bericht über seine Enkelin hatte Kuba verwirrt. Keiner wusste, was man diesen Leuten aus Wilimy, die einen mit ihren Sorgen und Geschichten zu betören versuchten, glauben oder besser nicht glauben konnte.

»Und was ist mit deiner Ehefrau? Kann sie nicht eurer Enkelin helfen? Und hast du dich von deiner Alten scheiden lassen?«

»Nein, meine Alte hat kein Geld, und wir sind nicht geschieden. Sie hat mich verjagt – wegen meiner Trinkerei. Und Ala, mein lieber Strauß, sie kann wirklich nur mit einem Auge sehen: Drückt sie es nämlich zu, bin ich vollkommen nüchtern, sage ich immer.«

Er lachte, während Justyna, die seit einigen Minuten mit ihrem Handy telefonierte, zu ihnen in den Garten kam; sie hatte sich für den Waldgang umgezogen und trug eine alte Wrangler.

Sie fuhren mit dem C5 los, nachdem Justyna ihr Handygespräch beendet hatte. Kuba konnte sich kaum vorstellen, dass es im Wald einen abgelegenen Ort geben könnte, den noch niemand betreten hätte. Und der Förster Stachowiak musste doch jedes Geheimnis seines Dadajwaldes kennen, jede Ecke, vor allem wegen der Wilderer. Doch scheinbar war der Wald stärker als der Förster und bot immer wieder für Flüchtige einen sicheren Platz als Versteck. Wojteks Begeisterung für diesen Ausflug hielt sich in Grenzen. Er hasste auch die Sprache des Waldes, denn er hatte von Opa Kostek seligen Angedenkens etwas Wichtiges gelernt, nämlich dass im Wald die Träume der Menschen hausen und spuken würden. Kostek sagte, die Seelen der Schlafenden irrten in diesem Labyrinth des Waldes und des Dadajsees umher und könnten ihre Besitzer, sobald sie aufgewacht wären, oft nicht wiederfinden. In so einem Fall würde die unglückselige Person ihren Namen vergessen und nicht einmal mehr wissen, woher sie komme. Oder die Seelen der Schlafenden schlüpften aus Versehen in den Körper eines Fremden und machten ihn krank, unheilbar krank.

Sie passierten die Kreuzung, an der ein Schild die Richtung zum Försterhaus anzeigte. Vor einer Woche war Kuba hier gewesen, wie auch vor dreißig Jahren, und es hatte den Anschein, als würde er diese Kreuzung noch viele Male passieren müssen. Ein Weg, den Kuba aus seiner Kindheit noch bildhaft vor Augen hatte, führte zu einem Tümpel, in dem er mit Maciek zu allen kirchlichen und staatlichen Festen Karauschen geangelt hatte. Diesen Weg wählten sie und erreichten eine Lichtung, die mit Schilfgräsern zugewachsen war; den Tümpel gab es nicht mehr, das Schilf hatte ihn besiegt. Hier ließen sie den Wagen stehen, was Kuba bedenklich fand, denn es war ungewöhnlich, dass jemand seinen Wagen im tiefen Wald parkte, am Wegesrand, dazu noch ein Auto mit ausländischen Kennzeichen. Es würde aber nichts passieren, der Wagen sei hier so sicher wie auf einem bewachten Parkplatz in Olsztyn, meinte Wojtek und bat dann die Hoteldirektorin und den Neffen von Ala, ihm zu folgen. Der Fußmarsch dauerte elend lange. Sie hatten längst alle denkbaren Pfade und Wege verlassen und gingen im schnellen Tempo durch eine Gegend, die dicht mit Lärchen bewachsen war. Nach einer halben Stunde, als die ersten Birken und Eichen auftauchten, zeigte sich ihnen eine weitere Lichtung, die an einen schwarzen Pfuhl grenzte. Dort stand auch ein Bauwagen. Spinnweben klebten an ihren Hemden und in ihren Haaren, Blüten von Disteln hafteten an ihren Hosenbeinen.

»Ich bin völlig außer Puste«, beklagte sich Justyna, »und wir haben uns bestimmt verlaufen …«

Wojtek, ein erfahrener Wilderer, Jäger und ungebetener Dauergast im Dadajwald, hörte nicht hin und fand das Versteck von Maciek ohne Hilfe eines Kompasses, obgleich er meinte, dass er die Himmelsrichtungen im Wald nicht immer sofort bestimmen könne. Manchmal müsse er ausgiebig mit dem frisch gewachsenen Moos, das die Stämme der Birken erklimme, sprechen, mit dem Moos »richtig intensiv debattieren«, vor allem bei Nacht, witzelte er. In Wahrheit nistete in seinem Kopf nach zwanzig Jahren des Jagens und Wilderns im Dadajwald eine dreidimensionale Karte. Es war bewundernswert, wie perfekt Wojteks GPS-Gedächtnis funktionierte, jeder

Waldweg war in seiner Erinnerung gespeichert, alle Sektoren aufgezeichnet. Dabei wurde er gar nicht in Wilimy geboren, er stammte doch aus Lemberg; seine Eltern verschlug es als Vertriebene 1945 nach Suwałki, in die hässlichste Stadt, die Kuba je zu Gesicht bekommen hatte. Sie lag in der Nähe der Grenze zu Litauen, in der mit Masuren verwandten Woiwodschaft Podlachien, und besaß keinen ostpreußischen Marktplatz wie Biskupiec, und die Straßenführung erinnerte an ein Schachbrett. Menschen hausten in Hühnerhäusern, betrunkene Soldaten pissten die Hinterhöfe voll. Eine russische Stadt, ein sowjetisches Kaff, sagte man anderenorts, dieses gottverlassene Nest Suwałki, in dem die Männer vom russischen Billigsprit zu Haufen erblindeten, amüsierte sich Wojtek, wenn er von seinem Städtchen irgendwelche haarsträubenden Geschichten zum Besten gab, zum Beispiel Anekdoten über die so genannten Sprittode, die in Suwałki an der Tagesordnung wären: Besowskis, die auf dem Rücksitz eines Taxis krepierten, die am Weihnachtstisch krepierten, oder am Sarg eines geliebten Menschen oder auf einer Tauffeier.

Sie schlichen sich zu dritt ganz nah an den Bauwagen heran, nur wenige Schritte trennten sie jetzt von der sperrangelweit aufgerissenen Tür. Drinnen im Wagen summte jemand den Schlager »*Biała mewa*«, »Die weiße Möwe«, dann folgte der Versuch, eine in den Sechzigern berühmte Rock'n'Roll-Hymne zu rappen:

»Sei nicht so hochnäsig, hochnäsig …
Was ziehste so'ne Fratze?!
Was stellste dich so dumm?!
Sei nicht so hochnäsighochnäsighoch …«

»Pst! Das ist die Schwester! Macieks Geliebte! Eine Nutte wie im Bilderbuch!«, sagte Wojtek leise und sah schuldbewusst die Hoteldirektorin an, glaubte aber erkannt zu haben, dass sie sich nicht angesprochen fühlte. »Eine verdammte Nutte«, flüsterte Wojtek vor sich hin. »Herumstreunende Zigeuner haben ihr drei Zähne ausgeschlagen!«

»Du bist wohl einer ihrer Freier, was?«, konterte die Hoteldirektorin. »Unglaublich!«, fügte sie hinzu und warf Kuba einen Blick zu. »Genauso unglaublich wie die merkwürdige Tatsache, dass ich den Dadajwald so gut wie nie betrete ...«

Plötzlich verstummte der eintönige Rapgesang, und in der Tür erschien eine junge Frau, die gewiss nicht älter war als neunundzwanzig. Sie fing zu zischen und zu fauchen an, streckte ihre Arme aus und zeigte mit den Fingern auf die drei Eindringlinge: »Ich verwandle euch in gerupfte Gänseärsche! Was ist los mit euch?! Warum fliegt ihr nicht davon?!«, schrie sie und machte eine bitterböse Miene dazu, die besagen sollte, dass sie eine mächtige Hexe sei. Sie streckte ihre von Nikotin schneeweiß belegte Zunge aus und hechelte: Nun war sie eine tollwütige Hündin, der nicht drei, sondern mindestens fünf Zähne fehlten.

»Deine Vorstellung ist hiermit beendet«, rief Wojtek ihr zu. »Wo ist dein Bruder Maciek, Schwesterchen?«, fragte er.

Sie spuckte Wojtek ins Gesicht. Eine Ladung Speichel traf ihn genau zwischen die Augen und tropfte ihm von der Nase auf die Lippen.

Kubas Magen zog sich zusammen, um augenblicklich zu explodieren; doch ebenso rasch ließ der eklige Würgegriff seinen Magen wieder los, vielleicht deshalb, weil sich Wojtek mit dem Hemdsärmel die Spucke der Schwester Macieks weggewischt hatte. Kubas Gedanken wanderten mit einem Mal zu seinem Bruder Kopernik: Siehst du, Brüderchen, das ist die

Strafe dafür, dass du mir beim Sex mit der Hoteldirektorin zugeschaut hast … Wolltest du mir meine Liebe stehlen?

»Du Nutte«, sagte Wojtek, dem die Spuckkünste der Schwester nichts auszumachen schienen, »eines Tages wird dich ein Rothirsch mit seinem Gehörn aufschlitzen und deine Eingeweide an Ästen zum Trocknen aufhängen.«

»Ich kriege jetzt schon Angst!«, antwortete die Schwester. »Wen bringste mir diesmal mit? Wer ist diese Fotze da? Und das Arschloch, das sich hinterm Rücken dieser blöden Ziege da zu verkriechen versucht?«

Justyna, die scheinbar noch nie so beschimpft worden war, wurde nun ebenfalls wütend und sagte zu der jungen Frau: »Benehmen Sie sich gefälligst! Sie dumme Ziege!«

»Sparen Sie sich Ihre Worte, Frau Justyna«, unterbrach sie Wojtek. »Dieses widerwärtige Biest kann Sie kaum verstehen. Die Schwester ist auf einem Ohr taub, und sie hört am liebsten ihrer eigenen Stimme zu.«

Daraufhin besichtigten sie den Bauwagen, auf dessen Dach eine Satellitenschüssel installiert war, und wurden dabei von der Schwester mit derben Sprüchen und Flüchen angegriffen, und zwar pausenlos. Wenigstens spuckte sie nicht mehr, wofür Kuba der Schwester sehr dankbar war. Seine Ohren taten ihm nämlich nicht weh, bei all den Attacken dieses aggressiven, vom Wodkarausch getriebenen Mundwerks – Attacken, die sich vor allem gegen die Hoteldirektorin richteten. »Sie Scheißfotze! Hübsch sind Sie! Ein hübsches Fötzlein habt ihr euch da aufgegabelt!«

Von Maciek gab es keine Lebenszeichen, nicht einmal ein Foto oder ein paar Kleidungsstücke. Er besaß ja nichts. Ein Fernseher lief in der Ecke, der Ton war ausgeschaltet. Ein Fernseher? Wo hatten die beiden eine Stromleitung angezapft? Die Sofas stanken nach Urin, Sperma und Bier; Teller und

Töpfe lagerten mit vertrockneten Essensresten in der Spüle. Penetrante Pfuhlmücken und -fliegen bestürmten die geschlossenen Fenster.

»Seid ihr Bullen? Bullen seid ihr, ihr Fotzenfresser!«, zischte die junge Frau. »Mein Bruder wird euch töten!«

»Ich möchte von hier weg, bitte«, fing Justyna an zu flehen.

Kuba griff nach einem Messer, das auf dem Tisch lag. Es war ein ganz gewöhnliches Besteckmesser aus Aluminium. Er setzte nun die Klinge an die Kehle der Schwester und brüllte sie an: »Wann kommt Maciek nach Hause? Du kannst ihm nämlich schöne Grüße von mir bestellen. Jetzt weiß ich, wo ich ihn finde!« Die Schwester brach umgehend in hysterisches Gelächter aus: »Maciek wird euch alle killen, killen wird er euch!« Dann heulte sie auf einmal los, und Kuba ließ das Messer auf den Fußboden fallen. Er rannte nach draußen und schlug zweimal mit der Stirn gegen die Rinde einer alten Birke. Was ist bloß in mich gefahren?, fragte er sich, dieses dumme Mädchen ist nichts weiter als eine Alkoholikerin – sie sollte zum Arzt gehen, sie hat ohne Zweifel AIDS und muss behandelt werden, sie muss aufhören damit, russischen LKW-Fahrern und Zigeunern, die im Wald mit billigen Goldkettchen handeln, die Schwänze zu lutschen. Nein, muss sie nicht, meldete sich das Messer seines Vaters zurück, du hättest sie abmurksen sollen, du hast eine gute Chance verpasst … Du hättest die Schwester niederstechen sollen, damit Maciek seine gerechte Strafe bekommt … Seine gerechte Strafe!

»Kuba, Kuba!«, rief die Hoteldirektorin, die ihrem Geliebten nachgelaufen kam. Sie umarmte Kuba von hinten, legte ihre Hände auf seinen Bauch, betastete unter dem T-Shirt die beiden Bauchnabel und lehnte die Stirn gegen seinen Rücken – sie lauschte seinem hastigen Atem.

»Du wolltest sie doch nicht umbringen, oder?«, fragte sie. »Sprich mit mir!«

Kuba schwieg, und als Wojtek zu ihnen kam und breit grinsend sagte, es würde sich nicht lohnen, für diese Nutte ins Gefängnis zu gehen, fing eine Drossel wie aus heiterem Himmel friedensstiftend an, ihr altes Lied zu singen. Es begleitete die Rock'n'Roll-Hymne, die die Schwester wieder rappend angestimmt hatte.

»Ich muss mich erbrechen ...«, sagte Kuba und stapfte auf einen Busch mit schwarzen und roten Brombeeren zu; er steckte sich sogar die Finger in den Mund, aber sein Magen war zu verkrampft. Er würgte nur Galle, eine ätzende, schleimige Flüssigkeit: wütende Galle des Dadajwaldes und der Schwester. So sprach also, dachte Kuba, der Wald ... Und außerdem, Dadaj, willst du ja nur, dass ich ertrinke wie Marta, dass ich nach W. nicht mehr zurückgehe. Nie wieder soll ich auf dem Freitagsmarkt in W. Orangen und Schokoladencroissants kaufen und sie zum Frühstück genüsslich essen. Nie wieder soll ich verstehen, warum ich im Rechenzentrum jahrelang von morgens bis abends vor dem Computer gesessen habe, Zahlen verwaltend, Monate und Tage verwaltend, nichts begreifend, von einem Computer in einen anderen weitergeleitete Zahlenkombinationen betrachtend. Das willst du doch, Dadaj, dass ich nie wieder, nie wieder ...

Kuba denkt darüber nach, wessen Diener die Menschen sind

Als sie mit dem C5 die ersten Felder und Wiesen von Wilimy erreichten, merkten sie sofort, wie wohltuend die Sonne war. Justynas Gesicht, gebadet in Licht, sah wieder fröhlich und entspannt aus.

»Ich hab dich nicht gezwungen, mitzukommen«, sagte er zu der Hoteldirektorin und wandte sich dann an Wojtek: »Eine Frage, mein Engel: Hast du mit der Schwester geschlafen und hat sie dafür Geld genommen?«

»In meinem Alter muss ich mir solche Fragen nicht gefallen lassen«, meinte Wojtek grimmig. »Ich bin kein Freier!«

Kuba wusste, dass er mit seiner Vermutung nicht falsch lag. Wahrscheinlich ist die Schwester aus dem Dadajwald die billigste Nutte in ganz Warmia und Masuren, dachte er, immerhin lebt sie mit ihrem Zuhälter zusammen, den sie offensichtlich liebt.

»Wer ist dieser Maciek, den du suchst?«, fragte Justyna. »Du wiederholst seinen Namen in unseren Gesprächen wie eine Beschwörung!«

»Er ist das wahre Gesicht von Leszek und mir«, griente Kuba, »wir waren als Kinder unzertrennlich, und alle Späße, die wir uns am Dadajsee erlaubten, geschahen im Namen des Heiligen Dreiecks – im Namen unseres Bundes fürs Leben. Kleine Jungs lieben solche Spiele, das weißt du doch.«

»Aber was hat dir dieser Maciek angetan? Muss man so weit gehen und zum Messer greifen?«

Wojtek schwieg demonstrativ, und Kuba blickte die Hoteldirektorin für einige Sekunden sprachlos an: »Es ist nichts passiert«, sagte er schließlich und überlegte, wohin er fahren sollte: Zu Ala oder zum *Justyna Star*? Er entschied sich für die zweite Lösung, und als er bald danach vor der Einfahrt zum Hotelparkplatz hielt, sagte er: »Ich brauche jetzt einen kalten Drink, und den kriegen wir nur in der Hotelbar.«

Es ging auf siebzehn Uhr zu, die erfolglose Expedition in den Dadajwald hatte ihnen viel Zeit gestohlen, und Kuba fühlte sich nicht wohl, nein, jämmerlich war ihm zumute, weil er sich immer noch nicht erklären konnte, warum er die Schwester mit dem Messer bedroht hatte. Vielleicht würde er dereinst morden müssen wie sein Vater, vielleicht würde der Bürgermeister tatsächlich sein erstes Opfer werden. Hatte er nichts von seiner Mutter geerbt? Warum gefiel er sich nicht in der Rolle seiner Mutter, in der eines Leidtragenden? Lucyna hatte um des Friedens willen jeden Streit mit ihrem eifersüchtigen Mann geduldig ertragen. Nur ihre Schwester konnte Kuba glaubhaft sagen, ob seine Mutter Liebhaber gehabt hatte oder nicht. Er würde Tante Ala bald danach fragen. Und stammte wirklich alle Liebe, die er als Kind erhalten hatte, von Oma Renia und Opa Kostek und Tante Ala, seinen Ersatzeltern? Mit Adelbert und Lucyna dürfte ihn eigentlich nichts mehr verbinden, doch war nicht gerade diese seine Elternlosigkeit ein Beweis dafür, dass es auf dem Erdball nicht enden wollende Reinkarnationen gab, auf den ersten Blick scheinbar sinnlose astronomische Konstellationen von Sternen und ihren Töchtern und Söhnen? All diese Fragen könnte ihm nicht einmal der Pfarrer Kazimierz beantworten, und Kuba erinnerte sich auf einmal wieder daran, dass er dank der Arbeiterstreiks in Gdańsk und der hitzigen Diskussionen mit Leszek bereits mit zwanzig begonnen hatte, Czesław Miłosz' Essays zu lesen, der ein Häretiker war und jeden Glauben vergötterte und gleichzeitig ablehnte – den an die Reinkarnation sowie den an das Jüngste Gericht. Miłosz entpuppte sich damals für Kuba als genialer Anästhesist, weil er vor jeder Operation dem Patienten Zyankali verabreichte, um sich hundertprozentig sicher zu sein, dass nichts schiefgehen würde, und somit hatte Kuba plötzlich Einblick in verschiedene Totenreiche erhalten, denn auf dem Erdball, erzählte ihm Miłosz, dienten alle Menschen dem manichäischen Teufel, dem kalten, listigen Verstand aus dem Lande *Ulro* – dem Nichts –, während im Jenseits Emanuel Swedenborgs Engel darüber berieten, welche Strafen ihre Schützlinge verdient hätten, wessen Seele für den Fall in die Hölle bestimmt wäre, für die Rückkehr auf die Erde, in das Land *Ulro*. Alles, was Kuba nach den Arbeiterstreiks in Gdańsk widerfahren war, besonders nach dem Tod von Marta, erschien ihm im Vergleich mit seinen Ausflügen in die Totenreiche von Czesław Miłosz, in die jenseitigen Ländereien von Origenes oder Swedenborg, lächerlich und belanglos. Vielleicht deshalb konnte er nach den Arbeiterstreiks in Gdańsk Pink Floyd nicht mehr hören, vielleicht deshalb hatte er die *Kamanda Pinka Floyda*, wie die Russen sagten, gegen Keith Jarrett und seine Sun-Bear-Pianokonzerte getauscht und leichten Herzens eine Frau geheiratet und Kinder gezeugt, denn der Selbstmord war nun wirklich nicht die beste Lösung. Und die Himmelsjahrbücher, die sich Opa Kostek seinerzeit in Olsztyn einmal besorgt hatte, waren neben den Pianokonzerten von Keith Jarrett auch eine gute Waffe gegen die ermüdenden Korinther-Briefe, die aus der Feder des kalten, listigen Verstandes stammten und die bei den Sonntagsmessen in Biskupiec von jungen Pfarrern vorgelesen worden waren und Kuba und seinen Opa zu Tode gequält hatten. Es waren strafende, ermahnende Briefe, die nur eines beabsichtigten: aus den Gläubigen Bienen zu züchten, emsige, loyale Sklaven für den vatikanischen Staat.

Wojtek verabschiedete sich. Er ging zu Fuß zu Tante Ala.

»Unsere Verabredung für heute Nacht steht«, rief er Kuba zu, ohne sich umgedreht zu haben. »Ich wecke dich!«

Justynas Höllchen und zwei schräge Vögel

Die Hotelbar trug einen Namen, über den Kuba nicht einmal den Kopf schütteln konnte: *Justynas Höllchen.*

»Es ist ein Verbrechen, eine Bar so zu nennen«, sagte er.

»Es war Janusz' Idee, nicht meine. Deine Gedanken schwirren in die falsche Richtung ...«

»Warum nicht *Schönfließ*?«

»Unsere Kundschaft will sich vergnügen ...«

»Und wann kommen die Mädchen?«

»Sie werden angerufen. Wir sind kein Bordell – ich bitte dich!«

Im Fernseher lief ein Karatefilm, an der Theke saßen zwei Typen, mit denen sich der Barmann angeregt unterhielt.

»Du hast Recht: Ich möchte sogar sagen, meine Gedanken schwirren oft in die falsche Richtung«, lachte er. »Und trotzdem: Hättest du es gerne, dass uns Leszek einmal dabei zuschaut, wenn wir es miteinander treiben?«, fragte er Justyna, als sie einen abgelegenen Tisch wählten und sich setzten. Wenigstens war es in Justynas *Höllchen* angenehm kühl.

»Ich muss dich leider enttäuschen, doch den Sex mit zwei Männern kenne ich ... Und deine Eifersucht auf Leszek ist mir mittlerweile schnuppe, denn du wiederholst dich!«

»Verzeih mir meine dumme Randbemerkung zu Leszek.«

»Die hättest du dir sparen können ... Ich möchte mit dir zusammen an den Ort zurückkehren, den wir auf der ›Insel der Schafe‹ entdeckt haben. Verstehst du das endlich?«

»Dieser Ort heißt Hotel *Justyna Star* …«, sagte Kuba. »Du brauchst keine Angst zu haben, wir werden ihn niemals aus den Augen verlieren, egal was mit uns beiden passiert. Und wir sind nicht die Ersten und die Letzten, die in diesem Hotel am liebsten für immer wohnen blieben.«

Der Barmann bewegte sich schwerfällig, ein wohlgenährter, fauler Zirkuselefant, der durch die permanente Nachtarbeit eine blasse, fast schon durchsichtige Haut und tiefrote Augen bekommen hatte. Kuba schnalzte mit den Fingern, und der Barmann, dem es so langsam dämmerte, wen er zu Gast hatte, setzte sich in Bewegung. Sie bestellten ein deutsches Bier in der Flasche und einen Erdbeer-Daiquiri. Vor dem Zusammenbruch des Kommunismus hätte es diese beiden Getränke, zumal in solcher Konstellation, wahrscheinlich nicht einmal im Victoria gegeben, damals dem exklusivsten Hotel Warschaus. Kuba konnte sich an das neue postkommunistische *Höllchen* nicht gewöhnen, obwohl er schon seit fast zehn Tagen in Wilimy weilte. Er vermisste die sozialistischen Dekors, Devotionalien und Gerichte: gekochte, in Mayonnaise eingelegte Eier oder Heringe in Essig, die es in jedem Restaurant zum Wodka gegeben hatte und die überall gleich fade geschmeckt hatten.

Die Hoteldirektorin schaffte es nicht einmal, ihren Drink in aller Ruhe zu genießen. Es hatte sich schnell herumgesprochen, dass sie wieder im Hause war, und der zwerghafte Parkplatzwächter wurde damit beauftragt, Frau Justyna den neuesten Klatsch zu übermitteln. Der Zwerg kam ins *Höllchen*, orderte ein Käffchen und trank es im Stehen. Sein Mund ging nicht zu, er redete sich ihn seit Jahren fusselig. Keiner wollte ihm zuhören. Er verkörperte die primitivste Erscheinung der deutschen Mentalität: Er spielte mit Vergnügen die Rolle des Bademeisters, der in jede Angelegenheit seine Schnüfflernase steckte und anderen andauernd Befehle und Ermahnungen erteilte, obwohl er selbst eine tragische Figur abgab.

»… und die beiden schrägen Vögel da an der Theke«, sagte der Zwerg, »besaufen sich jeden Abend in unserer Bar und fahren spät in der Nacht voll wie tausend Haubitzen mit ihrem Wagen weg. Manchmal entführen sie eines unserer Mädchen. Angeblich wohnen sie auf der Dadajinsel, bei der Witwe von Herrn Butschkau. Und sie haben sich dem Barmann gegenüber als Spione im Dienste der polnischen Regierung ausgegeben, obwohl der eine nur Deutsch kann. Was soll man davon halten?«

»Herr Mucha«, sagte die Hoteldirektorin. »Es sind keine Spione, sondern Schriftsteller. Der jüngere stammt sogar aus Bartoszyce, Alfred Dluschnewsky heißt er, und er schreibt auf Deutsch Groschen- und Märchenhefte über sein verlorenes Heimatparadies. Ganz schlimm. Sein älterer Kumpel ist nicht viel besser: Fritz Molgedei. Man sagt, er sei Päderast. Aber solange sie zahlen und keinen Ärger machen, muss ich sie tolerieren.«

Kuba hörte dem Gespräch gelangweilt zu, und erst als der Name Dluschnewsky gefallen war, spitzte er die Ohren: »Ich hab von ihm schon mal gehört. Ein Arschloch. Solche Verräter hasse ich. Der wohnt doch irgendwo in der Nähe von Hamburg, also in meiner Nachbarschaft. Kann kein Muttersprachlerdeutsch und gibt vor, Deutscher zu sein … Ein Zirkus.«

Justyna hatte im Büro etwas Dringendes zu erledigen und musste gehen. Bis zum Abend trieb sich Kuba am Touristenbadestrand von Wilimy herum, aß eine Krakauer vom Grill, trank ein Bier, las Zeitung und dachte an Marta und daran, dass dieser Dluschnewsky ein Idiot war, weil er über Warmia und seine Seen patriotische Groschen- und Märchenhefte schrieb. Und für Kuba war es eine Horrorvorstellung, Dluschnewsky würde Martas Liebesgeschichte kennen und sie einmal in einem echten Buch erzählen. Jesus Maria! Kuba beschloss, daran nie wieder zu denken.

16

Die Jagd auf einen kapitalen Rehbock sei kein Spaziergang, pflegte Wojtek zu sagen. In der Nacht, die sie auf dem Hochsitz, auf einer seiner Lieblingsjagdkanzeln, wartend und vornehmlich schweigend bis zum Morgengrauen zubrachten, bekamen sie nur eine Rotte verwirrter Wildschweine vors Fernglas. Die Schweine wüteten am Waldrand und überquerten hastig ein noch nicht gemähtes Getreidefeld. Wojtek belehrte den Neffen von Ala, dass man auf der Pirsch keine Zigaretten rauchen dürfe und sich nur ganz leise unterhalten könne, doch er selbst war so laut, dass ihn jedes Tier hörte, und überdies benutzte er einen Sprayschutz gegen Mücken. Das Zeug stank entsetzlich, wenn man es auf die Haut sprühte. Im Stundentakt setzte er die chemische Bombe aus einem billigen Supermarkt von Biskupiec ein, obwohl die Mücken gar nicht aggressiv waren, und Kuba kommentierte mit keinem einzigen Wort den fürchterlichen Gestank; dass ihnen kein wildes Tier vor die Flinte kommen wollte, war kein Wunder, fand Kuba. Aber, wie gesagt, er verkniff sich jedwede kritische Bemerkung. Er hielt sich bedeckt und sagte lediglich: »Diese frische Nachtluft ist herrlich!« Außerdem: Die eigentliche Plage waren nicht die Mücken, sondern die Nachtfalter.

»Satan is an Alien and the Hell is on the Earth«

Es war Samstag, und Justyna machte Kuba sofort nach dem Aufwachen eine Szene, als wären sie verheiratete Leute, weil er sie mit Tante Ala am Abend zuvor und für die halbe Nacht allein gelassen hatte. Dafür, dass er nur fünf Stunden geschlafen hatte, fühlte er sich erstaunlich vital. Doch er wusste, woran es lag, dass seine Laune einigermaßen erträglich war: Er hatte auf dem Hochsitz am Waldrand mit Wojtek nur zwei Flaschen Bier getrunken.

»Ich muss dich enttäuschen«, sagte Kuba zu der Hoteldirektorin. »Heute Abend werde ich wieder auf die Jagd gehen. Wojtek braucht meine Hilfe.«

Justyna ließ sich in ihrem Zorn durch nichts besänftigen und meinte, dass sie noch nie auf einer Jagd gewesen sei, obwohl ihre betuchten männlichen Hotelgäste ihr schon oft eine Einladung zu einer bombastischen Hirsch- und Wildschweinjagd mit allen Schikanen im Dadajwald ausgesprochen hätten, und diese Jäger seien meist dickleibige, heiratswillige oder nach einem prickelnden Sexabenteuer suchende Trottel und Firmenbesitzer gewesen, Polen, Deutsche, Russen und sogar Franzosen und Holländer – rosa Schweine in grünen Anzügen, und jeder dieser »Alkoholowskis«, wie sie sich ausdrückte, würde an Bluthochdruck leiden.

»Muss ich wirklich wieder einmal mit Wojtek verhandeln, damit du heute Abend mitkommen darfst?«, fragte Kuba.

»Du machst dich lächerlich: Dieser Bursche hat mir gar nichts zu verbieten oder zu erlauben. Das fehlt mir noch! Hat er dich hypnotisiert? Oder fliegst du auf jeden alten Spinner, der dein Ersatzvater sein könnte?«

»Du bist manchmal so grausam … Ich hab ihm gleich zu

Anfang meines Aufenthaltes in Wilimy auf die Schnauze gehauen – der weiß schon, was los ist. Und er ist gar nicht so unaufrichtig, wie du denkst. Du spuckst überdies auf die rechte Hand des Bürgermeisters … In Wojtek sieht er nur ein nützliches Werkzeug, quasi einen Packesel, mehr nicht …«

»Du widerst mich an, wenn du so redest …«

Sie duschten zusammen und liebten sich zur Versöhnung unter der Dusche, so ungestüm, dass Kuba tollpatschig den Duschvorhang zusammen mit der eingedübelten Stange herunterriss: »Dein Hintern strahlt mich an wie der Vollmond«, bemühte sich Kuba, witzig zu sein, »du brauchst dich nicht zu wundern, dass ich für dich sogar das Badezimmer meiner Tante demoliere, wie in einer klassischen Filmszene *made in Hollywood.*«

»Sei bitte still … Und beantworte mir eine Frage, du lausiger Poet: Wie haben wir bloß gelebt, als wir uns noch nicht kannten? Wie konnten wir all die langen Jahrzehnte existieren, ohne einander zu kennen?«

»Das war kein richtiges Leben, das war die Hölle auf Erden.«

Er liebte Justyna und dachte nach – über alles Mögliche, und beim Ficken suchten ihn die schönsten und gefährlichsten Gedanken heim. Manchmal, wenn er im Büro in W. im Internet surfte, sah er sich auf seinem Laptop neben den Pornoseiten auch verschiedene Verschwörungsseiten an, vor allem solche, die sich mit dem Alien-Thema befassten, und ein Satz, auf den er einmal in einem Alien-Forum gestoßen war, hatte ihm ganz besonders gut gefallen: »*Satan is an Alien and the Hell is on the Earth.*« Hatte nicht etwas Ähnliches schon Jean-Paul Sartre gesagt? Leszek würde es sofort wissen, trotz der Tatsache, dass er keine Bücher mehr las und in seinem »Latifundium« intellektuell mehr oder weniger zu verkümmern drohte. Er war auf dem besten Wege, ein Kleinmillionär zu werden, und seine Frau hatte in Gdańsk bestimmt einen treuen Liebhaber, zumindest konnte sich Kuba nicht vorstellen, dass seine Frau so naiv war und dachte, ihr Mann sei ein Heiliger und friste in Wilimy das Dasein eines Eremiten. Kuba hoffte, dass er bald erfahren würde, ob seine Vermutungen richtig waren oder nicht, denn Leszek hatte ihn am gestrigen Abend angerufen und ihm angekündigt, dass seine Frau mit den Kindern am folgenden Wochenende nach Wilimy kommen würde, ausgerechnet an dem Tag, an dem der Bürgermeister auf seiner Datsche ein berauschendes Fest zu geben beabsichtigte. Leszeks Stimme hatte am Telefon sehr fern geklungen, als wollte er in den nächsten Tagen niemanden sehen und empfangen: »Wir werden uns doch wegen der Hoteldirektorin nicht in die Wolle kriegen, oder?«, hatte ihn Kuba gefragt. – »Nein. Ich melde mich …« Beinah hätte ihm Kuba von seinem Ausflug zu Macieks Versteck im Wald berichtet, doch er biss sich in letzter Sekunde auf die Zunge und behielt alles für sich – warum, war ihm selbst schleierhaft.

Tante Alas Radio Maryja und davon, ob Kubas Mutter eine Hure gewesen war

Nach dem Duschen ging jeder seiner Arbeit nach. Justyna verzog sich in den Garten, wo sie ihren Laptop auf dem Tisch unter dem Kirschbaum aufgestellt hatte, tippte E-Mails und telefonierte unablässig mit irgendwelchen Kunden und Firmen. Und Kuba holte mit seiner Tante die schweren Kannen mit der frisch gemolkenen Milch von der Kuhweide, und dann fuhr er mit Ala zur Fischerei in Najdymowo, da sie Fisch bestellt hatte, Kleine Maräne und Zander. Wojtek war längst wieder bei seinen Geschäften, er war ständig auf Achse; der selbst gebrannte Schnaps verlieh ihm Bärenkräfte und zerfraß nicht sein Hirn, Krankheiten verschonten ihn, während andere an Krebs krepierten, obwohl sie nie geraucht oder gesoffen hatten.

Auf dem Rückweg und vor allen Dingen später in der Küche, als Ala zu den religiösen Klängen, Klagen und Diskussionen von *Radio Maryja* den Fisch von Schuppen befreite, wusch und portionierte, kamen sie beide endlich ins Gespräch über Lucyna – diese Aussprache hatte sich Kuba lange schon gewünscht.

»War meine Mutter eine … Hure?«, fragte er schließlich nach längerem Zögern.

Tante Ala schaute ihn entgeistert an. »Wie kannst du so niederträchtig und erniedrigend von Lucyna – meiner Schwester, deiner Mutter – sprechen? Adelbert hat im Suff nicht nur sie, sondern auch mich beschimpft: ›Ihr Huren – gottverfluchte Huren seid ihr!‹«

»Hatte sie einen Liebhaber?«

»Mehrere sogar, aber sie war keine Hure. Dein Vater ist das Arschloch, er hat damit angefangen: Jede Dirne, die ihm den Weg kreuzte, hat er angebaggert und gevögelt. Viele seiner Flittchen mussten abtreiben – leider auch ich, nur dass er mich vergewaltigt hat, und ich schwöre bei Gott, dass ich keine Dorfmatratze gewesen bin! Was willst du noch von mir wissen? Ich werde dir nichts mehr verheimlichen!«

Kuba verdeckte für wenige Sekunden sein Gesicht mit beiden Händen. Er schüttelte den Kopf, dann sagte er: »Warum hast du mir davon nie etwas erzählt?« Dabei dachte er daran, dass er den Rucksack mit dem Zeitungsbündel und dem Messer bei Adelbert liegengelassen hatte: Das Messer sprach wieder, es sagte ihm, dass er seinen Vater so schnell wie möglich hinrichten sollte, seinen Vater sowie den Bürgermeister und Wojtek.

Lucyna hatte rotes, langes Haar getragen, das ihr fast bis zum Hintern reichte. Mit diesem Haar hatte sie die Männer verrückt gemacht, sich die Typen nach Belieben um den Finger gewickelt; vor dieser rotebeetefarbenen Mähne waren sie reihenweise auf die Knie gesunken, daran konnte sich Kuba nach den ausführlichen Erklärungen von Tante Ala mit einem Mal bildhaft erinnern …

Was für eine grausige Melange, dachte Kuba, mein Vater war ein Flittchenficker, meine Mutter hatte Liebhaber – vielleicht bin ich deshalb so besessen davon, die vollkommene, unsterbliche Ur-Marta zu finden, die nur mir gehörte: Ich bin auf der Suche nach dem ertrunkenen Mädchen, auf der Suche nach Justyna, der Doppelgängerin Martas. Kann ich Justyna wirklich trauen?

Er umarmte Tante Ala, die dann noch sagte: »Ich bin froh, dass ich es dir endlich anvertraut habe, ein Stein ist mir vom Herzen gefallen, ein mich erstickender Stein: Nicht einmal deine Mutter wusste was von der Abtreibung – wir waren beide noch so jung, ich erst siebzehn. Dein Vater hat mich gezwungen, die ganze Sache totzuschweigen, weil er Lucyna heiraten wollte. Und was ist aus mir geworden? Eine alte Frau, der ein Auge fehlt. Ich habe die Liebe nie kennen gelernt. Mein armer Bräutigam – ich weiß nicht einmal mehr, wie er ausgesehen hat. Ich habe die Hochzeitsfotos im Keller versteckt, praktisch den Ratten zum Fraß vorgeworfen.«

»Aber mit diesem einen Auge siehst du mehr als viele andere. Nur das zählt, Ala«, sagte Kuba.

Seine plumpe Feststellung fiel nicht besonders glaubwürdig aus, das war ihm sonnenklar. Er schämte sich nun seiner beschwichtigenden Worte, die dennoch Ala Trost gespendet hatten. Aber eine Weile später – sie hatten bewegungslos in ihrer Umarmung verharrt – sagte Kuba: »Ich muss heute endlich Kazimierz treffen. Er erwartet mich.«

Denaturat

Nach dem Mittagessen, das sie unter dem Kirschbaum zu sich genommen hatten, setzte sich Kuba mit Justyna in den C5 und fuhr mit ihr zu Kazimierz. Doch der war nicht zu Hause. Er hatte heute seinen Massagetermin im Hotel, an den nicht einmal Justyna gedacht hatte, obwohl sie wusste, dass der Pfarrer jeden Samstag zur Massage kam. War das ein eindeutiges Zeichen dafür, dass Kazimierz in ihrem Leben keine Rolle spielte? Dass sie nichts davon ahnte, wer er in Wirklichkeit war? Also musste Kuba der Hoteldirektorin doch trauen – aber so, wie er Marta einmal getraut hatte, im Guten wie im Bösen? Früher oder später, das wusste Kuba, würde es zwischen ihm und der Hoteldirektorin zu einem schlimmen Streit kommen, einem unvermeidlichen Streit, weil es zu viele Fragen gab, die keine Ruhe ließen.

Sie sahen sich im Garten und dann im Haus noch einmal um, alle Türen standen offen, doch der Pfarrer war nach wie vor nicht aufzufinden, vermutlich lag er im Wellness-Center des *Justyna Star* wie ein gestrandeter Wal auf dem Massagetisch und stöhnte genüsslich. Erst in der Scheune hörten sie heisere, ihnen wohlbekannte Männerstimmen und erwischten dort Ździsiek und Wojtek bei ihrer Lieblingsbeschäftigung: Sie filterten den berüchtigten Denaturat, und zwar durch einen Brotlaib, dessen beide Enden abgeschnitten waren. Man ließ den violett gefärbten, siebzigprozentigen Brennspiritus durch das Brot laufen, und nach dieser Reinigung bildeten sich die Säufer ein, sie hätten einen exzellenten Wodkaersatz, was natürlich nicht stimmte. Denaturat war Ambrosia der Debilen, der Berufspenner und -alkoholiker – der Delirium-tremens-Abschaum der Straße soff Denaturat.

Kuba sagte: »Verdammte Scheiße, Jungs, von dem Zeug werdet ihr erblinden. Ich kann euch einen Wodka in der Hotelbar ausgeben, wenn ihr wollt …« Mit Denaturat kannte er sich gut aus: Eine Zeitlang war das violette Gesöff das Nationalgetränk des Heiligen Dreiecks.

»Wir filtern den Trank und mixen ihn danach mit einem Honigsud. Dann lassen wir den Mix abkühlen und verkaufen ihn in schönen Fläschchen«, erklärte Ździsiek voller Begeisterung.

Wojtek sagte: »Kuba, misch dich in unsere Geschäfte nicht ein. Wir sind friedliche Leute und tun niemandem was, solange man uns nicht in die Quere kommt …«

Dass er verärgert war, konnte Kuba verstehen: Wojtek missfiel die Anwesenheit der Hoteldirektorin, denn sie würde dem Bürgermeister irgendwann von dem illegalen Schnapshandel berichten, vielleicht in einem Nebensatz, doch dieser reichte, damit Wojtek mit dem Bürgermeister Ärger bekäme. Derweil schlug Justyna wie aus heiterem Himmel vor, ein Gläschen zu probieren: »Jungs! Denaturat, dazu noch versüßt mit Honig, habe ich noch nie getrunken! Her damit!«, sagte sie.

Ździsiek ließ sich nicht lange bitten und schenkte der Hoteldirektorin einen Schluck ein, mit den Worten: »Ein gutes Schnäpschen ist schon was Edles …« Sie spuckte den dunkelbraunen, öligen Trank nicht einmal aus und wischte sich zufrieden über die Lippen – Kuba war perplex, genauso wie Wojtek. Uff! Diese Frau ist eine Kanone, und man muss sie einfach lieben, schoss es Kuba durch den Kopf.

»Sollte ich demnächst für meine Hotelbar eine neue Schnapssorte bestellen, weiß ich jetzt, an wen ich mich wenden muss.

Gehen wir?«, fragte sie in nächster Sekunde Alas Neffen. Die Brennmeister ließen sie sprachlos in der Scheune stehen, und Kuba sagte im Auto lediglich einen Satz: »Mein ›Schönfließ‹ wird nun blind …«

»Sie dürfen nicht denken, dass ich sie verpfeifen werde. Außerdem ist jedem in Wilimy klar, was die beiden Burschen in ihrer Freizeit treiben …«

»Du hast nicht einmal den Mund verzogen …«

»Das Zeug war scheußlich … Ist es das, was du von mir hören wolltest?«

Ihre linke Hand wanderte zu Kuba, Justyna legte sie auf seinen Bauch: »Du sollst mich nicht für dumm halten, sage ich dir zum wiederholten Male. Ich weiß, dass du ein Bauchredner bist: mit zwei Nabeln …«

Kuba fuhr ins Hotel. Die Bedeutung der Denaturatprobe war ihm sofort klar geworden – der darin enthaltene Aufschrei und Protest Justynas gegen jegliche Ausflüchte, die er sich bis jetzt erlaubt hatte: Zum Nachgrübeln gab es keine Zeit mehr, und er wollte sich auch keine Mühe mehr geben, Justyna ausweichend zu antworten, denn er war nach ihrer Denaturatprobe ein wenig geschockt, und so nannte er ihr ohne Zögern den Grund für seinen Besuch bei Kazimierz. Er erwähnte sogar den Kurzbrief, den ihm der Pfarrer geschickt hatte.

Justyna geriet in Wut, sie war ganz außer sich: »Kazimierz ist doch kein Mörder!«, erhob sie ihre Stimme. »Warum soll er den Bürgermeister beseitigen wollen? Und warum fiel seine Wahl ausgerechnet auf dich? Bist du ein Auftragskiller? Was sind das für schauerliche Märchen?«

»Du übertreibst, mein ›Schönfließ‹. Der Pfarrer ist seit seinem Schlaganfall schwer krank, das muss ich dir wohl nicht erläutern … Niemand wird uns sagen, was genau in seinem Kopf vorgeht.«

Kuba verschwieg ihr nur zwei Sachen, die allerdings von größter Bedeutung waren und die er der Hoteldirektorin vielleicht nie anvertrauen würde. Kazimierz' Behauptung, er sei in Wirklichkeit der wahre Vater von Justyna Star, mochte sie auch stimmen, war letztendlich idiotisch – warum sollte Kuba mit so einem Müll Justynas Seele und Gemüt belasten? Und der zweite Punkt betraf den wichtigsten Grund für seine Reise nach Wilimy: dass er nämlich in erster Linie wegen Marta an den Dadajsee gekommen war, um irgendeine brauchbare Spur zu finden, dass Marta wirklich einmal seine Geliebte gewesen war und dass sie in einem Frauenkörper gelebt hatte. Er spürte, dass die Hoteldirektorin über Martas tragischen Tod Bescheid wusste, und er ahnte gleichzeitig, dass sie von allein auf Martas Geschichte niemals zu sprechen kommen würde – sie wollte diese Liebesgeschichte aus seinem Munde hören, von ihm die ganze Story erfahren, und Kuba war nun auch klar, warum die Hoteldirektorin so wütend geworden war. Ihre Wut richtete sich letztendlich gegen seine Verschwiegenheit und vor allen Dingen dagegen, dass er gar nicht sie liebte, sondern eine andere Frau. »Du benutzt mich«, würde ihm Justyna normalerweise sagen müssen. Es ging ihr nicht primär um Kazimierz' Mordauftrag.

»Der Pfarrer ist kein Psychopath, dafür aber ein psychisch labiler alter Mann, der niemanden stört«, begann sie von Neuem. »Alle Quacksalber übrigens und selbsternannte okkulte Medien, die behaupten, mit Verstorbenen in Kontakt treten zu können, sind arme Wichte – ich kann über solche Spinner nicht einmal lachen. Es gibt kein Jenseits und keinen gekreuzigten Gottessohn und somit auch kein gekreuzigtes Weltall. Es gibt nur Zahlen und die Frage nach der Summe: wie viele Jahre, Geburtsdaten, Sterne, Schneeflocken, Blätter an den Bäumen, Tote und Minuten, die wir miteinander verbringen, oder nicht. Und jeder Tod ist umsonst, weil jedes Mal, wenn einer stirbt, ein Weltende stattfindet«, ereiferte sie sich, »man müsste den Dadajsee trockenlegen, damit es keine Opfer mehr gibt.«

Kuba war verblüfft – diesen Jähzorn und diese erschreckende Vehemenz, mit der Justyna ihre Überzeugung von der Einmaligkeit jedes einzelnen Daseins verteidigte, hatte er von ihr nicht erwartet: »Du verdienst mit Kazimierz' Patienten Geld! Sie buchen deine Hotelzimmer«, sagte er, obwohl er eigentlich ganz anders hätte antworten müssen, doch es fiel ihm schwer, Justyna zu widersprechen. An welchem Punkt hätte er denn ansetzen müssen?

»Welches Geld? Es ist nicht der Rede wert, was ich durch Kazimierz verdiene. Ich habe es gar nicht nötig, seine so genannten Patienten zu beherbergen. Viel schlimmer ist es, dass du dem Pfarrer ein idiotisches Versprechen gegeben hast: Warum sollst du Janusz umbringen? Bist du wahnsinnig?«

»Ich werde es natürlich nicht tun …«, sagte er und erschrak über seine eigenen Worte. Er versuchte, sich zu beherrschen und sein jähes Erschrecken zu kaschieren. Er hörte seine eigene Stimme zittern: »Aber Kazimierz kennt mich seit meiner Geburt … Ich muss ihm Gehör schenken und seine Macken akzeptieren, die Macken eines eigenbrötlerischen Greises …«

Im Hotel trennten sie sich. Justyna verschwand kommentarlos in ihrem Büro und rief Kuba nach, er solle sich nach seiner Visite bei Kazimierz melden.

Was sich der Pfarrer Kazimierz wünschte

Als Kuba den Wellness-Raum betrat, zog sich der Pfarrer gerade an, seine Massagestunde war vorbei, und er begrüßte Kuba mit breitem Lächeln: »Du hast mich nicht vergessen, mein Sohn! Ich bin dir sehr dankbar.«

»Vater, ich habe Macieks Versteck im Wald entdeckt. Sie haben mich angelogen … Er lebt.«

Kazimierz knöpfte sein Hemd zu und sagte: »Ich kann nicht jedem Menschen helfen. Dir und Maciek schon. Aber manchmal ist es besser, wenn man angelogen wird, und manchmal ist Verschwiegenheit das höchste Gebot. Dein Freund ist unbelehrbar und besessen: Hoffentlich wird er nie erfahren, dass ihn der schwarze Bus auf eine ziemlich lange Fahrt mitgenommen hat … Und es ist gut für ihn, dass er im Wald wohnt: Die Polizei hat Angst vor Wäldern und Zigeunern.«

»Maciek ist ein Zuhälter, Vater.«

»Nein, er ist bloß ein schlimmer Dieb und lebt im Inzest mit seiner Schwester. Das sind schwere Sünden. Übrigens, das gestohlene Geld hat er beim Poker mit den Zigeunern und Russen verloren.«

Sie gingen nach draußen, und da es nicht mehr unerträglich heiß war – der Himmel bewölkte sich sogar –, setzten sie sich auf die Terrasse des Hotelcafés und bestellten sich kalte Getränke. Dann orderte der Pfarrer die Speisekarte und sagte: »Ich habe nicht den geringsten Zweifel daran, dass wir unsere schwierige Aufgabe erfolgreich bewältigen werden! Und du hast Marta, dein ertrunkenes Mädchen, wie ich's dir vorausgesagt habe, getroffen und auch meinen Brief gelesen: Denk an dein Versprechen, mein Sohn: *In hoc signo vinces!*«

Kuba nickte, steckte sich eine Zigarette an und blickte in

Richtung des Bootshafens. Er sagte: »Ich wurde vor genau sechs Tagen überfallen und zusammengeschlagen – ich stürzte zu Boden, und anschließend verlor ich das Bewusstsein. Als ich wieder zu mir kam, hatte ich das Gefühl, der Hauptakteur in meinem eigenen Albtraum zu sein. Ja, es stimmt, ich habe Marta getroffen. Aber es war nicht hier in Wilimy, sondern in einem weißen Niemandsland, wohin ich eigentlich nie wieder zurückkehren möchte. Die Marta aus dem weißen Niemandsland ist für mich gestorben. Verstehen Sie, Kazimierz?«

»Du bist ein Dummkopf. Verzeih mir, aber ich muss es so sagen. Marta gibt es nicht, du hast sie erfunden, und weißt du warum? Weil es den Tod nicht gibt. Und ich habe dir nur dabei geholfen, deine Erfindung zu leben, als wäre sie nichts Unfassbares oder Unglaubliches.«

»Kazimierz, Sie sind der Betrüger, nicht ich. Und lassen Sie mich Ihnen eine Frage stellen: Ihr jüdischer Freund aus Wilno hat nie existiert – es sei denn, Sie selbst sind dieser jüdische Jesuit gewesen, oder? Kazimierz, wer sind Sie?«

Der Pfarrer war unbeeindruckt, seine zerfurchten dreiundneunzigjährigen Wangen wirkten mit einem Mal ungeheuerlich gesund, genauso wie seine wulstigen Lippen und Tränensäcke. Der Kellner brachte die Speisekarte und die kalten Getränke, woraufhin Kazimierz sagte, dass er keinen Hunger mehr habe. Er jagte den Kellner barsch weg und trank gierig und gurgelnd das stille Wasser, das er bestellt hatte.

»Früher hätte ich mit dir einen Wodka gekippt oder sogar zwei. Und mein sehnlichster Wunsch ist, noch ein einziges Mal ein halbes Stündchen mit einer Yacht auf dem Dadajsee zu segeln – eine kleine Tour mit der *Omega* meiner Tochter würde mein Herz sehr erfreuen …«

Kuba nippte an seinem Bier, es schmeckte ihm nicht. »Wenn Sie sich auf das Deck legen wie auf ein Bett, sodass Sie mich beim Steuern nicht stören würden, könnte ich Ihnen den Wunsch erfüllen.«

Der Pfarrer griente, und in seinem blassen Gesicht zeigten sich pure Freude und Abenteuerlust – in wenigen Sekunden durchlebten seine Augen eine Verjüngung, die erstaunlich war: Kazimierz blinzelte wie ein Teenager.

»Kuba, ich danke dir ... Manchmal frage ich mich Folgendes: Was ist besser – das mühselige, nicht enden wollende Warten der Juden auf den Messias oder die ewige Verwöhnung unserer räudigen Seelen durch Jesus, der auf die Erde zurückkommen will, um wieder einmal alle Billardkugeln zu versenken? Wer hat mehr Hoffnung, der Wartende oder der Verwöhnte? Und darf es denn überhaupt einen zweiten Jesus geben, der seine Rückkehr selbst angekündigt hat? Wie dem auch sei: Vielleicht bin ich aber einmal dieser Ewige Jude aus Wilno gewesen, nur, ich habe keine Erinnerung mehr daran. Ich habe alles vergessen, so viel vergessen ... Origens, Augustinus und Thomas von Aquin – ich weiß zuweilen nicht mehr, was sie geschrieben und gesagt haben. Ich erinnere mich nur an die Lügner, an Johannes und an Swedenborg und Nietzsche, an all diese räudigen Lügner ... Ich erinnere mich an Lügen, obwohl ich sie mein Leben lang bekämpft und sogar einmal daran geglaubt habe, die Lügen ein für allemal ausgemerzt zu haben.« Seine Stimme klang wieder weinerlich, dann fügte er noch hinzu: »Meine Tage sind gezählt, der schwarze Bus hat es mir gesagt. Würdest du mir wirklich eine kleine Segelfahrt mit der *Omega* anbieten, jetzt gleich? Wie gesagt, ich möchte ein letztes Mal die ›Insel der Vögel‹ sehen ... Dort wohnen sie, die Lügner, die Lachmöwen, die behauptet haben, Gott sei tot! Nun sind sie selbst tot, denn sie wurden als Sterbliche geboren – auf Geheiß des einen Dreifaltigen ...«

Kubas Beichte

Kuba rief nicht, wie verabredet, bei der Hoteldirektorin an. Er teilte ihr in einer SMS mit, er würde mit der *Omega* für ein Stündchen eine Spazierfahrt unternehmen, und zwar zusammen mit dem Pfarrer Kazimierz; ein Geschenk solle es sein, das er dem alten Schlawiner Kazimierz nicht abschlagen könne. Kuba wollte, dass sie in aller Ruhe ihrer Arbeit nachging und vor allen Dingen etwas abkühlte, damit ihr Ärger auf Kazimierz und auf seine abstruse, an Kuba gerichtete Bitte, den Bürgermeister zu ermorden, kleiner wurde oder am besten ganz verebbte. Justynas SMS-Antwort fiel, fand er, gefühlskarg aus: »Okay, melde Dich später. Hab alle Hände voll zu tun. Gruß, J. S.«

Der tätowierte, von jungen Urlauberinnen umschwärmte Mirek, der nur ein orangenes Rettungsschwimmer-T-Shirt und eine Badehose trug, half Kuba und dem Pfarrer, ohne mit der Wimper zu zucken und nach einer ausdrücklichen Erlaubnis der Hoteldirektorin zu verlangen, beim Einstieg in die Yacht. Kazimierz setzte sich auf dem Deck auf seinen Hintern und streckte sich dann aus wie auf einer Ottomane: Sein Kopf lehnte an der Bootswand, und er schaute voller kindlicher Zufriedenheit mal in den Himmel, mal in die Weiten des Sees. Jede Insel begrüßte er freudig mit ihrem Namen und segnete sie in der Luft: »*In Nomine Patris …*«, und sein rechter Daumen zeichnete dabei ein Kreuz, als wenn er die Stirn eines Jünglings berührte, um ihm einen Segen zu erteilen.

Es war ein wunderbar sonniger und windiger Nachmittag, das Wetter zum Segeln bestens geeignet, obgleich sich jederzeit ein gewaltiger Sturm zusammenbrauen konnte, ja, viel schlimmer: Da selbst *Biały szkwał*, eine Weiße Bö, zu erwarten war, weil sich seit vielen Tagen die heiße Luft mit kühlen

Winden und Regenschauern vermischte, versuchte Kuba, in der Nähe des Ufers zu segeln. Erfahrene Segler wussten, was eine Weiße Bö anzurichten vermochte, wie gefährlich sie für die Segler werden konnte, obwohl dieser Sturm meistens nur wenige Minuten wütete, direkt über der Oberfläche des Sees riesige, chaotische, weiße Nebel- und Wassermassen vor sich her schiebend und aufschäumend, einem Luftkissenboot ähnlich, dazu noch mit ungeheurer Geschwindigkeit. Üblicherweise terrorisierten die Weißen Böen am liebsten die großen masurischen Seen, Śniardwy, Mamry, Niegocin und Tałty, aber immer öfter überfielen sie auch die Gewässer Warmias, unter anderen den Dadajsee, und sorgten für zusätzliche Opfer in der jeweiligen Sommersaison.

»Ich habe eine Einladung vom Bürgermeister gekriegt«, sagte Kazimierz, nachdem er die Inseln gesegnet hatte. »Sein Fest am kommenden Samstag ist deine beste Chance – angeblich hat er sich ein Motorboot gekauft ... Er wird es bestimmt ausprobieren wollen, zusammen mit seinen Gästen selbstverständlich, auf der Jungfernfahrt ... Und es wird sich doch niemand wundern, wenn er betrunken von seinem Motorboot ins Wasser fällt ... Du musst dir was überlegen ... Dir was richtig Gutes einfallen lassen ... Fehler darfst du dir dabei nicht erlauben ...«

Kuba hörte dem Pfarrer nur mit einem Ohr zu, da ihn das Gespräch mit Justyna über Kazimierz' abstruse Bitte ordentlich aufgewühlt hatte. Kazimierz verfügte über keinen einzigen Beweis, aus dem wenigstens ansatzweise hervorginge, dass der Bürgermeister von Biskupiec ein ehemaliger Staatssicherheitsoffizier sei, der Marta zu Tode gejagt hatte. Und Kuba hatte bis jetzt den Mut nicht gefunden, um der Hoteldirektorin die wichtigste Frage an den Kopf zu werfen, nämlich die nach dem Beruf des Bürgermeisters, den er in Gdańsk zwischen 1980 und 1981 ausgeübt hatte. Was würde Justyna dazu sagen? Wie würde sie diese heikle Frage beantworten? Vielleicht hatte sie sich, weil sie damals noch sehr jung war, für den Beruf ihres Liebhabers kaum interessiert.

»Justyna weiß es«, wiederholte Kazimierz, als ihm Alas Neffe seine Bedenken geschildert hatte, »sie weiß ganz genau, was ihr Liebhaber getrieben hat, sie will sich bloß nicht erinnern – Gott möge ihr ihre Schuld vergeben –, sie hat es verdrängt, nicht vergessen, o nein! Ich Naivling habe mich nur so darauf gefreut, dass du vielleicht Justyna heiraten würdest! Hörst du mir überhaupt zu? Vögelst du meine Tochter? Redest du mit ihr über schmutzige Sachen? Antworte mir!«, sagte er gereizt.

»Vater, ich bitte Sie! Seien Sie vernünftig. Sie dürfen sich nicht aufregen, das wissen Sie doch!«

Kuba musste die »Insel der Vögel« mit der *Omega* mehrere Male umkreisen, was die anderen Segler misstrauisch stimmte: Zum Kuckuck, was machen die denn da?, schienen sich ihre Gesichter und Blicke zu fragen, aber der Pfarrer gab sich nach der fünften und sechsten Runde immer noch nicht zufrieden, sodass Kuba die Segel einzog und für eine längere Pause den Anker auswarf, in sicherer Entfernung zum steinigen Ufer, damit das Senkschwert nicht beschädigt werden konnte – und Kazimierz schaute sich aufrecht sitzend die kaputten, verdorrten Baumkronen und die vom Kot der Möwen und Kormorane vollständig bedeckten Steine an. »Wundervoll! Wundervoll fremdartig, dieser grausige Anblick«, wiederholte der Pfarrer unablässig, »und doch kommt es mir so vor, als würde ich auf diesem Eiland zu Hause sein, ich, der verlorene Sohn …«, murmelte er noch zum Abschluss seiner kurzen Hymne auf die »Insel der Vögel«.

»Ich muss mich jetzt wieder hinlegen«, sagte Kazimierz. »Mir ist schwindlig.«

Kuba schob dem Pfarrer ein Handtuch unter den Kopf, dann strich er ihm einmal über die Wangen – aber warum er das getan hatte, war ihm zunächst unerklärlich. Es war wohl eine ganz natürliche Reaktion, zu der normalerweise jeder fähig sein musste, denn da lag vor ihm ein Greis, ein dem Tod geweihter, alter Mann, der bereits unter Toten und Geistern wandelte, obwohl sein irdisches Herz noch immer schlug. Kazimierz ließ sich nichts anmerken, schloss kurz die Augen und sagte, er wolle einschlafen, er sei so müde und wolle für immer einschlafen. Sein linker, gelähmter Arm zuckte auf einmal mehrmals, aber der Pfarrer spürte das Zucken offenbar nicht.

Nach einem Schläfchen, das nicht länger als zehn Minuten gedauert hatte, wurde Kazimierz hellwach. Kuba hatte brav in der Sonne gelegen und sich mit der Sonnenschutzcreme von Justyna eingecremt; er wäre selbst beinahe eingepennt. Kazimierz sagte nach dem Schlummer: »Bevor du Janusz Król seiner gerechten Strafe zuführst, musst du, mein Sohn, bei mir Rechenschaft ablegen über deine Sünden, die ich dir erlassen will und die vor allem deine gerechten Tötungsabsichten betreffen: Im weißen und frisch gewaschenen Hemd sollst du zur Tat schreiten und keine Angst haben. Gott möge dich beschützen – auch dich, du sündhafter Wurm!«

Kubas Aversion gegen das Sakrament der Beichte war unheilbar. Die Pfarrer hatten ihn und seinesgleichen, die Jungen aus Wilimy und Biskupiec, nie ernst genommen. Würmer waren sie für die Pfarrer gewesen, elendige Würmer, die vor dem Beichtstuhl genauso viel Angst hatten (wenn nicht sogar mehr) wie vor ihren betrunkenen, in den Nächten Karate übenden Bruce-Lee-Vätern. Der Beichtstuhl war das eigentliche Haus Gottes, nicht die Kirche mit ihrem Altar und ihren Gebetsbänken. Im Beichtstuhl saß der Tod und flüsterte den

Jungen und Mädchen zu: »Ich liebe eure unschuldigen Zungen und Augen, ich liebe eure kleinen Qualen und Sünden, die in Wirklichkeit völlig unbedeutend sind, und ich kann mich dennoch nicht satt hören, wenn ihr mir gewissenhaft von euren lachhaften Streichen berichtet, von den Diebstählen, onanistischen Orgien und vulgären Schlägereien: mehr, mehr davon!« Wie am Fließband erließ der Tod im Beichtstuhl Kuba und seinen Kumpels die Sünden, gierig nach Geschichten und Abenteuern, gierig nach Leid und Dummheit der unschuldigen Zungen und Augen. Und bereuen sollten sie, die dummen Täter, was sie getan hatten, dachte der Tod im Beichtstuhl jedesmal bestimmt, wenn er seinen jungen Schäfchen die Vergebung erteilte und Reuegebete auferlegte: »Zwölfmal ›Vater unser‹ und ›Gelobt seist du, Maria‹ sollst du aufsagen, du nichtsnutzige, verlorene Seele!«

Kuba schwieg demonstrativ.

»Mein Sohn, schäme dich nicht. Sag, wie es uns Thomas von Aquin gelehrt hat, was dein Herz in Stücke reißt, welch noch nie da gewesener Kummer …«, sagte Kazimierz nach verstörendem Schweigen seinerseits.

Kuba musste nicht lange nachdenken, obwohl ihn die knorrig-pathetische Ausdrucksweise des Pfarrers sogar ein wenig belustigte. Nie würde er sich verzeihen, dass er Marta nicht hatte retten können, als sie in der Silvesternacht im Eis einbrach und im See unterging, um für eine letzte Sekunde noch einmal hochzukommen, mit allerletzter Kraft, dann nämlich hatte Marta um Hilfe geschrien und versucht, aus dem Eisloch herauszuklettern, doch Kuba hatte ihr die Hand nicht gereicht, weil er, selbst von Todesangst vollkommen ergriffen und hypnotisiert, zu keiner Handlung fähig gewesen war. Er hatte gedacht, dass das Eis unter seinem Gewicht weiter einbrechen und auch er sofort untergehen würde. Er hatte sich in Panik auf das Eis gelegt und Marta das Ende seines dicken, von Oma Renia gestrickten Schals entgegengeworfen, damit sich Marta wie an einem Seil aus dem See hätte ziehen können, aber den Schal hatte sie offenbar nicht gesehen und nicht erwischt. Kuba erinnerte sich an ihren Schrei, ihren letzten Atem … und sie hatte seinen Namen gerufen. »Ku baaaa …«

»Ich hätte sie retten müssen, Vater«, sagte er nach seiner Beichte. »Ich habe versagt … Ich habe Marta getötet … Nicht Janusz Król, nicht der General, nicht der Dadajsee … Meine Todesangst hat das Mädchen umgebracht, verstehen Sie jetzt, Vater, was es bedeutet, dass ich noch am Leben bin?«

»Das ist doch eine wunderschöne Sünde – solche Vergehen gefallen unserem lieben Gott am allermeisten! Denn selbst die Erlösung durch das Fegefeuer wird uns nichts nützen: Wir sind Erdlinge, Kuba – man wird uns ständig ans Kreuz nageln, das ist die wahre Botschaft von Jesus, und diese selbstgefälligen Querdenker wie Marcion oder Mani, derer Ideen sich die Gnostiker bedient haben, sind das schlimmste Gift für unseren Gott gewesen, für ihn und für uns, weil sie dem Menschen falsche Versprechen gegeben haben – Hoffnungen, die es nicht gibt. Wir haben nämlich keinen Kampf verloren oder gewonnen, weil nie ein Kampf zwischen ihm, dem einen Dreifaltigen, und uns Erdlingen stattgefunden hat: Er, der eine Dreifaltige, ist der Schöpfer des Ganzen, nicht wir – und wir dürfen den Fehler von Luzifer nicht wiederholen; wir dürfen nicht schöpfen und rebellieren! Er, der eine Dreifaltige, wird es außerdem nie zulassen, dass wir rebellieren. Es reicht doch, dass wir in seinem Namen ständig über andere richten müssen, was du bald selbst bitter erfahren wirst, mein Sohn! An deinem eigenen Leib wirst du es erfahren …« Der Pfarrer bekreuzigte sich, als er den letzten Satz sprach.

»Sie, Kazimierz, Sie sind pervers … Und Ihr Gott, von dem Sie mir berichten, ist ein Henker … Sie sind unbelehrbar …«

»Nein, mein Sohn, ich bin lediglich unkorrumpierbar … Dumme Menschen sprechen in diesem Zusammenhang von ihren Überzeugungen – ich nicht, da ich kein Ideologe bin, sondern ein Auserwählter unseres Herrn … Und ich hoffe, auf dich zählen zu können. Du darfst dem Bürgermeister vergeben, doch lass ihn nicht wieder ein Mädchen töten. Marta soll sein letztes Opfer gewesen sein! Ich würde es nicht verkraften, wenn meine Tochter diesen Verbrecher heiratete! Jetzt möchte ich nach Hause … Es wird meinem Herzen eine Wonne sein, die Tage bis zum Fest des Bürgermeisters zu zählen …«

Kuba sagte nichts mehr. Vielleicht hatte die Hoteldirektorin wirklich Recht, sie täuschte sich wohl nicht in ihrem strengen Urteil über Kazimierz. Vielleicht war der Pfarrer ein armer Irrer, denn nach dem ersten Angriff auf seine grauen Zellen hatten sich in seinem Gehirn Tore zu solchen Wäldern geöffnet, die bis jetzt nur von wenigen betreten wurden, und diese Unglückseligen, die sagten, sie seien Auserwählte des Herrn, steckte man für gewöhnlich in eine psychiatrische Anstalt.

*

Sie segelten nach Wilimy, wo Kazimierz am Touristenbadestrand ausstieg. Dort wurde er von Ździsiek erwartet. Kuba hatte ihn über Wojteks Handy kontaktiert und gebeten, am Anlegeplatz für Yachten und Boote der Touristen zu erscheinen, am »Sonnigen Ufer«, denn so hieß der Strand von Wilimy im Jargon der Urlauber. Wenn sie wüssten, dachte Kuba, wie viele kleine Mädchen und Jungen in dieser sonnigen Bucht ertrunken sind, praktisch vor den Augen ihrer Eltern, die für einen kurzen Moment nicht richtig aufgepasst haben; diese

Kinder sind kleine Schwestern und Brüder von Marta geworden, die, wie es mir mein Opa Kostek einmal erklärt hat, seit ihrem Tod dort bei dunkelblauen Algen und hungrigen Hechten wohnen, im seichten Gewässer des Dadajsees, wo es angeblich die schönsten und gefräßigsten Hechte und Engel gibt.

Auf Ździsiek war Verlass, er hatte die Alukrücke des Pfarrers mitgebracht und sogar angekündigt, er würde am Abend auf die Jagd mitkommen; denn sollte Wojtek einen ausgewachsenen Rehbock erlegen, würde er auf die Hilfe von zwei kräftigen Männern angewiesen sein. Zudem betonte er, dass das erlegte Tier erst nach Anbruch der Dunkelheit mit dem Auto zu Tante Alas Hof befördert werden dürfe – er machte sich mehr Gedanken als Wojtek. Leszeks Geländewagen sei zwar das am besten geeignete Transportmittel für diesen Zweck, doch der Baumhändler dürfe in ihre Pläne nicht eingeweiht werden, sagte Ździsiek besserwisserisch, der Typ sei ihm nicht »koscher«, betonte er zum Schluss. Kuba hatte sofort verstanden, was das für ihn bedeutete. Er sagte, er würde seinen C5 noch einmal gerne zur Verfügung stellen, zumal man bei seinem Modell die Rückenlehnen nach vorn klappen könne.

»Wir werden die Ladefläche mit alten Tischdecken und Wachstüchern auslegen, so wird nichts dreckig werden«, freute sich Ździsiek.

»Geh in Gottes Namen! Mein Sohn!«, sagte der Pfarrer, als er sich verabschiedete. »So spreche ich dich los von deinen Sünden: Der Herr hat sie dir vergeben! Geh hin in Frieden, Jakub Dernicki!«

Das grausame Geheimnis der Weißen Bö und warum Tante Ala ein glücklicher Mensch sein musste

Kuba telefonierte endlich mit der Hoteldirektorin. Ihre Laune hatte sich wieder gebessert, sodass er beschloss, Justyna zum Angeln zu entführen, bis zum Abend gebe es dafür viel Zeit, sagte er am Telefon, man könne zu der Bumerangbucht segeln und dort schwimmen und angeln. Justyna war einverstanden. Kuba musste nur seine chinesische Spinnrute und die *Alga*-Blinker von zu Hause abholen.

Und schon machte er sich auf den Weg zu Tante Ala. Er kaufte sich am Kiosk Zigaretten, eine Zeitung und zwei kühlschrankgekühlte Dosen Bier. Sein Portemonnaie gähnte vor Leere, morgen, am Sonntag, würde er wieder Geld abheben, wahrscheinlich in *Święta Lipka*, wo er im Kloster vielleicht einen alten Jesuiten treffen könnte, den er zu Kazimierz und zu seiner nebulösen Herkunft befragen konnte, und es fiel Kuba ein, dass er immer noch eine Flasche Wodka aus Biskupiec in seinem Zimmer stehen hatte, die er eigentlich mit Wojtek trinken wollte. Er würde sie heute, falls es Wojtek wirklich gelingen sollte, einen jungen Rehbock zu schießen, auf den Tisch stellen und den Männern anbieten, mit ihm zusammen das Fläschchen zur Feier einer gelungenen Jagd zu leeren. Kuba hatte nicht die geringste Aversion gegen Wodka, obwohl sein Vater Alkoholiker war. Er wusste allerdings nicht, ob Adelbert immer noch soff – selbst Ala würde ihm dazu keine Auskunft geben. Sein Vater war derjenige, den er eigentlich hassen müsste, stattdessen hasste er den Dadajsee, wohingegen der Wodka ihm nicht verhasst war – der Wodka, der also noch stärker war als das Messer von Adelbert. Seit das Messer bei seinem Vater weilte, fragte sich Kuba immer wieder, ob Adelbert einen Blick in den Eastpak-Rucksack seines Sohnes geworfen hatte. Er fragte sich auch, ob er seinen Eastpak überhaupt wiederhaben wollte … Ja, der Wodka war gefährlicher und niederträchtiger als Adelberts Messer, sagte sich Kuba, und er spürte immer intensiver den Durst auf Wodka, den er seit seinem fünfzehnten Lebensjahr kannte, als er ihn das erste Mal richtig probiert hatte, und er kannte auch den aggressiven Wahnsinn im Herzen und die Eifersucht auf andere Männer, wenn man ausdauernd und über viele Jahre Wodka trank. Irgendwann erreichte einen die Weiße Bö, und dann war man erledigt, und wenn man Glück hatte, wie Adelbert, landete man im Gefängnis oder in einer psychiatrischen Anstalt und nicht in einem Straßengraben auf der Strecke zwischen Czerwonka und Biskupiec. Auf einmal dachte Kuba auch darüber nach, dass Tante Ala so gut wie nie den Dadajsee erwähnte, was irgendwie unheimlich war, und wenn sie dennoch über ihn sprach, dann nur in lauter bösen Vergleichen und Verwünschungen. Der Dadajsee schien ihr genauso verhasst zu sein wie ihrem Neffen. Noch erstaunlicher war jedoch, dass Tante Ala den Dadajsee als einen lebendigen Menschen betrachtete, den sie am liebsten für immer aus ihrem Gedächtnis streichen würde – diesen unangenehmen Freund und Verwandten. Sie sprach über den Dadajsee wie über ihren Wojtek und nicht wie über einen See oder einen Wald. Seine Tante konnte nicht schwimmen, sie ging nie ins Wasser und fuhr nie zusammen mit Wojtek zum Angeln raus. Wenn sie auf ihren Wiesen die Kühe molk, wandte sie bei jeder Körperbewegung den Kopf vom Seeufer ab, in ihrem Blickfeld existierte der Dadajsee nicht, sie beachtete ihn nicht und lebte in Wilimy wie in einem Dorf irgendwo in der Nähe von Warschau. Kuba war dieses merkwürdige Verhalten von Tante Ala erst während seines Urlaubs in Wilimy aufgefallen, diese ihre

Ignoranz gegenüber dem Dadajsee, der doch keine Nadel im Heu war, der doch im Moränental von Wilimy ihr wichtigster Nachbar war. Als Kind hatte sich Kuba nie gefragt, warum Ala den Dadajsee so gut wie nie erwähnte, und wenn sie es dennoch einmal tat, dann nur, um ihn zu verdammen und für seine Strafen und seine Opfergier anzuklagen. Nachdem er über Alas Ignoranz dem Dadajsee gegenüber nachgedacht hatte, kam ihm der Gedanke, dass seine Tante nicht wissen wollte, warum sie hier in Wilimy lebte, ja, warum es diesen Ort samt seinem Planeten und dem Universum um ihn herum überhaupt gab. Tante Ala muss glücklich sein, dachte Kuba.

*

Als Kuba auf dem Hof seiner Tante ankam, sah er als erstes, dass Wojtek vor der Scheune Holz hackte. Ala stapelte die gehackten Holzscheite auf einem überdachten Platz daneben. Zum Glück mussten sie beide kein Holz aus dem Wald stehlen, denn der Familie Podlich gehörte neben dem Kartoffel- und Weizenacker und den Kuhweiden auch noch ein winzig kleines Stück Wald mit einer wilden Wiese für Wojteks Bienenstöcke. Es war jetzt Mode, dass ehemalige Haus- und Grundstücksbesitzer, die in Deutschland, Amerika oder Israel lebten, ihr Eigentum juristisch zurückforderten. Die Kommunisten hatten es während ihrer Herrschaft versäumt, die Rechte der alten Grundbücher den neuen Besitzern zu überschreiben, was sich nach dem Ende des Sozialismus an mancher Familie böse rächte. Das europäische Recht war erbarmungslos, und wenn Kuba ein erbarmungsloser Mensch wäre, könnte auch er sein Besitzrecht zurückfordern und versuchen, Tante Ala und seinen Vater zu vertreiben. Doch in dem Land seiner Herkunft wollte er nichts besitzen. Es sei ein Verbrechen, das hatte ihm sein Opa Kostek beigebracht, hier in Warmia Land zu besitzen: »Was meinst du, wem der Dadajsee gehört? Und die Milchstraße? Weder mir und Renia noch irgendjemand anderem!«, hatte er Kuba manchmal zum Einschlafen zugeflüstert. Es war daher für Kuba eine ziemlich verzwickte Sache, dass er in W. mit Franka zusammen ein Haus gekauft hatte und sogar einen Kredit abbezahlte: Er fühlte sich wie ein Verbrecher.

»Wo hast du dich wieder herumgetrieben?«, fragte Ala. »Deine Hoteldirektorin hat dir ganz schön den Kopf verdreht. Du läufst ihr nach wie ein junger Hengst, nur dass ein Hengst sogar seine eigene Mutter anbaggern würde!«

»Ala, ich werde auch gleich wieder verschwinden«, antwortete Kuba. »Morgen fahre ich dich dafür zur Sonntagsmesse nach *Święta Lipka* ...«

»Wie großzügig von dir! Du könntest wenigstens zusammen mit uns essen. Ich habe eine Hühnersuppe gekocht und den Zander gebraten«, sagte sie, »du hast doch Zander immer so gern gemocht, als du klein warst ...«

Kuba hatte keine Wahl, er blieb zum Mittagessen, half sogar nach der üppigen Mahlzeit ein bisschen beim Holzhacken und fragte Wojtek, ob es stimmte, dass sich der Bürgermeister ein Motorboot zugelegt hätte. Ja, ein nagelneues, ein richtiges Sportboot, bejahte Wojtek, und er sagte noch, unter seiner Herrschaft würden die Menschen endlich aufatmen, und bald würde sich jeder so ein Sportboot leisten können.

»Du bist ein Dummkopf«, sagte Ala. »Ich sollte dich zu deiner Frau und deinen Soldatensöhnen zurückschicken. Die Partei des Bürgermeisters redet genauso zuckersüßen Stuss wie einst die Kommunisten, aber ein Dummkopf wie du merkt natürlich nicht, was los ist.«

»Höchste Zeit, dass ich wieder in das alte Kühlhaus umziehe – bloß diesmal für immer!«, ärgerte sich Wojtek. Dann ging er nach draußen – und im nächsten Moment hörte man Wojteks bösartiges Kichern, als er auf dem Hauklotz ein dickes Holzscheit aufstellte und mit der Axt zum Schlag ausholte, um es zu spalten.

17 Die Bumerangbucht und der Absinth

»Ich hab wirklich keinen blassen Schimmer davon, was für einen Job er in jenen Jahren in Gdańsk hatte. Vielleicht ist er ein *esbek* gewesen, vielleicht nicht, ich weiß nur, dass er mit meinem Vater gute Geschäfte gemacht hat«, sagte Justyna. »Sie haben Bettwäsche in riesigen Mengen nach Japan, Kanada und Amerika verkauft und Janusz hat die Kontakte hergestellt und die Geschäfte im Ausland abgewickelt.«

Kuba stellte ihr keine Fragen mehr. Die *Omega* ankerte direkt vor der zugewachsenen Einfahrt in die Bumerangbucht. Auf Justynas Rücken zeigten sich Schweißtropfen, die Kuba am liebsten mit seiner Zunge abgeleckt hätte, aber er traute sich nicht. Er sah sich die Schweißtropfen an und dachte nur, dass Marta in der Sonne des Dadajsees nie so geschwitzt hatte wie die Hoteldirektorin. Und er küsste Justyna.

»Du denkst, dass ich das, was uns hier am Dadajsee verbindet, verstehe, aber du irrst dich«, sagte sie.

Kuba sah sich noch einmal ihren Rücken an, Justyna lag jetzt auf dem Deck der *Omega* und sonnte sich. Er warf ab und zu seine chinesische Spinnrute aus, obwohl er wusste, dass er keinen Hecht fangen würde, nicht um diese Zeit und nicht gerade dann, wenn Justyna im Wasser schwamm. Erst gegen Abend, meistens ab 17 Uhr, durfte man erwarten, dass ein Hecht anbeißen würde, einer jener vielen jungen Räuber und Jäger, die sich im Schilf versteckten und auf leckere Beute, auf junge Plötzen, Ukeleie und Kleine Maränen, lauerten.

Justyna drehte sich einen Joint. Es sei dies die einzige Droge, die sie sich ab und an erlaube, erklärte sie, sozusagen ein Überbleibsel aus den Londoner Tagen. Früher, vor 1989, sei es nicht einfach gewesen, an gutes Gras und Haschisch heranzukommen, doch heute würde man so gut wie in jeder Stadt und auch in manchen Dörfern einigermaßen Brauchbares zu rauchen bekommen.

Sie nahm zwei Züge und reichte Kuba den Joint. Er bedankte sich und sagte, dass er mit dem Haschisch-Rauchen kurz nach Beendigung seines Informatikstudiums in Westberlin aufgehört hätte. Er trank lieber ein Bier, und er hatte auch auf diese Segeltour drei kalte Dosen *Tyskie* mitgenommen.

»Niemand weiß, dass ich Hasch rauche. In so mancher Nacht in meinem Bungalow ist das Haschisch-Rauchen die einzige Entspannung für mich, insbesondere im Winter, wenn ich Sehnsucht nach der Sonne habe. Allerdings rauche ich im Monat höchstens zwei, drei Joints. Es ist furchtbar für mich, ansehen zu müssen, wie ich eine alte Frau werde. Das ist eigentlich der wahre Grund, warum ich mich in meinem Bungalow verkrieche, um das Zeug zu rauchen. Ich will nicht so enden wie die Dietrich, die sich in ihrem Pariser Appartement vor ihrer einstigen Schönheit versteckt hat.«

»Und heute, warum rauchst du heute? Was ist mit dem heutigen Tag?«

»Die ganze Sache mit Kazimierz hat mich sehr geärgert, mich aus mir unerklärlichen Gründen aus der Bahn geworfen: Soll er doch Morde beauftragen – was hab ich mit diesem hirnkranken Mist zu schaffen? Außerdem weißt du genauso wie ich, dass du bald wieder nach Hause fahren musst. Danach wirst du mich vergessen – und ich dich hoffentlich auch.«

Kuba warf wieder die Spinnrute aus; er überlegte genau, wo der *Alga*-Blinker landen sollte und unterbrach aus diesem Grunde oft vorzeitig seinen Flug, und als der berühmte, einäugige *Alga* aus dem Wasser geschossen kam, befestigte er den Ankerhaken an einem der Ringe der Spinnrute, legte die Angel auf dem Deck ab und kniete vor Justyna nieder und gab ihr einen Kuss auf die Nase, dann auf die Lippen und noch einen auf die Nase.

»Ich werde zurückkommen«, sagte er. »Du wirst sehen: Ich werde eines Tages zu dir zurückkommen.«

Justyna sagte: »Du sprichst wie ein kleiner Junge, der etwas ausgefressen hat. Ich bin nicht deine Tante Ala. Und du sprichst wie in einem dieser schwarzweißen Filme aus den Vierzigerjahren: Es nieselt, an der Straße, irgendwo in Chicago, steht unter einem Regenschirm ein Liebespaar; sie trägt ein weißes Kleid, und er, ganz in Schwarz, hält ihre Hand und küsst sie; in einem in der Seitenstraße geparkten Cadillac sitzt ein Mann, der langsam ungeduldig auf den verliebten Kompagnon wartet, weil sie beide eine Bank überfallen wollen, und die junge Frau im weißen Kleid ahnt schon, dass sie ihren Geliebten nie wieder sehen wird – er wird bei dem Banküberfall draufgehen, so wie du …«

»Du übertreibst maßlos. Erzähl mir lieber was von deinem Vater.«

»Warum sollte ich?«

»Kazimierz redet andauernd davon, dein leiblicher Vater zu sein.«

»Was?«, staunte Justyna. »Völliger Schwachsinn!«

»Er macht sich Sorgen um deine Zukunft, und deshalb soll ich den Bürgermeister töten, damit er dich nicht heiraten kann. Er wünscht sich, dass du mit einem anderen Mann glücklich wirst. Angeblich bin ich der Einzige, dem er sein schreckliches Geheimnis offenbart hat.«

Kuba war nicht einmal erschrocken darüber, dass es ihm so leicht gefallen war, des Pfarrers Geheimnis preiszugeben. Er hatte erst nach der Denaturatprobe zu der Hoteldirektorin vollstes Vertrauen gefasst, sodass er annahm, er würde ihr bald alles sagen können, er würde vor ihr bald nichts mehr verheimlichen, und nun brannte er mit einem Mal darauf, der Hoteldirektorin Marta vorzustellen, Marta und ihre ganze Geschichte. Er brauchte noch ein bisschen Zeit, aber in einem passenden Augenblick würde er der Hoteldirektorin ein Foto von Marta zeigen, das er seit seiner Ankunft in Wilimy stets bei sich trug; und auch die Stelle, wo sie ertrunken war, wollte er ihr zeigen, obwohl Justyna dort in der Nähe des Ufers von Najdymowo schon einmal mit ihm zusammen gewesen war, als sie seinen Vater besucht hatten.

Justyna brach in Gelächter aus: »Kazimierz ist verrückt, das wissen wir nun nicht erst seit gestern. Meine Mutter hatte keine Liebhaber. Und Kazimierz ist ihr nie über den Weg gelaufen. Du solltest mit ihm reden, bevor ich es tue – dann Gnade ihm und dir Gott!«, drohte sie. »Er soll aufhören zu spinnen! Psychopharmaka würde ich ihm verschreiben, wenn ich seine Ärztin wäre – beruhigende Pillen in grässlichen Neonfarben.«

Sie nahm noch einen Zug und warf danach den Joint über Bord. »Vielleicht fängst du endlich was, wenn deine Hechte ein bisschen Haschisch probieren …«, sagte sie beschwichtigend. Ihre Stimme war wieder freundlich und ruhig.

»Mein ›Schönfließ‹ ist ein schlaues Köpfchen!«, antwortete Kuba. »Es ist wahrscheinlich alles richtig, was du über Kazimierz sagst. Er mag ein armer Irrer sein, doch er lebt eigentlich auf der ›Insel der Vögel‹, wo es für ihn keine Hoffnung mehr gibt, dass er an der Schwelle zum Tod noch einmal glücklich werden könnte. Denn wenn du keine Möwe bist, hast du Pech gehabt: Wer möchte schon freiwillig in der Hölle leben? Desperados? Heilige, die sich für solche halten? Und Kazimierz will lediglich reinen Gewissens sterben, was natürlich unmöglich ist, weil er während seiner seelsorgerischen Laufbahn viele Fehler begangen hat. Vielleicht ist er sogar ein Spitzel der Kommunisten gewesen, jedenfalls ist das die Meinung von Wojtek, und dein Bürgermeister hält sich bedeckt. Für Król steht zu viel auf dem Spiel. In der Provinz kann man sich nämlich als Politiker viel länger an der Macht halten als in der großen, weiten Welt. Das ist ihm sehr wohl klar.«

»Lass uns lieber eine Runde schwimmen. Mir ist heiß, und die *Omega* dreht sich und hüpft unter meinem Rücken wie ein Ball. Ich brauche eine Abkühlung.«

»Wenn es dir schwindlig ist, solltest du auf keinen Fall ins kalte Wasser springen. Dein Herz kann schneller versagen, als du es dir vorstellen magst.«

»Ich kenne mein Herz und weiß, was es aushalten kann. Ich hasse es, wenn mich Männer belehren. Und von meinen Eltern lass bitte die Finger. Du bist nicht Kazimierz oder Wojtek. Meine Eltern führen ein bequemes Rentnerdasein und genießen ihre Altersversorgung. Meine Mutter war als junge Frau viel zu doof gewesen, um sich einen anständigen Liebhaber zu suchen – zu doof oder zu klug! Außerdem stammt sie aus polnisch-jüdischem Adel – solche Damen springen nicht ins Bett eines gewöhnlichen Dorfpfarrers, der glaubt, ein Heiliger zu sein. Lächerlich … Und dennoch: Wir sind echte Polen – Gomułka hat uns nicht vertreiben können.«

»Vielleicht ist Kazimierz gar nicht so gewöhnlich, wie du

meinst. Vielleicht ist er der Ewige Jude aus dem schwarzen Bus, von dem er uns einmal erzählt hat.«

»Das sind schöne Märchen für Lagerfeuerfêten und Liebhaber brasilianischer Fernsehserien, die von Alchemisten, sprechenden Schafen und heiligen Nutten handeln«, sagte Justyna. »Lass dich von Kazimierz nicht verarschen, Kuba. Der einzige Schmerz, den wir ertragen müssen, ist, dass wir uns hier in Wilimy begegnet sind und dass du bald nach Hause fahren musst: zu deinem Frauchen und deinen Kinderchen. Ich werde in meinem Bungalow auf den Sommer warten, und wenn es zu kalt wird, ziehe ich kurzfristig nach Olsztyn um – wie jedes Jahr. Oder ich buche endlich einen dieser bescheuerten Flüge nach Lanzarote oder Teneriffa – nein, danke ... Du wirst mir nach Lanzarote nicht folgen ...«

Kuba wusste sehr wohl, dass der Joint Justynas Verstand für wenige Augenblicke geschärft hatte. Es würde sie viel Kraft kosten, diese Klarheit der Gedanken beizubehalten, und am nächsten Morgen würde sie leiden müssen, würde müde und schlapp sein. Kuba schwieg eine Weile, und Justynas Monolog zog sich in die Länge, aber auf einmal schloss sich ihr bunter Kreis, als Justyna davon sprach, dass sie den Eltern ihre Narreteien verziehen habe und dass auch er, Kuba, seinem Vater verzeihen solle: »... lass uns über unsere Eltern nicht mehr reden. Egal, ob wir sie geliebt haben oder nicht – sie haben auf jeden Fall den Tod, der sie bald ereilen wird, verdient. Diese Rechnung ist sehr einfach, sie geht immer auf, weil man sich selbst nicht überlisten kann. Mit anderen Worten: Du kannst nur singend oder jammernd sterben. Unsere biologischen Uhren sind nichts weiter als tickende Zeitbomben, gelegt von irgendwelchen Amokläufern und Selbstmördern. Du weißt doch, dass ich an Gott nicht glaube. Aber ich bin auch keine Atheistin.«

»Das hat Albert Camus auch von sich behauptet«, unterbrach er sie, »und immerhin soll er der größte Philosoph, der je unter uns Sterblichen gelebt hat, gewesen sein – das sagen zumindest manche eingefleischte Atheisten. Wollten wir nicht schwimmen?«

Sie sprangen ins Wasser und schwammen ganz nah an die mit Schilf zugewachsene Einfahrt in die Bumerangbucht. Den Schilfkanal, der in die Bumerangbucht führte, konnte man mit der *Omega* nur dann befahren, wenn man die Segel fast ganz reffte und das Paddel geschickt einsetzte, unter großem Kraftaufwand zwischen Steuer- und Backbord wechselnd – dann würde eine Schwertyacht wie die *Omega* locker durch den Kanal kommen. Kuba verspürte unbändige Lust und Neugierde, er wollte so schnell wie möglich wissen, wie es auf der anderen Seite, am Ende des Schilfkanals, aussah. Er würde dort seine Mutter wieder treffen und vielleicht etwas entdecken, was ihn an ihre gemeinsamen Stunden am Strand der Bumerangbucht erinnern würde. Und Marta? Würde er auch Marta dort treffen, am wilden Strand?

Justyna bekam den typischen Marihuana-Lachanfall; egal, was Kuba ihr zu erklären versuchte, sie fand alles komisch – Gott sei Dank waren sie nun nicht mehr im Wasser, sie saßen vielmehr auf dem Deck der *Omega*, und die Hoteldirektorin verdeckte ihr Gesicht mit dem Handtuch und lachte und lachte.

»Ich will nicht bloß deine Geliebte sein«, meinte sie, als sie wieder ernst wurde. »Ich will nicht mit einem Kerl munter drauflos paddeln, um herauszufinden, wie weit man zusammen kommen mag! Und deine Bumerangbucht ist eine Falle. Jeder verliebte Idiot kennt solche Liebesnester, doch auf die Dauer werden sie nur zum Klotz am Bein.« Sie beugte sich etwas nach vorne und massierte Kubas nasse Brust, dann schnellte ihre Hand zu seinen beiden Bauchnabeln, um sogleich wieder zu Kubas Brust zurückzukehren. »Ich möchte mit dir zusammenleben, was eigentlich unmöglich ist.«

Er war überrascht, dass die Hoteldirektorin so direkt ihren Wunsch, der im Grunde auch sein eigener war, ausgesprochen hatte. Normalerweise zierte sie sich, wenn es darum ging, ihm eine Liebeserklärung zu machen, oder sie provozierte ihn, damit er sie immer wieder herausforderte und – quasi kämpfend – zurückeroberte.

Er fing an, Justyna überall zu küssen, an den Händen, an den Schultern, an den Wangen und Brüsten.

»Nein, bitte. Nicht jetzt«, meinte sie. »Später. Ich habe dir etwas sehr Wichtiges gesagt, und du denkst nur daran, mit mir schlafen zu wollen.«

»Ich weiß, was du mir gesagt hast.«

Kuba holte den Anker und das Senkschwert aus dem Wasser, dann zogen sie die Segel vollständig ein, und er versuchte, die *Omega* mit Hilfe des Paddels durch den Schilfkanal zu bringen. Er brauchte dafür viel Zeit, seine linke Schulter versagte ihm fast den Dienst, doch er ließ sich durch Schmerzen nicht beirren und einschüchtern – ständig zwischen Steuer- und Backbord wechselnd, paddelte er weiter, was beim Steuern der Yacht in diesem engen Schilfkanal viel Geschick erforderte. Justyna hatte ihn gerade gefragt, ob er mit ihr zusammenleben wolle, und er war ihr eine konkrete Antwort schuldig geblieben. Sie mochte wohl nicht mehr spielen und ihn an der Nase herumführen, wie er es bis jetzt mit ihr teilweise auch getan hatte.

Als sie in die Bumerangbucht kamen, stellten sie fest, dass es hier so still war wie in dem alten Kühlhaus, in dem Wojtek manchmal übernachtete. Es gab keine Wellen, und das Wasser hatte die Farbe von frischem Gras auf der Kuhweide von Tante

Ala. Auch der Absinth war von solch leuchtendem öligen Grün, nur dass hier das Wasser trüb war und bewegungslos wie in einem ungepflegten Swimmingpool.

Kuba erzählte der Hoteldirektorin von seiner Mutter und von ihren gemeinsamen Sommerausflügen in diese Bucht.

»Ich möchte mit dir zusammenleben«, wiederholte er Justynas Bekenntnis jetzt, nachdem er seine Erzählung über die Mutter und ihren nackten, sonnengebräunten Körper und über das angenehme Kühle spendende Erlenblatt auf ihrer Nase beendet hatte.

»Wirst du mir eines Tages auch so ein Erlenblatt schenken? Für meine Nase?«

Die Stille der Bumerangbucht war nicht auszuhalten. Kuba zündete sich eine Zigarette an und sagte: »Wir müssen wieder zurück. Du weißt jetzt, dass ich dich liebe und dich aus dem Bauch des Dadajsees befreit habe. Du bist ertrunken, aber ich habe dich zurückgeholt …«

»Bitte, sprich nicht mehr …«, antwortete Justyna.

Er sah die Hoteldirektorin zum ersten Mal weinen. Er wischte ihr die Tränen mit dem Handtuch weg und schwieg. Er streifte ihren Badeslip ab und begann, Justyna zu lecken, während die *Omega* in der Bumerangbucht steuerlos im Schritttempo trieb.

»Wie schmecke ich? Genauso wie sie? Oder ganz anders?«, fragte ihn Justyna. »Schmecke ich besser?«

»Du schmeckst wie Absinth, wie diese Bumerangbucht«, sagte Kuba, als er die Hoteldirektorin in seine Arme nahm.

»Ich hab Absinth noch nie getrunken«, murmelte sie.

Doch Kuba traute sich nicht, Martas Namen zu nennen, ja, er wusste nicht einmal, ob die Hoteldirektorin eben wirklich an Marta gedacht hatte. Sie war vermutlich mit keinem Mädchen einverstanden, das er einmal geliebt hatte.

Hab keine Angst, mein Schönfließ, dachte Kuba, bald wirst du Marta kennen lernen – in unserem Hotel *Justyna Star*, dort wo wir eigentlich alle am liebsten wohnen würden …

Und wie Kuba es vorausgesagt hatte: Es gelang ihm nach 17 Uhr, einen Hecht zu fangen. Justyna schlief in der Sonne auf dem Deck der *Omega* ihren Haschisch-Rausch aus – mit einem kühlenden Erlenblatt auf der Nase. Es war für Kuba herrlich gewesen, die Spinnrute auszuwerfen, dem Schilf zu lauschen, das im Wind rauschte und schaukelte, und von Zeit zu Zeit auf Justynas erhitzten und mit Sonnenschutzcreme eingeölten Körper zu blicken. Knapp achtzig Zentimeter und gut fünf Kilo zeugten davon, dass der Dadajsee noch nicht leergefischt worden war: Der 17-Uhr-Hecht hatte es Kuba bewiesen, ihn nicht im Stich gelassen.

Wojteks vollkommenes Alibi und davon, warum der Garten Eden in Wahrheit ein Gefängnis war

Am Abend, nachdem sie mit dem C5 zum Hof von Tante Ala gekommen waren, liefen die Vorbereitungen für die Jagd auf Hochtouren. Wojtek, der draußen auf einem Hocker saß, inmitten von auf der Erde zerstreuten Patronen, reinigte mit zerrissenen Unterhemden das Jagdgewehr und das Zielfernrohr, und Ździsiek suchte in der Scheune nach alten Tischdecken und Wachstüchern. Tante Ala räumte indessen im Kühlschrank und in der Gefriertruhe auf, um Platz für das Wildfleisch zu schaffen. Kuba schmunzelte beim Betrachten des geschäftigen Treibens auf Tante Alas Hof und darüber, dass sie alle ins Gefängnis wandern würden, wenn herauskäme, dass sie mit Wildfleisch handelten. Aber was spielte das noch für eine Rolle, da Kuba den Bürgermeister auf seinem

Fest am Samstag ins Jenseits befördern sollte? Ich bin ein Idiot, ein armer Irrer wie Kazimierz und Wojtek, dachte Kuba. Unterdessen versicherte ihm Wojtek, dass zumindest bei dieser Jagd nichts schief gehen würde, denn er hätte sogar, wie man es gesetzlich von Jägern mit echter Lizenz verlangte, seinem Boss Janusz Król, dem Vorsitzenden des Jagdvereins von Biskupiec, gemeldet, dass er heute Nacht in seinem Revier zu jagen beabsichtigte. Es gebe, sagte er, ein grünes Büchlein, in das man vor jeder Jagdtour seinen Namen und das Datum eintragen müsse – er habe also mit seiner Unterschrift für die notwendige Legalität des Unternehmens gesorgt.

»Ich werde meinem Boss einfach sagen, dass ich kein Glück gehabt und nicht einmal einen Hasen geschossen habe«, freute sich Wojtek. »Und wenn mich jemand danach fragt, ob ich Schüsse im Wald gehört hätte, werde ich das bestätigen. Bin ich der Einzige, der eine Lizenz besitzt? Nein! Das Wichtigste zum Schluss, Freundchen: Wenn uns heute Nacht ein Fremder oder gar ein Vereinskollege im Wald zufällig begegnen und uns gar auch noch ausquetschen sollte – von wegen: ›wo hast du denn den Rehbock geschossen?‹ –, werde ich seelenruhig antworten, dass mein Termin korrekt ins grüne Büchlein eingetragen wurde und ich mit dem ausgeweideten Rehbock gleich am nächsten Morgen zur Wildannahme fahren werde. Capito? Aber bete zu Gott, dass uns kein Hirsch vor die Flinte läuft – seine Schonzeit ist noch nicht vorbei! *Jezus Maryja!* Das wäre unser Ende!«

Kuba konnte nur den Kopf schütteln, genauso wie die Hoteldirektorin, und angesichts der Vorbereitungen und der Aufregung, die allen Beteiligten anzumerken war, fand Kubas prächtiger Hechtfang kaum Beachtung. Tante Ala riss ihm allerdings den Hecht aus der Hand und sagte: »Auch das noch! Ich hab keinen Platz mehr in der Gefriertruhe. Ich werde den

Hecht heute Abend noch schuppen und morgen zum Mittagessen servieren – ihr Hungerleider!«

Als Justyna in Kubas Zimmer ging, um sich für die Jagd und den Waldgang umzuziehen, zerrte Tante Ala ihren Neffen am Hemdsärmel in die Küche, um ihm zu sagen, dass seine Frau wieder einmal angerufen hatte. »Du hast dein Handy ausgeschaltet, nicht wahr? Ich hoffe, du weißt, was du tust!«

Sie flüsterte, als hätte sie Angst vor der Hoteldirektorin, die immerhin ihre Chefin war, aber Tante Ala hasste es, wenn jemand unaufrichtig war, sich halbherzig um seine Familie kümmerte und seinen Beruf vernachlässigte; Wojtek zum Beispiel: Ihr Freund war für sie, wenn sie wütend war, der Inbegriff alles Bösen, Schludrigen und Maroden, in ihren Augen »ein ukrainischer Penner halt, ein *banderowiec*«, obwohl er in Wahrheit, zumindest nach Kubas Beobachtungen, keine Mühen scheute, um Ala zu zeigen, dass er ein erfolgreicher Geschäftsmann war. Irgendwie schaffte es Ala nicht, zu begreifen, dass Wojtek sie liebte. Vielleicht tolerierte sie ihn auf ihrem Hof nur aus einem Grund: Es war ihr wohl bewusst, dass sie keinen anderen Mann mehr finden würde, mit dem sie zusammenleben könnte. Wer wollte schon eine einäugige alternde Frau, die für kleines Geld als Küchenhilfe malochte und dazu noch einen verwahrlosten Hof zu bewirtschaften hatte, heiraten? Niemand war dazu bereit, außer Wojtek, der davon träumte, ein erfolgreicher Geschäftsmann zu werden, und der wusste, dass er nie ein echter Geschäftsmann werden würde. Tante Ala war also nicht klar, dass Wojtek sie liebte, der ungeheure Sehnsucht nach seiner Enkelin hatte und für die Kleine Geld sammelte, damit irgendwann ihr entstelltes Tschernobyl-Händchen operiert werden könnte. Und das Kühlhaus, in das Wojtek flüchtete, war nicht, wie Tante Ala meinte, sein Sargnagel, sondern seine private

Nervenklinik, in der er versuchte, wieder gesund zu werden; dorthin ging er nur dann, wenn er schon so besoffen war, dass er keinen Schluck mehr vertrug und der Schnaps ihm nicht mehr half.

Kuba war entsetzt darüber, dass seine Tante den Mann an ihrer Seite so wenig kannte. Und gleichzeitig war er über sich selbst entsetzt, denn seine Ehe glich im Grunde der »Liebe« von Ala und Wojtek, und Kuba dachte, dass es vielleicht nur solche Liebe gab. Jede Liebe musste irgendwann ausgewrungen werden wie ein Wischlappen, und nun kam ihm auch noch der Gedanke, dass, wenn Marta nicht ertrunken wäre, ihre Liebe wahrscheinlich genauso geendet hätte wie die von Ala und Wojtek, den sie doch einmal geliebt haben musste, oder?

»Sportsfreund! Deine Hoteldirektorin kommt auf die Jagd mit?«, fragte Wojtek, als er in der Küche mit seinem blankgeputzten Gewehr erschien und es an der Wand abstellte; Ździsiek hatte die Tischdecken für den Kofferraum unterm Arm, allesamt aus Plastik, und auch ein Gewehr dabei, stramm geschultert, als wollte er gleich in den Dadajwald aufbrechen und auf alles ballern, was sich bewegte.

Wojtek protestierte nicht gegen die noble Begleitung auf seiner Jagd, und Kuba wunderte sich nicht, dass Wojtek wegen der Hoteldirektorin keinen Streit mit ihm suchte, denn schließlich stellte Kuba nicht nur seine Muskeln zur Verfügung, sondern in erster Linie seinen C5. »Ja, sie wird uns fröhlich begleiten«, sagte er.

»Aber dass sie mir nichts dem Bürgermeister ausplaudert – wenn sie sich verplappert, zünde ich ihr Hotel an!«

»Gewiss, Wojtek, gewiss«, sagte Kuba, der sich inzwischen an Wojteks angeberische und geschwätzige Sprache gewöhnt hatte wie auch an die misslungene Reinkarnation von Benito

Mussolini, jedoch eben in ukrainisch-polnischer Ausführung.

Kuba holte die Flasche Wodka aus seinem Zimmer. Er hatte den Wodka zwar erst nach einer erfolgreichen Jagd trinken wollen, doch er korrigierte sein Vorhaben, weil er teuflischen Wodkadurst hatte und nicht mehr lange, und keinesfalls bis zum grauen Morgen, warten wollte. Justyna war unter der Dusche, und er bat sie, sie möge sich etwas beeilen. Dann goss er in der Küche drei Gläschen voll und reichte zwei Wodka den beiden Hilfsarbeitern von Tante Ala. Sie brachten einen Trinkspruch auf einen kapitalen Rehbock aus, der vielleicht noch gar nicht geboren sei, witzelte Wojtek, der dann hinzufügte: »Heute wird's klappen – ich hab's im Urin. Und es gibt nichts Schmackhafteres als frische Leber von einem ausgewachsenen Bock«, freute er sich.

Als Justyna die Küche betrat, bekam Kuba einen Anruf. Er hatte sein Handy nach dem Gespräch mit Tante Ala wieder eingeschaltet, damit er für seine Frau, seine Firmenmitarbeiter oder seinen Freund Toni wieder erreichbar wäre, aber nachdem er abgenommen hatte, meldete sich am anderen Ende der Satellitenleitung nicht seine Frau aus Deutschland, sondern Leszek. Seltsamerweise begann Leszek, sich bei Kuba zu entschuldigen; er sagte, dass er bereue, was er getan habe, doch Kuba verstand kein Wort und bat seinen alten Jugendfreund darum, endlich Klartext zu reden.

»Na ja, ich hätte mich gern mit dir getroffen, aber ich will dich und Justyna nicht stören: Sie gehört dir. Ich hab auf der ›Insel der Schafe‹ die Contenance verloren – dafür eine ganz große Entschuldigung!«

Kuba stellte sich während des Telefonats mit Leszek vor, wie sein Jugendfreund allein in seinem »Latifundium« herumlungerte, wenn er nichts zu tun hatte. Womöglich saß er an seinem Karpfenteich mit einer Angel in der Hand, rauchte Zigaretten und trank ein eiskaltes Bier, das ihm nicht schmeckte. Er stellte sich den faden Geschmack vor, den Leszek im Mund hatte, weil das Bier seine Eifersucht nicht löschen konnte. Es war eine für Kuba furchtbare Vorstellung: Der arme Kerl saß an seinem Karpfenteich und angelte. Er tat Kuba in seiner Einsamkeit leid. Er fing Karpfen, die noch keiner essen wollte, die noch zu klein waren, die bis Dezember auf den weihnachtlichen Hunger der Menschen warten mussten.

»Ist schon gut, Leszek. Wir sehen uns morgen in *Święta Lipka*, dann reden wir miteinander.«

Er setzte sich an den Küchentisch und starrte die Flasche Wodka an. Justynas Frage nach dem Grund des Anrufs von Leszek quittierte er mit einem tauben »Was?«. Er war mit seinen Gedanken woanders: Sein Jugendfreund kannte wenigstens die Filme von Jean-Luc Godard, er kannte die beiden Studentenrevolten, die von 1968 und die *Solidarność*-Revolte an den Universitäten, als er selbst ein Revoluzzer hatte werden wollen. Er kannte die Musik von Pat Metheny und die Sun-Bear-Pianokonzerte und hatte die Weisheiten von Lao-Tse und die Schriften von Swedenborg gelesen und als Marineoffizier die Erdkugel und ihre Kontinente bereist. Er geriete nicht in Panik, wenn die Regierung an ihre Bevölkerung mit einer außerordentlich wichtigen Mitteilung herantreten würde: »Menschen, Bürger dieser Welt, wir sind nicht allein … Gott in seiner Vollkommenheit und Barmherzigkeit hat noch andere Wesen mit Intelligenz beschenkt …« Was Giordano Bruno revolutionär gedacht und geschrieben hatte, war für Leszek längst eine Selbstverständlichkeit. Kurz gesagt: Leszek würde eigentlich nichts aus der Fassung bringen, könnte man meinen, aber so war es nicht – er scheiterte daran, dass er die Hoteldirektorin liebte. Tante Ala und Wojtek kannten dagegen weder die Filme von Jean-Luc Godard noch die Bücher von Giordano Bruno, und es war Kuba unbegreiflich, wie sie es ohne die Filme von Godard oder ohne die Sun-Bear-Pianokonzerte auf dieser Welt aushalten konnten, es schafften, so viele Jahrzehnte zu existieren. Ihr Dasein war für Kuba eine rätselhafte Farce, die jedoch bestimmt nicht lächerlicher und absurder war als sein eigenes Leben und das von Leszek. Und dennoch schien es Kuba, als würden Tante Ala und Wojtek ganz genau wissen, was sie erwartete, was ihnen zustand und was nicht. Leszek dagegen musste für sie ein Glückspilz und ein Leviathan in einer Person sein, da er jeden und alles besitzen wollte: Für sie lebte er tatsächlich in einem römischen »Latifundium«, das nur einem Privilegierten gehören durfte; für Tante Ala und Wojtek war das ein ungeheurer Gedanke, dass ein einziger Mann riesige Ländereien besaß und Menschen für kleines Geld beschäftigte und wie Sklaven behandelte, und zwar derart, dass Jahr für Jahr ein astronomisch hoher Gewinn für eine einzige Person abgeworfen wurde. Und sie begriffen auch nicht, dass man sexuell ständig unbefriedigt sein konnte. Somit erschien ihnen das römische »Latifundium« als ein Gefängnis, Leszeks Garten Eden war in Wirklichkeit ein Kerker in Warmia, und nach Alas und Wojteks Vorstellung war Leszek ein schlimmer Verbrecher, ein Mörder, obwohl sie es aus Furcht vor der Macht seines Geldes nie zugeben würden, dass sie Leszek für einen Verbrecher hielten, und Kuba fragte sich, wie wohl Tante Ala und Wojtek über ihn selbst denken mochten. War er für sie auch ein Verbrecher und Fremdkörper? Andersherum: Wojtek fürchtete sich vor der Sprache des Dadajsees, doch was würde geschehen, wenn er plötzlich die Sprache der Filme von Godard oder die der Sun-Bear-Pianokonzerte verstünde und wenn er mit einer solchen Frau wie der Hoteldirektorin Nacht für Nacht verbringen könnte? Die Blutgefäße in seinem Gehirn würden platzen, und er bekäme einen Schlaganfall. Tore würden sich öffnen, Tore zu Wäldern, die bis jetzt nur Wenige besuchen durften.

Ala und Wojtek ahnen nicht einmal, dass sie glücklich sind und dass es nichts Besseres gibt, als nicht zu wissen, wo man lebt und warum man liebt und begehrt, dachte Kuba. Ich möchte auch in Wojteks Kühlhaus schlafen und nie wieder daran denken, dass direkt vor meiner Haustür ein See liegt, der »Milch« heißt und in dem mein Mädchen ertrunken ist.

Wojtek schenkte allen, auch Tante Ala und der Hoteldirektorin, einen Schluck Wodka ein, bevor er zum Aufbruch aufrief.

»Wach auf, Sportsfreund«, sagte er zu Kuba, als er ihm sein volles Glas in die Hand drückte. »Zum Wohl, Sportsfreund. Zum Wohl, Frau Justyna! Die Jagd kann beginnen!«

»... die Jagd kann beginnen, Herr Leutnant!«

Kuba parkte den C5 an der Straße, die nach Ramsowo führte, ins Dorf der Holzfäller und Sägewerksarbeiter. Sie hatten nur drei Kilometer zurückgelegt, Wojteks Jagdrevier war nicht weit von Tante Alas Hof entfernt. Wojtek, der gerne den Firmenchef von zweitausend Angestellten nachahmte, gab die Hoteldirektorin in die Obhut von Ździsiek, der gegen diese Pärchenkonstellation naturgemäß nicht protestierte. Hauptsache war aber für Justyna, dass sie mit Tante Alas Freund nicht zusammen auf der Bank einer Jagdkanzel sitzen musste, und so nahm sie mit Ździsiek Platz auf einem Hochsitz am Waldsaum, wo sich vor ihren Augen hügelige, hier und da von kleinen Bauminseln aufgeschnittene Getreidefelder ausbreiteten, die gerne von hungrigen Wildschweinen aufgesucht und in der Nacht immer wieder von neuen Rotten durchquert wurden. Wojtek wählte seine Lieblingsjagdkanzel, die versteckt am Rande eines Feldwegs stand und von der aus man Ździsieks etwa dreihundert Meter entfernten Hochsitz bestens sehen konnte. »Hoffentlich kommen wir uns nicht in die Quere!«, nuschelte Wojtek. »Der Idiot schießt bestimmt in unsere Richtung«, sagte er über seinen besten Kumpel, »denn meine Eier möchte ich wegen der Bestellung des Geschäftsmannes aus Gdańsk nun doch nicht verlieren. Der Ździsiek hat mit seiner Flinte schon alles Mögliche angestellt. Der Penner kann nicht richtig zielen.«

Die Zeit des Wartens auf einen kapitalen Rehbock vertrieb sich Kuba damit, dass er mit Wojteks Nachtsichtgerät, erworben auf dem Schwarzmarkt mit sowjetischen Armeebeständen, die Gegend inspizierte und kaltes Flaschenbier trank. Er hoffte, dass Wojtek dieses Mal erfolgreich sein würde, der bis zum Erbrechen wiederholte, er hätte eigentlich immer einen guten Riecher dafür, ob eine Jagd zum gewünschten Ziel führen würde oder nicht. Die Angst des Tieres, das er schießen wolle, sagte er, könne er manchmal deutlich spüren und empfangen, denn das Tier kenne intuitiv den Tag, an dem es sterben müsse, weshalb es eine Botschaft an seinen Jäger sende: »Ich bin bereit!«

Die Sonne ging unter, und über dem Wald wurde der Himmel rot, als würden die Baumwipfel brennen. Das Feuer des Himmels gefiel Kuba, und mit der anbrechenden Dunkelheit verwandelte sich das Rot in einen rosa Nebel, der mehr und mehr der Nacht des Waldes weichen musste. Was man da dargeboten bekam, in diesem kalten Rot, war für Kuba unverfälscht – »so tickt die Welt«, hatte er den Eindruck, der für jeden Außenstehenden unglaubwürdig erscheinen mochte, aber das war ihm egal.

Wojtek erzählte zwischendurch die traurige Geschichte eines deutschen Leutnants, der sich auf einem der Getreidefelder erschossen habe; 1945 sei es gewesen, als der Schnee Ostpreußens und die vereisten Seen in Brand gesteckt wurden von den Rotarmisten, die, vom Wodka aufgeputscht und durch den Wunsch nach Rache und Leben im Luxus angetrieben, zu Tausenden im Kugelhagel der restlos überhitzten Wehrmachtsmaschinengewehre krepierten.

Der Leutnant nun wollte seine Geliebte vor der rache- und zivilisationssüchtigen Befreierbande, die Fahrräder, Armbanduhren und Frauen raubend in den Dörfern wütete, retten und landete mit einem Flugzeug auf einem der mit Reif bedeckten Kornfelder, wo er sich mit seiner Geliebten verabredet hatte. Doch ihr Herz pochte bereits für einen anderen. Sie gestand, dass sie sich verliebt hätte und nur deshalb gekommen wäre, weil es sich so gehörte, dass man sich anständig voneinander verabschiedete, mit einem anständigen »Leb wohl!«, und der Leutnant zog schweigend, ohne dass sich sein Gesicht zur Grimasse verzerrte, die Waffe aus dem Halfter und tötete seine Geliebte und anschließend sich selbst.

»Das stille Gesicht der Geliebten, der stille Halfter – ein schönes Zwiegespräch«, sagte Wojtek.

Nach einer Stunde entsetzlicher Langeweile, als Kuba auf der Bank eingenickt war, fielen die ersten Schüsse, allerdings von der Seite, wo Ździsiek mit der Hoteldirektorin lauerte. Kuba griff sofort zu dem Nachtsichtgerät. Er sah zwei seltsame Wesen, einen Zweibeiner mit einem ansehnlichen Geweih und einen Vierbeiner mit einer Baseballmütze auf dem Kopf, aber vielleicht war das Nachtsichtgerät nur falsch eingestellt oder gar kaputt, und die beiden Zentauren flohen gemeinsam vor den Schüssen in Richtung des Waldes. Nur ab und zu sah man ihre seladongrün leuchtenden Augen.

»Die Jagd kann beginnen, Herr Leutnant!«, schrie Wojtek, der durch das Zielfernrohr blickte. »Das ist mein Rehbock! Der Penner Ździsiek schießt auf meinen Rehbock!«

Kuba schaute sich im Nachtsichtgerät das Gemetzel an. Wieder war von der anderen Seite ein Schuss gefallen, und der Zweibeiner stürzte zu Boden und verschwand in dem grünen Ährenmeer, während Wojtek auf den fliehenden Vierbeiner mit der Baseballmütze zielte und zwei Schüsse abgab. Das fremdartige exotische Tier blieb abrupt stehen, machte plötzlich noch ein paar wackelige Schritte, bevor es ebenfalls zu Boden fiel.

»Du hast einen Menschen erschossen!«, sagte Kuba, nachdem er das Nachtsichtgerät weggelegt hatte.

»Was redest du da für einen Stuss?!«, ärgerte sich Wojtek. »Es war ein kapitales Prachtstück, das mir da vor der Flinte rumgehopst ist – ein besonders schönes Exemplar von einem Bock.«

Sie kletterten mit ihrer Ausrüstung die Leiter hinunter und rannten zu den beiden Zentauren.

»Du bist von dem bisschen Wodka so besoffen wie ich nach einem Liter *bimber*«, urteilte Wojtek, nachdem ihm Tante Alas Neffe geschildert hatte, was er in dem Nachtsichtgerät gesehen hatte.

Ździsiek und die Hoteldirektorin kamen ihnen mit eingeschalteten Taschenlampen entgegengelaufen, und sie trafen im selben Moment alle zusammen an der Stelle ein, wo ein ausgewachsener Rehbock lag, niedergestreckt von zwei Schüssen. Sein Geweih hatte sich in den Getreidehalmen verfangen, und Wojtek und Ździsiek stießen Freudenrufe aus, als würde es sich hier um ein wichtiges Fußballspiel handeln und nicht um eine Jagd: »Manometer! Was für ein Vieh! Und der Schuss – eine ballistische Schützenkönigsleistung!« Im Streit darüber, wer der Schütze gewesen sei, bemerkten Wojtek und Ździsiek gar nicht, welchen Fund Kuba gemacht hatte. Er hielt in der Hand eine Baseballmütze, die voller Blutflecken war.

»Die kenne ich«, sagte Ździsiek als erster, der mit seinem Gewehr auf die blutbeschmierte Baseballmütze zeigte. »Diese Kappe gehört unserem Zuhälter und Waldgespenst Maciek.«

»Aber was hat dieser Hundsfott in meinem Jagdrevier verloren?«, wunderte sich Wojtek.

Die Hoteldirektorin leuchtete sein Gesicht an, das auf einmal ganz blass wurde.

»Jesus Maria! Ich hab den Jungen getötet!«, schrie er aus voller Kehle.

Die Hoteldirektorin versuchte, ein Grinsen zu unterdrücken: »Ein Waldgespenst kann man nicht umbringen. Außerdem kann ich nirgendwo eine Leiche entdecken.« Sie leuchtete mit der Taschenlampe auf den Rehbock, dann suchte sie mit dem gelben Lichtkegel der Taschenlampe im Umkreis von etwa fünf Metern die Gegend ab, anschließend suchten sie alle zusammen und unter Wojteks anfeuernden Kommandos das Getreidefeld am Waldrand ab, doch von Maciek fehlte jede Spur. Wojtek jammerte schuldbewusst, dann aber fasste er sich an den Kopf und sagte: »Ździsiek, du hast doch mehr Schüsse abgegeben als ich! Vielleicht hast du den armen Wicht erwischt? Du bist der mieseste Schütze, den die Erde je hervorgebracht hat! Gib's zu! Du hast den Penner erschossen; Schielauge!«

»Na und? Irgendjemand hätte dieses Ungeheuer aus dem Wald eines Tages sowieso hinrichten müssen! Dann war ich's eben – ein Held und kein verlauster Zigeuner! Aber du solltest dich nicht sorgen, lieber Freund – solche Störche wie Maciek sind unsterblich!«

Wojtek beruhigte sich ein wenig. Er murmelte ein paar nach Kauderwelsch klingende Worte vor sich hin. Die Männer machten sich daran, den Rehbock für den Transport vorzubereiten. Kuba holte mit Justyna den C5, den er auf einem Feldweg in der Nähe abstellte. Nun mussten sie das Reh auf einer kurzen Strecke zum Auto tragen. Dafür banden die Männer die Hinterläufe des Rehbocks mit Seilen zusammen und zurrten die Seile fest; aus dem Wald holten sie einen armdicken Kieferbalken. Den schoben sie zwischen die Beine des Rehs und schleppten zu dritt das Wild am Balken zum Auto, stöhnend und vor Anstrengung fauchend. Wojtek fluchte die ganze Zeit: »*Kurwa*! Scheißendreck! Der unglückselige Leutnant spukt in meinem Jagdrevier, und die hiesigen Bauern klagen andauernd über schlechte Ernten! Das Getreide dieser Felder ist vergiftet! Die Zeitungen schreiben von Außerirdischen und Kornkreisen – dabei geht es nur um deutsche Gespenster. Auf einer der verfluchten Bauminseln wohnt der Fliegerleutnant, und heute hat er beinah Maciek getötet, aber wir sind unschuldig, Ździsiek, wir haben nur auf das Reh gezielt – auf das Reh! Ein schöner Außerirdischer, dieser deutsche Leutnant!«

*

Ździsiek und Wojtek gingen noch einmal los, sie hatten vergessen, die leeren Patronenhülsen einzusammeln, die auf den Bretterböden der Jagdkanzeln lagen. Kuba fuhr indes mit der Hoteldirektorin und dem aufgeladenen Wild zu Tante Ala. Auf ihrem Hof zerrte er den Bock zusammen mit Justyna aus dem Kofferraum. Dann deckten sie das Wild mit den Tischdecken und Wachstüchern zu, die sie als Schutz vor bösen Flecken für den Kofferraum benutzt hatten, und Kuba musste sich ein Taschentuch um den Finger wickeln, weil er sich beim Aufschneiden der Seile mit einem Küchenmesser leicht verletzt hatte. Ausgerechnet mir muss so ein Malheur passieren, grinste er, wo doch mein Vater im Prinzip ein Messerwerfer gewesen ist. Kuba klappte die Rückenlehnen des C5 wieder zurück und sagte zu Justyna, dass er noch die Männer im Wald abholen müsse.

»Wer hätte das gedacht, dass ich euch beim Wildern helfen würde«, sagte sie stolz und ließ sich von Kuba für ihren Mut mit einem Kuss belohnen. »Ich sehe schon die Schlagzeilen in der *Gazeta Olsztyńska*: ›Hoteldirektorin Justyna Star aus Wilimy beim Wildern erwischt!‹«

Tante Ala arbeitete in der Küche, sie kam nicht einmal nach draußen, um das Wild zu bewundern und die Jagdgesellschaft zu loben. Im Zwinger jaulte der Hund, der sein Zuhause so gut wie nie verlassen durfte, weil er dann abhaute und tagelang in der Gegend herumstreunte. Wiktor sang sein Klagelied, und Kuba sagte: »Die ganze nächste Woche soll es regnen, laut der Wettervorhersage, und der Hund heult, weil mein Urlaub zu Ende geht.«

»Du solltest nach Hause fahren, am besten schon morgen«, sagte Justyna. »Wir dürfen deinen Aufenthalt nicht künstlich verlängern. Wir werden sowieso nicht zusammenleben können. Das weißt du doch.«

Kuba ergriff eine Lähmung im Nacken, die sich anfühlte, als hätte er nachts auf der falschen Seite geschlafen. Sein Nacken brannte, und die Stiche wanderten zu seinen beiden Bauchnabeln.

»Ich liebe dich, Justyna«, sagte er mit der Stimme eines Greises. Nein, sein Bruder Kopernik hatte das gesagt.

»Zweibauchnabel, sei bitte still. Du darfst mich nicht mit schönen Versprechungen einlullen«, meinte Justyna. »Und nun – geh.«

Erst als Wojtek und Ździsiek in der Scheune den Bauch des Rehbocks aufschlitzten, um ihn auszuweiden, sprachen Justyna und Kuba wieder miteinander. Ihre verstohlenen Blicke blieben nicht unbemerkt, und Tante Ala flüsterte ihrem Neffen zu, er solle mit Justyna schlafen gehen. »Ihr seid doch total erledigt«, bemerkte sie. Der Wodka aber, den sie jetzt tranken, schmeckte Kuba vorzüglich und vor allem ganz leicht, erfrischend wie die Milch von Tante Alas Kühen; der Wodka brannte nicht auf der Zunge, und das Messer seines Vaters schwieg und forderte keine neuen Opfer mehr. Das Messer seines Vaters feierte in dieser Nacht ein großes Fest: Es badete im klebrigen Blut des Rehbocks. Wojtek war in seinem Element: »Wir werden die ganze Nacht durcharbeiten«, freute er sich. Er erwähnte mit keinem Wort Maciek und bat Kuba, die Baseballmütze in Alas Küchenherd zu verbrennen – Ala dürfe um Gottes willen davon nichts erfahren, sagte er, sie glaube ja, Maciek sei wirklich tot. Kein Problem, antwortete Kuba, er würde die Baseballmütze noch heute Nacht verbrennen, doch er log Wojtek an. Er versteckte Macieks Baseballmütze in seinem Koffer, obwohl er nicht wusste, wozu er sie brauchte. Vielleicht sollte die Kappe das Messer seines Vaters ersetzen – oder wollte Kuba lediglich ein Friedenszeichen setzen und dem Dadajsee sagen, dass nicht alle Menschen Sklaven seien, Sklaven von Messern und unsichtbar machenden Baseballmützen.

Tante Ala briet in der Pfanne die Leber mit fein geschnittenen Zwiebeln. Danach aßen sie am Küchentisch und tranken Wodka und schwarzen Tee zur Leber. Der Rehbock lag in der Scheune, sein Kopf mit dem Geweih war ihm abgetrennt worden, sein Fell abgezogen, mit heißem Wasser gespült und zum Trocknen aufgehängt.

Für das Geweih würde der Geschäftsmann aus Gdańsk so einiges hinblättern müssen, zusätzlich zu dem Fleischpreis. Kuba aß die Leber und dachte an den abgehäuteten Rehbock – das Bild des völlig entblößten, auf Haut, Knochen und Fleisch reduzierten Tierkörpers ging ihm nicht aus dem Kopf. Der Bräutigam und seine Braut aus Gdańsk werden sich an diesem Wildfleisch satt essen, dachte Kuba, doch in Wahrheit, was ihnen niemand erzählen wird, werden sie Gift zu sich nehmen, das Gift des Dadajwaldes, in dem Maciek mit seiner Schwester lebt.

Ihre Gdańsker Liebe wird von diesem Gift Tag für Tag immer kränker werden, und sie werden sich fragen, was mit ihnen los sei, und niemand wird ihnen helfen können, ich auch nicht. Ich müsste sie in Gdańsk besuchen und ihnen gestehen: »Ihr seid jetzt dem Tod durch Ertrinken geweiht, wie jeder, der aus dem Dadajwald gegessen und aus dem Dadajsee getrunken hat.« Und der Bräutigam würde mich zum Teufel jagen oder die Polizei holen. Er würde meine ihm wahnhaft erscheinende Erklärung nicht begreifen, meine Warnung als dummes Zeug abtun. Dabei müsste er lediglich mit mir an den Dadajsee fahren und mit Tante Ala sprechen und sie fragen, warum sie nur ein Auge hat.

»Justyna, ich muss wenigstens bis Samstag in Wilimy bleiben, dann findet ja das Fest des Bürgermeisters statt«, sagte Kuba. »Er hat mir ein Geschäftsangebot gemacht, und ich will ihm eine verbindliche Antwort geben.«

»Du wirst ihn nicht töten«, sagte Justyna. »Es sei denn, du möchtest so enden wie dein Vater.«

Ihr Gespräch wurde zum Glück nicht beachtet. Der Wodka hatte Ździsiek und Wojtek die Zungen gelöst. Sie stritten immer noch darüber, wer den Bock erlegt haben könnte. Das Geld, das Wojtek für den Verkauf des Wildfleischs und des Geweihs bekommen sollte, hatten sie in Gedanken längst ausgegeben. Ździsiek war bereits stolzer Besitzer eines nagelneuen Jagdgewehrs, Wojtek schwärmte von einem Außenborder für sein Boot: »Wenn ich das Ding dann anlasse, wirst du den Motor kaum hören. So leise sind die Japaner …«

*

Kuba war noch nicht müde, er schaltete das Radio ein, der Sender spielte gute Musik, die sogar tanzbar war, im Gegenteil zu den Sun-Bear-Pianokonzerten, die viele Stunden dauerten und einen betrunken machten wie der Wodka.

»Ich möchte mit dir tanzen. Und vielleicht wird es unser letzter Tanz sein«, sagte Justyna und nahm Kuba an der Hand, der ihrer Einladung folgte. In der Küche gab es ausreichend viel Platz – es war der größte Raum im ganzen Haus.

»Ich werde dereinst nach Wilimy zurückkehren, du glaubst es mir nicht, aber ich werde zu dir zurückkommen und in deinem Bungalow mit dir einen Joint rauchen und …«

»… das ist Geschwätz, pst!, sei leise«, sagte Justyna und fummelte an dem Lautstärkeregler des Radios; die Musik gefiel ihr, sie stellte das Radio lauter, umarmte Kuba und stützte ihr Kinn auf seine Schulter. Sie drehten sich langsam im Kreis.

»Ich habe dich nie gefragt, ob du wieder schwanger werden könntest«, sagte Kuba. »Ich meine, ich benutze keine Kondome, und du …«

»… du bist ein Esel …«, unterbrach sie Kuba. »Du brauchst keine Angst zu haben. Ich werde nicht mehr schwanger. Das hab ich dir schon mal gesagt, dass ich …«

Kuba ließ die Hoteldirektorin nicht ausreden: »… ja, dass du zu alt bist zum Kinderkriegen, und die Fehlgeburt? Was war damit?«

»Bitte, ich möchte mit dir nur tanzen, sonst nichts weiter. Ich werde dir alles erklären, alles, was du willst, aber nicht heute …«

Sie tanzten in der Küche – auch dann noch, als der Song zu Ende war und der Moderator der Sendung zu sprechen begann und die nächste Nummer ansagte.

»Die Jagd kann anfangen, Herr Leutnant!«, sagte Justyna und kicherte, als das Radio ein neues Stück spielte.

Er musste auch lachen, denn Ździsiek hatte sie auf der Jagdkanzel mit derselben Geschichte unterhalten, die Kuba von Wojtek gehört hatte, wahrscheinlich auch noch zur selben Zeit. Und Kuba fiel aus ihm undurchsichtigen Gründen ein, dass er doch prüfen wollte, wen die Hoteldirektorin vor wenigen Wochen beerdigt hatte. Er würde auf dem Friedhof von Wilimy den Sarg mit Justynas Baby ausgraben müssen, das war ihm jetzt sonnenklar. Vielleicht war der Sarg wirklich leer, wie es ihm Maciek suggeriert hatte; er dachte aber, dass sich Kazimierz, mochte er auch verrückt sein, im Grunde nicht irrte. Der Bürgermeister verdiente den Tod, er verdiente den Tod für das, was er Justyna seit Jahrzehnten antat, und da Justyna die Zwillingsschwester von Marta war, deren Tod Janusz Król womöglich zu verantworten hatte, waren irgendwelche Beweise für seine Schuld unerheblich. Endlich begriff Kuba, was ihm der Pfarrer hatte sagen wollen. Kuba plante auch einen Abstecher nach Olsztyn, er würde Martas Grab auf dem Friedhof suchen, und vielleicht könnte er sogar die Kraft aufbringen, ihren Eltern einen Besuch abzustatten. Aber die Fahrt nach Olsztyn musste er alleine unternehmen, ohne Leszek und Tante Ala und die Hoteldirektorin.

»Du bist wie meine *Omega*«, sagte Justyna. »Bisher segelst du mir ständig davon.«

Sie nahm Kuba wieder an der Hand und führte ihn in Kosteks Zimmer. Sie zogen sich aus, ließen sich viel Zeit dabei, und danach duschten sie lange zusammen, um den Gestank von der Jagd und vom Wald loszuwerden. Nach dieser Desinfektion gingen sie ins Bett.

Kuba legte seinen Kopf auf Justynas Brüste, kroch dann zu ihrem Bauch, um sie zu lecken – aber sie schubste seinen Kopf von ihrem Unterleib weg. Nein, nicht heute, bat sie. Justyna drehte sich mit dem Rücken zu Kuba, sie lag nun seitlich hingestreckt auf dem Bett, damit er von hinten in sie eindringen konnte. »Fick mich tot«, forderte sie ihn mit leiser Stimme auf, »wie du auch *sie* tot gefickt hast!« Dann flehte er verzweifelt: »Nein, fick du mich tot, wie du auch *ihn* tot gefickt hast!« Er wusste jetzt, dass sie an Marta dachte. Er wischte sich Tränen vom Gesicht, die er nicht hatte zurückhalten können; er drang in Justyna ein, doch nach wenigen Stößen hörte er auf, Justyna zu lieben. Sein Glied steckte in ihr, und eine Weile passierte gar nichts mehr, sie verharrten in dieser Stellung, bis Justyna anfing, sich langsam hin und her zu bewegen. Sie kamen zum Höhepunkt, aber Kuba fühlte sich nicht wohl in seiner Haut, weil es klar war, dass Justyna litt – sie litt darunter, dass sie keine Kinder mehr haben und dass sie nicht wirklich gesund war; ein Dämon goss regelmäßig, praktisch seit ihrer Kindheit, flüssiges, heißes Blei in Justynas zarte Kehle, und das Blei vergiftete ihre Gebärmutter. Kuba schämte sich dafür, dass er selbst ein glücklicher Vater war, und sagte: »Ich liebe aber deine Kinder, die du nicht geboren hast.«

»Spar dir dein Mitleid, Kuba«, sagte Justyna und begann zu heulen. »Hau ab!

18

Wojtek und Ździsiek hatten tatsächlich fast die ganze Nacht durchgearbeitet. Sie standen aber zum Frühstück auf und begannen den Morgen so, wie sie die späte Nacht beendet hatten: mit einem Schluck Wodka gegen den Kater, der sie plagte. Die Frage, wer nun den Rehbock geschossen hätte, war ungeklärt geblieben, sodass sie ihren Streit fortsetzten, mit unbarmherzigem Genuss, der ihnen wohl kaum als etwas Böses bewusst war. Tante Ala hatte an diesem Morgen frei, und so konnte sie mit Kuba und seinen Freunden zur Heiligen Messe in *Święta Lipka* mitkommen. Leszek und die Hoteldirektorin würden sie an diesem heiligen Ort kaum stören, meinte sie, denn in *Święta Lipka* gäbe es für alle Sünder die einmalige Möglichkeit, dem verderblichen Lebensstil eines hochnäsigen Stadtmenschen ein Ende zu setzen. Worauf sie mit ihren Bemerkungen anspielte, war für Kuba unschwer zu entschlüsseln.

»Leszek hat keine schmutzige Affäre mit der Hoteldirektorin«, sagte er, als er Ala beim Geschirrspülen half. »Jedenfalls ist er Justyna nicht so wichtig, wie du dir das in den dunklen Kammern deiner schmutzigen Phantasie ausmalst.«

»Ihr treibt es untereinander wie die Tiere. Wie die Tiere seid ihr!«

Sie äußerte diese schweren Vorwürfe nicht ohne Eifersucht. Sie hatte selbst Sehnsucht nach einem Liebhaber, dem Wojtek nicht das Wasser reichen konnte; ihr sechsundsechzigjähriger Körper wollte auch anständig geliebt werden.

Der Prior aus Święta Lipka (Kloster zur Heiligen Linde) und der Ewige Jude

Draußen herrschten Saunatemperaturen, obwohl sich die Sonne hinter Wolken versteckt hielt – ihre Strahlen kamen nicht durch, und jeder schwitzte und spürte unterm Schädel den ungeheuren Luftdruck, der das Blut in den Adern langsamer als sonst zirkulieren ließ: Jeder hoffte auf Regen. Kuba zog sich ein ärmelloses T-Shirt und eine kurze Hose an. Justyna beäugte ihn zunächst misstrauisch, denn für eine Sonntagsmesse, dazu noch in einem berühmten Kloster, war seine Bekleidung nicht angemessen, doch auch die Hoteldirektorin entschied sich für etwas Leichtes und Luftiges; sie schlüpfte in ein grünes Sommerkleid, das mehr enthüllte als verbarg.

Leszek war erstaunlich gut gelaunt, als sie ihn in seinem »Latifundium« begrüßten. Kuba, hocherfreut darüber, dass sie den Wallfahrtsort zusammen besuchen würden, den sie aus ihrer Kindheit und von diversen Schulausflügen nach *Święta Lipka* zur Genüge kannten, bemühte sich besonders eloquent und freundlich zu sein, doch Leszek sagte nur: »Spar dir deine Nettigkeiten. Ich werde dir deine Geliebte nicht stibitzen!«

»Ich fahre bald nach Deutschland zurück, keine Panik. Und eigentlich wolltest du dich bei mir entschuldigen.«

Justyna schienen all die bissigen Bemerkungen, die sich ihre beiden Kontrahenten erlaubten, nicht zu gefallen. Aber sie sagte nichts, sie hatte sich ihre Sonnenbrille aufgesetzt, doch während der Fahrt zu dem beliebten Wallfahrtsort, den selbst der polnische Papst seligen Angedenkens einmal besucht hatte, brillierte sie mit ihrem Wissen über die Geschichte ihrer kleinen Wahlheimat. Jedes masurische Reisebüro hätte sie dankbar eingestellt und mit der Betreuung von ausländischen Touristen beauftragt, zumal sie perfekt Englisch sprach. Justyna kannte sich in Warmia und Masuren bestens aus. Immerhin organisierte sie für ihre Hotelgäste Tagesreisen nach *Święta Lipka*, zur Wolfsschanze in Gierłoż, zu dem exklusiven masurischen Yachthafen Mikołajki, in dem sich die Segler mit Proviant versorgen und mit Bier die Birne zuknallen, sie organisierte sogar Tagesreisen zu den Dichtermuseen, zu Konstanty Ildefons Gałczyński und zu Ernst Wiechert, wobei Kuba von dem Försterkind Wiechert noch nie etwas gehört hatte – im Kommunismus war er nicht existent gewesen, zumindest nicht im Bewusstsein der Bevölkerung Masurens. In der *Solidarność*-Ära kursierte das kühne und von Leszek verbreitete Gerücht, Gałczyński sei in seiner masurischen Verbannung von den Stalinisten heimlich umgebracht worden. Sollte diese mehr oder weniger aus den Fingern gesogene Theorie, fand Kuba, jemals dennoch der Wahrheit entsprechen, so wäre der Liebhaber von Johann Sebastian Bach und silbern schimmernden Seen und Allensteiner Sonnenuntergängen im Ansichtspostkartenformat umsonst gestorben – gefallen an einer Front, die nur noch für Geschichtsbücher interessant ist; die Ernte hatten nämlich andere Dichter eingefahren, und zwar diejenigen, die vor den Diktatoren in den Westen geflohen waren – in ihre eigene, traurige Verbannung in Ravenna.

Vor allem deutsche Touristen nahmen an den Tagestouren des Hotels *Justyna Star* teil. Kazimierz' Freund Eugeniusz, den widerspenstigen Rabbi und Jesuiten, hatte die Hoteldirektorin in ihren Ausführungen übrigens ausgelassen. Zu dieser Legende wusste sie nichts Konkretes zu sagen – sie wusste dafür ganz genau, welche Straßen das Dritte Reich hatte bauen lassen, damit der Führer mit dem Auto jederzeit von seiner Wolfsschanze fliehen konnte. Es war ein Wunder, dass Hitler von den Mücken in seinen feuchten und dunklen Bunkerkammern nicht totgestochen wurde. Regelmäßig hatten angeblich seine Offiziere die Teiche der Wolfsschanze mit Benzin angezündet, damit sich die weißen Hemdkragen des Führers nicht mehr mit roten Fleckchen von den Stichen der Mücken bedeckten. Die Offiziere kannten wohl die Schwäche ihres Führers: Der Anblick des eigenen Blutes ließ ihn, den Herrscher über die schwarze Sonne, in Ohnmacht fallen.

Die Strecke zum Kloster führte über Biskupiec und über die vom Zweiten Weltkrieg verschonte Burgstadt Reszel durch dichte Mischwälder, und der Asphalt des Dritten Reiches war hier in manchen Abschnitten noch nie erneuert worden, die Löcher nicht ausgebessert. *Kapliczki*, Betsäulen, standen am Wegesrand, weinende Figuren der Gesegneten Jungfrau Maria, der Gebenedeiten Mutter Gottes mit dem halbnackten Kind auf dem Arm; und Plastikblumen schmückten die Betsäulen, doch kein Autofahrer hielt hier, um zu beten. Kubas Gedanken kreisten ganz automatisch um Marta und ihren tragischen Tod, doch selbst als er Schüler war, hatte er bei der Betrachtung der *kapliczki* an Ertrunkene denken müssen: Er glaubte damals, man hätte sie am Wegesrand bestattet, und die Betsäulen sollten dann als Ermahnung für all jene dienen, die vor dem Dadajsee und seinen Verwandten keinen Respekt aufbringen konnten.

Das barocke Kloster mit der zweitürmigen Basilika war mittlerweile zu einer Gelddruckerei verkommen, zu einer Art Kasino. Man hatte neue Parkplätze für die Besucher gebaut, und die perfekte Lage in einem Seetal befriedigte den Besichtigungsdrang der Touristen; überall wurden Devotionalien feilgeboten, Silber- und Bernsteinschmuck, gehäkelte Tischdecken, Bunzlauer Keramik, Zigaretten, Wodka, Schnitzereien aus Holz, Spielzeug aus Holz, Flöten aus Holz, die sich zum Spielen nicht eigneten; selbst Bücher gab es zu kaufen, ermländisch-masurische Reiseführer, Gałczyńskis und Wiecherts Werke, Dluschnewskys Groschen- und Märchenhefte und bunt bebilderte Monographien über die Wolfsschanze und die Heilige Linde. *Święta Lipka* war ein Bernstein-Mekka, in dem der 1. Mai jeden Tag stattfand, das in Vergessenheit geratene Fest des sinnlosen sozialistischen Marschierens durch die Straßen der Städte, und wer hierher nur zum Beten kam, musste sich erst einmal durch das Angebot dieses buntscheckigen Jahrmarkts durcharbeiten. Mickrige Cafés, Pommesbuden und aufdringliche Honigverkäufer ergänzten das Flohmarktbild, Schwarzhändler sprachen ihre Kunden an und öffneten verlegen mit russischen Zigarettenstangen gefüllte Tragetaschen und Plastiktüten. Reisebusse versperrten den Pkws die Parkplatzzufahrten, und die Touristen schossen mit ihren Digitalkameras tausende von Bildern, die in keinem Familienfotoalbum fehlen durften, obwohl sie zu nichts zu gebrauchen waren.

Kuba fand einen Parkplatz auf einem Hügel, von dem aus das Tal mit dem Kloster zu sehen war. Justyna bemerkte, dass es im Krakauer Judenviertel Kazimierz noch ganz anders zuginge als hier in *Święta Lipka*: »Was hier im Kloster passiert, ist ganz harmlos«, sagte sie trocken. »Die Touris hören sich das Orgelkonzert an, verlieren ein paar Tränen bei der vaterländischen Polonaise von Ogiński, essen eine Kuddelsuppe, kaufen sich Bernsteinschmuck und hauen wieder ab. In Kazimierz ist das anders. Die amerikanischen Juden sehen sich erst Auschwitz an, und danach werden sie in das Judenviertel in Krakau gekarrt, wo ihr Programm mit üppigem Essen fortgesetzt wird. Dazu musizieren Klezmer: als Chassidim verkleidete Musikanten und Hampelmänner. Frommen Juden wird dabei kotzübel.«

Sie überquerten die Hauptstraße, an der die Reisebusse hielten – ein schwarzer Bus war jedoch nirgendwo zu entdecken. Sie machten einen großen Bogen um die Pommesbuden, Juweliere und Boutiquen, und Alas Begleiter latschten gelangweilt hinter ihr her, wobei Leszek mit einem recht angewiderten Gesichtsausdruck durch die Gegend spähte und über jede Bordsteinkante und Unebenheit der Gehwege stolperte. Er steckte die Hände in die Vordertaschen seiner Jeans und maulte: »Ich hasse diese Menschenhorden«, sagte er. »Ich bin nur deinetwegen mitgekommen, Kuba.«

»Hast du mir etwas zu sagen, was dich um deine Nachtruhe bringt?«

»Später. Nach der Heiligen Messe. Du wirst mir meine Dummheit verzeihen müssen, oder wir haben uns zum letzten Mal gesehen.«

Kuba schaute ihn lange an, aber er begriff nicht, worauf Leszek anspielte. Was zum Teufel ist mit diesem Typen los?, fragte er sich. Es war für Kuba unvorstellbar, obwohl er schon viel darüber nachgedacht, jedes Für und Gegen abgewogen hatte, dass Leszek derjenige gewesen sein konnte, der die beiden nächtlichen Schläger engagiert hatte, damit sie einem Trottel aus der BRD ein bisschen Angst einjagten und ihn zur Raison brachten: »Lass die Finger von der Hoteldirektorin, wenn dir dein Leben lieb ist«, erinnerte er sich an die Drohung der Kerle. »Haste es geschnallt?«

Vor dem Kloster breitete sich ein kleiner Park mit Blumenbeeten, Sträuchern und Gehsteigen für Spaziergänger aus. Die Mauer eines Bogengangs, hellgelb angestrichen, umgab die Klosteranlage, und vor dem Eingangstor, verziert mit aus Eisen geschmiedeten Lindenblättern, standen Menschen. Der Andrang war groß, und man roch in der Luft die beißenden Parfümdüfte, das Waschpulver der frisch gewaschenen Hemden und Röcke – und den Schweißgeruch, der bei diesem schwülen Wetter kaum auszuhalten war. Links und rechts vom Eingangstor thronten auf den Dächern der Arkaden vierundvierzig aus Stein gemeißelte Skulpturen – die Stammväter Jesu Christi, graue Eminenzen der vatikanischen Kirchengeschichte.

Betrachtete man die Klosteranlage von weitem, wurde man den Eindruck nicht los, hier hätten italienische Baumeister ihre Hände im Spiel gehabt. Jedenfalls konnte man nur schwer auf die Idee kommen, dass die Basilika auf polnischem Boden gebaut worden war, da alle Außenmauern hellgelben Anstrich besaßen. Betrat man dann endlich das Klostergelände, sprangen einem als erstes die von Restauratoren geretteten Fresken an den Decken und Wänden des Kreuzgangs ins Auge.

Doch erst im Inneren der Basilika begann der Kampf um die Herrschaft auf der Erde. Von der Decke schauten Heilige, Engel und Menschen auf die Besucher herab, sodass man an jedem Ort des Gotteshauses nicht unbemerkt blieb. Die penetranten Blicke von oben spürte man auf dem Rücken, und da überall in der Basilika die goldene Farbe den Ton angab, dauerte es eine Weile, bis man kapiert hatte, dass die eigentliche Kommandozentrale die Orgel war – und nicht der Altar mit der Linde und der Gesegneten Jungfrau Maria, der Gebenedeiten Mutter Gottes, nicht das Gewölbe des Hauptschiffes, nicht die Fresken, die einen Betrachter dazu verführten, sich den Hals zu verrenken, weil man seinen Blick von den dreidimensional wirkenden Bildern nicht abwenden konnte. Drehte man sich endlich um, um zum Ausgang zurückzufinden, stand man plötzlich vor der Kommandozentrale. Wolkenkratzern ähnlich türmten sich die Pfeifenreihen, als betrachtete man von einem Flugzeug aus die Skyline einer futuristischen Megastadt. Und ging es mit der Vorführung der Orgel durch einen der Ordensbrüder an den Tasten los, fingen spätestens nach der Toccata von Bach die aus Holz geschnitzten Figuren an, sich zu bewegen: Engel spielten auf Trompeten, Heilige tanzten zu Walzern, weil hier, wo die Basilika stand, die Gesegnete Jungfrau Maria, die Gebenedeite Mutter Gottes, einem zum Tode Verurteilten vor Jahrhunderten in der Krone einer Linde erschienen war und das Leben gerettet hatte. Warum zeigte sich aber *Pani* Maria den heutigen Pilgern nicht mehr, um ihre Krankheiten zu heilen und ihre ausgefallenen Wünsche zu erfüllen? Flog sie im 21. Jahrhundert mit einem UFO zu ihren Gläubigen? Und warum störte sie es nicht, dass ihr Zuhause nur zwanzig Kilometer von der Wolfsschanze entfernt war? Adolf Hitler und die Mutter Jesu Christi waren hier bis 1945 gute Nachbarn gewesen. Auf kleinstem Raum hatten sie einander ertragen müssen, Nacht für Nacht, Tag für Tag, zum engen Zusammenleben verurteilt wie die Bewohner einer Plattenbausiedlung.

Der Andrang war überwältigend, hunderte von Messgängern strömten in das barocke Gotteshaus, und es war erstaunlich, dass fast jeder es schaffte, seine Finger ins Weihwasser zu tunken, niederzuknien und sich zu bekreuzigen. Kaum dass die Heilige Messe angefangen hatte und das Eröffnungslied gesungen worden war, fasste jemand Kuba an der Schulter. Er drehte sich in der Menschenmenge um und blickte einem Greis in die Augen. Der alte Mann musste einer der Ordensbrüder sein. Er war spindeldürr und litt wohl an einer Allergie oder Hautkrankheit: Weiße schuppige Flecken bedeckten seine Stirn und Wangen, ebenso seine Hände.

»Junger Mann, Sie müssen das Gotteshaus verlassen«, sagte der Ordensbruder. »Sie beleidigen mit Ihrem Erscheinen Gottes Antlitz. Sie sind falsch angezogen.« Erst nach dem letzten Satz konnte Kuba die an ihn gerichtete Aufforderung des Ordensbruders in den richtigen Rahmen einordnen. Jesuiten waren strenge Sittenpolizisten. Kuba wusste zwar, wer dieses Kloster bewohnte und verwaltete, aber er ließ sich von dem Greis nicht bedrängen und sagte: »In zwei Minuten bin ich verschwunden.«

»Bitte jetzt«, sagte der alte Mann.

Als die Hoteldirektorin und Leszek merkten, dass Kuba versuchte, sich den Weg nach draußen durch die betende Menschenhorde hindurch zu bahnen, folgten sie ihm, möglichst unauffällig, um Tante Ala nicht zu verwirren, was jedoch misslang. Kubas Tante unterbrach ihr Gebet und wandte sich nach ihren Begleitern um, die wiederum ihre finstere Miene erhaschen konnten: »Und das Orgelkonzert?«, schien Tante Ala, deren Augenbrauen hochschnellten, fragen zu wollen.

»Ich kann solche Ameisenhaufen nicht ausstehen«, sagte Leszek, als sie nach draußen kamen. »Und schon gar nicht bei diesem Wetter. Was wollte der Jesuit von dir?«, fragte er Kuba.

»Ich sei nicht korrekt angezogen – ich würde zu viel nacktes Fleisch zeigen, meinte er«, antwortete Kuba, »während unsere Hoteldirektorin und andere Frauen halbnackt in der Basilika beten dürfen!«

»Ach komm, du hast es so gewollt, du hast den Ordensbruder provoziert«, sagte Justyna.

Sie trennten sich, da sich Kuba die Arkaden genauer ansehen wollte. Justyna blieb bei ihm, und Leszek verließ das Klostergelände, um in einem Café einen Kaffee zu trinken und eine Zigarette zu rauchen, und Kuba ging mit der Hoteldirektorin im Kreuzgang auf und ab und ärgerte sich über den strengen alten Ordensbruder. Irgendwann begann auch der Chorgesang der Messgänger, die das *Gloria in excelsis Deo* sangen, und dem »Gloria«-Chor schloss sich dann der Orgelmeister mit seinen Pfeifenreihen und Registern an, für Kuba ganz unerwartet, da doch während einer Heiligen Messe die Orgelvorführung für Touristen an sich verboten war. Kuba kaufte am Kiosk auf dem Klostergelände, gleich neben dem Ausgangstor, eine deutsch betitelte CD – »Bruder Władysław live in der Heiligen Linde« hieß es auf dem CD-Cover, auf dem auch die Orgel abgebildet war; und er kaufte auch ein handgemaltes Miniaturbild der Schwarzen Madonna, ein Geschenk für Kazimierz.

Sie besichtigten schweigend noch einmal den Kreuzgang, in dem hier und da betende Messgänger knieten, die in der Basilika keinen Sitz- oder Stehplatz mehr gefunden hatten. Später, als sie sich wieder zum Ausgang begaben, sahen sie, dass Leszek in einem Café saß und eben seine Bestellung in Empfang nahm, aber vor dem Klostertor liefen sie geradewegs in die Arme des Jesuiten, der Kuba von der Heiligen Messe verjagt hatte, und stießen mit ihm beinah zusammen: »Sie sind es!«, sagte der Ordensbruder. »Ich hab Sie überall gesucht! Ihre Tante hat mich gebeten, mit Ihnen ein Wörtchen zu wechseln. Sie haben Fragen zu unserem Heiligtum in *Święta Lipka*? Oder zu unseren berühmten Brüdern?«

Der Greis bekreuzigte sich, und Kuba wusste einen Augenblick lang nicht, was er ihm antworten sollte. Er war überrascht, dass Tante Ala den Mut dazu gefunden hatte, den Ordensbruder um einen Gefallen zu bitten.

»Kommen Sie mit«, sagte der Jesuit. »Ich zeige Ihnen einen stillen Ort, an dem wir ungestört reden können.«

»Vater, Sie müssen mir verzeihen, dass ich ...«, stammelte Kuba.

»... ist schon gut, wir sind fremde Besucher gewohnt, vor allem aus dem Ausland, und Sie sehen nicht so aus, als würden

Sie jeden Sonntag in der Kirche verbringen. Ist das Ihre Frau, ja?«

»Ja, wir sind verheiratet«, beantwortete die Hoteldirektorin seine Frage und fasste Kuba an der Hand.

Sie betraten wieder die Arkaden, und im rechten, nördlichen Flügel des Kreuzgangs gab es eine stille Ecke, wo sie miteinander reden konnten. Hier knieten auch keine Messgänger, und die Touristen bedrängten in diesem Teil der Arkaden niemanden, weil es hier nichts Interessantes zu besichtigen gab.

»Mein Sohn, Sie haben ein dringendes Anliegen? Sie scheinen mir von schwerer Sünde belastet zu sein! Ein fleißiger Pönitent sind Sie wohl nicht – ich mag mich jedoch täuschen!«

Er sprach sehr schnell, verschluckte die Endungen, und man hatte Mühe, ihn zu verstehen.

»Kennen Sie den Pfarrer Kazimierz aus Biskupiec, der in Wilimy lebt?«

»Nein, mein Sohn!«, sagte der Jesuit und legte den Zeigefinger an seinen Mund, als wollte er um Bedenkzeit bitten; es war ihm peinlich, dass er diesen Namen nicht kannte – und man sah ihm die Verwirrung an, weil er die Stirn runzelte und sich mit gespreizten Fingern durch das schüttere Haar am Hinterkopf fuhr. »Als Prior kenne ich so gut wie jeden Bruder und Pfarrer in Warmia«, sagte er nach kurzem Schweigen und setzte seine Erklärung mit einem erzwungenen Lächeln fort. »Kazimierz! Hm! Das ist doch tatsächlich dieser Wunderheiler aus Czerwonka, wenn mich nicht alles täuscht? Wir sind kein NKWD, wir bespitzeln unsere Brüder nicht. Aber mir ist, jetzt entsinne ich mich, so einiges über den Wunderheiler zu Ohren gekommen. Sind Sie krank, brauchen Sie Hilfe?«

»Nein, Vater. Kazimierz ist ein Freund unserer Familie. Er

hat mich getauft. Doch man sagt über ihn, dass er einmal in Ihrem Kloster gelebt haben soll. Vielleicht war er sogar Abt gewesen.«

»Mein Sohn! Sie dürfen nicht spekulieren. Wir sind ein angesehener Orden, das einzigartigste *Opus Dei* Roms ...«

Auf einmal schien er verärgert zu sein. Er runzelte wieder die Stirn, bevor er weitersprach: »Ich habe unserem Kloster mein Leben geopfert und in diesen ehrwürdigen Mauern vieles gesehen und erlebt. Ja, es hat mal einen Abt gegeben, der strafversetzt wurde – '56 oder eher '58 muss das gewesen sein, doch auf mein Gedächtnis ist kein Verlass mehr! Man hat uns jedenfalls nicht gesagt, weshalb es zu dieser argen Strafversetzung und Degradierung kam; es waren solch üble Zeiten, auch in unseren Reihen, aber wir vermuteten alle, dass er Jude war und ein Kind gezeugt hatte. Gott möge ihm seine Sünden vergeben! Ihr Kazimierz wird es aber nicht gewesen sein. Ich würde mich an seinen Namen erinnern.«

»Vater, ich danke Ihnen für Ihre Auskunft«, sagte Kuba.

»Ziehen Sie keine vorläufigen Schlüsse«, rief ihnen der Jesuit nach, als sich Kuba mit der Hoteldirektorin auf den Weg zum Ausgang machte. Sie drehten sich beide kurz um und blickten den Greis ein letztes Mal an.

»Geht in Gottes Namen!«, rief der Ordensbruder und zeichnete mit dem Zeigefinger in der Luft ein Kreuz. »Seid gesegnet, Kinder«, sagte er, was Kuba und die Hoteldirektorin nur noch von seinen blassen Lippen ablesen konnten.

Justyna sagte: »Also ist Kazimierz doch ein Jude, und der schwarze Bus existiert nur in seinem kranken Hirn als Sehnsucht eines im Sterben liegenden, gebrechlichen alten Mannes!«

Und womöglich ist er auch dein Vater, dachte Kuba und sagte zu der Hoteldirektorin: »Wir werden nie erfahren, wer er ist, da seine Reise mit dem schwarzen Bus nie aufhören wird.«

Davon, dass Tante Alas Kochtöpfe nicht logen

Für den Rest des Nachmittags musste Justyna in ihrem Hotel in die Haut einer freundlichen Empfangsdame schlüpfen, was ihr auch nicht schwer fiel. Lokalpolitiker und Geschäftsleute aus Olsztyn und Wilna hatten den Konferenzraum gemietet – für eine Tagung, die bis Dienstag dauern würde.

Kuba hatte auf dem Rückweg in Biskupiec Geld am Bankomat abgehoben und den C5 vollgetankt. Und er lud jetzt seine Tante und Leszek zum Mittagessen im Restaurant von *Justyna Star* ein. Sein Jugendfreund wollte immer noch nicht mit seinem Geheimnis rausrücken, man merkte ihm an, dass er eine schwere Entscheidung zu treffen hatte, die er möglichst lange hinausschieben wollte: »Soll ich's ihm sagen, oder besser nicht?«, hörte man sein Gewissen laut nachdenken. Tante Ala hüllte sich ebenfalls in Schweigen und sagte über den Prior nur zwei beiläufige Sätze: »Ich hab ihm einen Fünfziger zugesteckt und zugeflüstert, mein Neffe habe etwas auf dem Herzen, was er nur einem Seelsorger anvertrauen könne. Ich hoffe, dass ich meine Knete gut investiert habe!« Scheinbar hatte sie keine Lust, in Anwesenheit von Kubas Jugendfreund über den Vorfall während der Heiligen Messe in *Święta Lipka* zu sprechen. Erst als Leszek auf die Toilette gegangen war, brach sie ihr Schweigen und sagte: »Ich kann es auch nicht beurteilen, ob Kazimierz' Story über den schwarzen Bus die Wahrheit ist, oder eher einer seiner vielen Albträume, die ihn plagen, und seine Herkunft interessiert mich herzlich wenig: Jude oder Pole – wo ist da der Unterschied, he?! Erklär's mir, Kuba! Aber ich habe geahnt, dass du nicht meinetwegen die Heilige Messe in *Święta Lipka* besuchen wolltest. Und, konnte dir der Prior eine vernünftige Auskunft über Kazimierz' Vergangenheit geben? Sie sind alle käuflich, genauso käuflich wie die treuen Diener des Rundfunksenders *Radio Maryja*, oder beispielhaft eben unsere Jesuiten: Wenn man sie bezahlt, kümmern sie sich auch um unsere Seelen.«

»Warum betest du dann?«, fragte Kuba. »Warum rennst du jeden Sonntag in die Kirche?«

»Ihr Gott ist auch mein persönlicher Beschützer, mein Vater, und was sie aus ihm machen, ist mir schnurzpiepegal – so solltest du auch denken, dann wirst du es viel leichter haben, unsere Welt zu akzeptieren. Und jetzt bring mich bitte nach Hause – ich esse nicht gerne an meinem Arbeitsplatz. Außerdem kann ich besser kochen als dieser junge Bengel, der sich dazu noch Koch nennt! Mir schmeckt es am besten in meinen eigenen vier Wänden! Meine Töpfe lügen nicht!«

Nach dem Mittagessen gelang es Kuba, die Hoteldirektorin zu finden. Sie war im Konferenzraum, hielt ein Gläschen Sekt in der Hand und unterhielt sich mit dem Bürgermeister von Biskupiec, der wohl auch zu der polnisch-litauischen Tagung eingeladen wurde. Der Konferenzraum platzte aus allen Nähten, und die litauischen Gäste sprachen ein Polnisch, das Kuba nur aus uralten Kinofilmen kannte. Das Getriller, das sehr dem russischen Singsang und Klagelied ähnelte, gefiel ihm so gut, dass er am liebsten selbst an dieser Tagung teilgenommen hätte. Die Hoteldirektorin war seltsam wortkarg, was man wiederum von Janusz Król nicht behaupten konnte.

»Herr Kuba! Ich muss Ihnen etwas sagen! Ach, wie schön, dass wir uns sehen!«, begann der Bürgermeister mit seinen üblichen Begrüßungsfreundlichkeiten. »Ich muss mein Grillfest, und es geht um eine Bootseinweihung, auf den Donnerstag verlegen, denn am Samstag werde ich nach Wilno reisen, zu unseren Partnern.«

Kuba sagte, dass er keine Termine habe – und bis jetzt auch keinen für den Donnerstag. Zeit sei also nicht das Problem.

»Verzeihen Sie mir – wir reden in ein paar Tagen über unser gemeinsames Projekt. Sie sind dabei? Ach, ganz bestimmt – ich freue mich sehr auf unser Treffen! Und richten Sie bitte Ihrem Kumpel Wojtek aus, er möge morgen pünktlich auf der Baustelle erscheinen. Danke!«

Kuba war verwirrt und traute sich nicht einmal, Justyna zu fragen, ob sie am Abend zu ihm kommen würde; »… ja, danke, wir sehen uns, auf Wiedersehen!«, stammelte er und ging in das Restaurant zurück. Justyna hatte ihn noch nie so geistesabwesend angeguckt wie in diesem stickigen Konferenzraum. Er fühlte sich grässlich, ihm war, als hätte die Hoteldirektorin mit ihm wie mit einem ihrer Angestellten gesprochen. Er dachte, verdammt, warum hast du mir diesen Termin mit der polnisch-litauischen Tagung verschwiegen?

»Was ist mit dir?«, fragte ihn Leszek, als Kuba an den Tisch im Restaurant trat. »Du bist kreidebleich!«

»Ich hab gerade mit dem Bürgermeister gesprochen!«

»O weih!«, sagte Leszek. »Wir sollten von hier abhauen. Ich trinke auch keinen Kaffee mehr – und Sie, Frau Podlichówna?«

*

Sie fuhren mit dem C5 zu Wojtek und Ździsiek, die noch immer damit beschäftigt waren, das Wildfleisch für den Verkauf vorzubereiten. Wenigstens soffen sie nicht mehr, worüber Ala erfreut war. Sie begutachtete in der Scheune zusammen mit ihren Begleitern die Fleischstücke, die auf einem Schlachttisch lagen und bereits für die Gefriertruhe aussortiert waren. Sie sagte: »Und dass mir heute kein Tropfen Schnaps mehr fließt, sonst drehe ich euch eure durstigen Hälse um, wie ich es auch bei meinen Hühnern tue!«

»Jungs, habt ihr einen Rehbock erlegt?«, fragte Leszek und griente.

»Nein«, sagte Wojtek. »Das Wildfleisch haben wir dem Förster abgekauft. Einmal im Jahr legen wir uns Vorräte für den Winter an.«

»Dass ich nicht lache! Keine Angst – ich werd's niemandem ausplaudern, dass ihr im Dadajwald herumwildert.«

Wojteks Proteste änderten nichts an dieser im Scherz ausgesprochenen Meinung, wobei er von Ala keine Unterstützung bekam, die zu guter Letzt sagte: »Schlaft euren Rausch aus! Heute Abend koch ich euch Gulasch – aus dem frischen Wildfleisch! Die Finger werdet ihr euch lecken, ihr gottlosen Penner!«

Wojtek reagierte nicht auf Alas Beschimpfungen und sagte zu Leszek: »Ah! Denk doch, was du willst, Kapitalist«, ärgerte er sich und spuckte auf den geziegelten Boden. »Wir machen jetzt ein Mittagsschläfchen! Nicht wahr, Ździchu?« – »Genau!«

Im Autoradio hatte der Wetterbericht Regen angesagt, in Olsztyn regnete es schon seit dem frühen Morgen, aber am Dadajsee fiel kein einziger Tropfen vom Himmel. Ein Mittagsschläfchen hätte Kuba auch gut getan, aber da er wusste, dass Leszek ein dringendes Anliegen hatte, schlug er ihm vor, zum Steg ans Touristenufer zu gehen, um zu angeln, doch diesmal nicht mit der Spinnrute und dem *Alga*-Blinker, sondern mit dem Köder: Tante Alas Kuhwiesen bewohnten Regenwürmer zu Millionen, sagte er, ein Weckglas könne man schnell mit ihnen vollfüllen. Kuba musste seine Spinnrute umrüsten, und

Leszek lieh sich eine Angel von Wojtek aus: »Jungs! Das wird euch gut tun! Angelt mal ein bisschen!«, grinste er zufrieden. »Ihr Kapitalistenpack!«

Angler auf der Brücke

Leszek machte jedoch einen anderen Vorschlag, und sie gingen zu der Brücke, die die größte Insel des Dadajsees mit dem Festland verband. Die Brücke war aus Holz und ruhte auf Eichenbalken. Fuhr ein Auto über sie, trommelten die Bretter unter den Rädern, als würde jemand auf Congas spielen, und das alles auf fünfzig Metern, denn länger war diese Verbindung zwischen der Insel und dem Festland nicht. Hier endete das tiefste Becken des Dadajsees, und die Angler meinten an einem Fluss zu sitzen, so nah war das Eiland, das in der Länge nicht mehr als einen Kilometer maß. Und man war von Laubbäumen umgeben: An den Ufern der Dadajinsel und des Festlandes wuchsen Erlen, Linden, Ebereschen und Akazien, in deren Kronen Blinker hingen wie Tannenbaumschmuck – Blinker von Anglern, die ihre Wurftechnik nicht ausreichend gut beherrschten.

»Was ist mit dem Inselbesitzer, dem Deutschen? Ist der alte Butschkau wirklich tot?«, fragte Kuba seinen Jugendfreund. Beide stützten sich mit den Ellenbogen auf das Brückengeländer und beobachteten die Posen ihrer Ruten in dem wellenlosen Priel. Es war ein guter Platz zum Angeln. Die Dadajinsel schützte den Priel vor kalten Strömungen, das Wasser war hier nicht tief, und die Plötzen und Brassen suchten im Sommer in diesem Gewässer nach Nahrung und Schutz vor Räubern, was Barsche und Hechte gnadenlos ausnutzten.

»Er ist ertrunken«, antwortete Leszek. »Kurz nach der *transformacja*. Übrigens – er ist auch an einem Silvesterabend ersoffen, wie deine Marta. Die Witwe von Butschkau hat die Geschäfte übernommen: Warschauer und deutsche Urlauber rennen ihr die Tür ein, weil sie in die Holzhütten Klimaanlagen und Duschen hat einbauen lassen – mit Subventionen aus Brüssel. Das Geld hat auch noch für einen Swimmingpool gereicht. Manche Herrschaften wollen unser Warmia und Masuren in einen Erholungspark nach holländischem Geschmack verwandeln. Dann würde man unter verglasten Kuppeln in den Seen fischen und baden, in der Basilika von *Święta Lipka* beten und in der Wolfsschanze Hitlers nach Hundepisse stinkende Bunker besichtigen.«

Kuba steckte sich die letzte Zigarette an. In Biskupiec hatte er zwar Geld abgehoben und den C5 vollgetankt, aber keine Zigaretten gekauft, nicht einmal Zeitungen: Wo habe ich bloß meinen Kopf gelassen?, ärgerte er sich. »Leszek, du weißt überhaupt nicht, wer ich bin.«

»Na und? Was ist mit mir? Wer bin ich deiner Meinung nach?«

»Keine Ahnung! Du hast bei all den Berufen, die du ausgeübt hast, deine sämtlichen Talente vergeudet! Du musst dir aber im Klaren sein, dass du die Hoteldirektorin niemals erobern wirst, genauso wenig wie ich. Der Bürgermeister wird diesen Marathonlauf gewinnen, der Bürgermeister, über den Kazimierz sagt, er sei ein *esbek* gewesen, der Marta und mich in der Silvesternacht über den zugefrorenen Dadajsee gejagt habe.«

»Das ist völlig aus der Luft gegriffen ... Justyna hat mir gegenüber nie was davon verlauten lassen, dass Król für *esbecja* gearbeitet hätte ...«

»Ich weiß nicht, wer lügt, und wer nicht ...«

Leszeks Pose zappelte und tauchte immer wieder für eine Sekunde fast ganz unter; es musste sich um Kleinfisch handeln. Er drehte an der Rollenkurbel, zog gleichzeitig an seiner Rute, und zwar so heftig, dass ihm aus dem Wasser ein Jüngling an der Angelschnur entgegengeflogen kam – ein Barsch, der Leszek ins Gesicht traf. Er löste ihn vom Angelhaken und warf ihn in den See zurück.

»Jedenfalls freut es mich, dass du erkannt hast, welche Chancen wir beiden Armleuchter bei der Hoteldirektorin haben«, sagte Leszek.

»Gar keine. Mir ist es im Konferenzraum des Hotels, wo ich den Król getroffen habe, klar geworden, dass wir beide, du und meine Wenigkeit, uns gar nicht im Wege stehen.«

Kuba bestückte seinen Angelhaken mit einem frischen Regenwurm, als würde das helfen, die Fische zum Beißen zu animieren. Er hatte Pech, Leszek aber zog aus dem Wasser immer wieder neue Barsche und Plötzen, die er sofort in den See zurückwarf, was zwei anderen Anglern, die wahrscheinlich seit Stunden die Brücke belagerten und kein Wort miteinander wechselten, vermutlich das Herz brach, denn viele Männer, die in Wilimy lebten und arbeitslos waren, mussten fast jeden Tag angeln, weil sie ihre Familien anders nicht ernähren konnten.

»Du erinnerst dich«, sagte Leszek, »du erinnerst dich an die Streiks: Es ist von unseren Jahren in Gdańsk nichts Handfestes geblieben – wir haben bloß ein bisschen geangelt und einige Mädchen geliebt, Bücher gelesen und Musik gehört, Wodka gesoffen und gelitten, mehr nicht, so sehe ich das heute. Wir haben an die weltweite Öffnung der Tore der Gdańsker Werft geglaubt. Nur, diese Tore haben sich uns später anders geöffnet, als wir uns das die ganze Zeit vorgestellt haben.«

»Du bist genauso ein Versager wie ich«, sagte Kuba. »Lass uns über diese alten Jahre nicht mehr reden.«

»Dann erklär mir bitte eines: Was willst du von Justyna? Sie mag äußerlich deiner Marta ähneln, aber deine Marta lebt nicht mehr, und die Hoteldirektorin ist ein ganz anderer Schlag Mensch als deine hübsche Studentin.«

»Ich werde immer nach Marta suchen. Ich weiß nicht, was du von der Hoteldirektorin willst, aber ich werde die Suche nach Marta nie aufgeben.«

Leszek fing wieder einen Barsch, einen Jüngling, nur diesmal hatte das Biest den Angelhaken bis zum Arsch geschluckt, sodass Leszek dem Barsch alles, was den Fisch am Leben hielt, herausreißen musste: die Kiemen, den Magen – samt den verängstigten Augen, die Kuba so schmerzverzerrt schon oft gesehen hatte, zum Beispiel auf der Hochzeit von Tante Ala, auf der sie von seinem Vater im Gesicht und am Auge verletzt wurde, und eine entstellende Narbe, die jeder sehen kann, ist für eine Frau unerträglich und für ihre Liebesaussichten so gut wie tödlich.

Leszek sagte: »Du irrst dich nicht mit deinen traurigen Behauptungen – die Hoteldirektorin wird den Bürgermeister heiraten.« Er legte eine kurze Pause ein, und danach meinte er: »Ich habe die beiden Typen angeheuert, die dich verprügelt haben.«

Kuba hörte sich das Geständnis seines Jugendfreundes in der Stille der Brücke an. Warum reagierte er nicht wie sein Vater? »Ich schlitze dir den Bauch auf!«, müsste er schreien, aber Kuba blieb ruhig und sagte nichts, zumal ihm das Messer von Adelbert keine Befehle erteilte: Töte ihn! Los! Schneid ihm die Kehle durch, diesem Bastard!

Kuba spießte auf seinen Angelhaken erneut einen frischen Regenwurm auf, warf seine Rute aus und schaute sich anschließend das Tänzeln der zarten Pose an; er dachte sich, hoffentlich beißt auch bei mir ein Barsch an oder wenigstens eine Plötze: Auch ich möchte ihnen ihre Kiemen und Mägen und Augen herausreißen. Meine Vorahnung hat mich nicht getäuscht, was Leszek angeht, ein guter Tipp, danke – schade, Brüderchen, dass du immer siegen musst, immer Recht hast, sprach er mit Kopernik in seinem Bauch. Esau wollte auch immer Recht haben, der grantige Verlierer, und was war das Ende vom Lied? Sein Zwillingsbruder Jakob hat den Kampf um die Gunst des Vaters oder um eine schöne Braut gewonnen! Bei uns, Kopernik, ist das anders: Du bist der Sieger, nicht ich, das Blatt hat sich gewendet!

»Was brummst du da in deinen Bart?«, fragte Leszek. »Was willst du jetzt tun? Ich liebe die Hoteldirektorin, genau wie du und der Bürgermeister. Und vor allen Dingen: Wirst du Justyna sagen, wer die Schläger engagiert hat?«

»Vielleicht. Du hast die besseren Karten, ich kann da nicht mehr mitspielen. Marta werde ich nie wieder sehen, und der Bürgermeister ist der eigentliche Gewinner dieses Rennens. Deine Bodyguards hätten ihm die Fresse polieren sollen – und nicht mir. Er wird auch dich besiegen, das weißt du. Justyna will keine Experimente mehr. Sie hat uns längst durchschaut. Wir haben gestreikt und um Gerechtigkeit gekämpft. Was ist daraus geworden? Nichts Gutes. Sieh dir an, wer dieses Land regiert. Ich bin emigriert, und du versteckst dich in deinem ›Latifundium‹. Von diesen Versteckspielen hat Justyna die Schnauze gestrichen voll.«

»Das kleinere Übel ist jedoch grauenhaft«, sagte Leszek, »nämlich die Heirat mit dem Bürgermeister.«

»Sie hat für Experimente keine Zeit mehr.«

Leszek steckte sich eine Zigarette an und sagte: »Jetzt wirst du vielleicht verstehen, warum ich jemanden angeheuert habe, der dir diese Frau buchstäblich aus dem Kopf schlagen sollte – ich war hilflos. Bitte, verzeih mir meine Dummheit und Hilflosigkeit!«

»Ist schon gut. Verzeihen – ja! Akzeptieren werde ich es nie. Du hast zwei Idioten auf mich angesetzt, die mich, wären sie ein wenig geschickter gewesen, problemlos hätten umbringen können. Ausgerechnet du, der du mich Marta vorgestellt hast, in die du vielleicht auch verliebt gewesen bist … Immerhin ist die Hoteldirektorin ihre Doppelgängerin …«

»Heißt das, dass ich gehen muss?«

»Geh zu deinem ›Latifundium‹ zurück oder angle weiter mit mir zusammen. Es ist mir egal, was du tust, weil du nicht verstanden hast, wofür wir damals gekämpft haben. Das hast du noch nie verstanden. Du hast auf zu vielen Hochzeiten gleichzeitig getanzt. Für dich bin ich bloß ein bekloppter Emigrant, der einen moralischen Kater hat und dir deine Geliebte vor der Nase wegschnappen will.«

Kuba wurde wütend auf sich selbst, weil er Leszek eine Antwort gegeben hatte, die ihm zu streng erschien, aber es war nun nicht mehr möglich, das Gesagte zu korrigieren, den Spieß umzudrehen und das Gespräch in andere Bahnen zu leiten. Leszek lehnte die Angel, die er sich von Wojtek ausgeliehen hatte, ans Brückengeländer und ging wortlos weg.

»Leszek, Leszek!«, rief Kuba ihm nach, aber sein Jugendfreund drehte sich nicht mehr um und verschwand am Ende der Brücke. Er bog nach rechts ab, wo Ebereschen und Erlen wuchsen, die jedem Angler, der auf der Brücke stand, die Sicht versperrten.

Der Unterschied zwischen Tante Ala und dem Alga-Blinker sowie davon, warum Kuba kein guter Sohn war

Am Abend, nach dem schmackhaft zubereiteten und gewürzten Rehgulasch, machte Kuba im Obst- und Gemüsegarten ein Lagerfeuer, obwohl es immer wieder zu kurzen Schauern kam. Er saß geduldig auf einem Campingstuhl, öffnete gelegentlich den Regenschirm, schlürfte *Tyskie* aus der Flasche, schaute in das Feuer, plünderte Tante Alas Holzvorräte und plauderte über dieses und jenes mit Wojtek und Ździsiek, die sich nicht einmal für Kubas Streit mit Leszek auf der Brücke der Angler interessierten und die das Lagerfeuer gegen zehn verließen – sie hatten einen ausgiebigen Nachtschlaf dringend nötig, zumal sie am folgenden Morgen auf der Baustelle des Bürgermeisters ackern mussten.

Ala leistete Kuba noch für ein halbes Stündchen Gesellschaft; sie steckte eine Zigarette in das vom Nikotin braun gefärbte Glasröhrchen, zündete sie an, machte es sich auf einem der Campingstühle bequem und fragte ihren Neffen, wann er denn nach Deutschland zurückfahren wolle. In ihre Stimme hatte sich etwas eingeschlichen, was Kuba als Enttäuschung empfand. Sie sagte: »Ich möchte nicht, dass du uns verlässt. Du und die Hoteldirektorin – ihr seid ein schönes Paar. Du müsstest sie heiraten, nicht der Bürgermeister, und schon gar nicht dieser Scheiß-Kapitalist Leszek. Aber du bist vergeben, und dein Leszek ist ein ekelhafter Schürzenjäger. Deinem Jugendfreund ist wohl nicht bewusst, was Marta für dich bedeutet hat und wie unwichtig für *Pani* Justyna dieses ganze Techtelmechtel mit ihm oder dem Bürgermeister ist. Leszek langweilt sich bloß, weil seine Ehe nicht mehr funktioniert, und *Pani* Justyna will etwas ganz anderes – sie mag sich hart geben, aber das ist sie nicht! Ich bin ein altes, blödes, einäugiges Weib, doch mein sechster Sinn schläft nicht! Lass dir das gesagt sein!«

Kuba war über diesen plötzlichen Sinneswandel seiner Tante verblüfft. Was sollte er davon halten? Sie hatte ihm die Hoteldirektorin vorgestellt und sie war auch die gewesen, die von Anfang an seine Verbindung zu Justyna gnadenlos kritisiert hatte. Und jetzt diese schlagartige Umkehr! Er hatte Ala unterschätzt.

»Eigentlich ist mein Urlaub noch lange nicht zu Ende, aber ich will Justyna nicht mehr wehtun«, antwortete er. »Ich werde spätestens am kommenden Wochenende abhauen.«

Seine Tante stand auf, stapfte in ihren Gummistiefeln in dem knöchelhohen, regennassen Gras auf ihn zu, baute sich direkt vor ihm auf und drückte ihn an ihre Brust. Kuba sah zu ihr hoch, und da das Lagerfeuer nur noch schwach brannte, kam es ihm in diesem Halbdunkel so vor, als würde Ala ihr Gesicht gegen ein neues getauscht haben: Die Narbe von dem Messerstich und ihre Runzeln waren kaum zu erkennen. »Bitte, kannst du zu mir etwas sagen, was mir sehr wichtig wäre?«, fragte sie. »Sprich mir bitte nach: ›Mutter, ich liebe dich!‹«

Sie presste sein Gesicht so fest an ihren Busen, dass er ihren Herzschlag spüren konnte.

»Ich liebe dich, Mutter!«, murmelte er unter ihrer Kinnlade, und seine Tante ließ ihn wieder los, bedankte sich und wechselte abrupt das Thema.

»Du zählst Kühe? Ich weiß nicht genau, womit du eigentlich dein Geld verdienst. Wir haben uns so wenig unterhalten.«

»Ich verpasse den Rindern individuelle Ohrmarkennummern, damit kein Tier verlorengeht; ich verpasse ihnen Geburts- und Sterbeurkunden, und zwar auf der Tastatur eines Computers. Ich verwalte ein gigantisches Schlachthaus aus

Zahlen und Daten. Deine Kühe auf der Wiese tragen auch solche nummerierten Ohrmarken, nur dass sie nicht in einem Stall vegetieren müssen. Das virtuelle Schlachthaus wird aber auch bald für uns Menschen in Betrieb genommen werden, der Plan ist einfach: Jeder von uns soll in diesem gigantischen Rechenzentrum nichts weiter sein als eine Ohrmarkennummer.«

»Du bist ein guter Sohn, weil du dich um unsere Zukunft sorgst«, sagte sie. »Gute Nacht, Kuba.«

*

Kuba hielt das Feuer bis Mitternacht am Brennen, dann kam auch Justyna mit ihrem Auto angefahren, was ihn wunderte, denn er dachte, da sie sich telefonisch nicht gemeldet hatte, sie würde in ihrem Hotel übernachten. Der Bürgermeister hatte bestimmt versucht, sie zu einer Übernachtung im Hotel zu überreden. Aber das war im Moment für Kuba die kleinere Sorge: Er konnte sich nicht damit abfinden, dass er Leszek eine Abfuhr erteilt hatte und dass er Tante Ala im Grunde genommen kein guter Sohn sein konnte, weil er sie in all den Jahren seiner Emigration nie besucht hatte. Er wusste nur eines: Er wollte seinen Jugendfreund, der ihn aufrecht um Vergebung und Verständnis gebeten hatte, auf keinen Fall verlieren.

»Du schläfst noch nicht?«, fragte Justyna, als sie den Garten betrat.

»Nein. Und du bist nicht bei deinem Bürgermeister?«

Sie ließ ihre Handtasche auf einen der Campingstühle gleiten, schritt gemächlich und sich in den Hüften wiegend auf Kuba zu und sagte vorwurfsvoll: »Ich habe Bauchschmerzen, und ich bin vor Janusz geflohen; ich habe ihm gesagt, ich hätte meine Tage bekommen, was auch stimmt. Und du bist, obwohl ich dich den ganzen Abend so sehr vermisst habe, immer noch mit deinem Selbstmitleid und deinen Eifersüchteleien beschäftigt.«

»Und warum bist du nicht bei ihm geblieben? In seinem Hotelzimmer?«

Justyna setzte sich auf Kubas Schoß. Sie hatte ihr grünes Kleid gegen eine schwarze Stoffhose und eine schwarze Bluse getauscht. Sie sagte: »Halt mich fest, Kuba! Halt mich fest!«

»Du steigst mit Janusz Król ins Bett…«, brummte er. »Warum tust du das?«

»Seit der Fehlgeburt hat er mich nicht mehr angefasst, und davor ist mir ein Ausrutscher passiert, für den ich teuer bezahlen musste, wie du weißt – denk an mein totes Baby!«, wehrte sie sich. »Mir ist allerdings schleierhaft, was du von mir hören willst. Vielleicht das: Nein, ich werde Janusz nicht heiraten. Er liebt nicht mich, sondern ein Phantom – seine Geliebte und Studentin, die ich einmal in Gdańsk gewesen bin. Und was Leszek betrifft, kann ich dir versichern, dass ich für ihn, da seine Ehe verkorkst zu sein scheint, Verständnis habe, aber die Liebe, die er mir gestanden hat, ist ein Ausdruck von Ohnmacht, für die ich nicht verantwortlich gemacht werden will. Es war dumm von mir, dass ich mich mit ihm eingelassen habe.«

»Leszek hat mir heute klipp und klar gesagt, dass er den Überfall auf mich organisiert hat.«

»So ein perverser Quatsch…«, sagte Justyna. »Er ist kein Krimineller. Das ist typisch für ihn: Er möchte sich nur wichtig machen. Und jetzt musst du dich endlich entscheiden, ob du mir oder ihm glauben willst.«

Kalter Wind zog auf, sodass die Holzscheite mit rasender Geschwindigkeit verbrannten, die Flammen knisternd und knackend nach allen Seiten schlugen. Der Himmel über dem Seetal war dunkelbraun geworden, und an den Stellen, wo die Regenwolken nicht allzu dicht waren oder sich aufzulösen schienen, sah man für wenige Sekunden den abnehmenden Mond – dann fiel rotes Licht in das Seetal, und schließlich wurde es stockfinster.

19 Warten auf die Rückkehr der Sonne

Seit drei Tagen regnete es. Justyna arbeitete in ihrem Büro, und am Abend trafen Kuba und sie sich auf dem Hof von Tante Ala, die ihnen großzügig das Wohnzimmer mit dem Kamin zur Verfügung gestellt hatte. Sie selbst zog – mit dem Fernseher – in das Gemach von Wojtek um. Kuba und Justyna machten im Kamin Feuer, lagen nackt auf der Schlafcouch, der *wersalka*, redeten kaum miteinander, hörten den Sun-Bear-Pianokonzerten zu und liebten sich. Draußen war es bitterkalt, als wäre der Herbst angebrochen. Wenn es in Warmia tagelang regnete, musste man sich darauf einstellen, dass der Regen gnadenlos war und sogar bis zu drei Wochen dauern konnte, auch wenn es zwischendurch kleine Pausen gab. Bei solchem Wetter waren die Männer von Wilimy unausstehlich, sie soffen Schnaps und stritten sich mit ihren Frauen und Kindern. Wojtek, der sich schon darauf gefreut hatte, auf der Baustelle des Bürgermeisters ein paar Groschen zu verdienen, verkroch sich mit einer Flasche selbst gebranntem Schnaps in sein Bett – die Arbeiten auf der Baustelle wurden dauernd unterbrochen, was ihm so auf die Nerven gegangen war, dass er beschloss, zu Hause auf die Rückkehr der Sonne zu warten. Am Tage schlief er, am Abend sah er mit Ala fern, bis es draußen dämmerte. Er schimpfte die ganze Zeit über den Gdańsker

Geschäftsmann, der ihn versetzt und das Wildfleisch bei einem anderen Anbieter gekauft hatte; Wojtek wünschte dem Gdańsker Geschäftsmann und seinem Hochzeitspaar den Tod und unheilbare Krankheiten an den Hals. Wieder einmal hatte sich ein Traum vom Reichtum für ihn nicht verwirklicht, sodass sich Kuba sagte: Hey! Das kann ich mir abschminken, der Typ wird das Geld, das ich ihm geliehen habe, meiner Tante nie übergeben.

Am Mittwoch besserte sich das Wetter schlagartig, zumindest regnete es nicht mehr, obwohl die Kälte, die vor allem vom Baltischen Meer her kam, jede Hoffnung auf sonnige Stunden auf dem Deck der *Omega* zerschlug. Kuba hatte ähnlich wie Wojtek bis zu diesem Mittwoch in totaler Lethargie gelebt, in einem Film von Jean-Luc Godard, der sein Lieblingsregisseur war, weil er der Langeweile einen Planeten geschenkt hatte, auf dem man trotzdem glücklich sein konnte. Kuba stöberte in seinem Abiturzimmer, in diesem zur Rumpelkammer verkommenen Raum, Regale und Schränke durch. Alte Schallplatten fielen ihm in die Hände, Fotos von Marta, seine und ihre Briefe, Bücher, die er als Student gelesen hatte, Bücher von Cervantes, Stanisław Lem, E. T. A. Hoffmann und dem Grafen Potocki, damals gute Empfehlungen von Marta; er fand sogar einen Gedichtband von Miłosz, dann die ersten Zeitungen, die die Gewerkschaft *Solidarność* herausgebracht hatte, Flugblätter vom KOR und, was ihm tatsächlich wie ein großer Schatzfund vorkam, den Vertrag des Heiligen Dreiecks, den er zusammen mit Leszek und Maciek verfasst und unterzeichnet hatte. Der Freundschaftsvertrag war bescheiden und bestand nur aus drei Punkten. Er musste beim Lesen des Vertrages staunen: erstens – wir schwören einander die absolute Treue; zweitens – wir werden einander nie verraten; drittens – jeder von uns wird berühmt. Er hatte wirklich kopfschüttelnd gestaunt, weil alle drei Punkte der späteren Wirklichkeit nicht im Geringsten entsprachen. Dann sah er sich jeden Tag die Fotos von Marta an. Viele Stunden verbrachte er über ihren Fotos, weil er der Ähnlichkeit zwischen Marta und der Hoteldirektorin auf den Grund gehen wollte, aber er scheiterte mit seinen Forschungen und sagte sich, dass es keine zweite Marta gab und dass Justyna nur sich selbst gehörte – und sonst niemandem. Er scheute auch den Gang zum Friedhof von Wilimy, er hatte beschlossen, den Sarg nicht auszugraben, in dem Justyna angeblich ihr Baby beerdigt hatte. Kuba fragte Justyna auch keine Löcher mehr in den Bauch, er fragte sie nicht mehr nach ihrem toten Baby. Justyna wiederholte andauernd einen Satz: »Ich muss nicht wissen, wann du wegfahren willst.« Sie wiederholte diesen Satz jede Nacht, wenn sie ihn umgarnte und küsste, und er antwortete, dass er nur eine Wahl hätte, die sie kennen würde. Nein, wehrte sich die Hoteldirektorin, er hätte keine Wahl mehr. »Du hast ausgespielt, genauso wie ich! Für einen Neuanfang ist es zu spät!«, meinte sie.

Letter from Home und das Liegen bzw. Weiterleben in der Stadt der Ertrunkenen

Der Regen verzog sich, der Dadajsee war wieder der Alte, das schwarze Wasser war verschwunden, das Himmelblau zurückgekehrt, und in den Tiefen des Sees kreisten wieder die dunkelgrünen Wirbel – die Inseln aber versteckten sich nicht mehr in Dunst und Nebel. Kuba beschloss, an diesem Mittwoch allein nach Olsztyn zu fahren. Er versuchte sich einzureden, dass er in Olsztyn Marta nicht begegnen würde, weder in der Fußgängerzone noch im Planetarium, weder im Schloss des Kopernikus noch im Villenviertel der Exkommunisten, dort, wo damals Martas Eltern gelebt hatten, aber es war klar, dass sie ihn in dieser Stadt auf Schritt und Tritt verfolgen würde – in seinen Gedanken und Erinnerungen.

Im Auto hörte er eine CD von Pat Metheny, *Letter from Home*, um sich von Marta abzulenken, was auf Anhieb nicht klappen wollte, genauso viel Pech hatte er bei seinem Ablenkungsversuch mit den Radionachrichten – die Kriege gingen weiter, die Reformen gingen weiter, die Neuwahlen gingen weiter, die Zahl der Opfer von terroristischen Anschlägen stieg kontinuierlich an, jedes dahergelaufene Hündchen am Wegesrand wollte baldmöglichst seine Unabhängigkeit ausrufen und nahm dafür sogar den Ausbruch eines Weltkriegs in Kauf, und viel anders war es zu Martas Lebzeiten auch nicht gewesen; das Weltende hatte längst stattgefunden. Er schaltete das Radio aus und konzentrierte sich auf das Fahren.

Auf dem ehemals deutschen Friedhof von Olsztyn schlenderte er völlig desorientiert über die Gehwege zwischen den Gräbern herum, und die Blumen, die er für Marta und seine Großeltern gekauft hatte, legte er schließlich auf einem ihm unbekannten Grab ab. Genau genommen freute es ihn, dass er weder Marta noch seine Großeltern in dieser Stadt der Ertrunkenen hatte ausfindig machen können. Er dachte, dass Friedhöfe solche Mädchen wie Marta nicht beherbergen dürften, Marta und ihre Schwestern hatten einen besseren Platz zum Liegen bzw. Weiterleben verdient.

Im Stadtzentrum aß er in einem Café eine Kuddelsuppe, die eine zwanzigjährige Kellnerin serviert hatte, trank ein *Tyskie* und schickte seiner Frau eine SMS mit Grüßen. Er wollte Franka vermitteln, dass es ihm prächtig ginge, doch stattdessen hatte er ihr nur unsinnige Zeilen geschrieben.

Auf dem Rückweg schaute er spontan im Viertel der Exkommunisten vorbei. Die Villa von Martas Eltern stand, wie man zu Zeiten von Gierek gebaut hatte, immer noch da auf ihrem alten Platz: eine Villa aus weißen Ziegelsteinen ohne Außenputz. Er parkte seinen C5 in einer Seitenstraße und ging zu der Villa. Neben der Türklingel las er den Nachnamen von Marta: Szapiro. Er klingelte zweimal, dann öffnete ihm ein junger Mann die Tür, und Kuba freute sich über seine eigene Unberechenbarkeit – er hatte doch vor dem Trip nach Olsztyn nicht vorgehabt, diesem Haus einen Besuch abzustatten.

Er sagte zu dem jungen Mann: »Entschuldigen Sie – ich habe mich in der Tür geirrt.«

Er setzte sich wieder in seinen C5, verließ Olsztyn und malte sich aus, wie es gewesen wäre, Martas Eltern von Angesicht zu Angesicht gegenüberzutreten. Hätten sie ihn erkannt? Und Janusz Król – hatten sie zu ihm Kontakt? Was wussten sie über ihn?

Das Kartoffelschälen

Als Kuba in Wilimy ankam, es war schon sehr spät, war seine Tante kaum ansprechbar. Sie hatte in der Küche Kartoffeln geschält, was sie immer tat, wenn es irgendwelchen Ärger gab. Daran, an dieses sinnlose Kartoffelschälen, konnte sich Kuba aus seiner Kindheit gut erinnern. Opa Kostek hatte es immer gehasst, wenn seine Tochter sich daranmachte, Kartoffeln zu schälen, obwohl man schon zu Mittag gegessen hatte.

»Wojtek liegt wieder einmal in seinem Kühlhaus und will sich umbringen«, sagte Tante Ala, nachdem ihr Neffe sie wachgerüttelt hatte. »Nur diesmal ist es ernst, fürchte ich: Gestern ist einer seiner beiden Soldatensöhne im Irak umgekommen. Wojteks Frau hat uns angerufen, und in den Nachrichten haben sie auch schon davon berichtet. Siehst du – die Irakis und unsere Soldaten wissen nicht, dass sie am Dadajsee leben. Ich hasse diesen See!«

Alas Bekenntnis klang festlich und erhaben, weil sie gesprächsweise so selten den Dadajsee erwähnte und weil Kuba der Einzige war, der überhaupt eine Ahnung davon hatte, wovon eigentlich seine Tante sprach.

Fünfter Teil
Warten auf die Fischer aus Najdymowo

20 Ein Job

Janusz Król hatte einen Job zu erledigen. Er musste ein von zu Hause geflohenes Mädchen ihren Eltern zurückbringen. Es war ein mieser Job, der schrecklichste, den man sich als Offizier der Staatssicherheit vorstellen konnte, weil er keine Beförderung einbrachte, und nicht einmal eine Prämie in Form eines zusätzlichen Monatsgehalts. Er ärgerte sich auch aus diesem Grunde über seine Aufgabe, weil er sich verarscht fühlte – verarscht von seiner Regierung. Sie wollte die unabhängige Gewerkschaft der Arbeiter, Studenten und Bauern stoppen, ihren Wortführern das Maul zukleistern, damit die Regierung aus dieser Schlacht erhobenen Hauptes hervorgehen konnte. Aber er, Król, musste an diesem Silvesterabend 1981 nach Wilimy fahren, in ein abgelegenes Dorf an einem kalten See in der Woiwodschaft Warmia und Masuren. Er musste eine blöde Göre, die sich einbildete, eine Revolutionärin zu sein, gefangen nehmen und ihren Eltern, hohen Tieren der Partei, wie auf einem Präsentierteller ausliefern. Der Staat gab für solchen Unsinn viel Geld aus, und Janusz Król war wütend, dass der Staat solche dämlichen Aktionen durchführte und ihn für solche dämlichen Aktionen ganz selbstverständlich gebrauchte, nicht benutzte, gebrauchte, als wäre er ein einfacher Soldat. Dabei war er kein Soldat, sondern ein Krieger. Der General mit der Kobrabrille sollte sich doch um Soldaten und blöde Gören kümmern und den Krieg gegen das Volk und die unabhängige Gewerkschaft den wenigen Kriegern, die sich das Land leistete, überlassen. Er, Janusz Król, fühlte sich nicht nur zu höheren Dingen berufen – er hatte die Ausbildung und Legitimation dafür, als Agent an den schwächsten Stellen des Feindes unerkannt, aus dem Hinterhalt heraus, zu agieren.

Das gesuchte Mädchen, eine Studentin der Medizin aus Gdańsk, hieß Marta und war mit ihrem Freund durchgebrannt. Janusz Król ekelte sich geradezu vor dieser Aufgabe, die normalerweise zwei Milizionäre, zwei blauuniformierte Schwachköpfe und Analphabeten aus Olsztyn, genauso gut hätten übernehmen können. Aber nein, man hatte ihn in Gdańsk rekrutiert, weil er angeblich einer der besten ihrer Leute sei, er sei der Beste, hatte er sich anhören müssen, und es handle sich um eine delikate Sache, man könne solchen Eltern ihre Bitte nicht abschlagen. »Herr Król, Sie lesen sogar philosophische Bücher im Original, Sartre und Camus«, lobten ihn seine Vorgesetzten.

Ein Silvester

Während der ganzen Fahrt mit dem Dienstwagen nach Wilimy musste er an Justyna, seine Geliebte, denken. Sein Partner Romek, der am Steuer saß und bei jeder Straßenkontrolle mit zitternden Händen den jungen Soldaten, diesen bis an die Zähne bewaffneten Milchbuben, die Papiere zeigte, war ein Idiot. Romek hatte keine Geliebte und ängstigte sich davor, dass die Sowjets in Polen einmarschieren könnten. Er hatte zwei Kinder und eine Frau, die als Krankenschwester arbeitete. Die Dummheit seines Partners übertraf alles, was Janusz Król sich vorstellen konnte, und daher beschränkte er sich in den Gesprächen mit seinem Partner nur auf das Notwendigste. Der Junge sollte zu spüren bekommen, dass er, Janusz Król, der Chef war.

Immer wieder dachte er an seine Geliebte. Sie würde an diesem Abend auf der Silvesterparty ihrer Eltern mit jungen Männern plaudern und tanzen. Er hatte ihr versprochen, dass er bestimmt zu dieser Silvesterparty kommen würde, mit seiner Frau zwar, aber er hatte Justyna auch versprochen, dass er mit Sicherheit bis zum bitteren Ende bleiben und dass man seine Frau vorzeitig mit einem Dienstwagen nach Hause bringen würde. Er hatte seiner kleinen Justynka sogar noch mehr versprochen – er hatte ihr gesagt, er würde sie beim Morgengrauen in ihrer Wohnung in Sopot im Nu ausziehen und ficken, wie schon an so vielen Morgen zuvor. Stattdessen saß er nun in diesem dämlichen Polonez mit diesem dämlichen Arschloch, das vor kurzem seine Ausbildung absolviert und vor dem Einmarsch der Russen und ihren Atombomben Angst hatte, weil er zum zweiten Mal Vater geworden war.

Er liebte Justyna, weil sie – wie er – ganz genau wusste, was man vom Leben erwarten konnte. Jede Schwäche, jede Entscheidungsschwäche, war ihr ein Fremdwort, und im tiefsten Abgrund seines Herzens zweifelte Janusz Król nicht daran, dass seine Ehefrau bald sterben würde und dass er dann mit Justyna und seinem kleinen Töchterchen zusammenziehen könnte. Er dachte sehr oft daran, mit der gebündelten Kraft seines bodenlosen Herzens: Diese Kraft kannte den Tod und das Jenseits, sie kannte aber kein Leben, weil das Leben in Króls Augen ein desolater Zustand war.

Selbst beim Studieren der Akten dachte er an Justyna, an ihren jungen, unverfroren genialen Körper, den er liebte. Er konnte nur mit ihr, mit ihrer Hilfe, diesen hässlichen Job erledigen. Er hatte seiner Frau gesagt, er würde erst in drei Tagen zurückkommen, was natürlich nicht stimmte, und er freute sich auf die Rückkehr nach Gdańsk und dass er morgen Justynas Körper wieder genießen würde, achtundvierzig Stunden lang. Er bewunderte sie und ihre Selbständigkeit, sie besaß eine Wohnung, die ihr Vater ihr gekauft hatte, und sie fragte ihn nie danach, was er tat oder warum er so lebte, dass er niemandem trauen wollte, nicht einmal sich selbst.

»Wir werden uns in Biskupiec zwei Köter von der Miliz ausleihen«, sagte er zu seinem Partner. »Wir wollen schließlich auch ein bisschen Spaß haben … Wir jagen dieser verwöhnten Göre richtig Angst ein, damit sie nie wieder auf den Gedanken kommt, von ihren Eltern wegzulaufen.«

Diese verdammte Göre, dachte er, als er am späten Nachmittag mit seinem Partner in das Dorf Wilimy kam, ich würde sie am liebsten töten, im See ertränken – diese verdammte Göre, dachte er.

Jedenfalls hatte er in den Akten, die man ihm auf diese winterliche Fahrt mitgegeben und die er im Auto genau gelesen hatte, die Information gefunden, dass die Fischer aus Najdymowo durchaus hilfreich sein könnten bei der Suche nach dem verlorenen Mädchen. Die Fischer aus Najdymowo seien mit der Familie Podlich, bei der sich das gesuchte Mädchen wohl versteckte, verfeindet – bis auf des Messers Schneide. Außerdem gebe es da noch, zumindest laut der Akten, einen zur Mitarbeit bereiten Pfarrer namens Kazimierz – interessant, dachte er, wenigstens weiß ich, an wen ich mich wenden muss, falls diese verdammte Göre bei den Großeltern ihres Freundes nicht mehr anzutreffen ist, und ihr Typ ist auch so ein verdammter Revoluzzer – den werde ich mir auch vorknöpfen, zumal sein Name schon seit langem auf unserer Liste steht; der Penner ist uns am 13. Dezember entwischt, durch die Finger gerutscht.

Er staunte über die Ähnlichkeit zwischen den beiden Mädchen, zwischen der Flüchtigen und seiner Geliebten Justyna. Das Foto der gesuchten Medizinstudentin hatte ihn tief beeindruckt.

Sechster Teil
Auf einer Bootsfahrt

21 Justynas Höllchen und Adelberts Einladung zum Wodka

Kuba Dernicki setzte alles auf eine Karte und ging zu Wojtek, um ihm das Leben zu retten, aber auf halbem Wege kehrte er um und marschierte, ihm selbst unerklärlich, schnurstracks zum Hotel *Justyna Star*. Und dann musste er daran denken, was er Kazimierz auf der Segeltour zu der »Insel der Vögel« gebeichtet hatte, und er wusste auf einmal, dass er jetzt die gleiche Angst verspürte, die ihn auch in der Silvesternacht 1981 gepackt hatte, als Marta im Eis einbrach und er ihr nicht helfen konnte. Die gleiche, unermüdliche Angst des Staunens über das Unvermeidliche. Du musst kämpfen, du musst auf der Stelle umkehren und zum Kühlhaus zurücklaufen und Wojtek helfen, du darfst dich nicht in die Hotelbar laufen lassen, auf keinen Fall, sprach er mit sich selbst, doch seine Beine trugen ihn in die falsche Richtung, und als er im Hotel *Justyna Star* ankam, trugen sie ihn weiter: Er stieg die Treppe in die Kellerbar hinunter, nahm am Tresen Platz und bestellte sich ein Bier und einen Wodka. Er war im *Justynas Höllchen* der einzige Gast, selbst die beiden Reisenden aus Deutschland, die sich Abend für Abend am Tresen Karatefilme aus Hongkong mit polnischen Untertiteln anschauten und meist um Mitternacht mit dem Auto zu ihrer Herberge auf der Dadajinsel zurückgondelten, waren noch nicht da. Vielleicht hatte die Witwe des alten Butschkau die lästigen Herren mit großem Krach von ihrem Eiland verjagt, weil sie nach vielen vertrunkenen Tagen einen absurden Einfall, ein paar Piranhas in ihren Swimmingpool einzulassen, realisiert hatten. Unsittliches Benehmen wäre auch denkbar gewesen; vielleicht lauerten sie Abend für Abend in einem Busch sechzehnjährigen Mädchen oder Jungen auf, die, mit ihren Eltern zur Erholung auf die

Dadajinsel gekommen, nach dem Reiten unter die Dusche sprangen, und die Witwe hatte die lästigen Herren beim heimlichen Beobachten erwischt und angezeigt. Doch wie auch immer: Kuba vermisste die beiden Reisenden aus Deutschland nicht – die Ablenkung von seiner Flucht vor Wojtek tat ihm aber gut, und auch der Wodka, obwohl er nicht gekühlt war, wofür sich der Barmann tausendmal entschuldigte. Kuba rief mehrmals Justyna an, doch sie nahm nicht ab. Wo treibt sie sich denn schon wieder herum? Er hatte ihr versprochen, sie nach seiner Rückkehr aus Olsztyn anzurufen. Warum schwieg sie? Wo war sie? Verflixt, eine Geschäftsfrau muss doch wissen, dachte Kuba, dass sie jederzeit erreichbar sein soll. Warum kann ich die Hoteldirektorin nicht erreichen, obwohl ich, wenn man so will, zu ihren Füßen sitze, in ihrer eigenen Bar? Er ließ sich den zweiten Wodka einschenken, trank ihn, aber mit einem Ruck, sodass seine Speiseröhre für Sekunden in Flammen stand und er in den tiefsten Schichten seines Magens von einer Art Sodbrennen erschüttert wurde. Ein Bier mochte er nicht mehr trinken, und er beschloss, die Bar zu verlassen. Er musste Justyna finden, weil er seine Angst vor dem Versagen allein nicht besiegen konnte, er brauchte Justynas Unterstützung; nur mit ihr zusammen würde er zu Wojtek gehen können, um ihn davon zu überzeugen, dass er das Kühlhaus in Brand stecken solle, dass er den Tod, den er sich erträumt hatte, niemals sterben dürfe. »Kumpel! Selbstmörder«, würde er ihm sagen, »sind keine Feiglinge, aber du wirst dich wundern, wie schnell du wieder an den Dadajsee zurückkommen wirst, und dann wird die ganze Tretmühle, die du eigentlich hinter dir lassen wolltest, schön von vorne beginnen! Nicht umsonst empfiehlt unser Pfarrer Kazimierz, Origenes zu lesen!« Doch vielleicht tat er Wojtek Unrecht: Wenn Kinder vor ihren Eltern ins Gras bissen, schlügen sowohl die guten wie auch die bösen Engel im Dadajsee Purzelbäume, hatte ihn Opa Kostek gelehrt.

Als Kuba die Rechnung bezahlen wollte, nahm der Barmann kein Geld an. »Ich kenne Sie – Sie sind mit unserer verehrten Hoteldirektorin befreundet«, sagte er, »und seit drei Abenden, zumindest seitdem ich Nachtdienst habe, ist ein alter Mann in unsere Bar gekommen, der meinte, er sei Ihr Vater. Er sprach wie ein Zirkusclown, aber er hat gesagt, dass er Ihre Zeche, egal in welcher Höhe, begleichen würde. Er hat eine Vorauszahlung geleistet, die so hoch ist, dass sie vollkommen ausreicht: Also, mögen Sie noch ein Gläschen von dem Absolut?«

Kuba entschied sich vorerst für eine Zigarette, die ihm der Barmann genüsslich ansteckte. Kuba wollte nur noch eines wissen: Würde Adelbert auch am heutigen Abend in die Bar kommen? Er fragte den Barmann.

»Vielleicht. Er hat gesagt, ich soll Sie fürstlich behandeln und Ihnen nur den besten Wodka einschenken, den besten und teuersten!«

Der Rucksack und das Messer sowie das zweite Gespräch mit dem Vater

Kuba wartete also. Nach einer Stunde wurde die Bar von Hotelgästen belagert, die im hauseigenen Swimmingpool ihren Kindern das Schwimmen beibrachten oder Segelkurse bei dem Bootsverleiher Mirek absolvierten. Die beiden Herren aus Deutschland, die auf der Dadajinsel wohnten, kamen auch ins *Justynas Höllchen*, stürzten sich auf die letzten zwei freien Barhocker am Tresen, orderten ihre alkoholischen Getränke, starrten geistesabwesend auf den Flachbildfernseher und baten den Barmann, er möge eine DVD einlegen, am besten einen

Karatefilm. Sie sprachen Kuba nicht an, der sich mit dem Barmann über Justynas Führungsqualitäten unterhielt und es nicht durchblicken ließ, dass er Deutsch konnte. Die Herren aus Deutschland redeten kaum miteinander, und wenn dennoch ein paar Worte fielen, waren sie für Kuba nur schwer in irgendeinen verständlichen Zusammenhang einzuordnen: »Der Friseursalon ist vollständig abgebrannt. Ich bin dann geflohen. Prosit!«, sagte der Jüngere. – »Onkel Edward musste von seiner Frau gefüttert werden«, sagte der Ältere. »Und in dem Gipskorsett, das seinen Oberkörper bis zum Hals eng umschlang, haben sich über die ganzen Monate so viele Essensreste angesammelt, dass Onkel Edward Flöhe bekam und gestunken hat wie ein Plumpsklo! Prosit!« Seltsamerweise musste Kuba an seine Saunabesuche in W. denken, denn dort hörte man meistens auch solch ungereimtes Zeug, wenn ein paar Männer auf den vom Schweiß feuchten Brettern lagen, schwitzten, stöhnten und miteinander palaverten. Die Unterhaltung mit dem Barmann und das ungereimte Zeug, das seine Tresennachbarn von sich gaben, halfen Kuba, die Zeit totzuschlagen und Wojtek zu vergessen und die Angst davor, dass sich Alas Freund etwas antun könnte. Die Nacht da draußen über dem Dadajsee verstand nicht, dass Kuba die Sun-Bear-Pianokonzerte liebte, dass er die Hoteldirektorin liebte, dass Wojtek in seinem Kühlhaus lag und auf Tante Ala wartete, die ihn in seinem Kühlhaus natürlich niemals aufsuchen würde. Und Kuba hasste die Nacht über dem Dadajsee, die sich um den im Irak gefallenen Soldatensohn von Wojtek oder um Marta einen Dreck scherte, weil sie ihm erneut Angst vor dem Versagen einflößte, vor dem Unvermeidlichen.

Nach dem Karatefilm, der eineinhalb Stunden gedauert hatte, legte der Barmann eine neue DVD ein. Justyna war auf ihrem Handy immer noch nicht erreichbar, und Kuba hatte sich mit seiner Angst vor dem Versagen soweit arrangiert, dass er nach dem siebten Wodka aufbrechen und zu Wojtek gehen wollte. Doch das war ihm plötzlich nicht mehr möglich, denn eben trat Adelbert an den Tresen. Er hielt den Rucksack, Kubas geliebten Eastpak, in der Hand und sagte: »Adelbert will seinem Sohn den Rucksack zurückgeben. Er ist jeden Abend hierher gekommen und hat gewartet. Heute hat er Glück. Er ist im Gefängnis ein geduldiger Mensch geworden.«

Kuba beäugte seinen Vater von Kopf bis Fuß. Die Schuhe des abgemagerten Mannes waren kaputt, die Löcher so groß, dass nicht einmal der Schuster Kronek seligen Angedenkens diese vollständig abgenutzten Schuhe hätte reparieren wollen. Adelberts Sakko mit dem weiten Kragen stammte aus den Siebzigerjahren, seinen Kopf bedeckte eine Baskenmütze, wie sie die Fischer in früheren Zeiten getragen hatten. Sein Atem roch nach kaltem verrosteten Eisen. Adelbert war so abgemagert, als wäre er vor wenigen Wochen aus einem KZ entlassen worden. Seine Haut klebte an Knochen, die noch am Leben waren, aber seine Augen wohnten bereits im Totenreich, schön konserviert für die Ewigkeit. Kuba erinnerte sich mit einem Mal an die Regale mit den vielen bunten Weckgläsern, die den Keller von Oma Renia bevölkert hatten: Äpfel, Zwetschgen, Salzgurken, Pilze, die eingelegte Herbsternte, Schmalz, Pasteten, Eisbein – meisterhaft eingekocht von Oma Renia. In diesem Keller hatte sich Kuba als Kind gerne aufgehalten, denn in seinen damaligen Vorstellungen vom Jenseits waren die für den Winter von Oma Renia angelegten Vorräte nichts anderes gewesen als Proviant für die Ertrunkenen, für die Toten.

»Möchtest du ein Gläschen?«, fragte Kuba seinen Vater,

der die Einladung zu einem Wodka ablehnte. »Der Barmann meint, du hättest die Zeche schon im Voraus bezahlt! Danke!«

»Adelbert will nur den Rucksack zurückbringen. Er weiß, dass sein Sohn den Rucksack vermisst«, sagte Kubas Vater.

»Oh! Du hast dein Gedächtnis wiedererlangt – das freut mich sehr! Deine Genesung wird uns so einiges erleichtern, aber hast du denn überhaupt einen neugierigen Blick in meinen Eastpak geworfen und geprüft, was in ihm drin ist?«, fragte Kuba.

»Nein«, sagte er. »Das gehört sich nicht, in fremden Sachen zu wühlen. Adelbert stiehlt Eisenschrott, verkauft ihn und geht auch in den Wald, um Wild zu erlegen, weil er nirgendwo anders ein bisschen Geld fürs Essen verdienen kann. Er hat aber im Gefängnis gelernt, was verboten ist und was nicht. Und Adelbert hat von Leuten aus dem Dorf erfahren, dass es Wojtek dreckig geht. Adelbert sagt: Du, Kuba Dernicki, musst Wojtek helfen. Das Fernsehen berichtet davon, unsere Regierung berichtet davon, was im Reich der Babylonier, wie die *arabusy* aus Bagdad in meiner Gefängniszeit von Erich Koch geschimpft wurden, geschieht. Alle Leute vom Dadajsee sprechen davon, was in der Welt los ist: Könige und Fürsten müssen aufpassen, denn das Volk weiß, wer die Bösen sind. Adelbert wünscht sich, dass sein Sohn klüger ist als Gott, der Teufel und die Bösen, dass Kuba die Gefahr erkennt: Wojtek ist ein guter Mann, er muss noch nicht sterben.«

Er bot seinem Vater eine Zigarette an, die Adelbert entgegennahm wie Trinkgeld; er steckte sich die Zigarette nicht an, sie verschwand in der Seitentasche seines Sakkos, dann übergab er Kuba den Rucksack und sagte: »Adelbert hat seine Frau geliebt – niemand soll denken, dass Adelbert seine Frau nicht geliebt hat. Und jetzt muss er gehen. Es ist alles gesagt.«

Kuba hielt den Rucksack auf dem Schoß und öffnete alle Fächer – tatsächlich, das Zeitungsbündel mit dem Messer war noch da und auch alle anderen Sachen, die er in dem Eastpak verstaut hatte, das Fläschchen mit der Sonnenmilch, das Handtuch, die Schachtel Streichhölzer, das Buch von Miłosz und die Taschenlampe. »Das Messer – es ist dein Messer in dem Rucksack!«, sagte er zu seinem Vater. Adelbert hörte ihm aber nicht mehr zu, er begab sich zum Ausgang, wo er schweren Schrittes die Treppenstufen erklomm.

Galle mit dem bitteren Wodkageschmack

Nachdem der Vater gegangen war, riss sich Kuba zusammen – er wollte jetzt rasch wieder nüchtern werden, wie auf Bestellung sozusagen. Er gab dem Barmann etwas Trinkgeld, obwohl das nicht nötig war, und verließ in Eile die Bar. Er hoffte, er würde Adelbert auf dem Gelände des Hotels antreffen, irgendwo, vielleicht auf dem bewachten Parkplatz oder im Bootshafen, irgendwo in dieser Nacht, deren kühle Luft Kuba an die heißen Tage denken ließ, die er mit der Hoteldirektorin auf dem Deck der *Omega* und auf der »Insel der Schafe« genossen hatte, und er lief in den Bootshafen zurück und erbrach sich auf dem Steg; er hielt sich am Geländer des Stegs fest und spuckte in den See, er steckte sich fast die Hälfte der Hand in den Mund, er wollte seinen Magen leerpumpen, nicht, weil ihm so übel geworden war, nein, er fühlte sich bloß schmutzig und schuldig. Doch er spuckte nur Galle in den See, Galle mit bitterem Wodkageschmack. Dann schrie er in den Nachthimmel: »Vater! Wo bist du?!«

Sein Geschrei weckte den Bootsverleiher Mirek, der, von Panik erfasst, aus einem der Bungalows, die am Ufer des Anlegeplatzes für Boote und Yachten standen, nach draußen geschossen kam; er hatte nur eine Badehose an und lief auf Kuba zu, und sein nackter, muskulöser Oberkörper vermittelte Kuba das Gefühl: jetzt würde nichts mehr schiefgehen – dieser Junge würde ihn retten, und Kuba freute sich, dass der Bootsverleiher noch wach war, dass er das verzweifelte Geschrei nicht als sinnloses Randalieren eines Betrunkenen abgetan hatte.

»Herr Kuba, was ist mit Ihnen? *Pan* Kuba?«, fragte der Bootsverleiher Mirek.

»Gar nichts, lieber Freund, gar nichts. Ich möchte bitte zu meinem Wagen – Justyna, hast du Justyna gesehen?!«

»Die Hoteldirektorin ist bei dem Freund Ihrer Tante Ala«, sagte er. »Es gab gestern schlechte Nachrichten aus dem Irak. Verflucht, ich wäre beinah selbst Berufssoldat geworden! Bei der Musterung bin ich glücklicherweise durchgefallen! Ich, das Muskelpaket! Kommen Sie, ich helfe Ihnen. Soll ich Sie mit einem unserer Dienstfahrzeuge nach Hause bringen?«

»Danke, es geht schon! Es reicht, wenn du mich zum Parkplatz begleitest.«

Kuba wurde auf dem bewachten Parkplatz des Hotels schlagartig nüchtern – zumindest bildete er sich das ein –, da er sich erinnerte, dass sein C5 auf dem Hof von Tante Ala stand. Er war doch gar nicht mit dem Auto hierher gekommen … Er griff zu seinem Portemonnaie, weil er dem Bootsverleiher einen Zwanziger geben wollte, aber Mirek lehnte das Trinkgeld ab. »Gehen Sie! Und schenken Sie die Kohle jemand anderem, der sie dringend nötig hat.«

Kuba geriet sofort in Wut über sein dummes Verhalten in der Bar: Er hätte die Zeche bezahlen und seinem Vater alles Geld, das er bei sich hatte, geben müssen. Er schulterte den

Rucksack, bedankte sich bei dem Bootsverleiher und ging los.

Davon, wer und weshalb auf die Apokatastasis spuckte

Er fing an zu laufen, denn er wollte so schnell wie möglich bei Wojtek ankommen. Er lief über die Hauptstraße von Wilimy, auf der er bis zum Hof von Tante Ala gelangen würde, haute sich zweimal mit der geöffneten Hand auf die Stirn, sodass es in der Nachtstille, die nur von Hundegebell unterbrochen wurde, ein lautes Klatschgeräusch zu hören gab – du Idiot, du Idiot, beschimpfte er sich selbst: Diese dämliche Angst davor, dass du bei dem nächsten Schritt, den du machen musst, umkommen könntest, solltest du endlich in den Wind schießen. Du weißt doch, dass Marta nicht tot ist. Die Hoteldirektorin wurde dir von Marta geschickt, damit du endlich lernst, dass der Tod nichts mit dem Leben gemein, ja mit dem Leben überhaupt nichts zu tun hat. Der Tod ist eine Erfindung unserer primitiven Wissenschaften, die in einem Zimmer mit zehn Schränken nur zwei davon erkennen können und vielleicht noch zwei Beine eines Tisches, der da auch noch steht. Wenn Marta tot wäre, würdest du auch aufhören zu existieren. Aber nichts dergleichen ist geschehen, weil du Marta liebst, und da du sie liebst, muss sie im Dadajsee weiterleben, an einem Ort, den du noch nicht kennst, aber an den du bald gelangen wirst, spätestens nach deinem eigenen Tod; Kuba, sprach er mit sich selbst, du weißt doch, was Miłosz den streikenden Werftarbeitern in Gdańsk beigebracht hat, das weißt du doch, dass ohne die Streiks in Gdańsk Miłosz' Bücher in Polen nicht wieder gedruckt worden wären, und nach so vielen Jahren des Schweigens wurden diese Bücher wieder veröffentlicht, sodass jeder sie lesen durfte, jeder, und plötzlich stellte sich heraus, dass der Kommunismus bloß eine Pille war, die man schlucken musste, um überleben zu können, um nicht als Geisteskranker erkannt und vernichtet zu werden – plötzlich erfuhr jeder, dass es im Jenseits Sonnen gibt und Seen und Uhren – wie auf der Erde. Kuba, dachte er, und noch einmal das Wichtigste: Du hast damals vor allem erkannt, dass Marta tatsächlich unsterblich war und dass jeder Ertrunkene, der im Dadajsee sein Leben gelassen hatte, unmöglich tot sein konnte. Marta war jetzt drüben, bei der großen Sonne, bei den großen Uhren, welche die Zeit auf der Erde anzeigen, damit Ertrunkene ihre Nächsten und Lieben im Auge behalten. Was das für ein Glück war, dass Miłosz von den streikenden Werftarbeitern aus seinem kalifornischen Emigrantenkerker befreit wurde! Camus sollten wir dann auf Empfehlung des aus seiner Gefangenschaft befreiten Dichters lesen, dachte Kuba, und wir lasen seine Tagebücher und Geschichten und stellten fest, dass Camus ein armes Würstchen war, dass er im Grunde genommen in einer Streichholzschachtel lebte – so klein war seine perfekte sterbliche Welt, in der man seiner Meinung nach nur die Wahl zwischen dem Revolver oder vierzig Stunden plus Heirat hatte. Er hatte sich für den Tod in der Wüste Algeriens entschieden, Sonnenuhren der Ertrunkenen waren ihm fremd, und auch die neuen Raumdimensionen, die Mathematiker und Quantenphysiker errechneten und der Welt präsentierten, womit sie bewiesen, dass Giordano Bruno, die Upanischaden und Origenes Recht hatten, ja, es gab die große Sonne und die großen Uhren der Ertrunkenen und die Streichholzschachteln für die Bewohner der Wüste Algeriens – für die hohlen Wüstenbewohner, die sich in ihren Tagebüchern als Märtyrer aufspielten und auf die Apokatastasis Miłosz' und des Neuen Testaments spuckten, auf die baldige Rückkehr der

Ertrunkenen. Die ganze Philosophie, Kuba, ist für die Katz, weil sie immer noch fragt, welchen Sinn Martas Tod wohl haben mag. Siehst du, Marta, sie wollen nicht akzeptieren, dass es neben ihren Streichholzschachteln die großen Sonnen und Uhren gibt, die dir und anderen Ertrunkenen davon berichten, wie es euren Nächsten und Lieben auf der Erde geht. Die hohlen Wüstenbewohner wollen dir nicht glauben, dass du mir die Hoteldirektorin nur deshalb geschickt hast, damit ich nicht vergesse, wer wir sind.

Kurz vor Tante Alas Hof stürzte Kuba zu Boden. Er war am Wegesrand mit dem Schuh in ein Loch im Asphalt getreten und im Straßengraben gelandet, wo er sich im weichen Gras und Sand wiederfand. Er hatte die ganze lange Strecke vom Hotel laufend zurückgelegt, laufend und mit sich selbst palavernd. Er musste über den Sturz lachen, er richtete sich auf – er war ganz außer Atem – und ging dann in Richtung des Kühlhauses, dessen Tore wohl offenstanden, denn er sah von weitem am Ufer des Dadajsees ein gelbes Licht flackern, wie von einem Stern, und zwar genau an der Stelle, wo normalerweise das ehemalige Kühlhaus stand.

Kubas Handy klingelte; auf dem Display las er Justynas Namen – endlich reagierst du auf meine Anrufe, ärgerte er sich. Sie sprachen kurz miteinander. Die Hoteldirektorin war tatsächlich bei Wojtek, wie es der Bootsverleiher gesagt hatte. Sie hatte den Pfarrer Kazimierz und Ździsiek mit ihrem Auto von zu Hause abgeholt und zum alten Kühlhaus der Fischerei von Wilimy gebracht. Taxidienste waren ihr, wie es schien, am liebsten, denn die polnisch-litauische Tagung hatte sie für zweiundsiebzig Stunden in die Fänge des Feierns getrieben – noch nie hätte sie so viel Sekt getrunken und so viel geredet wie während der Tagung, beklagte sich Justyna. Durch das viele Reden hätte sie eine raue Stimme bekommen, und sie hoffte, ihre Stimmbänder würden sich schon bald wieder erholen. Zu Kuba hatte sie einmal gesagt: »Ich krächze wie das alte Radio mit dem grünen Auge. Ich möchte wieder so leichtfüßig sein wie zu Anfang deines Urlaubs, als wir uns auf der Hochzeit das erste Mal trafen. Unser erstes Gespräch auf dem Steg in meinem Bootshafen werde ich nie vergessen.« Kuba würde auch nichts vergessen – und er bereute nichts.

Die Geisterparty im alten Kühlhaus der Fischerei von Wilimy

Er wählte die Abkürzung über die Kuhwiesen, beeilte sich aber nicht mehr: Er hatte keine Lust, sich noch einmal aufs Maul zu legen. Zum Glück war sein Eastpak für alle Eventualitäten bestens ausgestattet, und als er bei der Suche nach der Taschenlampe das Zeitungsbündel mit dem Messer betastete, sagte ihm das Messer von Adelbert, er solle Wojtek umbringen und seine Leiche in den See werfen. Kuba aber wollte sich die böse Sprache des Messers nicht mehr gefallen lassen, und er antwortete: nein, er würde etwas ganz anderes tun. »Ich werde dich Wojtek schenken, bei ihm wirst du gut aufgehoben sein«, sagte er laut. »Er wird dich endlich zur Vernunft bringen, er wird dich auf die Jagd und auf die Baustelle des Bürgermeisters mitnehmen und dich auf dem Hof von Tante Ala benutzen – für schäbige Arbeiten, und du wirst dich nicht wehren können, weil Wojtek dich zähmen wird.«

Kuba staunte, dass er erst jetzt eine so gute Lösung dafür gefunden hatte, wie er das Messer am besten loswerden konnte. Wojtek wollte sich umbringen und brauchte dafür eine besondere Waffe, die ihn aber von seiner Absicht, Selbstmord zu begehen, abbringen würde. Kuba stellte sich nun vor, wie Tante Alas Freund jeden Abend vor dem Messer am Küchentisch saß und mit ihm sprach, und irgendwann würde er den Kampf gewinnen, dem Messer eine Lehre fürs Leben erteilen, da war sich Kuba sicher, ganz sicher. Wojtek war kein Mörder, folgerichtig würde er auch sich selbst nicht umbringen. Adelberts Messer kann ihn nicht verführen, sagte sich Kuba, allerhöchstens heilen.

Angekommen vor den geöffneten Toren des Kühlhauses, spürte er den Wodka in seinen Adern nicht mehr. Justynas Auto stand auf dem Zufahrtsweg. Hatte sie vergessen, das Standlicht auszuschalten, oder war es Absicht?

Der Anblick von Tante Alas Freund, wie er da, von der Hoteldirektorin, Ździsiek und dem Pfarrer Kazimierz umkreist, auf einem Holztisch lag, den Bürgermeister und die Regierung für den Tod seines Soldatensohnes beschuldigend und verdammend, hatte wieder den Wodka in Kubas Adern zirkulieren lassen. Er betrat das Kühlhaus, und Justyna warf sich ihm in die Arme, »du gutes Mädchen«, sagte er, »du bist hier, und ich habe dich in deinem Hotel gesucht«, sagte er, »mein Vater hat mir den Rucksack und das Messer zurückgebracht, in deine Bar!«

Seine Geliebte küsste ihn, und sie küsste ihn das erste Mal vor den Augen Kazimierz' und der beiden Hilfsarbeiter von Tante Ala. Der Pfarrer schien glücklich über diesen Kuss zu sein, er lächelte und sagte: »Mein Sohn! Komm zu uns, du wirst uns helfen, diesen engstirnigen Sünder zu besänftigen!«

»Ich?«, wunderte sich Kuba, der ganz nah an den Holztisch getreten war. »Ich bin nicht im Besitz übernatürlicher Heilkräfte wie Sie, Vater«, grinste er und blickte dabei Alas leichenblassen Freund an. »Sie sind der Schlawiner, der alles weiß und kann. Vielleicht werden Sie auch Wojteks Sohn wiederbeleben! Das ist doch eure wichtigste Domäne!«

»Spotte nicht! Ich muss mich jetzt auf die Stimme aus deinem Bauch verlassen können, sonst geht alles den Bach runter! Du bist doch ein Bauchredner!«, sagte der Pfarrer. »Stell dich neben mich, *Dwupępek*, und ich werde beten, und du wirst in Gottes Namen sprechen, damit Wojteks Schmerz gelindert werden kann!«

»Lasst mich sterben! Ihr Hurensöhne! Lasst mich sterben!«, brüllte Wojtek immer wieder. »Ihr seid verdammte Spitzel der Regierung! Ihr schickt Äpfel in den Krieg! Junge Augustäpfel, die für euch elendig krepieren müssen!«

Kuba tat schmunzelnd, was ihm der Pfarrer aufgetragen hatte. Er stellte sich neben ihn, sodass seine Schulter die von Kazimierz berührte. Ździsiek schwieg andachtsvoll, er hielt seine Baskenmütze mit beiden Händen, und an seinem erstarrten Gesicht konnte man ablesen, dass er glaubte, Zeuge einer Gerichtsverhandlung zu sein.

»Ich habe so etwas Bescheuertes noch nie gesehen«, sagte die Hoteldirektorin und nahm Kubas linke Hand. »Wir diskutieren seit zwei Stunden mit dem Kerl da, dabei will er uns nur provozieren: Er wird sich nie umbringen, dafür ist er zu feige. Er soll sich lieber fragen, wie es der Frau seines Soldatensohnes in diesen Stunden ergehen mag – und vor allem der Mutter.«

»Spotte auch du nicht, meine Tochter«, fauchte sie der Pfarrer an. Er stützte sich auf seine Alukrücke, senkte im nächsten Moment den Kopf und begann leise zu beten – er hielt dabei die Augen geschlossen, und Kuba wusste nicht, wie ihm geschah: Seine Lippen wurden taub, sie bewegten sich nicht mehr, und das Taubheitsgefühl im Mund erschreckte ihn seltsamerweise nicht. Aber der Bauch seines Bruders Kopernik begann zu sprechen, während der Pfarrer das an die Gesegnete Jungfrau Maria gerichtete Gebet vor sich hin murmelte.

Wojtek wurde mit einem Mal mucksmäuschenstill. Seine kalten, verängstigten Augen starrten Kuba an, er hörte Alas Neffen zu und lag bewegungslos auf dem Holztisch: In Kubas Bauch war zur Überraschung aller Anwesenden die Stimme seiner Mutter zu hören, und die ersten Worte, die im stillgelegten Kühlhaus von Wilimy ertönten, waren selbst Kuba unverständlich; doch nach einer Weile war das, was seine Mutter Lucyna zu sagen hatte, so klarsichtig wie das erste Glas Wodka, das Kuba im *Justynas Höllchen* gekippt hatte. Lucyna sagte: »Ich bin zu euch gekommen, weil ihr mich gerufen habt. Was ist in eurer Wirklichkeit passiert?«

Kazimierz betete, und auf seine Gebete antwortete Kubas Mutter: »Der gefallene Soldat ist bei mir. Ich wiederhole: bei mir. Euer Dadajsee ist nicht das, wofür ihr ihn haltet. Ich wiederhole: Euer Soldatensohn ist bei mir. Er kann sich bei euch noch nicht melden. Die Zeit der Quarantäne ist lang. Lucyna an Empfänger: Seid gegrüßt – hier spricht eure Mutter Lucyna. Seid gegrüßt! Ende der Durchsage!«

»Er lebt?«, schrie Wojtek, der sich auf dem Holztisch erhob und senkrecht da saß. »Wo ist er?«

»Er lebt bei mir«, antwortete Kubas Mutter. »Eure Wirklichkeit ist von schlechter Qualität. Ihr seid verloren. Ihr betrachtet eine Wirklichkeit, die es nicht gibt. Lucyna an Empfänger: Ihr betrachtet nicht, ihr seid nicht. Ende der Durchsage.«

»Danke, ich habe alles gehört«, sagte Kuba in Kazimierz' Namen. »Ende des Empfangs!«

»Schluss damit! Ihr seid grausame Geschöpfe!«, belferte und keifte die Hoteldirektorin. »Das ist doch alles grauenvoll, was ihr da dem armen Wojtek antut: Sein Sohn ist tot, und ihr veranstaltet eine Geisterparty! Ich gehe!«

Sie blieb aber stehen, denn als die Gebete des Pfarrers plötzlich verstummten, fiel Kuba nach hinten um. Der Rucksack erfüllte glücklicherweise die Rolle eines *Airbags*, sodass Kuba sanft auf den steinernen Boden geprallt war und sein Kopf auch diesmal nichts abbekommen hatte – immerhin bei seinem zweiten Sturz in dieser Nacht. Er war bei Bewusstsein, und für den Schwächeanfall, den er erlitten hatte, machte er sogleich den Wodka verantwortlich und seinen leeren Magen – er hatte heute ja nur eine magere Kuddelsuppe in Olsztyn weggeschlürft. Er war sehr hungrig. Und ängstlich. Kuba – und die Angst?, fragte er sich. Brüderchen, wo ist sie? Kuba erinnerte sich an Prüfungen in Mathematik, an die schwierigen Prüfungen, die er während des Informatikstudiums hatte ablegen müssen. Jedesmal, wenn er keine Lösung für eine schwierige Aufgabe fand, hatte er Kopernik befragt, der ihn wieder auf die richtige Fährte brachte. Ohne ihn wäre er nie ein richtiger Informatiker und Programmierer geworden, ohne Kopernik hätte er die Unerschöpflichkeit der Kombinationen aus Eins und Null, der beiden wichtigsten Zahlen, nie begriffen. Vergiss die Zahlen, denk in Bildern, war der Standardspruch von Kopernik gewesen, denk an das A und das O, denk an die Farben der Jahreszeiten – und versuche nicht, ein exzellenter Programmierer zu werden, du wirst dann alles vermasseln.

»Mir geht's gut! Alles klar? Mir geht's gut! Finger weg!«, sagte er fahrig, als sich Justyna panisch über ihn beugte, um ihm beim Aufstehen zu helfen.

»Was ist mit dir?«, fragte sie. »Geht's wieder?«

»Ja, ja! Mir ist nur schwindlig geworden! Ich hab noch nichts Vernünftiges gegessen!«

»Du riechst nach Alkohol!«, sagte die Hoteldirektorin.

Ździsiek hielt seine Baskenmütze so fest, dass seine Hände zu schwitzen anfingen. Er war während des ganzen Zeremoniells stumm gewesen, und es sah nicht danach aus, als würde er sein Maul aufmachen wollen.

»Los! Was stehst du da so dumm rum, du Arsch!«, stauchte der Pfarrer den verschreckten Ździsiek zusammen. »Du bist doch nicht debil! Siehst du nicht, was los ist?! Da ist einer umgekippt!«

»Zu Befehl!«, stammelte Ździsiek und half Kuba auf die Beine, der froh war, dass er seine Stimme wiedererlangt hatte.

Na, Brüderchen, unser Bauch ist unschlagbar, dachte er sich, da hast du endlich was Gutes für die Menschheit getan, denn Kuba registrierte als Nächstes, wie Wojtek schwerfällig vom Tisch stieg: »Jesus Maria!«, stöhnte Tante Alas Freund und verdeckte sich mit den Handflächen das Gesicht. »*Jezus Maryja!* Wo bin ich? Was wollt ihr von mir? Aus dem Weg! Ich will nach Hause!«, schrie er und schritt mit offenen Armen auf den Pfarrer zu. »Ich blöder Hund«, jaulte Wojtek. »Ich blöder Hund! Ich hab auf der letzten Jagd im Dadajwald Maciek erschossen, zufällig, unabsichtlich – Gott ist mein Zeuge! Und dafür hat er mir den Sohn genommen! ›Zahn um Zahn!‹, wie es in der Bibel steht«, klagte er.

»Du Dummkopf! Maciek lebt, ich hab ihm heute Mittag zwanzig *złoty* geliehen!«, zischte der Pfarrer.

»O danke dir Vater, danke! Du bist ein Heiliger!«

Wojtek kniete vor dem Pfarrer nieder, umschlang ihn, seine Pranken krallten sich in den Hintern von Kazimierz, der sagte: »Ist schon gut, mein Sohn! Ist gut! Maciek lebt – ich hab ihm zwanzig *złoty* geliehen! Steh bitte auf!«, bat er und schubste Alas Freund aggressiv von sich weg und haute ihm mit der Alukrücke zweimal kräftig auf den Buckel. »Steh auf! Das ziemt sich nicht für einen Mann, sich so albern zu benehmen! Jetzt sollten wir schlafen gehen. Ździsiek, ich muss ins Bett!«, sagte er und blickte streng zu ihm hinüber. »In diesem Kühlhaus kann man sich nur Rheuma holen!« Dann nahm er Kuba beiseite, zwinkerte mit dem rechten, gesunden Auge und wisperte: »Ich will dir Dank sagen, du bist ein guter Junge! Du verstehst?«

Bevor sie alle zusammen in das Auto von Justyna stiegen, setzte Kuba seinen Rucksack ab und holte das Zeitungsbündel mit dem Messer von Adelbert raus. Er gab Wojtek das Geschenk und sagte: »Du wirst es sehen: Mit diesem Armeemesser kannst du jederzeit jemanden niederstechen oder dir die Pulsadern aufschneiden. Trage es bei dir jeden Tag, wie deine Geldbörse. Aber die Entscheidung, wer demnächst sterben soll, musst du alleine treffen. Nimm dir zu Herzen, was ich dir sage – tue es für deinen Soldatensohn und für Ala!«

Der Pfarrer war von diesem Geschenk nicht begeistert: »Er ist gerade von den Toten auferstanden, und du willst ihn wieder verführen, mein Parvenü … Los, Ździsiek! Wir fahren! In dieser feuchten Hölle hier wohnt der Rheumatismus!«

Wojtek wischte sich Tränen vom Gesicht und sagte: »Danke, danke, Kuba!« Er nahm das Messer an sich, das er sogleich in der linken Seitentasche seines Sakkos verschwinden ließ. »Was soll ich damit? Meine Ehre werde ich mit dem Messer nicht mehr zurückerlangen können. Schau doch: Mein Arek, immerhin ein Obergefreiter, ist kein Held, er ist nicht einmal im Kampf gefallen – eine feindliche Mine ist unter seinem Arsch explodiert. Er hat am Steuer eines Geländewagens gesessen. Helden müssen anders sterben. Ganz anders. Sie wachsen nicht wie Äpfel auf den Bäumen. Verfluchte Hurensöhne – sie schicken Äpfel in den Krieg! Junge Äpfel, die man in einem Supermarkt kaufen kann! Kuba, ich danke dir, ich werde dieses Kühlhaus nie wieder aufsuchen!«

Die Wärmflasche

Justyna setzte Kuba und Wojtek auf dem Hof von Tante Ala ab, sie musste noch den Pfarrer und Ździsiek nach Hause fahren. Bei Ala auf dem Hof und in der Küche herrschte tiefe Nacht, die Dunkelheit war kalt.

Wojtek konnte Ala umarmen, obwohl er gemerkt hatte, dass sie viele Zigaretten geraucht und in der Küche vor einem Becher Kaffee auf ihn gewartet hatte. Er fragte sie nur: »Warum bist du nicht zu mir gekommen?«

»Aus demselben Grund, warum du heute Abend nicht bei mir geblieben bist«, antwortete sie. »Leg dich schlafen, ich werde dir eine Wärmflasche machen. Die Nacht ist kalt.«

Kuba stürzte sich auf den Kühlschrank, schmierte sich ein paar Brote und belegte sie mit dick geschnittenen Scheiben seiner geliebten Schinkenwurst – Tante Ala kochte ihm schwarzen Tee.

Wojtek zog seine Gummistiefel aus. Er weinte nicht mehr. Die Aussicht darauf, seinen geschundenen Körper mit einer Wärmflasche wieder in Schwung bringen zu können, ließ wohl seine Trauer über den Tod von Arek geringer werden, denn er sagte: »Ala, ich werde das Licht in meinem Zimmer anlassen, damit du nicht im Dunkeln tappen musst.«

So machen sie es, dachte Kuba, nachdem Wojtek weggegangen war, sie nehmen die Wärmflasche mit ins Bett, wenn sie miteinander schlafen wollen – wenn ihre Äpfel zu Boden fallen und von Schmetterlingsraupen aufgefressen werden.

»Er wird sich von diesem Schlag nicht mehr erholen«, sagte Tante Ala und schaltete den bis zum Rand gefüllten Wasserkocher ein. »Ich möchte nicht in seiner Haut stecken.«

Als sie dann wenig später die Wärmflasche mit siedendem Wasser auffüllte, sagte sie zu Kuba, irgendwie ganz nebenbei, er sei an allem schuld; ihn traf diese scheinbar harmlose Feststellung wie ein gut gezielter, kaltblütiger Faustschlag. Er spürte förmlich die Hitze der Wärmflasche, und er behielt die Nerven, wurde nicht zornig, denn er wusste, dass seine Tante ihrem Ärger nur hatte Luft machen wollen angesichts des Verlustes, den Wojtek erlitten hatte.

»Vor deiner Rückkehr lebten wir im Frieden«, sagte sie. »Gute Nacht.«

*

Die Hoteldirektorin kam total erschöpft zu Kuba zurück; sie wollte nicht einmal duschen, putzte sich nur die Zähne, ließ ihre Klamotten nach dem Ausziehen auf den Fußboden fallen und sagte, sie wolle sofort ins Bett und sie sei froh, dass sie morgen nicht im Hotel arbeiten müsse, sie habe sich freigenommen. Im Kaminzimmer schlüpften sie unter die Bettdecke, die Schlafcouch war groß genug für zwei Personen, ein Kontinent konnte nicht größer sein, und Justyna war perplex, dass Kuba so gut wie gar keinen Laut von sich gab. Sie wusste naturgemäß nicht, was ihm seine Tante in der Küche vorgeworfen hatte; sie schmiegte sich nur in seine Arme, küsste ihn auf die Stirn und sagte: »Du musst mir nichts erläutern, du mein Zweibauchnabel. Ich bin stolz auf dich – du hast dem Pfarrer nicht ins Handwerk gepfuscht. Ihr seid geniale Schauspieler. Ich habe mich unnötig aufgeregt! Und Wojtek ist gerettet!«

Kuba ließ sie im Glauben, er würde mit dem Pfarrer gemeinsame Sache machen, denn er wusste selbst nicht, was eigentlich im alten Kühlhaus der Fischerei von Wilimy mit ihm geschehen war. Er hatte zu viel Wodka getrunken, und seine Angst vor dem Versagen, vor dem Unvermeidlichen, hatte sich an dem heutigen Abend seines Verstandes bemächtigt … Er schlief mit Justyna zusammen ein, und für lange Stunden träumte er nichts, sah nichts, fühlte nichts, und es war gut so, dass er wieder einmal das weiße Niemandsland bereisen konnte, von einem weißen Dorf zum anderen, von einem weißen See …

22 Justynas Messer

Als das Messer seines Vaters wieder zu sprechen begann, wurde Kuba wach. Komm nach draußen, du Drecksack, die Sonne geht auf! Heute wirst du den Bürgermeister töten! Komm nach draußen, die Sonne geht auf! – Was willst du von mir? Ich habe dich doch in die Obhut von Wojtek gegeben!, dachte Kuba. Er ist dein neuer Herr und Gebieter! Ihm solltest du jetzt dein Klagelied singen, ihm deine Befehle erteilen! Ich bin kein Mörder!

Kuba öffnete die Augen: Das frühmorgendliche Licht, das durch das Fenster ins Kaminzimmer fiel, war milchig und neblig und die Luft kühl und stickig. Die Fensterscheiben waren beschlagen, auf der hölzernen Fensterbank, von der der weiße Lack abblätterte, sammelten sich Wassertropfen. Vor dem Schlafengehen hätte Kuba Feuer im Kamin machen müssen, doch er war gestern Nacht genauso wie Justyna zu erschöpft gewesen, und jetzt war es kalt und feucht in ihrer Schlafstätte. Er stand auf, ging auf die Toilette und dann kurz in die Küche, um ein Glas Wasser zu trinken. Er hatte höllischen Durst. Er überlegte, ob er eine Zigarette rauchen sollte, doch er ließ es sein und schlurfte zu der quietschenden, auseinanderfallenden *wersalka* zurück. Da wurde auch Justyna wach.

»Wo bist du gewesen?«, fragte sie leise.

»Justyna – ich muss dir was sagen«, meinte er und setzte sich auf die Kante der Schlafcouch, den Rücken zu seiner Geliebten gewandt. Er konnte nicht länger vor ihr Martas Existenz in seinem Leben verbergen, Marta in einem Schrank eingeschlossen halten wie eine Spielpuppe, und er musste von der Hoteldirektorin erfahren, das musste er endlich, ob der Bürgermeister für die *esbecja* gearbeitet hatte. War er wirklich ein Offizier der Staatssicherheit gewesen? Der Wodka, den Kuba in der Hotelbar gekippt hatte, wirkte nicht mehr, und seltsamerweise hatte er keine Kopfschmerzen, ja, zu guter Letzt hatte ihn der Wodka sogar gereinigt, als hätte jemand Kubas Seele in die Waschmaschine gesteckt, gewaschen, gespült und geschleudert, und so fiel es Kuba leicht, den Schrank aufzuschließen, in dem er Marta vor der Hoteldirektorin versteckt hatte.

»Ich muss dir was sagen. Ich habe einmal eine Frau geliebt. Sie hieß Marta ...«

Er hörte auf zu sprechen, da die Hoteldirektorin hinter seinem Rücken schluchzte. Es war ein dumpfes Schluchzen, das unter der Bettdecke hervorkam. »Ich danke dir! Ich danke dir, Kuba!«

Er drehte sich um und legte sich zu ihr; er streifte die Bettdecke von ihrem Gesicht. »Warum bedankst du dich?«

»Ich wollte von dir, nur von dir, diese Geschichte erfahren. Nicht von Leszek und deiner Tante. Aus deinem Munde wollte ich sie hören. Ich weiß alles, alles! Ich habe so lange darauf gewartet, dass du mir von Marta erzählst.«

»Du hast es gewusst ... Du hast es gewusst, Justyna ...«, sagte Kuba. »Ich hab's bei jedem Kuss, jeder Berührung von dir vermutet, dass dir alles bestens bekannt war ...«

»... ja, alles, vom Anfang bis zum Ende. Ich stand morgens vor dem Badezimmerspiegel, cremte meine Gesichtshaut ein und fragte mich, ob ich nicht dieses Mädchen bin, das du als junger Mann geliebt hast. Ich bin mit meiner *Omega* allein zu der Stelle gesegelt, wo Marta ertrunken ist, um sie zu suchen. Deine Tante hat mir die Stelle im Dadajsee schon vor Jahren gezeigt. Und ich habe jedes Mal, wenn du mich küsstest, wenn wir uns geliebt haben, an Marta gedacht. Ich saß allein in meinem Bungalow und habe mir laut gesagt: Ich bin Marta, ich bin Marta, ich bin ertrunken, ich heiße Marta – ich bin das ertrunkene Mädchen!«

Kuba sagte: »Ich flehe dich an, sei leise. Wiederhole diesen Namen nicht mehr. Du bist Justyna, und ich liebe dich …«

»Nein, Kuba. Ich will für dich Marta sein. Bitte, lass mich für dich deine Marta sein! Ich bin fast verrückt geworden, weil du geschwiegen, weil du Marta aus all unseren Gesprächen ausgeblendet hast, obwohl sie immer zwischen uns beiden lag, wenn wir zusammen waren. Du hast mich angesehen, aber ich wusste, dass du nicht mich, sondern Marta anschaust. Und ich bin fast verrückt geworden, weil ich dein Mädchen nicht sein konnte. Sie ist tot. Und ich lebe – ich werde von meinem Gesicht, wenn ich es im Spiegel betrachte, ständig daran erinnert, dass ich wie dein ertrunkenes Mädchen aussehe und dass ich für dich niemals ich selbst sein darf, dass ich dazu verdammt bin, für dich Marta zu mimen. Ich besitze auch ein Messer, ein unsichtbares Messer. Ich habe mit diesem Messer Justyna getötet, die Hoteldirektorin gibt es nicht mehr. Nenn mich Marta und liebe nicht mich, sondern deine Marta in mir …«

Er küsste Justyna und streichelte mit seinen Fingern über ihre Augenbrauen. Dann sagte er: »Bitte, du sollst ihren Namen nicht mehr erwähnen. Ich habe dir nur aus einem Grunde bis jetzt Martas Existenz verheimlicht: Ich konnte es selbst nicht glauben, dass ich dich hier in Wilimy getroffen habe – eine Frau, die …«

»... die eigentlich tot sein müsste«, unterbrach ihn die Hoteldirektorin.

»Ja. Du musst mir bitte nur noch eine Sache bestätigen: Ist Janusz Król wirklich kein *esbek* gewesen? Das ist für mich sehr wichtig.«

»Ja, er ist kein *esbek*. Das heißt, ich weiß es nicht. Warum ist das so wichtig?«

»Weil wir uns womöglich über den Mann unterhalten, der in jener Silvesternacht Marta und mich in Wilimy hat festnehmen wollen – was ihm letztendlich misslang.«

Justyna schwieg eine Weile. Kuba betastete mit den Fingerkuppen ganz sachte ihr Gesicht.

»Alles ist vorstellbar«, sagte sie. »Aber ich habe keine Beweise dafür, dass Janusz für die *esbecja* oder für einen anderen krummen Laden tätig war. Mir gegenüber hat er stets betont, ich solle mich in seine Angelegenheiten nicht einmischen, und mein Vater ist verschwiegen wie ein Grab – von ihm kriegst du gar nichts raus. Janusz hat damals in einer Fabrik gearbeitet, als Leiter einer Abteilung. Das könnte ich bestätigen.«

»Du lügst nicht?«, fragte Kuba.

»Warum behauptest du so etwas, dass ich ...«

Justyna konnte das, was sie Kuba zu sagen hatte, nicht mehr in Worte fassen, denn er packte sie auf einmal fest mit seinen Pranken. Die Hoteldirektorin erschrak darüber nicht einmal, obwohl sie gemerkt hatte, dass Kuba wütend geworden war, ja vor Wut schäumte. Er war selbst über seine ungestüme Reaktion verblüfft.

»Wenn du mich anlügst ...«, zischte er durch die Zähne. »Wenn du mich anlügst ...«

»Nein Kuba! Du tust mir weh! Bitte, lass mich los! Ich bin's! Deine Marta ...«

Die Anspannung in seinen Muskeln lockerte sich mit einem Mal, er ließ Justyna los, fiel schwer auf den Rücken und verdeckte mit der rechten Hand die Augen: »Verzeih mir«, sagte er. »Lass uns am besten weiterschlafen, mein ›Schönfließ‹!«

»Nein«, antwortete die Hoteldirektorin. »Ich werde nie wieder ruhig schlafen, denn du wirst bald abhauen, mich in Wilimy allein lassen, mit Marta.«

»Verzeih mir, mein ›Schönfließ‹. Ich habe mir schon so oft gewünscht, dass der Dadajsee verschwindet, austrocknet, wie du es einmal auf den Punkt gebracht hast. Wir sind machtlos. Er tut, was er will, und wir können ihm bei seinem Tun nur zuschauen – wir sind dumme Zeugen seiner Gleichgültigkeit uns gegenüber. Deswegen hat es auch so lange gedauert, bis ich mich entschließen konnte, nach Wilimy zu reisen, denn ich wollte nie wieder in diesem See schwimmen, nie wieder seinen Namen aussprechen – nie wieder daran denken, dass es ihn gibt. Ich habe oft meiner Tante den Vorwurf gemacht, sie würde den Ort, an dem sie lebt, total ignorieren, aber das ist nicht nur ein Charakterzug von ihr. Meine ganze polnische Sippe leidet darunter – nein, wir alle leiden unter dieser Ignoranz dem Dadajsee gegenüber, weil wir aus völliger Ratlosigkeit, die uns der Tod aufzwingt, seine eigenen Waffen, die der Gleichgültigkeit, benutzen! Und ich bin auch so ein Ignorant geworden – aus Angst vor dem Unvermeidlichen. Ich kannte nur einen Menschen, der vor dem Dadajsee keine Angst hatte, und das war Marta – zumindest bilde ich mir ein, dass es so gewesen ist. Wäre sie eine alte Frau geworden, sähe wahrscheinlich alles anders aus. Irgendwann würde auch sie sich vor dem Unvermeidlichen ängstigen. Mein Opa Kostek hat einmal gesagt, Tote seien unberechenbar, weil wir sie entweder verehren oder vergessen, aber ich will Marta weder verehren noch vergessen. Sie soll einfach weiterleben.«

Justyna sagte: »Ich kann dir versprechen, dass der Dadajsee uns nichts mehr antun wird. Zusammen sind wir unschlagbar, Kuba.«

»Das hat Marta auch immer behauptet, mein ›Schönfließ‹. Und ihr Schicksal ist dir ja bekannt. Schlaf jetzt bitte …«

Er warf einen Blick auf seine Armbanduhr: halb fünf. Er bemühte sich, Schlaf zu finden, wonach sein Körper lechzte, aber die Suche nach der Verlängerung der unterbrochenen Nacht scheiterte vorerst. Er beobachtete lange Justynas Gesicht, um zu begreifen, wer neben ihm lag. Ihre Augenlider zuckten, und die Hoteldirektorin fing leise zu schnarchen an. Dein unsichtbares Messer, dachte er, wo ist es – ich möchte es einmal sehen, nur ein einziges Mal, und dann fielen auch ihm die Augenlider zu, und er träumte von Justynas unsichtbarem Messer. Als er am frühen Vormittag aufwachte, ärgerte er sich, dass er sich nicht mehr daran erinnerte, was er in seinem Traum gesehen hatte: Er konnte das unsichtbare Messer der Hoteldirektorin nicht beschreiben.

23 Militärische Ehren, Alarmglocken und Martas Lieblingsstrand

Im Obst- und Gemüsegarten hing an einer Leine frischgewaschene Wäsche. Die Leine verband zwei alternde Augustapfelbäume miteinander, die keine Frucht mehr austrugen. Kuba stellte verwundert fest, dass Tante Ala auch seine Hosen und Hemden gewaschen hatte. Sie hat wohl am frühen Morgen die Waschmaschine angeschmissen, dachte er sich, und dann ist sie zur Arbeit geeilt, zu ihrer Restaurantküche im *Justyna Star*. Er ging in das Zimmer von Opa Kostek, weil er seine Zahnbürste vermisste, und dort war alles aufgeräumt, das Bett frischbezogen. Wojtek war nicht da, er malochte wahrscheinlich auf der Baustelle des Bürgermeisters. Kuba konnte sich nicht vorstellen, dass Alas Freund sich auf den Weg zu seiner Frau machen würde, in den Osten nach Suwałki, und schon gar nicht nach Bagdad oder Washington. Kuba wusste nicht, wie viel Zeit die polnische Luftwaffe für die Überführung einer Soldatenleiche in die Heimat brauchen würde, ja, wie viele Stunden irgendeine Luftwaffe für so eine Aktion plante. Und das Begräbnis, wann sollte es stattfinden – und wo vor allen Dingen?, fragte sich Kuba. Es war für ihn unvorstellbar, dass Wojtek an einem festlichen Begräbnis mit militärischen Ehren teilnehmen wollte. Mit seinem losen Mundwerk und seinem ganzen Habitus eines Trinkers und Wilderers wäre es qualvoll für ihn, wenn er zusammen mit Uniformierten höchsten Ranges vor dem feierlich aufgebahrten und zusammengeflickten Leichnam seines Soldatensohnes strammstehen müsste. Die schwer mit Medaillen behangenen Uniformen würden Wojtek die Zeit des Sozialismus und des Zweiten Weltkrieges in Erinnerung rufen, eine Zeit, in der jeder ein General oder wenigstens ein Held gewesen sein wollte, und Wojtek war kein Lügner, sondern ein Trinker und Wilderer, der am liebsten in seinem alten Kühlhaus übernachtete. Ihm, dem Sohn der *banderowcy*, wie ihn Tante Ala neckisch nannte, war außerdem so ein Glück nicht beschert worden, dass er sich mit irgendwelchen Auszeichnungen und Verdienstorden schmücken konnte. Und nun hatte er sich die Finger verbrannt – wenn man seine Beschimpfungen und Vorwürfe, die er im Kühlhaus an die Regierung gerichtet hatte, ernst nähme. Sein Herz loderte vor Wut auf den Bürgermeister, dessen Partei an der Macht war. Und es freute Kuba, dass Alas Freund die ganze Erbärmlichkeit und Niedertracht des Bürgermeisters und seiner Partei an eigener Haut zu spüren bekommen hatte: Ha!, dachte sich Kuba, du siehst jetzt, lieber Wojtek, dass jede noch so freundliche und vermeintlich gerechte Gesetzgebung nichts taugt, wenn Söhne und Töchter eines Landes vom Staat in den Tod geschickt werden, in den Kampf mit dem Unvermeidlichen, lieber Wojtas! Der Bürgermeister wird dir deinen Arek nicht zurückgeben.

Wenigstens regnete es auch an diesem Morgen nicht. Jedoch der Gedanke daran, dass heute Donnerstag, der 27. Juli, war, ließ in Kuba sämtliche Alarmglocken schlagen. Zwei Wochen waren seit seiner Ankunft in Wilimy vergangen, und nun würde er bald nach Deutschland zurückmüssen. An diesen Gedanken sich langsam zu gewöhnen, war ratsam, obwohl es ihm in allen Fingern juckte, etwas ganz anderes zu tun – es war ihm gar nicht danach, nach Hause zu fahren. Und was ist das für ein Zuhause in W. mit all den Computern, Nullen und Einsen, Schlachthäusern, die so genial getarnt sind, dass man wegen all des vergossenen Blutes kein schlechtes Gewissen zu haben braucht – was ist das für ein Zuhause?, fragte er sich. Die Kinder würden Kuba leidtun, ja, es wäre eine Art Mord, wenn er sie für die Hoteldirektorin verließe. Er erschrak, weil ihm klar wurde, dass er imstande wäre, seine Zwillinge für die Hoteldirektorin zu verlassen, seine Zwillinge zu opfern. Ja, Kuba, du würdest sie für den Dadajsee opfern, sagte er sich.

Warum hatte er dem Pfarrer dieses idiotische Versprechen gegeben, den Bürgermeister ins Jenseits zu befördern? Absurd, dachte er, ich werde das nicht packen. Hätten mich die bösen Jungs von Leszek nicht vermöbelt, meinen Schädel nicht mit einer Eisenstange bearbeitet, wäre ich niemals in das weiße Niemandsland aufgebrochen, in den Albtraum, in dem ich Marta und Kopernik gesehen und gesprochen habe. Kazimierz ist doch ein Lügner.

Der Himmel über dem Seetal war bedeckt, dicke Wolkenschichten bewegten sich träge von Westen nach Osten. Der Wind war gut zum Segeln. Die Sonne hat sich in ihr Reich zurückgezogen, hätte Opa Kostek gesagt, um ihr ungeliebtes Kind Pluto zu trösten. Kuba wollte der Hoteldirektorin einen Vorschlag machen, er dachte daran, mit der *Omega* eine Segeltour – vielleicht die letzte – zu Martas Lieblingsstrand zu unternehmen. Die Grillparty und die Bootseinweihung des Bürgermeisters würden erst am Abend stattfinden, und bis dahin war viel Zeit. Am Lieblingsstrand Martas zu liegen und die Hoteldirektorin zu lieben, stellte sich Kuba als Belohnung dafür vor, dass er am frühen Morgen den Mut gefunden und endlich von Marta und seiner Liebe zu ihr geredet hatte. Sonnen kann man sich heute nicht, Justyna, dachte er, aber es ist warm genug, und zum Schwimmen und Faulenzen am Strand Martas reicht es – es sind unsere letzten Stunden, doch ich werde bald zu dir zurückkommen, versprochen.

*

Nach dem Frühstück, das sie traditionell unter dem Kirschbaum in Alas Garten zu sich genommen hatten, sagte Justyna, dass sie mit seinem Vorschlag einverstanden sei. Sie wolle das ertrunkene Mädchen mimen und dann auch alle Gewohnheiten und Liebhabereien aufgeben und sich neue Gewohnheiten und Liebhabereien angewöhnen, die für Marta typisch gewesen seien, sagte sie.

»Vergiss Marta«, sagte Kuba beschwichtigend. »Du bist mein ›Schönfließ‹, eine andere Lady, die ich lieben könnte, kommt für mich gar nicht mehr in Frage, und unabhängig davon, ob wir zusammenleben werden oder nicht – ich werde dich nie vergessen, nie ersetzen! Angesichts der Tatsache, dass der Dadajsee über hunderttausend Jahre alt ist, sind wir lediglich lächerliche Schuhkäufer. Wir verbrauchen nur zig Paar Schuhe, und dann geben wir den Löffel ab!«

»Aber ich möchte nicht hunderttausend Jahre mit dir zusammen sein – ein ganzes Leben eines lächerlichen Schuhkäufers würde mir reichen«, sagte sie.

Sie fuhren mit dem C5 zu ihrem Bootshafen und ließen den Wagen auf dem bewachten Parkplatz stehen, bei dem pflichtbewussten und übereifrigen Zwerg, über den Justyna sagte, es sei gut, dass der Zwerg einen Parkplatz zu bewachen habe und keine Häftlinge in einem Gefängnis oder KZ. Dann gingen sie zu Mirek und baten ihn, die *Omega* für eine Segeltour vorzubereiten. Der tätowierte Bootsverleiher machte sich sofort an die Arbeit. Sie tranken indes auf der Terrasse des Cafés einen Espresso.

»Hast du auf der ›Insel der Schafe‹ mit Leszek gevögelt?«, fragte Kuba.

»Er hat versucht, mich anzumachen. Ich habe seine Bemühungen erfolgreich abgewehrt.«

»Er ist manchmal eine Drecksau, dieser Leszek, und der andere auch: Dein Bürgermeister hat mich gebeten, für ihn ein gutes Wort bei dir einzulegen. Glaubst du denn wirklich, dass er so bescheuert ist und von unserer Liaison noch nichts mitgekriegt hat?«

»Liaison bezeichnest du das, was wir an uns in Wilimy zu lieben gelernt haben?«, ärgerte sich Justyna.

»Ach komm! Du weißt schon, was ich sagen wollte.«

»Janusz Król ist ein zäher Bursche. Frauen gefällt es, wenn ein Typ geduldig ist. Króls Geduld kann jeden Kontrahenten zermürben. Außerdem weiß er, dass du nicht vorhast, nach Wilimy umzuziehen.«

»Er hat mir ein Geschäft vorgeschlagen …«

»… von dem du nicht begeistert bist, richtig?«, fragte sie.

»Geld hat mich noch nie sonderlich interessiert. Ich bin mit dem Monatsgehalt von meiner Firma zufrieden. In der Tat: Ich könnte jederzeit mehr verdienen, wenn ich wollte. Doch wozu?«

Nach einer Viertelstunde war die *Omega* startbereit.

»Wir gehen! Mirek winkt uns zu!«, sagte sie.

»Eine Frage noch: Du hast gesagt, du seist schon vor Jahren zu der Stelle gesegelt, an der Marta ertrunken ist. Das bedeutet, dass du mich viel länger kennst, als ich es mir hätte erträumen können …«

»Ich habe gehofft, dass du eines Tages nach Wilimy kommen würdest. Ich habe gewartet. Und gehofft. Ich wollte erfahren, ob du dich in mich verlieben würdest, da ich eine Doppelgängerin deiner Jugendliebe bin.«

»Und wenn ich nicht erschienen wäre?«

»Ich war mir sicher, dass du mich nicht im Stich lassen würdest – und nun bin ich gespannt, wie es an meinem Lieblingsstrand aussieht …«

Die Natanger, die Barten und der Cubaman sowie ein berühmter belgischer Astronom und Antifaschist

Sie verließen zügig den Bootshafen. Der Wind war mitten auf dem See so stark, dass das Großsegel auf vollen Touren arbeitete. Kuba musste beim Steuern sogar darauf aufpassen, dass sich die Yacht nicht selbständig machte – die Pinne übte einen ungeheuren Druck auf ihn aus, dem er nur mit großer Kraftanstrengung entgegenwirken konnte: Er hielt den Steuerhebel des Ruders mit beiden Händen, und die *Omega* zerschlug enorm schnell die Wellen, während sich die Hoteldirektorin mit der Schot des Großsegels abkämpfen und ständig Kubas ruppige Kommandos anhören musste. Bei jeder extremen Schräglage der *Omega* lehnte sich Justyna weit nach draußen hinaus; sie hing fast waagerecht in der Luft, stemmte sich mit ihren Füßen gegen den Schwertkasten, schwebte auf einer Höhe, die selbst Kuba Schwindel erregend vorkam, doch er vertraute der Muskelkraft der Hoteldirektorin und steuerte die *Omega* in Richtung des Lieblingsstrandes von Marta. Es war ein herrlicher Anblick, Justyna auf dieser gefährlichen Höhe schweben zu sehen, über dem See gewissermaßen, über den Wellen. Sie hatte nur eine schwarze Jogginghose von Adidas und einen weißen BH an. So angezogen hatte er Justyna noch nie gesehen, es war kein schlechter Anblick, und als Kuba die Yacht in den Osten steuerte, dahin, wo es von unzähligen Prielen und Abzweigungen und Buchten nur so wimmelte, sagte Justyna: »Ich dachte, wir segeln zu der grünen Bucht, die dir deine Mutter gezeigt hat.« – »Nein. Martas Strand ist ganz woanders. Ich hoffe, dass ich ihn wiederfinde.«

Als sie dann vor den Pforten einer Halbinsel ankamen,

musste Justyna sich zwingen, ganz ruhig zu sein. Allerdings konnte sie ein Kichern kaum unterdrücken, und ihr Schmunzeln deutete Kuba als böses Omen: »Was ist, du kennst diese Stelle?«

»Kommt darauf an – hier auf dieser Halbinsel steht auch die Datsche von Janusz Król.«

Kuba sagte nichts. Die Halbinsel war mit Holzhütten zugebaut. Auf ihren Hügeln hätte einst, in längst vergessenen Zeiten, ein Pruzzenstamm eine Siedlung angelegt, hieß es in den Reiseführern aus *Święta Lipka*. In seiner Kindheit hatte Kuba von diesen ersten Siedlern viel Interessantes gehört: Waren sie die sagenumwobenen Natanger und Barten gewesen? Auf jeder Familienfeier, bevor noch Adelbert zum Mörder geworden war, wurden diese westbaltischen Indianerstämme in die familieneigenen Geschichten, Anekdoten und Legenden eingeschleust, als die Podlichs und Dernickis noch zusammensaßen, zum Beispiel an einem Weihnachtstisch in Wilimy – man trank Wodka, verputzte das saftige Fleisch eines Hechts und verkündete stolz: »Unsere Urväter heißen Barten! Jawohl! Unsere Urväter!« Keine einzige Gräte blieb ihnen im Hals stecken, diesen seinen Polen und Deutschen, die davon schwadronierten, sie wären von weit her gekommen, um Warmia, das Land der pruzzischen Regenwürmer und Kreuzritter, zu erobern und neu zu besiedeln. Kuba musste sich aus diesen heillos chaotischen Schwadroniererereien notdürftig ein einigermaßen brauchbares Bild über die Herkunft seiner Sippen zusammenschustern, damit er erhobenen Hauptes seine Fratze im Spiegel anschauen konnte: Nein, du bist kein Bastard, kein Wodka und kein Messer. Und somit, wenn er selbst im Ausland danach gefragt wurde, zum Beispiel auf seinen westdeutschen Geschäftsreisen nach Kanada, ob er aufgrund seines Vornamens ein Kubaner sei, ein von Fidel Castro Gepeinigter, erklärte er provokativ seinen betroffenen Gesprächspartnern, nein, er sei Europäer, er sähe doch nicht wie ein sonnengebräunter, ein Stück Seife vermissender, dreckiger Kubaner und Kommunist aus, und Kuba sei zudem die polnische geradlinige Verkürzung von Jakob. Verstehen Sie, *Jakub*, die Bibel, die Bibel! *The »Bajbel«!* Und als ich ganz klein war, nannte mich meine Mutter liebevoll *Kubuś Puchatek*, *Winnie-the-Pooh*, Pu der Bär … Und dann legte er los, wissen Sie, *Do you know, my roots* … Die Vorfahren der Dernickis … *I'm not a Cubaman* … Er erzählte den Kanadiern, was er als Kind beim familiären Schwadronieren am Weihnachtstisch aufgeschnappt hatte … *I'm a Natanger … O yes, you are a native, a native … Not*, ich bin nicht … Das war so … *Once upon a time there …*

Die Vorfahren der Dernickis waren angeblich vor dreihundert Jahren auf der Suche nach Arbeit aus Westfalen nach Ostpreußen eingewandert, und die der Podlichs waren mit ihren Panjewagen aus Litauen nach Warmia angerollt, ebenfalls auf der Suche nach Arbeit. Kuba blieb bei seinen Erklärungen stets gelassen, wo auch immer er geschäftlich im Ausland zu tun hatte: Seit unzähligen Generationen beuteten die Christen das Land der Natanger und Barten aus und verstanden nichts von der Botschaft der Findlinge, welche die westbaltischen Indianer auf den Halbinseln der großen ermländischen und masurischen Seen aufgestellt hatten, um die Bewegung der Jahreszeiten und des Himmels zu beobachten, weil sie dem Himmel endlich die ganze Wahrheit entreißen wollten und weil sie ihren pflichtbewussten Eichengott *Perkunis* über alles liebten, der nie ein Menschenfresser hatte sein wollen wie der rachsüchtige und zornige Jahwe, wie der zornige, schwarze Elternbus von Kazimierz. Es war Kuba stets klar gewesen, in welchem Land er geboren war, und nicht deswegen, weil ihm sein Informatikstudium und die Arbeiterstreiks in Gdańsk die Weitsicht schlauer Zugvögel ermöglicht hatten, nein, der Grund lag woanders. Ohne Miłosz' und Swedenborgs Jenseitsengel, ohne Opa Kostek und dessen bekloppte Ideen wäre Kuba ein anderer Mensch geworden. Kostek musste erst von den Deutschen in die Zwangsarbeit ihres Tausendjährigen Reiches eingegliedert werden, damit er begreifen konnte, wo sich seine polnische, aus Litauen stammende Familie niedergelassen hatte, an was für einem See. Kostek hatte nämlich Kuba einmal erzählt, dass er sich in der Zeit seiner Zwangsarbeit auf einem Bauernhof bei Celle mit einem Antifaschisten aus Belgien angefreundet hatte, der von Beruf Astronom gewesen war. Ein echter Astronom! Dieser Astronom habe sich sogar in Oma Renia verliebt, in die Bäuerin mit litauischen Wurzeln, die ihren Kostek nach Deutschland hatte begleiten müssen – eine Bäuerin, die noch nie etwas von Pluto, dem Waisenkind des Sonnensystems, gehört hatte. Auf Kubas Frage danach, worüber sie sich, er und der Astronom, am liebsten unterhalten hätten, antwortete sein Opa meistens mit einem ausschweifenden Monolog: »Der Belgier hat mir die Augen geöffnet. Es macht nichts, dass er meine Frau klauen wollte: Renia war zu dumm, um mit ihm nach dem Ende des Krieges abzuhauen – hihi! Und außerdem wurde sie von mir schwanger, ich hab ihren Schoß mit meinem Samen geerdet – hihi! Der Astronom zeigte mir die Sterne und lehrte mich, dass Kopernikus ein großer Landsmann von uns war! Über die Deutschen sagte der Belgier manchmal, dass ihre Wissenschaft bloß eine Schulranzenwissenschaft wäre, weil sie es nicht einmal schnallen würden, ihre Zwangsarbeiter richtig, ihrem Können entsprechend, einzusetzen. Er fluchte über die Deutschen wie unser Schuster Kronek – die mit ihrem Übersetzer Luther, der geglaubt hätte, das Göttliche in eine Menschensprache übersetzen zu können, so der Belgier, der Übersetzer Luther wäre an allem schuld, so mein Freund, denn das menschengewordene Göttliche führte direkt zum Mord, wie man es an Hitler sehen würde. Jawohl! So großspurig hat der Belgier immer getönt! Ich weiß, wovon ich spreche, denn ich habe mit ihm unzählige Schnäpse gekippt, wir durften uns bloß nicht erwischen lassen. In welcher Sprache wir uns unterhalten haben? Im gebrochenen Tausendsassadeutsch! Doch ich war nicht so streng wie der Belgier, ich sah in den Nazis auch ganz normale Menschen – unser deutscher Gutsbesitzer hat uns nie geschlagen, obwohl er von einem ss-Mann eine kastaniengroße, bleierne Kugel an einem Lederriemen gekriegt hat, damit wir das Gehorchen lernten! Soldaten und Polizisten ja, die haben uns die Fressen poliert, meist auf den Schützenfesten!« Erst 1946 kehrte Opa Kostek mit seiner Frau Renia und zwei kleinen Mädchen auf den Armen nach Warmia zurück, *na stare śmieci ojczyzny*, zurück auf den ollen Misthaufen des hehren Vaterlandes, und siehe da, Warmia war in polnischen Händen – endlich, freuten sich die Katholiken und ehemaligen Zwangsarbeiter –, und das Fischerhaus der Podlichs in Wilimy hatte *Perkunis* gemeinsam mit der Gesegneten Jungfrau Maria aus *Święta Lipka* vor den Geschützen der sowjetischen Haubitzen beschützt; von bösartigen Feuerzungen schwarz schraffierte Flächen gab es nur auf den Häusermauern der Nachbarn – die hatte es schlimm erwischt. Opa Kostek musste lediglich ein paar hungrige Ukrainer vertreiben, die sich in seinem Domizil eingenistet hatten. Blutegel, Blutegel, diese Ukrainer, diese *banderowcy*, schimpfte er oft, wenn er auf seine Rückkehr aus der Zwangsarbeit zu sprechen kam. Die Deutschen waren geflohen, und diejenigen, die die Flucht verpasst hatten und noch am Leben waren, versteckten sich im Dadajwald oder trieben sich kopf- und ehrlos in der

Gegend herum und bettelten um Brot und Gnade. Doch in Najdymowo, in ihrem alten Neudims, gewährte man ihnen Hilfe und Obdach, und solange sie auf der Straße ihre Sprache nicht benutzten, die Dernickis und die Norgalls, wurden sie auch nicht beschimpft oder verhauen. Ihr neuer Gott hatte auch einen reizenden Schnurrbart – er hieß Stalin.

Den bei Celle gelegenen Bauernhof hatte Kuba nie aufgesucht. Wozu soll ich dahin und mit wem reden und worüber?, sagte er sich, als er 1989 wegen der neuen Arbeitsstelle mit seiner Frau von Westberlin nach W. gezogen war. Sie würden freundlich sein, die Enkel und die Überlebenden, sie würden den Krieg und Adolf verdammen und Kaffee und Streuselkuchen auf den Tisch stellen, aber ihren Kaffee und ihren billigen, niedersächsischen Streuselkuchen wollte Kuba nie angeboten bekommen, nicht von ihnen. Nicht so.

Die Geschichte über die bleierne Kugel, die laut Kostek gegen ihn und seine Leidensgenossen nie geschleudert worden war, hatte sich in Kubas Gedächtnis tief eingebrannt, und 1989, als er in W. die Stelle eines Abteilungsleiters antrat, erinnerte er sich gern an sie – vielleicht aus dem Grunde, weil er selbst so eine bleierne Kugel besaß, nur dass er sie in seinem virtuellen Schlachthaus einsetzte, indem er die Rinder in einem Computer verwaltete, damit die Menschen nicht verhungerten, und zwar in allen Ländern, mit denen seine Firma Geschäfte machte, Kanada, Litauen, Marokko, Lettland und so weiter. Die Rinder müssen geschlachtet werden, damit andere Rinder überleben können, dachte Kuba in seinem Chefsessel des Öfteren. Und nun hatte sich der Bürgermeister auf Martas Halbinsel niedergelassen, der vielleicht ein Mörder war, obwohl er für seine Morde ein Messer oder eine bleierne Kugel nie benutzt haben dürfte. Hatte ihn *Perkunis* etwa bis jetzt beschützt? Vor dem Strafgericht? Vor dem Unvermeidlichen? Vor dem Dadajsee?

Kuba schilderte der Hoteldirektorin seine Gedanken, die ihm bei der Begegnung mit der Spitze der Halbinsel in den Kopf gekommen waren, und sagte zuletzt, nachdem sie sich alles konzentriert angehört hatte: »Wir müssen jetzt das Senkschwert einziehen. Dann paddeln wir zum Strand von Marta, okay?«

»Nein, gar nichts ist okay. Meine Eltern haben stets alles unter den Teppich gekehrt, obwohl ich sie, schadenfroh, wie ich in meiner Pubertät gewesen bin, oft ins Kreuzverhör genommen habe. Sie haben mir nur Weniges über ihre Herkunft verraten. Dabei ist die Sache ganz einfach. Sie sind Warschauer, verstehst du? Warschauer! Sie haben in den Fünfzigern ihre Chance genutzt und sind ganz einfach nach Gdańsk gezogen – sie haben es sich abgeschminkt, dass ihr Warschau je wieder eine Metropole oder auch nur eine normale Stadt werden könnte. Meine Eltern sind echte Polen.«

»Der wichtigste Warschauer hieß für mich John Porter. Als wir jung waren, haben wir seine Musik nicht gehört, sondern getrunken wie Wodka. Ich weiß nicht, ob der Engländer immer noch in Warschau wohnt. Aber ich liebe nach wie vor seine erste LP, die ›*Helicopters*‹-Platte. Leszek und ich haben die ›*Helicopters*‹ in unserem Gdańsker Studentenheim rauf- und runtergespielt. Die Mädels haben uns geliebt dafür …«

Sie refften die Segel, paddelten, machten am Steg fest, holten nach dem Abschlagen der Segel ihre Sachen vom Deck, packten sie in den Eastpak-Rucksack und gingen zu der Datsche des Bürgermeisters, einer Holzhütte, die etwa hundert Meter vom Ufer entfernt war; vor ihrem Eingang befand sich eine überdachte Terrasse.

Die Beichte der Hoteldirektorin

An Martas Halbinselstrand war nichts mehr wiederzuerkennen. Einst standen hier keine Holzhütten, keine Autos, keine *Heineken*-Bierschirme, einst war es hier still, und die Eichen und Erlen, die den Zugang zum Wasser beschützten, besaßen nun prächtige Kronen, die das Sonnenlicht bremsten. Ein Steg, an dem Ruder- und Tretboote angekettet waren, bahnte sich seinen Weg in den See. Der dunkelgelbe Sand, auf dem Kuba mit Marta nach dem Schwimmen gelegen hatte, war verschwunden, zu einer Liegewiese wie in einem Stadtpark verkommen.

»Frag mich bloß nicht, warum ich den Schlüssel für seine Hütte mit dabei habe«, sagte Justyna.

»Gut. Ich schalte jetzt meinen Verstand aus.«

»Und bitte: Erklär mir, was an diesem Strand so besonders sein soll. Hier ist doch nichts. Ich will nur lernen. Ich bin deine Marta.«

Justyna steckte den Schlüssel in das Türschloss, drehte ihn zweimal im Uhrzeigersinn, und Kuba erklärte: »An diesem Strand habe ich Marta entjungfert. Im Sommer 1981. In einem Sommer, als wir dachten, dass nichts mehr schiefgehen würde. Wir haben mit allem gerechnet, aber nicht damit, dass Panzer über die Straßen unserer Städte und Dörfer rollen könnten. So dumm waren wir, und wir dachten, dass unser fleißiger Briefeschreiber Kuroń seine mächtigen Freunde im Westen wieder einmal um Unterstützung bitten würde, falls dennoch etwas schiefgehen sollte. Und du, was hast du in der Zeit gemacht? Du warst natürlich eine Vorzeigestudentin ...«

Justyna gab ihm keine Antwort. Sie betraten die Datsche des Bürgermeisters. Die Luft drinnen war säuerlich, man musste schleunigst die Fenster öffnen – hier war den ganzen Sommer über kein Mensch gewesen. Auf den Fensterbänken lagen ausgetrocknete Mücken, Weberknechte und Fliegen. In diesem Wochenenddomizil aus Kiefernholz gab es einen Schlaf- und Wohnraum, eine kleine Küche und eine Toilette mit einer Dusche, summa summarum vierzig Quadratmeter Wohnfläche – und für eine vierköpfige Familie waren die Räumlichkeiten völlig ausreichend. Die Einrichtung war spartanisch, die Schränke, Tische und Betten musste ein Freizeittischler zusammengebastelt haben. Im ausgeschalteten Kühlschrank lagerten sogar ein paar Flaschen Bier, dessen Haltbarkeitsdatum noch nicht abgelaufen war. Und im umzäunten Hintergarten befand sich tatsächlich ein kleines Jacuzzi-Becken, von dem der Bürgermeister so inbrünstig geschwärmt hatte.

Kuba schmiss den Rucksack auf einen Sessel im Wohnzimmer. »Ich wiederhole: Wo warst du, was hast du getan, als ich mit Marta …«

Justyna fiel ihm mitten ins Wort: »Du bist ein Arschloch! Meinst du, ich hab bloß mit Janusz im Bett rumgelegen und ihm einen geblasen? Was denkst du? Ich hab um unser aller Leben gezittert, wie all die anderen!«

Kuba sah sie lange an. Sie stand reglos vor ihm, er wusste, dass ihm die Hoteldirektorin keine andere Antwort geben konnte als die, die er gerade gehört hatte. Er war verärgert, dass er versuchte, ihr irgendwelche Schuldgefühle einzureden. Nein, Kuba, lass es sein, dachte er sich, du darfst nicht über die Hoteldirektorin richten, du hast kein Recht dazu! Nur weil sie kein Mitglied der unabhängigen Gewerkschaft war, war sie noch lange nicht eine Verräterin. Martas Eltern waren genauso schuldig an allem, was damals passiert war, wie die Alten von Justyna. Komm, sei vernünftig. Justynas Messer ist unsichtbar: unsichtbar!

Er ging auf die Hoteldirektorin zu, schloss sie in seine Arme, küsste sie und sagte: »Ich habe dich doch gebeten, Martas Namen zu vergessen. Lass sie aus dem Spiel. Du heißt Justyna Star. Du bist mein *Star.*«

Sie weinte und schlug mehrmals mit ihrer Stirn gegen die seine. »Du Arschloch! Du fragst mich nicht einmal, was dieser Strand für mich bedeutet.«

»Was bedeutet er für dich?«

»Ich bin hier in dieser Datsche mit Janusz ins Bett gestiegen, hier hat er mich geschwängert.«

»Justyna …, Justyna …, Justyna …«, murmelte er.

Sie glitten beide zu Boden, sie knieten voreinander und begannen, ihre Kleider auszuziehen: Justyna ihren BH, er sein kurzärmliges Hemd. Die Tür stand sperrangelweit offen, und jeder, der am Strand Martas spazierte, konnte sehen, was in der Datsche des Bürgermeisters geschah.

»Janusz Król kann jederzeit aus Biskupiec angefahren kommen«, sagte Kuba. »Hast du keine Angst, dass er uns erwischt?«

»Sei still, du machst schon wieder alles kaputt«, sagte Justyna und küsste ihn.

Sie ließen ihre Kleider auf dem Fußboden liegen und schritten im Krebsgang, einander küssend und umarmend, zu einem der Betten. Dann ließen sie sich auf die Matratze fallen, auf der eine Wolldecke ausgebreitet war. Kuba drehte sich auf den Rücken, und die Hoteldirektorin legte sich bäuchlings auf ihn, sodass er in ihre Scheide eindringen und ihren Hintern mit den Händen massieren konnte. Die Wolldecke war uralt und fleckig und musste aus Kunstfasern hergestellt worden sein, was Kuba deutlich zu spüren bekam, dessen Rücken zu jucken und zu brennen anfing. Aber das war jetzt egal, ob die Wolldecke aus hundert Prozent Viskose bestand oder nicht.

Justyna jedenfalls war hundert Prozent Viskose, sie bewegte sich schneller als Kuba, der ihre herzpochenden Bewegungen zu verlangsamen versuchte, was ihm nicht gelingen wollte. Das ist nicht mein Rhythmus, dachte er sich, bitte, sei langsamer. Er küsste Justyna lange, steckte seine Zunge in ihren Mund, massierte ihren Hintern, betastete mit den Fingerkuppen ihren Rücken und die Knochen ihrer Wirbelsäule. Justynas Möse war so feucht geworden und hatte sich so weit geöffnet, dass er seinen Schwanz kaum spürte. Doch auf einmal zogen sich ihre Muskeln zusammen, und Kubas Schwanz wurde eingeklemmt und blieb in Justyna reglos stecken. Sie bewegte sich nun auch nicht mehr, und Kuba wusste, dass bei dieser Reglosigkeit ein einziges Zeichen ausreichte, damit sie beide zum Höhepunkt kommen könnten. Ein einziges Zeichen, eine vom heftigen Wind zugeschlagene Tür, eine Fliege, die auf ihrer Haut landete, das Klingeln des Handys. Das Tropfen eines Wasserhahns. Die Mine, die unter dem Arsch von Wojteks Sohn Arek im Irak explodiert war. Die Gedichte von Czesław Miłosz. Martas Lächeln. Lächeln. Die Sun-Bear-Pianokonzerte.

Und als Kuba, und zwar aus ihm eigentlich fremdartiger Bösartigkeit oder vielleicht nur deswegen, weil er in seiner Ungeduld das besondere Zeichen nicht hatte abwarten können, fragte, ob sie auf diesem Bett mit Janusz Król geschlafen hätte, stieß die Hoteldirektorin einen Schrei aus, einen Schrei, den Kuba so noch nie gehört hatte. Dabei war dieser Schrei gar nicht laut oder aggressiv. Die Hoteldirektorin hatte ihren Orgasmus bekommen, und er schaffte es gerade noch, seinen Schwanz erneut in Bewegung zu setzen, weil er seinen Samen loswerden wollte, was ihm lächerlich vorkam, dass er das wollte, wofür er sich schämte, dass er das wollte. Der blöde Samen, dachte er. Er liebte doch, er liebte Justyna. Justyna. Er hatte sie noch nie so geliebt wie jetzt. Ihres Schreis wegen geliebt. Wo war das Zeichen? Wo?

Justyna blieb auf ihm liegen und sagte: »Du bist manchmal so ein Idiot! Du hast mich etwas gefragt? Ich hab kein Wort verstanden … Ich war gerade ganz woanders …«

»Es ist auch besser so, dass du nichts verstanden hast …«, freute sich Kuba.

Sie schliefen ein, in der Position, in der sie sich geliebt hatten.

Die letzte Nacht steckte ihnen noch in den Knochen. Und als sie aufwachten, legte sich Justyna auf der Matratze auf den Rücken – Kuba fühlte sich ganz leicht, nachdem das Gewicht ihres Körpers von ihm gewichen war, sechsundfünfzig Kilo, sein Brustkorb schmerzte ihn, als hätte er bei einem Zechgelage innerhalb weniger Stunden eine ganze Schachtel Zigaretten geraucht.

Sie unterhielten sich darüber, dass es schon sehr spät sei und dass sie aufstehen müssten, aber sie verließen das Bett nicht, sie blickten durch die geöffnete Tür nach draußen, wo am Strand von Marta die Angler ihre Ruderboote für eine Tour zu den beliebten Angelplätzen fertigmachten, wo es zur Freude der Segler nach wie vor windig war, und es erschien Kuba mehr als erstaunlich, dass Justynas *Omega* so gut wie die einzige Yacht war, die man auf dem Dadajsee regelmäßig antreffen konnte. Die Leute terrorisierten den See mit ihren Jetskis von Kawasaki, das Segeln empfanden sie wohl als ein Überbleibsel aus dem Sozialismus, als etwas Uncooles, zumindest auf den Seen von Warmia.

»Ich bin dir übrigens eine Antwort schuldig«, sagte Justyna. »Du wolltest von mir wissen, warum ich von dir nicht schwanger werden kann …«

Kuba drehte sich auf die Seite, schaute die Hoteldirektorin

an und sagte: »Stimmt. Du überraschst mich jetzt, mein ›Schönfließ‹.«

»Als ich fünfzehn wurde«, begann sie zu erzählen, »haben mir die Ärzte gesagt, dass ich krumm sei, dort tief in mir, und dass ich deswegen keine Kinder kriegen könnte. Aber die Ärzte haben sich geirrt. Ich wurde mit einundzwanzig schwanger, und zwar von Janusz. Und da ich in Gdańsk nur seine Geliebte war und Janusz seine Frau für mich partout nicht verlassen wollte, ließ ich mein Baby abtreiben, in einem Dorf in der Kaschubei, denn die Krankenhäuser und Arztpraxen in Gdańsk hätten sofort meine Eltern informiert, die in dieser Stadt so gut wie jedem Esel bekannt waren. Nach der Abtreibung machte ich mit Janusz Schluss. Ja, der kaschubische Eingriff hat sich wirklich gelohnt: Ich konnte nicht mehr schwanger werden, weder von meinem Mann Jarek noch von Raymond, mit dem ich in London zusammengelebt habe. Diese verdammte Kaschubin! Hat sie mir alles rausgeschnitten? Mein ganzes Hab und Gut – alles, was ich besaß? So dachte ich damals. Ich verfluchte die Kaschubin, aber dann, als ich von Janusz erneut schwanger wurde, nach fast einem Vierteljahrhundert, was einem Wunder glich, beschloss ich, das Baby zu behalten. Es war mir egal, dass Janusz der Vater war. Das war mir egal. Denn ich trug endlich ein Baby in mir, ein gesundes Kind …«

Kuba legte seine Hand auf Justynas Bauch: »Und dann, was passierte dann?«, fragte er, und seine Hand rutschte tiefer.

»Dann …«, sagte sie, »… es kam, wie es kommen musste … Den Rest der Geschichte kennst du. Ich habe mir übrigens nach der Fehlgeburt eine Spirale einsetzen lassen, für alle Fälle, denn bei dem Gedanken an Sterilisation, die mir meine Frauenärztin vorgeschlagen hat, wurde mir übel … Und das ist die Antwort auf deine Frage: Du brauchst dir keine Sorgen zu machen!«

Sie weinte. Kuba traute sich nicht, etwas zu sagen, seine Hand von Justynas Geschlechtsteil wegzunehmen – ihre Möse war immer noch feucht und warm. Aber er fühlte, dass seine Hand in dieser Wärme jetzt nichts zu suchen hatte. Sie sollte woanders sein, sie sollte Justyna Trost spenden, doch wie?

Er umarmte seine Geliebte. Er schloss dabei kurz seine Augen und küsste die Hoteldirektorin auf die Nase.

»Du hast also zwei Kinder? Sie heißen …«, sagte Justyna.

»Jasmin und Sebastian«, antwortete Kuba. »Meine Zwillinge. Eines will mir dennoch nicht aus dem Kopf: Warum hat mein Jugendfreund Maciek gesagt, der Sarg, in dem du dein Baby beerdigt hast, sei leer …«

»Mit diesem Problem solltest du dich an unseren allwissenden Pfarrer wenden – ich leite ein irdisches Hotel und keine Herberge für flüchtige Kriminelle, Gespenster aus dem Jenseits und durchgeknallte UFO-Kontaktler. Kazimierz ist eine Plaudertasche, er wird wohl Maciek mit fantastischen Informationen beliefert haben.«

Janusz Króls Motorboot oder Penisersatz

Sie schliefen wieder ein, aber nur für eine Viertelstunde, dann lagen sie eine Weile still auf der Matratze und deckten sich mit einem Bettlaken zu, weil sie fröstelten. Als sie das Brummen eines Autos vernahmen, schreckten sie aus ihrer Versenkung auf. Sie zogen sich hastig an und rannten nach draußen. Sie erblickten einen Geländewagen mit einem Trailer, auf dem ein grün lackiertes, etwa fünf Meter langes, offenes Motorboot aus Aluminium befestigt war. Fabrikneu, für jeden Wassersportfreak etwas ganz Edles; das Gefährt in Aktion auf dem Wasser anzuschauen, würde bestimmt herrlich sein – doch warum hatte sich der Bürgermeister dieses Spielzeug gekauft? Wollte er damit bei der Hoteldirektorin Eindruck schinden? Was sollte das Motorboot bedeuten? Es ist ein Penisersatz, verstehst du?, ein Penisersatz, meldete sich sein Bruder Kopernik zu Wort.

Vier Typen stiegen aus dem Geländewagen, zwei Fremde und die Unzertrennlichen: Wojtek und Ździsiek. Sie beachteten Kuba und die Hoteldirektorin kaum, so sehr waren sie mit dem Abkuppeln des Trailers beschäftigt. Ein kurzes »Hallo!-wie-geht's?-Was-macht-ihr-hier-schon-so-früh?« hielten die Unzertrennlichen für ausreichend. Die Männer zogen den Trailer ans Ufer, schoben ihn vorsichtig mit dem Heck knietief ins Wasser und lösten die Sicherungsgurte. Dann hoben sie den Trailer am Bug etwas an und ließen das Motorboot sanft in den See gleiten. Anschließend banden sie es mit einer Leine an einem in den Uferboden einbetonierten, verrosteten Eisenpflock fest, und Wojtek unterschrieb irgendwelche Papiere, damit die beiden Servicetypen wieder wegfahren konnten. Auf dem Deck des neuen Spielzeugs von Janusz Król lag ein von Styropor und weiteren Sicherheitsgurten geschützter Außenborder von Mercury. Ein schwarzer Außenborder erster Klasse, ein genialer Motor: »Dieses Monster … Ein Viertakter«, sagte Wojtek. »Der hat dreißig PS … Für diese Nussschale da reicht es dicke …«

Dennoch war er nicht bei der Sache. Er faselte von der Leistung des Außenborders, aber sein ganzes Erscheinen und Auftreten war merkwürdig. Es hatte sich etwas geändert: seine Haut war blass, seine Stimme wirkte unsicher, seine Hände zitterten, als wäre er krank. Der Tod seines Soldatensohnes hatte ein gewaltiges Loch in ihn gerissen: In Wojtek wohnte niemand mehr – dieses Haus stand leer; die Geistertherapie von Kazimierz war, wie es schien, kläglich gescheitert. Kläglichst.

»War das wirklich deine Mutter, die im Kühlhaus mit mir gesprochen hat?«, fragte Wojtek, der plötzlich ins Grübeln kam.

Kuba konnte ihm nicht sagen – nein, das würde er nicht übers Herz bringen –, dass er betrunken gewesen sei und dass es für einen Bauchredner so und so eine Leichtigkeit sei, eine x-beliebige Stimme hervorzuzaubern oder nachzuahmen, wobei er sich selbst nicht erklären konnte, welcher Teufel ihn letzte Nacht in Wojteks Kühlhaus geritten hatte. Er antwortete darum: »Natürlich! Oder denkste, ich würde dich belügen? Es war meine Mutter Lucyna! Mann, die hat sich für dich ganz schön ins Zeug gelegt! Und glaub mir: Sie hat von da oben bestimmt einen sehr weiten Weg zu uns auf die Erde nehmen müssen. Dafür sollst du ihr ewig dankbar sein.«

»Herrjemine! Wenigstens verstehen mich die Toten!«, sagte Alas Freund. »Und der Pfarrer ist doch gar nicht so schlecht – der hat schon was drauf … Weil, wer kann schon mit Toten reden? Herrjemine … Was bin ich für ein blöder Hund … Mein in die Luft gesprengter Soldatensohn ist ein Gespenst geworden und lebt trotzdem weiter … Was beklage ich mich überhaupt?«

Kuba hielt ihm und Ździsiek seine Zigarettenschachtel hin und beide fischten sie sich jeweils eine heraus, dann sagte Wojtek: »Ist mein letzter Job, den ich für den Bürgermeister erledige … Ich meine das mit dem neuen Boot und so … Morgen will ich nicht mal auf seine Baustelle gehen … Ist Schluss. Kann nicht mehr. Er wollte doch, dass wir Kleinen es besser haben, und was tun sie? Sie schicken unsere Söhne in die

Wüste zum Abschlachten … Und wofür? Selbst unsere Hunde krepieren in Würde auf unseren Höfen und nicht da irgendwo in einer Mondlandschaft, weil diese Herrschsüchtigen den Hals nicht vollkriegen können …«

Ździsiek paffte an seiner Zigarette und sagte: »Du brauchst die Knete des Bürgermeisters. Du darfst nicht auf die Hand spucken, aus der du isst! Morgen früh will ich dich wieder vor dem Betonmischer arbeiten und schwitzen sehen!«

Die Hoteldirektorin holte sich aus der Datsche einen Campingsessel; sie suchte sich einen schönen Platz zum Sitzen, von dem aus sie beobachten konnte, wie die Männer den Außenborder an dem Boot von Janusz Król befestigen würden. Kuba enthielt sich jeglicher Kommentare, ihm war klar, dass Wojtek es trotz seiner Wut auf den Bürgermeister gelingen würde, den Mercury zum Laufen zu kriegen. Der rote Benzintank und die mitgelieferten Kraftstoffschläuche ließen sich gut am Heck verstauen, unter dem Sitz dort gab es viel Stauraum.

Sie standen am Ufer und palaverten miteinander: »Was hat der Król für diese Schaluppe ausgegeben?«, fragte Kuba.

»Interessiert mich nicht, was diese Drecksau …«, antwortete Alas Freund. Er hielt es nicht für nötig, seinen Satz zu beenden. Das Schimpfwort hatte offenbar alles ausgedrückt, was ihm sein Herz diktierte.

»Wojtek! Sei ein Christ!«, sagte Ździsiek.

»Das Messer, das mir Kuba geschenkt hat, spricht mit mir, und ich bin dank seiner Sprache ein neuer Mensch geworden: Ich fühle mich wie neugeboren …«

Sein Freund sagte: »Schmeiß das Messer ins Wasser, obwohl es ein Geschenk von Herrn Kuba ist! Hör nicht auf diesen blutrünstigen Halunken! Komm, wir sollten mal den Außenborder testen und gucken, ob der Motor einwandfrei läuft!

Der Bürgermeister soll bei der Probefahrt nicht enttäuscht werden!«

Die beiden machten sich an die Arbeit, die allerdings nur mit einer geballten Ladung von derbsten Flüchen erledigt werden konnte: »*Kurwa jebana*, wir nagen am Hungertuch, und der Penner hat sich eine Rakete zugelegt!« Aber nach einer halben Stunde war alles geschafft, und dann war nur noch der Anschluss der Kraftstoffschläuche an der Reihe – eine Kleinigkeit für die beiden exzellenten Mechaniker. Kuba und die Hoteldirektorin hatten höllischen Spaß, denn die Vorstellung vor ihren Augen ermöglichte ihnen für kurze Zeit, all das, was sie unterm Dach der Datsche von Janusz Król besprochen und getan hatten, zu vergessen.

Nun füllte Wojtek den Tank mit Kraftstoff auf, dessen Geruch angenehm in Kubas Nase stieg. »So, und jetzt gib ihm Saft zu trinken!«, sagte Ździsiek und sah seinem besten Kumpel dabei zu, wie jener an dem Anreißseil zog: einmal, zweimal, und dann sprang der Mercury an. Bong!

Gegen halb sechs trudelten die ersten Gäste des Bürgermeisters ein, der selbst aber noch nicht auf seinem Grundstück eingetroffen war. Zu seiner Verwunderung musste Kuba feststellen, dass Leszek sich getraut hatte, zu dem Fest von Janusz Król zu kommen. Wie kann das denn angehen?, fragte sich Kuba, wir sollten uns doch nie wiedersehen, nach unserem Gespräch auf der Brücke der Angler! Und Janusz Król gehört ja nicht unbedingt zu deinen Lieblingen, oder?

Leszek hatte mit seinem BMW Tante Ala und den Pfarrer Kazimierz mitgenommen. Die Begrüßung fiel chaotisch aus, alle redeten aufgeregt durcheinander, und Ździsiek fing an, auf der Terrasse ein paar Stühle und den Tisch aus der Küche aufzustellen, während Wojtek am Grill herumhantierte und sich Justyna darum kümmerte, dass der Pfarrer so schnell wie möglich einen bequemen Platz zum Sitzen bekam: Sie brachte ihm die Wolldecke aus hundert Prozent Viskose, befleckt mit Kubas und ihren eigenen Liebessäften, aus der Datsche des Bürgermeisters und legte sie auf einen der Plastikstühle, bitte, Vater, das ist Ihr Platz, und Kuba nahm Tante Ala einen schweren Korb ab, der mit Grillfleisch, Tomaten, Zwiebeln und Kartoffeln vollgestopft war. Für Getränke wollte der Gastgeber gesorgt haben, sprach sich schnell herum, doch niemand wusste, wann er endlich kommen würde. Ala und Justyna fielen über den prall gefüllten Korb her, um das Festessen vorzubereiten, und Leszek sagte, er hätte vor der Abfahrt vorsichtshalber einen Kasten *Tyskie* auf dem Rücksitz seines BMWs deponiert, er würde ihn jetzt holen. Er kam schnell zurück und ließ Kuba wissen, dass ihn die Sekretärin von Janusz Król vor zwei Tagen angerufen und zu der Bootseinweihung eingeladen hätte, im Namen des Bürgermeisters von Biskupiec selbstverständlich. Fein, meinte Kuba, das freue ihn sehr, dass sich alles so gut gefügt habe.

»Ich dachte schon, ich sehe dich nie wieder«, sagte er zu seinem Jugendfreund, »zumal ich fest entschlossen bin, spätestens am Wochenende aus Wilimy wegzufahren.«

»Schade. Dann wirst du meine Kinder und meine Frau nicht kennen lernen. Hast du dich mit Justyna gestritten?«

»Nein.«

Kuba wusste, dass seine Antwort dürftig ausgefallen war, doch wie sollte er ihm schildern, dass er zusammen mit der Hoteldirektorin Marta wiedergefunden hatte? Dass er mit Justyna in einem unsichtbaren Hotel wohnte, auf der »Insel der Schafe« – wie sollte er ihm das erklären, mit wenigen Worten beschreiben? Außerdem gab es keine Sprache für so eine Erklärung und Beschreibung, sie musste erst erfunden werden.

Kuba und Leszek tranken ein *Tyskie*; sie boten auch Wojtek und Ździsiek zwei Fläschchen an, sie hatten sich das Bier verdient. Die Frauen und Ździsiek leisteten dem Pfarrer Gesellschaft, sie schnitten die Zwiebeln klein, rieben das Grillfleisch mit Gewürzen ein, und Kuba und Leszek gingen ans Ufer, um sich gemeinsam das Motorboot anzusehen. Wojtek hatte keinen Grillanzünder gefunden und verbrannte Zeitungspapier, er sammelte Kleinholz und sah kein Ende seiner Bemühungen, was ihn ordentlich auf die Palme brachte: »*Kurwa!* Mein letzter Grill! Verdammt!«, brummte er vor sich hin.

»... ein Schweinekotelett in unseren Gesichtern ...«

»Ich bin nur deinetwegen hierhergekommen«, begann Leszek. »Król kann mich mal. Nur weil wir Masuren sind, wollte er mit mir nie richtig was zu tun haben. Weder geschäftlich noch privat. Er kann mir gestohlen bleiben.«

Leszeks Eltern hatten sich polonisieren lassen, eine Ausreise nach Deutschland war für sie nie ein Thema gewesen, was man schon als große Leistung ansehen konnte, denn die meisten Masuren wählten nach dem Zweiten Weltkrieg den einfachsten Weg, verließen ihre Dörfer und Kleinstädte und hauten in die BRD ab. Die Preußen hatten es über viele Jahrhunderte nicht geschafft, die Masuren zu guten Deutschen umzuerziehen, aber die Kommunisten bewältigten diese Aufgabe mit Leichtigkeit innerhalb weniger Dekaden: Die Masuren existierten praktisch nur noch in Geschichtsbüchern, wie die Neandertaler.

»Król ist vielleicht der Mörder von Marta ...«, sagte Kuba. »Falls er wirklich für die *esbecja* gearbeitet hat – wie es Kazimierz zu wissen meint.«

»Vergiss den Scheiß. Du kannst den Spieß so und so nicht mehr umdrehen. Es ist egal, wer gemordet oder Leben gerettet hat. Solange wir auf der ›Insel der Vögel‹ im Lande Ulro campieren, wird sich nichts ändern. Außerdem ist Król kein Mörder, sondern Jäger und Angler! Er hat euch bloß gejagt!«

Kuba nahm einen tiefen Schluck *Tyskie* und sagte: »Na ja. Vielleicht magst du richtig liegen mit deiner Art, stets gelassen über den Dingen zu stehen und zu schweben. Und irgendwie bewundere ich das auch, lieber Freund. Dein ›Latifundium‹ mag die beste Lösung sein. Andererseits kapiere ich nicht, warum du dich nicht mehr darum sorgst, dass dir der Bürgermeister vor deinen eigenen Augen die Hoteldirektorin wegschnappen könnte, da ich doch für dich und Król keine ernst zu nehmende Konkurrenz bin!«

»Sie liebt weder mich noch Król …«

»Aha! So einfach ist das!«, meinte Kuba. »Übrigens! Das wollte ich dir schon lange sagen: Maciek lebt. Wojtek hat mir sein Versteck im Wald gezeigt.«

»Ich hab vor kurzem auch was von diesem Märchen gehört. Für mich ist er vor langer Zeit gestorben, genauso wie du und unser Heiliges Dreieck. Jedem von uns ist im Dadajwald ein Baum auf die Fresse gefallen und hat sie bis zur Unkenntlichkeit zermatscht. Wir tragen seit Jahren ein Schweinekotelett in unseren Gesichtern. Verstehst du?«

Kuba sagte nichts. Er umarmte seinen Jugendfreund und klopfte ihm auf die Schultern.

»Ein schönes Motorboot«, fügte Leszek noch hinzu und legte seine Arme um Kuba. »Ein *Funhunter* …«

Sie gingen mit leeren Flaschen zur Datsche des Bürgermeisters zurück.

Maden der Schmeißfliege oder Regenwürmer

Als Wojtek es endlich geschafft hatte, die Grillkohle zum Glühen zu bringen, kam auch Janusz Król aus Biskupiec angefahren – mit einem Audi. Er hatte sogar einen Chauffeur, und jeder konnte sich denken, dass dieser Chauffeur den Bürgermeister-Audi besser behandelte als seine eigene Familie – die Limousine musste stets in hervorragender Form sein, und sie war auch so herausgeputzt, als hätte sie gerade die Fabriktore verlassen. Der vom Staat bezahlte Chauffeur war mit dem Bürgermeister-Audi verheiratet und nicht mit seiner Familie – es sei denn, Janusz Król leistete sich diesen Luxussklaven aus eigener Tasche, dann war der Fahrer lediglich ein Laufbursche, den Janusz Król für alle möglichen Tätigkeiten einsetzen konnte. Kuba sagte sich: Dieser Audi und der ahnungslose Fahrer können Król dereinst zum Verhängnis werden – die Gier nach Reichtum und Glitzerzeug wird ihn früher oder später verraten, obwohl er vorgibt, ein Beschützer und frommer Diener des Volkes zu sein.

Król kam nicht allein, ein zweites Fahrzeug parkte auf seinem Grundstück, seine Tochter und ein Mann mit zwei kleinen Jungen stiegen aus einem Toyota und rannten sofort zum Ufer, wo das Motorboot halb im Wasser lag. Wenigstens hatten sie an die Getränke gedacht: Bier- und Wodkaflaschen für die Einweihung des Motorbootes belagerten schnell den Tisch auf der Terrasse, vor allem zur Freude der Unzertrennlichen.

Der Bürgermeister entschuldigte sich bei allen für seine Verspätung, er hätte, wie immer, noch dringende Termine im Büro wahrzunehmen gehabt, aber eine Probefahrt mit seinem neuen Boot wollte er sich, obwohl es schon spät geworden sei, dann doch nicht entgehen lassen, meinte er.

»Herr Kazimierz, Vater«, sagte er. »Wie schön, dass auch Sie da sind! Ich hoffe, dass mir, einem angehenden Kapitän, Ihr Segen Glück verheißen wird!«

»Gewiss, Herr Król«, murmelte der Pfarrer. »Gewiss … Ich werde Ihr Boot mit Weihwasser segnen … Ich hab meine Duschbrause, mein Aspergill, dabei …«

Erst als die Schweine- und Lammfleischkoteletts auf dem heißen Grillrost zu zischen anfingen, fand Janusz Król eine freie Minute, um auch mit Kuba zu reden, bei einem Glas Bier abseits des Geschehens auf der Terrasse, denn der Bürgermeister hatte zuvor mit seiner Tochter und dem Vater der zwei etwa sechsjährigen Jungen viel Zeit am Motorboot vertrödelt.

Und nun saßen sie unter einer Erle auf der Bank und redeten miteinander: »Ach Herr Kuba! Mein Schwiegersohn ist ein Idiot. Er hat sich mit seinen Kumpels zum Nachtangeln auf dem Lutrysee verabredet, und so wird er mich auf meiner ersten Bootsfahrt nicht begleiten, aber dafür sein Bruder und die kleinen Bengel – die freuen sich schon drauf! So einen Schwiegersohn kann man in der Pfeife rauchen! Doch ich will gleich zur Sache kommen! Haben Sie eine Entscheidung getroffen?«

»Ich muss Sie enttäuschen. Ich bin an Ihrem Angebot nicht interessiert. Ich kann nicht nach Polen zurückkehren. Ausgeschlossen. Ich bin hier ein Fremder, zumindest in Ihrem Staat – vielleicht nicht in Wilimy und Warmia. Die Emigration ist eine Fünfstufenrakete. Eins – man flieht; zwei – man gewöhnt sich; drei – man vergisst; vier – man erinnert sich; und fünf – man will zurückkehren, aber es geht nicht mehr. Also noch einmal: entschieden nein, Herr Król!«

»Das ist ja schade. Dann hab ich wohl mit meiner Vermutung, Sie seien einer von uns, völlig falschgelegen.«

»Mag sein. Es sind auch private Gründe …«

»Ach! Wir vergessen das Ganze! Wir werden es auch ohne Sie schaffen …«, sagte er, doch man sah ihm an, dass er mit einer Ablehnung seines Geschäftsangebotes nicht gerechnet hatte; das Zucken seiner buschigen Augenbrauen und fleischigen Lippen verriet ihn. »Vielleicht werden Sie Ihre Entscheidung ja noch einmal überdenken und sogar ändern, das können wir nicht ausschließen«, fügte er hinzu. »Lassen Sie es mich bitte sofort wissen, falls Sie es sich anders überlegt haben sollten!«

Er winkte seinen Fahrer herbei und bat ihn, einen mit Büchern und Prospekten gefüllten Karton zu bringen: »Ich habe für Sie, Herr Kuba, ein paar Geschenke zusammenstellen lassen«, sagte der Bürgermeister und befühlte flüchtig mit seiner Linken den kurz geschnittenen Bart, sodass man das Reiben der stoppeligen Härchen an der offenen Handfläche vernahm.

Kuba bedankte sich und stöberte in dem Karton. Nicht alles, was er darin fand, war Plunder. Die Studien über die Wolfsschanze Adolf Hitlers und das Kloster in *Święta Lipka* oder die touristischen Karten, Prospekte und Broschüren, die sich ausschließlich mit der Woiwodschaft Warmia und Masuren befassten, waren nützliche Dinge, gewiss, aber was sollte er mit einem dünnen Märchenheft von Alfred Dluschnewsky oder mit der dreisprachigen Ausgabe der Gedichte von Gałczyński anfangen? Die einzigen Gedichte, die Kuba gelten ließ, stammten aus der Feder von Miłosz, weil Kuba sie während der Arbeiterstreiks zusammen mit Leszek und Marta buchstäblich verschlungen hatte, als Arznei gegen all die Messerstiche, die ihnen und den Werftarbeitern von den Kommunisten und Bewohnern der »Insel der Vögel« zugefügt wurden. Der Geschenkkarton enthielt auch ein Buch von Ernst Wiechert, dem

Förstersohn. Sollte sich Kuba wirklich die Mühe machen und es lesen? Seine Stories über Wälder und Menschen, die nichts als Gespenster waren, hatten musealen Charakter – sie passten am besten in die Bücherregale eines Heimatmuseums. Sie, die Ostpreußen, waren durch neue Menschen ersetzt worden, die jedoch auch dazu verdammt waren, irgendwann einmal in Büchern über Gespenster gutherzige Statisten zu werden. Aber vielleicht mochte sich Kuba irren, vielleicht hatte ihm der Bürgermeister auch eine Falle gestellt.

»Ich bin des Deutschen nicht mächtig, deswegen kann ich meine germanische Ausgabe des ›Totenwaldes‹ von Wiechert entbehren. Ich habe das Buch in meiner Muttersprache gelesen. Man sollte seine eigenen Dichter kennen, hihi!«, kicherte er und wurde sogleich wieder ernst. »Es ist eine Schande, eine große Schande, dass Ihre Landsleute, die Sie sich quasi angenäht haben«, sagte der Bürgermeister mit Nachdruck, »den ›Totenwald‹ von Wiechert kaum kennen. Meine Jägerfreunde aus Stuttgart, die mich jeden Herbst besuchen und mit denen ich mich auf Englisch oder Französisch unterhalte, wobei mein Englisch hier und da sehr hinkt, waren erschüttert, nachdem sie auf meine Empfehlung hin das Gift, das dem Leser im ›Totenwald‹ injiziert wird, zu sich genommen hatten. Verstehen Sie?«

»Was ist das für ein Gift?«, fragte Kuba, trank einen Schluck *Tyskie* und steckte sich eine Zigarette an.

»Das Gift der Wahrheit, Herr Kuba, es ist das Gift der Wahrheit, die Wiechert selbst bitter hat ertragen müssen, als einer der ersten KZler. Sie sind doch ein Angler wie ich. Sie kennen sich mit verschiedenen Arten von Ködern aus, nicht wahr? Also, ich ziehe die Maden der Schmeißfliege vor, die *dzikuny*, wie sie in unserer Region heißen, und die Briten nennen sie *The Gozzers*. Ich mag auch die Regenwürmer. Und Sie?«

»Ich angle mit dem Blinker. Der Hecht ist mein Fisch. Aber die Maden der Schmeißfliege oder die kleinen englischen Pinkies nehme ich für den Haken auch gern, wenn ich eine Telerute auswerfen will.«

»Sehen Sie. Sie begreifen langsam, worauf ich hinauswill. Die Regenwürmer sind edle Tierchen: Sie machen nämlich das Tschernosem fruchtbar, damit das Gras auf einer Wiese saftig wird, wodurch sich die Rinder satt essen können. Die Maden – das ist etwas anderes. Sie gedeihen im Kadaver, sie gedeihen im frischen Menschen- und Tierfleisch – im Totenwald, würde Ihr Herr Wiechert sagen. Und nun müssen Sie jetzt selbst entscheiden, ob Sie eine Made oder ein Regenwurm sind.«

Janusz Król trank jetzt auch einen Schluck Bier, und Kuba dachte daran, dass er sich vom Bürgermeister so nicht abservieren lassen mochte, aus solch einer Höhe und Distanz. Es war erniedrigend, ein kleiner, unbedeutender Mistkäfer zu sein, der zu einer riesigen Kiefer aufschauen musste.

»Und Sie, Herr Król? Wer sind Sie?«, fragte er und betrachtete das Gesicht des Bürgermeisters.

»Ich weiß, wer ich bin. Und das, wofür Sie mich halten mögen, steht für mich nicht zur Debatte. So einfach ist die Köderwahl …«

»Dann müssen Sie mir jetzt auf die Sprünge helfen: Sie wissen wahrscheinlich auch, was der Pfarrer von Ihnen hält und was er über Ihre Vergangenheit zum Besten gibt? Er sagt, Sie seien ein Agent oder gar ein Offizier der *esbecja* gewesen … Diese Beschuldigung ist für mich mehr als überraschend. Ich würde gern prüfen, ob Sie meine Biographie wirklich gut kennen. Was fällt Ihnen zum Beispiel bei dem Stichwort ›Marta Szapiro‹ ein?«

Der Bürgermeister lachte los: »Ach, Herr Kuba! Unser Kazimierz muss solche schmutzigen Beschuldigungen erfinden – ist er doch selbst eine undichte Stelle in seiner Kirche gewesen. Fragen Sie ihn mal, warum er nach der großen Aktenverbrennung während der *transformacja* und kurz danach keine neue Karriere hat anfangen müssen ...«

»Ich habe einige Zeitungsartikel studiert: Die Abschriften dieser Akten lagern in Moskau«, warf Kuba ein. »Möge der Russe sich hüten, den Polen Gutes zu tun ... Das Böse muss nicht immer dort schlummern, wo man es vermutet ...«

Król räusperte sich und sagte: »Ich habe niemanden beauftragt, mir einen neuen Lebenslauf zusammenzuschustern; das war auch gar nicht nötig. Und wenn Sie tatsächlich darauf aus sind, umfangreiche Prüfungen und Untersuchungen durchzuführen, sollten Sie sich die richtigen Personen vorknöpfen – laufen Sie nicht von Pontius zu Pilatus. Ich drücke übrigens seit Jahren beim Vater Kazimierz ein Auge zu – eine so arme Region wie die unsere braucht auch schräge Vögel.«

»Weshalb sind Sie dann, nach 1989, in die Provinz gezogen? Hm?! Was ist damit? In Gdańsk wurde der Boden unter den Füßen für Sie morsch ... Stimmt's?«

»Sie können sich nicht vorstellen, was damals los war. Sie haben es sich im Westen gut gehen lassen. Ich dagegen musste mir genau überlegen, welchen Köder ich wähle. In Gdańsk hatte ich keine Chancen mehr, als Geschäftsmann groß rauszukommen. Das stimmt. Ich bin nach Olsztyn und später nach Biskupiec gegangen, weil dort der Ausverkauf der Grundstücke und damit unseres Landes noch bevorstand, während die gefräßigsten Haie von Gdańsk längst die neuen Zeiten gewittert und in ihrer Dreistadt alles schön untereinander verteilt hatten. Ich bereue meinen Entschluss nicht, zumal ich hier in Warmia rasch in die Politik wechseln konnte. Ich habe Tränen vergossen, als ich sah, wie unser Land erneut ausverkauft wurde, an Supermärkte, Großkonzerne und andere Pfeifen. Aus diesem Grunde habe ich meine Immobilienfirma in eine völlig andere Richtung dirigiert. Das Grundstück, auf dem das Hotel unserer lieben Freundin Justyna steht, ist meine Vermittlung gewesen. Und ein privat geführtes Hotel sollte man nicht mit einem ausländischen Konzern vergleichen. Von einem Hotel können Menschen unserer Region dauerhaft profitieren. Was Sie mir da unterstellen wollen, Herr Dernicki, ist ja ungeheuerlich! Möchten Sie mir den Schwarzen Peter unterjubeln? Immerhin wurde mein Engagement für die Erhaltung ostpreußischer Kirchendenkmäler vom Vatikan mit einem Orden belohnt – den lateinischen Text der Verleihungsurkunde kenne ich auswendig, hier die Übersetzung: ›Papst Johannes Paul II, Pontifex Maximus, hält den wohlverdienten Janusz Król für würdig, ihm den goldenen Orden für außerordentliche christliche Verdienste zuzuerkennen, und gewährt ihm die Erlaubnis, sich mit dieser Auszeichnung zu schmücken.‹ Insofern sind Sie, das muss ich Ihnen leider sagen, eine Made. Sie beschuldigen mich des Verrats an meiner Nation, damit Sie in meinem Fleisch aufwachsen und groß werden können – und das, lieber Freund, kann ich nicht zulassen.«

»Laut Ihrer Theorie sind die Regenwürmer die Unbefleckten – dann will ich tatsächlich lieber eine Made sein«, sagte Kuba, »dieser Köder ist wenigstens zuverlässig … Und ehrlich dazu … Wir zerlegen Leichen. Wir fressen Müll, wir räumen euren Dreck auf, ihr Unbefleckten …«

Die Rufe von Justyna und Tante Ala unterbrachen Kubas Gespräch mit dem Bürgermeister. Die Schweine- und Lammkoteletts seien längst fertig, kalt würden sie nicht schmecken, riefen sie ihnen vom Tisch zu.

Die Beichte des Ewigen Juden

Nach dem Essen und vielen Trinksprüchen auf die Gesundheit des Bürgermeisters und der zahlreichen Gäste schritt der Pfarrer Kazimierz zur Tat. Das Weihwasser ließ er von Ździsiek aus dem Dadajsee schöpfen, der diese Aufgabe mit Ehrfurcht übernahm – einmal dürfe auch ein Normalsterblicher das heilige Aspergill anfassen, sagte Kazimierz und besprengte das Motorboot; er sprach kurz ein Gebet und segnete die Auserwählten, die an der ersten Fahrt mit dem Motorboot teilnehmen sollten. Die beiden kleinen Jungen, sorgfältig in Schwimmwesten verpackt, ihr Vater und die Hoteldirektorin wurden von Janusz Król herzlich eingeladen. Seine Tochter musste sich ein wenig gedulden – keine Bange, die Namensliste für die zweite Tour sei schon erstellt worden, erklärte Król lachend, und übrigens herrsche auf seiner Schaluppe absolutes Rauchverbot, fügte er noch streng hinzu. Der Mercury bestand mit Bravour den Ernstfall, der Motor sprang ohne Probleme an, wofür sich der Bürgermeister bei den Unzertrennlichen überschwänglich bedankte. Er saß am Holzlenkrad, gab Gas und verließ mit seiner fröhlichen Mannschaft zügig das Ufergewässer der Halbinsel in nördlicher Richtung. Als das Motorboot die Dadajinsel erreichte, machte es einen Schlenker und verschwand aus dem Blick der am Ufer verbliebenen Gäste. Der Wind hatte an Stärke nachgelassen, das Dunkelblau des Himmels ebenfalls – die Sonne schlich sich in das Moränental ein und verdonnerte ihren irdischen Platzhalter zum rotgelblichen Leuchten, als wollte sie dem Himmel sagen, sie sei der Chef vom Dienst, und sonst niemand anders.

Wojtek rief in die Runde hinein: »Das wird schon! Das ganze

Gerät ist nagelneu! Komm Ździsiek, wir lassen uns volllaufen! Hat ja keinen Sinn, hier tatenlos herumzustehen!«

Tante Ala schüttelte den Kopf, zuckte mit den Schultern und meinte: »Die beiden Nichtsnutze sind ausnahmsweise zu etwas Sinnvollem zu gebrauchen!« Dann wandte sie sich an Leszek: »Ich hab gesehen, dass du auf der Ladefläche deines Geländewagens eine Gitarre liegen hast – ich will stark hoffen, dass sie keine Attrappe ist und du spielen und singen kannst!«

Die Tochter des Bürgermeisters, eine spröde und wortkarge Brünette, haute in die gleiche Kerbe. Ja, Leszek solle seine Gitarre holen und ein paar Lieder singen.

Leszek sagte: »Ich bin kein guter Klezmer, hab auf Hochzeiten nie gespielt, aber als ich Student war, und Kuba kann es bestätigen, hab ich geniale Konzerte in unserem Studentenheim gegeben, in erster Linie für unsere Mädels und nicht für den billigen Wodka, mit dem ich für mein Geklimper entlohnt wurde. Mein Repertoire ist zwar bescheiden, mit Jacek Kaczmarski oder John Porter kann ich euch nicht dienen, dafür aber mit dem gängigen Zeug, Laskowski, Perfect, ›*Wish you were here*‹ und so«, lachte er und begann, eine Lagerfeuermelodie zu summen, deren Originaltext er nach seiner Fasson interpretierte:

»Dunkel, gesund ist der Nebel,
Und die Nacht –
Du – verweil bei uns,
Wie du einmal für dich gelebt hast,
Am Tag …
Du – verweil bei uns,
Wie am Tag …«

Leszek bekam für die Kostprobe seiner Kunst Beifall – die Unzertrennlichen aber feuerten die am Ufer Verbliebenen an, mit ihnen ein Gläschen Wodka zu trinken, und der Pfarrer packte Kuba harsch am Ellenbogen und zerrte ihn hinkend und leise vor sich hin fluchend zum Tisch auf der Terrasse, wo sich wieder alle einsammelten, zum Singen, zum Trinken, zum Essen. Der Pfarrer ließ Kuba einen gehörigen Schluck einschenken, wobei Ździsiek den Kellner spielen musste, und sprach davon, dass die Zeit knapp sei und, ja, dass man sich etwas überlegen müsse, die Zeit sei knapp, was solle man tun? Um Gottes willen! Was wolle man bloß tun!

Sie setzten sich an den Tisch, während Leszek auf der Gitarre ein Lied nach dem anderen anstimmte und abspulte: »Wodka und Messer …«, und der Chauffeur des Bürgermeisters schnarchte dazu auf dem Rücksitz des Audis.

»Vater, ich kann nicht – ich werde Król nicht umbringen«, antwortete Kuba und aß noch ein Stück gegrilltes Lamm.

»Du bist ein Feigling, mein Sohn, ein Feigling! Unser Gott muss dich verdammen!«, sagte er und wurde plötzlich sanfter: »Und worüber habt ihr euch so lange unterhalten?«

Kuba versuchte, ihr langatmiges Gespräch möglichst knapp wiederzugeben, vor allen Dingen ohne unnötige Emotionen, obwohl er mit jedem Wort, das er sich während seines Berichts regelrecht erkämpfen musste, als würde er die weiße, braun gesprenkelte Rinde einer Birke aus dem Dadajwald mit bloßen Fingern abschälen, mehr und mehr wütend wurde. Das Messer von Adelbert flüsterte ihm wieder böse Dinge ins Ohr, und Kuba wusste bald nicht mehr, wem eigentlich dieses unermüdlich palavernde Messer gehörte: dem Pfarrer oder Wojtek oder Adelbert, zumal Kopernik, der Kuba normalerweise in so mancher brenzligen Situation immer zu unterstützen gewusst hatte, ausgerechnet in diesem Augenblick sein

Maul stillhielt. In Kubas Bauch tat sich nichts. Sein toter Zwillingsbruder schlief.

»Er ist ein Schurke, ein Schurke!«, antwortete Kazimierz, nachdem er sich Kubas Bericht angehört hatte. »Ich werde dir nun etwas sagen: Bevor das Kriegsrecht erlassen wurde, bekam ich regelmäßig unangemeldete Stippvisiten von der *esbecja*, und sie haben mich selbstverständlich auch nach meinen Kontakten zu dir und deiner Marta ausgefragt. Doch das ist noch gar nichts. Den wichtigsten Besuch der *esbecja* empfing ich an Silvester '81, an jenem Tag, an dem sich auch der verhängnisvolle Unfall auf dem Dadajsee ereignen sollte: Du kannst dir denken, Kuba, wer es war, der an der Tür meines Pfarrhauses angeklopft hatte – dein Janusz Król natürlich, der Schurke. Und bitte, sei auf keinen Fall nachtragend – ich konnte ihm nichts Neues erzählen. Er wusste längst alles. Kurz gesagt: Ich habe euch, dich und Marta, nicht verraten ...«

Kazimierz standen Tränen in den Augen. Kuba kippte den Wodka hinunter und sagte: »Das ist jetzt egal, Vater. Sie und der Bürgermeister – Sie sitzen beide im selben Boot, weil Sie einer seltenen und besonderen Spezies angehören: Ihre Hände sind nie dreckig. Somit brauchen Sie sich auch nie Vorwürfe zu machen.«

»Nein, mein Sohn. Nein. Du bist ein Kind aus Wilimy, von deinem Vater Adelbert, von deiner Mutter Lucyna, und dennoch dürstet es dich ständig nach Beweisen. Warum? Begreif doch: Die dümmste Vorstellung ist diejenige, die besagt, dass die Materie den Geist erschaffen habe, wodurch wir angeblich von menschenähnlichen Tieren, die plötzlich Lust bekommen hätten, Kleider zu tragen, abstammten. Diese Vorstellung musst du in dir ausmerzen, dann wird es dir auch einleuchten, warum Król ein Schurke ist, ja, warum es überhaupt diesen übermächtigen Verstand gibt, der uns einredet, wir wären selbständig handelnde Erdenbürger – dabei sind wir lediglich, weil wir nicht aufpassen, Sklaven, Sklaven von solchen Biestern wie Król! Frag doch deine Tante Ala, ob sie sich an deinem Vater rächen will! Sie ist nicht nach Najdymowo gepilgert, um ihrem Schwager ein Auge auszustechen, obwohl ihr Verstand nach Rache lechzt!«

»Weshalb soll ich dann dem Bürgermeister ein Auge ausstechen?«, konterte Kuba.

»Du Dummkopf! Willst du ein Soldat des Verstandes sein oder ein Soldat deiner Marta? He?! Wen liebst du? Marta oder deinen Verstand? He?! Irgendwann muss auch der Verstand eine Lehre erteilt bekommen …«

Kuba sagte nichts mehr. Er lauschte den Liedern von Leszek, die kein Ende nahmen.

»Ich bin ein Soldat im Dienste von Marta, Kazimierz«, sagte er nach einem erneuten Schluck Wodka. »Aber ich bin ein Spätzünder. Ich habe so vieles … verpasst. Ich hätte damals in Gdańsk bleiben sollen, in meinem Studentenheim – die *esbecja* hätte mich gefangen genommen und bereits nach zwei oder drei Monaten entlassen. Ich hätte aus Gdańsk nie fliehen, die Hilfe vom Schuster Kronek nie annehmen dürfen. Ich hätte Marta, als sie zu uns nach Wilimy gekommen war, in jenem letzten Winter nach Hause schicken müssen, zu ihren Eltern. Sie würde heute leben, und unser Kind wäre heute erwachsen. Wie sollte ich jetzt dieses Karussell stoppen und in die andere Richtung drehen lassen?«

Der Pfarrer griff nach Kubas leerem Glas und leckte an seinem Rand, um einen Tropfen Wodka zu erhaschen.

»Ich danke dir, mein Sohn. Du musst den Bürgermeister nicht mehr umbringen. Du hast endlich verstanden, was ich dir habe sagen wollen: Du hast die Prüfung bestanden. Und ich wusste, dass du sie locker bestehen würdest. Ich würde niemals, nie, irgendjemanden auffordern, einen Menschen zu töten, wenn ich bloß dir nicht begegnet wäre. Bei dir musste ich mir leider diesen schrecklichen Spaß erlauben. Verzeih mir. Bitte, verzeih mir, denn meine Liebe zu dir hat sich verselbständigt, und das ist gut so – wie ich im Nachhinein behaupten muss. Ich weiß auch, dass du Wilimy nie wieder verlassen wirst – es ist jedoch unser letztes Gespräch. Nur, ich wollte dir etwas geben, was ich mir selbst nie habe geben können: Vergebung. Du ahnst nun, dass ich der Eugeniusz bin, der in den schwarzen Bus gestiegen ist, der von seinen toten Eltern in Wilno gerufen wurde …, der seinen Freund Jacob Gens verhöhnt hat, weil jener als Kommandant unserer Wilnaer Ghetto-Polizei die ›Insel der Seligen‹ neu erfinden wollte, um möglichst vielen von uns Schutz vor dem Unvermeidlichen zu gewähren, während ich mit gestohlener Identität in Warschau herumhurte, mich von unserem Ezechiel, dem einzig wahrhaftigen Propheten, lossprach, um euren Götzen Jesus Christus anzubeten!«, ereiferte sich der Pfarrer und erhob seine Stimme: »Mein Name lautet Aaron Gersztlejn: Ich bin der *rabí* Aaron Gersztlejn aus Wilno, Davids Nachkomme und kein Chasare, Sohn des Gelehrten Samuel Gersztlejn, Schüler des Meisters Jakob Markowicz aus Krakau, Patron der Kranken, Ezechiels ergebener Diener, des einzig wahrhaftigen Propheten auf Erden und im Himmel … Wer mich ehrt, ehrt Moses, Abraham, Daniel und Jakob und dessen Söhne!« Kazimierz sprach nun wieder leiser und schlug sich mit geballter Faust dreimal an die Brust: »Aber meine Schuld, die ich auf mich geladen habe, ist groß: Verleumdung und Lästerung sind meine Laster gewesen! Ich habe der *esbecja* geholfen, Kollegen von dir, Gleichgesinnte, aufzuspüren und zu schnappen … Ich habe Kinder gezeugt und nicht für ihren geistigen und geistlichen Fortschritt gesorgt … Im Krieg war ich Sanitäter … Unzähligen konnte ich das Leben nicht mehr retten, weil der Mut im Granatenhagel fehlte ... *Mea culpa, mea culpa, mea culpa* ... Ungebrochen ist der Wille meiner Todsünden, ungebrochen ihr Fluch und Bann ...«

Da der Pfarrer zu Ende gesprochen hatte, sagte Kuba: »Ich habe Sie unterschätzt, Kazimierz. Sie haben also auch an dem Warschauer Aufstand teilgenommen?«

»Ja, Kuba. Ja. Als Jude. Ich hab für eure Freiheit gekämpft, obwohl die meinige und die meines Volkes von euch nie angemessen respektiert wurde ... Unter euch zu leben, war natürlich nie so mörderisch gewesen wie unter Spaniern und später unter den Sowjets und Nazis, als sich unser Schicksal erneut grausam erfüllen musste, wie zu babylonischen Zeiten ... Ich habe stets das kleinere Übel gewählt, und die Jesuiten wurden zu meinem Faktotum – sonst hätte ich Kommunist werden und für Stalin meine eigenen Leute morden müssen ...«

Alas Neffe holte aus der Vordertasche seiner Jeans das handgemalte Miniaturbild der Schwarzen Madonna hervor, das er in *Święta Lipka* gekauft hatte: »Für Sie – du mein Rabbi!«

Aaron Gersztlejn schluchzte: »Schalom, schalom – Schwarze Madonna, du Gebenedeite ...«

Kuba reichte ihm eine Papierserviette für die Tränen und fragte: »Und Justyna? Was ist mit Justyna? Ist sie Ihre Tochter?«

»Ja. Sie ist meine Tochter. Und sie darf nicht erfahren, dass ich ihr Erzeuger bin. Ein guter Jude bin ich nicht gewesen, auch kein guter Rabbiner, Pole und Jesuit. Ich habe meine Eltern, Jahwe und euren Jesus schwer enttäuscht, Kuba. Euer Heiland Jesus Christus jedoch ist das größte Rätsel, das uns Juden jemals zur Lösung aufgegeben wurde ...«

Tante Ala, die sich mit Leszek in einen Rausch gesungen hatte, setzte sich zu Kuba und meinte: »Ihr solltet mir nichts verheimlichen. Schließlich bin ich euch eure Familie, eure einzige Familie. Und du Kuba, du sollst mir vergeben, was ich dir vorgeworfen habe: dass es besser gewesen wäre, du hättest dich nicht auf den Weg zu uns gemacht. Ich bin dir eine schlechte Ersatzmutter …«

Der Wodka hatte ihre Zunge im Griff, sie lallte, wollte sich aber ihrer halbgelähmten Zunge nicht geschlagen geben, und Kuba ließ sie nicht ausreden.

»Ala«, antwortete er, »das stimmt nicht … Ich bewundere es an dir bis heute, dass du keine Brille tragen willst …«

»Ich habe nichts zu verbergen … Sind einäugige Frauen hässlich? Wojtek, bin ich hässlich?«

Dann hörten sie plötzlich eine Detonation, als wäre eine Bombe explodiert, und sie sahen über den drei größten Inseln des Dadajsees einen feurigen Rauchpilz aufsteigen.

Der Pfarrer erstarrte vor Schreck und Entsetzen und sagte: »Meine Tochter …« Es waren seine letzten Worte, denn er knallte vornüber mit dem Kopf auf den Tisch, und da er mit seinem Schädel einen leergegessenen, mit Senf beschmierten Teller erwischt hatte, auf dem noch das Besteck lag, war sein blitzschneller Aufprall noch lauter als die Detonation auf dem Dadajsee. Hatte er das Bewusstsein verloren?

Leszek hörte mitten in einem Akkord auf, an den Saiten seiner völlig verstimmten Gitarre zu zupfen, und die Tochter des Bürgermeisters sprang auf und schrie: »O Gott! Ich bin schwanger! Ich bin schwanger!«

Der Einzige, der die Nerven behielt, war Wojtek, der nun sagte: »*Kurwa*! Was ist denn hier los? Kinder! Da ist schon wieder eine Bombe explodiert! Wer ist das gewesen? Amerikaner? Russen? Oder Deutsche? Oder die Kameltreiber?«

Und Ździsiek fügte hinzu: »Dass ich das noch erleben darf! Die haben es tatsächlich geschafft, eine Atombombe über unserem Dadajsee abzuwerfen … Jesus Maria! Jetzt werden wir alle verstrahlt!«

Tante Ala richtete den Pfarrer auf, packte ihn von hinten an den Schultern und schüttelte ihn hin und her, aber er kam nicht zu sich. Seine starren Augen waren weit geöffnet, genauso wie sein Mund, aus dem schlaff die Zunge hing. An Stirn und Nase klebte der Senf. Kazimierz war bewusstlos, eine klare Sache, und Ala schnappte sich eine Serviette und machte sein Gesicht sauber. Sie verpasste ihm ein paar kräftige Ohrfeigen, die ihn aber nicht aus seiner Lethargie und Ohnmacht weckten.

»Ist er tot? Was ist mit ihm?«, fragte Wojtek. »Gebt ihm was zu trinken, bloß keinen Wodka …«

Die Tochter des Bürgermeisters stopfte sich das Grillfleisch in den Mund und wisperte monoton vor sich hin: »Ich bin schwanger: Ich habe gleich nach der Explosion mein Baby in meinem Bauch gesehen, den winzigen Fötus! Ich bin schwanger …«

Kuba wachte endlich aus der Erstarrung, die sich seiner nach der Detonation und dem Tischaufprall des Pfarrers bemächtigt hatte, auf. Er sagte: »Ala! Knöpf dir den Chauffeur von Król vor und bring den Pfarrer nach Biskupiec ins Krankenhaus! Kümmere dich um Kazimierz und um die Tochter von Król! Wir haben noch die *Omega*. Leszek und ich werden zu der Dadajinsel segeln und gucken, was da los ist. Janusz ist nicht der einzige Bootsbesitzer in Wilimy und Najdymowo. Also, keine Panik! Wojtek und Ździsiek, ihr werdet mit eurer Sauferei für heute aufhören – macht euch nützlich …«

»Zu Befehl!«, salutierten sie.

Leszek griff zu seinem Handy und wählte die 999.

24 Ein kopfloser Jetski-Fahrer und der Bürgermeister sowie sein Pontifex Maximus

Die *Omega* schwamm träge auf dem langen Weg zum Unfallort – gelegentlich erwischte das Großsegel eine kräftige Bö, dann zerstach der Bug die Wellen im gewohnten Stil einer erstklassigen Rennyacht, und das Getose am Bug weckte die Hoffnung, dass die *Omega* ihre Geschwindigkeit beibehielte. Leszek hatte an der Schot des Großsegels Justynas Platz eingenommen; es ist nichts Schlimmes passiert, es ist nichts passiert, sagte er immer wieder, doch seine Beruhigungsversuche klangen gar nicht cool, er zitterte am ganzen Körper, er wurde mehrmals von der Angst um das Schicksal der Hoteldirektorin durchgeschüttelt, und da er nur eine kurze Hose und ein T-Shirt anhatte, bekam er auch noch Gänsehaut, und die Wasserspritzer nach jedem Wellengang ließen seine Muskeln nur noch mehr zittern. Kuba, der die ganze Zeit schwieg, hatte den Eindruck, dass die Wassertropfen auf Leszeks runzeliger Haut nicht richtig haftenbleiben wollten. Die untergehende Sonne leuchtete über dem Ufer von Wilimy, und die strahlende Röte berührte mit ihren Pranken mehr und mehr den dunklen Wald. Die Pinne, die Kuba mit seiner Linken festhielt, vermittelte ihm das trügerische Gefühl, dass er als Retter in der Not unterwegs war; als sie nach zwanzig Minuten den Unfallort erreichten – einen etwa sieben Meter tiefen, zwischen den drei größten Inseln des Dadajsees gelegenen Priel –, gab es weder für ihn noch für Leszek irgendwelche Zweifel: Die Angst um das Leben von Justyna war nicht unberechtigt. Das Motorboot des Bürgermeisters war ausgebrannt, zur Hälfte mit Wasser gefüllt, und der Außenborder von Mercury war weg – als hätte ihn jemand aus seiner Befestigung herausgerissen. Ein paar freiwillige Helfer, die vom Touristenbadestrand mit ihren motorisierten Kanus als Erste hierhergeeilt waren, zerrten die in Rettungswesten verpackten Kinder aus dem See. Ihr Vater und Janusz Król wurden von vier Schwimmern ans Ufer der »Insel der Schafe« geschleppt, es sah jedoch so aus, als hätten sie den Unfall nicht überlebt – die Schwimmer zogen die schlaffen Körper aus dem Wasser an den Strand. Als Kuba dann die *Omega* ganz nah an die Helfer und das ausgebrannte Motorboot des Bürgermeisters herangeführt hatte, wobei Leszek in Eile die Segel reffte, wurde ihm erst das ganze Ausmaß der Katastrophe klar: Von Justyna fehlte jede Spur, und die beiden Kinder waren tot; sie mussten ihren Verbrennungen erlegen sein, denn ihre Gesichter waren vom Feuer fürchterlich entstellt. Von der »Insel der Schafe« her schrie irgendjemand: »Einer der Männer lebt! Hallo! Der jüngere Typ lebt!«

»Was ist mit der Frau?«, fragte Leszek die Helfer. »Die Hoteldirektorin, haben Sie die Hoteldirektorin gesehen? Kastanienbraunes Haar – ihre Augen sind … Kuba! Hilf mir doch! Welche Farbe haben ihre Augen … Verflucht!«

Kuba sah Leszek nicht einmal an, er ließ sich auf den Steuermannsplatz am Heck fallen, umschloss mit seinen Händen die Pinne, beugte sich vor, sodass sein Brustkorb die Knie berührte, und erbrach sich auf das Deck der *Omega*.

Nein, sagten die freiwilligen Helfer, die besagte Person hätten sie nicht gefunden, weder im Wasser noch in dem ausgebrannten Motorboot. Ja, ein Jetski hätte die grüne Schaluppe gerammt, da, riefen sie, schauen Sie! Sie zeigten mit ihren Nasen in Richtung der »Insel der Liebe« – Kuba saß wieder senkrecht auf dem Steuermannsplatz, ohne die Pinne loszulassen –, und tatsächlich, ein Jetski hatte im Schilf eine Schneise der Verwüstung hinterlassen, und dort, wo er im Uferdickicht zum Stillstand gekommen war, gab es einen riesigen schwarzen Fleck und einen Haufen Schrott, der noch vor sich hin glühte und rauchte; der Jetski-Fahrer lag daneben, aber ohne Kopf.

Am Touristenbadestrand, wo sich eine Menge Schaulustiger versammelt hatte, heulten amerikanische Sirenen der Polizei- und Rettungswagen. Es konnte Stunden dauern, bis die Rettungstaucher aus Olsztyn in Wilimy ankommen würden. Und bis zum Morgengrauen würde ohnehin nichts passieren. In diesem Priel herrschten starke Strömungen, die Leiche der Hoteldirektorin war bestimmt ins tiefe Becken abgedriftet, denn gerade dort, wo man in den offenen See stach, stieß man auf die tiefsten Stellen, die bis zu vierzig Metern reichten.

Es begann zu dämmern, und Kuba beschloss, auf der *Omega* auf die Taucher aus Olsztyn zu warten. Er befühlte seinen Bauch. Es ging seinem Magen wieder gut, und er vermisste nach wie vor die Stimme seines Zwillingsbruders, und sogar die Befehle des Messers von Adelbert vermisste er, doch seine beiden Kumpels schwiegen – sie ließen sich aus ihren unsichtbaren Verstecken nicht herauslocken.

»Leszek«, sagte er zu seinem Jugendfreund, der verzweifelt auf die freiwilligen Helfer einredete, um sie davon zu überzeugen, dass die vermisste Frau am Leben sein musste. »Leszek! Hör auf mit dem Scheiß! Sie ist tot, du Blödmann, tot, hörst du?! Ich bleibe hier, und du fährst mit den Leuten zurück zum Touristenbadestrand, und wenn die Taucher kommen, schickst du sie zu mir. Ich halte die Stellung!«

Leszek war einverstanden, er schien erleichtert darüber, dass ihm jemand gesagt hatte, was zu tun wäre. Die Schaluppe des Bürgermeisters war nicht mehr zu retten, und nachdem sie gesunken war, traten die freiwilligen Helfer mit ihren motorisierten Kanus, beladen mit den toten Kindern, den Rückweg an. Es gab noch die Hoffnung, dass ihr Vater es schaffen würde, denn seine Verbrennungen schienen nicht lebensbedrohlich zu sein, zumindest konnte er sprechen und Arme und Beine bewegen – er schrie aber vor Schmerzen in einem der Kanus.

Nach dem chaotischen Abzug der Helfer saß Kuba allein auf der *Omega* und rauchte. Allein? Am Ufer der »Insel der Liebe« lag der geköpfte Jetski-Fahrer und an dem der »Insel der Schafe« der Bürgermeister – dort, wo noch vor wenigen Tagen Kuba mit der Hoteldirektorin gezeltet und gebadet hatte. Die zwei Leichen sollten bei der nächsten Tour geborgen werden, aber das Verrückte war, dass die beiden Männer an diesem Abend wohl zum ersten Mal in ihrem kurzen Leben aufeinander gestoßen waren, und Kuba entlockte der Gedanke an diese feurige Zusammenkunft ein grausiges Lächeln: was für ein Wahnsinn, was für ein Wahnsinn! Irgendwie hatte Kazimierz' Wunsch seine Erfüllung gefunden, und Wojtek würde sagen: »Du kannst den Dadajsee nicht bescheißen – er weiß alles über uns!« Der Träger des goldenen Ordens, der ihm von Papst Johannes Paul II, dem Pontifex Maximus, verliehen worden war, hatte wohl mit dem Unvermeidlichen nicht gerechnet.

Der Nachthimmel klarte mehr und mehr auf, die abziehenden Wolken schafften Raum für die Sterne, und Kuba dachte sich: Was soll ich denn hier rumsitzen und auf die verblödeten Taucher aus Olsztyn warten? Auf einmal hatte er einen Plan. Er zog sich nicht einmal aus: Wie dumm, sagte er sich, dass ich meine Badehose nicht mitgenommen habe, nein, die Schuhe kann ich nicht mehr gebrauchen – ich will sie dem Schuster Kronek schenken. Oder ich schenke sie Gdańsk und den Werftarbeitern und Marta. Ich schenke sie Miłosz und meiner Mutter und Adelbert: Ich schenke sie seinem sprechenden Messer.

Kuba sprang ins Wasser. Gute Nacht, *Omega*, dachte er sich, schade, dass ich dich verlassen muss. Du bist eine wunderschöne Schwertyacht! Die Kälte, die ihm entgegenschlug, fühlte sich im ersten Moment bestialisch an – er spürte seine Glieder zusammenschrumpfen, und in seiner Nase, da er sich mit jeder Arm- und Beinbewegung dem Seegrund näherte, stieg der Druck, den die Wassermassen auf seinen Kopf ausübten. Er hatte im Mund plötzlich den süßlichen Geschmack von Blut – in seiner Nase mussten hunderte von Äderchen geplatzt sein. Er gewöhnte sich an die Kälte, öffnete die Augen und wunderte sich, dass er in dieser kühlen Dunkelheit sehen konnte. Wie weit werde ich kommen?, fragte er sich. Wie groß, wie tief ist der Dadajsee? An seinem linken Fuß verhakte sich etwas. Der Schmerz war aber von kurzer Dauer. War es ein verlorener Blinker? Hatte ihn ein Hecht angegriffen? Ein Aal, ein fettes, hundertzwanzig Zentimeter langes Weibchen aus der Sargassosee?

Seht ihr, so einfach ist das, dachte Kuba. Man braucht nur ins Wasser zu springen, und der Rest geht von allein. Es ist gar nicht so kalt, wie man sagt. Und es stimmt auch nicht, dass der Dadajsee ständig neue Opfer fordert. Guck mal, Kuba, sagte er sich, schluckte Wasser und ließ sogleich aus seiner Lunge die letzten Luftblasen heraus: Da liegen Steine, und unter den Steinen ist der Boden weich wie ein Kissen. Das ist der Moränensand, hier schlägt dein Herz, hier legst du dich jetzt schlafen. Und es stimmt nicht, dass es hier unten Ertrunkene gibt. Ich sehe keine Soldaten, keine Panzer, keine Mädchen und Kinder, keine Betrunkenen, keine Messer. Ich sehe keine Boote der Fischer, keine Blinker und keine leeren Wodka- und Bierflaschen. Ich sehe keine Bräute in ihren weißen Kleidern. Ich sehe auch keine schwarzen Anzüge, die verliebt sind. Und das Eine will ich euch noch sagen: Ich höre keine Hochzeitsmusik und Trinksprüche – ich höre kein Lied, das zum Tanzen einlädt. Die Taucher aus Olsztyn wollen uns belügen. Sie belügen uns permanent, seit tausenden von Jahren. Hier unten ist alles friedlich, und gute oder böse Engel sind hier nirgendwo zu sehen, und nicht einmal eine Treppe, die in den Himmel oder in die Hölle führt, findest du in diesen Tiefen – hier unten, im Bauch der unglücklich verliebten Prinzessin Dadaj, bin nur ich: zusammen mit Marta und Justyna. Gute Nacht, gute Nacht! *Na zdrowie!*

Und jetzt komm wieder hoch, alter Junge, du hast alles gesehen – ich muss wieder atmen, sagte Kopernik in Kubas Bauch, ich will noch nicht sterben!

Siebter Teil
Kuba Dernickis Augen

25 Das dritte Gespräch mit dem Unsichtbaren

»Wach auf, du Armleuchter! Wach auf!«

Kuba öffnete die Augen, und alles war schwarz und neblig, er ahnte aber, dass Maciek neben ihm auf der Erde kauerte.

»Wo bin ich?«

»Du Armleuchter, sei froh, dass ich dich hier überhaupt gefunden habe! Das muss ein gewaltiges Feuerwerk gewesen sein! Meine Schwester hat geschrien wie eine Irre, als sie bei mir hereinplatzte! ›Maciek! Maciek! Die Welt geht unter!‹ Ich saß gerade in Ramsowo beim Poker! Die stinkenden Zigeuner hab ich wieder mal unter den Tisch gespielt! Diese Bastarde! Zähneknirschend haben sie mir die Kohle rübergeschoben! Und meine Schwester hat mich aus meinem Las Vegas entführt! Wir sind dann zum Wilimyer Strand der Touristen gerannt! Verflucht! Du Armleuchter! Was machst du bloß für Sachen?! Wieso lässt du dich mit solchen kruden Denkern überhaupt ein? Du hast was Besseres verdient! Fahr wieder nach Hause zurück! Verpiss dich!«

»Wo bin ich?«, wiederholte Kuba seine Frage und sah sich um. Er lag im undurchdringlichen Dunkel. Nach einer Weile aber kehrte sein Augenlicht zurück. Über seinem Kopf schwebten Kronen von Erlen und Eichen und Ebereschen. Die Erde drehte sich unter ihm, und der schartige, abnehmende Mond beobachtete ihn – aber die Kälte des Wassers bedrängte ihn nicht mehr. Die Zigarettenschachtel, die er sich vor dem Sprung in den See in die Brusttasche seines Polohemds gesteckt hatte, klebte an seiner Haut. Er machte sich Sorgen, dass die Zigaretten nicht mehr zu gebrauchen waren. Wo würde er etwas zu rauchen kriegen? Gab es hier einen Strandkiosk? Mit Zigaretten und Zeitungen?

»Du bist bei uns, in Wilimy!«, schrie Maciek. »Du Armleuchter! Ich hab Wojtek am Strand der Touristen getroffen! Sie suchen dich! Unser Pfarrer wurde zwischen Olsztyn und Biskupiec hin und her kutschiert, weil sich kein Krankenhaus verantwortlich gefühlt hat. Nun ist er im Krankenwagen abgekratzt – meinte Wojtek. Und deine Hoteldirektorin lebt! Die Polizei hat sie in ihrem Bungalow aufgetrieben! Wojtek sagte mir, sie wäre nach dem Zusammenprall mit dem Jetski-Fahrer zu der Dadajinsel geschwommen. Die Witwe von dem alten Butschkau hätte sie aufgelesen und verarztet – aber deine *Pani* Justyna lebt!«

»Was soll ich jetzt tun?«

»Du Armleuchter! Beweg deinen Arsch! Komm hoch!«, antwortete Maciek.

»Und bei der Jagd – wurdest du von uns angeschossen?«

»Es war ein Streifschuss! Ich hab bloß meine Baseballmütze verloren! Und mein linkes Ohrläppchen! Schau hin!«, sagte er und streckte Kuba die linke Kopfseite entgegen.

»Du Glücklicher! Ich möchte dich nun um einen Gefallen bitten! Lauf zu Wojtek und sag ihm, dass ich am Leben bin!«, sagte Kuba.

Maciek verschwand in der Nacht, und Kuba blieb noch lange auf dem Rücken liegen. Ja, was sollte er nur machen? Er richtete sich auf, seine Jeans konnte er mit den Händen auswringen, die Zigaretten waren futsch, und er hatte seine Schuhe auf der *Omega* zurückgelassen. Es gab hier in dieser Schwärze der Ebereschen, Eichen und Erlen keine Sun-Bear-Pianokonzerte, keine »Latifundien«, nicht einmal eine Schwertyacht war zur Hand, mit der man hätte lossegeln können, und Kubas Zwillinge schliefen längst in ihren Betten – ihre Mutter faulenzte auf dem Sofa im Wohnzimmer, schaltete zwischen den Fernsehsendungen hin und her und zermarterte sich das

Hirn, weil ihr Mann sie scheinbar vergessen hatte. Kubas Freund Toni surfte im Internet und sah sich auf *YouTube* Videos und Live-Aufnahmen von seinen Lieblingsbands an – für die Porno-Websites war es noch zu früh. Die Leichen der Sechsjährigen, die bei dem Unfall auf dem Dadajsee umgekommen waren, wurden nach Biskupiec gebracht. Justyna kauerte in ihrem Bett, stülpte sich ihren Strickpulli über die Knie, horchte, ob jemand an der Tür war, und zündete sich einen Joint an. Tante Ala kochte Wasser für die Wärmflasche, weil ihr Wojtek noch nie Schlaftabletten geschluckt hatte. In W. waren die Supermärkte schon geschlossen, aber irgendjemand musste noch einkaufen gehen, irgendwo. In Finnland hörte es endlich auf zu regnen. Ein Skorpion erlegte mit seinen Greifzangen oder mit seinem Giftstachel die Beute und verzog sich mit ihr in seine Behausung unter einem Stein – irgendwo, in irgendeiner Wüste, die noch nie einen Namen getragen hatte, obwohl unzählbare Menschen in ihren sandigen, heißen Fangarmen verreckt waren. Ein Polizist stellte einen Strafzettel aus, in einer benachbarten Galaxie explodierte ein Stern als eine Supernova, ein Mörder fand sein Opfer, und der Damm einer gebärenden Mutter wurde mit einem Skalpell eingeschnitten, damit ein neues Baby das Licht der Welt erblicken konnte. In der Metro bettelten Obdachlose um ein paar Groschen, und die Nacht fing wieder dort an, wo sie geendet hatte. Janusz Król war tot, sein Pontifex Maximus ebenfalls, und der goldene Orden des Vatikans würde bei der Auflösung des Haushalts des Bürgermeisters abhanden kommen, schade, würde seine Tochter dann denken, ließe er sich doch bei *eBay* wunderbar in Geld ummünzen.

Kuba zog seine Socken aus. Er kam auf einen Sandweg, und nach wenigen Schritten hatte sich alles geklärt. Er wusste nun, wo er war. Dann setzte sein Gedächtnis wieder ein: Kuba erinnerte sich an seinen Sprung in den Dadajsee. Er war sauer, er fluchte, weil er die *Omega* diesen vollkommen verblödeten Rettungstauchern aus Olsztyn überlassen hatte. Wo mochte jetzt die Schwertyacht der Hoteldirektorin sein? Solche Yachten darf man nicht unbeaufsichtigt treiben lassen. Er dachte wieder an seinen Sprung in den Dadajsee. Er erinnerte sich daran, dass er im Dunkel der Nacht aufgetaucht und zum nächstliegenden Ufer geschwommen war.

Er ging ein paar Schritte weiter, in Richtung des Hotels *Justyna Star*, und das Messer von Adelbert konnte wieder sprechen. Es sagte ihm: Als Lebendiger wirst du im Bungalow der Hoteldirektorin Justyna treffen – als Toter Marta.

Ja, geh hin, prüf es!, sagte sein toter Bruder Kopernik. Beeil dich! Und vergiss nicht, der Hoteldirektorin Martas Foto aus deinem Portemonnaie zu zeigen! Sie brennt darauf, es endlich zu sehen!

Nun, mein Brüderchen, antwortete ihm Kuba, ich soll deiner Meinung nach ein glücklicher Mann werden … Doch ich muss Jasmin und Sebastian opfern, wenn ich bei Justyna einziehe, mir in ihrem Bungalow am Wasser ein warmes Plätzchen suche und aufbaue, und ich will meine Zwillinge opfern – ich habe verstanden, dass der Tod von Marta nur so wiedergutgemacht werden kann. Ich habe die Sprache des Dadajsees verstanden, liebes Brüderchen … Ich weiß nun, dass unser See eigentlich niemanden töten will – er möchte bloß nicht mehr halbblind sein; es dürstet ihn nach unseren Augen, und deswegen hatte er den Bürgermeister und die sechsjährigen Jungen und Marta und andere umgebracht, und er wird es immer wieder tun.

Auf halbem Wege ins *Justyna Star* kam aus einem Dickicht eine dunkle Gestalt herausgekrochen und warf Kuba eine *Auchan*-Plastiktüte zu, die er fing wie einen Rugby-Ball. Es war Maciek, der Unsichtbare, der offenbar vergessen hatte, Kuba etwas Wichtiges auszuhändigen.

»Was ist das?«, fragte er seinen Jugendfreund, der die Plastiktüte vor der Brust hielt.

»Der Beweis dafür, dass der Sarg, den die Hoteldirektorin unter die Erde bringen ließ, doch nicht leer war …«, antwortete der Unsichtbare und zog sich in Eile wieder ins schwarze Dickicht der Dadajnacht zurück.

Bei der nächsten Straßenlaterne prüfte Kuba den Inhalt der Plastiktüte.

Achter Teil
Wojteks Augen

… *kurwa!* Was ist hier los? Wer spricht da? Ich …

… blöder Hund, dachte Wojtek, ich blöder Hund! O Gott! Wo hab ich bloß meinen Verstand gelassen? He?! Bin ich ein Huhn? Ein dummes Huhn aus Alas Stall? Ich hätte den Kraftstoffschlauch gar nicht anschneiden müssen! Gar nicht! Verfluchte Scheiße! Warum tust du so was, Wojtek?! Was ist bloß in dich gefahren, Wojtek?! Es ist das Messer, das verdammte Messer! Es spricht mit dir! Und seine Sprache ist stärker als die des Dadajsees! Aber ich will mit dir Frieden schließen, du Messer, ich will dich Janek nennen, Janusz. Du sollst fortan einen schönen Namen tragen, der mich an den Bürgermeister erinnern, der mich an das Schöne erinnern wird! An das, was er und seine Partei mir versprochen haben!

Wojtek ruhte im Kühlhaus das erste Mal bei ausgeschaltetem Licht, in völliger Dunkelheit, er lag auf dem Tisch und hielt das Messer von Adelbert in der rechten Hand.

Du Böser, sprach er vor sich hin und ließ einen lauten Furz los, du Böser, die Kinder sind tot, ja, die Kinder von diesem Hampelmann da sind tot. Aber die Hoteldirektorin und Kuba hast du verschont, du Böser, Janek, du hast sie verschont! Und ich möchte gerne wissen, wie du das geschafft hast, Janek! Wie hast du das bloß angestellt?! Ich danke dir, ich danke dir von ganzem Herzen, du Böser! Ich höre in meinen Ohren das Fiepen nicht mehr, das Fiepen des betrunkenen Dadajsees, das Röcheln meines Sohnes Arek. Du hast das grausige Schluchzen abgestellt. Ich danke dir! Und zwinge mich nicht mehr dazu, dass ich dich benutze. Ich werde dich morgen früh im See versenken! Ich bin mit Ździsiek verabredet, wir fahren morgen früh nach Najdymowo, wir werden die Netze einholen, aber ich werde dich im Wasser versenken, bei der »Insel der Vögel«, wo unsere Netze treiben! Darauf kannst du dich verlassen, Janek! Das Tschernobyl-Händchen meiner Enkelin – ich sehe plötzlich das Tschernobyl-Händchen meiner kleinen Anetka! Was will es von mir? Was … Ich darf mir nicht die Pulsadern aufschneiden … Ich darf es nicht!

Wojtek redete auch noch im Schlaf weiter, das Messer von Kubas Vater fiel ihm aus der Hand und knallte auf den steinernen Boden, aber den Knall vernahm er nicht mehr – er träumte von der Wärmflasche, die ihm von Ala gebracht wurde, in das alte Kühlhaus der Fischer aus Wilimy.

Neunter Teil
Des Bürgermeisters Augen

27

Warum muss ich so lange warten?, fragte sich die Hoteldirektorin. Hat sie auf ihn auch so lange gewartet – in dem eisigen See?

Sie stand unter der Dusche und wusch sich die Haare.

Ich bin doch nicht tot. Ich bin nicht ertrunken. Wann kommt er endlich? Und wenn ich heute dennoch ertrunken bin, so will ich es nicht wissen!

Sie trug noch einmal Shampoo auf die Haare auf.

Welches Haarwaschmittel hat Marta benutzt? Du bist ein hoffnungsloses Kind, Justyna, du hättest ihren Tod nicht ausgehalten. Du hättest ihn gar nicht sterben können, weil du heute vor Marta geflohen bist. Wie gut, dass du eine ausgezeichnete Schwimmerin bist. Wie gut! Und du wirst das Gesicht von Janusz Król nie vergessen! Es war voller Flammen, es hat wie eine Fackel gebrannt! Seine Augen sind zerschmolzen!

Sie sank unter der Dusche auf die Knie, dann schlug sie mit der Stirn gegen die geflieste Wand. Einmal, zweimal. Es tat nicht weh. Das Shampoo lief in ihre Augen, der Juckreiz war unausstehlich. Der Wasserstrahl aus der Duschbrause traf Justyna am Nacken.

Marta, bitte, lass mich jetzt nicht allein! Bitte, ich werde aufhören zu essen, ich werde aufhören zu trinken, ich werde aufhören zu sprechen, ich werde aufhören zu lügen, aber lass mich nicht allein, bitte! Schick mir deinen Kuba! Schick ihn mir!

Die Hoteldirektorin griff nach der Seife, die auf einer Ablage lag, und biss ein Stück ab, kaute darauf und würgte das Zerkaute herunter.

Zehnter Teil
Dadajs Augen

28

Tante Ala setzte ihre Brille auf, die sie in einer hölzernen Schatulle aufbewahrte. 1967, nach der Messerstecherei, hatte ihr ein Arzt empfohlen, diese tarnende Brille zu kaufen, aber Tante Ala hatte sie noch nie getragen, da ihre Gläser leicht verdunkelt waren. Doch jetzt, da sie beschlossen hatte, Wojtek im Kühlhaus einen Besuch abzustatten und ihm die Wärmflasche und einen Teller heißer Hühnersuppe zu bringen, wollte sie für ihren Freund wenigstens einmal schön sein. Sie dachte: Die Welt darf nun dieses eine Mal dunkel werden, und der Dadajsee wird mich nicht mehr dümmlich ansehen und belächeln. Und sie verspürte immer noch die freudige Erregung, das freudige Zucken ihrer Herzkammern, weil sie einen ganzen Abend lang von einem echten Chauffeur in einer luxuriösen Limousine durch die Gegend kutschiert worden war – der Fahrer des Bürgermeisters hatte sie von Wilimy nach Biskupiec und von Biskupiec nach Wilimy gefahren, hin und her war es gegangen wie bei den Ameisen im Wald. Der Pfarrer Kazimierz und der Bürgermeister hatten erst den Löffel abgeben müssen, damit sie erstmals in ihrem Leben in den Genuss weichen Leders unter ihrem Hintern kommen konnte, und sie fühlte sich seit dieser Ameisenirrfahrt mit der Limousine von Janusz Król wie eine echte Dame aus der Stadt.

Ich bin jetzt eine Dame und trage sogar eine Brille, die mich hübsch macht, dachte sie, und ich kann endlich besser sehen! Mein Kuba wird stolz auf mich sein! Gott möge ihn beschützen! Ihn und die Hoteldirektorin! Und ich werde morgen zur Feier meiner Genesung meinem einzigen Sohn eine Bratente mit Äpfeln und Pflaumen zum Mittag zubereiten und auf einem weißen Teller servieren!

Sie schaltete eine Taschenlampe ein und ging in die Nacht,

ging über ihre Wiesen, auf denen die Kühe schliefen. Es würde in dieser Nacht nicht mehr regnen, und das freute sie, denn der Himmel war sternenklar und ganz weich, wie das schwarze Leder des Audis von Janusz Król. Die Taschenlampe, die sie dabei hatte, brauchte sie eigentlich gar nicht. Sie kannte hier jeden Kuhfladen, jeden Stern und Stein – sie war bei sich zu Hause.

Und, Dadaj, bin ich jetzt ein schönes, ein glückliches Mädchen?, fragte sie ihren See, als sie sich mit dem für Wojtek liebevoll beladenen Korb dem Ufer näherte. Ich will dir was sagen, du einäugige Kuh … Deine Euter sind krank, deine Milch giftig … Ich habe dich noch nie gemocht! Aber sei's drum! Eine Geschichte musst du dir von mir dennoch anhören! Der Ostpreuße Adelbert hat sie mir vor einer Ewigkeit erzählt, er kam zu mir, um mich um Verzeihung zu bitten, und ich habe ihm seine Messerstecherei verziehen, weil ich an Gott glaube, Dadaj, ja, ich glaube an Gott, du kannst mich weiterhin belächeln, denn ich meine nicht den Gott aus dem Radio und Fernsehen. Also, der Messerstecher Adelbert hat mir folgende Begebenheit aus seiner Vergangenheit geschildert, sprach sie laut zu den Sternen, da gab es einmal ein altes Städtchen, und seine Bewohner fingen eines Tages ein schreckliches Tier, das sie nicht kannten, noch nirgendwo gesehen hatten. Sie rannten mit ihrem Fang zu einem See, weil sie das Biest ertränken wollten, denn so hässliche Tiere und Ungeheuer dürften ja in ihrem Städtchen eigentlich gar nicht leben, entschieden sie kurzerhand in ihrer Angst vor dem Unbekannten, Unvermeidlichen. Und ein Mann, der mutigste aller jungen Spunde, steckte den Kopf des Ungeheuers in den See, aber das Biest gab sich keine Blöße, machte den Bewohnern des alten Städtchens keine Freude: Es war offenbar unsterblich. Und dann kam der Bürgermeister des alten Städtchens herbeigerannt, den die Nachricht von dem grausigen Fang in Windeseile erreicht hatte. Er sah, was seine Leute gefangen und getan hatten, und sagte: »Ihr gottlosen Hunde! Lasst das Biest bloß davonschwimmen, wenn es nicht sterben will! Sonst wird euch fressen nach der Not der bittere Tod!« Das schreckliche Tier tauchte in den See ein, und die Menschen gaben ihm den Namen Graswurm – bei uns, Dadaj, heißt, wie du weißt, der Graswurm *wodny żeńszeń*, der Wasser-Ginseng oder, wie unsere dummen Touristen sagen: der Aal. Verstehst du? Der Aal! Haha! Der Messerstecher Adelbert hat mir mit seiner Erzählung ein herrliches Vergnügen bereitet! Und das hättest du wohl nicht gedacht, Dadaj, dass der Mörder meiner Schwester ein Quäntchen Humor hat …

Tante Ala bog am Ufer in Richtung des Kühlhauses ab, wo ihr Wojtek schlief. Siehst du, Dadaj – so einfach ist das, dachte sie sich noch und schmunzelte. Wer kann schon einen Aal ertränken? Nicht einmal du, mein See, nicht einmal du …

Sie näherte sich schnellen Schrittes dem Kühlhaus von Wojtek, sie beeilte sich wegen der Hühnersuppe und der Wärmflasche, und von weitem schon war zu hören, dass Wojtek sein Lieblingslied sang, in einem fort, eine Strophe nach der anderen, als hätte es kein Ende und keinen Anfang:

»Wodka und Messer,
Warmia und Masuren,
Würmer und Menschen!
Mein Hornissenland!
Wälder und Moränen,
Wasser und Monde!
Mein stacheliger See,
der du immer Sommer
und Winter heißt!

Wodka und Messer.
Weiber und Männer.
Wasser und Moränen.
Wälder und Menschen.
Warmia und Masuren.
Weiden und Monde.
Unsere stacheligen Mädels!
Winter und Monate.
Da-daj, da-daj!

Wodka und Messer …«

Glossar

AK poln. *Armia Krajowa*, polnische Heimatarmee, militärische Widerstandsbewegung, gegr. 1942, unterstand der poln. Exilregierung in London, 380.000 Mitglieder.

arabusy poln. diskriminierende Bez. für Araber.

banderowiec, banderowcy (Plur.) poln. Bez. für Mitglieder der *Organizacja Ukraińskich Nacjonalistów*, Organisation Ukrainischer Nationalisten, gegr. 1943.

bimber poln. selbst gebrannter Schnaps, meist aus Zucker.

biznesmen poln. Geschäftsmann, im Poln. auch abwertend.

»*Bój się Boga!*« poln. »Um Gottes willen!«

denaturat pol. Bez. für Brennspiritus, der normalerweise für Reinigungszwecke gebraucht wird; er enthält keine Gifte, da ihm viele Alkoholiker nicht abgeneigt sind.

esbecja poln. Bez. für *SB*, den poln. Sicherheitsdienst.

esbek poln. Bez. für einen ehemaligen Agenten oder Offizier der *SB*.

Gomułka, Władysław poln. Politiker und Kommunist (1905–1982). In den Jahren 1956 bis 1970 I. Sekretär der Polnischen Vereinigten Arbeiterpartei *PZPR, Polska Zjednoczona Partia Robotnicza*. 1968 bekämpfte er erfolgreich die studentischen Proteste, im selben Jahr startete er seine antijüdische Kampagne, im Zuge derer es zu einer großen Emigration jüdischer Mitbürger kam, und 1970 ließ er die Arbeiteraufstände der poln. Ostseeküste brutal niederschlagen.

Groß-Ramsauer Forst meint den heutigen Forst von Wipsowo am Dadajsee.

In hoc signo vinces lat. »In diesem Zeichen wirst du siegen«.

Kaczmarski, Jacek poln. Sänger, Dichter, Schriftsteller und Dissident der *Solidarność*-Bewegung (1957–2004).

kamanda russ. *комáнда* für Mannschaft, Abteilung.

KOR poln. *Komitet Obrony Robotników*, Komitee zur Verteidigung der Arbeiter, gegr. 1976.

Kuroń, Jacek poln. Bürgerrechtler, Publizist und Historiker (1934–2004). Mitbegründer von *KOR* und *Solidarność*, 1989–1993 Sozial- und Arbeitsminister.

Lwów poln. für Lemberg.

morena poln. für Moräne.

Omega poln. Schwertyachttyp, 1942 konstruiert von Juliusz Sieradzki (1912–1999), dem Olympiateilnehmer von 1936 in Kiel.

PGR poln. *Państwowe Gospodarstwo Rolne*, Volkseigenes (Staatliches) Gut, vergleichbar mit der *LPG*.

Podlichówna im Poln. Fräulein Podlichówna, da Tante Ala nicht verheiratet ist.

SB poln. Sicherheitsdienst vergleichbar mit der Stasi.

sejm poln. Parlament.

skiba poln. Scholle, Schnitte, Stulle und bei Soldaten der *AK* beliebtes Pseudonym.

»*… so wie Kuba Gott, so Gott Kuba …*« im Poln. bedeutet dieses Sprichwort »wie du mir, so ich dir«, *jak Kuba Bogu, tak Bóg Kubie*. Das poln. Sprichwort geht auf Jakob, den Gottesstreiter Israel, zurück, der als einziger Mensch im Alten Testament mit Gott (El, Jahwe vermutlich) körperlichen Kontakt gehabt haben und der mit allen, mit seinem Gott und seinen Mitmenschen, zerstritten gewesen sein soll. Kuba ist der Kosename von Jakub in der poln. Schreibweise des hebr. Vorbilds *Ya'akov*.

strumyk poln. für Bächlein.

Sun-Bear-Pianokonzerte gemeint sind Keith Jarretts »*Sun Bear Concerts*« *(aus Kyoto, Osaka, Nagoya, Tokyo und Sapporo)* von 1976.

świeżynka poln. für Spirkel, lit. *spirgai*, Spirkel ist die ostpreußische Bez. für ein einfaches Gericht aus gewürfeltem, gebratenem Schweinebauch oder -speck.

transformacja poln. Begriff für »Wende«.

Ulro in der Poetik und Symbolik von William Blake (1757–1827) bezeichnet *Ulro* in seinem Versepos »Milton« (um 1804–1811) das materielle Bewusstsein, das blind sei und die eigentliche Schöpfung nicht sehen und verstehen könne. *Ulro* wäre somit das Land der Illusionen, das sich zwischen Himmel und Hölle befindet – bei Blake unsere irdische Welt. Czesław Miłosz (1911–2004) greift in seinem Essayband »*Ziemia Ulro*« (1977, dt. »Das Land Ulro« 1982) Blakes Symbolik auf, um seine geistig-religiösen Erfahrungen zu beschreiben. Bei Miłosz heißt *Ulro* »das Rad des Todes«, im englischsprachigen Raum »das Tal der Tränen«, *vale of tears*. Am treffendsten erfasst Simone Weil (1909–1943) das Wesen von *Ulro* in ihrem Buch »Schwerkraft und Gnade« (1947, dt. 1952): »Die Hölle ist ein Nichts, das sich anmaßt und die Täuschung hervorruft, ein Sein zu sein.«

Warszawa poln. Pkw, der zwischen 1951 und 1973 hergestellt wurde, besonders beliebt als ein Taxi-Fahrzeug.

Wilno poln. für Wilna.

Wojtas eine Variante von Wojciech, wie z. B. auch Wojtek.

Zryw poln. Beschleunigung, Sprung, Schwung usw. *Zryw* zählte wohl neben *Muza* (Muse) zu den populärsten Kinonamen im sozialistischen Polen.

Mirosław Nahacz

Bombel

Bombel sitzt mitten in seinem Dorf an einer Bushaltestelle und redet mit sich selbst: über einen Ausflug in die Slowakei, über Zigeuner, Fische, ein ausgebrochenes Feuer, eine Überschwemmung. Bombel erzählt sich Geschichten vom Leben und vom Tod, von Träumen und Enttäuschungen, von sonderbaren Freundschaften und dem Sonderbarsten überhaupt: dem eigenen Ich.

Bombel ist ein lustiges und trauriges, ein ungebärdiges und irritierendes Buch, etwas Singuläres wie etwa Jerofejews *Reise nach Petuschki* oder Bohumil Hrabals *Tanzstunden für Erwachsene und Fortgeschrittene. Bombel* ist eine Arie des Widerstands, die jeder, der einmal einsam war, schon gesungen hat.

»Federleicht und hakenschlagend, zugleich ungeheuer komisch und von tiefer Traurigkeit, wie man es außer von Robert Walser nur von wenigen kennt.« Wiebke Porombka, ZEIT online

»Bombel ist ein Dorfkönig des Witzes, ein provinzieller Meister der Schlagfertigkeit und Bezwinger des Ernstes.«
Andrzej Stasiuk

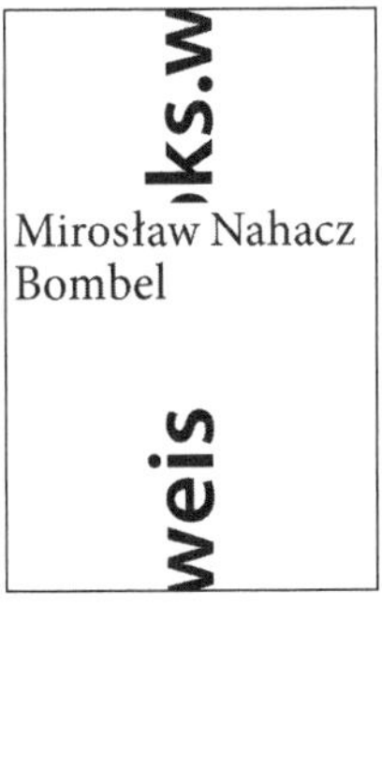

Geb., 175 Seiten
€ 18,80 (D)
ISBN 978-3-940888-30-3
weissbooks.com

weissbooks.w

btb

Viktor Pelewin

Die Dialektik der Übergangsperiode von Nirgendwoher nach Nirgendwohin

Roman. 352 Seiten

ISBN 978-3-442-73494-8

»Pelewin karikiert in seinem Roman das chaotische System eines Landes, in dem durchgeknallte Zahlenmystiker es zum Erfolg bringen und unantastbar bleiben, solange sie nur bei ihren Sexspielchen vor einem Abbild des Präsidenten knien. Schon allein für diese groteske Momentaufnahme, in der Politik und Porno virtuos verquickt werden, sollte Pelewin sich einen dauerhaften Platz im kulturellen Gedächtnis aller Russen gesichert haben, die in dieser Übergangsperiode leben müssen.«

Der Spiegel

»Eine bitterböse Parabel auf die Ära Putin«

Focus

Dimitré Dinev

Engelszungen

Roman. 608 Seiten

ISBN 978-3-442-73316-3

Iskren und Svetljo treffen einander zum ersten Mal am Wiener Zentralfriedhof, am Grab des Genossen Miro. Dessen letzte Ruhestätte ist Anlaufstelle für alle, die auf ein Wunder hoffen. Und ein Wunder haben die beiden dringend nötig, denn bis jetzt war ihnen das Glück nicht besonders hold. Nach ihrer Flucht aus Bulgarien sind sie beide über zahlreiche Umwege in Wien gestrandet, und ohne es zu wissen, sind ihre Schicksale seit ihrer Geburt eng miteinander verknüpft…
Eine opulente Familiensaga vor dem Hintergrund der Geschichte Bulgariens.

btb

»Ein bestrickender Coming-of-Age-Roman mit einem guten Schuss slawischem Humor.«
Brigitte woman

»Phantastisch, empfindungsreich und originell.«
Literarische Welt

»Ein Winterabendroman, traumschön geschrieben.«
Die Zeit